DIFFÉRENTES SAISONS

Né en 1947 à Portland (Maine), Stephen King a connu son premier succès en 1974 avec *Carrie*. En une trentaine d'années, il a publié plus de cinquante romans et autant de nouvelles, certains sous le pseudonyme de Richard Bachman. Il a reçu de nombreuses distinctions littéraires, dont le prestigieux Grand Master Award des *Mystery Writers of America* pour l'ensemble de sa carrière en 2007. Son œuvre a été largement adaptée au cinéma.

Paru dans Le Livre de Poche :

STEPHEN KING

Différentes saisons

ROMAN TRADUIT DE L'ANGLAIS (ÉTATS-UNIS) PAR PIERRE ALIEN

ALBIN MICHEL

Titres originaux :

DIFFERENT SEASONS : Hope Springs Eternal.
RITA HAYWORTH AND SHAWSHANK REDEMPTION /
Summer of Corruption. APT PUPIL / Fall from Innocence.
THE BODY / A Winter's Tale. THE BREATHING METHOD

« *Des saletés salement faites.* »
AC/DC.

« *La rumeur me l'a dit.* »
Norman WHITFIELD.

« *Tout s'en va, tout passe, l'eau coule, et le cœur oublie.* »
FLAUBERT.

C'est l'histoire, pas celui qui la raconte.

Espoir,
éternel printemps

Rita Hayworth
et la rédemption
de Shawshank

Pour Russ et Florence Dorr.

Il y a un type comme moi dans chaque prison fédérale ou locale des États-Unis, je suppose — je suis celui qui peut tout vous avoir. Des cigarettes spéciales, un sachet d'herbe, si vous êtes porté là-dessus, une bouteille de cognac pour fêter le bachot de votre fils ou de votre fille, presque n'importe quoi… dans la limite du raisonnable, bien sûr. Ça n'a pas toujours été comme ça.

Je suis arrivé à Shawshank quand j'avais tout juste vingt ans, et je suis un des rares individus de notre heureuse petite famille qui veut bien avouer ce qu'il a fait. J'ai commis un meurtre. J'ai pris une assurance avec une grosse prime au nom de ma femme, qui avait trois ans de plus que moi, et j'ai bricolé les freins du coupé Chevrolet que son père nous avait donné en cadeau de noces. Ça a marché exactement comme je l'avais calculé, sauf que je n'avais pas prévu qu'elle s'arrêterait pour prendre la voisine et le petit garçon de la voisine en descendant de Castle Hill pour aller en ville. Les freins ont lâché et la voiture a traversé les buissons bordant le terrain communal avant de prendre de la vitesse. Les passants ont dit qu'elle faisait au moins du quatre-vingts quand elle a heurté le socle du monument de la Guerre civile et qu'elle a explosé en flammes.

Je n'avais pas non plus prévu que je serais pris, mais

j'ai été pris. On m'a donné un abonnement pour Shawshank. Le Maine n'a pas la peine de mort, mais le procureur a veillé à ce que je sois jugé pour les trois morts
et à ce que je reçoive trois condamnations à perpétuité,
prenant effet l'une après l'autre. Ce qui bloquait toute
chance de conditionnelle pour longtemps, très longtemps. Le juge a qualifié ce que j'avais fait de « crime
odieux, abominable », ce qui est vrai, mais il est aussi
vrai que c'est maintenant du passé. Vous pouvez voir
ça dans les archives jaunissantes de *L'Appel* de Castle
Rock, où les grands titres annonçant ma condamnation
paraissent un peu drôles et démodés à côté des nouvelles de Hitler et Mussolini et des soupes populaires
de Roosevelt.

Suis-je réhabilité, demandez-vous ? Je ne sais même
pas ce que ce mot veut dire, du moins quand il s'agit
de prisons et de peines. À mon avis c'est un mot de
politicien. Il a peut-être un autre sens, et il se peut que
j'aie une chance de le découvrir, mais c'est dans l'avenir… une chose à quoi les taulards s'entraînent à ne
pas penser. J'étais jeune, pas mal fait, je venais des
quartiers pauvres et j'ai engrossé une jolie fille boudeuse et entêtée qui vivait dans une des belles vieilles
maisons de Carbine Street. Son père a consenti au
mariage si j'allais travailler dans son entreprise d'optique « en partant de la base ». J'ai découvert qu'en fait
il voulait me garder sous la main chez lui, comme une
bête mal domestiquée et qui pourrait mordre. Finalement la haine s'est accumulée au point que j'ai fait ce
que j'ai fait. Si j'avais une seconde chance je ne le
ferais plus, mais je ne suis pas sûr que cela veuille dire
que je suis réhabilité.

De toute façon, ce n'est pas de moi que je veux parler ; je veux vous parler d'un type qui s'appelle Andy

Dufresne. Mais avant de pouvoir vous parler de lui il faut que j'explique encore un certain nombre de choses à mon sujet. Ce ne sera pas long.

Comme je disais, je suis celui qui peut tout vous avoir, ici, à Shawshank, depuis bientôt quarante putains d'années. Et il ne s'agit pas seulement de contrebande comme des cigarettes supplémentaires ou de la gnôle, bien que ce soit toujours le plus demandé. Mais j'ai procuré des milliers de trucs à des mecs qui purgeaient leur peine, des trucs parfois tout à fait légaux mais difficiles à trouver dans un endroit où on est censé rester pour être puni. Il y avait un type qui était là pour avoir violé une petite fille et s'être exhibé devant des douzaines d'autres ; je lui ai trouvé trois morceaux de marbre rose du Vermont et il en a fait trois sculptures adorables — un bébé, un garçon d'environ douze ans et un jeune homme barbu. Il les a appelées *Les Trois Âges de Jésus*, et ces sculptures sont maintenant dans le salon de l'ancien gouverneur de cet État.

Et il y a un nom dont vous vous souvenez peut-être si vous avez grandi au nord du Massachusetts — Robert Alan Cote. En 1951, il a essayé de voler la Première Banque commerciale de Mechanic Falls, et le hold-up a tourné au bain de sang — six morts en tout, deux membres du gang, trois otages et un jeune flic qui a levé la tête au mauvais moment et reçu une balle dans l'œil. Cote avait une collection de monnaies. Naturellement on n'allait pas la lui laisser ici, mais avec un peu d'aide de sa mère et d'un intermédiaire qui conduisait le camion de la blanchisserie, je suis arrivé à les lui avoir. Bobby, je lui ai dit, tu dois être cinglé de vouloir ta collection de monnaies dans une auberge pleine de voleurs. Il m'a regardé, il a souri et m'a dit, je sais où les mettre. Elles seront bien à l'abri. Ne t'inquiète pas. Et il avait raison. Bobby Cote est mort d'une tumeur au cerveau en 1967, mais sa collection n'a jamais reparu.

J'ai trouvé aux gars des chocolats pour la Saint-Valentin ; j'ai trouvé trois de ces milk-shakes verts qu'ils servent dans les McDonald vers la Saint-Paddy pour un Irlandais fou qui s'appelait O'Malley ; j'ai même organisé à minuit une projection de *Gorge profonde* et du *Diable et Miss Jones* pour un groupe de vingt mecs qui avaient mis leurs richesses en commun... même si j'ai fini par faire une semaine de mitard pour cette petite escapade. C'est le risque à courir, quand on est pourvoyeur.

J'ai trouvé des manuels et des bouquins porno, des gadgets comme du fluide glacial et de la poudre à gratter, et j'ai plus d'une fois réussi à donner à une longue peine une culotte venant de sa femme ou de sa petite amie... et j'imagine que vous savez ce que les types font avec pendant les longues nuits où le temps s'étire comme une épée. Tout ça n'est pas gratis, et parfois c'est même cher. Mais je ne le fais pas *seulement* pour l'argent ; à quoi peut me servir l'argent ? Jamais je n'aurai une Cadillac, jamais je ne prendrai l'avion en février pour passer quinze jours à la Jamaïque. Je le fais pour la même raison qu'un bon boucher ne vous sert pas de viande avariée : j'ai une réputation et je veux la garder. Il y a deux choses à quoi je refuse de toucher, les armes et les drogues dures. Je n'aiderai personne à se tuer ou à en tuer d'autres. J'ai assez de tueries dans la tête pour toute une vie.

Ouais, je suis un vrai Neiman-Marcus. Et alors, quand Andy Dufresne est venu me voir en 1949 pour me demander si je pouvais faire venir Rita Hayworth dans sa cellule, je lui ai dit qu'il n'y avait pas de problème. Et il n'y en a pas eu.

Quand Andy est arrivé à Shawshank en 1948, il avait trente ans. C'était un petit mec propre avec des cheveux blond-roux, des petites mains adroites, des lunettes cerclées d'or. Il avait toujours les ongles nets et bien taillés. C'est drôle de se souvenir de ça, penserez-vous, mais pour moi c'est Andy tout craché. Il avait toujours l'air de porter une cravate. À l'extérieur il avait été vice-président du service financier d'une grande banque de Portland. Une belle place pour un type aussi jeune, surtout quand on connaît la tradition conservatrice des banques… à multiplier par dix en Nouvelle-Angleterre où les gens ne supportent de confier leur argent à un type que s'il est chauve, qu'il boite et qu'il tire sans cesse sur son pantalon pour rajuster son bandage herniaire. Andy était là pour avoir tué sa femme et l'amant de sa femme.

Comme je crois l'avoir dit, en prison tout le monde est innocent. Oh, ils récitent ce texte sacré comme les bénisseurs de la télé vous annoncent la Révélation. Ils sont victimes des juges aux cœurs de pierre et aux couilles idem, ou des avocats ignares, ou d'une machination policière, ou ils n'ont pas eu de chance. Ils récitent leur texte, mais on peut en lire un autre sur leur visage. La plupart des taulards sont des canailles qui ne valent rien, ni pour eux ni pour les autres, et dont le pire malheur est que leur mère n'a pas avorté.

Pendant tout le temps que j'ai passé à Shawshank, il n'y a pas eu dix hommes que j'ai crus quand ils m'ont dit qu'ils étaient innocents. Andy Dufresne était l'un d'eux, bien qu'il m'ait fallu des années pour m'en convaincre. Si j'avais fait partie du jury qui a jugé son affaire à la cour d'assises de Portland, pendant six semaines orageuses en 1947-48, je l'aurais déclaré coupable, moi aussi.

C'était une sacrée affaire, à vrai dire, un de ces procès juteux avec tous les ingrédients de la panoplie. Une belle fille du grand monde (morte), un héros sportif du coin (mort lui aussi), et un jeune homme d'affaires plein d'avenir dans le box. Tout ça, plus tous les scandales que les journalistes pouvaient déterrer. Si le procès a duré aussi longtemps, c'est que le proc pensait à se faire élire Représentant et qu'il voulait que le public ait tout le temps d'admirer sa gueule. C'était un cirque judiciaire pour le gratin, et les spectateurs faisaient la queue à quatre heures du matin, en dépit du froid glacial, pour être sûrs d'avoir une place.

Voici les faits avancés par l'accusation et qu'Andy n'a jamais contestés : qu'il avait une femme, Linda Collins Dufresne ; qu'elle avait exprimé le désir d'apprendre à jouer au golf au Country Club de Falmouth Hills ; qu'elle avait effectivement pris des leçons pendant quatre mois ; que son professeur était un pro de Falmouth Hills, Glenn Quentin ; que fin août 1947 Andy avait appris que Quentin et sa femme étaient devenus amants ; qu'Andy et Linda s'étaient violemment disputés l'après-midi du 10 septembre 1947 ; que le sujet de leur dispute était l'infidélité de Linda.

D'après Andy, Linda avait été contente de ce qu'il soit mis au courant ; les cachotteries, avait-elle dit, la déprimaient. Elle avait l'intention, d'après lui, de divorcer à Reno. Andy répondit qu'il la verrait en enfer avant d'aller à Reno. Elle partit passer la nuit avec Quentin dans le bungalow qu'il avait loué non loin du terrain de golf. Le lendemain matin sa femme de ménage les trouva tous les deux morts dans le lit. Chacun avait reçu quatre balles.

C'est ce détail qui avait accablé Andy, plus que tout le reste. Le procureur aux ambitions politiques en avait fait grand cas dans son acte d'accusation et dans son réquisitoire. Andrew Dufresne, avait-il dit, n'était pas un mari trompé que sa fureur avait poussé à se venger ; cela, d'après le proc, aurait été compréhensible, bien qu'inexcusable. Non, sa vengeance avait été froide, beaucoup plus froide. Voyez ! tonna le procureur. Quatre et quatre ! Non pas six coups, mais huit ! *Il a vidé son chargeur... et il s'est arrêté le temps de recharger pour tirer encore sur eux !* QUATRE POUR LUI ET QUATRE POUR ELLE, hurlait le *Sun* de Portland. Le *Register* de Boston le surnomma le Tueur de Sang-Froid.

Un employé d'un prêteur sur gages de Lewiston témoigna qu'il avait vendu un 38 Special Police à six coups à Andrew Dufresne deux jours avant le double meurtre. Un barman du Country Club témoigna qu'Andy était arrivé vers sept heures le soir du 10 septembre, s'était envoyé trois whiskies secs en vingt minutes — quand il s'était levé de son tabouret il avait dit au barman qu'il allait aller chez Glenn Quentin et que lui, le barman, pourrait « lire la suite dans les journaux ». Un autre employé, celui-là venant du bazar Handy Pik à environ un mille de chez Quentin, dit à la cour que Dufresne était venu vers neuf heures moins le quart le même soir. Il avait acheté des cigarettes, trois bouteilles de bière et quelques torchons. Le médecin légiste du comté témoigna que Quentin et la femme Dufresne avaient été tués entre onze heures et deux heures du matin dans la nuit du 10 au 11 septembre. L'inspecteur chargé de l'affaire témoigna qu'il y avait une décharge à moins de soixante-dix mètres du bungalow, et que dans l'après-midi du 11 septembre on avait retiré trois pièces à conviction de cette décharge : premièrement deux bouteilles vides de bière Narragansett (portant les empreintes digitales de l'accusé) ; deuxièmement, douze mégots de cigarettes (des Kools, la marque de l'accusé) ; troisièmement un moulage en plâtre d'une paire d'empreintes de pneus (correspondant exactement au dessin des pneus de la Plymouth 1947 de l'accusé).

On avait trouvé quatre torchons sur le divan du salon, dans le bungalow de Quentin. Troués par des balles et brûlés par la poudre. L'inspecteur avait supposé (malgré les objections désespérées de l'avocat) que le meurtrier avait enroulé les torchons autour du canon de l'arme pour étouffer le bruit des détonations.

Andy Dufresne avait pris la parole pour se défendre lui-même et avait raconté son histoire d'une voix calme et sans passion. Il dit avoir entendu des rumeurs alarmantes sur Quentin et sa femme dès la fin juillet. En août l'inquiétude avait été suffisante pour qu'il se renseigne un peu. Un soir où Linda était censée aller faire des achats à Portland après sa leçon de golf, Andy l'avait suivie, ainsi que Quentin, jusqu'au bungalow de location (inévitablement traité de « nid d'amour » par les journaux). Il s'était garé dans une allée jusqu'à ce que Quentin raccompagne son épouse au Country Club où elle avait laissé sa voiture, environ trois heures plus tard.

« Vous voulez faire croire à la cour que vous avez suivi votre femme dans votre Plymouth flambant neuve ? lui avait demandé le procureur dans son contre-interrogatoire.

— J'ai changé de voiture avec un ami pour la soirée», avait répondu Andy, reconnaissant froidement à quel point il avait préparé son enquête, ce qui ne lui fit aucun bien dans l'esprit des jurés.

Après avoir rendu la voiture à son ami et repris la sienne, il était rentré chez lui. Linda était au lit, en train de lire. Il lui avait demandé comment s'était passé son voyage à Portland. Très agréable, avait-elle répondu, sauf qu'elle n'avait rien vu dont elle ait assez envie pour l'acheter. «C'est là que j'ai été vraiment convaincu», dit Andy au public suspendu à ses lèvres. Il parlait de la même voix calme et lointaine qu'il devait garder tout au long des débats.

«Quel était votre état d'esprit pendant les dix-sept jours entre cette date et la nuit où votre femme a été tuée? lui avait demandé son avocat.

— J'étais dans une grande détresse», avait répondu Andy. Calmement, froidement. Comme s'il avait récité la liste de ses emplettes, il dit qu'il avait pensé au suicide et qu'il était même allé jusqu'à s'acheter un revolver à Lewiston le 8 septembre.

Son avocat l'invita ensuite à raconter au jury ce qui s'était passé après que sa femme l'eut quitté pour rejoindre Quentin, le soir du meurtre. Andy raconta... et fit la plus mauvaise impression possible.

Je l'ai connu pendant presque trente ans, et je peux vous dire que c'est l'homme le plus maître de lui que j'aie jamais connu. Ce qui allait bien pour lui, il vous l'accordait peu à peu. Ce qui allait mal, il le gardait à l'intérieur. Si jamais il traversait une nuit noire de l'âme, comme a dit je ne sais quel écrivain, jamais vous ne le sauriez. C'était le genre d'homme, s'il avait décidé de se suicider, qui l'aurait fait sans laisser de lettre mais en mettant toutes ses affaires en ordre. S'il avait pleuré à la barre, ou si sa voix s'était alourdie,

avait hésité, ou même s'il s'était mis à crier sur ce procureur en route pour Washington, je ne crois pas qu'il
aurait récolté perpète. Et même alors il aurait pu sortir
en conditionnelle en 1954. Mais il a raconté son histoire comme un magnétophone, comme s'il disait au
jury : C'est comme ça : c'est à prendre ou à laisser. Ils
ont laissé.

Il dit qu'il était ivre ce soir-là, qu'il était plus ou
moins ivre depuis le 24 août, et qu'il n'avait jamais
bien supporté l'alcool. Déjà n'importe quel jury aurait
eu du mal à croire ça. Ils ne pouvaient tout simplement
pas s'imaginer ce jeune homme, si froid et si maître de
lui dans son élégant costume croisé, se soûlant à cause
de la liaison minable de sa femme avec un golfeur de
province. J'y ai cru parce que j'ai pu observer Andy
comme ces six hommes et ces six femmes n'en ont pas
eu l'occasion.

Andy Dufresne a bu exactement quatre verres par an
tout le temps que je l'ai connu. Il venait me voir dans
la cour de promenade à peu près une semaine avant
son anniversaire et ensuite quinze jours avant Noël.
Chaque fois pour se procurer une bouteille de Jack
Daniel's. Il s'arrangeait pour l'acheter comme font la
plupart des taulards — avec le salaire d'esclave qu'on
nous donne, plus un peu d'argent à lui. Jusqu'en 65
on touchait dix cents de l'heure. En 65 ils ont monté
jusqu'à vingt-cinq cents. Sur l'alcool je prenais et je
prends une commission de dix pour cent, et quand on
ajoute à ça le prix d'un bon whisky à déguster comme
le Black Jack, vous imaginez le nombre d'heures qu'il
lui fallait transpirer dans la buanderie de la prison pour
se payer ses quatre verres par an.

Le matin de son anniversaire, le 20 septembre, il
buvait un bon coup, et il en buvait un autre le soir

après l'extinction des feux. Le lendemain il me donnait le reste de la bouteille, et j'offrais à la ronde. Quant à l'autre bouteille, il buvait un verre le soir de Noël et un autre au jour de l'an. Et elle aussi me revenait pour que je la fasse passer. Quatre verres par an — c'est le comportement d'un homme qui a été durement touché par la bouteille. Assez durement pour le faire saigner.

Il dit au jury que le soir du 10 il était ivre au point de n'avoir plus que des bribes de souvenirs. Il s'était soûlé l'après-midi — « J'ai pris une double ration de courage hollandais, dit-il, avant d'affronter Linda. »

Après qu'elle est allée retrouver Quentin, il s'est souvenu de s'être décidé à une confrontation. En allant au bungalow de Quentin il a fait le détour par le Country Club pour boire un ou deux verres. Il ne se souvenait pas, d'après lui, avoir dit au barman qu'il pourrait « lire la suite dans les journaux », ni de lui avoir dit quoi que ce soit. Il se souvenait d'avoir acheté de la bière au Handy Pik, mais pas les torchons. « Qu'est-ce que j'aurais fait avec des torchons ? » demanda-t-il, et un journal rapporta que trois des femmes jurés eurent le frisson.

Plus tard, beaucoup plus tard, il fit devant moi des conjectures à propos de l'employé qui avait témoigné au sujet des torchons, et je crois que ce qu'il a dit vaut d'être noté. « Suppose qu'en recherchant des témoins, me dit Andy un jour à la promenade, ils soient tombés sur ce type qui m'a vendu la bière. Il s'est déjà passé trois jours. Les éléments de l'affaire ont été étalés dans tous les journaux. Ils ont pu tous lui tomber dessus, cinq ou six flics, plus l'inspecteur du bureau du procureur, plus l'assistant du proc. La mémoire est quelque chose de salement subjectif, Red. Ils ont pu commencer par "N'est-il pas possible qu'il ait acheté quatre ou cinq torchons ?" et continuer à partir de là. Quand suffisamment de gens *veulent* qu'on se souvienne, c'est une sacrée force de persuasion.»

J'ai convenu que c'était possible.

«Mais il y en a une encore plus forte, continua Andy de son ton pensif. Je crois possible, en tout cas, qu'il se soit persuadé lui-même. Il y avait les projecteurs, les journalistes lui posant des questions, sa photo dans les journaux… le tout couronné, bien sûr, par son rôle de vedette au procès. Je ne dis pas qu'il a délibérément falsifié son histoire, ni qu'il s'est parjuré. Je crois qu'il aurait peut-être pu passer le détecteur de mensonges haut la main, ou juré sur la tête de sa mère que j'avais acheté ces torchons. Mais tout de même… la mémoire est quelque chose de *foutrement* subjectif.

«En tout cas il y a ça : même si mon propre avocat croyait que la moitié de ce que je racontais était que des mensonges, il n'a jamais avalé cette histoire de torchons. À première vue c'est dingue. J'étais soûl comme un cochon, trop soûl pour avoir pu penser à étouffer les détonations. Si je les avais tués, j'aurais juste envoyé la sauce.»

Il était allé se garer dans l'allée. Il avait bu de la bière, il avait fumé. Il avait vu la lumière s'éteindre au rez-de-chaussée de chez Quentin. Il avait vu s'allumer une lampe au premier… et cette lampe s'éteindre un quart d'heure plus tard. Le reste, dit-il, il pouvait l'imaginer.

«Monsieur Dufresne, êtes-vous alors allé chez Glenn Quentin et les avez-vous tués ? tonna son avocat.

— Non, je ne l'ai pas fait», répondit Andy. Vers minuit, dit-il, il s'était senti dessoûlé. Il avait senti aussi un début de gueule de bois. Il avait décidé de rentrer se coucher et de repenser à toute l'histoire le lendemain, de façon plus adulte. « À ce moment-là, en rentrant, je commençai à me dire que le plus sage était simplement de la laisser partir pour Reno et divorcer.

— Merci, monsieur Dufresne. »

Le proc avait jailli.

« Vous avez divorcé par le moyen le plus rapide auquel vous ayez pensé, n'est-ce pas ? Vous avez divorcé avec un revolver enveloppé dans des torchons, n'est-ce pas ?

— Non Monsieur, je ne l'ai pas fait.

— Et ensuite vous avez abattu son amant.

— Non Monsieur.

— Voulez-vous dire que vous avez d'abord tué Quentin ?

— Je veux dire que je n'ai tué ni l'un ni l'autre. J'ai bu deux bouteilles de bière et fumé je ne sais combien de cigarettes que la police a trouvées dans l'allée. Ensuite je suis rentré chez moi et je me suis couché.

— Vous avez dit au jury qu'entre le 24 août et le 10 septembre vous avez eu des idées de suicide.

— Oui Monsieur.

— Des idées assez précises pour acheter un revolver.

— Oui.

— Seriez-vous trop contrarié, monsieur Dufresne, si je vous disais que vous ne me paraissez pas du genre suicidaire.

— Non, dit Andy, mais vous ne me paraissez pas terriblement sensible vous-même, et je doute grandement, si je *pensais* au suicide, que j'irais vous soumettre mon problème. »

La salle fut parcourue de petits rires nerveux, mais cela ne lui gagna aucun point auprès du jury.

«Avez-vous emporté votre .38 le soir du 10 septembre ?

— Non, comme j'en ai déjà témoigné…

— Oh, oui ! Le procureur eut un sourire sarcas-
tique. Vous l'avez jeté dans le fleuve, n'est-ce pas ? Le
fleuve Royal. L'après-midi du 9.

— Oui Monsieur.

— Un jour avant les meurtres.

— Oui Monsieur.

— Commode, n'est-ce pas ?

— Ce n'est ni commode ni incommode, ce n'est
que la vérité.

— Je pense que vous avez écouté le témoignage du
lieutenant Mincher ? » Mincher avait dirigé l'équipe
qui avait dragué le Royal près du pont de Pond Road,
où Andy prétendait avoir jeté son arme. La police
n'avait rien trouvé.

«Oui Monsieur. Vous savez que je l'ai écouté.

— Alors vous l'avez entendu affirmer qu'il n'y
avait pas de revolver, bien qu'ils aient dragué pendant
trois jours. Ce qui est aussi plutôt commode, n'est-ce
pas ?

— Commodité à part, il est de fait qu'ils n'ont pas
trouvé le revolver, répondit calmement Andy. Mais je
dois vous faire remarquer, à vous et au jury, que le pont
de Pond Road est très proche de l'endroit où le Royal se
jette dans la baie de Yarmouth. Le courant est violent,
le revolver a pu être entraîné dans la baie elle-même.

— De sorte qu'on ne peut comparer les rayures des
balles extraites des corps ensanglantés de votre femme
et de M. Glenn Quentin et celles sur le canon de votre
arme. C'est correct, n'est-ce pas monsieur Dufresne ?

— Oui.

— C'est aussi plutôt commode, n'est-ce pas ?»

Sur quoi, d'après les journaux, Andy eut une des rares réactions émotionnelles qu'il se permit pendant les six semaines que dura le procès. Un léger sourire amer traversa son visage.

« Comme je suis innocent de ce crime, Monsieur, et comme je dis vrai pour ce qui est d'avoir jeté mon revolver dans le fleuve la veille du jour où le crime a été commis, je trouve incontestablement incommode qu'on n'ait pas retrouvé cette arme. »

Le proc l'a harcelé pendant deux jours. Il lui a relu le témoignage du vendeur de chez Handy Pik. Andy a répété qu'il ne se souvenait pas d'avoir acheté les torchons, mais a reconnu aussi qu'il ne se souvenait pas de ne *pas* les avoir achetés.

Était-il vrai qu'Andy et Linda Dufresne avaient pris ensemble une assurance vie en 1947 ? Oui, c'était vrai. Et s'il était acquitté, n'était-il pas vrai qu'Andy se retrouverait gagner cinquante mille dollars ? Vrai. Et n'était-il pas vrai qu'il était allé chez Glenn Quentin le cœur plein de meurtre, et n'était-il pas vrai *aussi* qu'il avait par deux fois commis un meurtre ? Non, ce n'était pas vrai. Alors que croyait-il qu'il s'était passé, puisqu'il n'y avait aucune trace de vol ?

« Je n'ai aucun moyen de le savoir, Monsieur », dit calmement Andy.

L'affaire a été présentée au jury un mercredi où il neigeait, à une heure de l'après-midi. Les douze jurés hommes et femmes sont revenus à quinze heures trente. Le greffier a dit qu'ils seraient revenus plus tôt mais qu'ils avaient pris le temps de déguster un excellent poulet chez Bentley aux frais du comté. Ils l'avaient déclaré coupable, et si le Maine avait eu la peine de mort, mec, il aurait dansé la gigue avant que les crocus du printemps aient sorti leur nez de terre.

Le proc lui avait demandé ce qui s'était passé, à son avis, et Andy avait évité de répondre — mais en fait il avait son idée, et je la lui ai fait dire un soir de 1955. Il nous avait fallu sept ans, de vagues connaissances au départ, pour devenir des amis relativement intimes — mais je ne me suis senti vraiment proche de lui qu'à partir de 1960, je pense, et je crois aussi être le seul qui l'ait réellement approché. Tous les deux nous avions de longues peines, nous sommes donc restés dans la même section du début à la fin, bien que je fusse à mi-chemin de la rangée et lui à un bout.

« Qu'est-ce que j'en pense ? » Il a ri — mais sans humour. « Je pense qu'il y a eu beaucoup de malchance dans l'air cette nuit-là. Plus qu'il ne s'en retrouvera jamais en si peu de temps. Je crois qu'il a dû y avoir un inconnu qui ne faisait que passer. Peut-être un type qui a eu un pneu crevé sur la route après que je suis rentré chez moi. Peut-être un cambrioleur. Peut-être un psychopathe. Il les a tués, c'est tout. Et je suis là. »

Aussi simple que ça. Et il a été condamné à passer le reste de sa vie à Shawshank — ou en tout cas la seule partie qui compte. Cinq ans plus tard il a eu des audiences de conditionnelle, et on l'a refusé aussi régulièrement qu'une horloge, bien qu'il fût un prisonnier modèle. Avoir un billet de sortie de Shawshank quand on a *meurtre* inscrit sur son ticket d'entrée, c'est un boulot de longue haleine, comme l'usure d'un rocher par une rivière. Sept hommes siègent à la commission, deux de plus que dans la plupart des prisons d'État, et chacun d'eux a le cul plus dur qu'un rocher. On ne peut pas acheter ces types, on ne peut pas leur raconter d'histoires, on ne peut pas pleurer devant eux. Pour cette commission, l'argent n'a pas de voix et per-

sonne ne sort. Il y a eu d'autres raisons, dans l'affaire
d'Andy... mais cela prend place un peu plus loin dans
cette histoire.

Il y avait un auxiliaire qui s'appelait Kendricks et
qui me devait un sacré paquet de fric dans les années
cinquante ; il lui a fallu quatre ans pour tout payer.
En guise d'intérêts il m'a surtout donné des informations — dans mon genre de boulot on ne survit pas si
on n'a pas une oreille collée au sol. Ce Kendricks, par
exemple, avait accès à des dossiers que je ne verrai
jamais tant que je manierais une presse à emboutir
dans cette foutue fabrique de plaques.

Kendricks m'a dit que les votes de la commission
sur Dufresne avaient été 7 à 0 en 1957, 6 à 1 en 58,
7 à 0 encore en 59 et 5 à 2 en 60. Après je ne sais pas,
mais je sais que seize ans plus tard il était encore dans
la cellule n° 14 du Bloc 5. À l'époque, en 1975, il avait
cinquante-sept ans. Leur grand cœur l'aurait probablement laissé sortir en 1983. Ils vous condamnent à vie,
et c'est ce qu'ils vous prennent — tout ce qui compte,
en tout cas. Peut-être vous relâchent-ils un jour, mais...
bon, écoutez : j'ai connu un type, Sherwood Bolton
il s'appelait, et il avait un pigeon dans sa cellule. De
1945 à 1953, quand ils l'ont relâché. Ce n'était pas le
genre oiseleur d'Alcatraz, il avait un pigeon, c'est tout.
Jake, il s'appelait. Il a libéré Jake un jour avant sa sortie à lui, à Sherwood, et Jake s'est envolé aussi joliment que possible. Mais une semaine environ après
que Sherwood eut quitté notre heureuse petite famille,
un ami m'a fait venir dans le coin ouest de la cour, là
où le libéré avait eu ses habitudes. Un oiseau était couché par terre comme un tout petit tas de linge sale.
L'air mort de faim. « Ce n'est pas Jake, Red ? » m'a

demandé l'ami. C'était lui. Ce pigeon était mort comme une merde.

Je me souviens de la première fois qu'Andy m'a contacté pour quelque chose ; je m'en souviens comme si c'était hier. Ce n'est pas la fois où il a demandé Rita Hayworth, non. C'est venu plus tard. En automne 48 il s'agissait d'autre chose.

En général mes affaires se traitent dans la cour de promenade, et c'est là que celle-ci s'est conclue. Nous avons une grande cour, plus grande que la plupart. C'est un carré parfait de quatre-vingt-dix mètres de côté. Au nord il y a le mur d'enceinte, avec un mirador à chaque bout. Là-haut les gardes sont armés de jumelles et de fusils anti-émeute. L'entrée principale est au nord. Les quais de chargement sont sur le côté sud de la cour. Il y en a cinq. Shawshank est un endroit très affairé pendant la semaine — des livraisons qui entrent, des livraisons qui sortent. Nous avons la fabrique de plaques de voitures, et une grande blanchisserie industrielle qui fait toute la lessive de la prison, plus celle de l'hôpital Kittering et celle de la maison de repos Eliot. Il y a aussi un grand garage où les prisonniers réparent les véhicules de la prison, de l'État et de la municipalité — sans parler des voitures personnelles des matons, des types de l'administration... et plus d'une fois celles des membres de la commission de liberté sur parole.

À l'est il y a un gros mur en pierre percé de fenêtres étroites comme des fentes. Le Bloc 5 est derrière ce mur. À l'ouest se trouvent l'administration et l'infirmerie. Shawshank n'a jamais été aussi surpeuplée que la plupart des prisons, et en 48 elle n'était remplie qu'aux deux tiers, mais à n'importe quel moment il peut y avoir de quatre-vingts à cent vingt taulards dans la cour — en train de jouer avec un ballon de foot ou une balle de base-ball, de jouer aux dés, de bavasser ou de faire des affaires. Le dimanche c'est bondé, on pourrait croire à des vacances à la campagne… s'il y avait des femmes.

C'est un dimanche qu'Andy est venu me voir. Je venais de finir de parler avec Elmore Armitage, un type qui me rendait souvent service, à propos d'une radio, quand Andy est arrivé. Je savais qui c'était, bien sûr : il avait la réputation d'être un snob et un pisse-froid. On disait déjà qu'il allait s'attirer des ennuis. Un de ceux qui le disaient était Bogs Diamond, un type qu'il valait mieux ne pas avoir contre soi. Andy était seul en cellule, et j'avais entendu dire que c'était justement ce qu'il voulait, bien que les cellules de solitaires du Bloc 5 soient à peine plus grandes que des cercueils. Mais je n'ai pas besoin d'écouter les rumeurs sur un type dont je peux juger par moi-même.

« Salut, a-t-il dit, je m'appelle Andy Dufresne. » Il m'a tendu la main et je l'ai serrée. Ce n'était pas le genre à perdre du temps en politesses, il est venu au fait : « On m'a dit que tu es celui qui sait comment trouver les choses. »

J'ai reconnu que je pouvais parfois trouver certains objets.

« Comment fais-tu ? a demandé Andy.

— Quelquefois on dirait que les trucs me tombent dans la main. Inexplicable. Sauf peut-être parce que je suis irlandais. »

Il a eu un léger sourire. « Je me demande si tu pourrais m'avoir un casse-pierres.

— Qu'est-ce que c'est que ça, et pour quoi faire ? »

Andy a eu l'air surpris. « Est-ce que l'étude des

motivations est incluse dans tes contrats ? » Avec des
mots pareils j'ai compris pourquoi il avait une réputation de snob, de type qui aime à prendre des airs
— mais j'ai senti une trace d'humour dans sa question.

« Je vais te dire, ai-je répondu. Si tu voulais une
brosse à dents, je ne poserais pas de question. Je te
donnerais un prix. Parce qu'une brosse à dents, vois-
tu, est une arme qui n'est pas mortelle.

— Tu as des objections sérieuses contre les armes
mortelles ?

— Oui. »

Une balle de base-ball salement coupée nous est
arrivée dessus ; Andy s'est retourné comme un chat,
l'a attrapée au vol. Un geste dont Frank Malzone aurait
été fier. Et il l'a renvoyée d'où elle était venue — d'un
petit mouvement du poignet, rapide et sec, l'air facile,
mais la sauce y était, mine de rien. Je voyais qu'un tas
de types nous regardaient du coin de l'œil en faisant
leurs affaires. Probablement les gardes en faisaient
autant, de leurs miradors. Je ne vous dore pas la pilule ;
dans toutes les prisons il y a des taulards qui ont un
certain poids, peut-être quatre ou cinq dans une petite
taule, deux ou trois douzaines dans une grande. À
Shawshank j'étais un de ceux-là, et ce que je penserais
d'Andy allait beaucoup compter sur la façon dont il
tirerait son temps. Lui aussi le savait, probable, mais
il ne faisait pas le malin et ne me faisait pas de lèche,
et pour ça je le respectais.

« Bon, ça va. Je vais te dire ce que c'est et pourquoi
j'en ai envie. Un casse-pierres ressemble à une pioche
miniature — longue comme ça. » Il a écarté les mains
d'environ trente centimètres et c'est là que j'ai remarqué à quel point il avait les ongles propres. « Il y a un

pic à un bout et un marteau plat à l'autre. J'en veux un parce que j'aime les pierres.

— Les pierres, ai-je dit.

— Accroupis-toi un instant », a-t-il dit.

Je ne l'ai pas contrarié. On s'est assis sur nos talons comme des Indiens.

Andy a pris une poignée de terre de la cour et s'est mis à la tamiser entre ses mains si propres. Une fine poussière s'est écoulée et il est resté quelques petits cailloux ternes et ordinaires, sauf un ou deux qui brillaient. Un des premiers était du quartz, et il s'est mis à briller dès qu'on l'a nettoyé. Il avait un bel éclat laiteux. Andy me l'a lancé après l'avoir frotté. Je l'ai attrapé, j'ai dit ce que c'était.

« Bien sûr, du quartz, a-t-il dit. Et regarde. Du mica. Du schiste. Du granit. Tout ici est en calcaire composite, venu du flanc de la colline qu'ils ont creusé. » Il a jeté les cailloux et s'est essuyé les mains. « Je suis un géologue amateur. Du moins… je l'*étais*. Dans mon ancienne vie. J'aimerais le redevenir, à une échelle réduite.

— Des sorties du dimanche dans la cour de promenade ? » Je me suis levé. C'était une idée ridicule, et pourtant… de voir ce petit bout de quartz m'avait fait un drôle de pincement au cœur. Je ne sais pas quoi exactement ; tout simplement qu'il évoquait le monde du dehors, je suppose. On ne pense pas à des trucs pareils en rapport avec la cour. Le quartz, c'est quelque chose qu'on ramasse dans un petit ruisseau, dans un torrent.

« Mieux vaut avoir des sorties du dimanche ici que pas du tout, a-t-il dit.

— Tu pourrais planter un machin comme ce casse-pierres dans le crâne de quelqu'un, ai-je remarqué.

— Ici, je n'ai pas d'ennemis.

— Non ?» J'ai souri. «Attends un peu.

— Si j'ai des ennuis, je peux m'en arranger sans me servir de ça.

— Tu veux peut-être essayer de t'évader ? Passer sous le mur ? Parce que si tu… »

Il a ri, poliment. Trois semaines plus tard, quand j'ai vu le casse-pierres, j'ai compris pourquoi.

«Tu sais, ai-je dit, si quelqu'un te voit avec ça, ils te le prendront. S'ils te voyaient avec une cuiller, ils te la prendraient. Qu'est-ce que tu vas faire, t'asseoir dans la cour et te mettre à taper sur les cailloux ?

— Oh, je crois pouvoir faire beaucoup mieux que ça. »

J'ai hoché la tête. La suite de l'histoire ne me regardait pas, en fait. Un type se paye mes services pour lui procurer quelque chose. Qu'il puisse ou non le garder, c'est son affaire.

«Combien ça va chercher, un truc comme ça ?» ai-je demandé. Je commençais à apprécier son style sobre et tranquille. Quand on s'est payé dix ans de vacarme infernal, ce qui était mon cas, on en a sacrément marre des gueulards, des vantards et des frimeurs. Oui, je crois qu'on peut honnêtement dire qu'Andy m'a plu dès le premier jour.

«Huit dollars dans une boutique de minéralogiste, a-t-il dit, mais je comprends qu'un commerce comme le tien a des frais…

— Dix pour cent de plus, c'est mon tarif, mais il faut que je prenne un peu plus pour un truc dangereux. Pour le genre de gadget dont tu parles il faut un peu mieux graisser les pattes pour faire tourner la machine. Disons dix dollars.

— Dix ça va. »

Je l'ai regardé en souriant un peu. « Tu les as, les dix dollars ?

— Je les ai », a-t-il répondu tranquillement.

Longtemps après j'ai découvert qu'il en avait plus de cinq cents. Il les avait apportés avec lui. Quand on vous inscrit dans cet hôtel, un des grooms est obligé de vous faire plier en deux pour vous regarder l'intérieur — mais il y a de la place, là-dedans, et sans vouloir entrer dans les détails, un type vraiment décidé peut s'enfiler pas mal de choses dans les profondeurs — assez loin pour qu'on n'y voie rien, sauf si le groom sur qui vous tombez est d'humeur à mettre un gant de caoutchouc pour aller prospecter.

« Ça ira, ai-je dit. Tu dois savoir à quoi tu t'attends si tu te fais prendre avec ce truc.

— Je suppose que oui », et, au léger frémissement de ses yeux gris, j'ai vu qu'il savait exactement ce que j'allais lui dire. Comme une lueur, un léger reflet de son humour spécial, ironique.

« Si tu te fais prendre, tu diras que tu l'as trouvé. C'est à peu près tout. Ils te mettront trois ou quatre semaines au mitard… en plus, bien sûr, tu perdras ton jouet et tu auras une mauvaise note dans ton dossier. Si tu leur donnes mon nom, nous ne ferons jamais plus affaire ensemble, toi et moi. Pas même pour des lacets de souliers ou un sachet de thé. Et j'enverrai quelques types te casser la gueule. Je n'aime pas la violence, mais tu comprends ma position. Je ne peux pas laisser dire que je ne peux pas me défendre. Autrement je serais foutu.

— Oui, je suppose que c'est vrai. Je comprends, tu n'as pas à t'inquiéter.

— Je ne m'inquiète jamais. Dans un endroit comme celui-ci cela ne rapporte rien. »

Il a hoché la tête et s'est éloigné. Trois jours plus
tard, dans la cour, il s'est approché de moi pendant la
pause du matin à la blanchisserie. Il ne m'a rien dit, ne
m'a même pas regardé, et m'a glissé dans la main un
portrait de l'Honorable Alexander Hamilton aussi proprement qu'un prestidigitateur fait un tour de cartes.
Ce type s'adaptait vite. Je lui ai trouvé son casse-
pierres. Je l'ai gardé une nuit dans ma cellule, et c'était
juste ce qu'il avait décrit. Pas un outil pour s'évader (à
mon avis il aurait fallu six cents ans à un mec pour
creuser un tunnel sous le mur avec ce machin) mais
j'avais quand même des doutes. Il suffirait de planter
le pic dans le crâne d'un homme pour qu'il n'écoute
plus jamais *Fibber McGee and Molly* à la radio. Et
Andy commençait déjà à avoir des ennuis avec les
chiennes. J'espérais que ce n'était pas pour ça qu'il
voulait son casse-pierres.

En fin de compte je me suis fié à mon jugement. Le
matin suivant, très tôt, vingt minutes avant la sirène du
réveil, j'ai glissé le casse-pierres et un paquet de
Camel à Ernie, le vieil auxiliaire qui a balayé les couloirs du Bloc 5 jusqu'à sa libération en 1956. Il l'a
glissé sous sa chemise sans dire un mot et je n'ai revu
le casse-pierres que dix-neuf ans après, si usé alors
qu'il n'en restait presque rien.

Le dimanche d'après Andy est venu vers moi pendant la promenade. Ce jour-là, il n'était pas beau à
voir, je vous le dis. Sa lèvre inférieure était enflée
comme une saucisse, son œil droit gonflé, presque
fermé, avec un sale coup de planche à laver en travers
de la joue. Il avait des ennuis avec les chiennes, c'est
sûr, mais il ne m'en a pas dit un mot. « Merci pour
l'outil », et il s'est éloigné.

Je l'ai observé avec curiosité. Il a fait quelques pas,

vu quelque chose dans la poussière, s'est baissé et l'a ramassé. C'était un petit caillou. Les uniformes de la taule, sauf ceux des mécaniciens à l'atelier, n'ont pas de poches. Mais il y a toujours moyen de se débrouiller. Le caillou a disparu dans la manche d'Andy et n'est pas ressorti. J'ai admiré son geste… et lui avec. Malgré les problèmes qu'il avait, il continuait à vivre. Il y en a des milliers qui ne le font pas, ne le veulent pas, ne le peuvent pas, et beaucoup ne sont pas en prison, en plus. Et même si son visage avait l'air d'être passé au laminoir, j'ai remarqué qu'il avait les mains propres et nettes, les ongles bien taillés.

Pendant les six mois qui ont suivi, je l'ai à peine vu ; il a passé la plupart de son temps au mitard.

*
* *

Quelques mots à propos des chiennes.

Dans un tas de prisons on les appelle les folles ou les reines de la taule — le dernier mot à la mode c'est les tueuses. Mais à Shawshank on a toujours dit les chiennes. Je ne sais pas pourquoi, à part le nom je pense que c'est du pareil au même.

Aujourd'hui la plupart des gens ne sont pas surpris d'apprendre qu'il y a pas mal d'enculage derrière les barreaux — sauf quelques nouveaux, peut-être, ayant le malheur d'être jeunes, minces, beaux et sans méfiance — mais l'homosexualité, comme le sexe normal, prend des centaines de formes et de styles. Il y a des hommes qui ne supportent pas d'être privés de sexe et qui se tournent vers un autre homme pour ne pas devenir cinglés. Généralement ce qui en résulte est un arrangement entre deux types fondamentalement hétérosexuels, bien

que je me sois parfois demandé s'ils l'étaient autant
qu'ils l'avaient cru, le jour où ils retrouvaient leurs
femmes ou leurs petites amies.

Il y a aussi des hommes qui ont «tourné» en prison.
Dans le jargon actuel ils deviennent «gay» ou «sortent du placard». La plupart (mais pas tous) jouent la
femme, et on se dispute férocement leurs faveurs.

Et il y a les chiennes.

Ils sont à la société des prisons ce que le violeur est
à la société hors les murs. D'habitude ce sont des
longues peines, des types qui se mangent des dizaines
d'années pour des crimes violents. Ils s'attaquent aux
jeunes, aux faibles, aux inexpérimentés... ou bien,
dans le cas d'Andy, à ceux qui ont l'air faible. Leurs
terrains de chasse sont les douches, le passage étroit
comme un tunnel derrière les machines industrielles
de la blanchisserie, quelquefois l'infirmerie. Il y a eu
plus d'une fois des viols dans la cabine de projection
grande comme un placard derrière l'auditorium. Ce
que les chiennes prennent de force, ils pourraient le
plus souvent l'obtenir librement, s'ils le voulaient ;
ceux qu'ils ont rejetés semblent avoir le «béguin»
pour l'une ou l'autre chienne, comme les adolescentes
avec leurs Sinatra, Presley ou Redford. Mais le plaisir,
pour les chiennes, est toujours de les prendre de
force... et je crois qu'il en sera toujours ainsi.

À cause de sa petite taille et de sa belle allure (et
peut-être même aussi à cause de cette maîtrise que j'admirais en lui), les chiennes se sont mises après Andy du
jour où il est arrivé. S'il s'agissait d'une sorte de conte
de fées, je vous dirais qu'Andy s'est battu victorieusement jusqu'à ce qu'ils le laissent tranquille. J'aimerais
pouvoir le dire, mais je ne peux pas. La prison n'est pas
un conte de fées.

Pour lui la première fois a eu lieu dans les douches, moins de trois jours après qu'il se fut joint à notre heureuse petite famille de Shawshank. Juste pas mal de claques et de chatouillis cette fois, d'après ce que j'ai compris. Ils aiment à prendre votre mesure avant d'y aller pour de bon, comme des chacals s'assurant que la proie est aussi faible et démoralisée qu'elle en a l'air.

Andy s'est rebiffé et a fendu la lèvre d'une chienne, un grand costaud nommé Bogs Diamond — parti depuis longtemps Dieu sait où. Un garde a coupé court avant que ça n'aille plus loin, mais Bogs a promis de l'avoir — et Bogs l'a eu.

La seconde fois ç'a été derrière les machines à laver, dans la blanchisserie. Il s'en est passé au cours des ans dans ce réduit étroit, poussiéreux et tout en longueur ; les gardes le savent et ils laissent faire. C'est à peine éclairé, jonché de sacs de lessive et de Javel, de barils d'Hexlite, un catalyseur inoffensif comme de l'eau si on a les mains sèches, féroce comme de l'acide si elles sont mouillées. Les gardes n'aiment pas y aller. Il n'y a pas la place de manœuvrer et une des premières choses qu'on leur apprend quand ils viennent travailler dans un endroit comme celui-ci c'est de ne jamais laisser les taulards les coincer dans un endroit où ils ne peuvent pas reculer.

Ce jour-là, Bogs n'y était pas, mais Henley Backus, qui était contremaître à la blanchisserie depuis 1922, m'a dit que quatre de ses amis étaient venus. Andy les a tenus quelque temps en respect avec une poignée d'Hexlite, menaçant de la leur lancer dans les yeux s'ils approchaient, mais il a glissé en essayant de contourner une des grandes Washex à quatre portes. C'était tout ce qu'il leur fallait. Ils lui ont sauté dessus.

Je ne pense pas que le viol collectif change beau-

coup d'une génération à l'autre. C'est ce que lui ont
fait ces quatre chiennes. Ils l'ont plié en deux sur un
boîtier de vitesses, l'un d'entre eux lui a tenu un tournevis contre la tempe pendant que les autres lui faisaient son affaire. Ça vous déchire un peu, mais pas
trop — est-ce que je parle d'expérience, demandez-
vous ? — J'aimerais bien répondre que non. On saigne
un bout de temps. Si on ne veut pas qu'un crétin vous
demande si vous avez vos règles, on se fait un tampon
de papier-cul et on le garde dans son slip jusqu'à ce
que ça s'arrête. Le saignement fait vraiment comme
des règles, il dure deux ou même trois jours, un mince
filet de sang. Et puis ça s'arrête. Pas de mal, sauf s'ils
vous ont fait quelque chose d'encore plus contre
nature. Pas de mal *physiquement* — mais un viol est un
viol, éventuellement il faut à nouveau se regarder dans
la glace et décider ce qu'on va faire de soi.

Seul, comme pour tout ce qui lui arrivait à cette
époque, Andy en est passé par là. Il a dû en venir à la
conclusion que d'autres avaient atteinte avant lui,
c'est-à-dire qu'il n'y a que deux façons de faire avec
les chiennes : se battre et se faire avoir, ou simplement
se faire avoir.

Il a décidé de se battre. Quand Bogs et deux de ses
copains l'ont cherché, environ quinze jours après l'incident de la blanchisserie (« Paraît que t'as été débouché », a dit Bogs d'après Ernie, qui était dans les
parages), Andy est allé à la castagne. Il a cassé le nez
d'un type qui s'appelait Rooster MacBride, un fermier
pansu condamné pour avoir battu à mort sa belle-fille.
Rooster est mort ici, je suis heureux de pouvoir le dire.

Ils l'ont pris, tous les trois. Quand ç'a été fini, Rooster et l'autre œuf — c'était peut-être Pete Verness,
mais je n'en suis pas complètement sûr — ont forcé

Andy à s'agenouiller. Bogs Diamond s'est mis en face de lui. En ce temps-là il avait un rasoir à manche de nacre avec les mots *Diamond Pearl* gravés des deux côtés du manche. Il l'a déplié : « Maintenant je vais ouvrir ma braguette, monsieur le mec, et tu vas avaler ce que je vais te faire avaler. Et quand t'auras avalé le mien, tu avaleras celui de Rooster. Je crois qu' tu lui as cassé le nez et qu'il a droit à être payé pour ça.

— Tout ce que tu me fourres dans la bouche, tu vas le perdre », a dit Andy.

Bogs l'a regardé comme s'il était fou, m'a raconté Ernie.

« Non, a-t-il dit lentement, comme si Andy était un gosse stupide. Tu n'as pas compris ce que j'ai dit. Tu fais un truc comme ça et je te plante vingt centimètres d'acier dans l'oreille. Pigé ?

— J'ai compris ce que tu disais. Je ne crois pas que tu m'aies compris, *moi*. Tu peux m'enfoncer ton rasoir dans la tête, c'est possible, mais tu devrais savoir qu'une grave blessure au cerveau fait simultanément uriner, déféquer… et mordre. »

Il leva les yeux vers Bogs avec son petit sourire, m'a dit Ernie, comme si les trois types discutaient avec lui d'actions et d'obligations alors qu'ils l'écrasaient de toutes leurs forces. Tout juste comme s'il portait un de ses costumes trois-pièces de banquier au lieu d'être à genoux dans un placard à balais crasseux avec son pantalon baissé et du sang lui coulant entre les cuisses.

« En fait, a-t-il ajouté, je crois que le réflexe de morsure est parfois si violent qu'il faut desserrer les mâchoires de la victime avec un levier ou un pied-de-biche. »

Bogs n'a rien mis dans la bouche d'Andy ce soir-là, fin février 1948, non plus que Rooster MacBride, et pour autant que je sache personne ne l'a jamais fait. Ce qu'ils ont fait, tous les trois, c'est le battre jusqu'à ce qu'il soit à moitié mort, et ils se sont retrouvés tous les quatre avec une peine de mitard. Andy et Rooster MacBride ont fait un détour par l'infirmerie.

Combien de fois cette équipe s'en est-elle prise à lui ? Je ne sais pas. Je pense que Rooster en a perdu le goût assez vite — avoir le nez plâtré pendant un mois peut avoir ce résultat —, et Bogs Diamond a abandonné l'été suivant, d'un seul coup.

Chose étrange, on a trouvé Bogs sévèrement battu dans sa cellule, un matin du mois de juin où il n'avait pas montré son nez à l'appel du petit déjeuner. Il n'a pas voulu dire qui l'avait fait, ni comment ils étaient arrivés jusqu'à lui, mais grâce à mon commerce je sais qu'on peut obtenir à peu près n'importe quoi d'un maton en lui graissant la patte, sauf une arme pour un détenu. À l'époque ils étaient mal payés, et ils le sont encore. Et en ce temps-là il n'y avait pas de fermeture électronique, pas de circuit vidéo intérieur, pas d'interrupteur général contrôlant des sections entières de la prison. En 1948, chaque bloc avait son porte-clefs. Très facile d'acheter un gardien pour introduire quelqu'un — voire deux ou trois bonshommes — dans le bloc, eh oui, même dans la cellule de Diamond.

Bien sûr un boulot comme ça a dû coûter un tas de fric. Pas d'après les critères de l'extérieur, non. L'économie de la prison est à échelle réduite. Quand on est là depuis un certain temps, un billet de un dollar dans la main vous fait l'effet d'un billet de vingt dehors. D'après moi, si Bogs s'est fait avoir, ça a coûté un sacré paquet à quelqu'un — quinze dollars, disons, pour le tourne-clefs, et trois ou quatre pour chacun des gros bras.

Je ne dis pas que c'était Andy Dufresne, mais je sais qu'il a apporté cinq cents dollars en entrant, et qu'il était banquier à l'extérieur — c'est-à-dire un type qui sait mieux que nous comment l'argent peut donner du pouvoir.

Et je sais aussi qu'après la raclée — trois côtes cassées, un œil ensanglanté, un dos tordu, une hanche déboîtée — Bogs Diamond l'a laissé tranquille. En fait, après ça il a laissé tout le monde tranquille. Il est devenu comme un orage d'été, beaucoup de bruit pour rien. On peut dire, même, qu'il est devenu une « demi-chienne ».

Voilà comment finit Bogs Diamond, un type qui aurait pu finir par tuer Andy s'il n'avait pas pris des mesures pour l'en empêcher (si c'est lui qui les a prises). Mais cela n'a pas été la fin des ennuis d'Andy avec les chiennes. Il y a eu un bref hiatus et ça a recommencé, moins durement pourtant, et moins souvent. Les chacals aiment les proies faciles, et il y en avait de plus faciles qu'Andy.

Il s'est toujours battu, je me souviens de ça. Il a dû comprendre que si on se laisse faire une seule fois sans se battre, ça leur facilite les choses pour la fois suivante. Alors Andy avait de temps en temps des traces de coups au visage, et il y a eu cette histoire des deux doigts cassés six ou huit mois après la raclée de Bogs. Oh oui — et un jour à la fin de 1949 il s'est retrouvé à l'infirmerie avec une pommette brisée, probablement par un bon morceau de tuyau dont on avait entouré le bout avec un chiffon. Comme chaque fois il se défendait, il passait son temps au mitard. Mais je ne pense pas que l'isolement était aussi dur pour Andy que pour d'autres. Il savait se supporter lui-même.

Les chiennes, c'était une situation à laquelle il s'était adapté — et puis, en 1950, ça s'est presque entièrement arrêté. C'est une partie de mon histoire, et j'y viendrai au moment voulu.

À l'automne 1948, Andy est venu me voir un matin dans la cour et m'a demandé si je pouvais lui avoir une demi-douzaine de toiles à pierre.

« Qu'est-ce que c'est que ces trucs ? » ai-je demandé.

Il m'a dit que c'était le nom que donnaient les minéralogistes à des toiles à polir de la taille d'un torchon. En tissu épais, avec un côté fin et un côté gros — le côté fin comme du papier de verre très fin, l'autre presque aussi abrasif que de la laine d'acier industrielle (Andy en avait aussi un paquet dans sa cellule, mais ce n'est pas moi qui le lui avais fait passer — j'imagine qu'il l'avait fauché à la blanchisserie).

Je lui ai dit qu'on pouvait faire affaire, et j'ai fini par les faire prendre à la même boutique d'où j'avais fait venir le casse-pierres. Cette fois je lui ai compté mes dix pour cent habituels, pas un sou de plus. Je ne voyais rien de mortel ni même de dangereux à une douzaine de torchons de vingt centimètres de côté. Des toiles à pierre, pourquoi pas ?

C'est environ cinq mois plus tard qu'Andy m'a demandé si je pouvais lui avoir Rita Hayworth. La conversation a eu lieu dans l'auditorium, pendant un film. Maintenant on nous projette des films une ou deux fois par semaine, mais à l'époque c'était une fois par mois. D'habitude les films qu'on avait comportaient un message d'une morale exaltante, et celui-ci, *The Lost Weekend*, n'échappait pas à la règle. La

morale en était : il est dangereux de boire. Un message
où nous pouvions trouver quelque réconfort.

Andy a manœuvré pour se mettre à côté de moi, et
vers le milieu du film il s'est un peu rapproché et m'a
demandé si je pouvais lui avoir Rita Hayworth. À vrai
dire, ça m'a plutôt amusé. Voilà un type habituellement froid, calme, maître de lui, et ce soir il était sur
des charbons ardents, quasiment honteux, comme s'il
me demandait un paquet de préservatifs ou un de ces
gadgets doublés en peau de mouton qui sont censés
« accroître le plaisir solitaire », comme disent les magazines. Il avait l'air sous pression, au point de faire
exploser son radiateur.

« Je peux l'avoir, ai-je dit. Ça baigne, calme-toi. Tu
veux la grande ou la petite ? » À l'époque Rita était ma
petite amie (quelques années avant c'était Betty
Grable) et il y avait deux tailles. Pour un dollar vous
pouviez vous payer la petite Rita. Pour deux dollars
cinquante vous aviez la grande, quatre pieds de haut et
femme jusqu'au bout des ongles.

« La grande », a-t-il dit sans me regarder. Je vous le
dis, c'était un vrai spectacle. Il rougissait comme un
gosse qui veut aller voir du porno avec la feuille de
route de son grand frère. « Tu peux le faire ?

— Ne t'en fais pas, bien sûr je peux. La peau de
l'ours, c'est comme si c'était moi. » Le public a
applaudi et poussé des cris de joie quand les insectes
ont jailli du mur pour attaquer Ray Milland en pleine
crise de delirium.

« Dans combien de temps ?

— Une semaine. Peut-être moins.

— Okay. » Mais il avait l'air déçu, comme s'il espérait que j'en avais une sur place, cachée dans mon froc.
« Combien ? »

Je lui ai donné le prix de gros. Je pouvais me permettre de perdre sur une affaire — c'était un bon client, avec son casse-pierres et ses toiles. En plus il se tenait bien — plus d'un soir, pendant qu'il réglait ses problèmes avec Bogs, Rooster et les autres, je me suis demandé quand il prendrait son marteau pour défoncer le crâne d'un type.

Les affiches tiennent une grande place dans mon commerce, juste après la gnôle et les cigarettes, avec une demi-longueur d'avance sur les joints. Dans les années soixante ça a explosé dans tous les sens, et plein de gens ont voulu des posters funky comme Jimi Hendrix, Bob Dylan, celui d'*Easy Rider*. Mais c'est surtout des filles : une reine des pin-up après l'autre.

Quelques jours après un chauffeur de la blanchisserie avec qui je faisais des affaires à l'époque m'a fait entrer plus de soixante affiches, la plupart de Rita Hayworth. Vous vous souvenez peut-être de cette image, moi oui, c'est sûr. Rita est habillée — en quelque sorte — d'un maillot de bain, une main derrière la tête, les yeux mi-clos, la bouche rouge et charnue, boudeuse, les lèvres entrouvertes. Ça s'appelait Rita Hayworth, mais ça aurait pu s'appeler « Femme en chaleur ».

L'administration de la prison est au courant du marché noir, au cas où vous vous poseriez la question. Bien sûr. Ils en savent probablement autant que moi sur mon commerce. Ils le supportent parce qu'ils savent qu'une prison est comme une grande Cocotte-minute, et qu'il faut des soupapes quelque part pour lâcher la vapeur. De temps en temps ils font une rafle, et on m'a mis deux ou trois fois à l'isolement, mais quand il s'agit d'affiches ils se contentent d'un clin d'œil. Vivre et laisser vivre. Et quand on trouve une grande Rita Hayworth dans la cellule d'un taulard, on prétend que c'est venu par la poste, envoyé par un parent ou un ami. Bien sûr tous les paquets des amis ou parents sont ouverts et le contenu inventorié, mais qui va vérifier l'inventaire pour un truc inoffensif comme une affiche de Rita Hayworth ou d'Ava Gardner ? Quand on vit dans une Cocotte-minute on apprend à vivre et laisser vivre, sinon quelqu'un vous taille un sourire tout neuf juste au-dessus de la pomme d'Adam. On apprend à faire des compromis.

C'est encore Ernie qui a passé l'affiche de ma cellule, la 6, à celle d'Andy, la 14. Et c'est Ernie qui m'a rapporté un mot de l'écriture soignée d'Andy, un seul mot : « Merci. »

Un peu plus tard quand on nous a mis en rang pour la bouffe du matin, j'ai jeté un œil dans sa turne et j'ai vu Rita au-dessus de sa couchette, en maillot de bain, dans toute sa gloire, une main derrière la tête, les yeux mi-clos, ses lèvres douces et satinées entrouvertes. Au-dessus de sa couchette, là où il pouvait la voir pendant la nuit, après l'extinction des feux, à la lueur des lampes à sodium de la cour.

Mais à la lumière vive du matin son visage était balafré de traits noirs — l'ombre des barreaux de la fenêtre.

Maintenant je vais vous raconter ce qui est arrivé à la mi-mai 1950 et qui a fini par conclure trois ans d'escarmouches entre Andy et les chiennes. C'est le même incident qui l'a ensuite fait transférer de la blanchisserie à la bibliothèque où il a passé ses heures de travail jusqu'à ce qu'il quitte notre heureuse petite famille au début de cette année.

Vous avez pu remarquer que jusqu'ici ce que je vous ai raconté m'est venu par ouï-dire — quelqu'un a vu quelque chose et me l'a dit et je vous le dis. En certains cas, même, j'ai simplifié, car en fait j'ai répété (et je répéterai) des informations de quatrième ou cinquième main. Ici, c'est comme ça. Le téléphone arabe est une réalité, et il faut s'en servir pour rester au courant. En plus, bien sûr, il faut savoir séparer les grains de vérité de la paille des mensonges, rumeurs et vœux pieux.

Vous avez peut-être aussi dans l'idée que je décris plus une légende qu'un homme, et je dois avouer qu'il y a un peu de vrai là-dedans. Pour nous, les longues peines, qui avons connu Andy pendant de nombreuses années, ce type avait quelque chose de fantastique, un aspect magique et mythique, si vous voyez ce que je veux dire. Cette histoire que je rapporte comme quoi Andy a refusé de sucer Bogs Diamond fait partie de ce mythe, comment il a continué à se battre avec les chiennes en fait partie aussi, et comment il a été muté à la bibliothèque... mais il y a une différence, importante : j'étais là et j'ai vu ce qui s'est passé, et je jure sur le nom de ma mère que tout est vrai. Le serment d'un condamné pour meurtre ne vaut peut-être pas grand-chose, mais croyez-le : je ne mens pas.

Andy et moi étions désormais en assez bons termes. Ce type me fascinait. En repensant à l'épisode des affiches, je vois qu'il y a quelque chose que j'ai négligé, peut-être à tort. Cinq semaines après qu'il eut cloué Rita au mur (j'avais oublié toute cette histoire et j'étais passé à d'autres affaires), Ernie m'a glissé une petite boîte blanche à travers les barreaux de ma cellule.

« De la part de Dufresne, a-t-il dit à voix basse sans rater un coup de balai.

— Merci, Ernie », et je lui ai passé un demi-paquet de Camel.

Qu'est-ce que diable ça peut être ? me suis-je demandé en ôtant le couvercle. À l'intérieur il y avait plein de coton blanc, et en dessous...

J'ai regardé longtemps. Pendant quelques minutes c'était comme si je n'osais pas y toucher, tellement c'était joli. Au trou, il y a une telle pénurie de jolies choses, c'est à pleurer, et le pire c'est que ça ne semble pas manquer à la plupart des mecs.

Il y avait deux morceaux de quartz dans cette boîte, tous deux soigneusement polis et taillés comme des branches de bois flotté. À l'intérieur on voyait des petits éclats de pyrite, comme des paillettes d'or. S'ils n'avaient pas été si lourds, on aurait pu en faire une belle paire de boutons de manchettes — tant ils se ressemblaient.

Combien de travail avait-il fallu pour ces deux œuvres ? Des heures et des heures après l'extinction des feux, j'en étais sûr. D'abord la taille, éclat après éclat, ensuite le polissage presque interminable et enfin la finition avec les toiles. En les regardant je ressentais la chaleur que ressent n'importe quel homme ou femme en voyant un bel objet, une chose *fabriquée* et *travaillée* — c'est ce qui nous distingue des animaux, je crois — et je ressentais aussi autre chose. Une sorte de respect admiratif devant l'obstination massive de cet homme. Mais ce n'est que beaucoup plus tard que j'ai su jusqu'où allait cette obstination.

En mai 1950 les puissants du jour décidèrent qu'il fallait recouvrir le toit de la fabrique de plaques d'une nouvelle couche de goudron. Ils voulaient que ce soit fini avant qu'il fasse trop chaud et ils ont demandé des volontaires. Il devait y avoir une semaine de travail. Plus de soixante-dix hommes se sont proposés : travailler à l'extérieur au mois de mai, c'est ce qu'il y a de mieux. Neuf ou dix noms ont été tirés au sort, et parmi eux celui d'Andy et le mien.

Pendant une semaine on nous ferait sortir en rang de la cour après le petit déjeuner, deux gardiens devant nous et deux derrière... plus tous les gardes des miradors gardant un œil exercé sur l'opération, avec des jumelles pour faire bonne mesure.

Quatre d'entre nous devraient porter une grande échelle double — Dickie Betts, qui faisait partie de l'équipe, me faisait rire chaque fois en appelant l'échelle une extensible — et l'appuyer au bâtiment long et plat. Ensuite on ferait la chaîne pour trimbaler des seaux de goudron brûlant sur le toit. S'en renverser dessus signifiait danser la danse de Saint-Guy jusqu'à l'infirmerie.

Six gardes faisaient partie du projet, tous choisis à l'ancienneté. C'était presque une semaine de vacances : au lieu de transpirer dans la blanchisserie ou dans la fabrique de plaques ou de surveiller un groupe de taulards coupant des broussailles dans un trou, ils se doraient la pilule, assis contre le parapet, et se racontaient des conneries sans arrêt.

C'est tout juste s'ils devaient garder l'œil sur nous : le mirador du côté sud était si près que de là-haut les types auraient pu nous cracher leurs chiques dessus, s'ils l'avaient voulu. Si un membre de notre brigade d'étanchéité faisait le moindre geste déplacé, il serait coupé en deux en quatre secondes par des balles de mitrailleuse. Alors les matons restaient assis et prenaient leurs aises. Ils n'avaient besoin que d'un pack de bière dans de la glace pilée pour être les seigneurs de toute la création.

L'un d'eux s'appelait Byron Hadley, et en l'an 1950

il avait passé plus de temps que moi à Shawshank. Plus que les deux derniers directeurs mis bout à bout, en fait. Cette année-là le type qui menait la ronde était un Yankee à l'air pincé, George Dunahy. Diplômé d'administration pénitentiaire. Personne ne l'aimait, pour ce que j'en voyais, sauf ceux qui l'avaient nommé à son poste. J'avais entendu dire qu'il ne s'intéressait qu'à trois choses : compiler des statistiques pour un livre (publié plus tard par une petite boîte de la Nouvelle-Angleterre appelée Light Side Press, probablement à compte d'auteur) ; l'équipe qui remportait le championnat intra-muros de basket en septembre ; et faire rétablir la peine de mort dans le Maine. Un vrai fan de la peine de mort, ce George Dunahy. Il a été viré en 1953, quand on a su qu'il faisait réparer des voitures à bas prix dans le garage de la prison, partageant les bénéfices avec Byron Hadley et Greg Stammas. Hadley et Stammas s'en sont bien tirés — ils avaient la vieille habitude de couvrir leurs arrières — mais Dunahy a dû se barrer. Personne ne l'a regretté, mais personne non plus n'a été vraiment ravi de voir Greg Stammas s'asseoir dans son fauteuil. C'était un petit mec dur, tendu, avec les yeux bruns les plus froids qu'on puisse voir. Il avait toujours un petit sourire douloureux, grimaçant, comme s'il devait aller aux toilettes et n'y arrivait pas. Pendant son règne les brutalités se sont multipliées, et sans avoir de preuves je crois qu'il y a eu peut-être une demi-douzaine d'enterrements clandestins dans le coin de forêt rachitique à l'est de la prison. Dunahy ne valait rien, mais Greg Stammas était un scélérat cruel et sans cœur.

Byron Hadley et lui étaient bons amis. En tant que directeur, Dunahy n'était qu'une potiche ; c'était Stammas et, à travers lui, Hadley qui dirigeaient Shawshank.

Hadley était un grand type qui traînait les pieds, avec de rares cheveux roux. Il attrapait facilement des coups de soleil, il parlait fort, il vous descendait à la matraque si vous n'alliez pas assez vite à son gré. Ce jour-là, notre troisième jour sur le toit, il parlait avec un autre garde, un certain Mert Entwhistle.

Hadley avait reçu des nouvelles étonnamment bonnes, alors il râlait, c'était son style — un homme impitoyable, sans un mot aimable pour quiconque, un homme convaincu que le monde entier était contre lui. Le monde lui avait volé les meilleures années de sa vie, et le monde ne demandait qu'à lui voler ce qui restait. J'ai vu des matons qui m'ont presque paru des saints, et je crois savoir pourquoi il y en a — ce sont ceux qui peuvent faire la différence entre leurs vies, si pauvres et difficiles qu'elles soient, et celles des hommes qu'ils sont payés pour garder. Ces gardes sont capables de comparer des souffrances. Les autres ne le peuvent pas, ou ne le veulent pas.

Pour Byron Hadley il n'y avait rien à comparer. Il pouvait rester assis au frais, à l'aise sous le chaud soleil de mai, et avoir le culot de se plaindre de sa bonne fortune, pendant qu'une bande de types, à quelques pas, peinaient, transpiraient et se brûlaient les mains en hissant d'énormes seaux pleins de goudron bouillant, des hommes qui travaillaient déjà si dur, d'ordinaire, que cette tâche leur paraissait un *répit*. Vous vous souvenez de la question bateau, celle dont la réponse est censée définir votre attitude devant la vie. Pour Hadley la réponse était toujours *à moitié vide, le verre est à moitié vide*. Pour toujours et à jamais, amen. Donnez-lui un verre de cidre bien frais, il parlera de vinaigre. Dites-lui que sa femme lui a toujours été fidèle, il répondra qu'elle est foutrement trop laide pour faire autrement.

Il était donc assis, bavardant avec Mert Entwhistle assez fort pour que nous puissions l'entendre, son large front blême commençant à rougir au soleil. Il avait une main posée sur le parapet qui entoure le toit, l'autre sur la crosse de son .38.

On a tous profité de son histoire, en même temps que Mert. Il semblait que le frère aîné de Hadley était parti pour le Texas il y avait environ quatorze ans et que depuis la famille n'avait plus entendu parler de ce fils de garce. Ils avaient tous pensé qu'il était mort, et bon débarras. Or, il y avait une dizaine de jours, un avocat leur avait téléphoné d'Austin. Il semblait que le frère était mort quatre mois avant, et qu'en plus il était riche (« Foutrement incroyable la chance que peuvent avoir certains branleurs », dit ce parangon de gratitude sur le toit en terrasse). L'argent venait du pétrole et des concessions pétrolières, et il y avait presque un million de dollars.

Non Hadley n'était pas millionnaire — ce qui aurait pu le rendre heureux, au moins quelque temps — mais le frère avait laissé un legs très convenable, trente-cinq mille dollars à chaque membre de sa famille vivant dans le Maine qu'on pourrait retrouver. Pas mal. Comme d'avoir un coup de chance et de gagner aux courses.

Mais pour Byron Hadley le verre est toujours à moitié vide. Il a passé la matinée à se plaindre devant Mert de ce que ce foutu gouvernement allait lui piquer sur l'héritage. « Ils vont me laisser de quoi acheter une voiture neuve, disait-il à regret, et qu'est-ce qui se passe alors ? On doit payer des saloperies d'impôts sur la bagnole, et les réparations et l'entretien, il y a ces foutus gosses qui vous emmerdent pour les emmener faire un tour avec la capote baissée…

— Et pour la *conduire*, s'ils sont assez grands», a dit Mert. Le vieux Mert savait de quel côté sa tartine était beurrée, et il n'a pas dit ce qui était aussi évident pour lui que pour nous : Si ce fric t'ennuie tellement, mon vieux Byron des familles, je vais tout simplement t'en débarrasser. Après tout, à quoi servent les amis ?

«C'est ça, ils veulent la conduire, ils veulent *apprendre* à la conduire, bon Dieu, a dit Byron en frissonnant. Et qu'est-ce qui se passe à la fin de l'année ? Si tu t'es gourré sur les impôts et si tu n'as plus de quoi payer le supplément, tu dois le payer de ta poche, ou même l'emprunter à une de ces agences de youpins. Et de toute façon il y a une vérification quoi qu'il arrive. Et quand le gouvernement vérifie, il vous en prend toujours plus. Qui peut gagner contre Oncle Sam ? Il vous met la main dans la chemise et vous pince le téton jusqu'au sang, et on se retrouve perdant. Christ. »

Il est tombé dans un silence morose, pensant à la terrible malchance qui l'avait fait hériter de trente-cinq mille dollars. Andy Dufresne passait le goudron avec une grande brosse à cinq mètres de là. Il a jeté sa brosse dans le seau et s'est avancé vers Mert et Hadley.

On s'est figés tous, et j'ai vu un des autres matons, Tim Youngblood, faire glisser sa main vers son étui à revolver. Un des types du mirador a tapé sur le bras de son partenaire et ils se sont retournés. Un instant j'ai cru qu'Andy allait se faire descendre ou matraquer ou les deux.

Et alors, tout doucement, il a dit à Hadley : «Vous avez confiance dans votre femme ? »

Hadley n'a fait que le regarder. Le sang commençait à lui monter au visage, et je savais que c'était mauvais signe. D'ici trois secondes il allait sortir son bidule et l'enfoncer droit dans le plexus solaire d'Andy, là où il y a tout un tas de nerfs. Taper trop fort à cet endroit peut tuer un type, mais ils visent tous là. Quand ça n'est pas mortel ça vous paralyse assez longtemps pour oublier l'astuce que vous aviez en tête.

« Mon gars, a dit Hadley, je te donne une chance de ramasser ta brosse. Après tu vas descendre du toit la tête la première. »

Andy l'a regardé, très calme, immobile, le regard glacé. Comme s'il n'avait rien entendu. Et j'ai eu envie de lui dire comment sont les choses, de lui faire un cours express. Le cours express c'est ne *jamais* laisser voir qu'on entend ce que disent les gardes, ne *jamais* essayer de s'insinuer dans leur conversation sans qu'on vous le demande (et là, toujours leur dire ce qu'ils ont envie d'entendre et la fermer). En prison, qu'on soit noir, blanc, rouge ou jaune, peu importe, on a notre propre genre d'égalité. En taule chaque taulard est un nègre et il faut se faire à cette idée si on veut survivre avec des types comme Hadley et Stammas, qui vous tueraient aussi facilement qu'ils vous regardent. Quand on est au trou on appartient à l'État, malheur à qui l'oublie. J'ai connu des hommes qui ont perdu la vue, d'autres qui ont perdu des doigts et des orteils ; j'ai connu un homme qui a perdu le bout de son pénis, content de s'en être tiré à si bon compte. Je voulais dire à Andy qu'il était déjà trop tard. Il pouvait toujours faire marche arrière et ramasser sa brosse, il y aurait tout de même un gros bras à l'attendre ce soir dans les douches, prêt à lui ratatiner les deux jambes et à le laisser se tortiller sur le béton. On pouvait se payer un contrat de ce genre pour un paquet de clopes ou trois Baby Ruth. Surtout je voulais lui dire de ne pas rendre les choses pires qu'elles n'étaient déjà.

Ce que j'ai fait c'est continuer à passer du goudron sur le toit comme si de rien n'était. Je cherche d'abord à garer mon cul, comme tout le monde. Il faut bien. Il est déjà entamé, et à Shawshank il y a toujours eu des Hadley disposés à finir le boulot.

« Je m'exprime peut-être mal. Que vous ayez ou non confiance en elle est sans importance. Le problème, c'est si vous pensez qu'elle peut agir dans votre dos, vous faire un coup de Jarnac. »

Hadley s'est levé. Mert s'est levé. Tim Youngblood s'est levé. Hadley avait le visage aussi rouge qu'une caserne de pompiers. « Ton seul problème, a-t-il dit, c'est de savoir les os qui te restent et qui sont intacts. Tu pourras les compter à l'infirmerie. Allons-y, Mert. On jette ce connard par-dessus bord. »

Tim Youngblood a sorti son revolver. On a continué à goudronner comme des fous. Le soleil tapait. Ils allaient le faire ; Hadley et Mert allaient simplement le jeter par-dessus le parapet. Un terrible accident. Dufresne, détenu 81433-SHNK, a glissé sur l'échelle en descendant des seaux vides. Regrettable.

Ils l'ont pris. Mert a pris le bras droit, Hadley le gauche. Andy n'a pas résisté. Son regard n'a jamais quitté le visage rouge et chevalin de Hadley.

« Si elle est à votre botte, monsieur Hadley, a-t-il dit de la même voix calme, tranquille, il n'y a pas de raison que vous ne puissiez avoir cet argent jusqu'au dernier cent. Score final, monsieur Byron Hadley trente-cinq mille, Oncle Sam que dalle. »

Mert l'a traîné vers le bord. Hadley n'a pas bougé. Un instant Andy a eu l'air d'une corde qu'ils auraient tirée chacun de leur côté. « Attends une seconde, Mert, a dit Hadley. Qu'est-ce que tu veux dire, mon gars ?

— Je veux dire que si votre femme est à votre botte, vous pouvez le lui donner.

— Tu ferais mieux de parler en clair, mon gars, ou tu vas en bas.

— Le gouvernement autorise un don entre époux, un don unique, avec un plafond de soixante mille dollars. »

Hadley fixait maintenant Andy, l'air d'avoir reçu le ciel sur la tête. « Nan, pas possible, a-t-il dit. *Sans impôts ?*

— Sans impôts. L'IRS ne peut pas prendre un cent.

— Comment tu saurais un truc pareil ?

— Il était banquier avant, Byron, a dit Youngblood. J' suppose qu'il pourrait…

Ferme ta gueule, la Truite », a dit Hadley sans le regarder. Youngblood a rougi et s'est tu. Certains gardes l'appelaient la Truite à cause de ses grosses lèvres et de ses yeux globuleux. Hadley fixait toujours Andy. « T'es ce petit malin de banquier qui a tué sa femme. Pourquoi je croirais un petit malin comme toi ? Pour me retrouver ici à casser des cailloux en même temps que toi ? Tu aimerais ça, n'est-ce pas ? »

Andy, toujours calme : « Si vous étiez condamné pour fraude fiscale, vous iriez dans une prison fédérale, pas à Shawshank. Mais vous n'irez pas. Le don entre époux exonéré d'impôts est une échappatoire juridique parfaitement légale. J'en ai fait des douzaines… non, des centaines. C'est destiné principalement aux gens qui ont des petits commerces à léguer, ou à ceux qui ont un héritage inespéré. Comme vous.

— Je crois que tu mens », a dit Hadley, mais c'était faux — on voyait que c'était faux. Une émotion naissait sur son visage, quelque chose de grotesque sur cette longue et laide figure surmontée d'un front fuyant et rougi par le soleil. Une émotion presque obscène sur les traits de Byron Hadley. L'espoir.

« Non, je ne mens pas. Vous n'avez pas besoin non plus de me croire sur parole. Engagez un avocat…

— Ces enculés de bandits d'assassins d'enfants ! » s'est écrié Hadley.

Andy a haussé les épaules. « Alors allez voir l'IRS. Ils vous diront la même chose gratuitement. En fait vous n'aviez même pas besoin que je vous le dise. Vous auriez fait votre enquête vous-même.

— Putain de merde. J'ai pas besoin d'un petit malin de banquier assassin pour me montrer comment chier dans le trou.

— Vous aurez besoin d'un fiscaliste ou d'un banquier pour rédiger l'acte et cela vous coûtera quelque chose, a dit Andy. Ou bien… si cela vous intéresse je serais heureux de vous le rédiger presque pour rien. Le prix serait de trois bières pour chacun de mes collaborateurs…

— Collaborateurs », a dit Mert en éclatant d'un rire rouillé. Il s'est donné une claque sur le genou. Très fort pour se claquer les genoux, le vieux Mert, et j'espère qu'il est crevé d'un cancer à l'intestin dans un coin de la planète où on n'a pas encore découvert la morphine. « Collaborateurs, c'est pas joli ? Collaborateurs ! T'as vraiment pas…

— Ferme ta putain de gueule », a grondé Hadley, et Mert l'a fermée. Hadley a regardé Andy : « Qu'est-ce que tu disais ?

— Je disais que je demanderais seulement trois bières pour chacun de mes collaborateurs, si cela vous paraît honnête. Je crois qu'un homme se sent encore plus un homme quand il travaille dehors au printemps s'il peut boire une bouteille bien mousseuse. Ce n'est que mon opinion. Ça descendrait tout seul, et je suis sûr qu'ils vous en seraient reconnaissants. »

J'en ai reparlé avec quelques-uns de ceux qui étaient sur le toit ce jour-là — Rennie Martin, Logan St. Pierre et Paul Bonsaint, ça fait trois — et nous avons tous vu la même chose à ce moment… *senti* la même chose. D'un seul coup, c'était Andy qui avait le dessus. Hadley avait le revolver à la ceinture et le bidule à la main, Hadley avait son ami Greg Stammas derrière lui et toute l'administration de la prison derrière Stammas, toute la puissance de l'État derrière tout ça, mais tout d'un coup, dans la lumière dorée du soleil, ce n'était plus rien, et j'ai senti mon cœur bondir dans ma poitrine comme il ne l'avait plus jamais fait depuis que le camion m'avait fait franchir le portail avec quatre autres types, jadis en 1938, et que j'étais descendu dans la cour de la prison.

Andy regardait Hadley de son œil froid, calme et clair, et il ne s'agissait plus seulement des trente-cinq mille dollars, on a tous été d'accord. Je l'ai rejoué sans arrêt dans ma tête et je le *sais*. C'était d'homme à homme, et Andy l'a tout simplement forcé, tout comme un homme fort peut forcer le bras d'un faible à plier jusqu'à la table dans un bras-de-fer. Voyez-vous, il n'y avait aucune raison pour que Hadley, à cet instant précis, ne fasse pas signe à Mert de basculer Andy la tête en avant, tout en profitant de son conseil.

Aucune raison. *Mais il ne l'a pas fait.*

« Je pourrais vous donner deux bières chacun si je voulais, a dit Hadley. Une bière, c'est bon quand on bosse. » Ce prodigieux connard a même réussi à prendre un air magnanime.

« Je vous donnerai un seul conseil, parce que l'IRS n'en prendrait pas la peine, a dit Andy, fixant Hadley sans ciller. Faites ce don à votre femme si vous êtes *sûr* d'elle. Si vous croyez qu'il y a une chance pour qu'elle vous double ou vous fasse un enfant dans le dos, on pourrait trouver autre chose…

— Me doubler ? aboya Hadley. Me doubler, *moi* ? Monsieur le Banquier flingueur, même si elle avait bouffé un wagon de laxatifs, elle n'oserait pas péter sans ma permission. »

Mert, Youngblood et les autres matons s'esclaffèrent consciencieusement. Andy n'eut pas l'ombre d'un sourire.

« Je vais noter les formulaires dont vous avez besoin, a-t-il dit. Vous les trouverez à la poste, je les remplirai et vous pourrez les signer. »

C'était assez ronflant pour que Hadley bombe le torse. Ensuite il nous a foudroyés du regard en hurlant : « Vous, les macaques, qu'est-ce que vous regardez ? Remuez-vous le cul, bon Dieu ! » Se retournant vers Andy : « Tu vas venir avec moi, le Flingueur. Et écoute-moi bien : si tu me fais un tour de juif, tu vas te retrouver à cavaler après ta tête dans les douches C avant la fin de la semaine.

— Oui, je comprends », a dit Andy doucement.

Et il comprenait. Vu comme ça s'est passé, il comprenait bien mieux que moi — que n'importe lequel d'entre nous.

Voilà comment, l'avant-dernier jour du chantier, l'équipe de forçats qui goudronnait le toit de la fabrique de plaques en 1950 s'est retrouvée assise en rang à dix heures un matin de printemps, buvant des Black Label apportées par le maton le plus coriace qui ait jamais fait une ronde au pénitencier de Shawshank. La bière était tiède comme de la pisse, mais c'était quand même la meilleure bière que j'aie jamais bue. On était assis, on buvait, on sentait le soleil sur nos épaules, et l'expression de mépris amusé de Hadley — comme s'il voyait des singes en train de boire, pas des hommes — n'arrivait même pas à gâcher ce moment. Elle a duré vingt minutes, cette pause bière, et pendant vingt minutes nous avons eu l'impression d'être des hommes libres. Comme si on buvait de la bière en goudronnant le toit de notre propre maison.

Andy, seul, ne buvait pas. Je vous ai déjà parlé de sa façon de boire. Il est resté accroupi à l'ombre, les bras ballants entre ses genoux, en nous regardant avec un léger sourire. Prodigieux, le nombre de types qui se souviennent de lui comme ça, le nombre de types qu'il a dû y avoir dans cette équipe le jour où Andy Dufresne a affronté Byron Hadley. Je croyais qu'on était neuf ou dix, mais en 1955 on était bien deux cents, peut-être plus... à croire ce qu'on racontait.

Alors, ouais — si vous me demandiez de répondre par oui ou par non pour savoir si j'essaye de vous parler d'un homme ou d'une légende qui s'est faite autour d'un homme comme une perle autour d'un petit grain de sable — je devrais dire que la réponse est quelque part entre les deux. Tout ce dont je suis sûr c'est qu'Andy Dufresne ne me ressemblait guère ni à aucun de ceux que j'ai vus depuis que je suis dedans. Il s'est amené avec cinq cents dollars fourrés dans sa poche arrière, mais je ne sais comment ce fils de pute s'est arrangé pour apporter aussi autre chose. Le sentiment de sa propre valeur, peut-être, l'idée qu'en fin de compte il serait gagnant... ou peut-être n'était-ce qu'une sensation de liberté, même derrière ces foutus

murs gris. Une sorte de lumière intérieure qu'il trimba-
lait avec lui. Je ne l'ai vu perdre cette lumière qu'une
fois, et cela aussi fait partie de cette histoire.

À l'époque du championnat du monde de 1950
— l'année où les petits génies de Philadelphie en ont
tombé quatre de suite, vous vous souvenez — Andy n'a
plus jamais eu d'ennuis avec les chiennes. Stammas et
Hadley avaient fait passer le mot. Si Andy Dufresne
venait les voir, eux ou n'importe quel maton de leur
coterie, avec ne fût-ce qu'une seule goutte de sang dans
son caleçon, toutes les chiennes de Shawshank iraient
se coucher le soir même avec la migraine. Elles n'ont
rien tenté. Comme je l'ai déjà dit, elles avaient toujours
sous la main un voleur de voitures de dix-huit ans ou un
type qui s'était envoyé en l'air en tripotant des gosses.
Après le jour du goudron sur le toit, Andy est allé de
son côté et les chiennes du leur.

Il s'est donc mis à travailler à la bibliothèque sous les
ordres d'un vieux taulard endurci, Brooks Hatlen. Hatlen avait eu ce boulot à la fin des années vingt parce
qu'il avait été étudiant. À vrai dire, c'est un diplôme
d'élevage fermier qu'il avait obtenu, mais dans les éta-
blissements d'enseignement inférieur comme Shawshank les universitaires sont si rares que c'est comme
l'histoire du borgne chez les aveugles.

Brooksie, qui avait tué sa femme et sa fille après une
mauvaise passe au poker quand Coolidge était président, a été libéré sur parole en 1952. Comme d'habitude, l'État dans toute sa sagesse le laissait partir
longtemps après qu'il n'eut plus la moindre chance de
devenir un être utile à la société. À soixante-huit ans,
arthritique, il a passé le portail en boitillant avec un
costume polonais et des chaussures françaises, son

billet de sortie dans une main et un ticket de car dans l'autre. Il pleurait en s'en allant. Shawshank était son univers. Ce qu'il y avait au-delà des murs était pour lui aussi terrible que les mers occidentales l'étaient pour les marins superstitieux du quinzième siècle. Brooksie, en prison, avait été un personnage de quelque importance. Il était un homme cultivé, le bibliothécaire en chef. S'il allait demander du travail à la bibliothèque de Kittery on ne lui donnerait même pas une carte de lecteur. J'ai appris qu'il est mort dans un hospice pour vieillards de Freeport en 1953, ce qui fait qu'il a tenu six mois de plus que je n'aurais cru. Ouais, je crois que l'État s'est bien payé sur la bête avec Brooksie. On l'a dressé à aimer son trou à merde, et ensuite on l'a foutu dehors.

Andy a pris la succession de Brooksie, et il a été bibliothécaire en chef pendant vingt-trois ans. Quand il voulait obtenir quelque chose, il y apportait la même force de volonté que je l'avais vu employer sur Hadley, et il a fait peu à peu d'une petite pièce (sentant encore la térébenthine, on y rangeait la peinture jusqu'en 1922 et on ne l'avait jamais convenablement aérée) tapissée par les livres condensés du *Reader's Digest* et des *National Geographics*, la meilleure bibliothèque pénitentiaire de la Nouvelle-Angleterre.

Il s'y est pris pas à pas. Il a mis une boîte à idées près de la porte, triant patiemment les tentatives d'humour comme *Encore des lives de bèze* ou *L'Exvasion en 10 lésson faciles*. Il s'est procuré ce à quoi les détenus semblaient vraiment tenir. Il a écrit aux principaux clubs du livre de New York et a obtenu de deux d'entre eux, la Guilde littéraire et le Club du livre du mois, qu'ils nous envoient leur sélection à un prix de faveur. Il a découvert une soif d'informations sur des passe-temps tels que la sculpture sur savon, l'ébénisterie, la prestidigitation et les réussites aux cartes, et acheté tous les livres qui s'y rapportaient. Et ceux des deux vedettes des prisons, Erle Stanley Gardner et Louis L'Amour : les taulards ne se lassent ni du tribunal, ni des grands espaces. Et, oui bien sûr, il gardait un carton de bouquins salés sous le bureau d'inscription et ne les prêtait qu'en s'assurant qu'ils lui reviendraient. Mais chaque nouvelle acquisition de ce genre était quand même très vite réduite en lambeaux à force d'être lue.

C'est en 1954 qu'il se mit à écrire au Sénat de l'État, à Augusta. Stammas était devenu directeur, et il faisait comme si Andy était une sorte de mascotte. Il passait son temps à la bibliothèque à raconter des blagues, et il lui arrivait même de passer son bras sur les épaules d'Andy ou de lui donner des bourrades. Ce qui ne trompait personne. Andy Dufresne ne serait jamais une mascotte.

Il lui disait qu'il avait bien pu être banquier, jadis, mais que cette période de sa vie disparaissait dans le passé et qu'il lui fallait se faire à la réalité de la prison. Pour ces parvenus d'Augusta, les républicains rotariens du Sénat, il n'y avait que trois façons de dépenser l'argent du contribuable quand il s'agissait de prisons et de pénitenciers. Premièrement encore des murs, deuxièmement encore des barreaux, troisièmement encore des gardiens. Pour ces gens-là, lui expliqua Stammas, les gars de Thomastan, Shawshank, Pittsfield et South Portland étaient la lie de la terre. Ils étaient là pour tirer leur temps à la dure, et par Dieu et le petit Jésus, ce serait vraiment à la dure. Et s'il y avait quelques charançons dans le pain, putain, quel dommage, non ?

Andy avait son petit sourire tranquille et demandait à Stammas ce qui arriverait à un bloc de béton s'il lui tombait dessus une goutte d'eau par an pendant un million d'années. Stammas riait et lui donnait une claque dans le dos. « Tu n'as pas un million d'années, vieille carne, mais si tu les avais, je crois que tu les tirerais avec le même petit sourire sur ta gueule. Continue, écris tes lettres. Je te les mettrai même à la poste si tu payes les timbres. »

Andy a continué. Et c'est lui qui a ri le dernier, même si Stammas et Hadley n'étaient plus là pour le voir. Les demandes de crédit pour la bibliothèque ont été régulièrement refusées jusqu'en 1960, année où il reçut un chèque de deux cents dollars — probablement accordé par le Sénat dans l'espoir qu'il leur foutrait la paix. Espoir déçu. Andy eut le sentiment d'avoir en quelque sorte glissé un pied dans la porte et il redoubla d'efforts : deux lettres par semaine au lieu d'une. En 1962 il eut quatre cents dollars, et pendant huit ans il y eut sept cents dollars qui tombèrent régulièrement chaque année. En 1971 c'était monté à onze cents dollars. Pas grand-chose à côté de ce que reçoit la moindre bibliothèque de province, j'imagine, mais mille dollars peuvent payer un bon tas de Perry Mason et de Jake Logan d'occasion. Vers la fin, en entrant dans la bibliothèque (sortie de son placard originel pour occuper trois pièces), on y trouvait presque tout ce qu'on pouvait désirer. Et si cela ne s'y trouvait pas, il y avait de bonnes chances pour que Andy puisse vous le trouver.

Maintenant vous vous demandez si tout ça n'est venu que parce que Andy a dit à Byron Hadley comment ne pas payer d'impôts sur son héritage inespéré. La réponse est oui… et non. Vous pouvez probablement deviner vous-même comment ça s'est passé.

Shawshank abritait un petit génie de la finance appri-

voisé, voilà la rumeur qui a couru. À la fin du printemps
et au début de l'été 1950, Andy a monté une mutuelle
pour les gardiens voulant assurer des études universitaires à leurs enfants, a donné des conseils à deux
d'entre eux qui voulaient se constituer un petit portefeuille (et ils s'en sont drôlement bien tirés, en fait, si
bien même, pour l'un des deux, qu'il a pu prendre une
retraite anticipée deux ans plus tard), et du diable s'il
n'a pas montré au directeur George Dunahy, cette
vieille tête de citron pressé, à se mettre à l'abri des
impôts. C'était juste avant que Dunahy se fasse lourder,
et je crois qu'il rêvait aux millions que son bouquin
allait lui rapporter. En avril 1951 Andy faisait les déclarations de la moitié des matons de Shawshank, et en
1952 il les faisait presque toutes. Il était payé avec ce
que la prison a de plus précieux : en bonne volonté.

Plus tard, quand Stammas a pris le fauteuil de directeur, Andy est devenu encore plus important — mais si
je voulais vous donner des précisions, ce serait à
l'aveuglette. Il y a des choses que je sais et d'autres
que je peux seulement deviner. Je sais que certains prisonniers recevaient toutes sortes d'attentions particulières — des radios dans leurs cellules, des visites
spéciales, des choses comme ça — et qu'il y avait
dehors des gens qui payaient pour ces privilèges. Les
détenus appellent ces gens des « anges ». Tout d'un
coup un type était dispensé de travailler sur le toit de la
fabrique le samedi matin, et on comprenait que ce type
avait dehors un ange qui avait craché un paquet de blé
pour que ça se passe comme ça. Habituellement l'ange
refile le pot-de-vin à un maton au milieu de l'échelle et
le maton graisse les barreaux administratifs vers le
haut et vers le bas.

Et puis il y avait le garage clandestin qui avait lessivé

Dunahy. Le garage est rentré sous terre pendant un certain temps et a émergé plus fort que jamais à la fin des années cinquante. Et les entrepreneurs qui faisaient de temps en temps des travaux à la prison versaient des commissions au sommet de l'administration, j'en suis à peu près sûr, ce qui était presque sûrement vrai aussi pour les compagnies fournissant les machines de la blanchisserie, de la fabrique de plaques et de la presse à emboutir installée en 1963.

À la fin des années soixante il y a eu aussi un boom sur les pilules, et la même bande d'administrateurs s'arrangeait pour prélever sa dîme. Le tout faisait une jolie rivière de revenus occultes. Pas comme les paquets de fric illégal qui doivent circuler dans les grandes prisons comme Attica ou Saint-Quentin, mais pas des clopinettes non plus. Et au bout d'un temps l'argent en soi devient un vrai problème. On ne peut pas le fourrer simplement dans son portefeuille et sortir un tas de billets de dix et de vingt froissés et déchirés quand on veut se faire construire une piscine dans son arrière-cour ou une pièce supplémentaire. Passé un certain point il faut expliquer d'où vient l'argent… et si vos explications ne sont pas convaincantes vous pouvez vous retrouver avec un numéro sur le dos.

Ainsi les services d'Andy répondaient à un besoin. Ils l'ont sorti de la blanchisserie et installé dans la bibliothèque, mais d'un autre point de vue ils ne l'ont jamais sorti de la blanchisserie. Ils lui ont fait blanchir de l'argent sale au lieu de blanchir du linge. Il en faisait des actions, des obligations, des emprunts municipaux dégrevés d'impôts, tout ce que vous voulez.

Un jour, environ dix ans après cette histoire sur le toit de la fabrique de plaques, il m'a dit qu'il n'avait aucun scrupule à faire ce qu'il faisait, qu'il se sentait la conscience relativement tranquille. Avec ou sans lui, les rackets auraient continué. En plus il n'avait pas demandé à vivre à Shawshank, il était un innocent martyrisé par une poisse colossale, pas un missionnaire ni un militant.

« Par-dessus le marché, Red, m'a-t-il dit avec son éternel demi-sourire, ce que je fais ici n'est pas si différent de ce que je faisais dehors. Prends ça comme un axiome plutôt cynique : l'expertise financière que demande un individu ou une entreprise est en rapport direct avec le nombre de gens que cet individu ou cette entreprise est en train de baiser.

« Les types qui dirigent cet endroit sont pour la plupart des monstres stupides et brutaux. Ceux qui gouvernent à l'extérieur sont brutaux, monstrueux, mais pas stupides à ce point, parce qu'on y exige tout de même un peu plus de compétence. Pas beaucoup, mais un peu.

— Mais les pilules, ai-je dit. Je ne veux pas te dire ce que tu dois faire, mais ces trucs-là m'inquiètent. Des rouges, du speed, des calmants, du Nembutal — maintenant il y a ce qu'ils appellent des Phase quatre. Je ne toucherai jamais à ces trucs-là. L'ai jamais fait.

— Non, je n'aime pas les pilules, moi non plus. Jamais aimé. Mais je ne suis pas très branché sur le tabac ou la gnôle. Et je ne vends pas de pilules. Je ne les fais pas entrer, et quand elles sont là je n'en vends pas. Ce sont surtout les matons qui le font.

— Mais…

— Ouais, je sais. La frontière est imprécise. Ça revient à dire, Red, qu'il y a des gens qui refusent absolument de se salir les mains. On les appelle des saints, les pigeons se posent sur leurs épaules et chient sur leur chemise. L'autre extrême c'est de se plonger

dans la merde et de fourguer n'importe quelle saloperie pour du fric — des flingues, des crans d'arrêt, de
l'héro, rien à foutre. Il y a déjà eu un taulard pour venir
te proposer un contrat ? »

J'ai hoché la tête. C'est arrivé des tas de fois au fil
des ans. Après tout, on est le type qui peut tout avoir. Et
ils se disent que si on peut leur avoir des piles pour leur
transistor ou des cartouches de Lucky ou des sachets
d'herbe, on peut les brancher sur un type sachant jouer
du couteau.

« Bien sûr, a continué Andy. Mais tu ne le fais pas.
Parce que des types comme nous, Red, on sait qu'il y
a une troisième voie. Entre rester blanc comme neige
et se vautrer dans la boue. C'est le choix que font tous
les adultes dans le monde entier. On évalue son trajet
dans la porcherie d'après ce que ça vous rapporte. On
choisit le moindre de deux maux et on essaye de ne pas
perdre de vue ses bonnes intentions. Et je suppose
qu'on sait où on en est si on arrive à dormir la nuit…
et d'après les rêves qu'on fait.

— Les bonnes intentions. » J'ai ri. « Je connais ça
par cœur, Andy. N'importe qui peut trotter tout droit
en enfer en les suivant.

— Ne crois pas ça, a-t-il dit, soudain plus sombre.
L'enfer, c'est ici. Ici au trou. Ils vendent leurs pilules
et je leur dis quoi faire du fric. Mais j'ai aussi la bibliothèque et je connais deux douzaines de gars qui s'en
sont servis pour passer l'examen d'entrée à l'université. Peut-être qu'en sortant d'ici ils seront capables de
se traîner hors du fumier. Quand on a eu besoin d'une
seconde pièce, en 57, je l'ai eue. Parce qu'ils veulent
que je sois content. Je ne suis pas cher. C'est ma monnaie d'échange.

— Et tu as tes appartements privés.

— Bien sûr. C'est ce qui me convient. »

La population de la prison avait lentement augmenté au cours des années cinquante et quasiment explosé dans les années soixante, quand le moindre lycéen américain a voulu essayer la dope avec les peines parfaitement ridicules infligées à celui qui fumait un joint. Mais Andy n'avait jamais eu de compagnon de cellule, sauf un Indien, un grand type silencieux qui s'appelait Normaden (on l'appelait Chef, comme tous les Indiens de Shawshank), et qui n'était pas resté longtemps. La plupart des longues peines trouvaient qu'Andy était dingue, mais il souriait. Il vivait seul et il aimait ça… Or, comme il le disait, ils voulaient qu'il soit content. Il n'était pas cher.

En prison le temps passe lentement, parfois on jurerait qu'il s'arrête, mais il passe. Il passe. George Dunahy a quitté la scène sous une tornade de gros titres hurlant SCANDALE et CORRUPTION. Stammas lui a succédé et pendant six ans Shawshank a été l'enfer sur terre. Pendant le règne de Greg Stammas, les lits de l'infirmerie et les cellules d'isolement n'ont pas désempli.

Un jour de 58 je me suis regardé dans le petit miroir de poche de ma cellule et j'ai vu un type de quarante ans qui me regardait. En 38 c'est un gosse qui était entré, un gosse avec une tignasse de cheveux carotte, à moitié fou de remords pensant au suicide. Ce gosse n'existait plus. Les cheveux roux grisonnaient, se dégarnissaient. Des pattes-d'oie lui encadraient les yeux. Ce jour-là j'ai pu voir à l'intérieur le vieil homme qui attendait son heure. J'ai eu peur. Personne n'a envie de vieillir au trou.

Stammas a ripé début 1959. Plusieurs journalistes

étaient venus renifler dans le coin, l'un d'entre eux avait même tiré quatre mois sous un faux nom et pour un crime inventé de toutes pièces. Ils s'apprêtaient à crier à nouveau SCANDALE et CORRUPTION, mais Stammas s'est tiré avant le coup de massue. Je comprends ça, mon gars, oh oui. Si on l'avait jugé puis condamné, il aurait pu se retrouver ici même. Dans ce cas il aurait peut-être survécu cinq heures. Byron Hadley était parti deux ans plus tôt. Le crétin avait eu une crise cardiaque et avait pris une retraite anticipée.

Andy n'a pas été éclaboussé par l'affaire Stammas. Un nouveau directeur a été nommé début 59, un nouveau sous-directeur, et un nouveau surveillant-chef. Pendant les huit mois qui ont suivi, Andy n'a plus été qu'un prisonnier parmi les autres. C'est pendant cette période que Normaden, le grand métis de Passamaquoddy, a partagé sa cellule. Et puis tout est reparti. On a déménagé Normaden et Andy a retrouvé son splendide isolement. Au sommet les noms changent, les rackets demeurent.

Un jour j'ai parlé d'Andy avec Normaden. « Un mec sympa », a lâché l'Indien. Difficile de comprendre ce qu'il disait : il avait un bec-de-lièvre et un palais fendu, et il n'en sortait qu'une bouillie de mots. « J'aimais bien là-bas. Mais il ne voulait pas de moi. Je le savais. » Haussement d'épaules massif. « J'ai été content de partir, moi. Sale courant d'air dans la cellule. Tout le temps froid. Il ne laisse personne toucher ses affaires. C'est okay. Mec sympa, jamais foutu de moi. Mais sale courant d'air. »

*
* *

Rita Hayworth est restée au mur de sa cellule jusqu'en 1955, si je me souviens bien. Puis ce fut Marilyn Monroe, la photo de *Sept Ans de réflexion* où elle est sur une grille de métro avec sa jupe relevée par l'air chaud. Marilyn a duré jusqu'en 60, et elle avait l'air d'avoir beaucoup vécu quand Andy l'a remplacée par Jayne Mansfield. Jayne, c'était un buste, pardonnez-moi cette expression. Environ un an plus tard c'est une actrice anglaise qui a pris sa place — peut-être Hazel Court, mais je n'en suis pas sûr. En 66 l'Anglaise a chuté et Raquel Welch s'est fait engager pour une durée record de six ans dans la cellule d'Andy. La dernière affiche a été celle d'une jolie chanteuse de rock-country qui s'appelait Linda Ronstadt.

Une fois je lui ai demandé le sens que ces affiches avaient pour lui, et il m'a jeté un regard étrange, un peu surpris.

« Oh, elles signifient pour moi la même chose que pour la plupart des taulards, j'imagine. La liberté. On regarde ces jolies femmes et on sent comme si on pouvait presque… pas vraiment mais presque passer à travers et se retrouver à leurs côtés. Être libre. Je crois que c'est pour ça que j'ai toujours préféré Raquel Welch. Ce n'est pas seulement elle, c'est cette plage où elle est. On aurait dit quelque part au Mexique. Un endroit tranquille, où un type peut s'entendre penser. Tu n'as jamais eu cette impression avec une image, Red ? Que tu pourrais presque passer de l'autre côté ? »

J'ai répondu que je n'avais jamais eu précisément cette idée-là.

« Peut-être qu'un jour tu verras ce que je veux dire », et il avait raison. Quelques années plus tard j'ai vu exactement ce qu'il voulait dire… et à ce moment-là j'ai d'abord repensé à Normaden quand il disait qu'il faisait toujours froid dans la cellule d'Andy.

Quelque chose de terrible est arrivé à Andy fin mars ou début avril 1963. Je vous ai dit qu'il avait quelque chose qui semblait manquer à la plupart des autres prisonniers, moi compris. Appelez ça une sorte de sérénité, un sentiment de paix intérieure, peut-être même une foi constante et inébranlable dans la fin de cet interminable cauchemar. Appelez ça comme vous voulez, mais Andy Dufresne n'avait jamais l'air d'être à côté de ses pompes. Rien en lui de ce désespoir morose qui gagne tôt ou tard la plupart des condamnés à perpète. Jamais il ne donna l'impression d'être désespéré. Jusqu'à cet hiver de 1963.

Nous avions un nouveau directeur, un nommé Samuel Norton. Les Pères fondateurs se seraient retrouvés en terrain de connaissance avec ce Sam Norton. Pour ce que j'en sais personne ne l'a jamais vu sourire. Il portait un insigne célébrant ses trente ans à l'Église baptiste adventiste d'Eliot. Son innovation principale en tant que chef de notre heureuse petite famille a été de faire fournir un Nouveau Testament à chaque prisonnier qui entrait. Sur son bureau il avait une petite plaque en teck incrusté de lettres d'or, disant CHRIST EST MON SAUVEUR. Au mur une broderie faite par sa femme : LE JUGEMENT EST PROCHE. Cette idée laissait de glace la plupart d'entre nous. Nous estimions que le jugement avait déjà eu lieu, et nous étions prêts à témoigner que le rocher ne nous avait pas cachés, ni l'arbre mort abrités. Il avait une citation de la Bible pour chaque occasion, ce M. Sam Norton, et si vous rencontrez jamais un type dans son genre, je vous conseille de lui faire un grand sourire et de vous planquer les couilles à deux mains.

Il y avait moins de types à l'infirmerie qu'à l'époque de Stammas, et pour ce que j'en sais les enterrements au clair de lune avaient pris fin, mais ce n'est pas dire que Norton ne croyait pas au châtiment. Le mitard ne manquait pas de pensionnaires. Les types ne perdaient plus leurs dents sous les coups mais à cause du régime au pain et à l'eau. On s'est mis à dire au pain et au chien, comme par exemple : « Je suis dans le wagon de Norton, les mecs, au pain et au chien. »

Je n'ai jamais vu un hypocrite aussi puant atteindre un poste aussi élevé. Les rackets dont je vous ai parlé ont continué à prospérer, perfectionnés encore par Sam Norton. Andy les connaissait tous. Comme à l'époque nous étions devenus assez bons amis, il m'en a dévoilé quelques-uns. Quand il en parlait c'était avec une sorte de dégoût amusé, étonné, comme s'il me décrivait une espèce d'insecte particulièrement ignoble et rapace que sa laideur et sa rapacité mêmes rendaient plus comique que redoutable.

C'est le directeur Norton qui a institué le programme « Dedans-Dehors » dont vous avez peut-être entendu parler il y a seize ou dix-sept ans ; il y a même eu un article dans *Newsweek*. La presse l'a montré comme un vrai progrès dans les techniques de réhabilitation pénitentiaire. On envoyait des prisonniers couper des bouleaux, réparer des ponts et les digues, construire des silos à pommes de terre. Norton appelait ça « Dedans-Dehors » et chaque foutu Rotary ou Kiwani Club de Nouvelle-Angleterre l'a invité à venir l'expliquer, surtout après que *Newsweek* eut publié sa photo. Les prisonniers appelaient ça « casser des cailloux », mais à ce que j'en sais on n'en a pas invité un seul à exprimer son opinion aux Kiwaniens ou à l'Ordre de l'Élan sacré.

Norton ne manquait pas une seule sortie, insigne baptiste et toute la panoplie ; qu'on coupe du bois, qu'on creuse des fossés en cas d'orage, qu'on pose des conduits le long des autoroutes, Norton était là et prélevait son pourcentage. Il touchait à tous les râteliers — la main-d'œuvre, les matériaux, ce que vous voudrez. Mais ça lui venait aussi par l'autre bout. Les entrepreneurs du coin avaient une trouille mortelle de son programme « Dedans-Dehors » : les prisonniers, ça travaille comme des esclaves, personne ne peut les concurrencer. Alors Sam Norton, avec son Nouveau Testament et son épingle commémorative, a touché de confortables dessous-de-table pendant les seize ans qu'il a dirigé la prison. Quand il recevait son enveloppe il gonflait son devis, ou alors il n'en faisait même pas, ou encore il prétendait que tous ses « Dedans-Dehors » étaient engagés ailleurs. Je me suis toujours étonné qu'on n'ait pas trouvé Norton dans le coffre d'une Thunderbird garée au bord d'une route du Massachusetts, les mains liées derrière le dos et six balles dans la tête.

En tout cas, comme dit la vieille chanson de bastringue : « Mon Dieu, comme le fric s'entassait. » Norton devait être de l'avis des anciens puritains : pour savoir, à qui Dieu sourit, vérifie son compte en banque.

Andy Dufresne était son bras droit, il trempait dans toutes les combines. La bibliothèque de la prison faisait figure d'otage. Norton le savait, et s'en servait. Andy m'a dit quel était le proverbe favori du directeur : *Une main lave l'autre.* Alors il lui donnait de bons conseils, des idées utiles. Je ne suis pas certain qu'il ait peaufiné le programme « Dedans-Dehors »,

mais foutrement sûr qu'il a blanchi le fric pour ce fils
de pute de bon apôtre. Il donnait ses conseils, ses
bonnes idées, dispersait les dollars et… saloperie ! La
bibliothèque recevait une nouvelle série de manuels de
mécanique, la dernière édition de l'Encyclopédie Gro-
lier, des livres pour préparer aux examens scolaires.
Avec, bien sûr, d'autres Erle Stanley Gardner et Louis
L'Amour.

Je suis persuadé que tout cela est arrivé parce que
Norton ne voulait surtout pas perdre son bras droit.
J'irai plus loin : c'est arrivé parce qu'il avait peur de ce
qui pourrait se passer — de ce qu'Andy pourrait raconter sur lui s'il arrivait jamais à sortir de Shawshank.

Il m'a fallu sept ans pour reconstituer cette histoire,
bribe par bribe — Andy m'en a dit un peu, mais pas
tout. Il ne voulait jamais parler de cette période, et je
ne lui en veux pas. Des éléments m'ont été fournis par
une demi-douzaine de types, au moins. Les taulards ne
sont que des esclaves, je l'ai déjà dit, mais comme les
esclaves ils ont l'habitude de jouer au con et de laisser
traîner leurs oreilles. On me l'a racontée à l'envers, à
l'endroit, par le milieu, mais je vais vous la raconter de
A jusqu'à Z, et vous comprendrez peut-être pourquoi
ce type est resté environ dix mois plongé dans une tor-
peur sinistre, complètement déprimé. Voyez-vous, je
ne crois pas qu'il ait appris la vérité avant 1963, quinze
ans après son entrée dans notre charmante petite
géhenne. Jusqu'à ce qu'il rencontre Tommy Williams,
je ne crois pas qu'il ait compris à quel point elle peut
être féroce.

Tommy Williams a rejoint notre heureuse petite
famille de Shawshank en novembre 1962. Sachant
qu'il était né dans le Massachusetts, Tommy n'en tirait

aucune gloire. À l'âge de vingt-sept ans il avait fait toutes les prisons de la Nouvelle-Angleterre. C'était un voleur professionnel et, vous vous en doutez, je trouvais qu'il aurait dû choisir une autre carrière.

Il était marié, et sa femme venait le voir chaque semaine. Elle se disait que les choses pourraient aller mieux pour Tommy, et conséquemment mieux pour elle-même et leur fils de trois ans, s'il passait son baccalauréat. Elle réussit à le persuader et il se mit à venir régulièrement à la bibliothèque.

Pour Andy, c'était de la routine. Il lui a fait passer une série de tests de niveau. Tommy n'aurait qu'à revoir les matières qu'il avait apprises au lycée — pas grand-chose — et potasser le reste. Andy l'a aussi inscrit à une série de cours par correspondance sur les matières qu'il n'avait pas comprises ou qu'il n'avait jamais abordées du fait d'avoir quitté l'école.

Il n'a probablement pas été le meilleur élève qu'Andy a poussé à sauter les obstacles, et je ne sais pas s'il a jamais passé son bac, mais cela ne rentre pas dans cette histoire. L'important c'est qu'il en est venu à se prendre d'une grande affection pour Andy, comme faisaient la plupart des gens au bout d'un certain temps.

Tommy, une ou deux fois, lui a demandé « qu'est-ce qu'un type intelligent comme toi fabrique en taule ? » équivalent local de « qu'est-ce qu'une fille bien comme vous fait dans un tel endroit ? » Mais Andy n'était pas du genre à lui répondre ; il se contentait de sourire et détournait la conversation. Tout naturellement Tommy s'est adressé ailleurs, et quand il a su la vérité je crois qu'il a reçu le plus grand choc de sa courte vie.

Celui qui lui a répondu était son coéquipier sur la repasseuse-plieuse à vapeur. Les détenus l'appellent l'écraseuse, car c'est exactement ce qu'elle vous fait si, par distraction, vous laissez votre indigne personne se faire prendre. L'équipier, c'était Charlie Lathrop, qui était là depuis douze ans pour meurtre. Il a pris grand plaisir à raconter les détails de l'affaire Dufresne à Tommy, cela brisait la monotonie de leur tâche : ôter les draps fraîchement repassés de la machine et les poser dans un panier. Il en arrivait au jury qui attendait d'avoir déjeuné pour prononcer son verdict quand un coup de sifflet a signalé un incident et l'écraseuse s'est arrêtée en grinçant. À l'autre bout on y enfournait des draps propres venant de la clinique Eliot, et la machine les recrachait secs et repassés toutes les cinq secondes. Ils devaient les prendre, les plier et les poser à plat dans un chariot déjà couvert par une nouvelle feuille de papier d'emballage.

Mais Tommy Williams était debout, les yeux fixés sur Charlie, bouche bée, le menton en chute libre, au milieu d'un amoncellement de draps sortis tout blancs de la machine et désormais en train d'absorber la boue répandue sur le sol — et il n'en manque pas, dans une blanchisserie industrielle.

Alors le crabe en chef de la journée, Homer Jessup, est arrivé au pas de course, hurlant comme une bête, la matraque brandie. Tommy n'a fait aucune attention à lui. Il s'est adressé à Charlie comme si Homer, qui ne se souvenait plus du nombre de crânes qu'il avait fracassés, n'était même pas là.

« Comment s'appelait ce prof de golf déjà ?

— Quentin », a répondu Charlie, si troublé qu'il ne savait plus où il était. Plus tard il a dit que le gosse était pâle comme un drapeau blanc. « Glenn Quentin, je crois. Quelque chose comme ça, en tout cas…

— Alors ça ! Alors ça ! a hurlé Homer Jessup, le cou

rouge comme une crête de coq. «Fous-moi ces draps dans l'eau froide ! Fais vite, fais vite, par Dieu, tu…

— Glenn Quentin, oh mon Dieu», a dit Tommy, et c'est tout ce qu'il a pu dire car Jessup, le moins pacifique des hommes, lui avait abattu sa matraque derrière l'oreille. Il est tombé si durement qu'il s'est cassé trois dents de devant. Au réveil il s'est retrouvé au mitard pour une semaine, dans un des wagons de Norton, au pain et au chien. Plus une mauvaise note sur son dossier.

C'était début février 1963, et en sortant du mitard Tommy Williams est allé voir six ou sept vieux prisonniers qui lui ont raconté à peu près la même histoire. Je le sais, j'en faisais partie. Mais quand je lui ai demandé pourquoi il voulait le savoir, il s'est refermé comme une huître.

Alors un jour il est allé à la bibliothèque et a déballé un sacré paquet de renseignements devant Andy. Lequel, pour la première et la dernière fois, du moins depuis qu'il était venu me demander le poster de Rita Hayworth comme un gosse qui achète son premier paquet de capotes, a perdu son calme… et cette fois, à fond les balais.

Je l'ai vu un peu plus tard, le même jour. Il avait l'air d'un type qui a marché sur le mauvais bout d'un râteau et s'en est ramassé un maousse en plein front. Ses mains tremblaient; quand je lui ai parlé il n'a pas répondu. Le jour même il est allé voir Billy Hanlon, le surveillant-chef, et il a eu un rendez-vous avec Norton pour le lendemain. Il m'a dit plus tard qu'il n'avait pas fermé l'œil de la nuit; il avait écouté gémir le vent froid de l'hiver, regardé la ronde incessante des projecteurs qui étiraient leurs ombres mouvantes sur les murs en ciment de cette cage qui était sa seule maison depuis la présidence de Truman, et il avait essayé de tout démêler dans sa tête. D'après lui c'était comme si Tommy lui avait donné une clef pour ouvrir la cage à l'arrière de sa tête, une cage ressemblant à sa cellule. Mais au lieu d'un homme c'était un tigre qu'il y avait dans la cage, et ce tigre s'appelait Espoir. Williams avait trouvé la clef pour ouvrir la cage : le tigre était sorti, bon gré, mal gré, et parcourait son esprit en tous sens.

Tommy Williams, quatre ans plus tôt, avait été arrêté à Long Island au volant d'une voiture volée pleine de marchandise volée. Il avait dénoncé son complice, le DA avait joué le jeu et sa peine avait diminué d'autant... deux à quatre ans, y compris la préventive. Onze mois après sa condamnation son compagnon de cellule avait reçu son billet de sortie et Tommy avait hérité d'un nouveau — un nommé Elwood Blatch. Blatch était tombé pour vol à main armée, il avait six à douze ans à tirer.

« Je n'ai jamais vu un type aussi nerveux, m'a dit Tommy. Un mec comme ça ne devrait jamais faire un casse, surtout armé. Au moindre petit bruit, il sautait en l'air et retombait en tirant, probablement. Un soir il m'a presque étranglé parce qu'au bout du couloir un type cognait sur les barreaux avec une tasse en fer-blanc.

« J'ai fait sept mois avec lui, jusqu'à ce qu'ils me laissent partir. J'avais la préventive et les réductions en moins, tu piges. Je ne peux pas dire qu'on a bavardé, vois-tu, parce qu'il ne s'agissait pas vraiment de conversations avec El Blatch. Lui, il te parlait. Il parlait tout le temps. Sans arrêt. Si t'essayais de placer un mot il brandissait le poing en roulant des yeux. J'avais le frisson chaque fois qu'il faisait ça. Grand et gros il était, presque chauve, avec des yeux verts enfoncés tout au fond des orbites. Jésus, j'espère ne jamais le revoir.

« Tous les soirs, c'était comme s'il se soûlait de paroles. Où il avait grandi, les orphelinats dont il s'était sauvé, les boulots qu'il avait faits, les femmes qu'il avait baisées, les parties de crap qu'il avait nettoyées. Je me contentais de le laisser dégoiser. Mon visage ne vaut pas grand-chose, tu sais, mais je n'avais pas envie qu'il me l'arrange à sa façon.

« D'après lui il avait cassé peut-être deux cents baraques. C'était difficile à croire, d'un type qui s'envolait comme une fusée chaque fois qu'un gars pétait un peu fort, mais il jurait que c'était vrai. Bon… écoute-moi, Red. Je sais qu'on peut faire semblant de savoir quand on vient d'apprendre quelque chose, mais même avant d'avoir entendu parler de ce prof de golf, Quentin, je m'étais dit que si El Blatch était venu faire un casse chez moi et que je l'apprenne plus tard, j'estimerais avoir une sacrée putain de chance d'être encore en vie. Imagine-le dans la chambre d'une dame, en train de fouiller sa boîte à bijoux, et qu'elle tousse ou se retourne en dormant ? J'ai le frisson rien que de penser à un type pareil, je le jure sur ma mère, c'est vrai.

« Il disait qu'il avait tué des gens, aussi. Des gens qui l'avaient fait chier. En tout cas c'est ce qu'il disait. Et je l'ai cru. Il avait vraiment l'air d'un mec capable de tuer. Putain de nerveux qu'il était ! Comme un flingue avec une gâchette limée. J'ai connu un type qui avait un Smith & Wesson Spécial Police avec une gâchette limée. Ça ne servait à rien, sauf peut-être pour se vanter. La détente était si sensible que si ce type — il s'appelait Johnny Callahan — le posait sur une enceinte et allumait sa chaîne à fond, le coup partait. El Blatch était comme ça. Je ne peux pas mieux dire. Aucun doute pour moi qu'il en a refroidi quelques-uns.

« Alors, un soir, juste pour dire quelque chose, j'ai dit : "Qui t'as tué ?" Comme une blague, tu vois. Alors il a ri et il a dit : "Il y a un type en taule dans le Maine pour deux meurtres que j'ai faits. Un gars et la femme du crétin qui est en taule. Je nettoyais leur appart et le type s'est mis à me faire chier."

« Je ne sais plus s'il m'a jamais dit le nom de la femme, a ajouté Tommy. Peut-être que oui. Mais Dufresne en Nouvelle-Angleterre, c'est comme Smith ou Jones dans le reste du pays, il y a tellement de bouffeurs de grenouilles là-bas. Dufresne, Lavesque, Oue-lette, Poulin, qui peut se souvenir de ça ? Mais il m'a dit le nom du type. Il m'a dit qu'il s'appelait Glenn Quentin et que c'était un grand type, un riche connard jouant au golf, un pro. El avait cru que ce type pourrait avoir du liquide chez lui, peut-être même cinq mille dollars. C'était beaucoup de fric à l'époque, il m'a dit. Alors j'ai demandé : "C'était quand ?" Et il m'a dit : "Après la guerre. Juste après la guerre."

« Alors il y est allé, il a cassé la baraque, ils se sont réveillés et le type lui a cherché des poux. C'est ce qu'a dit El. Peut-être qu'il s'est juste mis à ronfler, je dirais. En tout cas El a dit que Quentin était au pieu avec la femme d'un avocat connu et ils ont envoyé l'avocat à Shawshank. Alors il a eu son grand rire. Sang du Christ, je n'ai jamais été si content que quand j'ai eu mon billet de sortie de cette turne. »

*
* *

Je pense que vous voyez pourquoi Andy est devenu un peu branque quand Tommy lui a raconté cette histoire, et pourquoi il a tout de suite voulu voir le directeur. Elwood Blatch tirait six à douze ans quand Tommy l'avait connu quatre ans plus tôt. Quand Andy l'a appris, en 1963, il était sur le point d'être libéré… ou déjà sorti. Alors Andy était en train de rôtir sur une broche à deux pointes — l'idée que Blatch était encore à portée de la main, et la possibilité, très réelle, qu'il se soit évanoui dans la nature.

L'histoire de Tommy n'était pas sans contradictions, mais la vie n'est-elle pas faite de contradictions ? Blatch lui avait dit que le type envoyé au trou était un avocat célèbre, or Andy était banquier. Mais les gens peu instruits confondent facilement ces deux professions. Et n'oubliez pas qu'il s'était passé douze ans entre le moment où Blatch avait lu les articles parlant du procès et celui où il avait raconté l'histoire à Tommy. Il lui avait aussi dit qu'il avait trouvé plus de mille dollars dans un petit coffre installé dans la penderie de Quentin, alors que la police avait déclaré au procès qu'il n'y avait aucune trace d'effraction. J'ai quelques idées là-dessus. Premièrement, si on prend le fric d'un type qui est mort, comment savoir qu'on a volé quoi que ce soit sans personne pour dire qu'il y avait quelque chose au départ ? Deuxièmement, qui dit que Blatch ne mentait pas sur ce détail ? Il n'avait peut-être pas eu envie de dire qu'il avait tué deux personnes pour rien. Troisièmement, il y avait peut-être des traces d'effraction et soit la police n'a rien vu — les flics sont souvent des abrutis — soit elle les a délibérément passées sous silence pour ne pas torpiller l'affaire du DA. Ce type se présentait aux élections, souvenez-vous, et il avait besoin d'une condamnation. Un cambriolage avec un meurtre non résolu ne lui aurait servi à rien.

Des trois, je préfère la deuxième hypothèse. J'ai connu quelques Elwood Blatch depuis que je suis à Shawshank — des dingues de la gâchette aux yeux fous. Ce genre de types veulent vous faire croire qu'ils ont raflé l'équivalent des joyaux de la Couronne à chacune de leurs arnaques, même s'ils se sont fait prendre avec une Timex à vingt balles et neuf dollars en poche.

Un détail, dans le récit de Tommy, ne laissa plus l'ombre d'un doute à Andy. Blatch n'avait pas visé Quentin par hasard. Il avait dit que c'était « un grand con, un riche », et il avait su qu'il était golfeur professionnel. Or Andy et sa femme étaient allés dîner dans ce Country Club une ou deux fois par semaine pendant deux ans, et Andy y avait bu de grandes quantités d'alcool quand il avait découvert la liaison de sa femme. Il y avait une marina qui dépendait du Country Club, et pendant quelques mois, en 1947, on avait engagé un mécanicien pompiste à mi-temps qui correspondait à la description d'Elwood Blatch par Tommy. Un grand type, presque entièrement chauve, avec des yeux verts enfoncés dans leurs orbites. Un type qui vous regardait d'une façon désagréable, comme s'il vous jaugeait. Il n'était pas resté longtemps, m'a dit Andy. Soit il était parti, soit Briggs, qui s'occupait de la marina, l'avait viré. Mais ce n'était pas un homme qu'on oubliait facilement. Trop impressionnant pour ça.

Alors Andy est allé voir le directeur par un matin venteux et pluvieux avec de grands nuages gris qui filaient dans le ciel au-dessus des murs gris, un jour où le dernier reste de neige avait fondu, laissant voir des plaques d'herbe morte dans les prés entourant la prison.

Le directeur a un grand bureau dans le bâtiment administratif, et au fond de son bureau une porte donne sur celui de son assistant. Celui-ci n'était pas là, mais il y avait un détenu classé, un type à moitié infirme dont j'ai oublié le nom. Tout le monde, moi compris, l'appelait Chester, comme le compère du shérif Dillon. Chester était censé arroser les plantes vertes, balayer et cirer le parquet. À mon avis les plantes ont eu soif, ce jour-là, et tout ce qu'il y a eu de ciré c'est le trou de serrure de cette porte par l'oreille crasseuse de Chester.

Il a entendu la grande porte s'ouvrir, se refermer, et la voix de Norton : « Bonjour, Dufresne, que puis-je faire pour vous ?

— Monsieur le directeur… » le vieux Chester nous a dit qu'il reconnaissait à peine la voix d'Andy. « Monsieur le directeur… il y a quelque chose… il m'est arrivé quelque chose qui… qui est tellement… tellement… Je ne sais même pas par où commencer.

— Eh bien, commencez donc par le commencement. » Norton a probablement pris son ton le plus mielleux, genre prenons tous le psaume XXIII et lisons à l'unisson. « C'est habituellement ce qui marche le mieux. »

C'est ce qu'a fait Andy. Il a d'abord rappelé à Norton les détails du crime pour lequel il avait été condamné. Puis il lui a répété précisément ce que Tommy Williams lui avait dit. Lui a aussi donné le nom de Tommy, ce que vous pourrez trouver stupide vu ce qui s'est passé ensuite — mais qu'est-ce qu'il aurait pu faire d'autre, je vous le demande, s'il tenait à ce qu'on le croie ?

Quand il a eu terminé, Norton est resté sans rien

dire. Je le vois d'ici, renversé en arrière dans son fauteuil, un portrait du gouverneur Reed accroché au-dessus de lui, les mains jointes, une moue sur ses lèvres d'hépatique, les plissements de son front escaladant son crâne, son épingle commémorative luisant d'un éclat rassurant.

« Oui, a-t-il fini par dire. C'est l'histoire la plus fantastique que j'aie jamais entendue. Mais je vais vous dire ce qui m'étonne le plus, Dufresne.

— Qu'est-ce que c'est, Monsieur ?

— Que vous vous y soyez laissé prendre.

— Monsieur ? Je ne comprends pas ce que vous voulez dire. » Et Chester a dit que Dufresne, lui qui treize ans plus tôt avait intimidé Byron Hadley sur le toit de la fabrique, en était presque à bafouiller.

« Allons donc, a continué Norton, il me semble évident que vous impressionnez beaucoup ce jeune Williams. Qu'il est même fasciné, pourrait-on dire. Il connaît le récit de vos malheurs et il lui paraît tout naturel de vouloir vous… réconforter, dirons-nous. Tout naturel. Ce jeune homme ne brille pas par son intelligence. Pas étonnant qu'il n'ait pas compris que cela vous mettrait dans tous vos états. Ainsi, voilà ce que je vous suggère…

— Vous croyez que je n'ai pas pensé à ça ? Mais je n'ai jamais parlé à Tommy du type qui travaillait à la marina, s'est écrié Andy. Je n'en ai jamais parlé à personne — je n'y ai même jamais pensé ! Et Tommy a décrit son compagnon de cellule… c'est lui !

— Allons, allons, vous vous laissez aller à quelque sélectivité dans vos perceptions », a dit Norton avec un petit rire. Des expressions de ce style, sélectivité dans la perception, sont apprises par cœur par ceux qui s'oc-

cupent de pénologie et d'administration pénitentiaire,
et ils les placent chaque fois que c'est possible.

« Ce n'est pas ça du tout, Monsieur.

— C'est votre point de vue, pas le mien. Et souvenez-vous, il n'y a que vous pour dire qu'un individu
pareil a travaillé au Country Club de Falmouth Hills à
cette époque.

— Non, Monsieur, l'a interrompu Andy. Non, ce
n'est pas vrai. Parce que…

— En tout cas » — Norton a élevé la voix — « regar-
dons simplement les choses par l'autre bout de la lor-
gnette, voulez-vous ? Supposons — supposons, sans
plus — qu'il ait vraiment existé un personnage nommé
Elwood Blotch.

— Blatch, a dit Andy, tendu.

— Blatch, mais bien sûr. Et disons qu'il était effectivement dans la cellule de Thomas Williams à Rhode
Island. Il y a d'excellentes chances pour qu'il ait été
libéré. Excellentes. Voyons, nous ne savons même pas
le temps qu'il a purgé avant d'échouer avec Williams,
n'est-ce pas ? Seulement qu'il devait faire de six à
douze ans.

— Non, nous ne savons pas ce qu'il avait déjà fait.
Mais Tommy dit que c'était un mauvais acteur, un
pantin. Je crois qu'il y a de bonnes chances qu'il y soit
encore. Même s'il est sorti, la prison aura enregistré sa
dernière adresse connue, le nom de ses parents…

— Ce qui ne mènerait qu'à un cul-de-sac, presque
certainement. »

Andy n'a rien dit pendant quelques instants, puis a
éclaté : « Eh bien, il reste quand même une *chance*,
n'est-ce pas ?

— Oui, bien sûr. Aussi, Dufresne, supposons un instant que Blatch existe et qu'il est à l'abri dans sa niche

au pénitencier de Rhode Island. Et qu'est-ce qu'il va dire si on lui apporte ce joli merdier sur un plateau ? Va-t-il tomber à genoux, lever les yeux au ciel et dire : C'est moi ! C'est moi ! Je vous en prie, que la prison à vie se rajoute à ma peine ?

— Comment pouvez-vous être aussi obtus ? » a dit Andy, si bas que Chester a eu du mal à l'entendre. Mais aucun à entendre le directeur.

« Quoi ? Qu'est-ce que vous avez dit ?

— Obtus ! a crié Andy. Vous le faites exprès ?

— Dufresne, vous avez pris cinq minutes de mon temps, non, sept, et mon horaire est très chargé. Alors je pense que nous allons clore ce petit entretien et…

— Le Country Club aura gardé toutes les fiches de présence, vous ne voyez pas ? s'est écrié Andy. Ils auront les formulaires fiscaux, les bordereaux de la caisse de chômage, tous avec son nom dessus ! Il y aura encore des employés de l'époque, peut-être même Briggs ! Cela fait quinze ans, pas l'éternité ! Ils se souviendront de lui ! Ils se souviendront de Blatch ! Si j'ai Tommy pour témoigner de ce que lui a raconté Blatch, et Briggs pour témoigner que Blatch était bien là, qu'il travaillait effectivement au Country Club, je peux obtenir un nouveau procès ! Je peux…

— Gardien ! *Gardien !* Emmenez cet homme !

— Mais qu'est-ce qui vous prend ? » Chester m'a dit qu'il en était presque à hurler. « C'est ma vie, ma chance de sortir, vous ne voyez pas ? Et vous ne feriez même pas un simple appel à longue distance pour vérifier l'histoire de Tommy ? Écoutez, je paierai le téléphone ! Je paierai pour… »

Chester a entendu les matons le frapper et l'entraîner à l'extérieur.

« À l'isolement », a dit sèchement le directeur Nor-

ton. Il tripotait probablement son épingle de cravate.
« Au pain et à l'eau. »

Ils ont emmené Andy, désormais hors de lui, qu'on
entendait encore hurler à travers la porte fermée. « *C'est
ma vie ! C'est ma vie, vous ne comprenez pas que
c'est ma vie !* »

Vingt jours de mitard pour Andy, au pain et au
chien. C'était sa seconde période d'isolement, et sa
prise de bec avec Norton lui a valu sa première mauvaise note depuis qu'il avait rejoint notre heureuse
petite famille.

Je vais vous parler un peu du mitard de Shawshank
pendant que nous y sommes. C'est une sorte de retour
à l'époque héroïque des pionniers, vers le milieu du
dix-huitième siècle. En ce temps-là personne ne perdait son temps à des fariboles comme « pénologie »,
« réhabilitation » et « sélectivité de la perception ». En
ce temps-là tout était blanc ou noir, point. On était
coupable ou on était innocent. Quand on était coupable
on vous pendait au gibet ou on vous mettait en prison.
Mais si vous étiez mis en prison, cela ne signifie pas
qu'on vous internait dans une institution. Non, il fallait
creuser votre propre geôle avec une pelle fournie par la
province du Maine. Vous creusiez aussi large et profond que possible entre le lever et le coucher du soleil.
Ensuite on vous donnait deux couvertures en peau, un
seau, et vous alliez dans le trou. Le geôlier mettait une
grille par-dessus, vous lançait une poignée de grain,
peut-être un bout de viande plein de vers une ou deux
fois par semaine, peut-être aussi une louche de soupe
d'orge le dimanche soir. Il fallait pisser dans le seau,
recevoir un peu d'eau dans le même seau quand le
geôlier repassait, à six heures du matin. Quand il pleu-

vait le seau servait à écoper votre « cellule »… à
moins, bien sûr, que vous n'ayez eu envie de vous
noyer comme un rat dans un tonneau.

Personne ne durait longtemps « au trou », comme on
disait ; trente mois, c'était déjà exceptionnel, et pour ce
que j'en sais la peine la plus longue dont un détenu soit
sorti vivant a été purgée par un soi-disant « Durham
Boy », un psychopathe de quatorze ans qui avait castré
un camarade d'école avec un bout de fer rouillé. Il a
fait sept ans, mais c'est qu'il était jeune et solide à l'arrivée.

Il faut vous souvenir que pour un crime plus sérieux
qu'un simple larcin, un blasphème, ou l'oubli de
mettre un mouchoir dans sa poche le jour du sabbat,
vous étiez pendu. Pour des crimes insignifiants comme
ceux que je viens de décrire et d'autres semblables,
vous faisiez vos trois, six ou neuf mois au trou pour en
ressortir blanc comme le ventre d'un poisson, à moitié
aveugle, les dents probablement branlantes et déchaus-
sées à cause du scorbut, les pieds infestés de champi-
gnons. Bonne vieille province du Maine. Yo-ho-ho et
une bouteille de rhum.

Le quartier d'isolement de Shawshank était loin
d'être aussi féroce… je suppose. L'expérience humaine
connaît trois degrés principaux, à mon avis. Le bon, le
mauvais et l'horrible. Plus on descend dans les ténèbres
de l'horreur, plus on a du mal à faire des nuances.

Pour atteindre le mitard on descendait vingt-trois
marches jusqu'à un sous-sol où le seul bruit était celui
de l'eau qui gouttait. Pour toute lumière une rangée
d'ampoules de soixante watts. Les cellules étaient en
forme de tonneau, comme ces coffres muraux que les
riches cachent parfois derrière un tableau. La porte
était ronde, comme celle de ces coffres, et pleine, sans

barreaux. L'air venait d'en haut, mais aucune autre lumière que l'ampoule de soixante watts, laquelle était éteinte par les gardes à huit heures précises, une heure avant le reste de la prison. L'ampoule n'était pas grillagée, rien de ce genre. Si vous préfériez rester dans le noir tant mieux pour vous. Peu s'y risquaient… mais après huit heures, bien sûr, personne n'avait le choix. Il y avait une couchette scellée dans le mur et un seau, pas de toilettes. Vous aviez trois façons de passer le temps : rester assis, chier ou dormir. Un sacré choix. Vingt jours pouvaient vous paraître durer un an. Trente jours, deux ans, et quarante c'était comme dix ans. Parfois on entendait des rats dans la ventilation. Dans une telle situation, les nuances de l'horreur ont tendance à s'effacer.

Si on peut dire quelque chose en faveur du mitard, c'est qu'on a le temps de penser. Andy a eu vingt jours pour réfléchir, au pain et à l'eau, et en sortant il a sollicité une deuxième entrevue avec le directeur. Demande refusée. Un tel entretien, lui a fait savoir le directeur, serait « contre-productif ». C'est encore une des expressions qu'il faut connaître pour travailler dans l'administration pénitentiaire.

Andy, patiemment, a renouvelé sa demande. L'a renouvelée encore. Et encore. Il avait changé. Andy Dufresne avait changé. D'un seul coup, alors que le printemps 1963 fleurissait autour de nous, il y avait des rides sur son visage et des traces de gris dans ses cheveux. Il avait perdu ce léger reste de sourire qui flottait toujours au coin de ses lèvres. Ses yeux se perdaient plus souvent dans le vide, et on apprend à savoir ce que cela signifie : l'homme qui a ce regard compte les années qu'il a purgées, les mois, les semaines, les jours.

Il a renouvelé sa demande, encore et encore. Il était patient. Il n'avait rien d'autre que du temps. L'été est venu. À Washington le président Kennedy a promis un nouvel assaut contre la pauvreté et les inégalités, sans savoir qu'il lui restait six mois à vivre. À Liverpool un groupe qu'on appelait les Beatles devenait une force avec laquelle la musique anglaise devait compter, mais je crois que personne n'en avait encore entendu parler aux États-Unis. Les Boston Red Sox, quatre ans avant ce que les gens de Nouvelle-Angleterre appellent le Miracle de 67, languissaient au troisième dessous de la ligue de base-ball. Tout cela se passait dans un monde plus vaste où les gens étaient libres.

Norton l'a reçu vers la fin du mois de juin, et c'est Andy lui-même qui me l'a raconté sept ans plus tard.

« Si c'est pour les pots-de-vin, vous n'avez pas à vous inquiéter, a dit Andy à voix basse. Croyez-vous que je parlerais de ça ? Ce serait creuser ma tombe. Je serais tout aussi coupable que...

— Ça suffit », a coupé Norton, le visage long et froid comme une dalle de granit. Il s'est renversé dans son fauteuil jusqu'à ce que son crâne manque de toucher la devise encadrée : LE JUGEMENT EST PROCHE.

« Mais...

— Ne me parlez plus jamais d'argent, a dit Norton. Ni dans ce bureau ni ailleurs. À moins que vous ne vouliez voir la bibliothèque redevenir un placard à peinture. Vous m'avez compris ?

— J'essayais seulement de vous rassurer, c'est tout.

— Allons donc, quand j'aurai besoin d'un pauvre type comme vous pour me rassurer, je prendrai ma retraite. J'ai accepté cet entretien parce que vous

m'avez suffisamment importuné, Dufresne. Je veux
que cela cesse. Si vous voulez vous payer ce château en
Espagne, c'est votre affaire. N'en faites pas la mienne.
J'écouterais des histoires aussi démentes que la vôtre
toute la semaine, si je me laissais faire. Le moindre
pécheur de cette maison viendrait pleurer dans mon
giron. J'avais du respect pour vous. Mais c'est fini.
Fini. Nous nous comprenons ?

— Oui. Mais je vais engager un avocat, vous savez ?

— Seigneur, mais pourquoi ?

— Je crois que ça tiendra le coup, a dit Andy. Avec
Tommy Williams, mon témoignage, la confirmation
des archives et des employés du club, je crois que ça
tiendra le coup.

— Tommy Williams n'est plus détenu dans cette
institution.

— *Quoi ?*

— Il a été transféré.

— Transféré *où ?*

— À Cashman. »

Sur quoi Andy n'a plus rien dit. Il n'était pas bête, et
il aurait fallu une remarquable stupidité pour ne pas
sentir la combine. Cashman était une prison à sécurité
minimum, très loin au nord, dans le comté d'Aroos-
took. Les détenus ramassent des masses de patates, ils
travaillent dur, mais on leur donne un salaire décent et
ils peuvent assister s'ils le veulent aux cours de la CVI,
une école technique tout à fait convenable. Mieux
encore, pour un type comme Tommy, qui a une jeune
femme et un gosse, Cashman offre des permissions…
autrement dit la chance de mener une vie normale, tout
au moins pendant le week-end. De construire un
modèle réduit avec son gosse, de faire l'amour avec sa
femme, peut-être d'aller pique-niquer.

Norton avait sûrement balancé tout ça sous le nez du gosse, avec une seule ficelle : plus un mot au sujet d'Elwood Blatch, ni maintenant ni jamais. Ou vous vous retrouverez à casser des cailloux à Thomaston sur la route n° 1 avec les vrais durs, et au lieu de faire l'amour avec votre femme ce sera avec un vieux pédé de maton.

« Mais pourquoi, a dit Andy. Pourquoi…

— Pour vous rendre service, a dit Norton, très calme. J'ai vérifié à Rhode Island. Ils ont bien eu un détenu appelé Elwood Blatch. On lui a accordé ce qu'on appelle une CP — conditionnelle provisoire, encore une de ces lois libérales absurdes faite pour renvoyer les criminels dans les rues. Depuis, il a disparu.

— Le directeur, là-bas, a dit Andy… c'est un de vos amis ? »

Sam Norton lui a fait un sourire aussi froid qu'un autel en marbre. « Nous nous connaissons bien.

— *Pourquoi ?* a répété Andy. Vous ne pouvez pas me dire pourquoi vous l'avez fait ? Vous saviez que je n'allais pas me mettre à bavarder… à propos de quoi que ce soit que vous ayez en train. Vous le *saviez*. Alors *pourquoi ?*

— Parce que les gens comme vous me donnent la nausée, lui a répondu Norton en choisissant ses mots. Il me plaît que vous soyez là où vous êtes, monsieur Dufresne, et aussi longtemps que je serai le directeur de Shawshank, vous allez rester là. Voyez-vous, vous aviez coutume de penser que vous valiez mieux que tout le monde. Je sais très bien reconnaître cet air sur le visage d'un homme. Je l'ai repéré chez vous la première fois que je suis entré dans la bibliothèque. Vous auriez pu l'avoir écrit en majuscules sur votre front. Désormais cet air a disparu, et je trouve ça parfait. Ce n'est pas que vous soyez un instrument utile, ne croyez surtout pas ça. C'est simplement que des hommes comme vous ont besoin d'apprendre l'humilité. En vérité, on vous voyait faire le tour de la cour comme si c'était un salon et que vous étiez à une de ces cocktails-parties où les damnés se promènent en convoitant les femmes et les maris des autres et en s'enivrant comme des pourceaux. Mais vous ne marchez plus de cette façon. Et j'aurais l'œil sur vous au cas où vous recommenceriez. J'aurais l'œil sur vous pendant des années et avec grand plaisir. Maintenant foutez-moi le camp.

— Okay. Mais toutes les activités hors programme sont terminées, Norton. Les conseils en investissement, les embrouilles, les expertises fiscales. Tout est fini. Demandez aux Blocs G et H de faire votre déclaration d'impôts. »

Norton est devenu rouge brique, puis tout le sang s'est retiré de son visage. « Pour ça vous retournez à l'isolement. Trente jours. Au pain et à l'eau. Encore une mauvaise note. Et pendant que vous y êtes, pensez à ça : si quoi que ce soit s'arrête, la bibliothèque saute. Elle redeviendra ce qu'elle était avant votre arrivée ici, j'en ferai une affaire personnelle. Et je vous rendrai la vie… très dure. Très difficile. Vous aurez l'existence la plus pénible qui soit. Vous perdrez votre Hilton personnel de la division 5 pour commencer, vous perdrez ces cailloux sur votre fenêtre, et vous perdrez la protection que vous ont accordée les gardiens contre les sodomites. Vous perdrez… tout. C'est clair ? »

Je pense que c'était assez clair.

Le temps continua à passer — c'est le plus vieux truc du monde, et peut-être le seul vraiment magique.

Mais Andy Dufresne avait changé. Il s'était endurci. Je n'ai pas d'autre mot pour le dire. Il a continué à faire le sale boulot du directeur et il s'est cramponné à la bibliothèque, de sorte qu'en apparence les choses n'ont pas changé. Il buvait un verre à son anniversaire et au jour de l'an, il distribuait toujours le reste des bouteilles. Je lui procurais de temps en temps de nouvelles toiles à polir, et en 1967 je lui ai apporté un nouveau casse-pierres — celui que je lui avais donné dix-neuf ans plus tôt étant, je vous l'ai déjà dit, usé jusqu'à l'os. *Dix-neuf ans !* Quand on le dit comme ça, brutalement, ces trois syllabes font un bruit de pierre tombale. Son marteau, qui avait coûté dix dollars à l'époque, en a coûté vingt-deux en 1967. Ce qui nous a fait sourire, un petit sourire triste.

Andy continuait à tailler et polir les cailloux qu'il trouvait dans la cour de promenade, mais elle avait rapetissé : on en avait asphalté la moitié en 1962. Pourtant il en trouvait assez pour l'occuper, me semblait-il. Quand il avait terminé un objet il le posait soigneusement sur l'appui de sa fenêtre, qui donnait vers l'est. Il me disait qu'il aimait les regarder au soleil, ces morceaux de planète trouvés dans la boue et taillés de ses mains. Des schistes, des quartz, des granits. De drôles de petites sculptures en mica fabriquées avec de la colle d'avion. Divers sédiments agglomérés polis et taillés de sorte qu'on voyait pourquoi Andy appelait ça des « sandwiches millénaires » — avec des couches de matières différentes accumulées au cours des siècles.

De temps en temps Andy faisait cadeau de ses sculptures pour se faire de la place. C'est à moi qu'il en a donné le plus, j'imagine — en comptant celles qui ressemblaient à des boutons de manchettes, j'en avais cinq. Une de ces sculptures en mica dont je vous ai parlé, taillée pour ressembler à un lanceur de javelot, et deux agglomérats dont on voyait chaque niveau en coupe, d'un poli parfait. Je les ai toujours, je les examine de temps en temps et je pense à ce dont un homme est capable, avec le temps et la volonté de s'en servir, goutte à goutte.

Donc, apparemment, rien n'avait changé. Si Norton avait vraiment voulu briser Andy, comme il l'avait dit, il lui aurait fallu creuser plus profond pour voir les changements. Mais s'il avait vu à quel point Andy avait changé, je crois qu'il aurait été très content des quatre ans qui avaient suivi leur affrontement.

Il voyait Andy faire le tour de la cour comme s'il était à une cocktail-partie. Je n'aurais pas employé ces mots-là, mais je vois ce qu'il voulait dire. Cela revient à la façon dont j'ai décrit Andy portant sa liberté comme une cape invisible, n'ayant jamais vraiment acquis une mentalité de prisonnier. Ses yeux ne s'étaient pas éteints. Sa démarche n'était pas devenue celle des hommes qui rentrent à la fin de la journée, quand ils regagnent leurs cellules pour une nuit interminable de plus — les épaules voûtées et les pieds traînants. Il se tenait droit et marchait toujours d'un pas léger, comme s'il rentrait chez lui où l'attendaient un bon repas fait à la maison et une femme avenante au lieu d'une bouillie fadasse de légumes détrempés, d'une purée grumeleuse et d'une ou deux tranches de cette substance graisseuse et cartilagineuse que les taulards appelaient la viande mystère… ça et une image de Raquel Welch sur le mur.

Pendant ces quatre ans, s'il n'est jamais devenu *exactement* comme les autres, on le voyait effectivement silencieux, maussade, perdu dans ses pensées. Qui l'en aurait blâmé ? Alors le directeur Norton a peut-être été satisfait... du moins pour un temps.

Son humeur noire l'a quittée vers l'époque du championnat de 1967, l'année de rêve, l'année où les Red Sox ont remporté le flambeau au lieu d'être neuvièmes, comme l'avaient prédit les bookmakers de Las Vegas. Quand c'est arrivé — quand ils ont gagné le Tournoi des Amériques — toute la prison en a été comme grisée. Il régnait une sorte de bonheur imbécile : si les Dead Sox pouvaient revenir à la vie, alors peut-être *n'importe qui* pouvait y arriver. Aujourd'hui je suis incapable d'expliquer cette impression, pas plus qu'un ex-beatlemaniaque ne pourrait expliquer sa folie, je suppose. Mais c'était réel. Toutes les radios de la taule étaient branchées sur les matchs quand les Red Sox arpentaient le terrain. Une ombre est passée quand ils ont perdu deux points à Cleveland, vers la fin, et une joie exubérante quand Rico Petrocelli a donné le coup décisif. Et puis la déprime quand Lonborg a été battu dans le second match de la série, empêchant le rêve de s'accomplir jusqu'au bout. Norton a probablement été follement ravi, ce fils de pute. Il aimait que sa prison porte le sac et la cendre.

Mais Andy n'est pas retombé dans son marasme. Peut-être parce qu'il n'était pas vraiment un fan de base-ball. Pourtant il paraissait se laisser porter par la bonne humeur ambiante, et la sienne ne s'est pas dégonflée après le dernier match du championnat. Il avait sorti du placard son manteau invisible et l'avait de nouveau enfilé.

Je me souviens d'un beau jour d'automne tout doré, fin octobre, deux semaines après la fin du championnat. Ce devait être un dimanche, parce que la cour était pleine d'hommes qui « secouaient la semaine de leurs souliers » — lançant un frisbee par-ci par-là, contournant un ballon de foot, marchandant ce qu'ils avaient à marchander. D'autres devaient être à la grande table de la salle des visites, sous l'œil attentif des matons, en train de bavarder avec leurs parents, de fumer, de raconter des mensonges pleins de sincérité, de recevoir leurs paquets-cadeaux soigneusement fouillés.

Andy était accroupi contre un mur comme un Indien, cognant deux cailloux l'un contre l'autre, le visage levé vers le soleil. Un soleil étonnamment chaud pour une saison si tardive.

« Salut Red. Viens t'asseoir un peu. »

Ce que j'ai fait.

« Tu veux ça ? » Il m'a tendu un des deux « sandwiches millénaires » dont je vous ai parlé, soigneusement poli.

« Bien sûr que j'en veux. C'est très joli. Merci. »

Il a haussé les épaules et changé de sujet : « Un anniversaire important pour toi l'année prochaine. »

J'ai hoché la tête. L'an prochain j'aurais tiré trente ans. Soixante pour cent de ma vie passée à la prison d'État de Shawshank.

« Penses-tu que tu sortiras un jour ?

— Sûr. Quand j'aurai une grande barbe blanche et trois dents pourries dans la mâchoire du haut. »

Il a eu un léger sourire et a relevé son visage vers le soleil, les yeux fermés. « Fait du bien.

— Je crois que c'est toujours vrai quand on sait que ce maudit hiver vous arrive dessus. »

Il a hoché la tête et nous n'avons rien dit pendant quelque temps. « Quand je sortirai d'ici, a-t-il fini par dire, j'irai là où il fait chaud tout le temps. » Il avait un

ton si assuré qu'on aurait cru qu'il lui restait un mois
ou deux à tirer. « Tu sais où je vais aller, Red ?

— Non.

— À Zihuatanejo », a-t-il dit en faisant rouler le mot
dans sa bouche comme de la musique. « Au Mexique.
C'est à cent milles au nord-ouest d'Acapulco, sur le
Pacifique. Tu sais ce que les Mexicains disent du Pacifique ? »

Je lui ai dit que non.

« Ils disent qu'il n'a pas de mémoire. Et c'est là que
je veux finir mes jours, Red. Dans un endroit chaud
qui n'a pas de mémoire. »

Il avait ramassé une poignée de cailloux tout en parlant, et il s'est mis à les lancer un à un, les regardant
rebondir et rouler sur le terrain de base-ball qui serait
bientôt sous trente centimètres de neige.

« Zihuatanejo. J'aurai un petit hôtel dans le coin. Six
cabanas sur la plage et six un peu en arrière, pour la
clientèle de la grande route. J'aurai un gars pour emmener mes clients pêcher en mer. Il y aura une coupe pour
celui qui attrape le plus gros merlin de la saison, et je
mettrai sa photo dans l'entrée. Ce ne sera pas du genre
familial. Ce sera un endroit pour voyage de noces... de
première ou de seconde main.

— Et où vas-tu trouver le fric pour acheter cet
endroit fabuleux ? Dans ton portefeuille d'actions ? »

Il m'a regardé en souriant. « Ce n'est pas tombé loin,
a-t-il dit. Parfois, Red, tu me surprends.

— De quoi parles-tu ?

— En fait, il n'y a que deux types d'hommes au
monde en face des vrais emmerdements. » Andy a craqué une allumette entre ses mains et allumé une cigarette. « Imagine une maison pleine de tableaux rares,
de sculptures et d'antiquités de grande valeur ? Et ima-

gine que le propriétaire de cette maison apprenne qu'un cyclone monstrueux se dirige droit dessus ? Un de ces deux types d'hommes espère que tout ira pour le mieux. Le cyclone déviera de sa route, se dit-il. Aucun cyclone de bon sens n'oserait détruire tous ces Rembrandt, mes deux chevaux par Degas, mes Grant Wood et mes Benton. En plus, Dieu ne le permettrait pas. Et au pire ils sont assurés. Voilà un type d'homme. L'autre est sûr que le cyclone va foncer en plein milieu de sa maison. Si la météo dit que le cyclone a changé de cap, ce type est sûr qu'il va changer à nouveau et revenir droit sur lui. Ce genre d'homme sait qu'on peut toujours avoir de l'espoir tant qu'on est préparé au pire. »

J'ai allumé une cigarette. « Dis-tu que tu étais préparé à ce qui t'est arrivé ?

— Oui. J'avais prévu le *cyclone*. Je savais qu'il était redoutable. Je n'avais pas beaucoup de temps, mais j'ai tout de même agi. J'avais un ami — à peu près la seule personne qui ne m'ait pas lâché — qui travaillait dans un cabinet d'investisseurs à Portland. Il est mort il y a environ six ans.

— Désolé.

— Ouais. » Il a jeté son mégot. « Linda et moi avions près de quatorze mille dollars. Pas un magot terrible, mais bon Dieu, nous étions jeunes. Nous avions toute notre vie devant nous. » Il a fait la grimace, puis s'est mis à rire. « Quand ça a commencé à chier, je me suis mis à déménager mes Rembrandt pour éviter le cyclone. J'ai vendu mes actions en payant la taxe sur la plus-value comme un bon petit garçon. Tout déclaré. Sans rien magouiller.

— Ils n'ont pas saisi tes biens ?

— J'étais accusé de meurtre, Red, je n'étais pas

mort ! On ne peut pas saisir les biens d'un innocent
— Dieu merci. Et il s'est passé du temps avant qu'ils
aient le courage de m'accuser. Jim — mon ami — et
moi avons eu de quoi nous retourner. J'ai bu un sacré
bouillon, de tout vendre d'un coup. Mais à l'époque
j'avais d'autres ennuis et je me moquais d'être un peu
écorché en bourse.

— Ouais, m'étonne pas.

— Mais quand je suis arrivé à Shawshank tout était
à l'abri. C'est toujours à l'abri. Au-delà de ces murs,
Red, il y a un homme que personne n'a jamais vu en
vrai. Il a une carte de Sécurité sociale, un permis de
conduire dans le Maine, un certificat de naissance. Il
s'appelle Peter Stevens. Un nom parfait, anonyme,
hein ?

— Qui est-ce ? » Je croyais comprendre, mais je
n'arrivais pas à y croire.

« Moi.

— Tu ne vas pas me dire que tu as pu te fabriquer
une fausse identité pendant que les cognes te passaient
à la casserole, ou que tu as fini le boulot pendant qu'on
te jugeait pour…

— Non, ce n'est pas ce que je vais te dire. Jim, mon
ami, c'est lui qui a fait ça. Il s'y est mis quand
mon appel a été rejeté et il a eu l'essentiel en main au
printemps 1950.

— Ça devait être un ami vraiment intime. » Je ne
savais pas jusqu'à quel point je croyais à tout ça — un
peu, beaucoup, ou pas du tout. Mais il faisait beau, il y
avait du soleil et c'était une sacrée bonne histoire.
« C'est cent pour cent illégal, de monter une fausse
identité.

— C'était un ami intime, a reconnu Andy. Nous
avons fait la guerre ensemble. La France, l'Allemagne,

l'Occupation. Il était très proche. Il savait que c'était illégal, mais il savait aussi que dans ce pays c'est très facile et sans risques. Il a pris mon argent — tous impôts payés pour que le fisc ne s'y intéresse pas trop — et l'a investi au nom de Peter Stevens. En 1950 et 1951. Aujourd'hui cela se monte à trois cent soixante-dix mille dollars, plus les centimes. »

Je crois qu'il y a eu un drôle de bruit quand mon menton est tombé sur ma poitrine, parce qu'il a souri.

« Pense à tous les domaines où les gens auraient voulu investir depuis 1950, s'ils avaient su, et Peter Stevens l'a fait dans deux ou trois cas. Si je n'avais pas échoué ici, je serais probablement sept ou huit fois millionnaire aujourd'hui. J'aurais une Rolls… Et probablement un ulcère gros comme une radio. »

Ses mains se remirent à fouiller la terre et à trier des cailloux avec des gestes gracieux, ininterrompus.

« J'espérais que tout irait bien et j'étais prêt au pire — rien d'autre. Un faux nom, c'était seulement pour mettre à l'abri mon petit capital. Évacuer les tableaux de la trajectoire du cyclone. Mais je ne pensais pas que la tempête durerait aussi longtemps qu'elle l'a fait. »

Je n'ai rien dit pendant quelque temps. Je crois que j'essayais de me faire à l'idée que ce petit homme mince en uniforme de prisonnier avait plus d'argent que Norton, le directeur, n'en gagnerait au cours de sa misérable existence, même en rajoutant les pots-de-vin.

« Quand tu as dit que tu engagerais un avocat, tu ne te moquais pas du monde, ai-je fini par dire. Avec ce genre de fric tu aurais pu engager Clarence Darrow, ou la vedette de l'époque. Pourquoi ne l'as-tu pas fait, Andy ? Christ ! Tu aurais pu sortir d'ici comme une fusée. »

Il a souri. Le même sourire que lorsqu'il m'avait dit que sa femme et lui avaient toute leur vie devant eux : « Non.

— Un bon avocat aurait extirpé Williams de Cashman, qu'il le veuille ou non. » Je commençais à me laisser emporter. « Tu aurais pu avoir ton nouveau procès, engager des détectives privés pour rechercher ce type, Blatch, et faire sortir Norton de son trou pardessus le marché. Pourquoi non, Andy ?

— Parce que j'ai été trop malin pour mon propre bien. Si jamais j'essaye de toucher au fric de Peter Stevens avant de sortir d'ici, je perds jusqu'au dernier cent. Mon ami aurait pu arranger ça, mais Jim est mort. Tu vois le problème ? »

Je voyais. Pour le bien que cela lui faisait, le fric aurait pu appartenir à quelqu'un d'autre. En un sens, c'était vrai. Et si d'un coup les actions ne valaient plus tripette, Andy pouvait seulement assister à sa déconfiture, la suivre jour après jour sur les pages financières du *Press-Herald*. La vie est dure quand on ne sait pas plier, je trouve.

« Je vais te dire comment ça se passe, Red. Il y a un grand pré dans la commune de Buxton. Tu sais où se trouve Buxton, n'est-ce pas ? »

Je savais. C'est tout près de Scarborough.

« C'est ça. Et à l'extrémité nord de ce pré il y a une muraille rocheuse sortie tout droit d'un poème de Robert Frost. Et quelque part au bas de cette muraille il y a un rocher qui n'a rien à faire dans une prairie du Maine. C'est un morceau de lave vitrifiée, et jusqu'en 1947 c'était un presse-papiers sur mon bureau. Jim l'a déposé là-bas. Il y a une clef dessous. La clef ouvre un coffre de la banque Casco, dans sa succursale de Portland.

— Il me semble que les ennuis te pendent au nez, ai-je dit. Quant ton ami est mort, le fisc a dû faire ouvrir tous ses coffres avec son exécuteur testamentaire. »

Andy a souri et m'a tapoté le crâne. « Pas mal. Tu n'as pas que de la guimauve là-dedans, après tout. Mais nous avions prévu que Jim pourrait mourir pendant que j'étais au trou, le coffre est au nom de Peter Stevens, et une fois par an le cabinet juridique qui a servi d'exécuteur testamentaire envoie un chèque à la Casco pour payer la location.

« Peter Stevens est à l'intérieur de ce coffre, prêt à sortir. Certificat de naissance, carte de Sécurité sociale et permis de conduire. Le permis a expiré depuis six ans, quand Jim est mort, mais il suffit de cinq dollars pour le renouveler. Les actions sont dans le coffre, avec les emprunts municipaux exonérés d'impôts, et environ dix-huit lettres de change au porteur de dix mille dollars chacune. »

J'ai poussé un sifflement.

« Peter Stevens est enfermé dans un coffre de la banque Casco, à Portland, et Andy Dufresne est enfermé dans un coffre à Shawshank, a-t-il dit. Un prêté pour un rendu. Et la clef qui ouvre le coffre et la vie est sous une pierre noire dans un pré de Buxton. Comme je t'ai dit tout ça, je vais te dire autre chose, Red. Depuis vingt ans, plus ou moins, j'ai lu les journaux en guettant tout spécialement les projets immobiliers de la ville de Buxton. Je n'arrête pas de penser qu'un jour prochain je vais lire qu'ils vont y faire passer une route, construire un hôpital ou un centre commercial. Enterrer ma nouvelle vie sous trois mètres de béton ou la jeter dans un marais avec une benne de gravats.

— Jésus-Christ ! ai-je lâché. Andy, si tout ça est vrai, comment fais-tu pour ne pas devenir fou ? »

Il a souri. « Pour l'instant, à l'ouest rien de nouveau.

— Mais ça peut durer des années…

— C'est possible. Mais peut-être pas autant que le croient l'État et le directeur Norton. Je ne peux pas me permettre d'attendre aussi longtemps. Je n'arrête pas de penser à Zihuatanejo et à ce petit hôtel. Maintenant, Red, c'est tout ce que j'attends de la vie, et je ne crois pas que c'est trop demander. Je n'ai pas tué Glenn Quentin et je n'ai pas tué ma femme, alors cet hôtel… ce n'est pas trop demander. Aller nager, se faire bronzer, dormir dans une chambre aux fenêtres ouvertes, *de l'espace*… ce n'est pas trop demander. »

Il a jeté les pierres au loin.

« Tu sais, Red, a-t-il dit d'un ton indifférent, un endroit comme ça… Il faudra que j'aie un type qui sache se procurer un peu de tout. »

J'ai réfléchi un bout de temps. Et, dans ma tête, le principal obstacle n'était pas que nous étions en train de rêver dans la cour d'une petite prison merdeuse avec des gardes armés qui nous surveillaient depuis les miradors. « Je ne pourrais pas, ai-je répondu. Je ne pourrais pas m'en tirer à l'extérieur. Je suis devenu un mec intégré à la prison, comme on dit. Ici je suis celui qui peut tout trouver, ouais. Mais dehors n'importe qui peut le faire. Dehors, si tu veux un poster ou un marteau ou un disque ou de quoi construire un bateau dans une bouteille, tu n'as qu'à prendre un putain d'annuaire. Ici, *c'est moi* le putain d'annuaire. Je ne saurais pas par quoi commencer. Ni par où.

— Tu te sous-estimes, a-t-il dit. Tu es un autodidacte, un self-made man. Un type assez remarquable, à mon avis.

— Bon Dieu, je n'ai même pas le bac.

— Je sais. Mais ce n'est pas un bout de papier qui suffit à faire un homme. Et ce n'est pas la prison qui suffit à le briser, en plus.

— Dehors, Andy, je ne pourrais pas m'en tirer. J'en suis sûr. »

Il s'est levé. « Penses-y », a-t-il répondu d'une voix tranquille juste quand on a donné le coup de sifflet. Et il est parti en flânant, comme un homme libre venant de faire une proposition à un de ses semblables. Pendant quelques instants cela suffit pour que moi aussi je me sente libre. Voilà ce dont il était capable. Andy pouvait me faire oublier un moment que nous étions tous les deux condamnés à perpète, à la merci d'une commission de faux culs et d'un directeur bigot qui voulait voir Andy rester là où il était. Un caniche capable de remplir des déclarations d'impôts ! Quel animal merveilleux !

Mais le soir, dans ma cellule, je suis redevenu un prisonnier. Tout m'a paru absurde, et ce rêve d'eau bleue et de sable blanc m'a paru plus cruel que stupide — planté dans mon cerveau comme un hameçon. J'étais tout simplement incapable de mettre cette cape invisible, celle d'Andy. Cette nuit-là j'ai rêvé d'une grande pierre noire et luisante au milieu d'un pré, un rocher qui avait la forme d'une enclume géante. J'essayais de soulever la pierre pour atteindre la clef cachée dessous ; elle ne bougeait pas, elle était trop énorme.

Et au loin, se rapprochant, j'entendais les aboiements de la meute.

Ce qui nous mène, me semble-t-il, à la question des évasions.

Bien sûr, notre heureuse petite famille en connaît de temps en temps. Mais on ne fait pas le mur, à Shawshank, quand on a un peu de jugeote. Les projecteurs tournent du soir au matin, fouillant de leurs longs doigts blêmes les prés qui entourent la prison sur trois côtés et les marais malodorants qui bordent le quatrième. Il y a bien des taulards pour faire le mur, parfois, mais les projecteurs les trouvent presque à tous les coups. Ou bien ils se font pincer en essayant de faire du stop sur la 6 ou la 99. Quand ils veulent couper à travers champs c'est un paysan qui les voit et se contente de téléphoner à la prison. Les taulards qui font le mur sont des imbéciles. Shawshank n'est pas Canon City, mais un type qui traîne son cul en rase campagne et en pyjama gris se voit comme un cafard sur un gâteau de mariage.

Au cours des ans ceux qui s'en sont le mieux tirés, bizarrement, ou peut-être pas, sont ceux qui l'ont fait sur l'inspiration du moment. Quelques-uns sont partis dans un chargement de linge — un sandwich de forçat entre deux draps, pourrait-on dire. Il y en avait pas mal quand je suis arrivé, mais depuis ils ont plus ou moins colmaté cette brèche.

Le fameux programme « Dedans-Dehors » de Norton a produit sa moisson d'évasions, lui aussi. Il y avait des types qui aimaient mieux ce qu'il y avait à droite du trait d'union. Là aussi, dans la plupart des cas c'était improvisé. Comme de laisser tomber son râteau et d'aller se promener dans les buissons pendant qu'un maton est allé boire un verre d'eau au camion ou que deux autres se disputent sur une ligne franchie ou non par les vieux de l'équipe Boston Patriots.

En 1969 les « Dedans-Dehors » ramassaient des patates à Sabbatus. C'était le 3 novembre, la récolte était presque faite. Il y avait un gardien qui s'appelait Henry Pugh — et qui n'appartient plus à notre heureuse petite famille, croyez-moi — assis sur le parechocs arrière d'un des camions. Il était en train de déjeuner, sa carabine sur les genoux, quand un splendide cerf dix cors (d'après ce qu'on m'a dit, mais certains exagèrent) est sorti du brouillard. Pugh a couru après, voyant d'avance l'allure qu'aurait ce trophée dans sa salle de jeux, et pendant ce temps trois des hommes confiés à ses soins se sont éclipsés. On en a repris deux dans un bowling de Lisbon Falls. Le troisième court encore.

Le cas le plus célèbre, à ce que je crois, est celui de Sid Nedeau. Cela remonte à 1958, et je ne pense pas qu'on fera jamais mieux. Sid était dans la cour et traçait les limites du terrain pour le match de base-ball du samedi suivant quand le sifflet de trois heures a retenti, signalant la relève des gardiens. À trois heures le portail s'ouvre, les gardiens qui arrivent et ceux qui s'en vont se croisent à l'entrée. Abondance de claques dans le dos, de chahutages, de comparaisons d'équipes de bowling, et le nombre habituel de vieilles blagues racistes usées jusqu'à la corde.

Sid a tout simplement fait rouler sa machine à tracer et passé le portail, laissant une bande blanche de dix centimètres de large depuis le troisième piquet du terrain jusqu'au fossé de l'autre côté de la route 6 où on a retrouvé la machine renversée dans un tas de poudre blanche. Ne me demandez pas comment il a fait. Il portait l'uniforme de la prison, il mesurait plus d'un mètre quatre-vingts et sa machine crachait un nuage de poussière blanche. Je peux seulement imaginer, comme c'était un vendredi après-midi, que les gardes relevés étaient si contents de partir, les gardes de relève si tristes de rentrer, que les premiers avaient la tête dans les nuages tandis que les seconds n'ont pas levé le nez… et que le vieux Sid Nedeau est en quelque sorte passé entre les gouttes.

Pour ce que j'en sais, Sid est toujours dehors. Andy et moi, au fil des ans, nous en avons souvent reparlé en riant, et quand nous avons appris l'histoire du pirate de l'air, celui qui a sauté en parachute avec la rançon par la porte arrière de l'avion, Andy a juré que D. B. Cooper s'appelait en réalité Sid Nedeau.

« Et il avait probablement une poche pleine de craie blanche pour se porter chance, a ajouté Andy. Veinard de fils de pute. »

Mais vous comprenez que des histoires comme celle de Sid, ou celle du gars qui s'est taillé du champ de patates à Sabbatus, sont l'équivalent pour les taulards du gros lot de la loterie. Comme une demi-douzaine de coups de chance coagulés au même instant. Un type du genre d'Andy pouvait attendre un siècle sans qu'il se passe rien.

Vous vous souvenez peut-être que j'ai mentionné, il y a un bout de temps, un certain Henley Backus, le contremaître de la blanchisserie. Il est entré à Shawshank en 1922 et il est mort à l'infirmerie de la prison trente et un ans plus tard. Il avait la marotte des évasions et des tentatives d'évasion, peut-être parce qu'il n'a jamais osé se lancer lui-même. Il pouvait vous raconter une centaine d'idées différentes, toutes plus cinglées les unes que les autres, et toutes mises en pratique à Shawshank à un moment ou à un autre. Mon histoire préférée était celle de Beaver Morrison, un détenu qui a voulu construire un planeur dans le sous-sol de la fabrique de plaques. Ses plans venaient d'un livre publié vers 1900, un *Guide de l'aventure et de la découverte pour les garçons modernes*. Il l'a construit à partir de rien, sans se faire prendre, en tout cas c'est ce qu'on dit, pour découvrir à la fin que le sous-sol n'avait pas de porte assez grande pour laisser sortir son foutu engin. Quand Henley racontait l'histoire, on manquait de crever de rire, et il en connaissait une douzaine, non, deux douzaines d'aussi drôles.

Quand il s'agissait de faire le détail, Henley connaissait ses évasions chapitre par chapitre, verset par verset. Il m'a dit une fois que depuis qu'il était là il avait *entendu parler* de plus de quatre cents tentatives. Réfléchissez un instant avant de hocher la tête et de continuer à lire. Quatre cents tentatives *d'évasion*! Cela donne 12,9 tentatives par an dont Henley Backus avait eu connaissance. Le Club de la tentative d'évasion du mois. Naturellement, la plupart étaient des trucs bâclés, le genre d'histoire qui se termine avec un garde qui attrape le bras d'une pauvre larve en grondant: «Espèce d'imbécile heureux, où *tu crois aller* comme ça?»

D'après Henley une soixantaine pouvaient être considérées comme sérieuses, y compris l'évasion en masse de 1937, l'année d'avant mon arrivée. Le bâtiment administratif était encore en construction et quatorze prisonniers se sont fait la malle en se servant des outils laissés dans un hangar mal fermé. Tout le sud du Maine a été pris de panique devant ces quatorze «criminels endurcis» dont la plupart crevaient de trouille et ne savaient pas plus où aller qu'un lapin sur la grande route quand il est pris dans les phares d'un énorme camion. Pas un seul n'a pu s'échapper. Deux ont été abattus — par des civils, pas des flics ni des matons — mais pas un ne s'en est sorti.

Combien s'en *étaient sortis* entre 1938, l'année où je suis arrivé ici, et ce jour d'octobre où Andy m'a parlé pour la première fois de Zihuatanejo ? En combinant mes informations avec celles d'Henley, je dirais une dizaine. Dix évadés pour de bon. Et même si on n'est jamais sûr de ce genre de choses, je suppose que la moitié au moins sont détenus dans d'autres institutions à travers le pays. Parce qu'on s'intègre effectivement à la prison. Retirez sa liberté à un homme et apprenez-lui à vivre dans une cellule, il perd la faculté de penser en trois dimensions. Il devient comme ce lapin que j'ai mentionné, figé dans les phares du camion qui va l'écraser. Deux fois sur trois un taulard qui vient de sortir se lance dans un coup qui n'a pas la moindre putain de chance de réussir... pourquoi ? Parce que ça va le renvoyer au trou. Là où il comprend comment ça se passe.

Andy n'était pas comme ça, mais moi oui. L'idée de voir le Pacifique me *paraissait* merveilleuse, mais je craignais qu'une fois là-bas je ne sois mort de trouille — devant l'immensité.

En tout cas, le jour où nous avons parlé du Mexique, et de M. Peter Stevens... ce jour-là j'ai commencé à me dire qu'Andy avait l'intention de faire un numéro d'escamotage. Je priais Dieu pour qu'il s'y prépare du mieux possible, si c'était le cas, et pourtant je n'aurais pas misé un sou sur ses chances de réussir. Norton, il faut le savoir, le tenait tout spécialement à l'œil. Pour lui Andy n'était pas seulement un abruti de plus avec un numéro, c'était une sorte de collaborateur, pourrait-on dire. De plus Andy avait une tête bien faite et du courage. Norton était décidé à employer l'une et à écraser l'autre.

De même qu'il existe à l'extérieur des politiciens

honnêtes — ceux qu'on achète une bonne fois — il y a des gardiens de prison honnêtes, à condition de savoir juger un homme et d'avoir de quoi lui graisser la patte. Je suppose qu'on pourrait se payer suffisamment de cécités momentanées pour une évasion. Je ne vous dirais même pas que ce n'est jamais arrivé, mais Andy Dufresne en aurait été incapable. Parce que Norton, je vous l'ai dit, ne le lâchait pas. Andy le savait, et les matons aussi.

Personne ne l'inscrirait jamais au programme «Dedans-Dehors», pas tant que le directeur Norton superviserait les inscriptions. Et Andy n'était pas du genre à essayer l'évasion désinvolte à la Sid Nedeau.

Si j'avais été lui, l'idée de cette clef m'aurait torturé sans arrêt. J'aurais eu de la chance si j'avais pu fermer l'œil deux heures par nuit. Buxton était à moins de cinquante kilomètres de Shawshank. Si proche, et si loin.

Je croyais encore que sa meilleure chance était d'engager un avocat et d'essayer de faire réviser son procès. N'importe quoi pour ne plus être sous la coupe de Norton. On pouvait peut-être faire taire Tommy Williams avec quelques pique-niques dans la soie, mais je n'en étais pas complètement sûr. Un bon vieil avocat coriace du Mississippi arriverait peut-être à le faire craquer... et il n'aurait peut-être même pas besoin d'employer les grands moyens. Williams, sincèrement, avait bien aimé Andy. De temps en temps j'exposais mes arguments à Andy qui se contentait de sourire, les yeux dans le lointain. Il me disait qu'il y penserait.

Apparemment il a aussi pensé à pas mal d'autres choses.

*
* *

En 1975 Andy Dufresne s'est évadé de Shawshank. Il n'a pas été repris, et je ne crois pas qu'il le sera jamais. En fait je ne pense pas qu'Andy Dufresne existe encore. Mais je me dis qu'à Zihuatanejo, au Mexique, il y a un certain Peter Stevens. Qui, en l'an de notre Seigneur 1976, tient probablement un petit hôtel tout neuf.

Je vais vous dire ce que je sais et ce que je crois — je ne peux pas faire mieux, n'est-ce pas ?

Le 12 mars 1975 les cellules du Bloc 5 s'ouvrirent à six heures, comme chaque matin sauf le dimanche. Et comme tous les jours sauf le dimanche, les occupants de ces cellules s'avancèrent dans le couloir et se mirent en rang pendant que les portes se refermaient en claquant. Ils marchèrent jusqu'à la grille principale de la division où deux gardiens les comptèrent avant de les envoyer au réfectoire pour un petit déjeuner de bouillie d'avoine, d'œufs brouillés et de bacon graisseux.

Tout se passa de façon routinière jusqu'au comptage de la grille. Ils auraient dû être vingt-sept. Ils n'étaient que vingt-six. Après avoir prévenu le capitaine des gardes, on les laissa descendre au réfectoire.

Le capitaine, un type pas trop méchant qui s'appelait Richard Gonyar, et son assistant, un connard nommé Dave Burkes, se rendirent aussitôt au Bloc 5. Gonyar a fait rouvrir les cellules et parcouru le couloir avec son aide, cognant les barreaux à coups de matraque, le revolver à la main. Dans un cas de ce genre on trouve d'habitude un gars tombé malade pendant la nuit, trop malade pour sortir de sa cellule. Ou, plus rarement, quelqu'un est mort… ou s'est suicidé.

Cette fois ils ne trouvèrent ni mort, ni malade,

mais un mystère. Personne. Il y avait quatorze cellules dans la division, sept de chaque côté, toutes propres — à Shawshank une cellule sale peut vous priver de visites — et toutes parfaitement vides.

Gonyar pensa d'abord qu'on avait mal compté ou qu'on lui faisait une mauvaise blague. Donc, au lieu d'aller travailler après manger, les détenus furent renvoyés à leurs cellules, souriants et ravis. Une interruption de la routine est toujours la bienvenue.

Les portes s'ouvrirent, les prisonniers entrèrent, les portes se refermèrent. Un clown hurlait : « Je veux mon avocat, je veux mon avocat, vous dirigez cet endroit comme une putain de prison. »

Burkes : « Ferme-la, ou je te nique. »

Le clown : « J'ai niqué ta femme, Burkie. »

Gonyar : « Fermez-la, vous tous, ou vous passez toute la journée là-dedans. »

Ils remontèrent le couloir en comptant les têtes. Ils n'eurent pas à chercher bien longtemps.

« À qui est cette cellule ? » demanda Gonyar au gardien de l'équipe de nuit.

« À Andrew Dufresne », répondit le nocturne, et c'était parti. Dès cet instant la routine fut mise en miettes. La fusée avait décollé.

Dans tous les films que j'ai vus la sirène se déclenche dès qu'on signale une évasion. À Shawshank, cela n'arrive jamais. La première chose qu'a faite Gonyar a été de prévenir le directeur. La seconde a été d'organiser une fouille de la prison. La troisième d'alerter la police d'État de Scarborough.

C'était la routine. Elle ne prévoyait pas une fouille de la cellule du suspect, et donc personne ne s'en est avisé. Pas encore. Pour quoi faire ? Il n'y avait rien de plus à voir. Une petite pièce carrée, des barreaux à la fenêtre et une grille coulissante en guise de porte. Un WC et une couchette vide. Quelques jolis cailloux sur le rebord de la fenêtre.

Et l'affiche, bien sûr. C'était Linda Ronstadt à l'époque. Elle était juste au-dessus de la couchette. Il y avait une affiche à cet endroit précis depuis vingt-six ans. Et quand quelqu'un — il s'avéra que ce fut Norton lui-même, bel exemple de justice poétique — a regardé derrière, il a eu un sacré choc.

Mais ce n'est pas arrivé avant six heures et demie du soir, presque douze heures après qu'Andy eut été signalé manquant, probablement vingt heures après son évasion.

Norton a sauté au plafond.

J'ai mes informations de bonne source — Chester, le détenu classé, qui cirait le sol de l'administration ce jour-là. Et ce jour-là il n'a pas eu à polir un trou de serrure avec son oreille ; il m'a dit qu'on pouvait entendre le directeur jusqu'au fond des archives pendant qu'il mettait Gonyar sur le gril.

« Qu'est-ce que ça veut dire, j'ai la certitude qu'il n'est pas dans les limites de la prison ? Qu'est-ce que ça veut dire ? Ça veut dire que vous ne l'avez pas trouvé ! Vous feriez mieux de le trouver ! Vous avez intérêt ! Parce que je le veux ! Vous m'entendez ? Je le veux ! »

Gonyar a dit quelque chose.

« Pas arrivé pendant votre service ? C'est ce que *vous* dites. Pour ce que j'en déduis, personne ne sait quand c'est arrivé. Ni comment. Ou si c'est vraiment arrivé. Ceci dit, je veux le voir dans mon bureau à trois heures, ou des têtes vont tomber. Je peux vous le promettre, et je tiens *toujours* mes promesses. »

Gonyar a émis quelque chose, ce qui a encore augmenté la fureur de Norton.

«Non? Alors regardez ça! *Regardez ça!* Vous le reconnaissez? Le pointage d'hier soir pour le Bloc 5. Tous les détenus présents! Dufresne a été bouclé hier soir à neuf heures et il est impossible qu'il soit parti! *C'est impossible! Maintenant trouvez-le!*»

Mais à trois heures de l'après-midi Andy était toujours signalé manquant. Norton lui-même est arrivé en catastrophe dans la division où nous étions parqués depuis le matin. Est-ce qu'on nous avait interrogés? On avait passé la journée à se faire interroger par des matons qui sentaient sur leur nuque l'haleine du dragon. Nous avons tous dit la même chose: nous n'avions rien vu, rien entendu. Et, pour ce que j'en sais, nous avons dit la vérité. Moi en tout cas. Tout ce que nous pouvions dire c'est qu'Andy était effectivement dans sa cellule à la fermeture, et à l'extinction des feux une heure plus tard.

Un petit malin a suggéré qu'Andy s'était glissé par le trou de la serrure. La suggestion lui a valu quatre jours de mitard. Ils étaient sur les nerfs.

Alors Norton est arrivé à grands pas, il nous a foudroyés de ses yeux bleus assez brûlants pour faire jaillir des étincelles de l'acier trempé de nos cages. Il nous a regardés comme s'il croyait que nous étions tous dans le coup. Probable qu'il y croyait.

Il est entré dans la cellule d'Andy et a regardé autour de lui. Elle était comme Andy l'avait laissée, le lit ouvert sans qu'il semble qu'on ait dormi dedans. Les cailloux sur la fenêtre... pas tous. Il avait emporté ceux qu'il préférait.

«Des cailloux», a sifflé Norton en les balayant d'un

geste, à grand fracas. Gonyar, qui faisait des heures supplémentaires, a fait la grimace mais n'a rien dit.

Norton a posé les yeux sur Linda Ronstadt. Linda regardait par-dessus son épaule, les mains enfoncées dans les poches-revolver d'un pantalon fauve particulièrement collant. Elle portait un haut de maillot et un bronzage des plus californiens. Ce poster a dû salement heurter la sensibilité baptiste du directeur Norton. En le voyant le fixer d'un œil féroce, je me suis souvenu de ce qu'Andy avait dit un jour, qu'il avait presque l'impression de pouvoir faire un pas dans l'image pour rejoindre la fille.

Très réellement, c'est exactement ce qu'il a fait — comme Norton a mis quelques secondes à s'en apercevoir. «Misérable créature!» a-t-il grondé en arrachant l'affiche d'un seul geste du bras.

Révélant le trou béant dans le béton effrité.

Gonyar n'a pas voulu y aller.

Norton le lui a ordonné — bon Dieu, ils ont dû entendre dans toute la taule le directeur ordonner à Riche Gonyar d'entrer dans ce trou — et Gonyar a refusé net, tout simplement.

«Pour ça j'aurai votre place!» a hurlé Norton, hystérique comme une femme en pleine crise, ayant perdu toute maîtrise de lui. Son cou était devenu rouge sombre, et sur son front deux veines palpitaient violemment. «Vous pouvez compter là-dessus, espèce de… de Français! J'aurai votre place et je veillerai à ce que vous n'en ayez plus dans aucune prison de Nouvelle-Angleterre!»

Sans un mot, Gonyar tendit son revolver à Norton, la crosse en avant. Il en avait assez. Il était resté deux heures de plus, bientôt trois, et il en avait assez. C'était comme si le départ d'Andy de notre heureuse petite famille avait fait plonger Norton dans une folie intime qui était là depuis longtemps… il était vraiment dingue ce soir-là.

Je sais pas de quelle folie intime il s'agissait, bien sûr. Mais je sais qu'il y avait vingt-six taulards pour écouter la petite engueulade entre Norton et Gonyar alors que les dernières lueurs quittaient le triste ciel de cette fin d'hiver, tous des longues peines blanchis sous le harnais qui avions vu se succéder les administrateurs, les plus vaches ou les plus hypocrites, et nous savions tous que le directeur Samuel Norton venait de passer ce que les ingénieurs se plaisent à appeler « le point de rupture ».

Et, par Dieu, il m'a presque semblé entendre rire, de très loin, Andrew Dufresne.

Norton a finalement trouvé un maigrichon buveur d'eau de l'équipe de nuit pour entrer dans ce trou dissimulé derrière Linda Ronstadt. Le maigrichon s'appelait Rory Tremont, et ce n'était pas vraiment un feu d'artifice côté cervelle. Il a peut-être cru qu'il allait gagner une médaille de bronze ou autre. En tout cas Norton a eu de la chance d'envoyer là-dedans un type à peu près de la même taille et corpulence qu'Andy ; s'il avait envoyé un type au gros cul — ce que sont apparemment presque tous les gardiens de prison — le type y serait resté coincé, aussi sûr que le bon Dieu a fait les coccinelles… et il y serait peut-être encore.

Tremont est entré avec une corde en nylon, qu'un garde avait trouvée dans le coffre de sa voiture, attachée autour de la taille, et une grosse lampe torche à la main. Gonyar, qui avait changé d'idée au sujet de sa démission et semblait être resté le seul à garder l'esprit

clair, avait déniché une série de plans. Je sais très bien
ce qu'on y voyait — un mur en coupe, qui avait l'allure d'un sandwich épais de trois mètres. Les couches
extérieures et intérieures faisaient un mètre vingt chacune. Entre les deux, des canalisations occupaient
encore soixante centimètres, la substantifique moelle
de la chose, si vous voulez... et plutôt deux fois
qu'une.

La voix de Tremont est sortie du trou, creuse,
comme morte : « Il y a quelque chose qui pue là-dedans,
monsieur le directeur.

— Peu importe ! Continuez. »

Les jambes de Tremont ont disparu à l'intérieur. Puis
ses pieds. Sa lampe a jeté de vagues lueurs.

« Monsieur le directeur, ça sent horriblement mauvais.

— Peu *importe*, j'ai dit ! » a crié Norton.

Douloureuse, la voix du garde est montée jusqu'à
nous : « Ça sent la merde. Oh Dieu, c'est ça, c'est de la
merde, oh mon Dieu laissez-moi sortir de là je vais
dégueuler mes tripes oh merde c'est de la merde oh
mon *Dieuuuuuu*... » Ensuite est venu le bruit facilement reconnaissable de Rory Tremont rendant ses
deux derniers repas.

Eh bien, pour moi c'était trop. Je n'ai pas pu me
retenir. La journée entière, foutre non, les trente dernières années me sont revenues d'un coup et je me suis
mis à rire à en crever, un rire que j'avais oublié depuis
que je n'étais plus un homme libre, le genre de rire que
je n'aurais jamais cru retrouver entre ces murs gris. Et
oh mon Dieu ! comme c'était bon !

« Sortez cet homme ! » a hurlé Norton, et je riais si
fort que je ne savais pas s'il parlait de moi ou de Tre-

mont. J'ai juste continué à rire en tapant des pieds et en me tenant le ventre. Je n'aurais pas pu m'arrêter même si Norton avait menacé de m'abattre sur place à bout portant. « *Sortez-LE !* »

Eh bien, voisins et amis, c'est moi qui suis sorti. Droit à l'isolement où je suis resté quinze jours. Ça a été long. Mais de temps en temps je repensais à ce pauvre et pas très malin Rory Tremont en train de beugler *oh merde c'est de la merde*, je repensais à Andy Dufresne descendant vers le sud dans sa propre voiture, avec un beau costume, et il fallait que je rie. J'ai pratiquement fait ces quinze jours de mitard les doigts dans le nez. Peut-être parce qu'une part de moi était avec Andy, Andy qui avait plongé dans la merde pour ressortir propre de l'autre côté, Andy qui se dirigeait vers le Pacifique.

Une demi-douzaine de types m'ont raconté le reste de la nuit. De toute façon, il ne s'est pas passé grand-chose. Je pense que Tremont a décidé qu'il n'avait presque rien à perdre après avoir rendu son déjeuner et son dîner, puisqu'il a continué. Aucun danger de tomber dans le puits entre les deux murs ; c'était si étroit, en fait, qu'il a dû se forcer à descendre. Il a dit plus tard qu'il ne pouvait respirer qu'à moitié, qu'il avait eu l'impression d'être enterré vivant.

Ce qu'il a trouvé au fond du puits, c'est le collecteur desservant les quatorze toilettes de la division 5, une conduite en céramique posée trente-trois ans plus tôt. On y avait fait un trou. Près des débris, dans la conduite, Tremont a trouvé le casse-pierres d'Andy.

Dufresne était libre, mais cela n'avait pas été facile.

L'égout était encore plus étroit que le puits où Tremont s'était glissé. Il n'a pas essayé d'y entrer, et pour ce que j'en sais personne ne l'a fait. Ça a dû être absolument innommable. Un rat a jailli de la conduite quand Tremont examinait le trou et le marteau, et il a juré que ce rat était gros comme un épagneul. Tremont a remonté le puits aussi vite qu'un chimpanzé.

Andy, lui, y était entré. Il savait peut-être que l'égout se déversait dans un ruisseau cinq cents mètres plus loin, dans les marais à l'ouest de la prison. Je pense qu'il le savait. Les plans de la prison n'étaient pas loin, et il a dû trouver le moyen de les consulter. Méthodique, il était. Il avait sûrement appris que cet égout était le dernier à ne pas être relié à la nouvelle usine d'épuration, et il avait compris qu'il fallait qu'il se lance au milieu de 1975 ou jamais, parce qu'au mois d'août on allait effectivement faire le branchement.

Cinq cents mètres. La longueur de cinq terrains de foot. Presque la moitié d'un mille. Il a rampé tout du long, peut-être avec une petite lampe stylo dans une main, peut-être seulement deux ou trois boîtes d'allumettes. Il a traversé une infection que je ne peux pas ou ne veux pas imaginer. À sa place la claustrophobie m'aurait rendu fou une douzaine de fois. Mais il l'a fait.

Au bout de l'égout on a trouvé quelques empreintes boueuses sortant du ruisseau léthargique et pollué où aboutissait la conduite. Trois kilomètres plus loin une équipe de recherche a trouvé son uniforme — le lendemain.

Cette histoire a fait les grands titres des journaux, comme vous vous en doutez, mais dans un rayon de trente bornes autour de la prison il n'y a eu personne pour signaler une voiture volée, ou des vêtements, ou un homme nu au clair de lune. Pas même un chien qui ait aboyé dans une ferme. Il est sorti de l'égout et il est parti en fumée.

Mais je parie qu'il est parti en direction de Buxton.

Trois mois après cette journée mémorable, le directeur Norton a démissionné. C'était un homme brisé, comme j'ai le plaisir de vous l'annoncer. Il n'avait plus aucun ressort. Le dernier jour il s'est traîné dehors tête basse comme un vieux taulard allant chercher ses pilules de codéine à l'infirmerie. C'est Gonyar qui a pris sa place... ce qui a dû lui paraître de la dernière injustice. Norton, pour ce que j'en sais, est rentré à Eliot, il va chaque dimanche au temple baptiste et se demande toujours comment diable Andy Dufresne a pu avoir raison de lui.

J'aurais pu lui dire, la réponse à cette question est la simplicité même. Certains en ont, Sam. Certains n'en ont pas, et n'en auront jamais.

Voilà ce que je sais ; maintenant je vais vous dire ce que je pense. Je peux me tromper sur des détails, mais je parierais ma montre et la chaîne avec que j'ai raison sur les grandes lignes. Andy étant ce qu'il était, cela n'a pu se passer que de deux façons. De temps en temps, quand j'y repense, je me rappelle de Normaden, cet Indien à moitié barge. « Un mec sympa, avait dit l'Indien après avoir partagé sa cellule pendant huit mois. J'ai été content de partir, moi. Sale courant d'air dans la cellule. Tout le temps froid. Il ne laisse personne toucher ses affaires. C'est okay. Mec sympa, jamais foutu de moi. Mais sale courant d'air. » Pauvre fou. Il en a su plus que nous tous, et plus tôt que nous. Il a fallu huit longs mois pour qu'Andy puisse se débarrasser de lui et récupérer sa cellule. S'il n'y avait

pas eu ces huit mois, juste après l'arrivée du directeur
Norton, je crois vraiment qu'Andy aurait été libre
avant la démission de Nixon.

Maintenant je crois que tout a commencé en 1949
— pas avec le casse-pierres, mais avec le poster de
Rita Hayworth. Je vous ai dit comme il m'avait paru
nerveux en me le demandant, inquiet, plein d'excitation contenue. À l'époque j'ai seulement cru qu'il était
gêné, qu'Andy était du genre à ne pas vouloir qu'on
sache qu'il avait des pieds d'argile et qu'il voulait une
femme… même si ce n'était qu'en imagination. Mais
je pense aujourd'hui que j'ai eu tort. Que son excitation avait une tout autre origine.

Qui donc est responsable du trou que Norton a fini
par découvrir derrière l'image d'une fille qui n'était
même pas née quand la photo de Rita Hayworth a été
prise ? Le travail et l'acharnement d'Andy Dufresne,
sûr — je ne veux rien lui enlever. Mais il y a eu deux
autres paramètres dans cette équation : beaucoup de
chance, et le béton de la WPA.

Pour la chance, vous n'avez sûrement pas besoin
que je vous explique. Quant au béton, j'ai moi-même
vérifié. J'ai investi un peu de temps et deux timbres
pour écrire d'abord au département d'Histoire de l'université du Maine et ensuite à un type dont ils m'ont
donné l'adresse. Ce type avait été chef d'équipe sur le
projet WPA qui avait construit le quartier de haute
sécurité de Shawshank.

Ce bâtiment, où sont les divisions 3, 4 et 5, a été
construit en 1934-37. La plupart des gens ne pensent
pas au ciment et au béton en termes de « progrès tech-
nologiques », au contraire des voitures, des hauts four-
neaux et des fusées, mais c'est pourtant le cas. Le

ciment moderne n'est apparu que vers 1870, et le
béton est né avec le siècle. Il est aussi difficile de réussir du béton que de faire du bon pain. On peut mettre
trop d'eau, ou pas assez. On peut le faire trop gras, trop
maigre, et de même avec le sable et le gravier. Or, en
1934, la mise au point des mélanges était beaucoup
moins sophistiquée qu'aujourd'hui.

Les murs de la division étaient solides, certes, mais
pas vraiment secs comme de la biscotte. En fait ils
étaient même carrément humides. Au bout d'une période
de pluie l'eau se mettait à suinter, voire à couler. Des
fissures apparaissaient, parfois profondes de plusieurs centimètres, qu'on rebouchait habituellement au
ciment.

Voyons maintenant Andy Dufresne, dans le Bloc 5.
Un diplômé de l'université du Maine, en gestion, mais
aussi un étudiant qui a fait trois ans de géologie en plus
du droit des affaires. La géologie, en fait, était devenue
son principal passe-temps. J'imagine que cela convenait à son tempérament patient, méticuleux. Mille ans
d'époque glaciaire par-ci, un million d'années de plis-
sement montagneux par-là. Des plaques rocheuses
frottant l'une sur l'autre dans les entrailles de la terre
pendant des millénaires. *La pression.* Un jour Andy
m'a dit que la géologie se résume à l'étude des pres-
sions.

Et du temps, bien sûr.

Andy a eu le temps de les étudier, ces murs. Tout le
temps. Quand les portes des cellules claquent et que les
lumières s'éteignent, il n'y a rien d'autre à regarder.

Ceux qui vont en taule pour la première fois ont
souvent du mal à s'adapter à l'enfermement. Ils attra-
pent la fièvre des barreaux. Parfois il faut les traîner à
l'infirmerie et les shooter pour qu'ils redescendent sur

terre. Il n'est pas rare d'entendre un nouveau membre de notre heureuse petite famille cogner sur ses barreaux en hurlant qu'on lui ouvre... et dès que ça dure un peu longtemps une chanson s'élève des autres cellules : « *Poisson* frais, hé petit *poisson*, *poisson* frais, *poisson* frais, aujourd'hui du *poisson* frais ! »

Andy n'a pas flippé à ce point-là quand il est arrivé, en 1948, mais cela ne veut pas dire qu'il n'a rien ressenti. Il a pu en arriver au bord de la folie, comme certains, et d'autres qui passent de l'autre côté. Une vie entière balayée en un clin d'œil, un long cauchemar en face de soi, s'étendant à l'infini, une longue saison en enfer.

Alors qu'est-ce qu'il a fait, je vous le demande ? Il a cherché, désespérément, à calmer son esprit fiévreux. Oh, il y a toutes sortes de manières de se distraire, même en prison ; là-dessus il semble que l'esprit humain soit riche de possibilités infinies. Je vous ai parlé du sculpteur et de ses *Trois Âges de Jésus*. Il y avait des collectionneurs de monnaies qui se faisaient sans cesse voler leurs trésors, des collectionneurs de timbres, un type qui avait des cartes postales venant de trente-cinq pays différents — et je vous préviens qu'il vous aurait envoyé *ad patres* s'il vous avait trouvé en train de lui carotter une carte postale.

Andy s'est intéressé aux cailloux. Et aux murs de sa cellule.

Je me dis qu'il a dû vouloir simplement commencer par graver ses initiales sur le mur où Rita Hayworth allait bientôt s'afficher. Ses initiales, ou peut-être quelques vers. Or il a découvert un béton étonnamment fragile. Peut-être a-t-il voulu graver ses initiales et qu'un morceau du mur est tombé par terre. Je le vois d'ici, allongé sur sa couchette, examinant un éclat de béton dans tous les sens. Oublie que ta vie est en ruine, oublie la montagne de malchance qui t'a enterré ici. Oublie tout ça, et voyons un peu ce bout de béton.

Quelques mois plus tard il a pu se dire que ce serait drôle de voir jusqu'où il pourrait creuser le mur. Mais on ne peut pas commencer un trou et un jour, lors de l'inspection hebdomadaire (ou d'une inspection surprise, qui sont fréquentes et font chaque fois des découvertes intéressantes, genre alcool, drogues, photos porno, armes), dire au gardien : « Ça ? Juste une petite excavation dans le mur de ma cellule. Ne vous inquiétez pas, mon brave. »

Non, il n'aurait pas pu. Alors il est venu me demander de lui procurer un poster de Rita Hayworth. Pas un petit, un grand.

Et puis, bien sûr, il avait le casse-pierres. Je me souviens d'avoir pensé, quand je lui ai trouvé ce gadget en 1948, qu'il faudrait six siècles à un homme pour percer le mur avec. Presque vrai. Or Andy n'avait que la *moitié* du mur à traverser et avec un béton relativement fragile il lui a tout de même fallu deux marteaux et vingt-sept ans de travail pour faire un trou à sa taille, si mince fût-il.

Bien sûr, il a perdu près d'un an à cause de Normaden, et il ne pouvait travailler que la nuit, quand presque tout le monde dort — y compris les gardiens de l'équipe de nuit. Mais j'estime que c'est d'avoir à se débarrasser des gravats qui l'a le plus ralenti. Il pouvait étouffer le bruit en enveloppant son marteau d'une toile à polir, mais que faire du ciment pulvérisé et des morceaux entiers ?

Je crois qu'il a dû écraser les morceaux et...

Je me suis souvenu du dimanche après qu'il eut reçu son casse-pierres. Je le revois traverser la cour de pro-

menade, le visage gonflé par sa dernière séance avec
les chiennes. Il s'est baissé, il a ramassé un caillou…
qui a disparu dans sa manche. Un vieux truc de prisonnier. Les manches ou le revers du pantalon. Et j'ai un
autre souvenir, à la fois très net et flou, une image qui
a pu revenir plusieurs fois. Celle d'Andy Dufresne
marchant dans la cour un beau jour d'été où il n'y avait
pas un souffle de vent. Sauf, ouais… sauf pour la
petite brise qui faisait voler un nuage de sable à chacun
de ses pas.

Donc son pantalon avait peut-être des caches, en
dessous des genoux. On remplit les caches, on se
balade, et quand on est tranquille et que personne ne
vous regarde, on tire un coup sec au fond des poches,
qui sont bien sûr reliées aux caches par une ficelle ou
un fil solide. Les gravats vous dégoulinent le long des
jambes à chaque pas. Pendant la guerre les soldats prisonniers se servaient de ce truc pour creuser des tun-
nels.

Les années ont passé et Andy a transporté peu à peu
son bout de mur dans la cour. Il a joué le jeu des directeurs, l'un après l'autre, et tous ont cru qu'il le faisait
pour développer la bibliothèque. Cela comptait, je n'en
doute pas, mais d'abord Andy voulait rester seul dans
sa cellule, le numéro 14 du Bloc 5.

Je crains qu'il n'ait pas vraiment cru, ou espéré,
réussir, en tout cas pas au début. Il croyait probablement avoir affaire à un mur plein, épais de trois
mètres, et se retrouver dix mètres au-dessus de la cour
s'il arrivait à le percer. Mais, je vous le dis, je ne crois
pas que ça l'inquiétait outre mesure. Il devait penser en
ces termes : je n'avance que de trente centimètres
en sept ans, à peu près ; il me faudrait donc soixante-
dix ans pour passer, et j'aurais alors cent un ans.

Seconde supposition que j'aurais faite, si j'avais été lui : éventuellement, je serais pris, j'écoperais d'une lourde peine de mitard, sans parler d'une grosse tache noire sur mon dossier. Après tout il y avait les inspections normales et les visites surprises — environ tous les quinze jours. Il a dû penser que cela ne pourrait pas durer longtemps. Tôt ou tard un maton allait donner un coup d'œil derrière Rita Hayworth pour s'assurer qu'elle ne cachait pas un manche de cuiller aiguisé ou quelques joints scotchés au mur.

Et là il a dû se dire : *Au diable*. Il en a peut-être même fait un jeu. Jusqu'où je pourrai creuser sans être découvert ? Il n'y a rien de plus emmerdant que la vie en prison, et le risque de se faire surprendre au milieu de la nuit par une inspection imprévue, l'affiche décollée, a dû donner du piment à son existence pendant quelques années.

Je crois aussi qu'il n'a pas pu s'en remettre uniquement à la chance. Pas pendant vingt-sept ans. Mais je suis obligé de me dire que durant deux ans — jusqu'à la mi-mai 1950, quand il a réglé l'histoire d'héritage de Byron Hadley — c'est exactement ce qu'il a fait.

Ou peut-être avait-il déjà de quoi aider la chance, même alors. Il avait de l'argent, ce qui lui permettait de graisser la patte toutes les semaines à un type pour qu'on soit coulant avec lui. La plupart des gardiens, pour un bon prix, sont d'accord ; cela leur remplit les poches et le taulard peut garder ses photos à branlette et ses cigarettes spéciales. De plus Andy était un prisonnier modèle — tranquille, poli, respectueux, non violent. Ce sont les dingues et les furieux qui se font mettre leur cellule sens dessus dessous tous les six mois : les matelas déballés, les oreillers ouverts, la vidange des toilettes soigneusement sondée.

Et puis, en 1950, Andy est devenu plus qu'un détenu modèle. Il s'est transformé en une denrée rare et précieuse : un meurtrier qui vous faisait récupérer la TVA et couper aux droits de succession. Il donnait gratuitement des conseils immobiliers, trouvait des échappatoires fiscales, remplissait des demandes de prêts (parfois avec une grande imagination). Je me souviens de l'avoir vu un jour derrière son bureau, dans la bibliothèque, épluchant patiemment un contrat de prêt automobile, paragraphe par paragraphe, avec un maton qui voulait s'acheter une DeSoto d'occasion, disant à cette tête de lard ce qu'il y avait de bon et de moins bon dans le contrat, lui expliquant qu'il pouvait demander un prêt sans se faire trop arnaquer, le détournant des compagnies de crédit, lesquelles ne valaient guère mieux, en ce temps-là, que des usuriers de bas étage. Quand il a eu fini le maton a commencé à tendre la main… et l'a retirée très vite. L'espace d'un instant, voyez-vous, il avait oublié qu'il discutait avec une mascotte, pas avec un homme.

Andy se mettait au courant des nouvelles lois fiscales et de l'évolution de la bourse pour rester efficace malgré son séjour au frigo, ce qui n'était pas évident. Il obtenait des crédits pour la bibliothèque, sa guerre d'usure avec les chiennes avait pris fin, sa cellule n'était jamais trop bousculée. C'était un bon nègre.

Alors, un jour, beaucoup plus tard, peut-être en octobre 1967, son vieux passe-temps a soudain changé de nature. Une nuit, enfoncé dans son trou jusqu'à la taille avec Raquel Welch lui pendant sur les fesses, le pic de son marteau a dû s'enfoncer dans le béton jusqu'au manche.

Il a sûrement récupéré quelques morceaux de

ciment, mais il en a sûrement entendu d'autres tomber
dans ce puits, rebondir sur les parois et sur le collecteur. Est-ce qu'il savait déjà qu'il allait descendre par
là, ou a-t-il été pris par surprise ? Je ne sais pas. Il avait
pu déjà tomber sur les plans de la prison, ou bien non.
En ce cas, soyez certains qu'il s'est démerdé pour les
obtenir en vitesse.

Il a dû se rendre compte, d'un seul coup, qu'au
contraire d'une distraction, l'enjeu était énorme… il
misait sa vie et son avenir, rien de moins. Même alors
il ne pouvait pas être sûr, mais il avait déjà une idée
assez précise puisque c'est là qu'il m'a parlé pour la
première fois de Zihuatanejo. Tout d'un coup, au lieu
d'être un jouet, ce trou imbécile dans un mur devenait
son maître — surtout s'il savait déjà qu'il y avait un
collecteur au fond du puits, et qu'il passait sous l'enceinte de la prison.

Pendant des années il s'était tracassé pour la clef
cachée sous un rocher à Buxton. Maintenant il devait
craindre qu'un nouveau garde trop fouineur n'aille
regarder derrière l'affiche et dévoiler le pot aux roses,
qu'on lui donne un autre compagnon de cellule ou
que brusquement, après tant d'années, il soit transféré
ailleurs. Des craintes qui ne l'ont pas laissé en répit
pendant huit ans. Tout ce que je peux dire, c'est que cet
homme avait un sang-froid exceptionnel. À vivre dans
une pareille incertitude, je serais devenu complètement
fou avant peu. Mais Andy a continué à jouer le jeu.

Il lui a fallu, huit ans encore, s'attendre à tout instant
à être découvert — de plus c'était *probable*, quels que
fussent les atouts de son jeu, un détenu dans une prison
d'État n'en a guère… et les dieux lui souriaient déjà
depuis bien longtemps, près de dix-neuf ans.

Ironiquement, il n'aurait rien pu lui arriver de pire

que de se voir proposer une liberté conditionnelle. Pensez-y : trois jours avant sa libération, le candidat est transféré dans le bâtiment à sécurité minimum pour passer un examen médical et une série de tests d'orientation. Pendant ce temps-là sa cellule est nettoyée à fond. Au lieu d'être libéré, Andy aurait écopé d'une longue peine de mitard, au sous-sol, puis serait remonté dans les étages… mais dans une autre cellule.

S'il a débouché dans le puits en 1967, pourquoi ne s'est-il évadé qu'en 1975 ?

Je ne suis pas sûr — mais j'ai quelques hypothèses assez solides.

D'abord il a fallu qu'il fasse encore plus attention. Il était trop malin pour foncer en voulant sortir en huit mois, ou même en dix-huit mois. Il a dû élargir peu à peu l'ouverture de son boyau. Un trou grand comme une tasse à thé quand il a bu son unique verre du Nouvel An. Un trou grand comme une assiette quand il a bu son verre d'anniversaire, en 1968. Grand comme un plateau-repas à l'ouverture de la saison de base-ball en 1969.

À un moment je me suis dit qu'il aurait dû aller bien plus vite qu'il ne l'a fait — après sa percée, veux-je dire. Il me semblait qu'il aurait pu, au lieu de pulvériser cette vacherie et de la sortir de sa cellule grâce aux gadgets que je vous ai décrits, la laisser tout simplement tomber dans le puits. Le temps qu'il a pris me fait penser qu'il n'a pas osé. Il a pu décider que le bruit donnerait des soupçons à quelqu'un. Ou alors, s'il connaissait l'existence du collecteur, ce que je crois, il a eu peur qu'un morceau de béton le brise avant qu'il ne soit prêt, bouche l'égout et déclenche une enquête. Laquelle, cela va sans dire, aurait entraîné sa ruine.

L'un dans l'autre, pourtant, j'estime que le trou était assez grand pour qu'il s'y faufile quand Nixon a prêté serment pour son second mandat... et probablement plus tôt. Andy était vraiment mince.

Alors, pourquoi n'est-il pas parti ?

C'est là où mes hypothèses deviennent plus floues, bonnes gens, et même de moins en moins fondées. L'une, c'est que le tunnel était obstrué par des détritus et qu'il a dû le déblayer. Mais cela n'aurait pas pris tout ce temps. Alors quoi ?

Je pense qu'Andy a pu avoir peur.

Je vous ai expliqué du mieux que j'ai pu ce que veut dire être intégré à la vie en prison. Au début on ne supporte pas les murs, puis on en vient à les supporter, ensuite à les accepter... et enfin, à mesure que votre corps, votre esprit et votre âme apprennent à vivre à une échelle réduite, vous vous mettez à les aimer. On vous dit quand il faut manger, quand vous devez écrire des lettres, quand vous pouvez fumer. Si vous travaillez à la blanchisserie ou à la fabrique on vous donne cinq minutes par heure pour aller aux toilettes. Pendant trente-cinq ans j'y suis allé cinq minutes avant la demie, et ensuite c'est le seul moment où j'ai jamais eu envie de pisser ou de chier : cinq minutes avant la demie. Si pour quelque raison je ne pouvais pas y aller, l'envie me passait à la demie et revenait une demi-heure plus tard.

Je crois qu'Andy a dû lutter avec ce tigre — ce syndrome institutionnel — et aussi avec la terreur que tout cela ait été fait en vain.

Combien de nuits a-t-il dû rester éveillé, allongé sous son affiche, obsédé par l'égout, sachant qu'il n'aurait jamais qu'une seule chance ? Les plans lui avaient peut-être indiqué le diamètre de la conduite, mais n'avaient pu lui dire comment ce serait à l'intérieur, s'il pourrait y respirer sans s'étouffer, si les rats étaient assez gros et féroces pour l'attaquer… et les plans n'avaient pu lui dire ce qu'il trouverait à l'autre bout, s'il y arrivait jamais. Voilà qui aurait été encore plus drôle qu'une liberté conditionnelle : Andy se fraye un passage dans l'égout, traverse en rampant cinq cents mètres d'obscurité étouffante, puant la merde, et se cogne à un grillage en acier renforcé à l'autre extrémité. Ha ! ha ! très drôle.

Il devait y penser. Et s'il finissait par gagner son pari sur la comète et à sortir, pourrait-il trouver des vêtements civils et s'éloigner de la prison sans être repéré ? Et enfin, en supposant qu'il sorte de l'égout, qu'il s'éloigne de Shawshank avant que l'alarme soit donnée, qu'il arrive à Buxton, qu'il soulève le rocher… et ne trouve rien ? Pas forcément pour une raison aussi dramatique que d'entrer dans le pré et de voir qu'on y a construit un grand ensemble ou un parking de supermarché. C'est peut-être un gosse s'intéressant aux pierres qui aurait remarqué ce morceau de lave, l'aurait retourné, aurait vu la clef, aurait emporté l'un et l'autre dans sa chambre comme des souvenirs. Ou à l'automne un chasseur qui aurait heurté du pied le morceau de lave, exposé la clef qu'ensuite un écureuil ou une pie attirée par les objets brillants aurait emportée. Ou, telle année, les crues de printemps auraient débordé la muraille rocheuse et entraîné la clef. Ou n'importe quoi.

Ainsi mon opinion, fondée ou non, est qu'Andy s'est figé sur place pendant quelque temps. Après tout, quand on ne joue pas on ne peut pas perdre. Qu'avait-il à perdre, demandez-vous ? Sa bibliothèque, d'abord. La paix empoisonnée de la vie en prison, ensuite. Toute chance de récupérer à l'avenir sa fausse identité.

Mais il a fini par le faire, comme je vous l'ai dit. Il s'est jeté à l'eau, et… mon Dieu ! Quel succès spectaculaire, non ? Dites-moi !

Mais est-ce qu'il s'en est *vraiment* tiré, demandez-vous ? Qu'est-ce qu'il s'est passé ensuite ? Quand il est arrivé dans le pré et qu'il a soulevé son rocher… toujours en supposant qu'il n'avait pas bougé.

Je ne peux pas vous décrire cette scène, car le prisonnier intégré qui vous parle est toujours à Shawshank et s'attend à y rester quelques années.

Mais je vais vous dire une chose. Vers la fin de l'été 1975, le 15 septembre, pour être précis, j'ai reçu une carte postale envoyée depuis la petite ville de McNary, dans le Texas. Cette ville est sur la frontière, côté américain, juste en face d'El Porvenir. La partie correspondance avait été laissée en blanc. Mais je sais. Je le sais dans mon cœur comme je sais que nous allons tous mourir un jour.

C'est à McNary qu'il a traversé. McNary, au Texas.

Alors voilà mon histoire, mec. Je n'aurais jamais cru qu'il faudrait si longtemps pour tout écrire, ni qu'il faudrait tant de pages. J'ai commencé juste après avoir reçu cette carte et je termine aujourd'hui, le 15 janvier 1976. J'ai usé trois crayons jusqu'au trognon et un bloc entier de papier. J'ai soigneusement caché le tout… bien que peu de gens soient capables de lire mes pattes de mouche.

J'ai remué plus de souvenirs que je n'aurais cru possible. Écrire sur soi-même ressemble beaucoup au geste de plonger un bâton dans une rivière limpide pour en remuer la boue du fond.

Bon, tu n'as pas écrit sur toi-même, dit une voix au

balcon. *Tu as écrit sur Andy Dufresne. Tu n'es qu'un personnage secondaire de ton histoire.* Pourtant, vous savez, ce n'est pas ça. Tout parle de moi, chaque putain de mot. Andy était cette part de moi qu'ils n'ont jamais pu enfermer, la part de moi qui se réjouira quand finalement le portail s'ouvrira et que je sortirai, vêtu d'un costume minable, avec vingt dollars me brûlant les poches. Qu'importe si je suis vieux, brisé, et terrifié, cette part de moi se réjouira. De cette part, tout simplement, Andy en avait plus que moi et s'en est mieux servi.

Il y en a d'autres comme moi, d'autres qui se souviennent de lui. Nous sommes contents qu'il soit parti, mais un peu tristes, aussi. Certains oiseaux ne sont pas faits pour être mis en cage, c'est tout. Leurs plumes sont trop colorées, leur chant trop libre et trop beau. Alors on les laisse partir, ou bien ils s'envolent quand on ouvre la cage pour les nourrir. Une part de vous, celle qui savait au départ qu'il était mal de les emprisonner, se réjouit, mais l'endroit où vous vivez se retrouve après son départ d'autant plus triste et vide.

Voilà l'histoire, et je suis content de l'avoir racontée, même si elle est peu concluante et que certains des souvenirs remués par le crayon (comme ce bâton qui va remuer la boue) me font me sentir plus triste et même plus vieux que je ne suis. Merci d'avoir écouté. Et, Andy, si tu es vraiment là-bas, comme j'en suis persuadé, regarde les étoiles à ma place, juste après le coucher du soleil, caresse le sable, marche dans l'eau et sois libre.

Je n'aurais jamais cru reprendre ce récit, mais me voici avec devant moi ces pages écornées, pliées en quatre. Voici que j'en ajoute trois ou quatre, prises à un bloc tout neuf. Un bloc que j'ai acheté dans une boutique — je suis tout simplement entré dans une boutique à Portland, rue du Congrès, et je l'ai acheté.

Je croyais avoir mis le point final à cette histoire dans une cellule de Shawshank, par un jour blême de l'hiver 1976. Aujourd'hui c'est la fin juin 1977 et je suis assis dans une petite chambre d'un hôtel bon marché, le Brewster à Portland, et j'écris.

La fenêtre est ouverte et laisse entrer le bruit de la rue qui me semble énorme, excitant, intimidant. Je dois jeter sans cesse un coup d'œil à la fenêtre pour être sûr qu'elle n'a pas de barreaux. La nuit je dors mal parce que le lit, si pauvre que soit la chambre, me paraît trop grand et trop luxueux. Je me lève d'un coup chaque matin à six heures et demie, désorienté, apeuré. Je fais de mauvais rêves. L'impression folle d'être en chute libre. Une sensation aussi terrifiante que stimulante.

Qu'est devenue ma vie ? Vous ne vous en doutez pas ? Je suis en liberté conditionnelle. Au bout de trente huit ans d'audiences routinières et de refus routiniers (j'ai tué trois avocats sous moi pendant ce tiers de siècle), on m'a accordé cette liberté. Ils ont dû se dire qu'à cinquante-huit ans, finalement, j'étais assez usé pour être inoffensif.

J'ai vraiment failli brûler le document que vous venez de lire. Ils fouillent les libérés sur parole aussi soigneusement qu'ils fouillent les « poissons frais », les arrivants. Outre qu'ils contiennent assez de dynamite pour me garantir un demi-tour accéléré et six à huit ans supplémentaires à l'intérieur, mes « mémoires » recèlent autre chose : le nom de la ville où je crois qu'Andy Dufresne est installé. La police mexicaine est ravie de coopérer avec la police américaine, et je ne voulais pas

que ma liberté — ou ma répugnance à perdre une histoire qui m'avait coûté tant de travail et de temps — soit
au prix de la sienne.

Alors je me suis souvenu du moyen choisi par Andy
en 1948 pour introduire cinq cents dollars, et j'ai sorti
mon récit par le même canal. Pour être tranquille j'ai
patiemment réécrit chaque page mentionnant Zihuatanejo. Si on avait trouvé ces papiers lors de la « fouille
extérieure », comme on dit à Shank, j'aurais exécuté
mon demi-tour… mais les flics auraient été chercher
Andy à Las Intrudres, une ville de la côte péruvienne.

La commission des libérations sur parole m'a trouvé
un emploi d'« assistant magasinier » au grand supermarché FoodWay sur l'avenue Spruce, au sud de
Portland — je rejoins donc les rangs des commis
vieillissants. Il n'y a que deux sortes de commis de
magasin, vous savez : les vieux et les jeunes. Personne
ne regarde jamais ni les uns, ni les autres. Si vous
faites vos courses au FoodWay, c'est peut-être moi qui
ai porté votre sac dans votre voiture… mais il vous a
fallu les faire entre mars et avril 1977, parce que je n'y
suis pas resté plus longtemps.

Au début je n'ai pas cru pouvoir m'en sortir à l'extérieur. Pas du tout. J'ai décrit la société pénitentiaire
comme un modèle réduit de votre monde, mais je
n'avais pas idée de la *vitesse* à laquelle vont les choses
dehors. Les gens bougent à une vitesse folle, ils parlent
même plus vite. Et plus fort.

C'est à quoi, de toute ma vie, j'ai eu le plus de mal
à m'adapter, et je n'en ai pas encore fini… de loin. Les
femmes, par exemple. Depuis quarante ans que j'avais
presque oublié qu'elles formaient la moitié de la race
humaine, voilà que je me retrouvais dans un magasin
plein de femmes. Des vieilles femmes, des femmes

enceintes portant des tee-shirts avec une flèche pointant vers le bas et la légende BÉBÉ EST LÀ, des femmes maigres avec des seins qui pointent sous leur chemise — une femme habillée comme ça, quand je suis tombé, se serait fait arrêter et examiner par des psychiatres — des femmes de toutes les formes et de toutes les tailles. J'étais toujours à moitié en train de bander et je me traitais de vieux vicelard.

Aller aux toilettes, encore autre chose. Quand il fallait que j'y aille (besoin qui me prenait toujours cinq minutes avant la demie), je devais combattre l'impulsion irrésistible de le demander à mon patron. Savoir que je pouvais tout simplement y aller, dans ce monde extérieur trop brillant, c'était une chose ; adapter mon être le plus intime à cette donnée après avoir dû le demander au maton le plus proche sous peine de deux jours de mitard… c'est autre chose.

Mon patron ne m'aimait pas. C'était un jeune type, vingt-six ou vingt-sept ans, et j'ai vu que je le dégoûtais plus ou moins, comme vous dégoûterait un vieux chien servile, craintif, qui s'approche en rampant pour se faire caresser. Christ, je me dégoûtais moi-même. Mais… je ne pouvais pas m'en empêcher. J'avais envie de lui dire : *Voilà ce que vous fait une vie entière en prison, jeune homme. Cela transforme en maître tout homme en position d'autorité, et vous-même en chien. Vous savez peut-être que vous vous êtes changé en chien, même en prison, mais comme tous les hommes en gris sont aussi des chiens, cela paraît moins important. Dehors, si.* Mais je ne pouvais pas le dire à un jeunot comme lui. Il n'aurait jamais compris. Non plus que mon jap[1], un ex-marin bourru, grand et gros avec une

---

1. Surveillant de conditionnelle.

immense barbe rousse et une bonne provision de blagues polonaises. Il me voyait environ cinq minutes par semaine. « Est-ce que tu évites les bars, Red ? » me disait-il quand il avait épuisé son répertoire. « Ouais », je disais, et c'était tout jusqu'à la semaine suivante.

La musique à la radio. Quand on m'a bouclé les grands orchestres commençaient seulement à émerger. Aujourd'hui on dirait que toutes les chansons parlent de baise. Tellement de voitures. Au début je croyais risquer ma vie chaque fois que je traversais la rue.

Plus encore — *tout* était étrange, effrayant — mais vous avez peut-être une idée de ce que c'était, ou le petit bout de la queue d'une idée. Quand on est en conditionnelle, n'importe quoi peut servir. J'ai honte de le dire, mais j'ai pensé voler du fric ou piquer des marchandises au FoodWay, n'importe quoi pour retourner au calme, là où on sait tout ce qui va se présenter au cours de la journée.

Si je n'avais jamais connu Andy, c'est probablement ce que j'aurais fait. Mais je pensais à lui sans arrêt, aux années passées à gratter patiemment le béton avec son casse-pierres pour retrouver la liberté. J'y pensais et j'avais honte et je laissais tomber mon idée. Oh, vous pouvez dire qu'il avait plus de raisons que moi de vouloir être libre — de l'argent, un nouveau nom. Mais ce n'est pas vraiment cela, vous savez. Parce qu'il n'était pas sûr que sa fausse identité l'attendait encore, et sans elle l'argent resterait à jamais hors de portée. Non, ce dont il avait surtout besoin c'était d'être libre, et si je repoussais du pied cette liberté, ce serait comme si je crachais sur tous les efforts qu'il avait fournis pour la retrouver.

Alors, pendant mes jours de repos, je me suis mis à faire du stop jusqu'à la petite ville de Buxton. C'était début avril, en 1977, la neige commençait à fondre dans les champs, l'air à se réchauffer, les équipes de base-ball montaient au nord pour une nouvelle saison du seul jeu que Dieu approuve j'en suis certain. Et chaque fois je mettais dans ma poche une petite boussole.

Il y a un grand pré à Buxton, m'avait dit Andy, *et au nord de ce pré une muraille rocheuse sortie tout droit d'un poème de Robert Frost. Quelque part au bas de ce mur il y a un rocher qui n'a rien à faire dans une prairie du Maine.*

Une équipée idiote, direz-vous. Combien de prés y a-t-il dans une petite commune rurale comme Buxton ? Cinquante ? Cent ? D'après mon expérience personnelle, je dirais même plus, en ajoutant les champs cultivés qui étaient en herbe à l'époque où Andy est venu. Et même si je trouvais le bon, je ne le saurais peut-être jamais. Soit je pourrais ne pas voir ce morceau de lave noire, soit, plus probablement, Andy l'avait mis dans sa poche et emporté avec lui.

Donc je suis d'accord avec vous. Une équipée idiote, sans aucun doute. Pire, dangereuse pour un type en conditionnelle, car certains champs ont des pancartes PASSAGE INTERDIT. Or, je vous l'ai dit, ils sont on ne peut plus ravis de vous renvoyer au trou à coups de pied au cul si vous faites un faux pas. Une équipée idiote… de même que d'émietter pendant vingt-sept ans un mur en béton. Et quand on n'est plus celui qui peut tout procurer mais un vieux commis de magasin, il vaut mieux avoir un passe-temps pour ne pas trop penser à cette nouvelle vie. Mon passe-temps, c'était de chercher le rocher d'Andy.

Alors je faisais du stop et je marchais sur les routes. J'écoutais les oiseaux, le murmure de l'eau dans les

fossés, j'examinais les bouteilles découvertes par la
fonte des neiges — aucune de consignée, je regrette
d'avoir à le dire ; le monde semble devenu terriblement
économe pendant mon séjour en taule — et je cher-
chais les prairies.

Je pouvais en éliminer la plupart du premier coup.
Pas de muraille rocheuse. D'autres en avaient, mais ma
boussole me disait qu'elles étaient orientées dans le
mauvais sens. Je me promenais quand même dans
celles-là. C'était une promenade agréable, et pendant
ces sorties je me sentais réellement *libre*, en paix. Un
vieux chien m'a suivi un samedi. Et un jour j'ai vu un
chevreuil amaigri par l'hiver.

Alors il y a eu un jour, le 23 avril, un jour que je
n'oublierai pas même si je vis encore cinquante-huit
ans. C'était un samedi après-midi, l'air était doux, et je
remontais ce qu'un gosse pêchant du haut d'un pont
m'avait dit s'appeler la route du Vieux Smith. J'avais
emporté mon déjeuner dans un sac en papier du Food-
Way, et je l'avais mangé assis sur un rocher au bord de
la route. Quand j'ai eu fini j'ai soigneusement enterré
les restes, comme me l'a appris mon père avant de
mourir, au temps où j'étais un mioche pas plus grand
que le pêcheur qui m'avait indiqué la route.

Vers deux heures j'ai trouvé un grand pré sur ma
gauche. Il y avait une muraille rocheuse à l'autre bout,
orientée à peu près vers le nord-ouest. J'y suis descendu en pataugeant dans la terre humide et je me suis
mis à longer le mur. De sur son chêne, un écureuil m'a
crié dessus.

Aux trois quarts du chemin, j'ai vu le rocher. Pas
d'erreur. Du verre noir lisse comme de la soie. Un
rocher n'ayant rien à faire dans une prairie du Maine.
Je l'ai regardé longtemps, et j'ai eu peur de me mettre

à pleurer sans savoir pourquoi. L'écureuil m'avait suivi et continuait à jacasser. Mon cœur battait à une vitesse folle.

Quand j'ai cru avoir retrouvé mon sang-froid, je suis allé jusqu'au rocher, je me suis accroupi — mes genoux ont craqué comme un fusil de chasse — et je l'ai touché. Il était réel. Je ne l'ai pas ramassé en pensant qu'il y aurait quelque chose dessous ; j'aurais tout aussi bien pu repartir sans voir ce qu'il y avait. En tout cas je n'avais pas du tout pensé l'emporter, parce que je sentais qu'il n'était pas à moi — j'avais même l'impression que d'arracher ce rocher à ce pré serait un vol de la pire espèce. Non, je l'ai seulement ramassé pour mieux le toucher, le soupeser, probablement pour me prouver sa réalité en caressant le grain satiné de la roche.

J'ai dû regarder longtemps ce qu'il y avait dessous. Mes yeux le voyaient, mais mon esprit a mis quelque temps à les rattraper. C'était une enveloppe, soigneusement protégée par un sac en plastique pour qu'elle ne prenne pas l'eau. Avec mon nom écrit dessus, de l'écriture claire et lisible d'Andy.

J'ai pris l'enveloppe et laissé le rocher là où Andy l'avait laissé, et son ami avant lui.

Mon cher Red,

Si tu lis ces mots, tu es dehors. D'une façon ou d'une autre, tu es dehors. Et si tu es venu jusqu'ici, tu voudras peut-être me suivre un peu plus loin. Je crois que tu te souviens du nom de la ville, n'est-ce pas ? J'aurais besoin d'un type bien pour m'aider à monter mes projets.

En attendant, bois un coup à ma santé, et réfléchis. J'attendrai de voir si tu viens. Souviens-toi que

l'espoir est une bonne chose, Red, peut-être ce qu'il
y a de mieux, et qu'une bonne chose ne meurt
jamais. J'espère que cette lettre te trouvera, et te
trouvera en bonne santé.

Ton ami,
PETER SEVENS.

Je n'ai pas lu cette lettre dans le pré. Une sorte de
terreur m'avait pris, le besoin de m'en aller avant
qu'on puisse me voir. Pour faire un mauvais jeu de
mots, j'avais peur d'être saisi.

Je suis rentré et j'ai lu la lettre dans ma chambre où
montait par l'escalier l'odeur du repas des vieux — du
Bœuf-à-Roni, du Riz-à-Roni, des Nouilles-à-Roni.
Pariez ce que vous voulez, mais ce soir en Amérique le
dîner des vieux, ceux qui ont un revenu fixe, se termine sûrement en *roni*.

J'ai ouvert l'enveloppe, j'ai lu la lettre. Ensuite je
me suis pris la tête entre les mains et j'ai pleuré. Avec
la lettre il y avait vingt billets neufs de cinquante dollars.

Et me voilà à l'hôtel Brewster, à nouveau en fuite,
du moins techniquement. Infraction à la conditionnelle, voilà mon crime, et ils ne vont pas barrer les
routes pour coincer un pareil criminel. Je me demande
que faire.

J'ai ce manuscrit. J'ai un petit sac de la taille d'une
sacoche de médecin où tient tout ce que je possède.
Dix-neuf billets de cinquante, quatre de dix, un de cinq,
trois dollars et un peu de monnaie. J'ai changé un billet
pour acheter ce bloc de papier et un paquet de clopes.

Je me demande que faire.

Mais en fait la question ne se pose pas. Il n'y a

jamais que deux choix. S'occuper à vivre ou s'occuper à mourir.

D'abord je vais remettre ce manuscrit dans mon sac. Et puis je vais boucler le sac, prendre ma veste, descendre et quitter ce nid à punaises. Ensuite je vais aller dans un bar du centre, poser le billet de cinq devant le barman et lui demander deux doses de Jack Daniels — une pour moi et une pour Andy Dufresne. À part une ou deux bières, ce sera la première fois que je boirai comme un homme libre depuis 1938. Je donnerai un dollar de pourboire au barman et un grand merci. Je sortirai du bar, je remonterai Spring Street vers le terminal des bus et je prendrai un ticket pour El Paso via New York. À El Paso j'achèterai un ticket pour McNary. Et une fois arrivé là-bas, je crois que j'aurais l'occasion de découvrir si un vieux corbeau dans mon genre peut trouver le moyen de se glisser à travers la frontière jusqu'au Mexique.

Bien sûr, je me souviens de la ville. Zihuatanejo. Un trop joli nom pour qu'on l'oublie.

Je brûle d'excitation, je m'en rends compte, tellement que j'arrive à peine à tenir mon crayon entre mes doigts qui tremblent. Seul un homme libre peut ressentir une telle émotion, un homme qui part pour un long voyage à l'issue incertaine.

J'espère qu'Andy est là-bas.

J'espère que j'arriverai à passer la frontière.

J'espère que je reverrai mon ami pour lui serrer la main.

J'espère que le Pacifique est aussi bleu que dans mes rêves.

J'espère.

Été
de corruption

———

Un élève
doué

Pour Elaine Koster et Herbert Shnall.

1

Il avait tout du parfait petit Américain sur son vélo
Schwinn six cent cinquante à guidon en cornes de
vache, en train de pédaler dans une rue de banlieue, et
c'est exactement ce qu'il était : Todd Bowden, treize
ans, un mètre soixante-douze, soixante-cinq kilos, les
cheveux couleur de blé mûr, les yeux bleus, les dents
blanches et régulières, une peau légèrement bronzée
sans l'ombre d'une trace d'acné juvénile.

Il pédalait du soleil à l'ombre, pas très loin de chez
lui, avec un sourire de grandes vacances. On aurait dit
le genre de gosse qui livre des journaux, et il faisait
effectivement une tournée pour le *Clairon* de Santo
Donato. Ou le genre de gosse qui vend des cartes de
vœux pour gagner trois sous, et cela aussi, il l'avait
fait. De celles où on imprime votre nom à l'intérieur
— JACK ET MARY BURKE, ou DON ET SALLY, ou LES
MURCHISON. C'était encore le type même du gamin
qui siffle en travaillant, et cela lui arrivait souvent.
D'ailleurs il sifflait très joliment. Son père était archi-
tecte et gagnait quarante mille dollars par an. Sa mère
avait passé une licence de français et avait rencontré le
père de Todd à l'université alors qu'il cherchait désespérément des leçons particulières. À temps perdu, elle
tapait des manuscrits, et elle gardait dans un classeur tous les bulletins scolaires de son fils. Son pré-

féré, c'était le dernier bulletin du cours moyen, où Mme Upashaw avait griffonné : « Todd est un élève extrêmement doué. » Et il l'était. Des A et des B sur toute la ligne. S'il avait fait mieux — que des A, par exemple — ses amis auraient pu commencer à le trouver bizarre.

Il arrêta sa bécane en face du 963 rue Claremont et mit pied à terre. La maison était un petit bungalow discrètement posé au fond du terrain. Blanc avec des volets et des bandeaux verts. Une haie faisait le tour, bien arrosée et bien taillée.

Todd écarta une mèche blonde de ses yeux et poussa la Schwinn sur l'allée en ciment, jusqu'au perron. Il souriait toujours, d'un beau sourire plein de franchise et d'espoir. Il abaissa la béquille du vélo du bout d'une de ses chaussures de course et ramassa le journal jeté sur la première marche. Ce n'était pas le *Clairon*, c'était le *L.A. Times*. Il le mit sous son bras et monta les marches. Elles donnaient sur une porte en bois massif protégée par une double porte en grillage. Il y avait une sonnette à droite, sur le chambranle, et sous la sonnette, deux petites plaques soigneusement vissées et protégées chacune par un plastique pour les empêcher de jaunir ou de se salir. L'efficacité allemande, pensa Todd, et son sourire s'élargit un peu. C'était une réflexion d'adulte, et chaque fois qu'il en avait une il se félicitait intérieurement.

Sur la plaque du haut, ARTHUR DENKER.

Sur celle du bas, NI QUÊTEURS, NI VENDEURS, NI REPRÉSENTANTS.

Toujours souriant, Todd appuya sur le bouton.

Il entendit à peine un ronflement assourdi, lointain, tout au fond de la petite maison. Il ôta son doigt et pencha légèrement la tête, guettant un bruit de pas. Rien ne vint. Il regarda sa Timex (une des primes reçues pour avoir vendu des cartes personnalisées) et vit qu'il était dix heures douze. Le type devait être levé. Todd se levait toujours au plus tard à sept heures et demie, même pendant les vacances d'été. Le monde appartient à ceux qui se lèvent tôt.

Il écouta encore trente secondes, ne perçut aucun bruit et garda le doigt sur le bouton en regardant la trotteuse de sa Timex. Il sonnait depuis exactement soixante et onze secondes quand il finit par entendre des pas traînants. Des pantoufles, pensa-t-il, d'après le léger chuintement. Todd était en plein dans les déductions. Son ambition actuelle, pour quand il serait grand, c'était de devenir détective privé.

« Ça va ! Ça va ! cria d'un ton geignard celui qui prétendait s'appeler Arthur Denker. J'arrive ! Lâchez ça ! J'arrive. »

Todd ôta son doigt de la sonnette.

Il y eut un raclement de chaîne et de verrou derrière la porte en bois. Puis elle s'ouvrit vers l'intérieur.

Un vieil homme tassé, en peignoir de bain, apparut à travers le grillage. Un mégot se consumait entre ses doigts. Todd pensa qu'on aurait dit un mélange d'Einstein et de Boris Karloff. Ses cheveux étaient longs, d'un blanc qui commençait à jaunir de façon déplaisante, évoquant plus la nicotine que l'ivoire. Il avait le visage ridé, plissé et bouffi de sommeil, et Todd vit avec un peu de dégoût qu'il n'avait pas pris la peine de se raser depuis au moins deux jours. Son père disait souvent : « Quand on se rase, le matin brille. » Son père se rasait tous les jours, qu'il aille ou non travailler.

Les yeux qui regardaient Todd étaient alertes, profondément enfoncés dans leurs orbites, striés de veinules rouges. Todd se sentit soudain profondément déçu. Ce type ressemblait effectivement un peu à Einstein, et un peu à Boris Karloff, mais il ressemblait surtout à un de ces vieux ivrognes minables qui traînaient près du dépôt de chemin de fer.

Bien sûr, se dit-il, ce type vient de se lever. Todd avait déjà vu Denker plusieurs fois (mais avait pris toutes les précautions pour ne pas se faire remarquer du bonhomme, *pas question*, Gaston), et en public il était toujours tiré à quatre épingles, il avait tout de l'officier à la retraite, c'est ce que l'on se disait en le voyant. Il avait pourtant soixante-seize ans si les articles que Todd avait lus à la bibliothèque ne se trompaient pas sur sa date de naissance. Les jours où il l'avait suivi jusqu'au Shoprite où Denker faisait ses courses ou à l'un des trois cinémas sur le trajet du bus — Denker n'avait pas de voiture — il portait toujours l'un de ses trois costumes parfaitement entretenus, si chaud qu'il pût faire. Lorsqu'il risquait de pleuvoir, il se mettait un parapluie sous le bras, comme une badine d'officier. Et chaque fois il était rasé de frais et avait soigneusement taillé sa moustache blanche (qui dissimulait un bec-de-lièvre mal opéré).

« Un gamin », dit-il d'une voix pâteuse, endormie. Todd eut encore la déception de voir que le peignoir était fané, poisseux. Une pointe de son col arrondi se dressait, comme ivre, contre son cou de dindon. Il y avait une tache qui pouvait être du chili ou du ketchup sur le revers gauche, et une odeur de tabac et d'alcool éventé.

« Un gamin, répéta-t-il. Je n'ai besoin de rien, gamin. Lis la plaque. Tu sais lire, non ? Bien sûr que tu sais. Tous les petits Américains savent lire. Ne m'ennuie pas, gamin. Bonne journée. »

La porte commença à se fermer.

À ce moment-là, il aurait pu tout laisser tomber, pensa-t-il beaucoup plus tard, une de ces nuits où le sommeil ne venait pas. Sa déception en le voyant de près pour la première fois, en voyant cet homme sans son masque de jour — comme s'il avait laissé son visage dans le placard, accroché à côté du parapluie et du chapeau — aurait pu suffire. Tout aurait pris fin d'un seul coup, et le petit claquement insignifiant du loquet aurait coupé court à tout ce qui avait suivi aussi proprement qu'une cisaille. Mais il était un parfait petit Américain, comme le type l'avait lui-même remarqué, et on lui avait appris que la persévérance est une vertu.

« N'oubliez pas votre journal, monsieur Dussander », dit Todd en lui tendant poliment le *Times*.

Le vantail s'arrêta net à mi-distance du chambranle. Une expression tendue, méfiante, traversa le visage de Kurt Dussander et disparut aussitôt. Il y avait peut-être eu de la peur dans cette expression. Très bon, de l'avoir effacée aussi vite, mais Todd fut déçu pour la troisième fois. Il ne s'attendait pas à ce que Dussander soit bon, mais à ce qu'il soit *génial*.

Gamin, Todd pensa à ce « *gamin* » avec dégoût, *oh, gamin !*

Il rouvrit la porte. Une main recroquevillée par l'arthrite déverrouilla la porte en grillage. La main l'ouvrit, juste assez pour se glisser comme une araignée et se refermer sur le bord du journal tendu par le garçon. Todd eut encore le déplaisir de voir des ongles trop longs, jaunes et calleux. Cette main, quand elle ne dormait pas, devait passer le plus clair de son temps à tenir une cigarette après l'autre. Todd pensait que le tabac était une sale habitude, dangereuse, une habitude qu'il n'aurait jamais. Vraiment surprenant que Dussander ait réussi à vivre aussi vieux.

Le vieil homme tira. « Donne-moi mon journal.

— Bien sûr, monsieur Dussander. » Todd lâcha le journal. L'araignée l'arracha d'un coup sec. Le grillage se referma.

« Je m'appelle Denker, dit le vieil homme. Pas ce Doo-Zander. On dirait que tu ne sais pas lire. Quel dommage. Bonne journée. »

La porte se referma une seconde fois. Todd parla très vite dans la brèche qui se rétrécissait. « Bergen-Belsen, de janvier 1943 à juin 1943. Auschwitz, de juin 1943 à juin 1944, *Unterkommandant*. Patin… »

La porte s'arrêta une fois encore. Le visage pâle et bouffi du vieux était suspendu dans l'ouverture comme un ballon flasque, à moitié dégonflé. Todd sourit.

« Vous avez quitté Patin juste avant l'arrivée des Russes. Vous êtes allé à Buenos Aires. Des gens disent que vous y avez fait fortune en investissant dans le trafic de drogue l'or que vous avez sorti d'Allemagne. En tout cas vous êtes resté à Mexico de 1950 à 52. Ensuite…

— Gamin, tu es fou comme une herbe. » Un doigt arthritique traçait des cercles autour d'une oreille déformée. Mais la bouche édentée tremblait, infirme et paniquée.

« De 1952 à 1958 je ne sais pas, dit Todd en souriant plus largement. Personne ne sait, à mon avis, ou personne n'en dit rien. Mais un agent israélien vous a repéré à Cuba où vous étiez concierge d'un grand hôtel juste avant que Castro prenne le pouvoir. Ils vous ont perdu quand les rebelles sont entrés à La Havane. Vous avez resurgi à Berlin-Ouest en 1965. Ils ont failli vous avoir. » Il prononça les deux derniers mots comme s'ils n'en faisaient qu'un *vouzavoir*. En même temps, il serra ses deux mains qui formèrent comme un poing énorme et frémissant. Dussander baissa les yeux sur ces belles mains américaines solides et bien nourries, des mains faites pour construire des maquettes de voiture et d'avion. Ce que Todd avait fait. L'an passé, même, son père et lui avaient construit une maquette du *Titanic*. Il leur avait fallu près de quatre mois, et le père de Todd l'avait mise dans son bureau.

«Je ne sais pas de quoi vous parlez», répondit Dussander. Sans râtelier, sa voix ressemblait à une sorte de bouillie que Todd n'aimait pas. Elle n'était pas assez… authentique, disons. Dans *Hogan's Heroes*, le colonel Klink parlait vraiment comme un nazi, mieux que Dussander. Mais en son temps, il avait dû être un vrai crack. Dans un article de *Men's Action* sur les camps de la mort, un auteur l'avait surnommé «le Monstre sanguinaire de Patin». «Va-t'en d'ici, gamin. Avant que je n'appelle la police.

— Waouh, je crois que vous devriez les appeler, monsieur Dussander. Ou Herr Dussander, si vous préférez.» Il souriait toujours, montrant des dents parfaites imprégnées de fluor depuis sa naissance et lavées deux fois par jour avec du dentifrice Crest depuis presque aussi longtemps. «Après 1965, personne ne vous a revu… jusqu'à ce que je vous voie, moi, il y a deux mois, dans un bus du centre.

— Tu es fou !

— Alors, si vous voulez appeler la police, dit Todd en souriant, allez-y. J'attendrai sur le perron. Mais si vous ne voulez pas le faire tout de suite, pourquoi ne pas me laisser entrer ? Nous pourrons bavarder.»

Pendant un long moment, le vieil homme examina le garçon qui souriait. Dans les arbres, des oiseaux gazouillaient. Au-delà du carrefour, une tondeuse à moteur ronronnait et au loin, dans les rues plus animées, les klaxons ponctuaient le commerce et la vie à leur propre rythme.

Todd, malgré tout, eut un instant de doute. Il n'avait pas pu se tromper, n'est-ce pas ? Aurait-il pu faire une erreur ? Il n'y croyait pas, mais ceci n'était pas un exercice scolaire. C'était la vie réelle. Aussi un sentiment de soulagement (*modéré*, se dit-il plus tard) le parcourut comme une vague quand Dussander lui dit : « Tu peux entrer un instant, si tu veux. Mais seulement parce que je ne veux pas te faire des ennuis, tu comprends ?

— Bien sûr, Monsieur Dussander. » Il ouvrit le grillage et passa dans l'entrée. Dussander referma la porte derrière lui, les isolant de tout.

La maison sentait l'aigre et le renfermé. Un peu comme chez Todd, certains matins, quand ses parents avaient eu des invités et que sa mère n'avait pas encore eu le temps d'aérer. Mais ici c'était pire. L'odeur était installée, incrustée. L'alcool, la friture, la sueur, les vêtements sales et une puanteur médicamenteuse comme du Vick ou du Mentholatum. Il faisait sombre dans l'entrée, et Dussander était trop près, la tête rentrée dans l'encolure de son peignoir comme un vautour attendant qu'un animal blessé rende l'âme. À ce moment-là, malgré les poils mal rasés et la peau flasque et fripée, Todd put voir l'homme qui avait endossé l'uniforme SS plus clairement qu'il ne l'avait jamais vu dans la rue. Et il sentit soudain une lame de peur s'insinuer dans son ventre. Une peur *modérée*, se corrigea-t-il plus tard.

« Je dois vous dire que s'il m'arrive quoi que ce soit... » Dussander le dépassa en traînant les pieds et entra dans le salon, ses pantoufles chuintant sur le parquet. Il agita une main méprisante vers Todd qui sentit un flot de sang brûlant dans sa gorge et sur ses joues.

Il le suivit, mais pour la première fois son sourire vacilla. Il ne s'était pas vraiment imaginé les choses de cette façon. Mais cela s'arrangerait. Tout se mettrait en place. Certainement. Comme toujours. Son sourire lui revint en entrant dans le salon.

Là, ce fut encore une déception — et de taille ! — mais cette fois, se dit-il, il aurait dû s'y attendre. Évidemment, il n'y avait aucun portrait à l'huile d'Hitler avec sa mèche et son regard qui ne vous quittait pas. Pas de médailles dans leur écrin, pas de sabre de cérémonie accroché au mur, pas de Luger ni de Walther PPK sur la cheminée (pas de cheminée, en fait). Bien sûr, se dit Todd, ce type serait dingue d'exposer ces choses-là à la vue de tous. Pourtant c'est dur de se sortir de la tête tout ce qu'on a vu au cinéma ou à la télé. On aurait dit le salon de n'importe quel vieux bonhomme vivant seul avec une pension plutôt minable. La fausse cheminée était garnie de fausses briques, avec une horloge accrochée au mur. Il y avait une télé Motorola noir et blanc sur un guéridon avec les pointes de l'antenne en V enveloppées de papier aluminium pour améliorer la réception. Le sol était recouvert d'un tapis gris qui se râpait au centre. Près du divan, le porte-revues contenait des numéros du *National Geographic*, du *Reader's Digest* et du *L.A. Times*. Au lieu de Hitler ou d'un sabre de cérémonie au mur, il y avait un certificat de nationalité sous-verre et le portrait d'une femme avec un drôle de chapeau. Dussander lui apprit ultérieurement que c'était un chapeau cloche, un genre de chapeau à la mode dans les années vingt et trente.

«Ma femme, dit le vieil homme d'une voix émue. Elle est morte en 1955 d'une maladie pulmonaire. À l'époque, je travaillais dans l'usine des moteurs Menschler, à Essen. J'en ai eu le cœur brisé.»

Todd souriait toujours. Il traversa la pièce comme pour mieux regarder la femme du portrait. Mais au lieu de regarder le tableau il tripota l'abat-jour d'une petite lampe.

«*Arrête ça!*» aboya Dussander. Todd sursauta et recula un peu.

«Très bon, dit-il sincèrement. Vraiment imposant. C'est Ilse Koch qui faisait faire des abat-jour en peau humaine, n'est-ce pas? Et c'est elle qui avait un truc avec des petits tubes en verre.

— Je ne sais pas de quoi tu parles.» Il y avait un paquet de Kool, sans filtre, sur la télé. Il en offrit une à Todd. «Cigarette?» dit-il en souriant. Son sourire était hideux.

«Non. Cela donne le cancer du poumon. Mon père fumait, mais il a arrêté. Il est allé dans un groupe antitabac.

— Vraiment.» Dussander sortit une allumette d'une poche de son peignoir et la frotta négligemment sur le plastique de la télé. «Peux-tu me donner une seule raison de ne pas appeler la police, dit-il en tirant sur sa cigarette, pour leur raconter les accusations monstrueuses que tu viens de faire? Une seule raison? Dépêche-toi, gamin. Le téléphone est au bout du couloir. Ton père te donnerait une bonne fessée, à mon avis. Pendant une semaine, tu devrais t'asseoir sur un coussin pour dîner, hein?

— Mes parents ne croient pas aux fessées. Les châtiments corporels créent plus de problèmes qu'ils n'en règlent.» Ses yeux s'éclairèrent d'un coup. «Vous leur donniez des fessées, aux femmes ? Est-ce que vous les faisiez déshabiller avant de… »

Se retenant d'exploser, Dussander se dirigea vers le téléphone.

« Vaudrait mieux ne pas faire ça », dit froidement le garçon.

Dussander se retourna et parla sur un ton mesuré, à peine altéré par l'absence de son dentier. « Je te le dis encore une fois, gamin, une seule fois. Je m'appelle Arthur Denken. Je n'ai jamais eu d'autre nom ; je ne l'ai même pas américanisé. Il se trouve que mon père m'a prénommé Arthur à cause de son admiration pour les histoires d'Arthur Conan Doyle. Je ne me suis jamais appelé Doo-Zander, Himmler ou Père Noël. J'étais lieutenant de réserve pendant la guerre. Je n'ai jamais appartenu au parti nazi. J'ai combattu pendant trois mois lors de la bataille de Berlin. À la fin des années trente, pendant mon premier mariage, j'ai soutenu Hitler, je l'admets. Il a mis fin à la crise et nous a rendu un peu de l'orgueil perdu après l'histoire ignoble et injuste du traité de Versailles. Je pense avoir été de son côté surtout parce que j'ai trouvé du travail et qu'il y avait à nouveau du tabac, je n'avais plus besoin de fouiller les caniveaux pour trouver de quoi fumer. À la fin des années trente donc, j'ai cru que c'était un grand homme. C'était peut-être vrai, à sa façon. Mais à la fin, il était fou, il maniait des armées fantômes au gré d'un astrologue. Il a même donné à Blondi, son chien, une capsule de poison. Un acte insensé ; à la fin, ils étaient tous devenus fous, ils chantaient le *Horst Wessel Lied* en donnant du poison à leurs enfants. Le 2 mai 1945, mon régiment s'est rendu aux Américains. Je me souviens qu'un simple soldat, un nommé Hackermeyer, m'a donné une tablette de chocolat. J'ai pleuré. Il n'y avait plus de raison de se battre ; la guerre était finie, en fait, elle était finie depuis février. J'ai été emprisonné à Essen et très bien traité. Nous avons écouté le procès de Nuremberg à la radio, et quand Goering s'est suicidé, j'ai échangé quatorze cigarettes américaines contre une demi-bouteille de schnaps et je me suis saoulé. Quand on m'a relâché, j'ai mis des roues aux voitures dans une usine d'Essen jusqu'en 1963 où j'ai pris ma retraite. Ensuite, j'ai émigré aux États-Unis. C'est ce que je voulais depuis toujours. En 1967, j'ai été nationalisé. Je suis américain. Je vote. Pas de Buenos Aires. Pas de trafic de drogue. Pas de Berlin. Pas de Cuba. » Il prononçait Kou-ba. « Et maintenant, si tu ne t'en vas pas, je vais téléphoner. »

Il regarda Todd, qui ne fit rien, alla au fond du couloir et décrocha le téléphone. Todd resta dans le salon, près de la table où était posée la petite lampe.

Dussander composa un numéro. Todd le regardait et son cœur battait de plus en plus vite, comme un tambour. Au quatrième chiffre, Dussander se retourna vers lui. Ses épaules se voûtèrent. Il reposa l'appareil.

« Un gamin, souffla-t-il. *Un gamin.* »

Todd sourit, presque modestement.

« Comment as-tu fait ?

— Un coup de chance et beaucoup de travail, répondit Todd. Il y a un ami à moi, il s'appelle Harold Pegler mais tous les gosses l'appellent Foxy. Il est arrière dans notre équipe. Et son père a plein de magazines dans son garage. Des piles et des piles, hautes comme ça. Datant de la guerre. Vraiment vieux. J'en ai cherché des plus récents, mais le type qui tient le kiosque à journaux m'a dit que presque tous ont fait faillite. Dans la plupart, il a des photos de boches — des soldats allemands, je veux dire — et de japs en train de torturer des femmes. Et des

articles sur les camps de concentration. Ça me branche
vraiment tous ces trucs sur les camps de concentration.

— Ça te... branche. » Dussander le fixait, se frottant la joue d'une main, faisant un léger bruit de papier
de verre.

« Branche. Vous savez bien. Ça me fait planer. Ça
m'intéresse. »

L'après-midi qu'il avait passé dans le garage de
Foxy était un des souvenirs les plus nets — de sa
vie — le plus net, pensait-il. Il se rappelait aussi qu'en
dernière année d'école primaire, avant Careers Day,
le jour de l'orientation, Mme Anderson (que tous les
élèves surnommaient Bugs à cause de ses grandes
dents) leur avait dit qu'il fallait qu'ils pensent à découvrir « VOTRE INTÉRÊT MAJEUR DANS LA VIE », elle appelait cela comme ça.

« Cela vient d'un seul coup, s'était extasiée Bugs
Anderson. Vous voyez quelque chose pour la première
fois, et vous savez instantanément que vous avez trouvé
VOTRE INTÉRÊT MAJEUR. C'est comme une clef ouvrant
une serrure. Ou tomber amoureux pour la première fois.
Voilà pourquoi Careers Day est si important, mes
enfants — c'est peut-être le jour où vous découvrirez
VOTRE INTÉRÊT MAJEUR. » Et elle avait continué en leur
parlant de son propre INTÉRÊT MAJEUR, lequel s'avéra
sans rapport avec la classe de CM2 : collectionner les
cartes postales du dix-neuvième siècle.

À l'époque, Todd avait pensé qu'elle ne racontait
que des conneries, mais ce jour-là, dans le garage de
Foxy, il s'était souvenu de ce qu'elle avait dit et s'était
demandé si après tout elle n'avait pas raison.

Ce jour-là, le vent venait de Santa Anna, et il y avait
des feux de broussailles à l'est. Il se souvenait de
l'odeur de brûlé, chaude et graisseuse. Il se souvenait

des cheveux en brosse de Foxy, des flocons de gomina Butch Wax restés collés devant. Il se souvenait de *tout*.

« Je sais qu'il y a des bandes dessinées quelque part », avait dit Foxy. Sa mère avait la gueule de bois et les avait jetés hors de la maison parce qu'ils faisaient trop de bruit. « Impec. Surtout des westerns, mais il y a quelques *Turok, fils des pierres* et…

— Qu'est-ce que c'est ? demanda Todd en montrant des cartons pleins à ras bord sous l'escalier.

— Oh, ça ne vaut rien. De vraies histoires de guerre, pour la plupart. Rien d'intéressant.

— Je peux les regarder ?

— Bien sûr. Je vais te chercher les BD. »

Mais lorsque le gros Foxy Pegler les eut trouvées, Todd n'avait plus envie d'en lire. Il était perdu. À jamais.

C'est comme une clef ouvrant une serrure. Ou tomber amoureux pour la première fois.

C'est ce qui s'était passé. Il avait entendu parler de la guerre, bien sûr — pas la guerre imbécile qui se déroulait actuellement, où les Américains se faisaient botter le cul par un tas de nyaquoués en pyjama noir —, de la Deuxième Guerre mondiale. Il savait que les Américains portaient des casques ronds recouverts d'un filet et que les boches en avaient des plutôt carrés. Il savait que les Américains avaient gagné la plupart des batailles, que les Allemands avaient inventé les fusées vers la fin et les avaient envoyées d'Allemagne jusqu'à Londres. Il avait même entendu parler des camps de concentration.

La différence entre ça et les magazines qu'il avait trouvés sous l'escalier du garage de Foxy, c'était comme d'*entendre parler* des microbes et de les *voir vraiment* dans un microscope, vivants et se tortillant.

Il y avait Ilse Koch. Il y avait les crématoires avec leurs portes ouvertes accrochées à des gonds pleins de suie. Il y avait des officiers en uniforme SS, des prisonniers en uniforme à rayures. L'odeur de ces vieux magazines à sensation était celle des feux de broussailles qui s'étendaient à l'est de Santo Donato. Il sentait sous ses doigts s'émietter le papier jauni et, quand il tournait les pages, il n'était plus dans le garage de Foxy mais pris au piège du temps, affronté à l'idée qu'*ils avaient vraiment fait ces choses*, que *quelqu'un avait vraiment fait ces choses*, que *quelqu'un les avait laissés faire, ces choses*, un mélange de dégoût et d'excitation lui faisait mal à la tête, il avait les yeux brûlants, douloureux, et il continuait à lire, et à l'intérieur d'un texte, sous l'image d'un amas de corps entremêlés dans un endroit appelé Dachau, un nombre lui sauta aux yeux :

6 000 000.

Et il avait pensé : *Là, quelqu'un s'est gourré, quelqu'un a ajouté un zéro ou deux, c'est trois fois plus de gens qu'il n'y en a à L.A. !* Mais plus tard, dans un autre magazine (dont la couverture montrait une femme enchaînée au mur tandis qu'un type en uniforme nazi s'approchait d'elle en souriant, un tisonnier à la main), il le revit :

6 000 000.

Sa migraine empira. Sa bouche se dessécha. Vaguement, de très loin, il entendit Foxy lui dire qu'il devait aller dîner. Todd lui demanda s'il pouvait rester dans le garage et lire pendant le repas. Foxy le regarda, légèrement interloqué, haussa les épaules et dit bien sûr. Todd continua à lire, accroupi entre les cartons de vieux magazines de guerre, jusqu'à ce que sa mère appelle et

demande s'il allait rentrer à la maison un jour ou
l'autre.

Comme une clef ouvrant une serrure.

Tous les magazines disaient que c'était mal, ce qui
s'était passé. Mais toutes les histoires avaient une suite
à la fin de la revue, et quand on arrivait à ces pages-là,
les pages disant que c'était mal étaient entourées d'annonces et ces annonces vendaient des poignards nazis
et des ceinturons et des casques en même temps que
des médailles magiques et des remèdes garantis contre
la calvitie. Ces annonces vendaient des drapeaux allemands blasonnés de swastikas et des Lugers nazis et
un jeu appelé « Charge des Panzers » et des leçons par
correspondance et les moyens de s'enrichir en vendant
des chaussures pour avoir l'air plus grand. Ils disaient
que c'était mal, mais cela n'avait pas l'air de gêner
grand monde.

Comme de tomber amoureux.

Oh oui, il se souvenait très bien de ce jour-là. Il se
souvenait de tout — un calendrier de pin-up jauni
datant d'une année défunte sur le mur du fond, la tache
d'huile sur le sol en ciment, la façon dont on avait attaché les magazines avec des lianes d'oranger. Il se souvenait que sa tête lui faisait de plus en plus mal chaque
fois qu'il pensait à ce nombre incroyable,

6 000 000.

Il se souvenait d'avoir pensé : *Je veux savoir tout ce
qui s'est passé dans ces endroits-là. Tout. Et je veux
savoir ce qui est le plus vrai — les mots ou les annonces
placées à côté des mots.*

À la fin, quand il repoussa les cartons sous l'escalier, il se souvint de Bugs Anderson : *Elle a raison,*
s'était-il dit. *J'ai trouvé mon* INTÉRÊT MAJEUR.

Dussander regarda Todd un long moment. Puis il traversa la pièce et se laissa lourdement tomber dans un fauteuil à bascule. Les yeux toujours fixés sur Todd, il ne réussissait pas à déchiffrer l'expression un peu rêveuse et nostalgique du garçon.

« Ouais. C'est à cause des magazines que je m'y suis intéressé mais j'ai pigé qu'une bonne partie de ce qu'ils racontaient n'était que des conneries, vous savez. Alors je suis allé à la bibliothèque et j'ai trouvé plein de trucs. Et même des trucs encore plus chouettes. Au début, la vieille peau de bibliothécaire ne voulait rien me laisser voir parce que c'était dans les rayons pour adultes, mais je lui ai dit que c'était pour mon école. Si c'est pour l'école, ils sont obligés de vous les donner. Elle a quand même téléphoné à papa, ajouta Todd en levant les yeux d'un air de mépris. Elle devait se dire que papa ne savait pas ce que je faisais, vous vous rendez compte.

— Il le savait ?

— Bien sûr. Papa pense que les mômes doivent apprendre la vie dès qu'ils en sont capables — le bon côté et le mauvais. Comme ça, ils seront prêts. Il dit que la vie est un tigre qu'il faut attraper par la queue, et que si on ignore la nature de la bête, elle vous dévore.

— Mmmm, fit Dussander.

— Maman est du même avis.

— Mmmmm. » Dussander, un peu hagard, ne savait plus très bien où il était.

« En tout cas, les trucs de la bibli étaient vraiment super. Ils ont au moins une centaine de bouquins avec des trucs sur les camps nazis, tout ça dans la bibliothèque de Santo Donato. Il doit y avoir un tas de gens qui aiment lire ces trucs-là. Il n'y avait pas autant de photos que dans les magazines du père de Foxy, mais le reste était vraiment juteux. Des chaises avec des pointes à la place du siège. Arracher les dents en or avec des tenailles. Du gaz empoisonné qui sort de la douche.» Todd secoua la tête. «Vous autres, vous étiez vraiment partis sur orbite, vous savez ça? Vraiment.

— Juteux, répéta lourdement Dussander.

— J'ai réellement écrit un exposé, et vous savez la note que j'ai eue? Un A plus. Naturellement j'ai dû faire gaffe. Il faut écrire ces trucs-là d'une certaine façon. Il faut faire attention.

— C'est ce que tu as fait?» Dussander, d'une main tremblante, prit une autre cigarette.

«Oh ouais. Tous ces bouquins, ils parlent d'une certaine façon. Comme si les types qui les ont faits avaient eu envie de vomir en les écrivant.» Todd fronçait les sourcils, aux prises avec l'idée qu'il essayait d'exprimer. Comme le mot *ton*, tel qu'il peut s'appliquer à l'écriture, ne faisait pas encore partie de son vocabulaire, c'était d'autant plus difficile. «Tous ils écrivent comme si cela leur faisait passer des nuits blanches. Comme s'ils devaient faire attention pour que ce genre de choses ne se produisent plus jamais. J'ai fait mon exposé comme ça, et je crois que le prof m'a mis un A simplement parce que j'avais pu lire les textes de base sans vomir.» Todd, une fois encore, eut un sourire de vainqueur.

Dussander tira goulûment sur sa cigarette dont le bout tremblait un peu. Un filet de fumée lui sortit des narines et il eut une toux de vieillard, froide et creuse. «Je peux à peine croire que cette conversation a lieu.» Il se pencha pour voir le garçon de plus près. «Gamin, connais-tu le mot "existentialisme"?»

Todd ignora sa question. «Avez-vous rencontré Ilse Koch?

— Ilse Koch?» Il ajouta, presque inaudible. «Oui. Je l'ai rencontrée.

— Est-ce qu'elle était belle? demanda Todd, avidement. Je veux dire…» Ses mains esquissèrent un sablier en l'air.

«Tu as sûrement vu sa photographie? Un aficionado comme toi?

— Qu'est-ce qu'un af… aff…

— Un aficionado, dit Dussander, c'est quelqu'un qui se branche. Qui… plane grâce à quelque chose.

— Ouais? Au poil.» Son sourire, un instant perplexe, presque effacé, redevint triomphant. «Bien sûr, j'ai vu sa photo. Mais vous savez comment c'est dans ces livres.» Il parlait comme si Dussander les avait tous lus. «En noir et blanc, flou… des instantanés. Aucun de ces types ne savait qu'il prenait des photos pour, je veux dire, pour l'*Histoire*. Elle était bien balancée?

— Elle était petite et grosse avec une peau affreuse», dit sèchement Dussander. Il écrasa sa cigarette à moitié fumée dans une assiette à pizza en aluminium remplie de mégots.

«Oh, mince!» Son visage s'affaissa.

«Un simple hasard, dit Dussander d'un ton rêveur en le regardant. Tu as vu ma photo dans un magazine d'aventures de guerre et tu t'es trouvé à côté de moi dans un bus. *Tcha!*» Il abattit son poing sur le bras du fauteuil, mais sans grande force.

«Non, monsieur, monsieur Dussander. Il y a eu des tas d'autres choses. Des tas, ajouta Todd, très sérieux, penché sur sa chaise.

— Oh? Vraiment?» Les sourcils touffus se relevèrent, poliment incrédules.

« Bien sûr. Je veux dire, les photos de vous que j'avais dans mon album dataient au moins d'il y a trente ans. Je veux dire, on est en 1974.

— Tu as fait un… un album ?

— Oh oui monsieur ! Vachement bien. Des centaines de photos. Je vous le montrerai un jour. Vous vous accrocherez au lustre. »

Dussander eut une grimace de révolte, mais ne dit rien.

« Les deux premières fois que je vous ai vu, je n'étais pas sûr du tout. Et un jour qu'il pleuvait, vous êtes monté dans le bus et vous portiez un ciré noir et brillant…

— Celui-là, souffla Dussander.

— Bien sûr. Il y avait une photo de vous dans un manteau comme ça dans des magazines du garage. Et aussi une photo de vous en grande tenue SS dans un des livres de la bibliothèque. Et quand je vous ai vu ce jour-là je me suis dit : "C'est sûr. C'est Kurt Dussander." Alors j'ai commencé à vous filer…

— À *quoi* ?

— À vous filer. Vous suivre. Mon ambition c'est d'être détective privé, comme Sam Spade dans les livres, ou Mannix à la télé. En tout cas, j'ai fait super gaffe. Je ne voulais pas me faire repérer. Vous voulez voir des photos ? »

Todd sortit une enveloppe pliée en deux de sa poche revolver. La sueur l'avait collée. Il la rouvrit soigneusement, les yeux étincelants comme un gosse qui pense à son anniversaire, à Noël, ou aux pétards qu'il fera sauter le Quatre Juillet.

« *Tu as pris des photos de moi ?*

— Oh, un peu. J'ai un petit appareil. Un Kodak. Étroit et plat, qui tient dans une main. Une fois qu'on a pigé le coup on peut prendre des photos du sujet avec l'appareil dans la main et en écartant juste assez les doigts pour laisser dépasser l'objectif. Ensuite on appuie sur le bouton avec le pouce. » Todd eut un rire modeste. « J'ai pigé le coup, mais avant j'ai pris plein de photos de mes doigts. Quand même, je me suis accroché. Je crois qu'on peut arriver à faire n'importe quoi si on essaye assez longtemps, vous savez ça ? C'est tarte mais c'est vrai. »

Kurt Dussander commençait à blêmir, l'air malade, recroquevillé dans son peignoir. « As-tu fait tirer ces photos par un laboratoire commercial, gamin ?

— Hein ? » Todd parut choqué, surpris, puis méprisant. « Non ! Vous me prenez pour un imbécile ? Mon père a une chambre noire. Je développe mes propres photos depuis que j'ai neuf ans. »

Dussander ne dit rien mais se détendit légèrement. Son visage reprit des couleurs.

Todd lui tendit quelques épreuves luisantes dont les bords irréguliers prouvaient qu'elles avaient été tirées à la maison. Dussander les examina d'un air sombre, en silence. Là, il était assis, le dos raide, contre la vitre d'un bus, dans le centre ville, tenant à la main le dernier James Michener, *Centennial*. Là, il était à l'arrêt de l'avenue Devon, son parapluie sous le bras et la tête relevée d'une manière qui rappelait de Gaulle dans ses moments de grandeur. Là, il faisait la queue sous la marquise du Majestic, très droit, silencieux, son attitude et sa taille tranchant sur les adolescents avachis et les ménagères aux visages vides venues en papillotes. Là, enfin, il inspectait sa boîte aux lettres.

« Pour celle-là j'ai eu peur de me faire voir, dit Todd. C'était un risque à prendre. J'étais sur le trottoir d'en face. Oh, mec, si seulement je pouvais me payer

un Minolta et un téléobjectif. Un jour… » Il avait l'air
tout rêveur.

« Tu avais sûrement une histoire toute prête, au
cas où.

— Je vous aurais demandé si vous n'aviez pas vu
mon chien. En tout cas, quand j'ai eu tout développé,
je les ai comparées à celles-ci. »

Il tendit au vieil homme trois photos photocopiées.
Dussander les avait déjà vues et revues bien des fois.
Sur la première, il était dans son bureau au camp de
regroupement de Patin ; la photo recadrée ne montrait
que lui et le drapeau nazi sur son support à côté du
bureau. La deuxième avait été prise le jour où il s'était
engagé. Sur la dernière, il serrait la main de Heinrich
Gluecks, qui dépendait directement d'Himmler.

« J'étais déjà presque sûr, mais je ne pouvais pas
voir votre bec-de-lièvre à cause de votre fichue moustache. Mais il fallait que je sois sûr, alors j'ai trouvé
ça. »

Il tendit le dernier papier de son enveloppe. Une
feuille souvent pliée et dépliée, avec de la crasse incrustée dans les plis, des angles écornés et usés — comme
deviennent les papiers longtemps restés dans les poches
de jeunes garçons ne manquant ni d'activités ni d'endroits où aller. C'était une copie de l'avis de recherches
israélien. Dussander, le papier entre les mains, pensa
aux cadavres tourmentés qui refusaient de rester dans
leur tombe.

« J'ai pris vos empreintes digitales, dit Todd en souriant. Et ensuite, je les ai comparées à celles de cet
avis. »

Dussander le regarda, bouche bée, puis dit merde en
allemand.

« Tu n'as pas fait ça ! »

— Bien sûr que si. Papa et maman m'ont donné un nécessaire à empreintes l'année dernière à Noël. Un vrai, pas un jouet. Avec la poudre et les brosses pour trois types de surfaces et le papier spécial pour les relever. Mes parents savent que je veux être D.P. quand je serai grand. Naturellement, ils croient que je vais oublier en vieillissant. » Il écarta cette idée d'un haussement d'épaules indifférent. « Le livre explique tout sur les boucles et les plateaux et les points de similarité. On appelle ça des similitudes. Il faut huit similitudes par empreinte pour que ça passe au tribunal. En tout cas, un jour que vous étiez au cinéma, je suis venu ici saupoudrer votre boîte aux lettres et votre bouton de porte, et j'ai relevé toutes les empreintes que j'ai pu. Plutôt malin, hein ? »

Dussander ne dit rien. Il serrait les bras de son fauteuil et sa bouche édentée, avachie, tremblait. Todd n'aimait pas ça. On aurait dit qu'il était au bord des larmes. Ce qui, naturellement, était ridicule. Le monstre sanguinaire de Patin en larmes ? Pourquoi pas Chevrolet en faillite ou MacDonald abandonnant les hamburgers pour vendre du caviar et des truffes ?

« J'ai eu deux séries d'empreintes, dit Todd. Une n'avait rien à voir avec celles de l'avis de recherches. J'ai pensé que c'étaient celles du facteur. L'autre, c'étaient les vôtres. J'ai trouvé plus de huit similitudes. J'en ai même trouvé quatorze, et des bonnes. » Il sourit. « Voilà comment j'ai fait.

— Tu es un petit salopard », dit Dussander, et ses yeux brillèrent d'un éclat menaçant. Todd eut un petit frisson d'excitation, comme en entrant. Puis le vieil homme retomba sur son siège.

« À qui en as-tu parlé ?
— À personne.

— Pas même à cet ami ? Ce Cony Pegler ?

— Foxy. Foxy Pegler. Non, il est trop bavard. Je n'ai rien dit. Il n'y a personne en qui j'ai confiance à ce point.

— Qu'est-ce que tu veux ? De l'argent ? Je crains fort qu'il n'y en ait pas. En Amérique du Sud il y en avait, mais rien d'aussi romanesque ou dangereux que le trafic de drogue. Il y a — il y avait — une sorte de réseau de "vieux copains" au Brésil, au Paraguay et à Saint-Domingue. Tous en fuite depuis la guerre. J'ai fait partie de leur cercle et je me suis pas trop mal débrouillé dans les mines et les minerais — étain, cuivre, bauxite. Et puis les choses ont changé. Le nationalisme, l'anti-américanisme. J'aurais pu flotter sur les vagues, mais les limiers de Wiesenthal ont retrouvé ma piste. La malchance, mon garçon, attire la malchance comme une chienne en chaleur attire les chiens. Ils ont failli m'avoir deux fois. J'ai même entendu ces salopards de Juifs dans la pièce voisine.

« Ils ont pendu Eichmann », murmura-t-il. Il porta une main à sa gorge et ses yeux s'arrondirent, comme ceux d'un enfant au moment le plus noir d'une histoire à faire peur — Hansel et Gretel, par exemple, ou Barbe-Bleue. « C'était un vieil homme, il n'était plus dangereux pour personne. Apolitique. Ils l'ont tout de même pendu. »

Todd approuva de la tête.

« Finalement, je suis allé voir les seuls qui pouvaient encore m'aider. Ils en avaient aidé d'autres, et j'étais à bout de course.

— Vous êtes allé trouver l'Odessa ? demanda Todd, les yeux brillants.

— Les Siciliens », dit sèchement Dussander, et Todd

fut à nouveau déçu. « Ça s'est arrangé. Des faux papiers, un faux passé. Tu veux boire quelque chose, gamin ?

— Bien sûr. Vous avez un coke ?

— Pas de coke. » Il prononçait *Kök*.

« Du lait ?

— Du lait. » Dussander passa sous l'arcade donnant sur la cuisine. Un bar fluorescent s'éclaira avec un grésillement. « Je vis maintenant du revenu de mes actions, dit-il, invisible. Des actions achetées après la guerre sous un nom d'emprunt. Par l'intermédiaire d'une banque dans le Maine, rien de moins. Le banquier qui a fait l'affaire s'est retrouvé en prison un an plus tard pour avoir tué sa femme…, parfois la vie est étrange, *hein*, gamin ? »

Une porte de frigidaire s'ouvrit et se referma.

« Ces chacals de Siciliens n'avaient pas entendu parler de ces actions. Aujourd'hui, ils sont partout, mais à l'époque, ils n'allaient pas plus au nord que Boston. Autrement, ils les auraient raflées. Ils m'auraient ratiboisé jusqu'à l'os et envoyé en Amérique pour vivre de l'aide publique et de la soupe populaire. »

Todd entendit un placard s'ouvrir, puis le bruit d'un liquide qui coulait dans un verre.

« Un peu de General Motors, un peu d'American Telephone and Telegraph, cent cinquante parts de Revlon. C'est le banquier qui a choisi. Dufresne, il s'appelait — je m'en souviens, c'est un nom qui ressemble un peu au mien. Il n'a pas été aussi malin en tuant sa femme qu'en choisissant des actions. Un *crime passionnel*, gamin. Cela prouve seulement que tous les hommes sont des ânes qui savent lire. »

Dussander revint dans un chuintement de pantoufles, apportant deux gobelets en plastique vert ressemblant aux cadeaux que donnent quelquefois les stations-service qui viennent d'ouvrir. Un verre gratuit si vous faites le plein. Dussander tendit le gobelet à Todd.

« J'ai vécu convenablement pendant cinq ans grâce au portefeuille d'actions constitué par ce Dufresne. Mais j'ai vendu mes Diamond Match pour acheter cette maison et une petite villa près de Big Sur. Puis l'inflation. La récession. J'ai vendu la villa et ensuite les actions une à une, souvent avec un bénéfice fantastique. Ah! si seulement j'en avais acheté davantage. Mais je me croyais par ailleurs bien à l'abri et ces actions n'étaient, comme vous dites, qu'une poire pour la soif… » Il eut un sifflement d'édenté et claqua des doigts.

Todd s'ennuyait. Il n'était pas venu écouter Dussander gémir sur son fric ou marmonner à propos de ses actions. L'idée d'un chantage ne lui était jamais venue. De l'argent ? Qu'en ferait-il ? Il avait son argent de poche, la vente des journaux. S'il avait besoin de fric, il y avait toujours quelqu'un qui voulait faire tondre sa pelouse.

Todd porta son verre à ses lèvres, puis hésita. Son sourire s'éclaira de plus belle… un sourire admiratif ? Il tendit le verre en plastique au vieil homme.

« Prenez-en un peu », dit-il d'un air rusé.

Dussander le regarda un moment sans comprendre, puis leva au ciel ses yeux injectés de sang. « *Grüss Gott !* » Il prit le verre, but deux gorgées et le rendit au garçon. « Pas de hoquet d'agonie. Pas de gorge en feu. Pas d'odeur d'amandes amères. C'est du lait, gamin. *Du lait.* De la ferme Dairylea. Il y a une vache qui sourit sur le carton. »

Todd le surveilla quelques instants, puis goûta prudemment. Oui, c'était bien le *goût* du lait, évidemment, mais il n'avait plus tellement soif, après tout. Il reposa le verre. Dussander haussa les épaules, leva le sien — augmenté d'une bonne dose de whisky — et but une gorgée. Ensuite il fit claquer ses lèvres.

« C'est du *schnaps* ? demanda Todd.

— Du bourbon. Du très vieux. Très bon. Et pas cher. »

Todd pianota sur les coutures de son jean.

« De sorte, poursuivit Dussander, que si tu pensais avoir trouvé la poule aux œufs d'or, tu es plutôt tombé sur une qui ne pond plus grand-chose.

— Hein ?

— Le chantage, dit Dussander. L'extorsion. N'est-ce pas le mot employé dans *Mannix*, *Hawaii Five-0* et *Barnaby Jones* ? L'extorsion. Si c'est ce que... »

Todd avait éclaté d'un rire joyeux, enfantin. Il secoua la tête, voulut parler, en fut incapable, et continua à rire.

« Non », dit Dussander, soudain grisâtre et vraiment effrayé, pour la première fois depuis l'arrivée de Todd. Il but encore une grande gorgée, fit la grimace, et frissonna. « Je vois que ce n'est pas ça... pas pour l'argent, en tout cas. Mais tu as beau rire, je flaire tout de même l'extorsion quelque part. De quoi s'agit-il ? Pourquoi viens-tu ici déranger un vieillard ? Peut-être, comme tu le dis, étais-je autrefois un nazi. Et même un SS. Maintenant je suis vieux, c'est tout, et je dois prendre un suppositoire pour faire fonctionner mes intestins. Alors, qu'est-ce que tu veux ? »

Todd s'était calmé. Il fixa Dussander avec une franchise émouvante. « Eh bien... je veux qu'on me raconte. C'est tout. C'est tout ce que je veux. Vraiment.

— Qu'on te *raconte* ? » répéta Dussander en écho, parfaitement perplexe.

Todd se pencha en avant, ses coudes bronzés sur ses genoux.

« Bien sûr. Les pelotons d'exécution. Les chambres à gaz. Les fours. Les types qui devaient creuser leurs propres tombes et se mettre au bout pour ensuite tomber dedans. Les… » Sa langue apparut et vint mouiller ses lèvres. « Les examens. Les expériences. Tout. Tous les trucs juteux. »

Dussander, stupéfait, le regarda avec une sorte de détachement, comme un vétérinaire pourrait regarder une chatte donner naissance à une portée de chatons à deux têtes. « Tu es un monstre », dit-il d'une voix douce.

Todd renifla. « D'après les livres que j'ai lus pour mon exposé, c'est *vous* qui êtes un monstre, monsieur Dussander. Pas moi. Vous les avez envoyés aux fours, pas moi. Deux mille par jour à Patin avant votre arrivée, trois mille ensuite, trois mille cinq cents quand les Russes sont arrivés et vous ont fait arrêter. Himmler disait que vous étiez un champion de l'efficacité et il vous a donné une médaille. Et c'est vous qui me traitez de monstre. Oh, *mec*.

— Tout cela n'est qu'un infect mensonge des Américains. » Dussander était piqué au vif. Il reposa son verre d'un coup sec, renversant du bourbon sur sa main et sur la table. « Le problème n'était pas de mon fait, non plus que la solution. On me donnait des ordres et des instructions, et je leur obéissais. »

Le sourire de Todd s'élargit, presque parodique.

« Oh, je sais que les Américains ont tout déformé, marmonna le vieil homme. Mais à côté de vos propres politiciens, le Dr Goebbels a l'air d'un gosse à la maternelle qui joue avec des livres d'images. Ils parlent de moralité alors qu'ils arrosent des enfants hur-

lants et des vieilles femmes avec du napalm enflammé.
Vos objecteurs de conscience sont traités de lâches et
de *peaceniks*. Quand ils refusent d'obéir, on les met en
prison ou on les élimine de la société. Ceux qui mani-
festent contre la malheureuse aventure asiatique de
leur pays sont matraqués dans les rues. Les GI qui
tuent des innocents sont décorés par le Président,
accueillis tous drapeaux dehors avec des défilés alors
qu'ils viennent de passer des bébés à la baïonnette et
d'incendier des hôpitaux. On leur offre des banquets,
les clefs de la ville, des billets gratuits pour les matchs
de football. » Il leva son verre en regardant Todd.
« Seuls ceux qui perdent sont jugés comme des criminels de guerre pour avoir obéi aux ordres et aux direc-
tives. » Il but, puis une quinte de toux donna un peu de
couleur à ses joues.

Pendant ce discours, Todd se trémoussa comme
lorsque ses parents discutaient de ce qu'ils avaient vu
au journal télévisé — ce bon vieux Walter Klondike,
comme disait son père. Les idées politiques de Dussander ne l'intéressaient pas plus que son portefeuille
d'actions. Selon Todd, les gens inventaient leurs idées
politiques pour faire des choses. Comme le jour où il
avait voulu glisser sa main sous la robe de Sharon
Ackerman, l'année dernière. Sharon avait dit que
c'était mal de sa part d'en avoir envie, alors même
que d'après le ton de sa voix il comprenait que cette
idée n'était pas sans l'exciter. Alors il lui avait dit qu'il
voulait devenir médecin quand il serait grand et elle
l'avait laissé faire. C'était ça la politique. Il voulait
savoir comment les médecins allemands essayaient
d'accoupler des femmes avec des chiens, comment ils
mettaient des jumeaux dans des frigidaires pour voir
s'ils mouraient au même moment ou s'il y en avait un

qui durait plus longtemps, et les électrochocs, et les opérations sans anesthésie, et les soldats allemands violant toutes les femmes dont ils avaient envie. Le reste n'était que des conneries usées faites pour maquiller les trucs juteux après que quelqu'un fut venu y mettre fin.

« Si je n'avais pas obéi aux ordres, je serais mort. » Dussander respirait péniblement, le haut de son corps se balançait d'avant en arrière sur le fauteuil, faisant grincer les ressorts. Une odeur d'alcool planait autour de lui comme un petit nuage. « Il y avait toujours le front russe, *nicht wahr ?* Nos chefs étaient des fous, d'accord, mais on ne discute pas avec des fous… surtout quand le plus fou de tous a une chance de tous les diables. Il a échappé d'un cheveu à un attentat génial. Les conspirateurs ont été étranglés avec des cordes à piano, étranglés lentement. On a filmé leur agonie pour l'édification des élites…

— Ouais ! Au poil ! s'écria Todd impulsivement. Vous avez vu le film ?

— Oui. Je l'ai vu. Nous avons tous vu ce qui arrivait à ceux qui ne voulaient ou ne pouvaient courir plus vite que le vent en attendant que la tempête prenne fin. Nous avons eu raison de faire ce que nous avons fait. Étant donné le lieu et l'époque, nous avons eu raison. Je le referais. Mais… »

Son regard tomba sur son verre. Il était vide.

« … mais je préfère ne pas en parler, ni même y penser. Ce que nous avons fait, c'était uniquement pour survivre, et survivre n'a rien de très joli. J'ai fait des rêves… » Lentement, il prit une cigarette dans le coffret sur la TV. « Oui. J'en ai fait, pendant des années. Le noir, et des sons dans le noir. Des moteurs de tracteurs. Des moteurs de bulldozers. Des crosses cognant ce qui pouvait être de la terre gelée, ou des crânes humains. Des sifflets, des sirènes, des coups de pistolet, des cris. Les portes des wagons à bestiaux qui s'ouvraient à grand bruit les après-midi d'hiver.

» Ensuite, dans mes rêves, tous les bruits s'arrêtent — et des yeux s'ouvrent dans le noir, luisant comme des yeux d'animaux dans la forêt mouillée. Pendant des années j'ai vécu en lisière de la jungle, et je suppose que c'est pour cela qu'il y avait toujours dans ces rêves l'odeur et la sensation de la jungle. Quand je me réveillais, j'étais trempé de sueur, mon cœur faisait trembler ma poitrine, je m'enfonçais les mains dans la bouche pour étouffer mes cris. Et je pensais : *Le rêve est vrai*. Le Brésil, le Paraguay, Cuba… ces endroits sont un rêve. En réalité, je suis toujours à Patin. Les Russes sont plus proches aujourd'hui qu'hier. Certains d'entre eux se souviennent qu'en 1943, ils ont dû manger des cadavres d'Allemands gelés pour rester en vie. Maintenant ils ne pensent qu'à boire du sang allemand tout chaud. Il y a eu des rumeurs, gamin, comme quoi certains ont justement fait ça en arrivant en Allemagne : égorgé des prisonniers et bu leur sang dans une botte. Je me réveillais en pensant : *Le travail doit continuer, même si ce n'est que pour qu'il ne reste aucune preuve de ce que nous avons fait ici, ou si peu que le monde, qui ne veut pas y croire, n'y sera pas obligé*. Et je pensais : *Le travail doit continuer si nous voulons survivre*. »

Todd l'écoutait avec beaucoup d'attention et d'intérêt. Ce n'était pas mal du tout, mais il était sûr qu'il y aurait des trucs encore mieux les jours suivants. Dussander avait seulement besoin qu'on l'asticote un peu. Fichtre, il avait de la chance. Beaucoup de types de son âge sont séniles.

Dussander tira longuement sur sa cigarette. «Plus tard, alors que je ne faisais plus ce genre de rêves, il y avait des jours où je croyais revoir quelqu'un de Patin. Jamais des gardes ou des officiers comme moi, toujours des internés. Je me souviens d'un après-midi en Allemagne de l'Ouest, il y a dix ans. Il y avait eu un accident sur l'autobahn. Les voitures étaient bloquées sur toutes les voies. J'étais dans ma Morris, j'écoutais la radio en attendant que la circulation reprenne. J'ai regardé à droite. Il y avait une très vieille Simca dans la file voisine, et l'homme qui était au volant me regardait. Il avait peut-être cinquante ans, l'air malade. Sa joue était barrée par une cicatrice. Il avait des cheveux blancs, courts, mal coupés. J'ai regardé ailleurs. Les minutes passaient et les voitures n'avançaient toujours pas. J'ai commencé à jeter des coups d'œil à l'homme dans la Simca. À chaque fois il me regardait, le visage fixe, comme un cadavre, les yeux enfoncés dans leurs orbites. J'étais persuadé qu'il était à Patin. Il y était et il m'avait reconnu.»

Dussander se passa une main devant les yeux.

«C'était l'hiver. L'homme portait un pardessus. Mais j'étais sûr que si je sortais de voiture pour aller le trouver, lui faire ôter son pardessus et retrousser ses manches, je verrais un numéro sur son bras.

» La circulation a fini par reprendre. Je me suis éloigné de la Simca. Si l'embouteillage avait duré dix minutes de plus, je crois que je serais sorti de ma voiture et que j'aurais fait sortir le vieux de la sienne. Je l'aurais frappé, avec ou sans numéro, je l'aurais frappé pour m'avoir regardé de cette façon.

» Peu après j'ai quitté l'Allemagne pour toujours.

— Une chance pour vous», dit Todd.

Dussander haussa les épaules. «C'était pareil partout. La Havane, Mexico, Rome. J'ai habité Rome trois ans, tu sais. Dans un café, je voyais un homme me regarder par-dessus son *cappatino*…, une femme dans le hall d'un hôtel qui s'intéressait à moi plutôt qu'à son magazine…, un serveur de restaurant qui ne me quittait pas des yeux même quand il en servait d'autres…. n'importe qui. Je me persuadais que ces gens m'observaient, et le même soir mon rêve était de retour — les bruits, la jungle, les yeux.

» Depuis que je suis arrivé en Amérique cela m'est sorti de l'esprit. Je vais au cinéma. Je dîne dehors une fois par semaine, toujours dans un de ces fast-food si propres et si bien éclairés par des tubes fluorescents. Ici, chez moi, je fais des puzzles et je lis des romans — mauvais, pour la plupart — et je regarde la télé. Le soir, je bois jusqu'à m'endormir. Les rêves ne viennent plus. Quand je vois quelqu'un me regarder au supermarché, à la bibliothèque ou au tabac, je me dis que je dois ressembler à leur grand-père… ou à un vieux professeur… ou à un voisin dans une ville où ils ont vécu il y a longtemps. » Il secoua la tête en regardant le garçon. «Quoi qui se soit passé à Patin, c'est arrivé à un autre homme. Pas à moi.

— Super ! dit Todd. Je veux tout savoir. »

Lentement, les yeux du vieil homme se fermèrent, se rouvrirent.

«Tu ne comprends pas. Je préfère ne pas en parler.

— Vous allez le faire, pourtant. Sans quoi je dirai à tout le monde qui vous êtes. »

Dussander, le teint blême, le contemplait. «Je savais bien qu'on en arriverait tôt ou tard au chantage.

— Aujourd'hui, je veux que vous me parliez des fours à gaz, dit Todd. Comment vous faisiez rôtir les Juifs. » Un sourire radieux illumina son visage. «Mais

remettez vos dents avant de commencer. Vous avez
meilleure mine avec vos dents. »

Dussander fit ce qu'on lui disait. Il parla des fours à
gaz jusqu'à ce que Todd dût rentrer chez lui pour
déjeuner. Chaque fois qu'il essayait de passer à des
généralités, Todd fronçait les sourcils d'un air sévère
et lui posait des questions précises pour le remettre sur
le droit chemin. Dussander buvait beaucoup tout en
parlant. Il ne souriait pas. Todd souriait. Todd souriait
assez pour deux.

2

Août 1974.

Ils étaient assis sous la véranda, à l'arrière de la maison, sous un ciel souriant et sans nuages. Todd portait
un jean, des Keds, et sa chemise Little League. Dussander, lui, avait mis une chemise grise informe et un
pantalon kaki avachi retenu par des bretelles — une
tenue de clochard, pensa Todd avec mépris ; le pantalon semblait sortir tout droit d'un carton de l'arrière-
boutique de l'Armée du Salut qui avait un magasin en
ville. Il allait vraiment falloir qu'il s'occupe de la
façon dont s'habillait Dussander chez lui. Cela gâchait
une partie de son plaisir.

Tous les deux mangeaient des Big Mac apportés par
Todd dans la sacoche de son vélo, en pédalant très vite
pour qu'ils ne refroidissent pas. Todd buvait un coke
avec une paille en plastique. Dussander avait un verre
de bourbon à la main.

La voix du vieil homme s'élevait et retombait, hésitante, usée, parfois presque inaudible. Ses yeux bleus délavés, striés comme d'habitude d'éclats rougeâtres, n'étaient jamais en repos. Un spectateur aurait pu croire à un grand-père avec son petit-fils, ce dernier assistant peut-être à un rite de passage, une passation des pouvoirs.

« Et c'est tout ce dont je me souviens », conclut Dussander en prenant une grosse bouchée de hamburger. La « sauce secrète » de MacDonald lui coula sur le menton.

« Vous pouvez faire mieux que ça », dit Todd d'une voix douce.

Dussander avala une grande gorgée de bourbon. « Les uniformes étaient en papier, finit-il par dire, presque en aboyant. Quand un prisonnier mourait, l'uniforme passait à un autre s'il était encore portable. Un uniforme en papier pouvait parfois servir à quarante prisonniers. Ma parcimonie m'a valu de très bonnes notes.

— De Gluecks ?

— De Himmler.

— Mais il y avait une usine de vêtements à Patin. Vous m'en avez parlé la semaine dernière. Pourquoi ne faisiez-vous pas faire les uniformes là-bas ? Les prisonniers auraient pu les faire eux-mêmes.

— L'usine de Patin avait pour mission de faire des uniformes pour des soldats allemands. Quant à nous… » La voix manqua un instant au vieil homme, puis il se força à continuer. « Notre propos n'était pas de rééduquer les internés », dit-il enfin.

Todd eut son large sourire.

« Assez pour aujourd'hui ? S'il te plaît, j'ai mal à la gorge.

— Alors vous ne devriez pas fumer autant, dit Todd

sans cesser de sourire. Parlez-moi encore des uniformes.

— Lesquels ? Ceux des prisonniers ou des SS ? »
Dussander était résigné.

« Les deux », dit Todd, toujours souriant.

3

Septembre 1974.

Todd était chez lui, dans la cuisine, en train de se
préparer un sandwich à la confiture et au beurre de
cacahuète. On arrivait à la cuisine par une demi-douzaine de marches en séquoia donnant sur une zone surélevée, luisante de chrome et d'acier inoxydable. La
machine à écrire électrique n'avait pas arrêté de marcher depuis que Todd était rentré de l'école. Sa mère
tapait un mémoire de maîtrise pour un étudiant. Lequel
étudiant avait les cheveux courts, d'épaisses lunettes,
et ressemblait selon Todd à un être d'une autre planète.
La thèse portait sur les effets des drosophiles dans la
vallée de Salinas après la Deuxième Guerre mondiale,
ou une merde fétide du même genre. La machine à
écrire s'arrêta et sa mère sortit de son bureau.

« Todd-baby, lança-t-elle en guise de salut.

— Monica-baby », lui renvoya-t-il, plutôt aimablement.

Sa mère était une nana pas trop décrépite pour ses
trente-six ans, pensait Todd ; des cheveux blonds avec
deux ou trois traînées cendreuses, grande, bien faite,
habillée aujourd'hui d'un short rouge foncé et d'un
léger corsage couleur whisky noué négligemment sous

les seins, exposant son ventre plat et lisse. Une gomme à machine était plantée dans ses cheveux, eux-mêmes retenus simplement en arrière par une pince couleur turquoise.

« Alors, comment va l'école ? » demanda-t-elle en montant les marches. Elle lui effleura les lèvres des siennes, machinalement, et se glissa sur un tabouret en face du comptoir servant aux petits déjeuners.

— L'école, c'est cool.

— Tu vas encore avoir le tableau d'honneur ?

— Bien sûr. » En fait, il se disait que ses notes pourraient bien baisser d'un cran au premier trimestre. Il avait passé beaucoup de temps avec Dussander, et même quand il n'était pas avec le vieux boche, il pensait à ce que Dussander lui avait raconté. Une ou deux fois, il avait rêvé à ce que Dussander lui avait dit. Mais rien qu'il ne puisse contrôler.

« Élève doué, dit-elle en ébouriffant la tignasse blonde. Et ce sandwich ?

— Bon, dit-il.

— Tu m'en ferais un pour me l'apporter dans mon bureau ?

— Peux pas, dit-il en se levant. J'ai promis à M. Denker que je passerais lui faire la lecture une petite heure.

— Tu es encore sur Robinson Crusoé ?

— Non. » Il lui montra le dos d'un gros livre qu'il avait payé vingt-cinq cents chez un bouquiniste. *Tom Jones.*

— Sacré nom d'une pipe ! Il te faudra toute l'année scolaire pour en venir à bout. Todd-baby. Tu ne pourrais pas au moins trouver une édition abrégée, comme pour *Crusoé* ?

— Probablement, mais il voulait entendre celui-là en entier. Il l'a dit.

— Oh. » Elle le regarda quelques instants, puis le serra dans ses bras. Elle était rarement aussi démonstrative, et Todd se sentit un peu gêné. « Tu es un chou de consacrer tellement de temps à lui faire la lecture. Ton père et moi trouvons cela tout simplement… exceptionnel. »

Todd baissa modestement les yeux.

« Et sans vouloir en parler à personne, ajouta-t-elle. Tu caches bien ton jeu !

— Oh, les gosses avec lesquels je traîne — ils me prendraient probablement pour une sorte de fêlé, dit-il en souriant humblement, tête baissée. Toute cette merde.

— Ne dis pas ça », le réprimanda-t-elle d'un air absent. Puis : « Crois-tu que M. Denker aimerait venir dîner chez nous un de ces jours ?

— Peut-être, dit Todd vaguement. Écoute, il faut que je mette un tigre dans mon moteur et que je me tire.

— Okay. Dîner à six heures et demie. N'oublie pas.

— D'accord.

— Ton père doit travailler tard, alors ce sera encore toi et moi, tous les deux, okay ?

— Super, baby. »

Elle le regarda partir avec un sourire affectueux, espérant qu'il n'y ait rien dans *Tom Jones* qu'il ne doive pas lire ; il n'avait que treize ans. Elle se dit qu'il n'y avait sûrement rien. Il grandissait dans un monde où n'importe qui pouvait s'acheter avec un dollar et quart un magazine comme *Penthouse*, et où n'importe quel gosse assez grand pour atteindre l'étagère du haut pouvait se rincer l'œil avant que le vendeur ne lui crie de reposer ça et de disparaître. Dans un monde qui semblait croire qu'il fallait avant tout sauter sa voisine, un livre vieux de deux siècles ne devait pas contenir grand-chose qui puisse tourner la tête de Todd — elle supposa quand même que le vieillard y trouverait un peu de quoi s'exciter. Et comme Richard se plaisait à le dire, pour un gosse, le monde entier est un laboratoire. Il faut les laisser fureter un peu partout. Et si le gosse en question a une vie familiale saine et des parents qui l'aiment, il sera d'autant plus aguerri qu'il aura fourré son nez dans quelques recoins bizarres.

Et voilà le gosse le plus sain qu'elle connaisse en train de remonter la rue sur son Schwinn. *On a fait ce qu'il fallait pour le môme, pensa-t-elle en se retournant pour faire son sandwich. Bon Dieu, on a fait ce qu'il fallait.*

4

Octobre 1974.

Dussander avait maigri. Ils étaient assis dans la cuisine, l'exemplaire défraîchi de *Tom Jones* posé sur la toile cirée de la table (Todd, qui s'efforçait de penser à tous les pièges, avait acheté les *Commentaires* de Cliff avec une partie de son argent de poche et avait lu attentivement le résumé du roman au cas où sa mère ou son père lui poseraient des questions sur l'intrigue). Todd mangeait un Ring Ding acheté au marché. Il en avait pris un pour Dussander, mais le vieil homme n'y touchait pas. Il se contentait de le regarder de temps à autre d'un air morose en buvant son bourbon. Todd détestait voir se perdre quelque chose d'aussi délicieux qu'un Ring Ding. Si le vieux ne le mangeait pas bientôt, il lui demanderait s'il pouvait le prendre.

«Alors, comment le truc arrivait jusqu'à Patin?

— Dans des wagons, répondit Dussander. Dans des wagons étiquetés MATÉRIEL MÉDICAL. Livré dans des caisses allongées qui ressemblaient à des cercueils. Très approprié, je suppose. Les internés déchargeaient les caisses et les entreposaient dans l'infirmerie. Ensuite nos hommes les apportaient dans les entrepôts. Ils le faisaient la nuit. Les entrepôts étaient derrière les douches.

— C'était toujours du Cyclon B?

— Non, de temps en temps on nous envoyait autre chose. Des gaz expérimentaux. Le haut commandement cherchait toujours à augmenter le rendement. Une fois, ils nous ont envoyé un gaz appelé en code PEGASUS. Un incapacitant. Dieu merci, ils n'ont jamais recommencé. Cela...» Dussander vit Todd se pencher, vit ses yeux se rétrécir, et il s'arrêta net, levant d'un air détaché son verre de station-service. «Cela ne marchait pas très bien, dit-il. C'était... assez ennuyeux.»

Mais Todd ne s'y laissa pas prendre, pas un instant. «Qu'est-ce qui se passait?

— Le gaz les tuait — qu'est-ce que tu crois, qu'il les faisait marcher sur l'eau? Cela les tuait, c'est tout.

— Dites-moi.

— Non.» Dussander était maintenant incapable de cacher l'horreur qu'il ressentait. Il n'avait pas pensé à PEGASUS depuis... combien de temps? Dix ans? Vingt? «Je ne te dirai pas! Je refuse!

— Dites-moi, répéta Todd, léchant sur ses doigts le glaçage au chocolat. Dites-moi ou vous savez quoi.»

Oui, pensa Dussander, *je sais quoi. Je le sais parfaitement, infect petit monstre.*

«Cela les faisait danser, dit-il à contrecœur.

— Danser?

— Comme le Cyclon B, il arrivait par les pommes de douche. Et ils… ils se mettaient à sauter. Certains hurlaient. La plupart riaient. Ils se mettaient à vomir, et à… à déféquer involontairement.

— Wouh, dit Todd. Ils se chiaient dessus, hein?» Il désigna le Ring Ding sur l'assiette du vieil homme. Il avait fini le sien. «Vous allez manger ça?»

Dussander ne répondit pas. Ses yeux étaient embués de souvenirs. Son visage lointain et glacé, comme la face nocturne d'une planète immobile. En lui-même, il sentait *le plus étrange* mélange de révulsion et — était-ce possible — de *nostalgie*.

«Ils se secouaient dans tous les sens et faisaient des sons aigus, étranges, venant de la gorge. Mes hommes… ils ont appelé PEGASUS le gaz des Tyroliennes. À la fin ils s'écroulaient tous et restaient par terre dans leurs propres excréments, ils restaient étendus, oui, étendus sur le ciment, en hurlant et en poussant des youyous, le nez en sang. Mais j'ai menti, gamin. Le gaz ne les tuait pas, soit il n'était pas assez puissant soit nous n'avons pu supporter d'attendre assez longtemps, je suppose que c'était ça. Des hommes et des femmes dans cet état n'auraient pas survécu longtemps. Finalement, j'ai envoyé cinq hommes avec des fusils mettre fin à leur agonie. Cela aurait été un point noir dans mon dossier si cela s'était su, j'en suis sûr on y aurait vu un gaspillage de cartouches à une époque où le Führer avait proclamé que chaque cartouche était une ressource nationale. Mais j'avais confiance en ces cinq hommes. Des fois, gamin, j'ai cru que je n'oublierais jamais les sons qu'ils faisaient. Les youyous. Les rires.

— Ça, je pense bien », dit Todd. Il termina le Ring Ding de Dussander en deux bouchées. Jeter, c'est pécher, disait sa mère les rares fois que Todd laissait des restes. « C'était une bonne histoire, monsieur Dussander. Vous les racontez toujours très bien. Une fois que je vous ai lancé. »

Todd lui sourit. Et, chose incroyable — certainement pas parce qu'il en avait envie —, Dussander se vit lui rendre son sourire.

5

Novembre 1974.

Dick Bowden, le père de Todd, ressemblait étonnamment à Lloyd Bochner, un acteur de cinéma et de TV. Il — Bowden, pas Bochner — avait trente-huit ans. C'était un homme mince, étroit, qui préférait les chemises classiques et les costumes unis, foncés le plus souvent. Quand il allait sur un chantier, il mettait un treillis et un casque qui lui restaient de sa période dans les Peace Corps, lorsqu'il avait aidé à concevoir et à construire deux barrages en Afrique. Quand il travaillait chez lui, dans son bureau, il portait des lunettes avec des verres en demi-lune qui avaient l'habitude de glisser sur son nez, ce qui lui donnait l'allure d'un proviseur de lycée. C'étaient ces lunettes qu'il avait ce jour-là alors qu'il tapotait la plaque de verre immaculée de son bureau avec le premier bulletin trimestriel de son fils.

«Un B. Quatre C. Un D. Un D, pour l'amour du Christ! Todd, ta mère ne le montre pas, mais elle est vraiment bouleversée.»

Todd baissa les yeux. Il ne souriait pas. Quand son père jurait, c'était rarement de bon augure.

«Mon Dieu, tu n'as jamais eu un bulletin comme celui-là. Un D en algèbre? Et quoi encore?

— Je ne sais pas, papa.» Il regarda humblement ses genoux.

«Ta mère et moi pensons que tu as peut-être passé un peu trop de temps avec M. Denker. Pas assez à potasser tes livres. Nous pensons que tu devrais te limiter aux week-ends, petit feignant. Au moins jusqu'à ce qu'on voie où tu en es avec tes études…»

Todd leva la tête, et l'espace d'une seconde, Bowden crut voir une colère sauvage, blafarde, dans les yeux de son fils. Les siens s'élargirent, ses doigts se crispèrent sur le carton couleur chamois du bulletin… et puis il n'y eut plus que Todd. Todd et son regard franc bien qu'un peu malheureux. Cette colère avait-elle vraiment existé? Sûrement pas. Mais cet instant l'avait désorienté, il lui était maintenant difficile de savoir exactement comment procéder. Todd ne s'était pas mis en rage, et Dick Bowden ne voulait pas du tout le mettre en rage. Lui et son fils étaient amis, avaient toujours été amis, et Dick ne voulait pas que cela change. Ils n'avaient pas de secrets l'un pour l'autre, pas le moindre (mis à part le fait que Dick Bowden commettait parfois des infidélités avec sa secrétaire, mais ce n'est pas exactement le genre de choses qu'on raconte à son fils de treize ans, n'est-ce pas?… et de plus cela n'avait absolument aucun rapport avec sa vie à la maison, sa *vie de famille*). Il valait mieux qu'il en soit ainsi, il le *fallait*, dans un monde tourneboulé où les assassins restaient impunis, les étudiants se piquaient à l'héroïne et les lycéens — des gosses de l'âge de Todd — attrapaient la vérole.

« Non, papa, s'il te plaît ne fais pas ça. Je veux dire, ne punis pas M. Denker pour quelque chose qui est ma faute. Je veux dire, sans moi il serait perdu. Je ferai mieux. Vraiment. Cet algèbre… j'ai juste décroché au début. Mais je suis allé voir Ben Tremaine, on a travaillé ensemble quelques jours, et après, j'ai commencé à piger. C'est juste… j' sais pas, je me suis laissé un peu déborder au début.

— Je pense que tu passes trop de temps avec lui », dit Bowden, mais il faiblissait. Il avait du mal à lui refuser quelque chose, du mal à le décevoir, et ce qu'il avait dit à propos de punir le vieil homme pour son propre retard… bon Dieu, ce n'était pas absurde. Ce vieil homme comptait tellement sur ses visites.

« Ce M. Storrman, le prof d'algèbre, il est vraiment dur, ajouta Todd. Beaucoup de mecs ont eu D. Trois ou quatre ont eu F. »

Bowden hocha la tête, pensif.

« Je n'irais plus le mercredi. Pas jusqu'à ce que mes notes remontent. » Il avait lu dans les yeux de son père. « Et à l'école, au lieu de sortir pour n'importe quoi, je resterai tous les jours à l'étude. Je le promets.

— Tu aimes vraiment ce vieux bonhomme tant que ça ?

— Il est vraiment chouette, dit Todd sincèrement.

— Eh bien… okay. On va essayer ton plan, feignant. Mais je veux voir tes notes s'améliorer sérieusement en janvier, tu m'entends ? Je pense à ton avenir. Tu peux croire qu'il est trop tôt pour se mettre à y penser, mais non. Tant s'en faut. » Autant sa mère aimait dire *Jeter, c'est pécher*, autant Dick Bowden aimait dire *Tant s'en faut*.

«Je comprends, papa», dit Todd gravement. Genre d'homme à homme.

«Sors de cette pièce et va plancher sur tes livres, alors.» Il remonta ses lunettes sur son nez et donna une claque sur l'épaule de son fils.

Le sourire de Todd, franc et lumineux, refit surface. «Tout de suite, papa!»

Bowden le regarda partir et, à son tour, il sourit, plein de fierté. Un sur un million que ce n'était pas de la colère dans les yeux de Todd. Sûr et certain. De l'irritation, peut-être... mais pas cette émotion survoltée qu'il avait d'abord cru voir. Si Todd était vraiment fou de rage, il le saurait; il pouvait lire en Todd comme dans un livre. Et depuis toujours.

Sifflotant, son devoir paternel accompli, Dick Bowden déroula un plan et reprit son travail.

6

Décembre 1974.

Le visage qui apparut en réponse au doigt insistant de Todd sur la sonnette était jaune et hagard. Les cheveux, encore abondants en juillet, avaient commencé à reculer sur le crâne osseux, et ils étaient devenus ternes et cassants. Le corps de Dussander, de mince qu'il était, paraissait à présent décharné... mais loin d'être aussi maigre, se dit Todd, que les internés jadis confiés à ses soins.

Quand le vieil homme avait ouvert la porte, Todd

avait gardé la main gauche derrière son dos. Maintenant, il lui tendait une boîte enveloppée de papier. «Joyeux Noël!» cria-t-il.

Devant la boîte, Dussander commença par se dérober, puis la prit apparemment sans plaisir ni surprise, la tenant du bout des doigts, comme si elle pouvait contenir des explosifs. Au-delà du porche, il pleuvait. Il pleuvait presque tout le temps depuis une semaine, et Todd avait transporté la boîte sous son manteau. Elle était recouverte d'un joyeux papier d'argent et d'un ruban.

«Qu'est-ce que c'est?» demanda Dussander sans enthousiasme, en allant dans la cuisine.

«Ouvrez, vous verrez.»

Todd sortit une boîte de coke de la poche de sa veste et la posa sur la toile cirée à carreaux rouges et blancs qui recouvrait la table de la cuisine. «Mieux vaut fermer les stores», dit-il en confidence.

La méfiance perça immédiatement sur le visage du vieil homme. «Oh? Pourquoi?

— Eh bien… on ne sait jamais qui pourrait regarder, dit Todd en souriant. N'est-ce pas ainsi que vous vous en êtes tiré depuis si longtemps? En voyant ceux qui pourraient vous voir avant qu'ils ne vous voient?»

Dussander descendit les stores de la cuisine. Puis il se versa un verre de bourbon. Ensuite, il défit le nœud du ruban. Todd avait fait son paquet de Noël comme aurait pu le faire n'importe quel garçon de son âge — des garçons qui ont en tête des choses bien plus importantes, des choses comme le football, le hockey dans la rue et le film d'horreur du vendredi soir qu'on regarde avec un ami qui reste pour la nuit, tous les deux enveloppés dans une couverture et entassés sur un coin du divan, en riant. Il y avait beaucoup de coins déchirés, de plis en travers, beaucoup de ruban adhésif. Le tout exprimant l'impatience devant une tâche aussi féminine.

Dussander se sentit un peu touché, malgré lui. Et plus tard, quand l'horreur se fut un peu calmée, il se dit : *J'aurais dû le savoir.*

C'était un uniforme. Un uniforme SS. Complet, avec des cuissardes.

Son regard vide glissa du contenu de la boîte au couvercle en carton : PETER, TAILLEUR DE QUALITÉ — À LA MÊME ADRESSE DEPUIS 1951 !

« Non, dit-il à voix basse. Je ne le mettrai pas. Cela n'ira pas plus loin, gamin. Je préfère mourir que le mettre.

— Souvenez-vous de ce qu'ils ont fait à Eichmann, dit Todd solennellement. C'était un vieillard et il était apolitique. C'est bien ce que vous avez dit ? En plus, ce sont mes économies de tout le trimestre. Cela coûte plus de quatre-vingts dollars, et il faut ajouter le prix des bottes. D'ailleurs, cela ne vous gênait pas de le porter en 1944. Pas du tout.

— Petit *salopard !* » Dussander leva le poing très haut. Todd n'eut pas un mouvement de recul. Il lui faisait face, les yeux brillants.

« Ouais, dit-il d'une voix douce. Allez-y, touchez-moi. Touchez-moi *une fois seulement.* »

Dussander baissa le bras. Ses lèvres tremblaient. « Tu es un démon de l'enfer, marmonna-t-il.

— Mettez-le », dit Todd.

Les mains de Dussander montèrent jusqu'à la ceinture de son peignoir et s'arrêtèrent. Son regard humble et suppliant chercha celui de Todd. « S'il te plaît, dit-il, je suis vieux. Assez. »

Todd secoua la tête, lentement mais fermement. Ses

yeux brillaient toujours. Il aimait voir Dussander supplier. Comme ils avaient dû le supplier jadis, les détenus de Patin.

Dussander laissa tomber le peignoir sur le sol, et se
retrouva quasiment nu, en caleçon et en pantoufles. Il
avait la poitrine creuse, le ventre un peu gonflé. Des
bras décharnés de vieillard. Mais l'uniforme, se dit
Todd, l'uniforme ferait toute la différence.

Lentement, Dussander sortit du carton la tunique et
l'enfila.

Dix minutes plus tard il était en uniforme SS. La
casquette était un peu de travers, les épaules tom-
baient, mais l'insigne à tête de mort ressortait nettement. Dussander avait une sorte de dignité obscure
— aux yeux de Todd, en tout cas — qu'il n'avait pas
les fois d'avant. Malgré son allure voûtée et ses pieds
en dedans, Todd était content. Pour la première fois,
Dussander ressemblait à l'image qu'il s'en était fait.
Plus vieux, oui. Vaincu, certainement. Mais à nouveau
en uniforme. Pas un vieillard gaspillant ses dernières
années en regardant Lawrence Welk sur une TV
minable en noir et blanc avec du papier alu sur l'antenne, mais Kurt Dussander, le Monstre sanguinaire de
Patin.

Quant à Dussander, il éprouvait du dégoût, de la
gêne… et puis, sournoisement, une espèce de soulagement. Une émotion qu'il méprisait en partie, comprenant que c'était jusqu'ici le meilleur indicateur de la
domination psychologique établie par le garçon. Il
était le prisonnier de ce gamin et chaque fois qu'il se
voyait capable de supporter un outrage de plus, chaque
fois qu'il ressentait ce léger soulagement, le pouvoir
du gamin augmentait. Et pourtant, il se sentait vraiment soulagé. Ce n'était que du tissu, des boutons et

des agrafes… et du toc, en plus. Une fermeture Éclair au lieu de boutons à la braguette. Des galons mal placés, une coupe approximative, des bottes en faux cuir de mauvaise qualité. Ce n'était après tout qu'un uniforme fantaisie, et il n'allait pas vraiment en *mourir*, n'est-ce pas ? Non. Il…

« Redressez cette casquette ! » lui lança Todd.

Dussander cligna des yeux, surpris.

« *Redressez cette casquette, soldat !* »

Dussander s'exécuta, ajoutant inconsciemment cette dernière touche d'insolence qui avait distingué ses *Oberleutnant* — et aussi déplorable que soit cet uniforme, c'était bien celui d'un *Oberleutnant*.

« Les pieds parallèles ! »

Il s'exécuta encore, claquant lentement des talons, prenant la pose correcte sans presque réfléchir, comme s'il s'était débarrassé de toutes les années qui s'étaient écoulées, en même temps que de son peignoir.

« *Achtung !* »

Il se figea au garde-à-vous, et Todd, un instant, eut peur — vraiment peur. Il se sentait comme l'apprenti sorcier qui avait donné vie aux balais mais n'avait pas été capable de les arrêter une fois qu'ils s'étaient mis en marche. Le vieil homme pauvre mais décent avait disparu. Dussander était revenu.

Puis sa peur fut remplacée par un fourmillement, un sentiment de puissance.

« *Demi-tour !* »

Dussander pivota sur place, oubliant son bourbon, oubliant la torture des quatre derniers mois. Il entendit ses talons claquer une seconde fois, alors qu'il se plaçait en face de la cuisinière éclaboussée de graisse. Derrière, il voyait la cour d'exercice poussiéreuse de l'académie militaire où il avait appris son métier de soldat.

«*Demi-tour !*»

Il pivota de nouveau, n'accomplissant pas aussi bien la manœuvre, perdant un peu l'équilibre. Jadis cela lui aurait valu dix mauvais points, et un coup de badine dans le ventre lui aurait coupé le souffle avec une douleur cuisante. Intérieurement, il eut un faible sourire. Le gamin ne connaissait pas tous les trucs. Loin de là.

«*En avant, marche !*» cria Todd, les yeux brûlants, étincelants.

Dussander sentit sa carapace l'abandonner, ses épaules fléchirent à nouveau. «Non, dit-il. Je t'en prie…

— *En avant marche ! Marche ! Marche, j'ai dit !*»

Avec un son étranglé, Dussander fit le pas de l'oie sur le linoléum déteint de sa cuisine. Un demi-tour à droite pour éviter la table ; un autre en approchant du mur. Le visage un peu relevé, sans expression. Ses jambes se lançaient droit devant lui et retombaient avec fracas, faisant trembler les tasses dans le placard au-dessus de l'évier. Ses bras décrivaient de courts arcs de cercle.

Todd revit l'armée des balais en marche et sa terreur revint. Il se rendit soudain compte qu'il ne voulait pas que Dussander y prenne le moindre plaisir, et que peut-être — tout juste peut-être —, il avait voulu le rendre ridicule plus encore qu'authentique. Pourtant, malgré son âge et la pacotille qui meublait la cuisine, il n'était pas ridicule le moins du monde. Il était effrayant. Pour la première fois, les cadavres dans les fosses et les fours crématoires reprirent pour Todd toute leur réalité. Les photos de bras et de jambes et de torses mêlés, pâles et blêmes sous la pluie froide du printemps allemand, n'étaient plus un décor de film d'horreur — un entassement de corps fabriqué avec des mannequins de grand magasin, par exemple, enlevé par une grue et des accessoiristes une fois la scène finie — mais un fait réel, monstrueux, inexplicable et sinistre. Un instant, il lui sembla sentir l'odeur douceâtre et un peu fuligineuse de la décomposition.

La terreur le submergea.

« Arrêtez ! » cria-t-il.

Dussander continua son pas de l'oie, les yeux vides et lointains. Il avait encore redressé la tête, tendant la peau de poulet fripée qu'il avait sur la gorge, levant le menton avec arrogance. Son nez tranchant comme une lame pointait de façon obscène.

Todd sentit de la sueur sous ses aisselles. « *Halt !* » cria-t-il.

Dussander fit halte, le pied droit en avant, le gauche se levant pour s'abaisser ensuite contre l'autre d'un seul coup de piston. Un moment son visage resta glacé, sans expression — sans âme, comme un robot — puis fut envahi par la confusion. La confusion fut suivie par la défaite. Il s'effondra.

Todd poussa silencieusement un soupir de soulagement, momentanément furieux contre lui-même. *Qui commande ici, après tout ?* Puis il retrouva toute son assurance. *C'est moi, et c'est comme ça. Et il ferait mieux de ne pas l'oublier.*

Il se remit à sourire. « Pas mal du tout. Mais avec un peu d'entraînement, je suis sûr que vous pouvez faire beaucoup mieux. »

Dussander resta muet, tête pendante.

« Vous pouvez l'enlever maintenant », dit Todd généreusement…, et il ne put s'empêcher de se demander s'il voulait vraiment que Dussander le remette. Pendant quelques secondes il y avait eu...

7

Janvier 1975.

Todd quitta l'école après la dernière sonnerie, seul, prit son vélo et pédala dans le parc. Il trouva un banc désert, cala la Schwinn sur sa béquille et sortit son bulletin de sa poche revolver. Il regarda autour de lui au cas où quelqu'un de sa connaissance serait dans les environs, mais les seules personnes en vue étaient un couple de lycéens enlacés près de l'étang et deux ivrognes répugnants qui se repassaient un sac en papier. Sales enculés d'ivrognes, pensa-t-il, mais ce n'étaient pas eux qui le préoccupaient. Il ouvrit le bulletin.

Anglais : C. Histoire américaine : C. Sciences naturelles : D. Votre classe et vous : B. Français : F. Algèbre : F.

Il regarda ses notes, incrédule. Il s'attendait à ce que ce soit mauvais, mais c'était un désastre.

C'est peut-être mieux, dit soudain une voix intérieure. *Peut-être même l'as-tu fait exprès, parce qu'une partie de toi veut en finir. A besoin d'en finir. Avant qu'il arrive un coup dur.*

Il chassa brutalement cette idée. Il n'y aurait aucun coup dur. Dussander était à sa botte. Complètement à sa botte. Le vieil homme croyait qu'un ami de Todd détenait une lettre, mais il ne savait pas quel ami. Si quelque chose arrivait à Todd — *quoi que ce soit* —, la police recevrait cette lettre. Il pensait qu'autrefois

Dussander aurait quand même tenté le coup. Maintenant il était trop vieux pour s'enfuir, même avec une longueur d'avance.

«Je le tiens, bon Dieu», murmura-t-il, puis il se cogna la cuisse si fort que le muscle se noua. Parler tout seul, ça fout dans la merde — ce sont les fous qui parlent tout seuls. Il en avait pris l'habitude depuis environ six semaines et il n'arrivait pas à s'en sortir. Il avait surpris plusieurs personnes qui le regardaient d'un air bizarre. Dont deux professeurs. Et ce trouduc de Bernie Everson avait eu le culot de lui demander s'il ne devenait pas zinzin. Todd avait été très très près de foutre sur la gueule à cette petite tantouze, mais ce genre de trucs — bagarres, mêlées, coups de poing — ne valait rien. Ce genre de trucs vous faisait remarquer par tous les mauvais bouts. Parler tout seul, ça craint, ouais, okay, mais…

«Les rêves aussi, ça craint», chuchota-t-il. Sans pouvoir s'en empêcher cette fois.

Ces derniers temps, les rêves craignaient salement. Dans ses rêves, il était toujours en uniforme, mais le style variait. Parfois c'était un uniforme en papier et il était en rang avec des centaines de types tout maigres; il y avait dans l'air une odeur de brûlé et on entendait le grondement saccadé des bulldozers. Alors Dussander passait devant les rangs, désignant tel ou tel type. Ceux-là restaient. Les autres étaient conduits vers les crématoriums. Quelques-uns résistaient, se débattaient, mais la plupart étaient trop mal nourris, trop épuisés. Puis Dussander arrivait devant Todd. Leurs regards se croisaient pendant un long moment paralysant, et Dussander pointait vers Todd un parapluie défraîchi.

«Emmenez celui-là aux laboratoires, disait Dussander dans le rêve, avec une grimace qui découvrait ses fausses dents. Prenez ce *gamin*, cet Américain. »

Dans un autre rêve il était en uniforme SS. Ses cuissardes cirées brillaient comme un miroir. L'insigne à tête de mort et les éclairs en argent étincelaient. Mais il était au milieu du boulevard Santo Donato et tout le monde le regardait. On le montrait du doigt. Certains se mettaient à rire. D'autres paraissaient choqués, furieux ou révoltés. Dans ce rêve, une vieille bagnole s'arrêtait avec fracas, en grinçant, et Dussander le dévisageait, un Dussander ayant l'air d'avoir deux cents ans, presque une momie, avec une peau jaune comme du parchemin.

« Je te reconnais ! » Le Dussander du rêve hurlait d'une voix perçante. Parcourait du regard les spectateurs et revenait sur Todd. « Tu dirigeais Patin ! Regardez tous ! C'est le Monstre sanguinaire de Patin ! L'expert en rendement de Himmler ! Je te dénonce, assassin ! Je te dénonce, boucher ! Je te dénonce, tueur d'enfants ! Je te dénonce ! »

Dans un autre rêve encore, il portait un uniforme rayé de prisonnier. Deux gardes qui ressemblaient à ses parents le conduisaient le long d'un couloir aux murs de pierre. Tous les deux portaient en évidence un brassard jaune avec l'étoile de David. Un prêtre les suivait, lisant le Deutéronome. Todd regardait par-dessus son épaule et voyait que le prêtre était Dussander et qu'il portait la tunique noire d'un officier SS.

Au bout du couloir en pierre, une double porte ouvrait sur une salle octogonale avec des murs en verre. Un échafaud était dressé au milieu. Derrière les vitres s'alignaient plusieurs rangées d'hommes et de femmes décharnés, nus, avec tous le même regard vide et obscur. Et tous un numéro bleu sur le bras.

« Tout va bien, murmura Todd, pour lui-même. C'est okay, vraiment. Il ne peut rien se passer. »

Le couple enlacé regarda de son côté. Todd leur lança un regard féroce, les mettant au défi de parler. Finalement, ils se détournèrent. Est-ce que le garçon souriait ou pas ?

Todd se releva, enfonça son bulletin dans sa poche revolver et reprit son vélo. Il pédala jusqu'au drugstore, deux blocs plus loin, où il acheta un flacon de Corector et un crayon-bille bleu à pointe fine. Puis il retourna au parc (le couple était parti mais les clodos étaient toujours là, qui empestaient) et changea sa note d'anglais en B, d'histoire américaine en A, de sciences naturelles en B, de français en C et d'algèbre en B. Il effaça simplement « Votre classe et vous » et le recopia pour que l'ensemble ait un aspect uniforme.

Uniformes, droite.

« Peu importe, souffla-t-il. Ça les retiendra. Ça les retiendra au poil. »

Une nuit, vers la fin du mois, un peu après deux heures, Kurt Dussander se réveilla en se battant avec les draps, haletant, gémissant, dans une obscurité oppressante et terrifiante. Il était à demi étouffé, paralysé par la peur. C'était comme s'il avait une grosse pierre sur la poitrine, et il se demanda si ce n'était pas une crise cardiaque. Il griffa les draps en cherchant la lampe de chevet et faillit la faire tomber de la table de nuit en l'allumant.

Je suis dans ma chambre, se répéta-t-il, dans ma propre chambre, je suis à Santo Donato, en Californie, en Amérique. Regarde, les mêmes rideaux marron tirés devant la même fenêtre, les mêmes étagères remplies avec des livres de poche achetés à la librairie de Soren

Street, le même tapis gris, le même papier bleu aux murs. Pas de crise cardiaque. Pas de jungle. Pas d'yeux.

Mais la terreur lui collait toujours au corps comme une fourrure puante, et son cœur continuait à s'affoler. Le rêve était revenu. Il savait qu'il reviendrait tôt ou tard, si le gamin continuait. Le maudit gamin. Il pensait que la lettre en lieu sûr n'était qu'un bluff, et en plus, pas des plus réussis ; il avait dû tirer ça d'un fcuilleton policier à la TV. À quel ami le gosse pourrait-il se fier pour ne pas ouvrir une lettre aussi importante ? À personne, voilà tout. Du moins il le croyait. S'il pouvait en être *sûr*…

Ses mains se crispèrent avec un craquement douloureux, son arthrite, puis se rouvrirent lentement.

Il prit son paquet de cigarettes sur la table et en alluma une, frottant négligemment l'allumette sur le bois de lit. Les aiguilles du réveil marquaient 2 h 41. Plus question de dormir cette nuit. Il aspira la fumée et une quinte de toux convulsive la lui fit recracher. Plus question de dormir sauf s'il voulait descendre et boire un ou deux verres. Ou trois. Et il avait pris nettement trop d'alcool depuis environ six semaines. Il n'était plus un jeune homme capable de boire tournée après tournée comme lorsqu'il était officier en permission dans le Berlin de 1939 avec dans l'air un parfum de victoire, qu'on entendait partout la voix du Führer, qu'on voyait ses yeux flamboyants, impérieux…

Le gamin… le maudit gamin !

« Sois honnête », dit-il tout haut, et le son de sa propre voix dans la pièce silencieuse le fit légèrement sursauter. Il n'avait pas l'habitude de parler tout seul, mais ce n'était pas la première fois que cela lui arrivait. Il se souvenait l'avoir fait quelquefois pendant les derniers temps de Patin, alors que tout s'écroulait autour d'eux et que le tonnerre des canons russes à l'est se faisait plus fort de jour en jour, puis d'heure en heure. C'était plutôt naturel, à l'époque, de parler tout seul. Il était sous pression, et les gens sous pression font souvent de drôles de choses — se réchauffer les couilles à travers la poche du pantalon, claquer des dents... Wolff était un grand claqueur de dents. En même temps il souriait. Huffmann, lui, faisait claquer ses doigts et se frappait les cuisses, créant des rythmes rapides et complexes dont il ne se rendait absolument pas compte. Lui-même, Kurt Dussander, parlait parfois tout seul. Mais maintenant...

« Tu es encore sous pression », dit-il tout haut, conscient cette fois d'avoir parlé allemand. Il y avait des années que cela ne lui était pas arrivé, mais il y trouvait une sorte de chaleur, de confort. Cette langue l'apaisait, le berçait. Elle était douce, et sombre.

« Oui. Tu es sous pression. À cause du gamin. Mais sois honnête avec toi-même. Il est trop tôt pour te raconter des histoires. Tu ne regrettes pas entièrement d'avoir parlé. Au début tu étais terrifié à l'idée que le gamin pourrait ne pas garder son secret. Il faudrait qu'il le dise à un ami, qui le dirait à un autre ami, et cet ami le dirait à deux autres. Mais s'il l'a gardé aussi longtemps, il continuera. Si on m'emmène loin d'ici il perdra son... livre parlant. Est-ce cela que je suis pour lui ? Je crois. »

Sa voix se tut, non ses pensées. Il s'était senti si seul — personne ne saurait jamais à quel point. Il y avait eu des fois où il avait presque pensé sérieusement au suicide. Il ne faisait pas un bon ermite. Les voix qu'il entendait venaient de la radio. Les seules personnes qui lui rendaient visite, en quelque sorte, il les voyait à travers un carré de vitre sale. Il était un vieil homme et il avait peur de la mort, mais encore plus d'être un vieil homme solitaire.

Parfois sa vessie le trahissait. Il était à mi-chemin de la salle de bains quand une tache noire s'élargissait sur son pantalon. Par temps humide, il avait d'abord des élancements dans les articulations, et puis c'était l'horreur. Certains jours, il avait avalé un flacon entier d'anti-arthrite entre le lever et le coucher du soleil… pourtant seule l'aspirine le calmait un peu, les jours où le simple fait de prendre un livre sur une étagère ou de changer de chaîne de TV pouvait le conduire au paroxysme de la douleur. Il y voyait mal ; parfois il renversait des objets, s'éraflait les tibias, se cognait la tête. Il vivait dans la terreur de se casser un membre et de ne plus pouvoir atteindre le téléphone, mais aussi avec la peur d'y arriver pour qu'un médecin quelconque découvre son histoire en s'interrogeant sur le dossier médical inexistant de M. Denker.

Le gamin l'avait en partie soulagé. Quand il était là, Dussander pouvait évoquer l'ancien temps. Il avait sur cette époque des souvenirs d'une clarté perverse et débitait un catalogue apparemment inépuisable de noms et d'événements, jusqu'au temps qu'il faisait tel ou tel jour. Il se souvenait du soldat Henreid qui servait une mitrailleuse dans la tour nord-est et de la loupe que ce soldat avait entre les yeux. Certains de ses hommes l'appelaient Trois-Yeux, ou Vieux Cyclope. Il se souvenait de Kessel qui avait une photo de sa petite amie allongée sur un divan, nue, les mains derrière la tête. Kessel faisait payer pour la montrer. Il se souvenait des noms des médecins et de leurs expériences — les seuils de douleur, les ondes cérébrales des hommes et des femmes en train de mourir, les ralentissements physiologiques, les effets de différentes sortes de radiations, il y en avait des douzaines de ce genre. Des *centaines*.

Il supposait qu'il parlait au gosse comme le font tous les vieillards mais qu'il avait plus de chance que la plupart qui n'avaient en face d'eux qu'impatience, désintérêt ou grossièreté. Son public était fasciné de bout en bout.

Quelques mauvais rêves, était-ce trop cher payé ?

Il écrasa sa cigarette, regarda le plafond quelques instants, puis posa les pieds par terre. Le gosse et lui, se dit-il, devaient être répugnants, à se nourrir l'un l'autre… se dévorer l'un l'autre. Si parfois son ventre rechignait devant les aliments trop sombres et trop riches qu'ils se partageaient l'après-midi dans sa cuisine, qu'en était-il du gosse ? Dormait-il bien ? Peut-être pas. Ces derniers temps, Dussander le trouvait plutôt pâle, et plus maigre que lorsqu'il était entré dans sa vie.

Il traversa la chambre, ouvrit la porte de la penderie, poussa les cintres sur la droite, fouilla dans l'ombre et en sortit le faux uniforme qui pendait à son poignet comme une dépouille de vautour. De l'autre main, il le toucha. Il le toucha… puis le caressa.

Au bout d'un long moment il décrocha l'uniforme et s'en revêtit, s'habillant lentement, ne se regardant dans le miroir que lorsque le costume fut ceinturé et boutonné jusqu'au dernier bouton (et close l'anachronique braguette).

Il se regarda dans le miroir, à ce moment-là, et hocha la tête.

Revint vers le lit, s'allongea et fuma une deuxième cigarette. Quand elle fut terminée, il eut de nouveau envie de dormir. Il éteignit la lampe sans y croire — que ce soit aussi facile. Mais cinq minutes plus tard, il dormait, et cette fois d'un sommeil sans rêves.

8

Février 1975.

Après dîner, Dick Bowden sortit un cognac que Dussander, intérieurement, trouva infect. Mais bien sûr il sourit de toutes ses dents et en dit le plus grand bien. L'épouse Bowden servit à Todd un chocolat au malt. Le gosse était resté étonnamment silencieux tout le long du repas. Mal à l'aise ? Oui. Pour une raison ou une autre, il avait l'air très mal à l'aise.

Dussander avait séduit Dick et Monica Bowden dès qu'il était arrivé avec le gosse. Todd avait dit à ses parents que M. Denker y voyait beaucoup moins bien qu'en réalité (donc ce pauvre vieux M. Denker avait besoin d'un chien d'aveugle, ricana intérieurement Dussander), ce qui expliquait toutes les lectures que le gosse était censé lui avoir faites. Du coup, Dussander avait fait très attention, et ne pensait pas avoir commis un seul faux pas.

Il avait mis son plus beau costume, et malgré l'air humide du soir, son arthrite restait incroyablement indulgente — à peine un tiraillement par-ci par-là. Le garçon, pour quelque absurde raison, avait voulu qu'il laisse son parapluie chez lui, mais Dussander avait insisté. Dans l'ensemble, la soirée avait été agréable et même excitante. Cognac infect ou pas, cela faisait neuf ans qu'il n'avait pas dîné en ville.

Pendant le repas, ils avaient discuté des usines métallurgiques d'Essen, de la reconstruction de l'Allemagne après la guerre — Bowden avait posé quelques questions intelligentes sur ce sujet et avait paru impressionné par les réponses de Dussander — et des écrivains allemands. Monica Bowden lui avait demandé pourquoi il s'était installé aux États-Unis à un âge si avancé et Dussander, prenant un air chagrin et myope de circonstance, raconta la mort de son épouse fictive. Monica Bowden avait fondu de sympathie.

Et à présent, tout en buvant ce cognac insensé, Dick Bowden demandait : « Si c'est trop indiscret, monsieur Denker, ne répondez surtout pas... mais je ne peux m'empêcher de me demander ce que vous avez fait pendant la guerre. »

Le garçon se raidit imperceptiblement.

Dussander sourit et tâtonna à la recherche de ses cigarettes. Il les voyait parfaitement, mais il ne fallait surtout pas faire la moindre bévue. Monica les posa dans sa main.

« Merci, chère madame. Le dîner était superbe. Vous êtes une excellente cuisinière. Ma femme n'a jamais fait mieux. »

Monica le remercia, un peu troublée. Todd lui lança un regard agacé.

« Ce n'est pas indiscret du tout, dit Dussander en allumant sa cigarette et en se tournant vers Dick Bowden. J'ai été réserviste dès 1943, comme tous les hommes valides trop âgés pour le service actif. À ce moment-là, le destin du Troisième Reich était devenu évident, ainsi que celui des fous qui l'avaient fondé. D'un fou en particulier, bien sûr. »

Il souffla son allumette et prit un air solennel.

« Quel soulagement quand la marée hitlérienne s'est renversée. Quel soulagement. Naturellement — et là, il

fixa Bowden d'un air désarmant, d'homme à homme
— il fallait se garder d'exprimer un tel sentiment. Pas
à haute voix.

— J'imagine, dit Bowden avec respect.

— Non, répéta gravement Dussander, pas à haute
voix. Je me souviens d'un soir où quatre ou cinq d'entre
nous, tous des amis, sommes allés prendre un verre
après le travail au *Ratskeller* du coin — déjà le schnaps
manquait souvent, et même la bière, mais ce soir-là, il
se trouvait qu'il y avait des deux. Nous nous connais-
sions tous depuis plus de vingt ans. L'un de nous, Hans
Hassler, a mentionné en passant que le Führer avait
peut-être été mal avisé d'ouvrir un second front en Rus-
sie. J'ai dit : "Hans, Dieu du ciel, surveille tes paroles !"
Le pauvre Hans a pâli et a changé de sujet. Pourtant,
trois jours plus tard, il a disparu. Je ne l'ai jamais revu,
de même, à ma connaissance, que tous ceux qui étaient
ce soir-là assis à notre table.

— Comme c'est terrible ! dit Monica dans un souffle.
Encore du cognac, monsieur Denker ?

— Non merci. » Il lui sourit. « Ma femme répétait
souvent une phrase de sa propre mère : "Il ne faut
jamais abuser du sublime." »

Todd fronçait déjà les sourcils, troublé, il les fronça
encore un peu plus.

« Pensez-vous qu'il a été envoyé dans un camp ?
demanda Dick. Votre ami Hessler ?

— *Hassler*. » Dussander le corrigea gentiment, puis
se fit grave. « Beaucoup y sont allés. Les camps... ce
sera la honte du peuple allemand pour les mille ans à
venir. C'est le véritable héritage de Hitler.

— Oh, je trouve que vous êtes trop dur, dit Bowden
qui alluma sa pipe en envoyant un nuage suffocant de
Cherry Blend. D'après ce que j'ai lu, la majorité des

Allemands n'avait aucune idée de ce qui se passait. Autour d'Auschwitz, les gens croyaient que c'était une fabrique de saucisses.

— Hum, vraiment terrible », dit Monica en faisant une grimace à son mari — signifiant assez-sur-ce-sujet. Puis elle se retourna vers Dussander et sourit. « J'adore l'odeur de la pipe, monsieur Denker, pas vous ?

— Absolument, madame », répondit Dussander qui retenait de justesse une envie d'éternuer presque irrésistible.

Soudain Bowden tendit le bras en travers de la table et donna une claque sur l'épaule de son fils. Todd sursauta. « Tu es terriblement silencieux ce soir, fiston. Tu te sens bien ? »

Todd fit un sourire étrange, apparemment partagé entre son père et Dussander. « Ça va bien. J'ai déjà entendu la plupart de ces histoires, tu sais.

— Todd ! s'écria Monica. Ce n'est guère…

— Ce garçon est sincère, tout simplement, intervint Dussander. Un privilège de l'enfance, auquel doivent souvent renoncer les adultes. N'est-ce pas, monsieur Bowden ? »

Dick rit et approuva de la tête.

« Peut-être puis-je maintenant demander à Todd de me raccompagner, dit le vieil homme. Je suis sûr qu'il a des devoirs à faire.

— Todd est un élève très doué, dit Monica, presque automatiquement, tout en regardant son fils d'un air perplexe. Que des A et des B, normalement. Il a eu un C au dernier trimestre, mais il a promis d'apprendre ses leçons de français sur le bout des doigts pour le bulletin de mars. Vrai, Todd-baby ? »

Todd eut le même sourire étrange et hocha la tête.

«Inutile d'aller à pied, dit Bowden. Vraiment, je serais ravi de vous déposer.

— Il me faut de l'air, de l'exercice, dit Dussander. Vraiment j'insiste... à moins que Todd ne préfère pas.

— Oh si, j'ai envie de marcher», dit Todd, un large sourire à ses parents.

Ils étaient presque arrivés chez Dussander quand le vieil homme rompit le silence. Son parapluie les abritait tous les deux d'une petite pluie fine. Pourtant son arthrite le laissait en paix, comme endormie. Stupéfiant.

«Tu ressembles à mon arthrite, dit-il.

— Hein?» Todd releva la tête.

«Vous ne vous êtes guère manifesté ce soir, l'un et l'autre. Qu'est-ce que tu as sur la langue, gamin? Un chat ou un cormoran?

— Rien», marmonna Todd. Ils tournèrent dans la rue de Dussander.

«Je peux peut-être deviner, dit le vieil homme non sans malice. Quand tu es venu me chercher, tu avais peur que je dise un mot de trop... que "je vende la mèche", comme vous dites ici. Tu t'étais pourtant résigné à ce dîner après avoir épuisé tous les prétextes possibles pour le repousser. Maintenant que tout s'est bien passé, tu ne sais plus où tu en es. C'est bien cela?

— On s'en fout, dit Todd en haussant les épaules, maussade.

— Et pourquoi y aurait-il eu le moindre accroc? demanda Dussander. J'ai su dissimuler avant que tu sois né. Tu sais assez bien garder un secret, je te l'accorde, je te l'accorde de très bonne grâce. Mais, ce soir, tu m'as vu? Je les ai charmés. *Charmés!*»

Todd éclata. «Vous n'aviez pas à faire ça!»

Dussander s'arrêta net et le regarda fixement. « Pas à faire ça ? Et pourquoi *pas* ? Je croyais que c'était ce que tu voulais, gamin ! Ils ne s'opposeront certainement plus à ce que tu continues à venir me faire la lecture.

— Vous en prenez un peu trop à votre aise ! s'exclama Todd avec feu. J'ai peut-être tiré de vous tout ce que je voulais. Croyez-vous que quelqu'un m'*oblige* à venir dans votre baraque miteuse pour vous voir siffler de la gnôle comme ces vieux sacs à vin de merde qui traînent dans la gare désaffectée ? Vous croyez ça ? » Sa voix montait vers l'aigu, instable, presque hystérique. « Parce que personne ne m'*oblige*. Si je veux venir, je viens, et sinon, non.

— Parle moins fort. Des gens vont t'entendre.

— On s'en fout », dit Todd, qui se remit pourtant à marcher. Délibérément à l'écart du parapluie, cette fois.

« Non, personne ne t'oblige à venir », dit Dussander. Puis il lança, pas vraiment par hasard : « En fait, libre à toi de ne pas venir. Crois-moi, gamin, je n'ai aucun scrupule à boire seul. Pas le moindre. »

Todd prit un air méprisant. « Vous aimeriez ça, c'est sûr ? »

Dussander se contenta de sourire.

« Eh bien, ne comptez pas là-dessus. » Ils avaient atteint l'allée en ciment menant au perron de la villa. Dussander chercha la clef au fond de sa poche. L'arthrite lança un éclat rougeâtre dans ses jointures puis se mit en veilleuse. Le vieil homme crut alors comprendre ce qu'elle attendait pour se réveiller : qu'il se retrouve à nouveau seul.

« Je vais vous dire quelque chose, dit Todd, curieusement essoufflé. S'ils savaient qui vous êtes, si je leur

disais, ils vous cracheraient dessus et vous saqueraient
à coups de pied dans votre vieux cul tout maigre. »

Sous la pluie, dans l'ombre, Dussander l'examina
avec attention. Le garçon avait la tête levée pour le
défier, mais il était blême, les yeux creusés de cernes
bistre — le teint de celui qui ressasse longuement des
idées noires pendant que tout le monde dort.

« Je suis sûr qu'ils n'auraient pour moi que du
dégoût », dit Dussander, pensant à part lui que Bowden
senior pourrait faire taire son dégoût pour lui poser
bon nombre des questions déjà posées par son fils.
« Que du dégoût. Mais que penseront-ils de toi, gamin,
quand je leur dirai que tu me connais depuis huit
mois… et que tu n'as rien dit ? »

Todd, dans le noir, le regarda sans rien dire.

« Viens me voir si tu veux, dit Dussander d'un ton
indifférent, et sinon reste chez toi. Bonne nuit, gamin. »

Il remonta l'allée jusqu'à sa porte, laissant Todd
debout sous la pluie, la bouche entrouverte, les yeux
toujours fixés sur lui.

Le lendemain, au petit déjeuner, Monica commenta :
« Ton père a beaucoup aimé M. Denker, Todd. Il dit
qu'il lui rappelle ton grand-père. »

Todd marmonna quelque chose d'inintelligible en
mangeant son toast. Monica le regarda et se demanda
s'il avait bien dormi. Il était si pâle. Et ses notes qui
avaient fait ce plongeon inexplicable. Jamais Todd
n'avait eu de C.

« Tu te sens okay ces jours-ci, Todd ? »

Il la fixa un moment d'un regard vide, puis un sourire radieux inonda son visage. Elle fut charmée…
réconfortée. Il avait une tache de confiture à la fraise
sur le menton. « Bien sûr, dit-il. Impec.

— Todd-baby, dit-elle.

— Monica-baby», répondit-il, et ils se mirent à rire.

9

Mars 1975.

«Minou minou, dit Dussander. *Iiiici*, minou minou. Pss-pss ? Pss-pss ?»

Il était sous la véranda, derrière la maison, un bol en plastique rose près de son pied droit. Le bol était plein de lait. Il était une heure et demie, l'après-midi était chaud et brumeux. Loin vers l'est, des feux de broussailles répandaient un parfum d'automne qui jurait avec le calendrier. Si le gamin venait, il serait là d'ici une heure. Mais désormais il ne venait pas toujours. Au lieu de sept fois par semaine, c'était parfois quatre, parfois cinq. Une intuition lui était venue, peu à peu, et cette intuition lui disait que le gamin avait des ennuis.

«Minou minou», susurra Dussander. Le chat errant était de l'autre côté de la cour, assis dans les mauvaises herbes qui bordaient irrégulièrement la barrière. C'était un matou, aussi peu reluisant que les herbes qui l'entouraient. Quand il parlait, le chat pointait ses oreilles vers lui. Sans jamais quitter des yeux le bol rose rempli de lait.

Peut-être, se dit Dussander, que le gamin a des ennuis à l'école. Ou des mauvais rêves. Ou les deux.

Ce qui le fit sourire.

«Minou minou», appela-t-il doucement. Les oreilles

du chat s'inclinèrent une fois de plus. Il ne bougea pas, pas encore, et continua d'observer le lait.

Dussander avait ses propres ennuis, aucun doute là-dessus. Cela faisait environ trois semaines qu'il mettait l'uniforme SS pour se coucher, comme un pyjama grotesque, et que l'uniforme le préservait de l'insomnie et des mauvais rêves. Il avait dormi — au début — comme une souche. Ensuite, les rêves étaient revenus, non pas progressivement mais d'un seul coup, et pires que jamais. Des rêves de poursuite en plus des rêves avec des yeux. Il courait dans une jungle invisible, mouillée, où des feuilles énormes et des plantes humides le frappaient au visage et laissaient des traînées de sève, lui semblait-il… ou de sang. Courir, encore courir, constamment encerclé par des yeux brillants, sans âme, qui l'épiaient, jusqu'à ce qu'il arrive dans une clairière, sentant plutôt que voyant, dans l'obscurité, la pente raide qui commençait de l'autre côté de la clairière. En haut de la pente il y avait Patin, ses maisons basses et ses cours en ciment entourées de barbelés et de fils électrifiés, ses tours de garde dressées comme des cuirassés martiens sortis de *La Guerre des mondes*. Et au milieu, d'énormes cheminées vomissant des nuages de fumée, et au pied de ces colonnes en brique, les fours étaient chargés, prêts à s'embraser, luisant dans la nuit comme des yeux féroces et démoniaques. On avait dit aux habitants de la région que les pensionnaires de Patin fabriquaient des vêtements et des bougies et naturellement, ils ne l'avaient pas cru, pas plus que les voisins d'Auschwitz n'avaient cru que le camp était une usine de saucisses. Peu importait.

Dans le rêve, en regardant par-dessus son épaule, il les voyait enfin sortir de l'ombre, les morts à jamais sans repos, les *Juden* se traînant vers lui les bras tendus, leurs numéros d'un bleu aveuglant sur la chair livide, les mains crispées comme des serres, les visages non plus vides mais remplis de haine, animés par la vengeance, enflammés par le meurtre. Les tout-petits couraient avec leur mère et les vieillards étaient portés par leurs enfants devenus grands. Sur tous ces visages on lisait d'abord le désespoir.

Le désespoir ? Oui. Parce que dans le rêve, il savait (et eux aussi) qu'il serait à l'abri s'il arrivait en haut de la colline. En bas, dans cette plaine marécageuse et détrempée, dans cette jungle où les plantes à fleurs nocturnes dégouttaient de sang au lieu de sève, il était un animal pourchassé… une proie. Mais là-haut, il commandait. Alors qu'en bas, c'était une jungle, le camp au sommet de la colline était un zoo, tous les animaux féroces étaient enfermés dans des cages et il était le gardien-chef — à lui de décider lesquels il fallait nourrir, lesquels laisser en vie, lesquels envoyer aux vivisecteurs, lesquels conduire à l'abattoir dans le camion d'évacuation.

Il commençait à escalader la pente, courant avec la lenteur propre aux cauchemars… Il sentait les premières mains squelettiques se refermer sur son cou, l'haleine froide et putride, il entendait leurs piaillements de triomphe tandis qu'il s'écroulait, presque sauvé, le salut à portée de la main…

« Minou minou, dit-il. Du lait. Du bon lait. »

Le chat finit par avancer. Il traversa la moitié de la cour avant de se réinstaller, mais timidement cette fois, la queue frémissante d'inquiétude, il ne lui faisait pas confiance, non. Mais Dussander savait que le chat avait senti le lait et il avait bon espoir. Tôt ou tard, il viendrait.

À Patin, la contrebande n'avait jamais posé de pro-

blème. Certains prisonniers arrivaient avec des objets
de valeur dans des sachets en daim cachés dans le cul
(et bien souvent, leurs objets s'avéraient sans valeur
aucune — photos, boucles de cheveux, faux bijoux),
parfois enfoncés à l'aide de bouts de bois si loin que
même les longs doigts du kapo qu'ils avaient surnommé « Doigts merdeux » ne pouvaient les atteindre.
Une femme, se souvint-il, avait gardé un petit diamant,
fêlé, en fin de compte, vraiment sans valeur, mais qui
était dans sa famille depuis six générations, passant de
la mère à la fille aînée (d'après elle, mais bien sûr
elle était juive et tous les Juifs sont des menteurs). Elle
l'avait avalé en arrivant à Patin. Quand il paraissait
dans ses excréments, elle le ravalait.

Le diamant finit par lui blesser les intestins et elle se
mit à saigner, mais elle continua.

Il y avait eu d'autres ruses, mais la plupart ne servaient à dissimuler que des misères comme une provision de tabac ou un ou deux rubans pour les cheveux.
Cela ne comptait pas. Dans la pièce où Dussander
interrogeait les prisonniers, il y avait un réchaud et une
accueillante table de cuisine recouverte d'une nappe
à carreaux rouges ressemblant beaucoup à celle de sa
propre cuisine. Il y avait toujours sur ce réchaud une
marmite de ragoût d'agneau qui mijotait délicieuse-
ment. Quand on suspectait une affaire de contrebande
(et quand n'en soupçonnait-on pas ?), un membre de la
clique suspecte était conduit dans cette pièce. Dussander se tenait près du réchaud d'où émanait le fumet
odorant du ragoût. D'une voix douce il demandait
Qui ? Qui cache de l'or ? Qui cache des bijoux ? Qui
a donné à la femme Givenet le comprimé pour son
bébé ? Qui ? Le ragoût n'était jamais explicitement
mentionné, mais la promesse implicite et odorante

finissait par délier les langues. Une matraque, bien sûr, en aurait fait autant, ou le canon d'un revolver enfoncé dans leur entrejambe crasseuse, mais le ragoût était… était *élégant*. Oui.

« Minou minou. » Le chat dressa les oreilles, se leva à demi, puis se souvint à moitié d'un coup de pied déjà ancien, ou encore d'une allumette qui lui avait brûlé un côté de ses moustaches, et il se rassit. Mais il viendrait bientôt.

Il avait trouvé le moyen d'apaiser son cauchemar. En un sens, c'était comme de porter l'uniforme SS… mais élevé à une puissance supérieure. Dussander était content de lui, regrettant seulement de ne pas y avoir pensé plus tôt. Il devait probablement remercier le gamin pour cette nouvelle méthode, pour lui avoir montré que la clef des terreurs passées n'était pas dans le rejet mais dans la contemplation, et parfois même dans une sorte d'étreinte amicale. Certes, avant l'apparition surprise du gamin l'été dernier, il n'avait pas fait de mauvais rêves depuis longtemps, mais maintenant il pensait ne s'être accommodé de son passé qu'avec beaucoup de lâcheté, en se sentant obligé d'abandonner une partie de lui-même qu'il pouvait désormais revendiquer.

« Minou minou. » Un sourire apparut sur son visage, un bon sourire, un sourire rassurant, le sourire de tous les vieillards qui ont réussi, à travers les cruautés de la vie, à trouver un endroit sûr alors qu'ils sont encore relativement intacts et qu'ils ont gagné quelque sagesse.

Le matou se releva, hésita un instant de plus, puis finit par traverser la cour d'un trot souple et gracieux. Il monta les marches, lança un dernier regard méfiant au vieil homme, aplatissant ses oreilles couvertes de croûtes et de blessures, et il se mit à boire.

« Du *bon* lait. » Dussander enfila les gants de caoutchouc qu'il tenait en réserve sur ses genoux. « Du *bon*
lait pour un *gentil* minou. » Il avait acheté les gants dans
un supermarché, dans l'allée centrale où les femmes
d'un certain âge lui jetaient des regards approbateurs,
voire calculateurs, les gants étaient passés en pub à la
TV. Ils avaient des manchettes. Ils étaient si souples
qu'on pouvait même ramasser une pièce de dix cents en
les portant.

Il caressa le dos du chat d'un doigt en caoutchouc
vert avec un murmure rassurant. La bête arqua le dos
au rythme de ses caresses.

Juste avant que le bol ne soit vide, il s'empara du
chat.

L'animal se convulsa, électrique, dans ses mains
crispées, se tordant pour griffer le caoutchouc, parcouru de soubresauts dans tous les sens. Dussander se
dit que si les griffes ou les crocs trouvaient une prise,
le chat serait vainqueur. C'était un vieux briscard. À
bon chat bon rat, pensa Dussander en souriant.

Tenant prudemment le chat à bout de bras avec le
même sourire figé, Dussander ouvrit avec son pied la
porte de derrière et entra dans la cuisine. L'animal
grondait, se contorsionnait, lacérait le caoutchouc. Sa
tête triangulaire, sauvage, plongea comme un éclair et
s'accrocha à un pouce.

« Méchant minou », lui reprocha Dussander.

La porte du four était ouverte. Il jeta le chat à l'intérieur. Les griffes crissèrent sur le caoutchouc vert. Dussander claqua la porte du four d'un coup de genou,
réveillant douloureusement son arthrite. Pourtant il
garda le sourire. Respirant lourdement, presque essoufflé, il s'appuya un moment contre la cuisinière, tête
baissée. C'était une cuisinière à gaz. Il l'utilisait rare-

ment, sauf pour les dîners TV et pour tuer les chats errants.

À travers les brûleurs, il entendait à peine les grattements et les rugissements du chat qui essayait de sortir.

Dussander tourna le thermostat jusqu'au maximum. Il y eut un *pop* audible quand la veilleuse alluma en sifflant les deux rampes à gaz. Le chat cessa de gronder, il hurla. On aurait presque dit... oui... un jeune garçon. Un jeune garçon souffrant horriblement. À cette idée, Dussander sourit plus largement. Son cœur tonnait contre ses côtes. Le chat griffait et tourbillonnait de façon insensée, en hurlant toujours.

Une odeur de fourrure chaude, brûlée, se répandit dans la pièce.

Une demi-heure plus tard il extirpa du four les restes du chat avec une fourchette à barbecue achetée deux dollars quatre-vingt-dix-huit au magasin Grant du centre commercial à un mile de là.

La carcasse rôtie atterrit dans un sac de farine vide, qu'il descendit dans la cave dont le sol n'avait jamais été cimenté. Dussander remonta bientôt de la cave et bomba la cuisine avec du déodorant jusqu'à ce qu'elle empeste le pin artificiel. Il ouvrit les fenêtres, lava la fourchette à barbecue et la raccrocha sur sa planche. Enfin il s'assit, attendant de voir si le gamin allait venir. Il souriait, souriait sans arrêt.

Effectivement Todd arriva environ cinq minutes après que Dussander eut cessé de compter sur lui. Il portait un haut de survêtement aux couleurs de son école ; il portait aussi une casquette de base-ball des San Diego Padres, et ses livres de classe sous le bras.

« Berk-berk, dit-il en entrant dans la cuisine, plissant le nez. C'est quoi cette odeur ? C'est infect.

— J'ai essayé le four, dit Dussander qui alluma une cigarette. Je crains d'avoir brûlé mon dîner. J'ai dû le jeter. »

Un jour, avant la fin du mois, le garçon arriva beaucoup plus tôt que d'habitude, bien avant l'heure de sortie de l'école. Dussander était dans la cuisine, buvant du bourbon Ancient Age dans une tasse ébréchée, décolorée, avec VOILÀ TON CAFÉ MMAN, HAH, HAH ! HAH ! inscrit le long du bord. Il avait installé son fauteuil à bascule dans la cuisine et il buvait en se balançant, se balançait en buvant, faisant claquer ses savates sur le linoléum défraîchi. Il se sentait agréablement ivre. Il n'y avait pas eu le moindre mauvais rêve jusqu'à la nuit dernière. Pas depuis le matou aux oreilles déchirées. Mais la nuit dernière avait été particulièrement horrible. Impossible de le nier. *Ils* l'avaient traîné en bas de la pente alors qu'il était arrivé à mi-chemin, et *ils* avaient commencé à lui faire des choses innommables avant qu'il réussisse à se réveiller. Pourtant, après son retour convulsif à la réalité, il s'était senti plus sûr de lui. Capable de mettre fin aux rêves à volonté. Cette fois, peut-être, un chat ne suffirait pas. Mais il restait toujours la fourrière des chiens. Oui. La fourrière.

Todd entra brusquement dans la cuisine, le visage tendu, pâle et luisant. Il a maigri, aucun doute, se dit Dussander. Et il y avait dans ses yeux une étrange lueur blanche qu'il n'aimait pas du tout.

« Vous allez m'aider, dit soudain le garçon, comme un défi.

— Vraiment », répondit Dussander d'une voix

douce, dissimulant un sursaut de terreur. Il resta impassible quand Todd jeta ses livres sur la table d'un geste brutal, hargneux. L'un d'eux glissa en tournoyant sur la toile cirée et tomba par terre, ouvert à l'envers, près des pieds de Dussander.

«Oui, vous avez foutrement raison! cria Todd d'une voix aiguë. Vous avez intérêt à le croire! Parce que c'est de votre faute! Entièrement de votre faute!» Des taches rouges, fiévreuses, apparaissaient sur ses joues. «Mais il va falloir que vous m'aidiez à m'en sortir, parce que j'ai tout ce qu'il faut sur vous! *Je vous tiens et je ne vous lâcherai pas!*

— Je ferai tout ce que je pourrai pour t'aider», dit calmement Dussander, s'apercevant qu'il avait joint ses mains juste devant lui, sans s'en rendre compte — comme il le faisait jadis. Il se pencha dans son fauteuil à bascule jusqu'à poser le menton sur ses mains — comme il le faisait jadis. Son expression était calme, amicale, intéressée, ne laissant rien voir de sa peur grandissante. Dans cette position, il pouvait presque imaginer derrière lui un ragoût d'agneau mijotant sur le réchaud. «Dis-moi ce qui ne va pas.

— Voilà ce qui ne va foutrement pas», dit Todd avec rage en lui lançant un carton plié en deux. Le carton rebondit sur son torse et atterrit sur ses genoux. Dussander s'étonna un instant de la violente colère qui le secoua, de sa terrible envie de se lever pour gifler sèchement le garçon. Mais il garda son air bienveillant. Il comprit que c'était le bulletin scolaire du gamin, bien que l'école semblât prendre des précautions ridicules pour le cacher. Au lieu de «Bulletin scolaire», ou «Carnet de notes», cela s'appelait «Rapport trimestriel d'activités». Il grogna, puis ouvrit le carton.

Une demi-feuille tapée à la machine en tomba. Dus-

sander la mit de côté pour plus tard et commença par
étudier les notes du gamin.

« On dirait que tu as touché le fond », dit-il non sans
plaisir. Le gamin n'avait la moyenne qu'en anglais et
en histoire américaine. Partout ailleurs il n'avait que
des F.

« Ce n'est pas ma faute, cracha Todd, venimeux.
C'est la vôtre. Toutes ces *histoires*. Elles me donnent
des cauchemars, vous savez ça ? Je m'assieds pour
ouvrir mes livres et je me mets à penser à ce que vous
avez dit ce jour-là et je reviens sur terre quand ma
mère me dit qu'il est l'heure d'aller au lit. Eh bien, ce
n'est pas ma faute ! *Pas la mienne ! Vous entendez ?
Pas la mienne !*

— Je t'entends très bien, dit Dussander, prenant la
page dactylographiée incluse dans le bulletin.

Chers Monsieur et Madame Bowden,
   Ce mot pour vous proposer une réunion à propos
des notes de Todd aux deuxième et troisième trimestres. Étant donné que Todd a jusqu'ici fait du
bon travail, ses notes actuelles indiquent qu'un problème particulier doit avoir une influence néfaste
sur son travail scolaire. Une discussion ouverte et
franche est souvent à même de résoudre ce genre de
problème.
   Bien que Todd ait passé l'examen semestriel, je
dois vous prévenir que ses notes finales seront insuf-
fisantes en certains cas si son travail ne s'améliore
pas de façon radicale au dernier trimestre. Il se verrait en ce cas obligé de s'inscrire au trimestre d'été
pour éviter un blocage entraînant de graves conséquences pour sa scolarité.
   Je dois aussi souligner que Todd est entré au col-

lège, et que cette année ses résultats sont à présent fort éloignés du niveau exigé dans notre établissement. Il n'atteint pas non plus le niveau indiqué par ses tests d'admission.

Veuillez croire que je suis prêt à trouver une date qui nous convienne mutuellement. Dans un cas comme celui-ci, en général, le plus tôt est le mieux.

Sincèrement vôtre,
Edward FRENCH.

« Qui est cet Edward French ? » demanda Dussander en remettant la feuille dans le bulletin (s'émerveillant à part lui de l'amour des Américains pour le jargon ; quel style pompeux pour dire aux parents que leur fils est recalé !). De nouveau les mains jointes, il avait de plus en plus clairement le pressentiment d'un désastre, mais refusait de se laisser aller. Un an plus tôt, il l'aurait fait — un an plus tôt, il était mûr pour un désastre. Maintenant qu'il ne l'était plus, c'était comme si ce maudit gamin faisait tout pour l'y précipiter. « Est-ce le proviseur ?

— Ed Mollasson ? Bon Dieu non. C'est le conseiller pédagogique.

— Conseiller pédagogique ? Qu'est-ce que c'est ?

— Vous voyez bien ce que c'est, cria Todd, presque hystérique. Vous avez lu cette foutue lettre ! » Il tournait en rond à grands pas, lançant à Dussander des coups d'œil perçants. « En tout cas, pas question que cette merde me tombe dessus. Pas question. Pas de trimestre d'été pour ma pomme. Papa et maman vont à Hawaii cet été et je vais avec eux. » Il montra le bulletin du doigt. « Savez-vous ce que mon père va faire s'il voit ça ? »

Dussander secoua la tête.

« Il me fera tout raconter. *Tout.* Il saura que c'est vous. Cela ne peut pas être autre chose, puisque rien d'autre n'a changé. Il va fouiller, fouiner, et il me fera tout raconter. Et alors… alors je… je serai recalé. »

Il regarda Dussander d'un air de reproche.

« Ils vont me surveiller. Bon Dieu, ils pourraient m'envoyer chez un docteur, je ne sais pas. Comment je le saurais ? Mais je ne veux pas être recalé. Et je n'irai pas à ce putain de cours de rattrapage.

— Ou en maison de correction », dit Dussander. D'une voix très calme.

Todd arrêta de tourner en rond. Son visage se figea. Ses joues et son front, déjà pâles, devinrent encore plus blancs. Il regarda Dussander et s'y reprit à deux fois pour parler. « *Quoi ?* Qu'est-ce que vous avez dit ?

— Mon cher enfant, dit le vieil homme, affectant une patience extrême, cela fait cinq minutes que je t'écoute gémir et piailler, et tous tes gémissements et piaillements se réduisent à ceci : *tu* as des ennuis. *Tu* risques d'être découvert. *Tu* peux te retrouver en mauvaise posture. » Voyant que Todd lui accordait — enfin — toute son attention, Dussander but une gorgée, l'air pensif.

« Mon garçon, ton attitude risque de te mettre en grave danger. Ainsi que moi. Pour qui les risques sont beaucoup plus grands. Tu t'inquiètes pour tes notes. Bah ! Voilà pour tes notes. » D'une pichenette de son doigt jauni il envoya le bulletin voler par terre.

« Je m'inquiète pour ma vie ! »

Todd ne répondit pas ; il continua seulement de fixer Dussander d'un regard blanc, un peu fou.

« Les Israéliens n'auront aucun scrupule du fait que j'ai soixante-seize ans. La peine de mort est toujours très bien vue là-bas, tu sais, surtout quand celui qui est

dans le box des accusés est un criminel de guerre nazi
impliqué dans les camps.

— Vous êtes citoyen américain, dit Todd. L'Amérique ne les laissera pas vous prendre. J'ai lu des
choses là-dessus. J'ai…

— Tu lis, mais tu n'*écoutes* pas ! Je ne suis pas
citoyen américain ! Mes papiers viennent de la *Cosa
Nostra*. Je serai expulsé, et les agents du Mossad m'at-
tendront à l'atterrissage.

— Je voudrais qu'ils vous *pendent*, marmonna
Todd, qui serra les poings, les yeux baissés. Et d'abord
j'ai été dingue de me compromettre avec vous.

— Sans doute, dit le vieil homme avec un mince
sourire. Mais tu es compromis. Nous devons vivre dans
le présent, gamin, pas dans le passé des "je-n'aurais-
jamais-dû"». Tu dois comprendre que ton sort et le
mien sont désormais inextricablement mêlés. Si tu
"craches le morceau" à mon sujet, comme vous dites,
crois-tu que j'hésiterai à en faire autant pour toi ? Il y a
eu sept cent mille morts à Patin. Pour le monde entier je
suis un criminel, un monstre, même un boucher comme
le prétendent tes torchons à scandales. Tu es complice
de tout cela, mon garçon. Tu connaissais la situation
illégale d'un étranger, et tu ne l'as pas dénoncé. Et si je
suis pris, je parlerai de toi au monde entier. Quand les
journalistes brandiront leurs micros, ce sera ton nom
que je répéterai sans arrêt. "Todd Bowden, oui, c'est
son nom… combien de temps ? Presque un an. Il voulait tout savoir… tous les trucs juteux. C'est ce qu'il
disait, oui : Tous les trucs juteux…"»

Todd retenait son souffle. Son teint était translucide.
Dussander lui sourit. But une gorgée de bourbon.

«Je pense qu'ils te mettront en prison. Ils peuvent
appeler ça une maison de correction — ou d'éducation

surveillée — n'importe quel nom fantaisiste, comme
ce rapport trimestriel d'activités, dit-il en ricanant, mais
de toute façon, il y aura des barreaux aux fenêtres. »

Todd s'humecta les lèvres. « Je dirai que vous men-
tez. Je leur dirai que je viens seulement de tout découvrir. C'est moi qu'ils croiront, pas vous. Vous feriez
mieux de vous en souvenir. »

Dussander gardait son mince sourire. « Je croyais
que d'après toi, ton père te ferait tout raconter. »

Todd s'exprimait lentement, comme quelqu'un qui
énonce les choses au fur et à mesure qu'il les conçoit.
« Peut-être pas. Peut-être pas cette fois. Il ne s'agit plus
d'une vitre cassée en lançant un caillou. »

Dussander, intérieurement, accusa le coup. Le gamin
avait de bonnes chances d'avoir raison — avec un tel
enjeu, il pourrait peut-être convaincre son père. Quel
parent, après tout, face à une vérité désagréable, ne préfère pas se laisser convaincre ?

« Peut-être. Peut-être non. Mais comment vas-tu
expliquer tous ces livres que tu lisais à ce pauvre
M. Denker à moitié aveugle ? Mes yeux ne sont plus ce
qu'ils étaient, mais je peux encore lire les petits caractères avec mes lunettes. Je peux le prouver.

— Je dirai que vous m'avez joué la comédie !

— Vraiment ? Et quelle raison pourras-tu donner de
cette comédie ?

— Pour... pour l'amitié. Parce que vous vous sen-
tiez seul. »

Ce qui, se dit Dussander, était assez proche de la
vérité pour être vraisemblable. Et autrefois, au début,
le gamin aurait pu encore le faire passer. Mais maintenant, il était détruit, il tombait en morceaux comme un
manteau en bout de course. Il suffirait qu'un enfant

donne un coup de pistolet à amorces de l'autre côté de la rue pour qu'il saute en l'air et hurle comme une fille.

« Ton bulletin renforcera également ma version, dit le vieil homme. Ce n'est pas *Robinson Crusoé* qui a fait dégringoler tes notes à ce point-là, gamin.

— Fermez-la, non ? Fermez-la et c'est tout !

— Non. Je ne la fermerai pas là-dessus. » Il alluma une cigarette, frottant l'allumette sur la porte du four, qui était ouverte. « Pas avant de t'avoir fait reconnaître une simple vérité. Dans cette histoire nous sommes ensemble, nous nageons ou nous coulons ensemble. » Il regarda Todd à travers les couches de fumée, sans sourire. Son visage ridé, antique, était celui d'un reptile. « Je t'entraînerai au fond, gamin. Je te le promets. Si quelque chose arrive à la surface, *tout* sortira. C'est une promesse que je te fais. »

Todd le regarda, maussade, et ne répondit pas.

« Maintenant, dit Dussander d'un ton alerte, l'air de celui qui a été obligé d'en passer par quelques désagréments, la question est celle-ci : qu'allons-nous faire ? Tu as des idées ?

— Voilà pour le bulletin, dit Todd en sortant un flacon de Corector de sa poche. Mais pour cette foutue lettre, je ne sais pas. »

Dussander regarda le flacon d'un œil approbateur. En son temps, il avait lui-même falsifié quelques rapports. Quand les quotas grimpaient à des hauteurs fantastiques… et même plus haut, beaucoup plus haut. Et aussi… tout à fait comme dans la situation actuelle — il y avait eu la question des relevés… ceux qui énuméraient l'incommensurable butin. Une fois par semaine, il vérifiait les caisses d'objets de valeur, lesquelles étaient toutes expédiées à Berlin dans des wagons spéciaux qui ressemblaient à des coffres-forts sur roues.

Chaque caisse était accompagnée d'une enveloppe en papier fort collée sur le côté avec la liste certifiée de son contenu. Tant de bagues, de colliers, de pendentifs, tant de grammes d'or. Par ailleurs, Dussander avait sa caisse personnelle — pas des objets de très grande valeur, mais pas de la camelote non plus. Des jades. Des tourmalines. Des opales. Quelques perles imparfaites. Des diamants industriels. Quand un objet envoyé à Berlin lui tapait dans l'œil ou lui semblait un bon investissement, il l'enlevait, le remplaçait par un des siens et se servait du Corector sur le relevé, inscrivant un objet pour un autre. Il était devenu un assez bon faussaire… talent qui lui avait servi plus d'une fois après la guerre.

« Bien, dit-il. Quant au reste… »

Dussander se remit à se balancer en buvant à petites gorgées. Todd traîna une chaise près de la table et commença à travailler sur son bulletin qu'il avait ramassé sans rien dire. Le calme apparent du vieil homme avait fait de l'effet et il œuvrait en silence comme n'importe quel petit Américain décidé à faire de son mieux, qu'il s'agisse de planter du maïs, de lancer une balle gagnante au championnat junior de base-ball ou de falsifier ses notes sur un bulletin.

Dussander observa sa nuque un peu hâlée, proprement délimitée par le bas de sa chevelure et le col rond de son tee-shirt. Ses yeux errèrent ensuite jusqu'au tiroir du haut, celui où il mettait les couteaux à découper. Un coup, un seul — il savait où le porter — et la moelle épinière serait tranchée net. Ses lèvres seraient à jamais scellées. Le vieil homme eut un sourire de regret. Si le gosse disparaissait, on poserait des questions. Trop de questions. On lui en poserait. Même si la lettre gardée par un ami n'existait pas, il ne pouvait pas se permettre d'être examiné de trop près. Dommage.

« Ce French, dit-il en tapotant la lettre, connaît-il tes parents personnellement ?

— Lui ? Todd souligna ce mot de son mépris. Il ne pourrait même pas mettre les pieds là où ils vont.

— Les a-t-il déjà rencontrés, professionnellement ? Ont-ils déjà discuté ensemble ?

— Non. J'ai toujours été parmi les premiers. Jusqu'à maintenant.

— Alors, qu'est-ce qu'il sait sur eux ? » Dussander, rêveur, contempla son verre presque vide. « Oh, il sait tout sur *toi*. Il a sûrement tous les documents imaginables à ton sujet. Jusqu'à tes bagarres dans la cour de la maternelle. Mais qu'est-ce qu'il sait sur *eux* ? »

Todd reposa sa plume et rangea son petit flacon de Corector. « Eh bien, il connaît leurs noms. Bien sûr. Et leur âge. Il sait que nous sommes tous méthodistes. On n'est pas obligé de remplir cette ligne-là, mais mes parents le font toujours. On n'y va pas souvent, mais il saura qu'on en est. Il doit savoir comment papa gagne sa vie ; ça aussi c'est sur les formulaires. Tous ces trucs qu'on doit remplir chaque année. Et je suis à peu près sûr que c'est tout.

— Si tes parents avaient des problèmes, est-ce qu'il le saurait ?

— Qu'est-ce que ça veut dire ? »

Dussander se versa le reste du bourbon. « Des disputes. Des querelles. Ton père qui dort sur le divan. Ta mère qui boit trop. » Ses yeux brillèrent. « Un divorce à l'horizon. »

Todd fut indigné. « Il n'y a rien de ce genre à la maison ! Jamais de la vie !

— Je n'ai pas dit que c'était vrai. Mais réfléchis,

gamin. Suppose que chez toi tout "aille à vau-l'eau",
comme vous dites. »

Todd le regarda en fronçant les sourcils.

« Tu t'inquiéterais pour eux. Tu t'inquiéterais beaucoup. Tu perdrais l'appétit. Tu dormirais mal. Plus
triste que tout, ton travail scolaire en souffrirait. Vrai ?
Très triste pour les enfants, quand il y a des problèmes
à la maison. »

Une lueur de compréhension perça dans les yeux du
garçon — la compréhension et quelque chose comme
une gratitude muette. Dussander fut satisfait.

« Oui, quel malheur quand une famille titube au
bord du précipice », dit le vieil homme d'un ton solennel, se reversant du bourbon. Il était déjà ivre. « Les
feuilletons TV de l'après-midi montrent ça très clairement. Il y a de l'acrimonie. Des médisances et des
mensonges. Mais surtout, il y a de la souffrance. De la
souffrance, mon garçon. Tu n'as pas idée de l'enfer
que tes parents traversent. Ils sont à ce point submer-
gés par leurs problèmes qu'ils n'ont plus guère de
temps pour ceux de leur propre fils. Ses problèmes
paraissent mineurs comparés aux leurs, *hein* ? Un jour,
quand les plaies commenceront à cicatriser, ils lui
accorderont sans doute toute leur attention une fois de
plus. Mais pour l'instant, la seule concession qu'ils
puissent faire est d'envoyer ce bon grand-père voir
M. French. »

Les yeux de Todd s'étaient peu à peu ranimés jusqu'à prendre un éclat passionné. « Ça pourrait marcher, marmonna-t-il. Pourrait, ouais, pourrait marcher,
pourrait… » Soudain il se tut. Ses yeux s'assombrirent
à nouveau. « Non, ça n'ira pas. Vous ne me ressemblez
pas, pas même un petit peu. Ed Mollasson n'y croira
jamais.

— *Himmel! Gott im Himmel!*» s'écria Dussander en se levant d'un bond. Il traversa la cuisine (en titubant un peu), ouvrit la porte de la cave, en sortit une autre bouteille d'Ancient Age, dévissa la capsule et se servit largement.

«Pour un gosse intelligent, tu es tellement *Dummkopf*. Est-ce que les grands-pères ressemblent jamais à leurs petits-fils? Hein? J'ai les cheveux blancs. Tu as des cheveux blancs?»

En revenant vers la table il tendit la main avec une vivacité surprenante, attrapa une bonne poignée des cheveux blonds de Todd et tira vigoureusement.

«Ça suffit! lança Todd, avec tout de même un léger sourire.

— De plus, dit Dussander en reprenant son fauteuil à bascule, tu as les cheveux blonds et les yeux bleus. Mes yeux sont bleus, et mes cheveux, avant de blanchir, étaient blonds. Tu peux me raconter toute l'histoire de ta famille. Tes oncles et tes tantes. Les gens avec qui travaille ton père. Les petits dadas de ta mère. Je m'en souviendrai. J'apprendrai et je m'en souviendrai. Deux jours plus tard, je l'aurai oublié — ces temps-ci ma mémoire n'est plus qu'une passoire pleine de flotte — mais je m'en souviendrai le temps qu'il faudra.» Il eut un sourire sans gaieté. «À mon époque, j'ai été plus rapide que Wiesenthal et j'ai roulé Himmler lui-même dans la farine. Si je suis incapable de berner un instituteur américain, je me draperai dans mon linceul et j'irai m'allonger dans ma tombe.

— Peut-être», dit lentement Todd, et Dussander put voir qu'il avait déjà accepté. Ses yeux brillaient de soulagement.

«Non... *sûrement!*» s'exclama le vieil homme.

Il partit d'un rire caquetant, hoquetant, ponctué par

les grincements du fauteuil à bascule. Todd le regarda, étonné et un peu effrayé, mais bientôt il se mit à l'imiter. Tous deux se mirent à rire interminablement sans bouger de la cuisine, Dussander près de la fenêtre ouverte par où entrait le vent chaud de la Californie, Todd se balançant sur deux pieds de sa chaise de sorte que le dossier s'appuyait contre la porte du four dont l'émail blanc était entrecroisé de rayures noires, charbonneuses, faites par les allumettes en bois que Dussander frottait pour les allumer.

Ed Caoutchouc French (son surnom, Todd l'avait expliqué à Dussander, venait des caoutchoucs qu'il portait par-dessus ses baskets chaque fois qu'il pleuvait) était petit et mince et tenait à porter des Keds à l'école. Grâce à cette note de simplicité, il croyait s'attirer l'amitié des quelque cent six enfants de douze à quatorze ans qu'il avait la charge de conseiller. Il possédait cinq paires de Keds dont les couleurs allaient du « bleu fend l'azur » au « super jaune Zonkers », ignorant totalement que derrière son dos on l'appelait non seulement Ed Caoutchouc mais Pete le Sournois et l'Homme aux Keds, comme dans *Le Retour de l'homme aux Keds*. À l'université, on l'avait appelé le Crispé, et il aurait été on ne peut plus humilié d'apprendre que cette indignité avait transpiré.

Il mettait rarement une cravate, préférant les pulls à col roulé qu'il portait depuis le milieu des années soixante, quand David McCallum les avait mis à la mode grâce à *U.N.C.L.E.*, le feuilleton d'espionnage. À la fac, déjà, les autres étudiants le voyaient traverser la cour et disaient : « Voilà le Crispé dans son pull-over d'espion. » Il était diplômé en psychologie pédagogique, et pensait en son for intérieur être le meilleur orienteur scolaire qu'il ait jamais rencontré. Avec les gosses, il avait un *rapport vrai*. Il pouvait *aller au fond des choses*, *bavasser* avec eux ou garder un silence sympathique quand il fallait qu'ils gueulent un coup pour *faire sortir la merde*. Il pouvait *se mettre dans leurs godasses* parce qu'il comprenait combien c'est chiant d'avoir treize ans quand quelqu'un vous *fait un numéro dans la tête* et qu'on ne peut pas *rassembler ses abattis*.

En fait il avait salement du mal à se rappeler ce que c'était que d'avoir treize ans. Il supposait que c'était le dernier prix à payer quand on atteignait la cinquantaine. En plus d'avoir dû traverser ce meilleur des mondes des années soixante en étant surnommé le Crispé.

Quand le grand-père de Todd Bowden entra dans son bureau, et referma sans mollesse la porte en verre dépoli, Ed Caoutchouc se leva en signe de respect mais se garda de faire le tour du bureau pour l'accueillir, se rappelant ses chaussures. Parfois les vieux de la vieille ne comprenaient pas que les baskets pouvaient mettre en confiance les gosses qui avaient un blocage avec les profs — autrement dit, certains des anciens ne pouvaient pas *se mettre dans les godasses* d'un conseiller pédagogique en Keds.

Voilà un mec qui présente bien, se dit Ed Caoutchouc. Des cheveux blancs soigneusement coiffés en arrière. Un costume trois-pièces immaculé. Une cravate gris tourterelle avec un nœud impeccable. Dans sa main gauche il tenait un parapluie noir, fermé (il pleuvassait depuis le week-end), d'une façon presque militaire. Quelques années plus tôt, Ed Caoutchouc et sa femme avaient été des fans de Dorothy Sayers. Lisant de cette respectable personne toutes les œuvres sur lesquelles ils avaient pu mettre la main. Il lui vint à l'esprit que le vieil homme était une parfaite incarnation de son héros, Lord Peter Wimsey. C'était Wimsey à soixante-quinze ans, bien après que Bunter et Harriet Vane eurent reçu leur récompense dans l'au-delà. Il prit note, mentalement, d'en parler à Sondra quand il rentrerait à la maison.

« Monsieur Bowden, dit-il respectueusement en tendant la main.

— C'est un plaisir », dit Bowden en la serrant. Ed Caoutchouc prit soin de ne pas employer la pression autoritaire et sans concessions qu'il réservait aux pères ; d'après sa poignée de main précautionneuse, le vieux avait sûrement de l'arthrite.

« C'est un plaisir, monsieur French », répéta Bowden, qui s'assit en relevant soigneusement ses jambes de pantalon. Il planta le parapluie entre ses jambes et s'appuya sur la poignée, prenant l'air d'un vieux vautour plein de courtoisie qui serait venu se percher dans le bureau du conseiller. Il avait un soupçon d'accent étranger, pensa Ed Caoutchouc, mais sans les intonations précises et pincées des Anglais de la haute, comme Wimsey ; avec des inflexions plus larges, plus européennes. De toute façon, la ressemblance avec Todd était frappante. Surtout le nez et les yeux.

« Je suis content que vous ayez pu venir, dit Ed Caoutchouc en reprenant son siège, bien que dans ces cas-là, le père ou la mère de l'élève… »

C'était sa tactique d'ouverture, bien sûr. Bientôt dix ans d'orientation pédagogique lui avaient appris que lorsqu'une tante ou un oncle ou un grand-père demandait une entrevue, c'était habituellement parce qu'il y avait des ennuis à la maison — le genre d'ennuis qui s'avérait invariablement être le fond du problème. Ed Caoutchouc en fut plutôt soulagé. Des ennuis domestiques, c'était grave, mais pour un garçon aussi intelligent que Todd, il aurait été bien pire d'être *salement accro à l'héro*.

« Oui, bien sûr, dit Bowden, réussissant à paraître à la fois triste et en colère. Mon fils et sa femme m'ont demandé si je pouvais venir discuter de cette triste affaire avec vous, monsieur French. Todd est un bon garçon, croyez-moi. Ses mauvaises notes ne sont qu'un problème passager.

— Eh bien, c'est ce que nous espérons tous, n'est-ce pas, monsieur Bowden ? Fumez si vous voulez. C'est en principe interdit sur le territoire de l'école, mais je ne vous dénoncerai pas.

— Merci. »

M. Bowden sortit de sa poche intérieure un paquet de Camel à moitié écrasé, planta entre ses lèvres une des dernières cigarettes en zigzag, trouva une allumette en bois qu'il frotta sur le talon de son soulier verni et l'alluma. Il toussa comme un vieillard à la première bouffée, éteignit l'allumette en la secouant et posa le morceau noirci dans le cendrier qu'Ed Caoutchouc lui avait offert. Le conseiller observa ce rituel apparemment aussi cérémonieux que les souliers eux-mêmes avec une fascination sans mélange.

« Par où commencer ? » dit Bowden, dont l'inquiétude transparaissait à travers le nuage de fumée tourbillonnante.

« Voyons, dit gentiment Ed Caoutchouc, le simple fait que vous soyez ici à la place de ses parents me met déjà sur la piste, vous savez.

— Oui, je suppose. Très bien. » Il joignit les mains. La Camel pointait entre le deuxième et le troisième doigt de sa main droite. Puis il s'assit bien droit et releva le menton. Il y avait quelque chose de prussien dans sa prestance, pensa le conseiller, quelque chose qui lui rappelait les films de guerre qu'il avait vus quand il était petit.

« Mon fils et ma belle-fille ont des problèmes de couple, dit Bowden en articulant chaque syllabe. Des problèmes assez graves, me semble-t-il. » Ses yeux, des yeux de vieillard étonnamment brillants, observèrent Ed Caoutchouc qui ouvrit le dossier posé devant lui sur le sous-main. Le dossier contenait quelques pages, pas beaucoup.

« Et vous pensez que ces problèmes ont une influence sur le travail scolaire de Todd ? »

Bowden se pencha en avant d'une vingtaine de centimètres. Ses yeux bleus ne lâchèrent pas un instant les yeux bruns du conseiller. Il y eut un silence chargé, très lourd, et enfin Bowden lâcha : « La mère boit. »

Il reprit la pose précédente, droit comme un I.

« Oh, dit Ed Caoutchouc.

— Oui, répondit Bowden avec un sourire crispé. Le gamin m'a raconté qu'en rentrant à la maison, deux fois, il l'a trouvée écroulée sur la table de la cuisine. Comme il connaît la réaction de mon fils par rapport à la boisson, il s'est arrangé pour préparer le dîner et lui faire avaler suffisamment de café noir pour qu'elle soit réveillée au retour de Richard.

— Mauvais », dit Ed Caoutchouc qui avait entendu bien pire — des mères héroïnomanes, des pères saisis par l'envie de baiser leur fille… ou leur fils. « Mme Bowden a-t-elle pensé à faire appel à l'aide de spécialistes ?

— Le gamin a essayé de lui dire que ce serait le meilleur moyen. Mais je crois qu'elle a honte. Si elle avait un peu de temps… » Il fit un geste, et sa cigarette lâcha un rond de fumée qui se dissout dans l'air. « Vous comprenez ?

— Oui, bien sûr. » Ed Caoutchouc hocha la tête en admirant à part lui l'élégance du rond de fumée. « Votre fils... le père de Todd...

— Il n'est pas irréprochable, dit Bowden, la voix dure. Les heures supplémentaires, les repas manqués, les soirs où il doit brusquement s'absenter... Monsieur French, c'est moi qui vous le dis, il a épousé son travail avant d'épouser Monica. On m'a élevé dans l'idée que la famille passe avant tout. Pas vous ?

— Certainement », répondit le conseiller de tout son cœur. Son père était veilleur de nuit dans un grand magasin de Los Angeles et il ne le voyait que pendant les week-ends et les vacances.

« Ce qui est une autre façon de voir les choses », dit Bowden.

Le conseiller approuva de la tête et réfléchit un instant. « Et votre fils, monsieur Bowden. Euh... » Il baissa les yeux vers le dossier. « Harold. L'oncle de Todd.

— Harry et Deborah habitent maintenant dans le Minnesota, dit le vieil homme, parfaitement sincère. Il a trouvé un emploi à la faculté de médecine. Il aurait beaucoup de mal à le quitter, et il serait injuste de le lui demander. » Son expression se fit vertueuse. « Harry et sa femme sont très heureux en ménage.

— Je vois. » Ed Caoutchouc regarda encore une fois le dossier avant de le fermer. « Monsieur Bowden, j'apprécie votre franchise. Moi-même, je vais être aussi franc.

— Merci, dit le vieil homme, très raide.

— En tant que conseillers, nous n'avons pas les moyens d'en faire autant que nous le souhaiterions. Il y a ici six conseillers, chacun est chargé d'une centaine d'élèves. Le dernier arrivé de mes collègues, Hepburn, en a cent quinze. À notre époque, dans notre société, tous les enfants ont besoin d'aide.

— Bien sûr.» Bowden écrasa brutalement sa cigarette dans le cendrier et recroisa les mains.

«Quelquefois, nous tombons sur des choses graves. Les problèmes de drogue ou les problèmes familiaux sont les plus courants. En tout cas, Todd n'a pas touché au speed, à la mescaline ou au LSD.

— Dieu nous en garde.

— Parfois, c'est simple, nous n'y pouvons rien. C'est déprimant, mais c'est la vie. D'habitude, les premiers à être recrachés par la machine dont nous avons la charge sont les trublions, les enfants fermés à toute communication, ceux pour lesquels nous n'essayons même pas. Ce ne sont que des organismes à sang chaud qui attendent d'être éjectés à cause de leurs mauvais résultats ou d'être assez vieux pour aller s'engager dans l'armée sans l'autorisation de leurs parents, travailler à la station de lavage rapide ou épouser leur petite amie. Vous comprenez? Parlons net. Notre système n'est pas tout à fait ce qu'il prétend être.

— J'apprécie votre franchise.

— Mais quand on voit la machine se mettre à broyer un gosse comme Todd, ça fait mal. Il a obtenu dix-huit de moyenne l'année dernière, ce qui le met dans la première tranche de cinq pour cent. Il a le don de l'écriture, ce qui est assez rare dans une génération où les gosses croient que la culture commence en face de la TV et prend fin dans le cinéma le plus proche. J'ai parlé avec le professeur qui a eu Todd pour élève l'année dernière. Elle m'a dit que Todd a donné la meilleure composition qu'elle a vue en vingt ans d'enseignement. C'était sur les camps de la mort allemands pendant la Deuxième Guerre mondiale. Elle lui a mis le seul A plus qu'elle ait jamais donné à un élève.

— Je l'ai lue, dit Bowden. C'était très bien.

— Il a aussi fait preuve d'une capacité au-dessus de la moyenne en sciences humaines et sociales, et s'il ne va pas être un des grands génies mathématiques du siècle, les notes que j'ai indiquent qu'il a fait de son mieux… jusqu'à cette année. En un mot, voilà toute l'histoire.

— Oui.

— Je serais vraiment *scié* de voir Todd se faire liquider de cette façon, monsieur Bowden. Quant aux cours d'été… bon, j'ai dit que je serais franc. Les cours d'été font souvent plus de mal que de bien à un gosse comme Todd. Habituellement la session d'été du premier cycle ressemble à un zoo. Avec des babouins et des hyènes, plus une bonne troupe de fossiles. Todd serait en mauvaise compagnie.

— Certes.

Alors, allons jusqu'au bout, non ? Je proposerais une série de rendez-vous au Centre d'orientation pour M. et Mme Bowden. Tout cela resterait confidentiel, bien sûr. C'est un excellent ami à moi, Harry Ackerman, qui s'occupe du Centre. Et je ne pense pas que ce soit Todd qui devrait le leur proposer, mais plutôt vous-même. » Il eut un large sourire. « Nous pouvons peut-être ramener tout le monde sur le droit chemin en juin. Ce n'est pas impossible. »

Mais la proposition parut alarmer Bowden.

« Je crois qu'ils en voudraient au gamin si je leur soumettais cette idée en ce moment, dit-il. La situation est très délicate. Les choses peuvent aller dans un sens ou dans l'autre, le gamin m'a promis de faire des efforts pour travailler. Il est très inquiet à cause de ses mauvaises notes. » Il eut un sourire pincé, un sourire qu'Ed Caoutchouc fut incapable d'interpréter. « Plus inquiet que vous ne le pensez.

— Mais…

— Et ils m'en voudraient à *moi*, ajouta immédiatement Bowden. Dieu sait qu'ils m'en voudraient. Monica trouve déjà que je me mêle de ce qui ne me regarde pas. J'essaie de ne pas le faire, mais vous voyez la situation. Il me semble qu'il vaut mieux laisser faire… pour l'instant.

— Sur ce sujet, j'ai pas mal d'expérience », affirma le conseiller. Il croisa les mains sur le dossier Bowden et regarda le vieil homme d'un air sérieux. « Je pense vraiment qu'une réorientation conjugale s'impose dans ce cas. Comprenez bien que mon intérêt pour les problèmes de votre fils et de votre belle-fille se borne aux effets qu'ils ont sur Todd… et actuellement, ils ont un effet certain.

— Laissez-moi faire une contre-proposition. Vous avez, me semble-t-il, un système pour prévenir les parents en cas de mauvaises notes.

— Oui, répondit Ed Caoutchouc avec prudence. Une carte EPS, évaluation des progrès scolaires. Les gosses, naturellement, appellent ça des colles. Ils les reçoivent seulement quand leur moyenne dans une matière tombe au-dessous de dix. En d'autres termes, nous donnons des EPS aux gosses qui obtiennent un D ou un F dans telle ou telle matière.

— Très bien, dit Bowden. Alors voici ce que je suggère : si le gamin reçoit une de ces cartes… *une seule* — il leva un doigt noueux —, je parlerai moi-même à mon fils et à ma femme de votre proposition.

J'irai même plus loin, dit-il avec une pointe d'accent. Si le gamin reçoit une de vos colles en avril…

— En fait nous les envoyons au mois de mai.

— Oui ? S'il en reçoit une à ce moment-là, je vous garantis qu'ils accepteront cette proposition d'orientation. Ils s'inquiètent pour leur fils, monsieur French. Mais actuellement, ils sont tellement pris par leurs propres problèmes que… » Il haussa les épaules.

« Je comprends.

— Alors, donnons-leur ce délai pour les résoudre. Se sortir d'affaire en prenant le taureau par les cornes, c'est bien américain, n'est-ce pas ?

— Oui, je suppose que oui », répondit Ed Caoutchouc après avoir réfléchi un instant… et jeté un rapide coup d'œil sur la pendule. Il se rappelait soudain qu'il avait un autre rendez-vous dans cinq minutes. « J'accepte. »

Il se leva, imité par Bowden. Ils se serrèrent la main et cette fois encore, le conseiller ménagea soigneusement l'arthrite du vieux beau.

« Néanmoins, en toute franchise, je dois vous dire qu'il y a très peu d'élèves capables de se sortir d'un plongeon de quatre mois en quatre semaines de rattrapage. Il y a énormément de terrain à regagner — *énormément*. Je crains que vous n'ayez à tenir votre promesse, monsieur Bowden. »

Le vieil homme eut encore son sourire étrange, pincé. « Vraiment ? » Il ne dit rien de plus.

Tout au long de cette entrevue, quelque chose avait tracassé Ed Caoutchouc, et il réussit à mettre le doigt dessus en déjeunant à la cantine, plus d'une heure après que « Lord Peter » fut reparti, son parapluie proprement roulé sous son bras.

Ils avaient parlé pendant au moins un quart d'heure,

plutôt vingt minutes, et il ne se rappelait pas que le grand-père eût prononcé une seule fois le nom de son petit-fils.

Todd, essoufflé, remonta en pédalant l'allée de chez Dussander et posa le vélo sur sa béquille. L'école ne l'avait libéré qu'un quart d'heure plus tôt. Il franchit les marches d'un bond, ouvrit avec sa clef et enfila le couloir jusqu'à la cuisine ensoleillée. Son visage ressemblait à un ciel où seraient mêlés un soleil plein d'espoir et des nuages de mauvais augure. Il resta un moment dans l'embrasure de la porte, le ventre noué, la gorge serrée, regardant Dussander se balancer avec une tasse de bourbon sur les genoux. Il avait gardé son beau costume, mais desserré sa cravate et défait son bouton de col. Impassible, ses yeux de lézard mi-clos, il regarda le garçon.

« Eh bien ? » réussit enfin à dire Todd.

Dussander fit durer le suspense quelques instants de plus, qui parurent durer dix ans à Todd. Puis, délibérément, il posa sa tasse sur la table, près de la bouteille d'Ancient Age.

« L'imbécile a tout avalé. »

Todd relâcha son souffle avec un grand youpie ! de soulagement.

Avant qu'il ait pu placer un mot, Dussander ajouta : « Il voulait que tes pauvres parents pleins de soucis aillent suivre des séances de réorientation conjugale en ville, chez un de ses amis. Et il a vraiment insisté.

— Mon Dieu ! Avez-vous… qu'avez-vous… comment vous en êtes-vous sorti ?

— J'ai dû penser très vite, répondit le vieil homme. Un de mes talents, comme la petite fille dans l'histoire de Saki, c'est d'improviser sur le moment. Je lui ai promis que tes parents iraient aux séances si tu recevais une seule des colles qu'ils envoient au mois de mai. »

Todd devint pâle comme un linge.

«Vous avez *quoi ?* » Il criait presque. «J'ai déjà loupé deux interrogations en algèbre et une en histoire depuis le début des notations ! » Il fit plusieurs pas en avant, son visage blême brillant de sueur. «Cet après-midi il y avait un oral de français et je l'ai loupé aussi… Je le sais. Je ne pouvais penser à rien d'autre qu'à ce foutu Ed Caoutchouc, à me demander si vous aviez réussi à vous occuper de lui. Vous vous en êtes occupé, c'est sûr, dit-il d'un ton amer. Pas une seule colle ? J'en aurai probablement cinq ou six.

— C'est le mieux que j'aie pu faire sans éveiller ses soupçons. Ce French, tout imbécile qu'il est, ne fait que son travail. Maintenant tu vas faire le tien.

— Qu'est-ce que vous entendez par là ? » Todd avait le visage déformé par la rage.

«Tu vas travailler. Pendant les quatre prochaines semaines tu vas travailler plus dur que tu ne l'as jamais fait de ta vie. Par-dessus le marché, lundi, tu vas aller voir tes professeurs et t'excuser de tes mauvais résultats jusqu'à présent. Tu vas…

— C'est impossible. Vous n'y êtes pas, mec. C'est *impossible.* J'ai au moins cinq semaines de retard en science et en histoire. Plutôt dix en algèbre.

— Il n'empêche, dit Dussander en se reversant du bourbon.

— Vous vous croyez très malin, n'est-ce pas ? cria Todd. Eh bien vous ne me donnerez plus d'ordres. L'époque où vous me donniez des ordres est passée depuis longtemps. *Vous pigez !* » Soudain il baissa la voix. «Ces temps-ci, vous n'avez rien de plus dangereux dans la maison que de l'insecticide. Vous n'êtes plus rien qu'un vieux débris qui pète comme une boule puante quand il mange un taco. Je parie même que vous pissez au lit.

— Écoute-moi, morveux », dit tranquillement Dussander.

Todd releva la tête avec colère.

« Jusqu'à aujourd'hui, dit le vieil homme en choisissant ses mots, il t'était possible, *tout juste* possible de pouvoir me dénoncer en t'en sortant sans dommage. Je ne pense pas que tu en aurais été capable, étant donné l'état actuel de tes nerfs, mais peu importe. Techniquement, c'était possible. Mais maintenant, les choses ont changé. Aujourd'hui, je me suis fait passer pour ton grand-père, un certain Victor Bowden. Personne n'aura le moindre doute, je ne peux l'avoir fait qu'avec ta... quel est ce mot ?... ta connivence. Si la mèche est éventée, gamin, tu auras plus mauvaise mine que jamais. Et tu n'auras aucun moyen de te défendre. J'en ai pris soin tout à l'heure.

— Je voudrais...

— Tu *voudrais !* Tu *voudrais !* rugit Dussander. Peu importe ce que tu voudrais, ce que tu voudrais me donne envie de vomir, ce que tu voudrais n'est qu'un petit tas de crottes de chien dans le ruisseau ! Tout ce que je veux de toi c'est savoir si tu comprends la situation dans laquelle nous nous trouvons !

— Je comprends », marmonna Todd. Il avait serré les poings de toutes ses forces pendant cette sortie — il n'avait pas l'habitude de se faire crier dessus. Quand il rouvrit les mains, il remarqua vaguement des croissants sanglants sur ses paumes. Cela aurait pu être pire, se dit-il, mais il y avait environ quatre mois qu'il se rongeait les ongles.

«Bien. Alors tu vas faire tes excuses les plus plates et tu vas travailler. Tu vas travailler à l'école quand tu auras du temps libre. Tu vas travailler à l'heure du déjeuner. Après la classe tu vas venir travailler ici, et pendant le week-end tu vas venir ici et travailler de plus belle.

— Pas ici, souffla Todd. À la maison.

— Non. À la maison tu vas traîner et rêvasser comme tu l'as toujours fait. Si tu es là, je peux rester derrière toi pour te surveiller s'il le faut. Et surveiller du même coup mes propres intérêts. Je peux t'interroger. Te faire répéter tes leçons.

— Si je ne veux pas venir ici, vous ne pouvez pas me forcer.»

Dussander but une gorgée. «C'est vrai. Les choses vont donc se poursuivre comme elles ont commencé. Tu seras recalé. Cet orienteur, ce French, s'attendra à ce que je tienne ma promesse. Voyant que non, il appellera tes parents. Ils découvriront que ce brave M. Denker a joué le rôle de ton grand-père à ta demande. Ils découvriront les notes falsifiées. Ils...

— Oh, la ferme. Je viendrai.

— Tu es déjà là. Commence par l'algèbre.

— Pas question! On est vendredi après-midi!

— Désormais tu travailles *tous* les après-midi, dit doucement Dussander. Commence par l'algèbre.»

Todd le regarda un bref instant avant de baisser la tête pour chercher à tâtons son livre d'algèbre dans son cartable, et Dussander vit le meurtre dans ses yeux. Pas une figure de style; un meurtre bien réel. Il y avait des années qu'il n'avait aperçu ce regard noir, brûlant, calculateur, mais cela ne s'oublie pas. Il pensa qu'il l'aurait vu dans ses propres yeux s'il y avait eu un miroir

Été de corruption

le jour où il avait regardé la nuque blanche et sans défense du garçon.

Il faut que je me protège, se dit-il, légèrement stupéfait. *On sous-estime les risques qu'on court.*

Il but son bourbon, se balança et regarda le gamin travailler.

Il était presque cinq heures quand Todd rentra à vélo. Il se sentait lessivé, vidé, les yeux brûlants, plein de colère impuissante. Chaque fois que ses yeux s'étaient écartés de la page imprimée — de ce monde affolant, incompréhensible, foutrement *stupide* d'ensembles, de sous-ensembles, de paires ordonnées et de coordonnées cartésiennes —, la voix tranchante du vieil homme avait résonné. Autrement il était resté parfaitement silencieux… à part le bruit exaspérant de ses pantoufles heurtant le sol et le grincement du fauteuil à bascule. Comme un vautour attendant que sa proie expire. Pourquoi s'était-il mêlé de tout ça ? Comment en était-il arrivé là ? Il était dans le pétrin, et jusqu'au cou. Cet après-midi il avait regagné un peu de terrain — une partie de la théorie des ensembles où il avait salement séché juste avant que le congé de Noël ne tombe avec un clic presque audible — mais impossible de croire qu'il pourrait en rattraper assez pour réussir de justesse la prochaine compo d'algèbre, même avec un D.

Il restait quatre semaines jusqu'à la fin du monde.

En tournant le coin, il aperçut un geai tombé sur le trottoir. L'oiseau ouvrait et refermait lentement le bec, essayant vainement de se remettre sur ses pattes pour sautiller au loin. Le geai avait une aile cassée, et Todd pensa qu'une voiture l'avait heurté au passage et projeté sur le trottoir comme au jeu de la puce. Un des yeux embués était fixé sur lui.

Todd regarda l'oiseau un long moment, serrant à peine les poignées de freins sur son guidon relevé. La chaleur du jour diminuait et l'air était presque glacé. Il supposait que ses copains avaient passé l'après-midi à traîner sur le terrain de base-ball de Walnut Street, peut-être à jouer un peu l'un contre l'autre, plus probablement à trois contre six, ou à la batte à tout va. C'était l'époque de l'année où on se préparait à aborder le base-ball. Il y en avait qui parlaient de former leur propre équipe junior pour participer au championnat officieux de la ville ; il y avait assez de paternels pour accepter de les trimbaler voir les matchs. Todd, naturellement, serait lanceur. Il avait été le lanceur vedette des juniors jusqu'à l'an dernier, mais il était trop vieux. *Aurait été lanceur.*

Alors quoi ? Il aurait juste à dire non. Il aurait juste à leur dire : *Les gars, je me suis ramassé un criminel de guerre. Je le tenais par les couilles et puis — ha, ha, de quoi mourir, les gars — je me suis rendu compte qu'il me tenait les couilles aussi fort que moi les siennes. Je me suis mis à avoir de drôles de rêves et des sueurs froides. Mes notes ont dégringolé et je les ai changées sur mon bulletin pour que mes vieux ne le voient pas et maintenant faut que je potasse vraiment dur pour la première fois de ma vie. Pourtant j'ai pas peur de me faire sacquer. J'ai peur d'aller en maison de correction. Et voilà pourquoi je ne peux pas jouer avec vous sur le terrain cette année. Vous voyez ce que c'est, les gars.*

Un mince sourire très proche de ceux du vieil homme et sans aucun rapport avec son large sourire de jadis, effleura ses lèvres. Un sourire sans soleil, venu de l'ombre. Sans joie non plus, sans assurance. Un sourire qui disait seulement : *Vous voyez ce que c'est, les gars.*

Il fit avancer son vélo sur le geai avec une lenteur exquise, écoutant le froissement parcheminé des plumes et le craquement des petits os creux qui se brisaient. Il fit marche arrière pour repasser dessus. L'oiseau tressaillait encore. Il recommença, une plume ensanglantée collée au pneu avant montait, redescendait, montait encore. L'oiseau ne bougeait plus, l'oiseau avait cassé sa pipe, l'oiseau était crevé, l'oiseau avait rejoint la grande volière du ciel, mais Todd continuait à repasser d'avant en arrière sur le cadavre broyé. Il continua pendant près de cinq minutes, le visage crispé sur le même sourire. Vous voyez ce que c'est, les gars.

10

Avril 1975.

Le vieil homme était à mi-chemin de l'allée traversant le terrain. Quand Dave Klingerman s'approcha, il lui fit un grand sourire. Les aboiements frénétiques s'élevant de partout ne semblaient pas le gêner le moins du monde, non plus que les odeurs de fourrure et d'urine, les jappements des centaines de chiens perdus qui hurlaient dans leur cage, se jetaient d'un bord à l'autre et sautaient sur le grillage. Klingerman étiqueta tout de suite le vieux comme un fada des chiens. Mais son sourire était agréable, plein de douceur. Il tendit prudemment une main gonflée et recroquevillée par l'arthrite, et Dave la lui serra dans le même esprit.

«Hello, sir ! dit-il en élevant la voix. Quel bruit d'en-fer, n'est-ce pas ?

— Cela ne me gêne pas, dit le vieil homme, pas du tout. Je m'appelle Arthur Denker.

— Klingerman. Dave Klingerman.

— Je suis heureux de vous voir, monsieur, j'ai lu dans le journal — je n'arrivais pas à y croire — qu'ici vous *donnez* des chiens, j'ai peut-être mal compris. En fait, je crois que j'ai dû mal comprendre.

— Non, nous les donnons, c'est vrai. Sinon, nous devons les supprimer. Soixante jours, voilà ce que l'État nous accorde. Une honte. Venez là-bas, dans le bureau. C'est plus calme. Ça sent moins mauvais, aussi. »

À l'intérieur, Dave dut écouter une histoire archi-connue (mais néanmoins émouvante) : Arthur Denker avait dépassé les soixante-dix ans. Il était venu en Cali-fornie quand sa femme était morte. Il n'était pas riche, mais il prenait grand soin de ce qu'il possédait. Il était seul. Avec pour seul ami le gamin qui venait quelque-fois le voir et lui faire la lecture. En Allemagne, il avait eu un très beau saint-bernard. Ici, à Santo Donato, il y avait une cour de bonne taille derrière sa maison. Avec un grillage autour. Et il avait lu dans le journal... serait-il possible qu'il puisse...

«Eh bien, nous n'avons aucun saint-bernard, dit Klingerman. Ils partent très vite parce qu'ils convien-nent tellement bien aux enfants...

— Oh, je comprends. Je ne voulais pas dire...

— ... mais j'ai effectivement un chien de berger à moitié adulte. Cela vous irait-il ? »

Les yeux de M. Denker se mirent à briller comme s'il était au bord des larmes. «Parfait, dit-il. Ce serait parfait.

— Le chien lui-même est gratuit, mais il y a

quelques frais annexes. Vaccins contre la rage et la maladie de Carré. Licence municipale. Le tout revient environ à vingt-cinq dollars pour la plupart des gens, mais l'État en paye la moitié si vous avez plus de soixante-cinq ans — d'après le plan Âge d'or de la Californie.

— L'Âge d'or… serait-ce mon âge ? » dit M. Denker en riant. L'espace d'un instant — bêtement — Klingerman sentit une sorte de frisson.

« Euh… il semblerait, monsieur.

— C'est très raisonnable.

— Bien sûr, c'est aussi notre avis. Le même chien vous coûterait cent vingt-cinq dollars dans un chenil. Mais les gens préfèrent aller là-bas au lieu d'ici. Ils payent pour un tas de papiers, évidemment, pas pour le chien. » Dave secoua la tête. « Si seulement ils savaient combien de belles bêtes sont abandonnées tous les ans.

— Et si vous ne pouvez pas leur trouver un foyer adéquat dans les soixante jours, vous les supprimez ?

— Nous les endormons, oui.

— Vous les quoi… ? Je suis désolé, mon anglais…

— C'est une ordonnance municipale. Impossible d'avoir des meutes de chiens courant dans les rues.

— Vous les abattez.

— Non, nous les gazons. C'est très humain. Ils ne sentent rien.

— Oui, dit M. Denker. J'en suis persuadé. »

En algèbre, Todd était assis au quatrième rang de la seconde rangée. Il essaya de rester impassible quand M. Storrman rendit les interrogations. Mais ses ongles déchiquetés creusaient de nouveau ses paumes, tandis qu'une sueur acide semblait lui couler lentement de toutes les parties du corps.

Ne te laisse pas aller à espérer. Ne perds pas la boule à ce point-là. Tu n'as aucune chance d'avoir réussi. Tu sais que tu n'as pas réussi.

Pourtant il n'arrivait pas à refouler entièrement son espoir imbécile. C'était le premier examen d'algèbre depuis des semaines qui n'avait pas eu l'air d'être écrit tout entier en grec. À cause de sa nervosité (nervosité ? non, appelons les choses par leur nom, une terreur panique), il s'était plutôt mal débrouillé, mais peut-être... enfin, si cela avait été n'importe qui d'autre que Storrman, qui avait un cœur de pierre...

ARRÊTE ÇA ! Pendant un instant, un instant horrible et glacé, il fut certain d'avoir crié ces deux mots à voix haute et en pleine classe. *Tu as merdé, tu le sais, rien n'y fera, rien au monde.*

Storrman, indifférent, lui tendit sa copie et passa au suivant. Todd la posa à l'envers sur son pupitre tailladé d'initiales. Il crut un moment qu'il n'aurait pas la volonté de retourner la feuille pour regarder. Finalement il le fit d'un geste si convulsif que le papier se déchira. Sa langue, au moment de lire, se colla à son palais, et son cœur sembla s'arrêter.

En haut de la feuille, entouré d'un cercle, il y avait un nombre : 83. En dessous une lettre, un C. Encore en dessous, un bref commentaire : *Grand progrès ! Je crois être deux fois plus soulagé que toi. Étudie soigneusement tes erreurs. Trois au moins sont plutôt des erreurs de calcul que des défauts de raisonnement.*

Son cœur se remit à battre, trois fois plus vite. Il se sentit submergé par un sentiment de soulagement, mais sans être calmé — une chaleur étrange, complexe. Il ferma les yeux, n'entendant rien du bourdonnement des élèves devant leurs copies, des bagarres prévues d'avance pour grappiller un point ici et là. Derrière ses yeux, Todd voyait du rouge palpiter comme du sang au rythme de son cœur. À cet instant il haït Dussander plus que jamais. Ses poings se serrèrent convulsivement et il n'eut plus qu'un souhait, un seul, que le cou fripé du vieil homme soit entre ses mains.

Dick et Monica Bowden avaient des lits jumeaux séparés par une table de nuit surmontée d'une jolie lampe imitation Tiffany. Leur chambre était lambrissée de véritable séquoia et les murs agréablement tapissés de livres. De l'autre côté de la pièce, nichée entre deux serre-livres en ivoire (des éléphants debout sur leurs pattes de derrière), il y avait une TV Sony toute ronde. Dick regardait Johnny Carson, les écouteurs dans les oreilles, tandis que Monica lisait le dernier Michael Crichton qu'elle venait de recevoir de son club du livre.

« Dick ? » Elle posa un marque-page (C'EST L'EN-DROIT OÙ JE ME SUIS ENDORMIE) dans le Crichton et le referma.

Sur l'écran de TV, Buddy Hackett venait de liquider tout le monde. Dick souriait.

« Dick ? » dit-elle plus fort.

Il ôta l'écouteur. « Quoi ?

— Crois-tu que Todd va bien ? »

Il la regarda un moment en fronçant les sourcils, puis secoua un peu la tête. « *Je ne comprends pas, chérie.* » Son mauvais français les faisait souvent rire. Son père lui avait envoyé deux cents dollars de plus, quand il avait été recalé en français, pour prendre des leçons. Il avait trouvé une certaine Monica Darrow en choisissant au hasard parmi les cartes épinglées sur le panneau syndical. Dès Noël, elle portait son épingle de cravate... et il obtenait un C en français.

« Eh bien... il a perdu du poids.

— Il a l'air un peu maigre, c'est sûr», reconnut Dick. Il posa l'écouteur sur ses genoux, où il continua d'émettre de minuscules piaillements. «Il est en train de grandir, Monica.

— Si vite?» demanda-t-elle, gênée.

Il rit. «Si vite, oui. J'ai pris plus de quinze centimètres à l'adolescence — transformant une asperge d'un mètre soixante-cinq en la splendide masse musculaire d'un mètre quatre-vingt-deux que tu as sous les yeux. Ma mère dit qu'à quatorze ans, on m'entendait grandir pendant la nuit.

— Heureusement que tout n'a pas grandi à la même allure.

Tout dépend de comment on s'en sert.

— Tu veux t'en servir ce soir?

— La gaillarde prend de l'audace», répondit Bowden en jetant l'écouteur de l'autre côté de la chambre.

Plus tard, alors qu'il glissait dans le sommeil : «Dick, en plus il fait des mauvais rêves.

— Des cauchemars? marmonna-t-il.

— Des cauchemars. Je l'ai entendu deux ou trois fois gémir dans son sommeil quand j'allais dans la salle de bains. Je n'ai pas voulu le réveiller. C'est idiot, mais ma grand-mère disait qu'on peut rendre fou quelqu'un qu'on réveille au milieu d'un cauchemar.

— C'était la polaque, non?

— La polaque, ouais, la polaque. C'est gentil!

— Tu sais ce que je veux dire. Pourquoi tu ne te sers pas des chiottes à l'étage?» Il les avait installées lui-même deux ans avant.

«Tu sais que la chasse d'eau te réveille toujours, dit-elle.

— Alors, ne la tire pas.

— Dick, c'est dégoûtant. »

Il soupira.

« Quelquefois, quand j'entrais dans sa chambre, il transpirait. Et les draps étaient humides. »

Il sourit dans le noir. « Je l'aurais parié.

— Qu'est-ce *que*… oh. » Elle lui donna une petite gifle. « C'est dégoûtant, ça aussi. En plus, il n'a que treize ans.

— Quatorze le mois prochain. Il n'est pas trop jeune. Un peu précoce, peut-être, mais pas trop jeune.

— Quel âge avais-tu ?

— Quatorze ou quinze, je ne sais plus exactement, mais je me souviens de m'être réveillé en croyant que j'étais mort et monté au paradis.

— Mais tu étais plus vieux que Todd.

— Tous ces trucs arrivent plus tôt. Ce doit être le lait… ou le fluor. Sais-tu qu'on a mis des distributeurs de serviettes hygiéniques dans tous les dortoirs de filles, à l'école que nous avons construite à Jackson Park l'an dernier ? Et c'est une *école communale*. Aujourd'hui, les élèves de sixième ont en moyenne dix ans. Et toi, quel âge avais-tu quand ça a commencé ?

— Je ne me souviens pas. Tout ce que je sais, c'est que quand il rêve, Todd n'a pas l'air… d'être mort et au paradis.

— Tu lui en as parlé ?

— Une fois. Il y a environ un mois et demi. Tu étais allé jouer au golf avec cet affreux Ernie Jacobs.

— Cet affreux Ernie Jacobs va me nommer associé à part entière en 1977 si sa grande jaune de secrétaire ne le tue pas avant à force de baiser. En plus, c'est toujours lui qui paye l'entrée. Qu'est-ce qu'il a répondu ?

— Qu'il ne s'en souvenait pas. Mais une sorte de…

d'ombre lui a traversé le visage. Je crois qu'il s'en souvenait, au contraire.

— Monica, je ne me souviens pas de toute ma chère jeunesse, mais je me souviens d'une chose, c'est que les rêves érotiques ne sont pas toujours agréables. En fait ils peuvent être carrément détestables.

— Comment ça se fait ?

— La culpabilité. Toutes sortes de culpabilités. Une partie vient peut-être de très loin, quand il a compris que c'était mal de mouiller son lit. Et puis il y a les trucs du sexe. Qui sait ce qui provoque un rêve érotique ? Un pelotage en douce dans le bus ? Un coup d'œil sous les jupes d'une fille à l'étude ? Je n'en sais rien. Dans le seul dont je me souvienne vraiment je sautais du plongeoir à la piscine de l'YMCA, le jour mixte, et je perdais mon maillot en arrivant dans l'eau.

— C'est ça qui t'excitait ? demanda-t-elle en gloussant.

— Ouais. Alors si le gosse n'a pas envie de te parler de ses problèmes de quéquette, ne l'y oblige pas.

— On a fichtrement fait tout ce qu'il fallait pour qu'il ne traîne pas toutes ces hontes inutiles.

— On n'y échappe pas. Il les rapporte de l'école, comme les rhumes qu'il ramassait la première année. Cela vient de ses copains, ou de la façon dont ses professeurs tournent autour de certains sujets. C'est probablement venu aussi de mon père. "N'y touche pas pendant la nuit, Todd, ou des poils te pousseront sur les mains et tu deviendras aveugle et tu te mettras à perdre la mémoire, et ensuite ton truc deviendra tout noir et pourrira. Alors fais attention, Todd."

— Dick Bowden ! Ton père n'aurait jamais…

— Jamais ? Bon Dieu, il l'a *fait*. Exactement comme ta grand-mère polaque te racontait que réveiller quelqu'un au milieu d'un cauchemar pouvait le rendre dingue. Il me disait aussi de toujours essuyer le siège des toilettes publiques avant de m'asseoir sinon j'attraperais "les microbes des gens". Je suppose que c'était sa façon de dire syphilis. Je parie que ta grand-mère t'a fait aussi ce coup-là.

— Non, ma mère, dit-elle, un peu absente. Et elle m'a dit de toujours tirer la chasse. Voilà pourquoi je vais au rez-de-chaussée.

— Ce qui me réveille quand même, marmonna Dick.

— Quoi ?

— Rien. »

Cette fois, il était déjà passé par-dessus la barrière du sommeil quand elle l'appela.

« *Quoi ?* demanda-t-il, un peu agacé.

— Tu ne crois pas… oh, peu importe. Rendors-toi.

— Non, vas-y, finis. Je suis réveillé. Je ne crois pas quoi ?

— Ce vieux bonhomme. M. Denker. Tu ne crois pas que Todd le voit trop souvent, non ? Peut-être qu'il… oh, je ne sais pas… remplit Todd de tout un tas d'histoires.

— L'abomination des abominations. Le jour où l'usine d'Essen n'a pas rempli son quota. » Il ricana.

« C'était juste une idée », dit-elle, un peu vexée. Elle se tourna sur le côté dans un froissement de couvertures. « Désolée de t'avoir dérangé. »

Il posa la main sur son épaule nue. « Je vais te dire une chose, baby, dit-il avant de faire une pause pour réfléchir et peser ses paroles. Moi aussi, je me suis inquiété pour Todd, quelquefois. Pas pour les mêmes choses que toi, mais inquiété pareil, okay ? »

Elle se tourna à nouveau vers lui. « Pour quelles choses ?

— Eh bien, je n'ai pas eu du tout la même enfance que lui. Mon père tenait la boutique, tout le monde l'appelait Vic l'épicier. Il avait un livre où il mettait les noms de ceux qui lui devaient de l'argent, et combien ils lui devaient. Tu sais comment il l'appelait ?

— Non. » Dick parlait rarement de son enfance. Elle croyait que c'était parce qu'il n'avait pas été heureux. Cette fois elle l'écouta attentivement.

« Il l'appelait le Livre de la Main gauche. Il disait que la main droite s'occupait des affaires, mais qu'elle ne devait jamais savoir ce que faisait la main gauche. Il disait que probablement, si elle le *savait*, elle prendrait un hachoir pour couper la main gauche.

— Tu ne m'as jamais dit ça.

— Oh, je n'aimais pas trop mon vieux quand nous nous sommes mariés, et à vrai dire, je ne l'aime toujours pas beaucoup la plupart du temps. Je n'arrivais pas à comprendre pourquoi il fallait que je porte des pantalons du secours populaire alors que Mme Mazursky pouvait s'acheter un jambon à crédit en racontant toujours la même rengaine, comme quoi son mari se remettrait à travailler dans une semaine. Le seul travail qu'ait jamais eu ce putain d'ivrogne de Bill Mazursky, c'est de se cramponner à sa bouteille de pinard, pour qu'elle ne s'envole pas.

» À l'époque, tout ce que je voulais, c'était me tirer du quartier et ne plus voir mon vieux. Alors j'avais de bonnes notes et je pratiquais des sports que je n'aimais pas vraiment, donc j'ai eu une bourse à l'UCLA. Et je m'arrangeais pour rester à tout prix dans les dix premiers de la classe parce qu'à l'époque, le seul Livre de la Main gauche qui existait était réservé aux GI qui s'étaient battus pendant la guerre. Mon père m'envoyait de l'argent pour les livres, mais la seule fois où je lui ai demandé de l'argent pour autre chose, c'est quand j'ai paniqué parce que j'avais été recalé en français et que je lui ai écrit. Alors je t'ai rencontrée. Et plus tard, j'ai appris de M. Halleck, au coin de la rue, que mon père avait menacé de saisir sa voiture pour lui faire cracher les deux cents dollars.

» Et maintenant je t'ai, et nous avons Todd. J'ai toujours pensé que c'était un garçon vraiment bien et j'ai voulu être sûr qu'il aurait tout ce dont il aurait besoin… tout ce qui pourrait l'aider à devenir un mec bien. Il y a une vieille rengaine qui me faisait toujours rire, celle du type qui veut que son fils soit mieux que lui, mais en vieillissant c'est moins drôle et de plus en plus vrai. Je ne voudrais pas que Todd soit jamais obligé de porter un pantalon du secours populaire parce qu'une femme d'ivrogne s'achète un jambon à crédit. Tu comprends ?

— Oui, bien sûr je comprends, dit-elle doucement.

— Et puis, il y a peut-être dix ans, juste avant que mon père finisse par être fatigué de se battre contre les types de la rénovation urbaine et prenne sa retraite, il a eu une petite attaque. Il est resté dix jours à l'hôpital. Et les gens du voisinage, les latinos et les boches et même les macaques qui sont arrivés dans le coin vers 1955… ils ont payé sa note. Jusqu'au dernier foutu cent. Je n'arrivais pas à y croire. Et ils ont tenu la boutique, en plus. Fiona Castello a fait se relayer quatre ou cinq de ses potes au chômage. Quand mon vieux est revenu, les comptes étaient justes, au cent près.

— Waouh, dit-elle d'une voix douce.

— Tu sais ce qu'il m'a dit, mon vieux ? Qu'il avait toujours eu peur de vieillir, d'avoir la trouille et d'avoir mal tout seul. D'avoir à aller à l'hôpital et de ne plus pouvoir joindre les deux bouts. De mourir. Il m'a dit qu'après son attaque, il n'avait plus eu peur. Il m'a dit qu'il croyait pouvoir avoir une bonne mort. "Tu veux dire une mort heureuse, papa ? je lui ai demandé. — Non, il a dit. Je ne crois pas qu'on puisse mourir heureux, Dickie." Il m'a toujours appelé Dickie, il le fait encore d'ailleurs, et je crois que c'est encore un truc que je n'arriverai jamais à aimer. Il disait qu'à son avis, personne n'avait une mort heureuse, mais qu'on pouvait avoir une bonne mort. Ça m'a impressionné. »

Il resta longtemps pensif.

« Ces derniers cinq ou six ans, j'ai pu prendre un peu de distance en pensant à mon vieux. Peut-être parce qu'il est là-bas, à San Remo, qu'il n'est plus dans mes pattes. Je me suis mis à penser que peut-être le Livre de la Main gauche n'était pas une mauvaise idée. C'est à partir de ce moment-là que j'ai commencé à m'inquiéter pour Todd. Je voulais tout le temps essayer de lui dire qu'il y a pour moi peut-être des choses plus importantes dans la vie que de pouvoir vous emmener un mois à Hawaii ou d'avoir les moyens de lui acheter des pantalons qui ne sentent pas la naphtaline comme ceux du secours populaire. Je ne suis jamais arrivé à lui parler de ce genre de choses. Mais je me dis qu'il doit le savoir. Et cela m'enlève un grand poids.

— Ses lectures pour M. Denker, tu veux dire ?

— Oui. Cela ne lui rapporte rien. Denker ne pourrait pas le payer. D'un côté il y a ce vieux bonhomme, à des milliers de miles de ses parents ou de ses amis encore vivants, un vieux bonhomme qui représente tout ce dont mon père avait peur. Et de l'autre il y a Todd.

— Je n'y avais jamais pensé de cette façon-là.

— As-tu remarqué comment réagit Todd quand on lui parle du vieux ?

— Il ne dit pas grand-chose.

— Bien sûr. Il ne sait plus quoi dire, il est gêné, comme s'il avait honte de quelque chose. Tout à fait comme mon père quand on voulait le remercier d'avoir fait crédit. Nous sommes la main droite de Todd, c'est tout. Toi et moi et tout le reste — la maison, les vacances de ski à Tahoe, la Thunderbird dans le garage, sa TV en couleurs. Tout ça, c'est sa main droite. Et il ne veut pas que nous sachions ce que fait sa main gauche.

— Donc, tu ne crois pas qu'il voie trop ce Denker ?

— Chérie, regarde ses notes ! Si elles baissaient, je serais le premier à mettre le hola, assez comme ça, ça suffit, ne plonge pas. S'il avait des ennuis, cela se verrait d'abord dans ses notes. Et qu'est-ce qu'elles donnent ?

— Aussi bonnes que d'habitude, depuis son faux pas.

— Alors, de quoi parlons-nous ? Écoute, baby, j'ai une réunion à neuf heures. Si je ne dors pas un peu, je serai vaseux.

— Bien sûr, dors, dit-elle avec indulgence. Elle l'embrassa légèrement sur l'omoplate quand il se retourna. Je t'aime.

— Je t'aime aussi, dit-il, bien installé, en fermant les yeux. Tout va bien, Monica. Tu t'inquiètes trop.

— Je sais bien. Bonne nuit. »

Ils s'endormirent.

« Arrête de regarder par la fenêtre, dit Dussander. Il n'y a rien qui puisse t'intéresser. »

Todd le regarda, maussade. Son livre d'histoire était

ouvert sur la table, montrant une reproduction en couleur : Teddy Roosevelt franchissant la colline de San
Juan, les Cubains réduits à l'impuissance s'écroulant
sous les sabots de son cheval. Le général avec un
grand sourire américain, le sourire de celui qui sait que
Dieu est de son côté et que tout cède à la force. Todd
Bowden ne souriait pas.

« Vous aimez traiter les gens comme des esclaves,
n'est-ce pas ? demanda-t-il.

— J'aime être un homme libre. Travaille.

— La bite au cul.

— Quand j'avais ton âge, répondit Dussander, on
m'aurait lavé la bouche à la lessive pour avoir dit ça.

— Les temps changent.

— Vraiment ? » Dussander but une gorgée. « Travaille. »

Todd le regarda en face. « Vous n'êtes rien d'autre
qu'un foutu alcoolo. Vous le savez ?

— Travaille.

— *La ferme !* » Todd referma son livre d'un coup
sec qui claqua comme un coup de fusil dans la cuisine.
« Je n'arriverai jamais à rattraper, de toute façon. Pas à
temps pour l'exam. Il reste cinquante pages de cette
merde, tout, jusqu'à la Seconde Guerre mondiale.
Demain, à l'étude, je copierai une feuille.

— Tu ne feras rien de ce genre ! lança durement le
vieil homme.

— Pourquoi pas ? Qui m'en empêchera ? Vous ?

— Gamin, tu as encore du mal à comprendre l'enjeu de notre partie. Tu crois que cela me plaît de te garder ton nez morveux dans tes livres ? » Sa voix monta,
tranchante, exigeante, une voix de commandement.
« Tu crois que cela m'amuse d'écouter tes crises de
nerfs, tes injures puériles ? La bite au cul », l'imita

férocement Dussander en prenant une voix de fausset qui fit rougir Todd jusqu'aux sourcils. «La bite au cul, et alors, qu'est-ce qu'on s'en fout, je le ferai demain, la bite au cul!

— En tout cas, vous aimez ça! cria Todd en retour. Ouais, vous aimez ça! Les seuls moments où vous ne ressemblez pas à un zombie c'est quand vous me tombez dessus! Alors merde, foutez-moi un peu la paix!

— Si on te prend à copier un exam, qu'est-ce qui va se passer, à ton avis? Qui l'apprendra en premier?»

Todd regarda ses mains, ses ongles rongés, déchiquetés, et ne dit rien.

«Qui?

— Bon Dieu, vous le savez bien. Ed Caoutchouc. Et puis mes parents, je suppose.»

Dussander hocha la tête. «Je suppose aussi, moi. Travaille. Mets ce que tu veux copier dans ta tête, là où ça doit être.

— Je vous hais, dit Todd d'une voix morne. Vraiment.» Mais il rouvrit son livre et Teddy Roosevelt lui sourit, Teddy entrant au galop dans le vingtième siècle, un sabre à la main, les Cubains fuyant en désordre devant lui — peut-être même devant l'impétuosité de son sourire américain.

Dussander recommença à se balancer, tenant sa tasse à thé pleine de bourbon. «Voilà un bon garçon», dit-il presque avec tendresse.

Todd eut son premier rêve érotique la dernière nuit du mois d'avril, et il se réveilla au son de la pluie qui murmurait des secrets dans les feuilles et les branches de l'arbre devant sa fenêtre.

Dans le rêve, il se trouvait dans un des laboratoires de Patin. Il était debout à l'extrémité d'une très, très longue table. Une jeune fille pulpeuse et d'une beauté stupéfiante était attachée sur la table avec des sangles. Dussander était son assistant, vêtu d'un tablier blanc de boucher et de rien d'autre. Quand il se tournait vers les appareils de monitoring, Todd voyait ses fesses maigres frotter l'une sur l'autre comme des galets difformes et blanchâtres.

Il tendit quelque chose à Todd, quelque chose qu'il reconnut aussitôt sans l'avoir jamais vu. C'était un godemiché. Le bout était fait de métal poli et clignotait sous les néons, chrome impitoyable. Le gode était creux. Un fil noir en sortait comme un serpent, aboutissant à une poire en caoutchouc rouge.

« Vas-y, lui dit Dussander. Le Führer dit que tu as le droit. Il a dit que c'est la récompense de ton travail. »

Todd se regarda et vit qu'il était nu. Son petit pénis était en érection, fièrement dressé sur son mince duvet pubien. Il enfila le gode, qui le serrait, mais qui contenait une sorte de lubrifiant. Le frottement était agréable. Non, plus qu'agréable. C'était délicieux.

Il baissa les yeux sur la fille et sentit comme un curieux changement dans son esprit... comme s'il n'avait plus qu'à suivre un chemin tout tracé. D'un seul coup, tout allait bien. Des portes s'étaient ouvertes. Il allait les franchir. Il prit la poire en caoutchouc rouge dans la main gauche, se mit à genoux sur la table et s'arrêta un instant pour choisir sa position, tandis que sa bite de Norvégien faisait un angle aigu en jaillissant de son corps mince et enfantin.

Vaguement, de très loin, il entendait Dussander réciter : « Test numéro quatre-vingt-quatre. Électricité, stimuli sexuels, métabolisme. Basé sur la théorie de Thyssen sur le renforcement négatif. Le sujet est une jeune Juive d'environ seize ans, sans cicatrices, sans marques distinctives, sans infirmités connues... »

Elle cria quand le bout du godemiché la toucha. Todd trouva ce cri agréable, de même que ses vains efforts pour se dégager ou du moins pour refermer ses jambes.

C'est ce qu'ils ne peuvent pas montrer dans ces magazines de guerre, pensa-t-il, *mais ça existe quand même.*

Soudain il poussa et la pénétra brutalement, sans grâce. Elle hurla comme une sirène d'incendie.

Après s'être démenée dans tous les sens pour l'expulser, elle resta parfaitement immobile et patiente. Le lubrifiant du gode glissait et frottait sur l'érection du gamin. Délicieux. Paradisiaque. Les doigts de sa main gauche jouaient avec la poire en caoutchouc.

Dussander, très loin, énumérait pouls, pression artérielle, respiration, ondes alpha, ondes bêta, pénétrations.

Lorsque son corps s'approcha du point culminant, Todd ne bougea plus et appuya sur la poire. Les yeux de la fille, qui étaient fermés, s'ouvrirent d'un coup, exorbités. Dans la grotte rose de sa bouche, sa langue se mit à voleter. Ses bras et ses jambes frissonnèrent, mais c'était surtout dans sa poitrine que montait, redescendait, vibrait chaque muscle

(oh chaque muscle chaque muscle bouge serre se ferme chaque)

chaque muscle et la sensation ultime était

(l'extase)

oh c'était, c'était

(un tonnerre de fin du monde dehors)

Il se réveilla sur ce bruit et celui de la pluie. Il était

recroquevillé sur le côté, en une boule sombre, le cœur battant comme celui d'un sprinter. Son bas-ventre était couvert d'un liquide chaud et poisseux. Il eut un instant d'horreur panique, croyant être en train de se vider de son sang… puis il comprit ce que c'était *vraiment* et se sentit un peu dégoûté, nauséeux. Du sperme. Du foutre. La purée. La sauce. Des mots venus des palissades, des vestiaires, des toilettes de stations-service. Rien là-dedans qui lui fasse envie.

Il serra les poings, impuissant. Son orgasme de rêve lui revint, pâli, désormais absurde, effrayant. Mais ses nerfs étaient encore électrifiés, redescendant lentement de leur paroxysme. Cette scène finale, qui commençait à s'effacer, était répugnante et en même temps il ne pouvait y échapper comme la surprise qu'on a en mordant dans un fruit tropical qui ne doit sa douceur extraordinaire (on s'en rend compte une seconde trop tard) qu'à ce qu'il est pourri.

Alors l'idée lui vint. De ce qu'il aurait à faire.

Il n'y avait qu'un seul moyen pour qu'il puisse se retrouver. Il lui faudrait tuer Dussander. C'était la seule façon. Fini de jouer, fini de raconter des histoires. Il s'agissait de survivre.

« Tue-le et tout est fini », chuchota-t-il dans le noir, avec la pluie dehors dans l'arbre et le sperme qui séchait sur son ventre. Prononcer les mots les rendait vrais.

Dussander gardait toujours trois ou quatre bouteilles d'Ancient Age sur une étagère au-dessus de l'escalier de la cave, très raide. Il allait à la porte, l'ouvrait (déjà à moitié ivre, le plus souvent) et descendait deux marches. Puis il se penchait, posait une main sur l'étagère et saisissait la bouteille par le goulot avec l'autre main. Le sol de la cave n'était pas cimenté, mais la terre était dure et compacte et Dussander, avec une efficacité mécanique qui maintenant paraissait à Todd prussienne plutôt qu'allemande, la passait à l'huile une fois tous les deux mois pour empêcher les bêtes de se multiplier. Ciment ou pas, les vieux os se brisent facilement. Tous les vieillards ont des accidents. L'autopsie montrerait que « M. Denker » était imprégné de gnôle quand il était « tombé ».

Qu'est-ce qui s'est passé, Todd ?

Il n'a pas répondu à la sonnette alors j'ai pris la clef qu'il m'avait fait faire. Quelquefois il s'endormait. Je suis allé dans la cuisine et j'ai vu la porte de la cave ouverte. J'ai descendu les marches et il... il...

Ensuite, bien sûr, des larmes.

Ça marcherait.

Il serait de nouveau en possession de lui-même.

Todd resta longtemps dans le noir, à écouter le tonnerre s'éloigner vers l'ouest, sur le Pacifique, à écouter les bruits secrets de la pluie. Il se dit qu'il resterait éveillé toute la nuit, à sans cesse ressasser les mêmes choses. Mais il se rendormit quelques instants plus tard d'un sommeil sans rêves, un poing serré sous le menton. Il se réveilla le premier mai complètement reposé pour la première fois depuis plusieurs mois.

11

Mai 1975.

Pour Todd, ce vendredi fut le plus long de sa vie. Un cours après l'autre, assis sans rien entendre, il n'attendait que les cinq dernières minutes, celles où le professeur sortait son petit paquet de colles pour les distribuer. Chaque fois qu'un professeur s'approchait de son pupitre avec le paquet de cartes, Todd avait des sueurs froides. Chaque fois qu'il ou elle passait sans s'arrêter, il était submergé par des vertiges, presque une crise de nerfs.

Le pire, ce fut l'algèbre. Storrman s'approcha... hésita... et juste au moment où Todd s'était persuadé qu'il allait le dépasser, posa une EPS sur son bureau. Todd la regarda d'un œil froid. *Eh bien, ça y est*, pensa-t-il. *Point, jeu, set et match. À moins que Dussander ne pense à autre chose. Et j'en doute fort.*

Sans grand intérêt il retourna la colle pour voir de combien il avait manqué son C. Il ne devait pas s'en falloir de beaucoup, mais faites confiance à Storrman pour ne faire de cadeau à personne. Il vit que la colonne des notes était complètement vide — l'emplacement des lettres et celui des chiffres. Dans la colonne OBSERVATIONS il y avait un message : *Je suis bien content de ne pas avoir à t'en donner une pour de VRAI! Chas. Storrman.*

Son malaise revint, plus violent cette fois, un grondement qui lui traversa la tête. Il eut l'impression d'être un ballon gonflé à l'hélium. Todd s'agrippa au pupitre de toutes ses forces, cramponné à une seule idée avec l'énergie du désespoir : *Tu ne vas pas t'évanouir, pas t'évanouir, pas t'évanouir.* Peu à peu, les vagues de vertige se calmèrent, et il lui fallut refréner une envie folle de courir après Storrman, de se mettre face à lui et de lui arracher les yeux avec le crayon bien taillé qu'il avait à la main. Pendant ce temps, son visage resta parfaitement vide. Le seul signe qu'il se passait quelque chose en lui était le léger tic qui lui secouait une paupière.

Un quart d'heure plus tard, l'école était finie pour la semaine. Todd fit lentement le tour du bâtiment jusqu'au garage à vélos, la tête basse, les poings enfoncés dans les poches, ses livres coincés au creux de son bras droit, sans voir les élèves qui couraient et criaient. Il jeta ses livres sur son porte-bagages, déverrouilla l'antivol de la Schwinn et s'éloigna. Vers Dussander.

Aujourd'hui, se dit-il. *Aujourd'hui c'est ton jour, vieux.*

« Ainsi, dit Dussander en versant du bourbon dans sa tasse quand Todd entra dans la cuisine, l'accusé sort du tribunal. Que vous a-t-on dit, prisonnier ? » Il portait son peignoir et une paire de chaussettes en laine pelucheuse, qui lui montaient à mi-mollet. Il serait facile, se dit Todd, de glisser avec des chaussettes comme ça. Il jeta un œil à la bouteille entamée. Elle en était à trois doigts de la fin.

« Ni D, ni F, ni colles, répondit Todd. J'aurai encore à changer quelques notes en juin, mais seulement les moyennes. Si je continue à travailler, je n'aurai que des A et des B pour le trimestre.

— Oh, tu vas continuer, c'est sûr. Nous y veillerons. » Il finit son verre et se resservit. « Il faut fêter ça. » Le vieil homme avait la voix légèrement pâteuse, à peine, mais Todd savait que le vieil enculé était aussi saoul que possible. Oui, aujourd'hui. Il fallait que ce soit aujourd'hui.

Mais il restait calme.

« Fêter la merde au cul, répondit-il.

— Je crains que le livreur n'ait pas encore apporté le caviar et les truffes, continua Dussander en l'ignorant. On a tellement de mal à se faire servir par les temps qui courent. Quelques biscuits Ritz et un peu de Velveeta en attendant ?

— Okay, dit Todd. J'en ai rien à foutre. »

Dussander se leva (heurtant la table du genou, ce qui le fit grimacer) et alla jusqu'au frigo dont il sortit le fromage. Puis il prit un couteau dans le tiroir, une assiette dans le buffet et un paquet de biscuits dans la boîte à pain.

« Le tout soigneusement imprégné d'acide prussique », dit-il en posant fromage et biscuits sur la table. Il souriait, et Todd vit qu'une fois de plus, il n'avait pas mis son dentier. Pourtant, il lui rendit son sourire.

« Quel calme aujourd'hui ! s'écria Dussander. Je m'attendais à ce que tu fasses la roue tout le long du couloir. » Il vida le fond de la bouteille dans sa tasse, but et claqua des lèvres.

« Je dois encore être sous le coup », dit Todd. Il mordit dans un biscuit. Cela faisait longtemps qu'il ne refusait plus ce que le vieux lui offrait à manger. Dussander croyait qu'il y avait une lettre chez un ami — il n'y en avait pas, bien sûr. Todd avait des amis, mais personne à qui faire confiance à ce point. Il supposait que Dussander s'en doutait depuis longtemps, mais il était sûr qu'il n'irait pas jusqu'au meurtre pour le vérifier.

« De quoi allons-nous parler aujourd'hui ? demanda Dussander en finissant la dernière gorgée. Je t'accorde un jour de congé, qu'en penses-tu ? Uh ? Uh ? » Quand il avait bu, son accent ressortait. Un accent que Todd s'était mis à haïr. Mais aujourd'hui, l'accent lui convenait. Tout lui convenait. Il se sentait parfaitement calme. Il regarda ses mains, les mains qui devraient pousser le vieux, et elles avaient leur aspect habituel. Elles ne tremblaient pas, elles étaient tranquilles.

« Je m'en fous, répondit-il. Comme vous voudrez.

— Te parlerai-je de ce savon spécial que nous fabriquions ? De nos expériences d'homosexualité forcée ? Ou peut-être préfères-tu savoir comment je me suis échappé de Berlin après avoir fait l'idiotie d'y revenir ? Il s'en est fallu de peu, je te le dis. » Il fit mine de se raser une joue hérissée de poils, éclata de rire.

« N'importe quoi, dit Todd. Vraiment. » Il regarda Dussander examiner la bouteille vide et se lever en la tenant d'une main. Le vieil homme alla la jeter dans la corbeille à papier.

« Non, rien de tout cela, je pense. Tu n'as pas l'air d'être d'humeur. » Il réfléchit un moment près de la corbeille, puis traversa la cuisine jusqu'à la porte de la cave. Ses chaussettes en laine chuintaient sur le linoléum irrégulier. « Aujourd'hui je crois que je vais plutôt te raconter l'histoire d'un vieil homme qui avait peur. »

Dussander ouvrit la porte de la cave. Il tournait maintenant le dos à la table. Todd se leva sans bruit.

« Il avait peur, continua Dussander, d'un certain jeune garçon qui, d'une curieuse façon, était son ami. Un garçon très malin. Sa mère disait que c'était un "élève doué", et le vieil homme avait découvert que c'était effectivement un élève doué… mais peut-être autrement que sa mère le pensait. »

Dussander tripota le vieil interrupteur fixé au mur, essayant de le tourner de ses doigts raides et maladroits. Todd avança — glissa quasiment — sur le linoléum, évitant les endroits où il pouvait grincer ou craquer. Il connaissait cette cuisine aussi bien que la sienne, maintenant. Peut-être mieux.

« Au début, le garçon n'était pas l'ami du vieil homme. » Dussander réussit enfin à tourner l'interrupteur. Il descendit la première marche avec la prudence d'un ivrogne expérimenté. « Au début, le vieil homme détesta considérablement le gamin. Puis il se mit à… prendre plaisir à sa compagnie, tout en continuant à le détester. » Il avait levé les yeux vers l'étagère mais se tenait toujours à la rampe. Todd, calme — non, *glacé* maintenant — arriva derrière lui, se demandant s'il pourrait pousser assez fort pour lui faire lâcher prise. Il préféra attendre que Dussander se penche en avant.

« Le plaisir du vieil homme venait en partie d'un sentiment d'égalité, continua Dussander d'un ton pensif. Vois-tu, le gamin et le vieil homme se tenaient l'un l'autre à la gorge. Chacun savait quelque chose que l'autre voulait garder secret. Alors… ah, alors il devint évident pour le vieil homme que les choses changeaient. Oui. Il perdait son emprise sur le garçon — en partie ou complètement, selon le degré de désespoir du garçon et son intelligence. Au cours d'une longue nuit sans sommeil, il lui vint à l'esprit qu'il vaudrait mieux pour lui prendre une nouvelle emprise sur le gamin. Pour sa sécurité. »

À ce moment Dussander lâcha la rampe et se pencha au-dessus des marches abruptes, mais Todd ne fit pas un geste. Le froid qui lui glaçait les os fondait peu à peu, et à la place, la colère et la honte lui colorèrent les joues. Quand Dussander attrapa sa bouteille, Todd se dit méchamment que le vieux avait la cave la plus malodorante de la ville, huile ou pas huile. On aurait dit qu'il y avait un mort là-dedans.

« Alors le vieil homme se leva du lit sans plus attendre. Qu'est-ce que le sommeil pour un vieil homme ? Pas grand-chose. Et il s'installa à son petit bureau, pensant à l'astuce avec laquelle il avait empêtré le gamin dans les crimes qu'il tenait suspendus au-dessus de sa tête. Se souvenant à quel point le gamin avait travaillé dur, très dur, pour faire remonter ses notes. Et de ce que, une fois ce point réglé, le gamin n'aurait plus besoin que le vieil homme reste en vie. Et que si le vieil homme mourait, le gamin serait libre. »

Il se retourna enfin, une bouteille pleine à la main.

« Je t'ai entendu, tu sais, dit-il, presque avec douceur. Dès que tu as repoussé ta chaise pour te lever. Tu n'es pas aussi silencieux que tu crois, gamin. Pas encore, en tout cas. »

Todd ne dit rien.

« Donc, s'exclama Dussander, tandis qu'il rentrait dans la cuisine et repoussait fermement la porte de la cave, le vieil homme a tout noté, *nicht wahr ?* Il a tout mis noir sur blanc du premier au dernier mot. Quand il a fini par en venir à bout, c'était presque le matin et son arthrite lui brûlait la main — cette *verdammt* arthrite — mais il se sentait bien, pour la première fois depuis des mois. Il se sentait *à l'abri*. Il se remit au lit et dormit jusqu'au milieu de l'après-midi. En fait, s'il avait dormi plus longtemps, il aurait manqué son feuilleton favori — *Hôpital Général*.

Dussander regagna son fauteuil à bascule, s'y installa, sortit un vieux canif à manche d'ivoire et se mit à découper soigneusement le capuchon qui scellait la bouteille de bourbon.

« Le lendemain, le vieil homme mit son plus beau costume et se rendit à la banque où il avait son petit compte chèque et ses économies. Il s'adressa à l'un des employés. Lequel répondit de façon très satisfaisante à toutes ses questions. Il commença par louer un coffre. L'employé expliqua au vieil homme qu'il aurait une clef et que la banque en aurait une autre. Pour ouvrir le coffre, il faudra les deux clefs. Personne d'autre que le vieil homme ne pourrait utiliser sa clef sans une autorisation devant notaire signée par le vieil homme en personne. À une exception près. »

Dussander eut un sourire édenté devant le visage pâle et crispé du garçon.

« Cette exception est prévue en cas de décès du locataire du coffre. » Toujours en regardant Todd, toujours en souriant, Dussander remit le canif dans la poche de son peignoir, dévissa le bouchon de la bouteille et remplit à nouveau sa tasse.

« Qu'est-ce qui se passe alors ? demanda Todd d'une voix rauque.

— Alors, le coffre est ouvert en présence d'un employé de la banque et d'un représentant du Trésor. On fait l'inventaire du contenu. Dans ce cas, ils n'y trouveront qu'une douzaine de pages manuscrites. Non imposables… mais extrêmement intéressantes. »

Les mains de Todd rampèrent l'une vers l'autre, s'agrippèrent nerveusement. « Vous ne pouvez pas faire ça », dit-il d'un ton choqué. Incrédule. La voix de celui qui verrait quelqu'un marcher au plafond. « Vous ne pouvez… ne pouvez pas faire ça.

— Mon garçon, dit gentiment Dussander, je l'ai fait.

— Mais… je… vous… » Soudain sa voix s'éleva en un hurlement d'angoisse. « Vous êtes *vieux !* Vous ne savez pas que vous êtes *vieux ?* Vous pouvez mourir ! *Vous pouvez mourir n'importe quand !* »

Dussander se leva et alla prendre un petit verre dans un placard, un verre qui avait jadis contenu de la confiture, avec des personnages de dessins animés en train de danser autour du bord. Todd les connaissait tous — Fred et Wilma Flinstone, Barney et Betty Rubble, Pebbles et Bamm Bamm. Il avait grandi avec eux. Il regarda Dussander essuyer le verre avec un torchon, presque cérémonieux. Il regarda Dussander y verser un doigt de bourbon.

«Pour quoi faire? marmonna Todd. Je ne bois pas. C'est bon pour les pauvres clodos comme vous.

— Lève ton verre, gamin. C'est une occasion spéciale. Aujourd'hui tu bois.»

Todd le fixa longuement, puis leva son verre. Dussander le heurta gaiement avec sa tasse en faïence bon marché.

«Portons un toast, gamin — longue vie! Longue vie à nous deux! *Prosit!*» Il vida son bourbon d'un trait et se mit à rire, se balançant d'avant en arrière, ses chaussettes claquant sur le linoléum. Il riait. Todd pensa qu'il n'avait jamais tant ressemblé à un vautour, un vautour en peignoir de bain, un répugnant charognard.

«Je vous hais», murmura-t-il, et Dussander manqua s'étrangler tout en riant. Son visage devint couleur brique et on aurait dit qu'il toussait, riait et étouffait tout à la fois. Todd, effrayé, se leva aussitôt et lui tapa dans le dos jusqu'à ce que la quinte fût passée.

«*Danke schön*, dit-il. Bois ton verre. Cela te fera du bien.»

Todd obéit. Le bourbon avait un goût infect de sirop pour la toux et alluma un feu dans ses entrailles.

«Je n'arrive pas à croire que vous puissiez boire cette merde toute la journée», dit-il en frissonnant. Il reposa le verre sur la table. «Vous devriez arrêter. Arrêter de boire et de fumer.

— Ton souci de ma santé est très touchant.» Dussander sortit un paquet de cigarettes froissé de la poche où avait disparu le canif. «Et je suis tout aussi soucieux de ton bien-être, mon garçon. Je lis presque chaque jour dans le journal qu'un cycliste s'est fait tuer à un carrefour. Tu devrais arrêter. Tu devrais marcher. Ou prendre le bus, comme moi.

— Allez vous faire enculer ! s'écria Todd.

— Mon garçon, répondit le vieil homme en se reversant du bourbon et en recommençant à rire. Nous nous enculons l'un l'autre — tu ne le savais pas ?»

Une semaine plus tard, environ, Todd était assis sur un quai désaffecté de l'ancienne gare, en train de lancer des morceaux de mâchefer au travers des rails rouillés et envahis par les mauvaises herbes.

Pourquoi ne pas le tuer de toute façon ?

Parce qu'il avait un esprit logique, vint logiquement la réponse. Il n'y avait aucune raison. Tôt ou tard Dussander allait mourir, et plus tôt que tard, étant donné ses habitudes. Qu'il assassine Dussander ou que le vieux meure d'une crise cardiaque dans sa baignoire, tout serait dévoilé. Il pourrait au moins avoir le plaisir de tordre le cou du vieux vautour.

Tôt ou tard — cette phrase résistait à la logique.

Ce sera peut-être tard, pensait Todd. *Cigarettes ou pas, gnôle ou pas, ce vieux salopard est costaud. Il a duré jusqu'à maintenant, alors… alors c'est peut-être pour plus tard.*

Il entendit, en dessous de lui, un vague ronflement.

Todd sauta sur ses pieds, lâchant sa poignée de mâchefer. Le ronflement se répéta.

Il se figea, prêt à courir, mais le bruit ne revint pas. À neuf cents mètres, une autoroute à huit voies barrait l'horizon de ce cul-de-sac plein d'ordures et de mauvaises herbes, peuplé de baraques abandonnées, de barrières rouillées et de quais en bois gondolés, remplis d'échardes. Là-haut sur l'autoroute, les voitures brillaient comme des scarabées exotiques aux cara-

paces vernies. Huit voies pleines de voitures, et ici rien
que Todd, quelques oiseaux… et la chose qui avait
ronflé.

Il se mit à quatre pattes, prudemment, et regarda
sous le quai abandonné. Il y avait un ivrogne allongé
au milieu des herbes jaunies, des boîtes vides et des
vieilles bouteilles sales. Impossible de dire son âge
— Todd lui donnait entre trente et trois cents ans. Il
portait un lambeau de tee-shirt amidonné par du vomi
séché, un pantalon vert trop grand pour lui et des
chaussures d'ouvrier en cuir gris et crevassé. Les
fentes bâillaient comme des cris de souffrance. Todd
pensa qu'il avait la même odeur que la cave du vieux.

Les yeux injectés de sang du clochard s'ouvrirent
lentement, fixant Todd d'un regard trouble, dénué
d'étonnement. Le garçon pensa au couteau suisse qu'il
avait dans sa poche, le modèle Angler. Il l'avait acheté
presque un an avant dans une boutique de sport sur la
plage de Redondo. Il entendait encore l'employé qui
s'était occupé de lui : *Tu ne pourrais pas choisir un
meilleur couteau, fiston — un couteau comme celui-là
pourra te sauver la vie un jour. Nous vendons quinze
cents couteaux suisses bon an mal an.*

Mille cinq cents par an.

Il mit la main dans sa poche et agrippa le couteau.
En esprit il revoyait le canif de Dussander tourner lentement autour du goulot de la bouteille de bourbon,
découpant la capsule. L'instant d'après, il s'aperçut
qu'il avait une érection.

Une terreur froide l'envahit.

L'ivrogne passa une main sur ses lèvres craquelées
puis les lécha avec une langue que la nicotine avait
colorée à jamais d'un jaune sinistre. « T'as dix cents, le
gosse ? »

Todd le regarda, impassible.

« Faut que j'aille à L.A. Besoin de dix cent pour le bus. J'ai un rendez-vous, moi. Une proposition de boulot. Un chouette gosse comme toi doit bien avoir dix cents. P'têt' même vingt-cinq. »

Oui m'sieur, vous pourriez vider un bon Dieu de brochet avec un couteau comme celui-là... Bon Dieu, vous pourriez vider un de ces foutus requins s'il le fallait. Nous en vendons quinze cents par an. En Amérique, toutes les boutiques de sport et tous les surplus de l'Armée et de la Marine en vendent et si vous choisissez de vous en servir pour nettoyer un vieil ivrogne crasseux et merdeux, personne ne pourra remonter jusqu'à vous, absolument PERSONNE.

Le clodo baissa la voix, qui devint un murmure confidentiel, ténébreux. « Pour une thune je te suce, tu trouveras pas mieux. Tu te feras gicler le cerveau, gosse, tu te... »

Todd sortit sa main de sa poche. Avant de l'ouvrir, il n'était pas sûr de ce qu'il y avait dedans. Deux quarters. Deux nickels. Dix cents. Quelques sous. Il les lança au clochard et s'enfuit.

12

Juin 1975.

Todd Bowden, âgé désormais de quatorze ans, remonta en pédalant l'allée de Dussander et posa son vélo sur sa béquille. Le *L.A. Times* était sur la première marche ; il le ramassa, regarda la sonnette et en dessous les inscriptions proprettes toujours en place : ARTHUR

DENKER, NI QUÊTEURS NI VENDEURS NI REPRÉSENTANTS. Bien sûr, maintenant, il ne prenait plus la peine de sonner ; il avait sa clef.

On entendait pas loin le hoquet saccadé d'une tondeuse. La pelouse de Dussander aurait besoin d'être tondue ; il faudrait qu'il lui dise de trouver un gosse avec une machine. Le vieil homme oubliait de plus en plus souvent ce genre de détails. C'était peut-être la sénilité, peut-être l'effet décapant du bourbon sur son cerveau. C'était plutôt une réflexion d'adulte pour un gosse de quatorze ans, mais il n'était même plus surpris par ce genre d'idées. Il pensait souvent comme un adulte, ces derniers temps. Et en général, ça n'avait rien d'exaltant.

Il entra.

Il eut comme d'habitude un instant de terreur froide en entrant dans la cuisine et en voyant Dussander écroulé de travers dans son fauteuil à bascule, une tasse sur la table à côté d'une bouteille de bourbon à moitié vide. Une cigarette avait brûlé jusqu'au bout, laissant sa fine cendre grise dans un couvercle de mayonnaise où il y avait d'autres mégots écrasés. La bouche du vieil homme était ouverte. Il avait le teint jaune. Ses grandes mains pendaient mollement par-dessus les accoudoirs. On aurait dit qu'il ne respirait plus.

« Dussander, dit-il un peu trop durement. Lève-toi et marche, Dussander. »

Il fut soulagé de voir le vieil homme tressaillir, cligner des yeux et finalement se redresser.

« C'est toi ? Si tôt ?

— Ils nous laissent sortir plus tôt le dernier jour », dit Todd. Il montra du doigt la cigarette dans le couvercle de mayonnaise. «Un jour, vous ferez brûler la maison avec ça.

— Peut-être», répondit Dussander, indifférent. Il sortit son paquet en tâtonnant, éjecta une cigarette (qui roula presque jusqu'au bord de la table avant qu'il ne la rattrape), et finit par l'allumer. Il s'ensuivit une quinte de toux prolongée, et Todd se crispa de dégoût. Quand le vieux se laissait vraiment aller, il s'attendait presque à le voir cracher sur la table des morceaux de poumons gris et noirs… probablement en souriant.

Finalement la toux se calma suffisamment pour qu'il puisse parler. «Qu'est-ce que tu as là?

— Mon bulletin.»

Dussander le prit, l'ouvrit, et le tint à bout de bras pour pouvoir le lire. «Anglais… A. Histoire américaine… A. Sciences naturelles… B plus. Ma classe et moi… A. Français… B moins. Algèbre… B.» Il reposa le bulletin. «Très bien. Comment on dit en argot? Nous avons récupéré tes billes, gamin. Devras-tu changer certaines des moyennes de la dernière colonne?

— Le français et l'algèbre, mais pas plus de huit ou neuf points en tout. Je pense qu'on ne saura jamais rien de tout ça. Et je suppose que c'est grâce à vous. Je n'en suis pas fier, mais c'est la vérité. Alors merci.

— Quel discours touchant, dit Dussander qui recommença à tousser.

— Je pense que je ne vais plus vous voir trop souvent à partir de maintenant», dit Todd, et la toux du vieil homme s'arrêta net.

«Non? dit-il, encore assez poliment.

— Non. Nous allons passer un mois à Hawaii à partir du vingt-cinq juin. En septembre j'irai à l'école de l'autre côté de la ville. C'est cette histoire de ramassage scolaire.

— Oh oui, les *Schwartzen*, dit Dussander, regardant distraitement une mouche traverser les carreaux rouges et blancs de la toile cirée. Cela fait vingt ans que ce pays s'inquiète et se plaint au sujet des *Schwartzen*. Mais nous connaissons la solution… n'est-ce pas, gamin ? » Il lui fit son sourire édenté. Todd baissa les yeux et son estomac se souleva, vieille nausée familière. La terreur, la haine, et l'envie de commettre un acte si horrible qu'il ne pouvait être pleinement envisagé qu'en rêve.

« Écoutez, j'ai l'intention d'aller à l'université, au cas où vous ne le sauriez pas, dit Todd. Je sais que ce n'est pas pour demain, mais j'y pense. Je sais même la matière que je veux étudier. L'histoire.

— Admirable. Celui qui ne tire pas les leçons du passé…

— Oh, la ferme. »

Dussander s'exécuta, presque aimablement. Il savait que le garçon n'était pas mûr… pas encore. Il joignit les mains sur ses genoux et le regarda.

« Je pourrais reprendre ma lettre à mon ami, laissa brusquement échapper Todd. Vous savez quoi ? Je vous la ferais lire, et puis je la brûlerais sous vos yeux. Si…

— … si je retirais un certain document de mon coffre en banque.

— Eh bien, ouais. »

Dussander poussa un long soupir, emphatique et lugubre. « Mon garçon, dit-il, tu ne comprends toujours pas la situation. Depuis le début, tu ne l'as jamais comprise. En partie parce que tu n'es encore qu'un enfant, mais pas seulement… même alors, même au début, tu étais un très *vieil* enfant. Non, le vrai coupable est ton absurde confiance en toi, si américaine, qui ne t'a jamais permis d'examiner les conséquences de ce que tu étais en train de faire… qui ne te le permet toujours pas. »

Todd voulut parler et Dussander leva une main impérieuse, comme le plus vieux flic du monde.

« Non, ne me contredis pas. C'est vrai. Va-t'en si tu veux. Quitte cette maison, disparais, ne reviens jamais. Puis-je t'en empêcher ? Non. Bien sûr que non. Amuse-toi à Hawaii pendant que je reste dans cette cuisine étouffante qui pue la graisse en attendant de voir si les *Schwartzen* de Watts se mettront une fois de plus à tuer des flics et à brûler leurs logements merdeux. Je ne peux pas t'en empêcher, pas plus que je ne peux m'empêcher de vieillir chaque jour. »

Il fixa Todd avec une telle intensité que celui-ci détourna les yeux.

« Au fond de moi, tout au fond, je ne t'aime pas. Rien ne peut m'obliger à t'aimer. Tu t'es imposé à moi. Tu es un intrus dans ma maison. Tu m'as fait ouvrir des cryptes qu'il aurait peut-être mieux valu laisser fermées, parce que j'ai découvert que ces cadavres avaient été enterrés vivants, et que quelques-uns ont *encore* un certain souffle.

» Toi-même tu as été pris au piège, mais dois-je te prendre en pitié pour cette raison ? *Gott im Himmel !* Tu as fait ton lit ; dois-je te prendre en pitié si tu dors mal ? Non… Je n'ai pas de pitié, et je ne t'aime pas, mais j'en suis venu à te respecter un peu. Alors n'abuse pas de ma patience en me faisant répéter ces explications. Nous pourrions récupérer ces documents et les détruire ici même, dans ma cuisine. Et pourtant ce ne serait pas fini. En fait nous ne serions pas plus avancés que nous ne le sommes à cette minute.

— Je ne vous comprends pas.

— Non, parce que tu n'as jamais réfléchi aux

conséquences de ce que tu as déclenché. Mais fais attention, mon garçon. Si nous brûlons nos lettres ici, dans ce couvercle, comment saurais-je que tu n'en as pas fait une copie ? Ou deux ? Ou trois ? À la bibliothèque il y a une Xerox et n'importe qui peut faire une photocopie pour un nickel. Pour un dollar, tu pourrais placarder une copie de mon arrêt de mort à tous les coins de rue sur une vingtaine de pâtés de maisons. Trois kilomètres d'arrêt de mort, gamin ! Imagine ça ! Peux-tu me dire comment je saurais que tu n'as pas fait une chose pareille ?

— Je… eh bien, je… je… » Todd s'aperçut qu'il bégayait et s'obligea à se taire. Sa peau le brûlait, tout d'un coup, et sans raison il se rappela quelque chose qui lui était arrivé quand il avait sept ou huit ans. Lui et un de ses amis traversaient en rampant une conduite passant sous l'ancienne route des poids lourds à la sortie de la ville. L'ami, plus mince que Todd, n'avait pas eu de problème… mais Todd était resté coincé. Il avait soudain pris conscience de l'épaisseur de terre et de rochers au-dessus de sa tête, de tout ce *poids noir*, et quand un semi était passé là-haut en direction de L.A., ébranlant le sol et faisant vibrer la conduite rouillée qui avait émis une note sourde et quelque peu sinistre, il s'était mis à pleurer et à se débattre stupidement, se lançant en avant, les jambes comme des pistons, hurlant pour appeler à l'aide. Il avait réussi à avancer et finalement, quand il était arrivé à s'extraire de la conduite, il s'était évanoui.

Dussander venait d'exposer un exemple de duplicité à ce point élémentaire qu'il ne lui était même jamais venu à l'esprit. Sa peau le brûlait de plus en plus. *Je ne vais pas pleurer*, pensa-t-il.

« Et comment saurais-tu que je n'ai pas déposé *deux*

exemplaires dans mon coffre… que j'en ai brûlé un tout en laissant l'autre là-bas ? »

Coincé. Je suis coincé cette fois comme dans la conduite, et qui vas-tu appeler à l'aide maintenant ?

Son cœur battit plus vite dans sa poitrine. Il sentit la sueur perler sur le dos de ses mains et sur sa nuque. Il se rappela ce qu'il avait ressenti dans la conduite, l'odeur de l'eau croupie, le contact froid des nervures métalliques, la façon dont tout avait tremblé quand le camion était passé. Il se souvint de ses larmes brûlantes et désespérées.

« Même si nous pouvions nous adresser à un tiers impartial, il y aurait toujours un doute. Le problème est insoluble, gamin. Sois-en persuadé. »

Coincé. Coincé dans la conduite. Pas moyen de sortir ce coup-là.

Il sentit le monde virer au gris. *J' vais pas pleurer. J' vais pas m'évanouir.* Il s'obligea à se maîtriser.

Dussander but une grande gorgée et regarda Todd par-dessus le bord du verre.

« Je vais te dire encore deux choses. La première, c'est que si on apprenait ton rôle dans cette affaire, ta punition serait plutôt légère. Il est même possible — non, plus que cela, probable — que cela ne sortirait jamais dans les journaux. Je t'ai terrorisé un jour avec la maison de correction, quand j'avais très peur que tu craques et que tu racontes tout. Mais est-ce que j'y crois ? Non… je m'en suis servi comme un père se sert du croquemitaine pour obliger un enfant à rentrer à la maison avant la nuit. Je ne crois pas qu'ils t'enverraient là-bas, pas dans un pays où on donne une tape sur la main des tueurs pour les renvoyer tuer à nouveau dans les rues après qu'ils ont passé deux ans à regarder la TV couleurs dans un pénitencier.

Mais cela pourrait tout de même te gâcher la vie. Il reste des archives… et les gens sont bavards. Toujours, ils parlent. On ne laisse pas dépérir un scandale aussi prometteur, on le met en bouteille, comme du vin. Et bien sûr, à mesure que les années passeront, ta culpabilité grandira en même temps que toi. Ton silence sera de plus en plus coupable. Si aujourd'hui la vérité était connue, les gens diraient "Mais ce n'est qu'un enfant… !" ne sachant pas, comme moi, quel *vieil* enfant tu es. Mais que diraient-ils, gamin, si la vérité sur mon compte, alliée au fait que tu sais tout depuis 1974 et *que tu n'as rien dit*, voyait le jour alors que tu es encore au lycée ? Ce serait grave. Si cela se passait à l'université, ce serait un désastre. Pour un jeune homme qui se lance dans les affaires… ce serait l'Armageddon. Tu comprends ce premier point ? »

Todd ne dit rien mais Dussander parut satisfait. Il hocha la tête.

Toujours en hochant la tête, il continua : « En second lieu, je ne crois pas que tu aies une lettre. »

Todd s'efforça de rester impassible comme un joueur de poker, mais il avait très peur que ses yeux ne se soient agrandis sous le choc. Dussander l'observait avidement, et le garçon prit soudain conscience de ce que ce vieil homme avait interrogé des centaines, peut-être des *milliers* de personnes. C'était un expert. Todd avait l'impression que son crâne était en verre et que tout était écrit à l'intérieur en grandes lettres lumineuses.

« Je me suis demandé en qui tu pourrais bien avoir une telle confiance. Qui sont tes amis… avec qui sors-tu ? À qui ce gamin, ce petit *gamin* autonome, froidement maître de lui, offre sa loyauté ? À personne, voilà la réponse. »

Les yeux de Dussander luisaient d'un éclat jaunâtre.

« Bien des fois je t'ai observé et j'ai fait les comptes. Je te connais, je te connais presque entièrement — non, pas vraiment, un être humain ne peut jamais savoir tout ce qu'un autre cache au fond du cœur — je sais mal ce que tu fais et qui tu vois en dehors de cette maison. Alors je me suis dit : "Dussander, tu as une chance de te tromper. Après toutes ces années, veux-tu te faire prendre et peut-être tuer parce que tu as mal jugé un gamin ?" Peut-être aurais-je pris le risque quand j'étais plus jeune — les chances étaient bonnes et le risque était mince. Pour moi, c'est très curieux, tu sais — plus on vieillit, moins on risque de perdre sur une question de vie et de mort… et pourtant on devient de plus en plus prudent. »

Il fixa durement Todd.

« J'ai une dernière chose à dire, et tu peux aller où tu veux. Ce que j'ai à dire, c'est, même si je mets en doute l'existence de ta lettre, ne mets pas en doute celle de la mienne. *Le document que je t'ai décrit existe.* Si je meurs aujourd'hui… demain… tout sera connu. *Tout.*

— Alors il n'y a plus rien pour moi, dit Todd avec un petit rire stupéfait. Vous ne voyez pas ça ?

— Mais si. Les années vont passer. Au fur et à mesure ton emprise sur moi perdra de sa valeur, parce que, même si j'attache toujours autant de prix à ma vie et à ma liberté, les Américains et — oui, même les Israéliens — auront de moins en moins intérêt à me les ôter.

— Ah ouais ? Alors, pourquoi ils ne relâchent pas ce type, Hess ?

— Si les Américains étaient les seuls gardiens — ces Américains qui relâchent les tueurs avec une tape sur la main —, ils le relâcheraient. Les Améri-

cains vont-ils accorder aux Israéliens l'extradition
d'un vieillard de quatre-vingts ans pour qu'ils le pendent comme ils ont pendu Eichmann ? Je pense que
non. Pas dans un pays où on met en première page des
journaux la photo du pompier qui va chercher un cha-
ton en haut d'un arbre.

» Non, ton emprise sur moi diminuera en même
temps que la mienne sur toi se renforcera. Il n'y a pas
de situation statique. Et il viendra un moment — si je
vis assez longtemps — où je déciderai que ce que tu
sais n'a plus d'importance. Alors je détruirai le document.

— Mais il peut vous arriver tant de choses avant
cela ! Les accidents, la maladie, l'épidémie… »

Dussander haussa les épaules. « Il y aura de l'eau si
Dieu le veut, nous la trouverons si Dieu le veut et nous
la boirons si Dieu le veut. Nous ne sommes pas maîtres
du destin. »

Todd regarda le vieil homme un long moment — un
très long moment. Il y avait des failles dans son argu-
mentation — il fallait qu'il y en ait. Une échappatoire,
une sortie de secours pour tous les deux ou pour Todd.
Une façon de retirer ses billes — c'est l'heure, les gars,
j'ai mal au pied, il faut que je me taille. Une sombre
vision des années à venir frémit quelque part derrière
ses yeux. Il la sentait qui attendait de naître à la
conscience. Partout où il irait, quoi qu'il fasse…

Il imagina un personnage de dessin animé avec une
enclume suspendue au-dessus de sa tête. Quand il terminerait le lycée, Dussander aurait quatre-vingt-un
ans, et ce ne serait pas fini. Quand il passerait son bac,
Dussander aurait quatre-vingt-cinq ans et ne se trouverait pas encore assez vieux. Il terminerait sa thèse et
passerait son diplôme l'année où Dussander, à quatre-

vingt-sept ans…, ne se sentirait peut-être pas encore en sécurité.

«Non, dit Todd d'une voix épaisse. Ce que vous dites… je ne peux pas affronter ça.

— Mon garçon, dit Dussander d'une voix douce, et Todd entendit pour la première fois et avec une horreur naissante le léger accent que le vieil homme avait mis sur le premier mot. Mon garçon, il le faut. »

Todd le regarda, sentant sa langue gonfler dans sa bouche jusqu'à lui remplir la gorge et manquer de l'étouffer. Alors il tourna les talons et sortit de la maison sans regarder où il allait.

Dussander contempla la scène sans laisser apparaître la moindre expression sur son visage, et quand la porte claqua et qu'il n'entendit plus les pas du gamin, ce qui signifiait qu'il avait pris son vélo, il alluma une cigarette. Il n'y avait bien sûr ni coffre ni document. Mais le gamin croyait à l'existence de ces choses, il y croyait sans réserve. Dussander était en sécurité. C'était fini.

Mais ce n'était pas fini.

Cette nuit-là, ils rêvèrent de meurtre tous les deux, et tous les deux se réveillèrent dans un mélange de terreur et d'exaltation.

Todd retrouva à son réveil une sensation familière, son bas-ventre poisseux. Dussander, trop vieux pour ce genre de choses, endossa l'uniforme SS et se recoucha, attendant que se calment les battements affolés de son cœur. L'uniforme bon marché commençait déjà à se râper.

Dans son rêve, il avait finalement atteint le camp au sommet de la colline. Le grand portail coulissa pour le laisser entrer, puis se referma avec un grondement sourd. Le portail et l'enceinte étaient électrifiés. Les êtres nus et décharnés qui le poursuivaient se jetèrent contre l'enceinte, vague après vague. Dussander leur rit au nez, se pavanant de long en large, bombant le torse, sa casquette inclinée exactement comme il le fallait. Une odeur forte et vineuse de chair brûlée remplit l'air nocturne, et il se réveilla en Californie du Sud en pensant à des feux follets, à la nuit quand les vampires cherchent les flammes bleues.

Deux jours avant le départ prévu des Bowden pour Hawaii, Todd retourna à l'ancienne gare où jadis des gens avaient pris des trains pour San Francisco, Seattle et Las Vegas, et où d'autres, encore avant, avaient pris le trolley pour Los Angeles.

Il arriva peu avant la tombée de la nuit. Au virage de l'autoroute, neuf cents mètres plus loin, la plupart des voitures avaient allumé leurs feux de position. Il faisait chaud, mais Todd avait tout de même mis un blouson en toile. En dessous, passé dans sa ceinture, il y avait un couteau de boucher enroulé dans une vieille serviette. Il avait acheté le couteau dans un hypermarché, un grand, entouré par des hectares de parking.

Il regarda sous le quai où il avait trouvé le clochard, un mois plus tôt. Son esprit tournait en rond, sans avoir prise sur rien ; il n'y avait en lui que des ombres noires sur fond noir.

Il trouva même le clochard, ou peut-être un autre, ils avaient tous à peu près la même allure.

« Hé ! dit Todd. Hé ! Tu veux un peu d'argent ? »

Le clochard se retourna en clignant des yeux. Il vit le grand sourire lumineux du garçon et se mit à sourire. L'instant d'après, le couteau de boucher plongea dans un éclat blanc de chrome et entailla la joue mal rasée.

Du sang gicla. Todd voyait la lame dans la bouche ouverte du clochard… la pointe accrocha un moment le coin gauche de la bouche, déformant les lèvres en un sourire tordu, absurde. Puis le couteau fabriqua lui-même le sourire, découpant le clochard comme une citrouille de Mardi gras.

Il donna trente-sept coups de couteau. Il les compta. Trente-sept y compris le premier qui avait traversé la joue du clochard et transformé son ébauche de sourire en rire monstrueux. Le clochard n'essaya plus de crier après le quatrième coup. Il n'essaya plus de ramper loin de Todd après le sixième. Ensuite, Todd s'était glissé sous le quai pour finir le travail.

En rentrant chez lui, il jeta le couteau dans la rivière. Il y avait des taches de sang sur son pantalon. Il le jeta dans la machine qu'il régla sur lavage à eau froide. Il y avait encore quelques traces décolorées quand il le sortit de la machine, mais peu importait. Elles disparaîtraient avec le temps. Le lendemain, il s'aperçut qu'il pouvait à peine lever le bras droit, et pas plus haut que son épaule. Il dit à son père qu'il avait dû se froisser un muscle en jouant au base-ball dans le parc avec ses copains.

« Ça ira mieux à Hawaii », lui dit Dick Bowden en lui ébouriffant les cheveux. Effectivement : au retour, son bras était comme neuf.

13

C'était de nouveau juillet.

Dussander, correctement vêtu de l'un de ses trois costumes (pas le meilleur), attendait à l'arrêt du bus le dernier omnibus de la journée pour rentrer chez lui. Il était onze heures moins le quart. Il avait vu un film, une comédie légère et pétillante qui lui avait beaucoup plu. Depuis le courrier du matin, il était resté de bonne humeur. Il avait reçu une carte postale du gamin, une photo aux couleurs brillantes de la plage de Waikiki avec à l'arrière-plan les gratte-ciel blancs comme l'ivoire des grands hôtels. Quelques mots étaient écrits au verso.

> Cher Monsieur Denker,
>   C'est vraiment un sacré endroit. Je suis allé nager tous les jours. Mon père a pris un gros poisson et ma mère rattrape ses lectures en retard (blague). Demain nous allons sur un volcan. J'essaierai de ne pas tomber dedans ! J'espère que vous êtes okay.
>
>   Continuez d'aller bien.
>   TODD.

Il souriait encore en repensant au sens de ces derniers mots quand une main lui toucha le coude.
« Monsieur ?
— Oui ? »
Il se retourna, sur ses gardes — même à Santo Donato, les agressions n'étaient pas inconnues — et l'odeur le fit reculer. On aurait dit un mélange de bière, d'haleine puante, de sueur séchée, peut-être de Musterole. C'était un clochard en pantalon informe, avec une chemise en flanelle et de très vieilles Keds réparées, avec du ruban adhésif crasseux. Le visage, au-dessus de cet ensemble disparate, ressemblait à la mort de Dieu.
« Vous auriez pas dix cents, monsieur ? Moi, faut que j'aille à L.A. Une proposition d'emploi. Il me faut juste

dix cents en plus pour l'express. Je demanderai pas si c'était pas la vraie occase pour moi. »

Dussander avait commencé à froncer les sourcils, mais son sourire revint.

« Vous voulez vraiment y aller en bus ? »

L'ivrogne eut un sourire malade, sans comprendre.

« Supposez que vous preniez le bus avec moi, proposa Dussander. Je peux vous offrir un verre, un repas, un bain et un lit. Tout ce que je demande en échange, c'est un peu de conversation. Je suis un vieil homme. Je vis seul. Parfois une compagnie est particulièrement bienvenue. »

Le sourire du clochard reprit brusquement sa santé quand la situation fut clarifiée. Il s'agissait d'un vieux pédé riche qui voulait s'encanailler.

« Tout seul chez vous ! Putain, chépas ? »

Dussander répondit à la grimace insinuante par un sourire poli. « Je vous demanderai seulement de ne pas vous asseoir près de moi dans le bus. Vous sentez plutôt fort.

— P'têt' vous voudrez pas que j'empuantisse votre maison, alors, dit l'ivrogne avec un regain de dignité chancelante.

— Venez, le bus arrive dans une minute. Descendez un arrêt après moi et revenez deux blocs en arrière. Je vous attendrai au coin. Le matin, je verrai ce que je peux faire. Peut-être deux dollars.

— P'têt' même cinq, dit l'autre gaiement, ayant oublié sa dignité, chancelante ou pas.

— Peut-être, peut-être », répondit Dussander, impatient, qui entendait approcher le grondement sourd du diesel. Il mit un quarter, le prix du trajet, dans la paume crasseuse du clochard et s'écarta de quelques pas sans regarder en arrière.

L'autre resta immobile, indécis, quand les phares du bus balayèrent la côte. Il n'avait pas bougé et contemplait le quarter en fronçant les sourcils quand le vieux pédé monta dans le bus sans se retourner. Le clochard s'éloigna de quelques pas, puis, à la dernière seconde, il fit demi-tour et monta juste avant la fermeture des portes. Il posa sa pièce dans l'appareil avec l'air de celui qui risque cent dollars sur un tocard, dépassa Dussander sans lui lancer plus qu'un regard et s'assit à l'arrière. Il sommeilla quelque temps, et quand il se réveilla, le vieux pédé riche était parti. Il descendit à l'arrêt suivant, sans savoir si c'était le bon, et sans s'en soucier vraiment.

Revenu en arrière sur deux blocs, il aperçut une vague silhouette sous un réverbère. C'était bien le vieux pédé. Il le regardait venir, debout comme au garde-à-vous.

Le clochard eut un frisson, une seconde d'inquiétude, l'envie de tourner les talons et d'oublier toute l'histoire.

Mais le vieil homme l'avait pris par le bras… et sa poigne était surprenante.

«Bien, dit le vieil homme. Je suis content que vous soyez venu. Ma maison est par là. Ce n'est pas loin.

— Peut-être même dix, ajouta le clochard, se laissant conduire.

— Peut-être même dix», dit le vieux pédé. Puis il rit. «Qui sait?»

14

L'année du bicentenaire était arrivée.

Todd vint voir Dussander une demi-douzaine de fois entre son retour de Hawaii en été 1975 et le voyage à Rome qu'il fit avec ses parents quand l'orgie de drapeaux, de tambours et de grands voiliers approchait de son apogée. Todd fut exceptionnellement autorisé à quitter l'école le premier juin, et ils rentrèrent trois jours avant le Quatre Juillet du bicentenaire.

Ces visites à Dussander se passaient en demi-teintes, sans rien de désagréable : ils découvrirent tous deux qu'ils pouvaient se montrer courtois l'un envers l'autre. Leurs échanges passaient plutôt par le silence que par les mots, et leurs conversations auraient endormi un agent du FBI. Todd raconta au vieil homme qu'il voyait de temps en temps une fille, une certaine Angela Farrow. Il n'était pas fou d'elle, mais c'était la fille d'une amie de sa mère. Le vieil homme lui dit qu'il s'était mis à la tapisserie, parce qu'il avait lu quelque part que c'était bon pour l'arthrite. Il lui montra plusieurs exemples de son travail, que Todd admira consciencieusement.

Le gamin avait pas mal grandi, n'est-ce pas ? (Eh bien, cinq centimètres.) Dussander avait-il arrêté de fumer ? (Non, mais il était obligé de fumer moins, parce que, autrement, il toussait trop.) Comment se passait son travail scolaire ? (Difficile, mais passionnant : il n'avait eu que des A et des B, avait atteint la finale d'un concours lancé par l'État grâce à son projet d'énergie solaire pour la Foire de la Science, et il pensait maintenant choisir l'anthropologie plutôt que l'histoire quand il entrerait à l'université.) Qui tondait la pelouse de Dussander cette année ? (Randy Chambers, qui habitait au coin — un bon garçon, mais un peu gros et lent.)

Cette année-là, Dussander avait liquidé trois clochards dans sa cuisine. On l'avait abordé une vingtaine de fois à l'arrêt du bus, en ville, et sept fois il avait fait son offre : un verre, un dîner, un bain et un lit. Il avait essuyé deux refus, et deux autres fois les clochards étaient tout simplement partis avec le quarter qu'il leur avait donné pour le trajet. En y réfléchissant, il avait imaginé une parade, et acheté un carnet de tickets. Deux dollars cinquante pour quinze trajets, et non échangeables chez les marchands de vin.

Dernièrement, quand il avait fait très chaud, Dussander avait senti une odeur désagréable monter de sa cave. Ces jours-là, il fermait hermétiquement portes et fenêtres.

Todd Bowden avait trouvé un clochard endormi dans une conduite désaffectée d'un terrain vague sur la route de Cienaga — c'était en décembre, pendant les vacances de Noël. Il était resté immobile, tremblant, les mains dans les poches, en regardant le clochard. Il était revenu dans le terrain vague six fois en cinq semaines, toujours avec le même blouson à moitié fermé pour cacher le marteau de charpentier enfoncé dans sa ceinture. Enfin il avait retrouvé le clochard — celui-là ou un autre, tout le monde s'en fout — l'après-midi du premier mars. Il avait commencé au marteau, et à un certain moment (il ne se souvenait plus quand ; tout baignait dans un brouillard rouge), il s'était servi de l'arrache-clous pour effacer le visage du clochard.

Pour Kurt Dussander, les clochards étaient une offrande à moitié cynique aux dieux qu'il avait finalement reconnus… ou retrouvés. Et il prenait du bon temps. Du coup il se sentait revivre. Il commençait à penser que les années passées à Santo Donato — avant que le gamin ne soit apparu sur son perron avec ses grands yeux bleus et son grand sourire américain —, il les avait vécues comme s'il était devenu vieux avant l'âge. Il venait de dépasser les soixante-cinq ans quand Todd était arrivé. Et maintenant il se sentait bien plus jeune.

L'idée d'un sacrifice aux dieux aurait commencé par faire sursauter Todd — mais il aurait pu éventuellement l'accepter. Après avoir poignardé le clochard sous le quai de l'ancienne gare, il avait cru que ses cauchemars allaient prendre de l'ampleur — peut-être même le rendre fou. Il s'était attendu à des vagues de culpabilité qui l'auraient paralysé, auraient pu le pousser à avouer ou à se tuer.

Au lieu de quoi il était allé à Hawaii avec ses parents et avait passé les meilleures vacances de sa vie.

En septembre il était entré au lycée avec l'impression étrange d'être tout frais, tout neuf, comme si une autre personne s'était glissée dans la peau de Todd Bowden. Des choses qui ne lui avaient fait aucun effet depuis qu'il était tout petit — la lumière du soleil juste après l'aube, le spectacle de l'océan derrière la jetée, la vue des gens qui se pressent dans une rue du centre à ce moment du crépuscule où les lumières s'allument —, ces choses s'imprimaient désormais dans son esprit comme une série de camées lumineux, d'images aussi précises que si elles avaient été plongées dans un bain galvanoplastique. Il sentait le goût de la vie comme une gorgée de vin prise à la bouteille.

Quand il avait aperçu le clochard dans sa conduite, les cauchemars avaient recommencé.

Le plus courant évoquait l'ivrogne qu'il avait poignardé dans la gare abandonnée. En rentrant de l'école, il déb"oula dans la cuisine, un joyeux *Hé, Monica-baby !* sur les lèvres, qui s'éteignit quand il vit le cadavre du clochard sur l'estrade dans le coin du petit déjeuner, écroulé sur l'établi de boucher qui servait de table, avec sa chemise et son pantalon puant encore le vomi. Du sang avait coulé sur le carrelage luisant, du sang avait séché sur les comptoirs en inox, et il y avait des empreintes sanglantes sur les placards en pin, naturel.

Épinglé sur la planche près du frigo, un message de sa mère : *Todd — Suis partie faire des courses. Je reviens à 3 h 30.* Au-dessus de la cuisinière Jenn-Air, les aiguilles de la pendule élégante marquaient 3 h 20, l'ivrogne mort se vautrait là-haut comme un affreux machin visqueux sorti de l'arrière-cave d'un chiffonnier, il y avait du sang partout et Todd se mit à vouloir nettoyer, essuyant tout ce qu'il voyait sans cesser de crier au clochard mort qu'il fallait qu'il s'en aille, qu'il le laisse tranquille, et l'ivrogne se prélassait et restait mort, souriant au plafond, et des ruisseaux de sang coulaient des entailles dont sa peau crasseuse était couverte. Todd arracha le balai O Cedar du placard et le passa sur le sol comme un insensé, voyant qu'il n'arrivait pas à éponger le sang mais seulement à le diluer, à le répandre plus loin, il était pourtant incapable d'arrêter. Au moment où il entendit la station-wagon de sa mère tourner dans l'allée, il comprit que l'ivrogne était Dussander. Après ces rêves, il s'éveillait en sueur, haletant, agrippé aux draps des deux mains.

Mais après qu'il eut finalement retrouvé le clochard dans sa conduite — celui-là ou un autre — et employé le marteau, les rêves disparurent. Il se dit qu'il lui faudrait tuer à nouveau, et plus d'une fois. C'était dommage, mais bien sûr ils n'avaient plus aucune utilité en tant que créatures humaines. Sauf pour Todd, naturellement. Et Todd, comme tous les gens qu'il connaissait, adaptait simplement son style de vie à ses besoins personnels à mesure qu'il vieillissait, En vérité, il était comme tout le monde. Il faut faire son propre chemin dans la vie : pour trouver sa voie, on est seul.

15

À l'automne de sa première année de lycée, Todd joua base arrière dans l'équipe des Cougars de Santo Donato et fut nommé pour le championnat. Au second trimestre, celui qui se terminait fin janvier 1977, il remporta le concours de l'essai patriotique de la Légion américaine. Ce concours était ouvert à tous les lycéens qui prenaient des cours d'histoire américaine. Le texte de Todd s'intitulait *La Responsabilité d'un Américain*. Pendant la saison de base-ball, il devint le lanceur vedette de son école, avec quatre victoires et aucune défaite. Trois cent soixante et un points de moyenne. En juin, à la distribution des prix, il fut nommé « Athlète de l'année » et l'entraîneur Haines lui décerna une médaille (Coach Haines, qui un jour l'avait pris à part pour lui dire de continuer à perfectionner son arrondi, « parce que pas un de ces nègres ne peut lancer une balle coupée, pas un »). Monica Bowden fondit en larmes quand Todd l'appela de l'école pour lui annoncer qu'il allait avoir le prix. Dick Bowden se pavana dans son bureau pendant quinze jours après la cérémo-

nie, essayant de ne pas se vanter. Cet été-là, ils louè-
rent un bungalow à Big Sur et Todd se lava le cerveau
pendant quinze jours de plongée sous-marine. La
même année, Todd assassina quatre vagabonds. Deux
à coups de poignard, deux à coups de matraque. Il mettait maintenant deux pantalons l'un sur l'autre pour ce
qu'il osait appeler ses parties de chasse. Parfois il prenait le bus pour repérer des endroits prometteurs. Les
deux meilleurs qu'il trouva étaient la Mission pour les
indigents de Santo Donato sur Douglas Street, et le
coin d'Euclid près de l'Armée du Salut. Il traversait
le quartier à pied, lentement, en quête d'un mendiant.
Quand un clochard s'approchait, Todd lui disait qu'il
voulait, lui Todd, une bouteille de whisky, et que si le
clochard allait la lui acheter, Todd la partagerait avec
lui. Il connaissait un endroit, disait-il, où ils pouvaient
aller. C'était chaque fois un endroit différent, bien sûr.
Il résistait à une forte envie de retourner à la gare ou à
la conduite derrière le terrain vague de la route de Cie-
nega. Il aurait été peu sage de retourner sur les lieux du
crime.

Cette même année, Dussander fuma moins, but son
bourbon Ancient Age et regarda la TV. Todd passait
de temps en temps, mais leur conversation devenait
squelettique. Ils s'écartaient l'un de l'autre. Dussander célébra son soixante-dix-neuvième anniversaire, et
Todd son seizième. Dussander déclara que seize ans
était le plus bel âge de la jeunesse, quarante et un le
plus bel âge de la maturité, et soixante-dix-neuf le plus
bel âge de la vieillesse. Todd approuva poliment. Dussander était carrément ivre, et ricanait d'une façon qui
le mettait mal à l'aise.

Dussander avait expédié deux clochards pendant
l'année scolaire 1976-1977. Le second avait été plus

vivace qu'il n'en avait eu l'air : même ivre mort, il avait titubé autour de la cuisine avec un couteau à découper planté à la base du cou, le sang jaillissant sur sa chemise et jusque sur le sol. Le clochard avait redécouvert le couloir après avoir fait deux fois le tour de la pièce en chancelant et avait presque réussi à s'échapper de la maison.

Dussander était resté figé, les yeux écarquillés, choqué, incrédule, regardant l'ivrogne souffler et grogner de plus en plus près de la porte, rebondir de chaque côté du couloir en faisant tomber les mauvais chromos accrochés aux murs. Sa paralysie n'avait disparu que lorsque l'homme avait tendu la main vers le bouton de porte. Alors il avait bondi, ouvert le tiroir du buffet d'un coup sec et pris la fourchette à gigot, couru le long du couloir en brandissant l'instrument qu'il avait planté dans le dos du clochard.

Dussander était resté debout, haletant, son vieux cœur pris de frénésie… battant aussi vite que celui du cardiaque en crise dans le feuilleton du samedi soir qui lui plaisait tant, *Urgences* ! Il avait finalement ralenti, repris son rythme normal, et Dussander sut que tout irait bien.

Il y avait eu une grande quantité de sang à nettoyer.

Cela faisait quatre mois, et depuis lors il n'avait plus fait d'avances à l'arrêt du bus. Il avait très peur de la façon dont il avait failli rater le dernier… mais en se rappelant la manière dont il avait rattrapé les choses au dernier moment, son cœur se gonflait de fierté. Pour finir, le clochard n'avait pas atteint la porte, c'était la seule chose qui comptait.

16

À l'automne 1977, au premier trimestre, Todd s'inscrivit au club de tir. En juin 1978, il était devenu tireur d'élite. En football, il fut à nouveau nommé pour le championnat, gagna cinq matchs de base-ball, en perdit un (à la suite de deux erreurs et d'un faux départ) et obtint la troisième place dans toute l'histoire de l'école au concours des bourses. Inscrit à Berkeley, il fut aussitôt accepté. Dès avril, il sut qu'il serait l'orateur ou le présentateur de la remise des diplômes. Il avait très envie d'être l'orateur.

À la fin de l'année scolaire, il lui vint une étrange obsession, aussi effrayante qu'irrationnelle. Todd avait bien l'impression de la maîtriser, c'était toujours un réconfort, mais qu'une telle idée puisse lui venir à l'esprit le terrifiait. Il avait réglé ses problèmes. Son existence ressemblait à la cuisine étincelante et ensoleillée de sa mère, où tout était recouvert de chrome, de formica ou d'inox — un endroit où tout fonctionnait en appuyant sur un bouton. Il y avait bien sûr des placards dans cette cuisine, obscurs et profonds, mais on pouvait y entasser beaucoup de choses et refermer les portes.

Cette nouvelle obsession lui rappelait le rêve où il rentrait chez lui et découvrait le clochard mort et sanglant dans la pièce si propre et lumineuse de sa mère. C'était comme si, dans l'arrangement clair et précis qu'il avait fait, dans cette cuisine mentale avec une-place-pour-chaque-chose-et-chaque-chose-à-sa-place, se traînait maintenant un intrus couvert de sang titubant à la recherche d'un endroit pour mourir le moins discrètement possible…

L'autoroute à huit voies était à cinq cents mètres de chez les Bowden, bordée par un talus abrupt et broussailleux où on pouvait se cacher aisément. Son père lui avait donné pour Noël une Winchester 30.30 avec lunette télescopique adaptable. Aux heures de pointe, quand les huit voies seraient pleines de voitures, il se choisirait un emplacement sur le talus et… alors il pourrait facilement…

Faire quoi ?

Se suicider ?

Détruire tout ce qu'il avait édifié depuis quatre ans ?

Quoi, dis-moi ?

Non, *m'sieur*, non *m'dame*, *pas question*.

C'est pour rire, comme on dit.

Bien sûr… mais l'obsession était toujours là.

Un samedi, quelques semaines avant la fin de sa dernière année de lycée, Todd vida soigneusement le chargeur du 30.30, le mit dans son étui et posa l'arme sur le siège arrière du nouveau jouet de son père — une Porsche d'occasion. Il alla jusqu'au bord des taillis qui descendaient en pente raide vers l'autoroute. Ses parents avaient pris le break pour aller passer le week-end à L. A. Dick, désormais associé à part entière, devait discuter avec l'équipe de Hyatt d'un nouvel hôtel à Reno.

Son cœur battait à grands coups et sa bouche était pleine d'une salive amère, électrique. Todd s'engagea sur la pente, gardant l'arme dans son étui, trouva un tronc d'arbre mort et s'installa derrière, assis en tailleur. Il sortit la carabine et la posa sur la surface lisse du tronc. La fourche d'une branche cassée fournissait un appui commode. Il coinça la crosse au creux de son épaule et colla son œil à la lunette.

Imbécile ! lui cria son esprit. *Mec, c'est vraiment stupide ! Si quelqu'un te voit, peu importe si le fusil est chargé ou non, tu auras de sacrées emmerdes, et il se pourrait même qu'un flic te tire dessus !*

C'était le milieu de la matinée, il y avait peu de circulation, Todd centra la lunette sur une femme au volant d'une Toyota bleue. La vitre était à demi baissée et le col rond de son corsage sans manches volait au vent. Todd visa la tempe et appuya sur la gâchette. Mauvais pour le percuteur, mais rien à foutre.

« Pow », murmura-t-il quand la Toyota eut disparu sous un pont un demi-mile plus loin. Il avala sa salive. La boule dans sa gorge lui faisait l'effet d'une masse de pièces de monnaie collées ensemble.

Ensuite arriva un homme au volant d'une camionnette Subaru, avec une barbe grise effilochée et une casquette de base-ball des San Diego Padres.

« C'est toi… le salopard… le salopard qui a tué mon frère », chuchota Todd en gloussant un peu, et il appuya encore sur la gâchette du 30.30.

Il en abattit cinq de plus, le clic impuissant du percuteur gâchant chaque fois l'illusion de meurtre. Puis il remit la carabine dans son étui et remonta la pente, courbé en deux pour qu'on ne le voie pas. Il reposa l'arme dans la Porsche. Des coups brûlants lui martelaient les tempes. Il rentra chez lui. Monta dans sa chambre. Se masturba.

17

L'ivrogne portait un pull en laine déchiré qui se détricotait, stupéfiant et même surréaliste en Californie du Sud. Il portait aussi des jeans de marine, percés aux genoux, laissant voir une peau blanche, velue, couverte de croûtes. Il leva son verre à moutarde — où Fred et Wilma, Barney et Betty exécutaient une danse grotesque, une sorte de rite de fertilité, et s'envoya d'un coup sa dose de bourbon. Pour la dernière fois sur cette terre, il fit claquer ses lèvres.

«Chef, ça fait du bien par où ça passe. Je n'ai pas peur de le dire.

— J'aime bien boire un verre après dîner», répondit Dussander, derrière lui, avant de planter le couteau de boucher dans le cou du clochard. Il y eut un craquement de cartilage, un peu comme une baguette qu'on arracherait joyeusement d'un poulet rôti encore chaud. Le verre à moutarde tomba sur la table et roula vers le bord, de sorte que les personnages avaient encore plus l'air de danser. L'ivrogne renversa la tête en arrière, voulut crier. Il ne put émettre qu'une sorte de sifflement effroyable. Ses yeux s'agrandirent, s'agrandirent… puis sa tête heurta lourdement la toile cirée rouge et blanche qui recouvrait la table. Son dentier sortit à moitié de sa bouche, comme un sourire semi-détachable.

Dussander arracha le couteau — il dut s'y prendre à deux mains — et alla le porter dans l'évier déjà rempli d'eau chaude, de Lemon Fresh Joy et d'assiettes sales. Le couteau sombra dans un remous de bulles parfumées au citron comme un minuscule chasseur à réaction s'enfonçant dans un nuage.

Dussander retourna près de la table et dut s'arrêter, une main sur l'épaule du mort, secoué par une quinte de toux. Il sortit son mouchoir de sa poche revolver et cracha des glaires d'un brun jaunâtre. Il fumait trop, ces derniers temps. Toujours quand il s'apprêtait à s'en faire un de plus. Mais cette fois, ça s'était vraiment bien passé comme sur des roulettes. Il avait eu peur, après le gâchis de la fois d'avant, de tenter un peu trop le sort en recommençant.

Maintenant, s'il se dépêchait, il aurait encore le temps de voir la dernière partie de *Lawrence Welk*.

Il traversa la cuisine à pas pressés, ouvrit la porte de la cave et tourna l'interrupteur. Retourna près de l'évier et sortit du placard d'en bas le paquet de sacs poubelles en plastique vert. Tout en allant vers l'ivrogne, il en défroissa un en le secouant. Du sang avait coulé dans tous les sens sur la toile cirée, s'accumulant en flaques sur les genoux du mort et sur le linoléum défraîchi et gondolé. Il y en aurait aussi sur la chaise, mais tout cela pouvait se nettoyer.

Dussander attrapa le clochard par les cheveux et lui souleva la tête sans effort, comme s'il n'y avait plus d'os. Le mort se retrouva la tête en arrière comme chez le coiffeur, pour un shampooing avant la coupe. Le vieil homme lui enfila le sac poubelle sur la tête, sur les épaules, jusqu'aux avant-bras. Il n'alla pas plus loin. Il défit la ceinture de son hôte et la sortit du pantalon pour lui entourer le corps un peu au-dessus des coudes en serrant à fond dans un bruissement de plastique. Dussander se mit à chantonner à mi-voix.

L'ivrogne portait aux pieds des Hush Puppies crasseuses et trouées qui s'écartèrent mollement sur le sol, formant un V, quand Dussander le traîna par la ceinture vers la porte de la cave. Quelque chose de blanc tomba du sac plastique et cliqueta sur le lino. C'était le râtelier du clochard. Dussander le ramassa et le fourra dans une des poches du jean.

Il posa le corps dans l'embrasure, la tête reposant sur la seconde marche, puis remonta plus haut et lui donna trois bons coups de pied. Les deux premiers bougèrent à peine le cadavre désarticulé mais le troisième l'envoya glisser au bas des marches. À mi-chemin, les pieds passèrent par-dessus la tête et le corps effectua un saut périlleux d'acrobate pour atterrir sur le ventre, avec un bruit sourd, sur le sol en terre battue. Une Hush Puppie s'était envolée, et Dussander se dit qu'il devrait la ramasser.

Il descendit les marches, contourna le corps et alla vers son établi. Sur la gauche, bien alignés, une bêche, un râteau et une houe étaient appuyés contre le mur. Dussander choisit la bêche. Un peu d'exercice ferait du bien à un vieil homme. Un peu d'exercice lui donnerait l'impression de rajeunir.

L'odeur, dans la cave, n'était pas des plus agréables, mais cela ne le gênait guère. Il passait de la chaux une fois par mois (tous les trois jours après s'être fait un nouveau clochard) et il s'était procuré un ventilateur qu'il avait installé en haut pour empêcher l'odeur d'envahir la maison les jours de grande chaleur. Josef Kramer, se souvint-il, aimait affirmer que les morts parlent, mais que nous les entendons grâce à notre nez.

Dussander choisit un endroit dans le coin nord et se mit au travail. La tombe faisait soixante-quinze centimètres sur deux mètres. Il avait déjà creusé soixante centimètres, la moitié de ce qu'il fallait, quand une douleur paralysante lui transperça la poitrine comme une décharge de fusil. Il se redressa, ouvrant grand les yeux. Puis la douleur dévala le long de son bras... une douleur incroyable, comme si une main invisible s'était refermée sur toutes ses veines pour les arracher. Il vit la pelle tomber sur le côté, sentit ses genoux céder sous lui. Pendant un instant d'horreur, il crut qu'il allait tomber droit dans la tombe.

Dussander réussit à reculer de trois pas en chancelant et se laissa tomber sur son établi avec un air stupéfait, stupide. Il pouvait sentir l'expression de son visage, ct il se dit qu'il devait ressembler à l'un de ces comédiens du temps du muet venant de se faire heurter par une porte à tambour ou enfermer dans un corral. Il laissa pendre sa tête entre ses genoux en suffoquant.

Un quart d'heure s'écoula, interminable. La douleur avait un peu diminué, mais il se sentait incapable de se lever. Pour la première fois, il comprit ce qu'était réellement la vieillesse, tout ce qui lui avait été jusqu'alors épargné. La terreur le faisait presque gémir à voix haute. Dans cette cave humide et puante, la mort l'avait frôlé de son aile, effleuré de sa robe. Elle allait peut-être revenir. Mais il ne voulait pas mourir ici, pas s'il pouvait l'empêcher.

Il se redressa, gardant les bras croisés sur sa poitrine, comme pour maintenir toute cette machinerie fragile. Il tituba jusqu'au bas des marches, mais son pied gauche heurta une des jambes du clochard et il tomba sur ses genoux avec un petit cri. Un élancement lui brûla le cœur. Il regarda l'escalier — les marches si raides. Douze, douze marches.

En haut, très loin, le carré lumineux paraissait se moquer.

« *Ein*, dit Kurt Dussander en se hissant sur la première marche avec une grimace. *Zwei, Drei, Vier.* »

Il lui fallut vingt minutes pour atteindre le linoléum de la cuisine. Deux fois, sur les marches, la douleur avait menacé de revenir, et les deux fois il avait attendu, les yeux fermés, sachant parfaitement que si elle se manifestait avec la même force, il allait probablement mourir. Chaque fois la douleur s'était atténuée.

Il rampa jusqu'à la table en évitant les taches et les traînées de sang qui se coagulaient. Il prit la bouteille de bourbon, but une gorgée, ferma les yeux. Dans sa poitrine quelque chose de serré à bloc se détendit légèrement. La douleur s'éloigna un peu plus. Cinq minutes plus tard, il se traîna lentement le long du couloir. Le téléphone était à mi-chemin, sur une petite table.

Il était neuf heures et quart quand le téléphone sonna chez les Bowden. Todd était assis en tailleur sur le divan, revoyant ses notes pour l'examen de trigo. Pour lui, la trigo était une vacherie, comme les maths en général, et probablement pour toujours. Son père était de l'autre côté de la pièce, en train d'étudier les talons de ses chéquiers avec une calculette sur les genoux et une légère expression d'incrédulité sur le visage. Monica, près du téléphone, regardait le James Bond que Todd avait enregistré sur HBO deux soirs plus tôt. « Allô ? » Elle écouta. Fronçant légèrement les sourcils, elle tendit l'écouteur à Todd. « C'est M. Denker. Il a l'air excité. Ou inquiet. »

Todd sentit aussitôt sa gorge se serrer, mais son visage frémit à peine. « Vraiment ? » Il alla jusqu'à l'appareil et prit le combiné. « Salut, monsieur Denker. »

Dussander parlait d'une voix rauque et brève. « Viens ici tout de suite, gamin. J'ai eu une crise cardiaque. Une crise assez grave, à mon avis.

— Waouh ! » dit Todd, essayant de rassembler ses idées qui s'envolaient et de lutter contre la terreur qui lui remplissait la tête. «C'est intéressant, c'est sûr, mais il est plutôt tard et je révisais…

— Je sais que tu ne peux rien dire, coupa Dussander d'un ton brutal, presque un aboiement. Mais tu peux écouter. Je ne peux pas appeler une ambulance ni police-secours, gamin… en tout cas pas maintenant. Il y a trop de saletés ici. J'ai besoin d'aide… ce qui veut dire que tu as besoin d'aide.

— Bon… si vous le prenez comme ça…» Le cœur de Todd battait à cent vingt mais son visage restait calme, presque serein. Ne savait-il pas depuis toujours qu'il y aurait un soir comme celui-ci? Bien sûr que si.

«Dis à tes parents que j'ai reçu une lettre, dit Dussander. Une lettre importante. Tu comprends?

— Oui, okay.

— Maintenant nous allons voir, gamin. Nous allons voir ce que tu as dans le ventre.

— Bien sûr», dit Todd. Il se rendit brusquement compte que sa mère le regardait, lui et pas le film, et il réussit un sourire un peu raide. «Au revoir!»

Dussander continuait à parler, mais Todd avait raccroché.

«Je vais passer chez M. Denker», dit-il. Il s'adressait à ses parents mais regardait sa mère — qui semblait toujours un peu inquiète. «Est-ce que je peux vous rapporter quelque chose du drugstore?

— Des cure-pipes pour moi et un peu de sens des responsabilités pour ta mère, lança Dick.

— Très drôle, dit Monica. Todd, est-ce que M. Denker…

— Au nom de *Dieu*, qu'est-ce que tu as pris chez Fielding? demanda Dick.

— L'étagère à bibelots du bureau. Je te l'ai déjà dit.

Il n'est rien arrivé à M. Denker, n'est-ce pas Todd? Il avait l'air un peu étrange.

— Il y a *réellement* des trucs qui s'appellent "étagères à bibelots"? Je croyais que ces Anglaises foldingues qui écrivent des romans policiers les avaient inventées pour que le meurtrier puisse trouver un instrument contondant?

— Dick, puis-je placer un mot au passage?

— Vas-y. Je t'en prie. Mais vraiment, pour le bureau?

— Je crois que tout va bien, dit Todd en enfilant son blouson de cuir. Mais il était excité, ça oui. Il a reçu une lettre d'un neveu de Hambourg ou de Düsseldorf, ou de je ne sais où. Ça fait des années qu'il n'a rien reçu de personne, et voilà qu'arrive cette lettre et que ses yeux n'y voient plus assez pour lire.

— Ça, c'est une vraie *vacherie*, dit Dick. Vas-y, Todd. Va lui rendre la paix de l'esprit.

— Je croyais qu'il avait quelqu'un pour lui faire la lecture, dit Monica. Un nouveau garçon.

— Il en a un, répondit Todd, soudain plein de haine pour sa mère, pour l'intuition encore informe qu'il voyait frémir dans ses yeux. Peut-être qu'il n'était pas chez lui, ou peut-être qu'il ne pouvait pas venir si tard.

— Oh, bon... alors vas-y. Mais fais attention.

— Oui oui. Tu n'as besoin de rien?

— Non. Où tu en es dans tes révisions d'algèbre pour l'examen?

— C'est de la trigo. Je pense que ça va. J'étais justement prêt à m'arrêter pour ce soir.» Ce qui était un mensonge de taille.

«Tu veux prendre la Porsche? demanda Dick.

— Non, je vais prendre mon vélo.» Il voulait gagner cinq minutes pour reprendre ses esprits et se calmer un peu — ou du moins essayer. Dans l'état où il était, en plus, il enverrait probablement la Porsche dans le décor.

« Attache ton catadioptre à ton genou, ajouta Monica, et salue M. Denker de notre part.

— Okay. »

L'expression de doute n'avait pas quitté les yeux de sa mère, mais elle était moins flagrante. Il lui envoya un baiser et alla jusqu'au garage où son vélo était rangé — un vélo de course italien au lieu d'une Schwinn, maintenant. Son cœur battait toujours la chamade, et il fut pris d'une folle envie de prendre la 30.30, d'aller abattre ses parents et ensuite de s'installer sur le talus de l'autoroute. Plus de soucis au sujet de Dussander. Plus de mauvais rêves, plus de clochards. Il tirerait, tirerait encore, et garderait seulement une balle pour la fin.

La raison reprit ses droits et il pédala vers la maison du vieil homme, son catadioptre dessinant des cercles au-dessus de son genou, ses longs cheveux blonds relevés par le vent.

« Mon Dieu ! » Todd faillit hurler.

Il était à la porte de la cuisine. Dussander était affalé, sa précieuse tasse entre ses coudes. Son front était constellé de grosses gouttes de sueur. Mais Todd ne les voyait pas. Il voyait le sang. Il y avait du sang partout, semblait-il — des mares de sang sur la table, sur la chaise vide, sur le sol.

« Où êtes-vous blessé ? » cria Todd, réussissant à décoller ses pieds paralysés — il avait l'impression d'être resté au moins mille ans devant cette porte. *C'est la fin*, pensa-t-il. *C'est vraiment absolument la fin de tout. Le ballon s'envole très haut, baby, s'envole*

jusqu'au ciel, baby, à petit peton patapon, au revoir.
Tout de même, il évita soigneusement de marcher dans
les flaques. «Je croyais que vous aviez dit que vous
aviez une putain de crise cardiaque !

— Ce n'est pas mon sang, marmonna Dussander.

— Quoi ?» Todd se figea. «Que dites-vous ?

— Va en bas. Tu verras ce qu'il faut faire.

— Bon Dieu, qu'est-ce qui se passe ici ?» Une idée
terrible lui passa soudain par la tête.

«Ne nous fais pas perdre de temps, gamin. Je ne
pense pas que tu seras tellement surpris de ce que tu
trouveras en bas. Je crois que tu as déjà l'expérience de
ce qui t'attend dans la cave. Une expérience personnelle.»

Todd le regarda encore un moment, incrédule, puis
descendit deux par deux l'escalier de la cave. Au premier regard, à la faible lueur jaune de l'unique ampoule,
il crut que Dussander avait jeté là un sac d'ordures.
Ensuite, il vit les jambes qui dépassaient, et les mains
crasseuses maintenues le long du corps par la ceinture
serrée à bloc.

«Mon Dieu», répéta-t-il, mais cette fois les mots
n'avaient plus aucune force — il n'en restait que le
squelette, un murmure exsangue.

Il appuya sa paume contre ses lèvres, des lèvres
sèches comme du papier de verre. Ferma un instant les
yeux... Quand il les rouvrit, il avait enfin repris le
contrôle de lui-même.

Todd avança.

Il vit le manche de la bêche dépasser d'un trou peu
profond dans un coin et comprit aussitôt ce que Dussander était en train de faire quand son palpitant s'était
coincé. Aussitôt il devint conscient de l'odeur fétide
qui régnait dans la cave — une odeur de tomates pour-

ries. Il avait déjà senti cette odeur, mais elle était beaucoup moins forte au rez-de-chaussée, et puis cela faisait deux ans qu'il ne venait plus guère. Maintenant, il comprenait exactement le sens de cette odeur, et il dut lutter quelques instants pour retenir sa nausée, laissant échapper quelques sons étouffés, étranglés, derrière la main qu'il pressait contre sa bouche et son nez. Peu à peu, il se ressaisit.

Il prit le clochard par les jambes et le traîna jusqu'au bord du trou. Laissa retomber les jambes, essuya la sueur de son front avec la paume de sa main gauche et resta parfaitement immobile quelques instants, réfléchissant comme il n'avait jamais réfléchi de sa vie.

Puis il s'empara de la bêche et se mit à creuser. Quand le trou atteignit un mètre cinquante, il ressortit et y poussa du pied le corps du vagabond. Debout au bord de la tombe, Todd contempla le cadavre. Des jeans en lambeaux. Des mains sales, couvertes de croûtes. Une belle cloche, c'était sûr. Ironique au point d'être risible. Si drôle qu'on pourrait hurler de rire.

Il remonta l'escalier en courant.

«Comment ça va ? demanda-t-il à Dussander.

— Ça ira. Tu as fait ce qu'il fallait ?

— Je suis en train, okay ?

— Dépêche-toi. Il reste la cuisine.

— J'aimerais bien vous donner à bouffer aux cochons », dit Todd qui redescendait les marches avant que Dussander puisse répondre.

Il avait presque entièrement recouvert l'ivrogne avant de se dire que quelque chose n'allait pas. Il examina la tombe, tenant d'une main le manche de la bêche. Les jambes dépassaient en partie de la terre, les pieds aussi — une vieille chaussure, probablement une

Hush Puppy, et une chaussette sale qui avait pu être blanche quand Taft était Président.

Une Hush Puppy ? Une seule ?

Todd contourna la chaudière, courut jusqu'au pied de l'escalier, fouillant la cave des yeux. La migraine commençait à marteler ses tempes comme des clous émoussés. Il aperçut la chaussure un peu plus loin, à l'envers, dans l'ombre de quelques vieilles planches. Todd s'en empara, retourna en courant la jeter dans le trou et se remit à pelleter. Il recouvrit les chaussures, les jambes et tout le reste.

Une fois la terre entièrement remise dans le trou, il la tassa à grands coups de pelle, prit le râteau et le passa de long en large pour masquer le fait qu'elle avait été récemment retournée. Sans grand effet : sans un bon camouflage, un trou fraîchement creusé puis comblé ressemble toujours à un trou fraîchement creusé puis comblé. Mais personne n'aurait l'occasion de visiter la cave, n'est-ce pas ? Dussander et lui devraient bien se contenter de cet espoir.

Todd remonta en courant. Il commençait à s'essouffler.

Les coudes du vieil homme s'étaient écartés au point que sa tête pendait sur la table. Il avait les yeux fermés, les paupières pourpres et luisantes — comme des fleurs vénéneuses.

« Dussander ! » cria Todd. Il sentait une espèce de goût chaud dans sa bouche — un goût de peur mêlé d'adrénaline et de sang chaud, violent. « Ne va pas me crever dans les bras, vieille pute !

— Ne parle pas si fort, dit le vieil homme sans ouvrir les yeux. Tu vas rameuter tous les gens du voisinage.

— Où est le détergent ? Du Lestoil… ou du Top

job… n'importe quoi. Et des chiffons. Il me faut des chiffons.

— Tout est sous l'évier. »

Le sang était presque entièrement coagulé. Dussander leva la tête et regarda Todd ramper sur le linoléum, frotter d'abord les flaques, puis les coulures sur les pieds de la chaise où le clochard s'était assis. Le garçon se mordait les lèvres compulsivement, presque au point de les arracher, comme un cheval avec son mors. Tout fut enfin nettoyé. L'odeur âcre du détergent remplissait la pièce.

« Il y a un carton de vieux chiffons sous l'escalier, lui indiqua Dussander. Mets ceux qui sont pleins de sang au fond. N'oublie pas de te laver les mains.

— Je n'ai pas besoin de vos conseils. C'est vous qui m'avez mis là-dedans.

— Vraiment ? Je dois dire que tu y as bien pris racine. » Son ancien ton moqueur lui revint un instant, puis une grimace de souffrance lui déforma le visage. « Dépêche-toi. »

Todd s'occupa des chiffons, puis remonta une dernière fois les marches en courant. Se retourna, regarda vers le bas, l'air nerveux, éteignit la lumière et referma la porte. Il alla vers l'évier, remonta ses manches et se lava les mains avec l'eau la plus chaude possible. Plongea les mains dans la mousse… et en ressortit le couteau de boucher employé par Dussander.

« J'aimerais vous couper la gorge avec, dit Todd d'un air sombre.

— Oui, et ensuite me donner à bouffer aux cochons. Je n'en doute pas. »

Todd rinça le couteau, l'essuya et le rangea. Il fit très vite le reste de la vaisselle, vida l'évier et le rinça. En s'essuyant les mains, il regarda le réveil — il était dix heures vingt. Il alla jusqu'au téléphone, souleva le combiné et le regarda d'un air pensif. L'idée qu'il avait oublié quelque chose — quelque chose d'aussi compromettant que la chaussure du clochard — le harcelait de façon désagréable. Quoi? Il n'en savait rien. Sans sa migraine, il trouverait peut-être. Foutue saleté de migraine. Oublier quelque chose, cela ne lui ressemblait pas, et cela lui faisait peur.

Il composa le 222. Une voix répondit à la première sonnerie : « Ici le centre médical de Santo Donato. Vous avez un problème?

— Je m'appelle Todd Bowden. Je suis au 963, Claremont Street. J'ai besoin d'une ambulance.

— Quel est le problème, mon gars?

— C'est pour mon ami, monsieur Du… » Il se mordit la lèvre si fort que le sang jaillit, et pendant un moment il se sentit complètement perdu, submergé par la douleur qui battait dans son crâne. Dussander. Il avait presque livré le vrai nom du vieil homme à cette voix anonyme.

« Du calme, mon gars. Va doucement et tout ira bien.

— Mon ami, M. Denker. Je crois qu'il a eu une crise cardiaque.

— Ses symptômes? »

Todd commença à les décrire, mais la voix l'arrêta dès qu'il eut parlé d'une douleur à la poitrine s'étendant au bras gauche. Elle lui dit qu'une ambulance arriverait d'ici dix à vingt minutes, selon la circulation. Todd raccrocha et appuya de nouveau ses paumes sur ses yeux.

« Tu les as eus? demanda Dussander d'une voix faible.

— *Oui !* hurla Todd. *Oui, je les ai eus ! Oui bon Dieu oui ! Oui oui oui ! Fermez-la c'est tout !* »

Il pressa ses mains encore plus fort sur ses yeux, faisant d'abord jaillir des éclairs insensés puis un soleil rouge et brûlant. *Ressaisis-toi, Todd-baby. Redescends dans tes pompes, sois cool. Pige un peu.*

Il ouvrit les yeux et reprit le téléphone. C'était le plus dur. C'était le moment d'appeler chez lui.

« Allô ? » La voix douce et cultivée de Monica dans son oreille. Un instant — juste un instant —, il se vit écraser le canon de la 30.30 contre le nez de sa mère et appuyer sur la gâchette au premier saignement. « C'est Todd, maman. Passe-moi papa, vite. »

Il ne l'appelait plus jamais maman. Il savait qu'elle comprendrait ce signal plus vite que n'importe qui, ce qui arriva. « Qu'est-ce qui se passe ? Quelque chose ne va pas, Toddy ?

— Passe-le-moi, c'est tout.

— Mais qu'est-ce… »

Le téléphone cogna, cracha. Il entendit la voix de Monica s'adressant à son père. Todd était prêt.

« Todd ? Quel est le problème ?

— C'est M. Denker, papa. Il… c'est une crise cardiaque, je crois. J'en suis presque sûr.

— Seigneur ! » La voix de son père s'éloigna momentanément et Todd l'entendit répercuter l'information à sa femme. Puis il fut de retour.

« Il est encore vivant ? Pour autant que tu puisses le dire ?

— Il est vivant. Conscient.

— Très bien, Dieu merci. Appelle une ambulance.

— Je viens de le faire.

— Deux-deux-deux ?

— Oui.

— Brave garçon. Il va très mal, d'après toi ?

(*Pas assez mal, putain !*)

— Je ne sais pas, papa. Ils ont dit que l'ambulance arriverait bientôt, mais… J'ai un peu la trouille. Est-ce que tu peux venir l'attendre avec moi ?

— Sans problème. Donne-moi quatre minutes. »

Todd entendit sa mère ajouter quelque chose mais son père coupa la communication. Todd, de son côté, raccrocha.

Quatre minutes.

Quatre minutes pour faire ce qui n'avait pas été fait. Quatre minutes pour se souvenir de ce qui avait pu être oublié. Avait-il oublié quelque chose ? Ce n'était peut-être que ses nerfs. Ciel, comme il aurait voulu n'avoir pas eu à prévenir son père. Mais c'était ce qu'il y avait de plus naturel, non ? Y avait-il encore quelque chose de naturel qu'il n'avait pas fait ? Comme… ?

« Oh, pauvre merdeux ! » gémit-il soudain en se précipitant dans la cuisine. Dussander avait la tête posée sur la table, les yeux mi-clos, engourdis.

« Dussander ! » cria Todd. Il secoua brutalement le vieil homme, qui gémit. « Réveillez-vous ! Réveillez-vous, vieux pourri de merde ! »

— Quoi ? C'est l'ambulance ?

— La lettre ! Mon père vient ici, il est presque déjà là. *Où est cette putain de lettre ?*

— Quelle… quelle lettre ?

— Vous m'avez dit de leur dire que vous aviez reçu une lettre importante. J'ai dit… » Son courage s'effondra. « J'ai dit qu'elle venait de l'étranger… d'Allemagne. Mon Dieu ! » Todd se passa la main dans les cheveux.

« Une lettre. » Dussander, péniblement, lentement, releva la tête. Ses joues ravinées étaient d'un jaune maladif, ses lèvres bleues. «De Willi, c'est ça que je dirai. Willi Frankel. Cher... cher Willi.»

Todd regarda sa montre et vit que deux minutes s'étaient déjà écoulées depuis qu'il avait raccroché. Son père n'arriverait pas chez Dussander en quatre minutes, *impossible*, mais il allait foutrement vite avec sa Porsche. Vite, c'était ça. Tout allait trop vite. Et il y avait encore quelque chose qui n'allait pas dans la maison. Il le *sentait*. Mais pas le temps de s'arrêter pour trouver ce qui clochait.

«Oui, okay, je vous l'ai lue, vous vous êtes excité et vous avez eu cette crise. Bon. Où est-elle?»

Dussander le regarda d'un œil vide.

«La lettre! Où est-elle?

— Quelle lettre?» demanda le vieux d'une voix absente, et Todd eut l'envie folle d'étrangler ce monstre sénile.

«Celle que je vous ai lue! Celle de Willi je ne sais qui! Où est-elle?»

Tous deux fixèrent la table, comme si la lettre allait se matérialiser sous leurs yeux.

«En haut, dit finalement Dussander. Regarde dans la commode. Le troisième tiroir. Il y a une petite boîte en bois au fond du tiroir. Tu devras la forcer. J'ai perdu la clef il y a longtemps. Ce sont de très vieilles lettres d'un ami à moi. Aucune n'est signée. Elles sont toutes en allemand. Une page ou deux nous serviront de façade, comme vous dites. Si tu te dépêches...

— Vous êtes *cinglé?*» Todd était en rage. «Je ne sais pas l'allemand! Comment j'aurais pu vous lire une lettre écrite en allemand, pauvre taré?

— Pourquoi Willi m'écrirait-il en anglais? riposta Dussander d'une voix lasse. Si tu me lisais une lettre en allemand, tu ne comprendrais pas mais moi si. Bien sûr, ton accent serait un vrai massacre, mais pourtant je pourrais… »

Dussander avait raison, une fois de plus, et Todd n'attendit pas d'entendre la suite. Même après une crise cardiaque, le vieux avait un métro d'avance. Todd enfila le couloir en courant, s'arrêta devant la porte le temps de vérifier que la Porsche de son père n'était pas en train de se garer — non, mais sa montre lui apprit que c'était de justesse : cela faisait déjà cinq minutes.

Il monta l'escalier quatre à quatre et fit irruption dans la chambre du vieux. Il n'y était encore jamais monté, n'avait même pas eu cette curiosité, et il dut explorer d'un regard affolé ce territoire inconnu. Il découvrit la commode, un machin bon marché style Monoprix 1972, comme disait son père. Tomba sur ses genoux et tira un grand coup sur le troisième tiroir, lequel se coinça à mi-course, en biais, et se bloqua définitivement.

« Saloperie, chuchota-t-il, pâle comme un mort à l'exception de deux taches rouge sombre sur les joues et de ses yeux bleus aussi foncés qu'une tempête sur l'Atlantique. Saloperie de putain de truc, sors de là ! »

Il tira si fort que la commode bascula et faillit lui tomber dessus avant de se remettre en place. Le tiroir jaillit comme une balle et tomba sur ses genoux, répandant le linge du vieillard, ses chaussettes et ses mouchoirs. Todd fouilla ce qui restait dans le tiroir et trouva une boîte en bois d'environ vingt centimètres de long. Il voulut soulever le couvercle. Impossible. Fermé à clef, comme avait dit Dussander. Rien n'était gratuit, ce soir.

Il remit à la va-vite le linge dans le tiroir qu'il enfonça brutalement à sa place. Le tiroir se bloqua. Todd le secoua dans tous les sens pour s'efforcer de le

décoincer. Son visage était couvert de sueur. Le tiroir
finit par se fermer d'un coup. Todd se releva, la boîte
à la main. Combien de temps avait-il fallu?

Le lit de Dussander avait des colonnes aux quatre
coins. Todd écrasa la serrure de la boîte sur l'une
d'elles, de toutes ses forces, grimaçant quand la douleur
du choc remonta jusque dans ses coudes. Il regarda la
serrure. Un peu éraflée, mais intacte. Il cogna une
seconde fois, encore plus fort, sans penser à la douleur.
Cette fois le choc arracha un éclat de bois à la colonne,
mais la serrure tint bon. Todd eut un petit hurlement de
rire, alla à l'autre bout du lit, leva la boîte au-dessus
de sa tête et cogna de toutes ses forces. La serrure se
fendit.

En ouvrant le couvercle, il vit des phares éclabousser la fenêtre de la chambre.

Todd, frénétique, fouilla la boîte. Des cartes postales. Un médaillon. Une photo souvent pliée d'une
femme vêtue d'un porte-jarretelles en dentelle et rien
d'autre. Un vieux porte-billets. Plusieurs pièces d'identité différentes. Un étui à passeport vide, en cuir. Au
fond, des lettres.

Les phares se rapprochaient. Todd pouvait reconnaître le bruit caractéristique du moteur de la Porsche.
Le bruit augmenta... s'arrêta.

Todd attrapa trois feuilles de papier avion couvertes
des deux côtés d'une écriture serrée, en allemand, et
ressortit en courant. Arrivé en haut de l'escalier, il prit
conscience qu'il avait laissé la boîte ouverte au pied du
lit. Il retourna dans la chambre, ramassa la boîte et rouvrit le troisième tiroir.

Lequel se bloqua une fois de plus avec un grincement de bois torturé.

Todd entendit devant la maison un frein à main cliqueter, une portière s'ouvrir, puis claquer.

Comme de très loin, il s'entendit gémir. Il posa la boîte dans le tiroir coincé en biais, se releva et lui donna un grand coup de pied. Le tiroir se ferma impeccablement. Todd le regarda un instant, clignant des yeux, puis se précipita dans le couloir et descendit l'escalier en courant. À mi-hauteur il entendit le crissement rapide des pas de son père dans l'allée. Todd sauta par-dessus la rampe, retomba souplement et fonça dans la cuisine, faisant vibrer les feuilles de papier qu'il tenait à la main.

Des coups martelant la porte. « Todd ? Todd, c'est moi ! »

Et il entendait aussi la sirène d'une ambulance au loin. Dussander s'était replongé dans sa stupeur.

« J'arrive, papa ! » cria Todd.

Il posa la lettre sur la table, dispersant un peu les feuilles comme si on les avait laissées tomber à la hâte, puis alla jusqu'à la porte d'entrée pour ouvrir à son père.

« Où est-il ? demanda Dick Bowden en passant devant lui.

— Dans la cuisine.

— Tu as fait exactement ce qu'il fallait, Todd, dit son père qui le serra rudement, maladroitement, dans ses bras.

— J'espère seulement que j'ai pensé à tout », dit Todd d'un ton modeste, et il suivit son père dans la cuisine.

Dans leur hâte à évacuer Dussander, la lettre fut presque oubliée. Le père de Todd y jeta un rapide coup d'œil et la reposa quand les infirmiers entrèrent avec la

civière. Ils suivirent l'ambulance tous les deux, et le
médecin qui prit Dussander en charge accepta les explications de Todd sans poser de questions. Après tout,
M. Denker, pour ses quatre-vingts ans, n'avait pas de
très bonnes habitudes. D'un ton brusque, le médecin le
félicita de sa rapidité et de sa présence d'esprit. Todd
le remercia faiblement et demanda à son père s'ils pouvaient rentrer chez eux.

Sur le chemin du retour, Dick lui répéta combien il
était fier de lui. Todd l'entendit à peine. Il repensait à
sa 30.30.

18

Le même jour, Morris Heisel s'était cassé le dos.

Morris n'avait jamais eu *l'intention* de se casser le
dos ; il avait seulement voulu reclouer la gouttière au
coin ouest de sa maison. L'idée de se casser le dos était
à cent lieues de son esprit, il avait eu assez d'ennuis
dans la vie sans ça, merci. Sa première femme était
morte à vingt-cinq ans, et leurs deux filles étaient
mortes elles aussi. Ses frères étaient morts, tués dans un
grave accident de voiture près de Disneyland en 1971.
Morris lui-même allait sur ses soixante ans et son
arthrite s'aggravait rapidement. Il avait aussi des verrues aux deux mains, des verrues qui repoussaient aussi
vite que les médecins les brûlaient. De plus il était sujet
à des migraines, et enfin, depuis deux ans, son *potzer*
de voisin, Rogan, s'était mis à l'appeler Morris le
Chat. Devant Lydia, sa seconde femme, Morris s'était

demandé à voix haute comment Rogan réagirait si lui-même le surnommait Rogan l'Hémorroïde.

« Laisse tomber, lui disait Lydia dans ces cas-là. Tu ne supportes pas la plaisanterie, tu ne l'as jamais supportée, je me demande comment j'ai pu épouser un homme qui n'a *aucun* sens de l'humour. On va à Las Vegas, poursuivait Lydia en se tournant vers la cuisine déserte comme si une horde de spectateurs invisibles buvait ses paroles, on va voir Buddy Hackett, et Morris ne rit pas une seule fois. »

En plus de son arthrite, de ses verrues et de ses migraines, Morris avait Lydia, laquelle, Dieu la bénisse, se transformait peu à peu en mégère depuis environ cinq ans… depuis son hystérectomie. Il avait donc largement sa part de problèmes et de chagrins, sans devoir ajouter un dos brisé.

« *Morris !* cria Lydia, apparaissant à la porte de derrière en essuyant ses mains pleines de mousse à un torchon. Morris, descends immédiatement de cette échelle !

— Quoi ? » Il se tordit le cou pour écouter, arrivé presque en haut de son échelle double. Une étiquette jaune vif était collée sur la marche où il était : DANGER ! TRÈS INSTABLE AU-DELÀ DE CETTE MARCHE ! Morris avait son tablier de charpentier à larges poches, l'une pleine de clous et l'autre d'agrafes en acier. Le sol était légèrement inégal et l'échelle oscillait un peu quand il bougeait. Sa nuque lui faisait mal, désagréable prélude à l'une de ses migraines. Il n'était pas de la meilleure humeur qui soit. « *Quoi ?*

— Descends de là, je t'ai dit, avant de te casser le dos.

— J'ai presque fini.

— Tu te balances sur cette échelle comme sur un bateau, Morris. Descends.

— Je descendrai quand j'aurai fini ! dit-il, en colère. Laisse-moi tranquille !

— Tu vas te casser le dos », répéta-t-elle sur un ton larmoyant avant de rentrer dans la maison.

Dix minutes plus tard, alors qu'il enfonçait le dernier clou dans la gouttière, renversé en arrière au point de se déséquilibrer, il entendit un miaulement félin suivi de féroces aboiements.

« Au nom du ciel, qu'est-ce… »

Il tourna la tête et l'échelle se balança dangereusement. Au même moment, le chat — qui s'appelait Lover Boy, pas Morris — tourna l'angle du garage à toute allure, le poil hérissé, ses yeux verts étincelant de rage. Le petit chien de berger déboula à sa poursuite, langue pendante, traînant sa laisse derrière lui.

Lover Boy, apparemment guère superstitieux, fonça sous l'échelle, suivi par le chiot.

« Fais gaffe, fais gaffe, pauvre abruti ! » cria Morris.

L'échelle bougea. Le chiot la heurta du flanc. Elle se renversa et Morris avec, en hurlant de terreur. Les clous et les agrafes s'envolèrent de ses poches. Il tomba à moitié sur le ciment de l'allée, et une gigantesque souffrance incendia son dos. Il sentit, plutôt qu'il n'entendit, sa colonne vertébrale se briser. Ensuite, le monde vira au gris pendant quelque temps.

Quand la vue lui revint, il était toujours allongé, à moitié sur le ciment de l'allée, à moitié sur une litière de clous et d'agrafes. Lydia, en pleurs, était agenouillée près de lui. Le voisin Rogan était là, lui aussi, le visage blanc comme un linge.

« Je te l'avais dit ! balbutia Lydia. Je t'avais dit de

descendre de cette échelle! Regarde, maintenant!
Regarde-moi ça!»

Morris découvrit qu'il n'avait absolument aucune
envie de regarder. Un anneau de douleur poignante,
suffocante, enserrait le milieu de son corps, mais il y
avait pire encore : en dessous de cet anneau, il ne sentait rien — rien du tout.

«Garde tes larmes pour une autre fois, dit-il d'une
voix rauque. Pour l'instant, appelle un médecin.

— J'y vais, dit Rogan qui rentra chez lui en courant.

— Lydia.» Morris s'humecta les lèvres.

«Quoi? Quoi, Morris?» Elle se pencha sur lui et
une larme s'écrasa sur sa joue. C'était touchant, sup-
posa-t-il, mais cela l'avait fait tressaillir, et la douleur
était montée d'un cran.

«Lydia, j'ai aussi une de ces migraines.

— Oh, pauvre chéri! Pauvre Morris! Mais je t'avais
dit...

— J'ai une migraine parce que ce *potzer* de chien,
celui de Rogan, a aboyé toute la nuit et m'a empêché
de dormir. Aujourd'hui, ce chien poursuit le chat et
renverse mon échelle et je crois que j'ai le dos cassé.»

Lydia poussa un cri perçant qui fit vibrer le crâne de
Morris.

«Lydia, dit-il en s'humectant les lèvres une fois de
plus.

— Quoi, chéri?

— J'avais des soupçons depuis longtemps. Maintenant, j'en suis sûr.

— Mon pauvre Morris! De quoi?

— Dieu n'existe pas.» Morris s'évanouit.

On l'emporta à Santo Donato et son médecin lui dit,
au moment même où d'habitude il s'attablait devant

un des misérables dîners préparés par Lydia, qu'il ne marcherait plus jamais. Morris avait déjà le corps entièrement plâtré. On lui avait fait des prises de sang et d'urine. Le docteur Kellerman avait examiné ses yeux et frappé sur ses genoux avec un petit marteau caoutchouté — mais pas le moindre tressaillement réflexe n'avait suivi. Et à chaque fois, il retrouvait Lydia versant des flots de larmes, consommant mouchoir sur mouchoir. Lydia, une femme qui aurait dû épouser Job, ne se déplaçait jamais sans une provision de petits mouchoirs en dentelle, juste au cas où se présenterait une raison de pleurer un bon coup. Elle avait appelé sa mère, qui serait bientôt là (« C'est gentil, Lydia » — et pourtant, si Morris détestait vraiment une personne au monde, c'était la mère de Lydia). Elle avait prévenu le rabbin, qui serait bientôt là, lui aussi (« C'est gentil, Lydia » — et pourtant, il n'avait pas mis les pieds à la synagogue depuis cinq ans et il ne se souvenait pas du nom de ce rabbin). Elle avait appelé son patron, et bien qu'il ne puisse pas venir dans l'immédiat, il l'assurait de sa sympathie et de ses condoléances (« C'est gentil, Lydia » — et pourtant, s'il y avait quelqu'un à mettre dans le même tonneau que la mère de Lydia, c'était ce *putz* mâcheur de cigares, Frank Haskell). Finalement ils lui donnèrent un Valium et firent sortir Lydia. Peu après, Morris se sentit partir à la dérive — plus d'ennuis, plus de migraines, plus rien. S'ils continuaient à lui donner ces petites pilules bleues, se dit-il encore, il remonterait sur l'échelle pour se recasser le dos.

Quand il se réveilla, ou reprit conscience, c'était plutôt ça, le jour se levait et l'hôpital était aussi silencieux que possible. Morris se sentait très calme... presque serein. Il n'avait pas mal. L'impression que son corps, tout emmailloté, ne pesait plus rien. On avait entouré son lit avec un appareil, une sorte de cage à écureuil faite de tubes chromés, de câbles d'acier et de poulies. Ses jambes étaient maintenues en l'air par des câbles sortant de ce gadget. Par en dessous, quelque chose devait lui tenir le dos arqué, mais c'était difficile à dire — il ne pouvait bouger que les yeux.

D'autres ont vécu pire, se dit-il. *Partout dans le monde, d'autres ont vécu pire. En Israël, les Palestiniens tuent des bus entiers pleins de paysans politiquement coupables d'aller au cinéma en ville. Les Israéliens corrigent cette injustice en lâchant des bombes sur les Palestiniens et en tuant des enfants en même temps que les terroristes qui pourraient se trouver là. D'autres ont vécu pire que moi... ce qui ne veut pas dire que c'est une bonne chose, ne croyez pas ça, mais d'autres ont vécu pire.*

Il leva un bras avec un certain effort — provoquant une douleur quelque part dans son corps, mais très légère — et serra faiblement un poing devant ses yeux. Voilà. Tout allait bien pour ses mains. Tout allait bien également pour ses bras. Ainsi donc il ne sentait plus rien à partir de la taille, et puis quoi ? Dans le monde entier il y avait des gens paralysés à partir du *cou*. Il y avait des gens qui avaient la lèpre. Il y avait des gens qui mouraient de la syphilis. En ce moment même, quelque part dans le monde, il y avait peut-être des gens en train de monter dans un avion qui allait s'écraser. Non, ce n'était pas une bonne chose, mais partout il y avait pire.

Et il y avait eu, jadis, des choses bien pires en ce monde.

Il leva le bras gauche. Son bras sembla flotter,

désincarné, devant ses yeux — un bras de vieillard, amaigri, dont les muscles se détérioraient. On lui avait mis une chemise d'hôpital, mais elle avait des manches courtes, et il pouvait lire le numéro tatoué sur son avant-bras d'une encre bleu pâle. P499965214. Des choses pires, oui, pires que de tomber d'une échelle en banlieue, de se briser le dos et d'être emporté dans un hôpital de grande ville propre et stérile où on vous donne un Valium qui fait à coup sûr évaporer tous vos ennuis.

Il y avait eu les douches, c'était pire. Sa première femme, Ruth, était morte dans une de leurs saloperies de douches. Il y avait eu les tranchées transformées en tombes — quand il fermait les yeux il pouvait revoir les hommes alignés devant la gueule ouverte des tranchées, réentendre les volées de coups de fusil, se souvenir de la façon dont ils s'effondraient dans la terre comme des pantins mal ficelés. Il y avait eu les fours crématoires, c'était pire, ça aussi, les fours crématoires qui remplissaient perpétuellement l'air de l'odeur douceâtre des Juifs brûlant comme des torches que nul ne voyait. Les visages horrifiés des vieux amis, des parents... des visages qui fondaient comme des chandelles, des visages qui semblaient fondre *sous vos yeux* — de plus en plus minces, transparents. Et un jour ils avaient disparu. Où ? Où va la flamme d'une torche quand un vent glacé l'a éteinte ? Au paradis. En enfer ? Des lumières dans la nuit, des chandelles dans le vent. Quand finalement Job s'écroula et se mit à douter, Dieu lui demanda : *Où étais-tu quand j'ai créé le monde ?* Si Morris Heisel avait été Job, il aurait répondu : *Où étais-tu quand ma Rachel est morte, toi le* potzer*, toi ? Tu regardais les Yankees contre les*

Senators ? Si tu ne sais pas mieux tenir ton affaire, hors de ma vue.

Oui, il y avait pire que se casser le dos, il n'avait aucun doute là-dessus. Mais quelle sorte de Dieu lui aurait laissé se casser le dos pour rester paralysé à vie après avoir vu mourir sa femme, ses filles et ses amis ?

Aucun Dieu, voilà tout.

Une larme coula du coin de son œil et descendit lentement jusqu'à son oreille. Une sonnerie étouffée résonna à l'extérieur de sa chambre. Une infirmière passa en faisant crisser ses semelles de crêpe. Sa porte était entrouverte et il pouvait lire en face, sur le mur du couloir, les lettres NSIFS, laissant deviner l'inscription complète : SOINS INTENSIFS.

Dans la chambre, il y eut un mouvement — un froissement de draps.

Morris, très prudemment, tourna la tête vers la droite, à l'opposé de la porte. Il vit d'abord une table de nuit avec une carafe d'eau. Deux boutons d'appel sur la table. Plus loin, un autre lit, avec dans ce lit un homme qui paraissait encore plus vieux et plus malade que lui, se dit Morris. Il n'était pas branché à une cage pour faire courir les gerbilles, comme lui, mais il avait un pied à perfusion à la tête de son lit et une sorte de console de surveillance à côté. L'homme avait la peau jaune, le visage creusé. De profondes rides autour des yeux et de la bouche. Des cheveux blanc-jaune, secs et sans vie. Ses paupières minces luisaient, comme battues, et sur son grand nez, Morris vit les capillaires éclatés des buveurs impénitents.

Morris détourna les yeux... puis regarda encore. À mesure que l'aube s'éclaircissait et que l'hôpital se réveillait, il eut la très étrange impression de reconnaître

son voisin de chambre. Était-ce possible ? L'homme
avait l'air d'avoir entre soixante-quinze et quatre-
vingts ans, et Morris ne pensait connaître personne
d'aussi âgé — sauf la mère de Lydia, une horreur dont
il pensait parfois qu'elle était plus vieille que le sphinx,
d'ailleurs, elle lui ressemblait beaucoup.

Peut-être ce type était-il quelqu'un qu'il avait connu
jadis, peut-être même avant de venir en Amérique.
Peut-être. Peut-être pas. Et pourquoi cela prenait-il tout
à coup de l'importance ? Et pourquoi tous ses souvenirs
du camp, de Patin, étaient-ils revenus en foule cette
nuit-là, alors qu'il s'efforçait de les garder enfouis et y
réussissait le plus souvent ? Il fut soudain couvert de
chair de poule, comme s'il était entré dans une sorte
de maison hantée où remuaient d'anciens cadavres, où
d'anciens fantômes se mettaient à marcher. Était-ce
possible, même ici, dans cet hôpital immaculé, trente
ans après la fin de cette période sinistre ?

Il détourna les yeux du vieillard et sentit bientôt
revenir le sommeil.

Ton esprit te joue un tour en te rendant familier ce
vieil homme. Ce n'est que ton esprit qui t'amuse du
mieux qu'il peut, qui t'amuse comme il essayait de le
faire à...

Mais il ne voulait pas penser à ça. Il ne se permettrait plus d'y penser.

S'enfonçant dans le sommeil, il se souvint de s'être
vanté devant Ruth (jamais devant Lydia, inutile de se
vanter devant elle, au contraire de Ruth qui souriait
toujours tendrement en le voyant se gonfler et se pava-
ner) : *Je n'oublie jamais un visage.* Voilà l'occasion de
le prouver. S'il avait vraiment connu son voisin de lit à
une époque ou une autre, peut-être pourrait-il se souvenir de quand... et d'où.

Tout proche du sommeil, hésitant avant d'y sombrer, Morris pensa encore : *Je l'ai peut-être connu au camp.*

Quelle ironie ce serait, vraiment — le rire de Dieu, comme on dit.

Quel Dieu ? se demanda encore une fois Morris Heisel. Et il s'endormit.

19

Todd obtint son diplôme de justesse, peut-être justement à cause de sa mauvaise note à l'exam de trigo qu'il révisait le soir où Dussander avait eu sa crise cardiaque. Elle avait fait baisser sa moyenne, jusqu'à seize, un point en dessous de A moins.

Une semaine après, les Bowden rendirent visite à M. Denker, à l'hôpital de Santo Donato. Todd se tortilla pendant un quart d'heure de banalités, de mercis, de comment-vous-sentez-vous, et fut soulagé quand l'homme du lit voisin lui demanda de venir une minute.

« Pardonnez-moi », dit l'homme en s'excusant. Il était pris dans un énorme plâtre et relié, pour une raison obscure, à un système de câbles et de poulies. « Je m'appelle Morris Heisel. Je me suis brisé le dos.

— C'est dommage, dit gravement Todd.

— *Oy*, dommage, comme tu dis ! Ce garçon a le génie de l'euphémisme ! »

Todd voulut s'excuser mais l'autre leva la main avec un léger sourire. Il était pâle, les traits tirés, comme n'importe quel vieillard hospitalisé qui voit son avenir immédiat bouleversé — et pas dans le bon sens. Dussander et lui, pensa Todd, avaient au moins cela en commun.

« Inutile, dit Morris, inutile de répondre à des propos grossiers. Vous êtes pour moi un inconnu. Dois-je infliger mes problèmes à un inconnu ?

— "Nul homme n'est une île, à lui seul complet…" », commença Todd, et Morris se mit à rire.

— Tiens une citation ! Malin, ce gosse ! Votre ami, là, il est mal en point ?

— Oh, les médecins disent qu'il s'en tire bien, étant donné son âge. Il a quatre-vingts ans.

— Si vieux que ça ! s'exclama Morris. Il ne me parle pas beaucoup, vous savez. Mais d'après ce qu'il dit, j'ai compris qu'il était naturalisé. Comme moi. Je suis polonais, vous savez. À l'origine, je veux dire. De Radom.

— Oh ? dit poliment Todd.

— Oui. Vous savez comment on appelle une bouche d'égout, à Radom ?

— Non, dit Todd en souriant.

— Un MacDonald. » Il éclata de rire, Todd l'imita, Dussander leur lança un coup d'œil, surpris par le bruit, et fronça légèrement les sourcils. Puis Monica lui dit quelque chose et il se tourna vers elle.

« Votre ami est-il effectivement naturalisé ?

— Oh, oui. Il vient d'Allemagne. D'Essen. Vous connaissez ?

— Non, mais je ne suis allé qu'une seule fois en Allemagne. Je me demande s'il a fait la guerre.

— Je ne pourrais pas vous dire. » Todd avait pris un regard distant.

« Non ? Enfin, c'est sans importance. Il y a bien longtemps, cette guerre. Dans trois ans, il y aura des gens à qui la Constitution permettra d'être élus prési-

dent — président ! — et qui n'étaient même pas nés à
la fin de la guerre. Pour eux il ne doit guère y avoir de
différence entre le Miracle de Dunkerque et Hannibal
franchissant les Alpes avec ses éléphants.

— Avez-vous fait la guerre ? demanda Todd.

— D'une certaine façon, oui. Tu es un brave garçon, de rendre visite à un vieux bonhomme comme lui
— deux vieux bonshommes, en me comptant. »

Todd eut un sourire modeste.

« Maintenant je suis fatigué, dit Morris. Je vais peut-
être dormir.

— J'espère que vous irez mieux bientôt », dit Todd.

Morris hocha la tête, sourit et ferma les yeux. Todd
revint auprès de l'autre lit. Ses parents s'apprêtaient à
s'en aller — son père regardait sans cesse sa montre en
s'exclamant avec une fausse gaieté : « Comme il est
tard ! » Mais Morris Heisel ne dormait pas — et il ne
s'endormit pas avant longtemps.

Deux jours plus tard, Todd revint, mais seul. Morris
Heisel, cette fois, muré dans son plâtre, dormait profondément.

« Tu as bien fait, dit calmement Dussander. Es-tu
revenu à la maison, ensuite ?

— Oui. J'ai remis la boîte en place et j'ai brûlé
cette foutue lettre. Je ne pense pas que personne s'y
soit vraiment intéressé, mais j'avais peur... je ne sais
pas. » Il haussa les épaules, incapable de dire à Dussander qu'il avait une peur presque superstitieuse de la
lettre — peur que quelqu'un se promène dans la maison, quelqu'un sachant lire l'allemand, quelqu'un
capable de remarquer des références dépassées depuis
dix ou vingt ans.

« La prochaine fois que tu viens, passe-moi en

douce de quoi boire, dit le vieil homme. Je m'aperçois
que les cigarettes ne me manquent pas, mais…

— Je ne reviendrai pas, dit Todd d'un ton ferme.
Plus jamais. C'est fini. Nous sommes quittes.

— Quittes. » Dussander croisa les mains sur sa poitrine et sourit. Ce n'était pas un sourire aimable…
mais c'était peut-être le mieux qu'il pouvait faire. « Je
pensais bien que ça devait arriver. Ils vont me laisser
sortir de ce cimetière la semaine prochaine… du moins
c'est ce qu'ils m'ont promis. Le docteur dit que ma
carcasse risque de durer encore quelques années. Je lui
ai demandé combien et il a ri, c'est tout. À mon avis,
cela signifie pas plus de trois, probablement pas plus
de deux. Qui sait, je leur réserve peut-être une surprise. »

Todd ne dit rien.

« Mais entre nous, gamin, j'ai presque abandonné
l'espoir de voir le prochain siècle.

— Je voulais vous demander quelque chose, dit
Todd en le fixant du regard. Je voulais vous poser une
question sur quelque chose que vous avez dit un jour. »

Todd jeta un coup d'œil à l'homme dans le lit d'à
côté et rapprocha sa chaise de Dussander. Il pouvait
sentir son odeur, la même que celle des antiquités
égyptiennes du musée.

« Demande.

— Ce clodo. Vous avez parlé de mon expérience.
Une expérience directe. Qu'est-ce que ça voulait
dire ? »

Le sourire du vieil homme s'élargit légèrement. « Je
lis les journaux, gamin. Les vieux lisent toujours les
journaux, mais pas de la même façon que les jeunes.
On sait que les vautours se rassemblent en bout de
piste de certains aéroports d'Amérique du Sud quand

les vents deviennent dangereux, tu sais cela ? C'est comme ça qu'un vieux lit les journaux. Il y a un mois, j'ai vu une histoire dans le journal du dimanche. Pas en première page, personne ne s'intéresse assez aux clochards et aux ivrognes pour les mettre en première page, mais c'était l'article principal de la rubrique société. À SANTO DONATO LA CHASSE AUX DÉSHÉRITÉS EST OUVERTE — c'était le titre. Grossier. Du journalisme de bas étage. Vous, les Américains, vous en êtes spécialistes. »

Todd avait serré les poings, dissimulant ses ongles massacrés. Il ne lisait jamais les journaux du dimanche, il avait mieux à faire. Après chacune de ses aventures, bien sûr, il avait surveillé les journaux pendant au moins une semaine, mais aucun de ses clochards n'avait dépassé la page trois. L'idée que quelqu'un avait relié ces histoires derrière son dos le mettait en rage.

« L'article mentionnait plusieurs meurtres, d'une extrême brutalité. À coups de poignard, de gourdin. "Brutalité de sous-homme", écrivait le journaliste, mais tu les connais. L'auteur de ce texte lamentable reconnaissait qu'il y avait une mortalité importante chez ces infortunés, et que Santo Donato en avait accueilli plus que sa part ces dernières années. Beaucoup ne meurent pas de mort naturelle, ni de leur intempérance. Il y a souvent des meurtres. Mais la plupart du temps le meurtrier est lui-même un de ces dégénérés, le mobile n'est guère qu'une dispute autour d'une partie de cartes à dix cents ou d'une bouteille de moscatel. Et le tueur, plein de remords, ne demande qu'à avouer.

Or ces derniers meurtres n'avaient pas été élucidés. Ce qui est encore plus inquiétant dans l'esprit de ce

journaleux de bas étage — si toutefois il en a un —
c'est l'augmentation des disparitions depuis quelques
années. Bien sûr, il le reconnaît aussi, ces hommes ne
sont autres que les vagabonds du siècle dernicr. Ils
vont et viennent. Mais certains ont disparu sans toucher le chèque du chômage ou celui du travail tempo-
raire, qui arrive tous les vendredis. Auraient-ils été
victimes du TUEUR DE CLOCHARDS inventé par ce journaliste ? Des victimes restées introuvables ? *Pah !* »

Dussander agita la main comme pour mettre en
doute une telle irresponsabilité. « Ce n'est que pour
émoustiller les gens, naturellement. Pour les effrayer
confortablement le dimanche matin. On ressort de
vieux épouvantails, usés jusqu'à la corde mais encore
utilisables — le Dépeceur de Cleveland, Zodiac, le
mystérieux monsieur X qui a tué le Dahlia noir, Jack
au talon d'acier. Des sottises. Mais cela m'a fait réfléchir. Que peut faire d'autre un vieil homme quand ses
vieux amis ne viennent plus le voir ? »

Todd haussa les épaules.

« Si j'avais envie d'aider cet ignoble journaleux,
ce qui n'est certainement pas mon intention, je pourrais lui expliquer certaines de ces disparitions. Pas les
cadavres assommés ou poignardés, pas *ceux-là*, Dieu
ait pitié de leur âme d'abruti, mais quelques autres.
Parce que certains d'entre eux, en tout cas, sont dans
ma cave.

— Combien il y en a ? demanda Todd à voix basse.

— Six, dit Dussander calmement. En comptant
celui que tu m'as aidé à faire disparaître, six.

— Vous êtes vraiment barjo », dit Todd. Sous ses
yeux, la peau était blême et luisante. « À un moment,
votre putain de tête a complètement déraillé.

— Déraillé ! Quelle expression charmante ! Tu as

peut-être raison ! Mais alors je me suis dit : Ce chacal de journaliste adorerait attribuer meurtres et disparitions à une seule personne — l'hypothétique Tueur de clochards. Mais à mon avis, ce n'est pas du tout ce qui s'est passé.

» Alors je me suis dit encore : Est-ce que je ne connaîtrais pas quelqu'un capable de faire des choses pareilles ? Quelqu'un qui a supporté la même tension que moi depuis quelques années ? Quelqu'un qui a lui aussi écouté de vieux fantômes secouer leurs chaînes ? Et la réponse est oui. Je te connais, gamin.

— Je n'ai jamais tué personne. »

L'image qui lui vint ne fut pas celle des clochards — ce n'étaient pas des gens, pas vraiment, mais la sienne, il se voyait, lui, accroupi derrière l'arbre mort, l'œil collé à la lunette de son 30.30, le viseur fixé sur la tempe de l'homme à la barbe effilochée, celui qui conduisait une camionnette de jap.

« Peut-être, répondit Dussander, plutôt aimable. Pourtant, ce soir-là, tu as très bien tenu le coup. Tu étais plus en colère que surpris d'avoir été mis en danger par la maladie d'un vieil homme, à mon avis. Je me trompe ?

— Non, vous ne vous trompez pas. Je vous en voulais, et je vous en veux toujours. Je vous ai blanchi parce que vous avez quelque chose dans un coffre qui pourrait foutre ma vie en l'air.

— Non. Je n'ai rien.

— Quoi ? Qu'est-ce que vous dites ?

— C'était un bluff, tout autant que ta "lettre laissée à un ami". Tu n'as jamais écrit de lettre, tu n'as jamais eu un ami de ce genre, et je n'ai jamais écrit un seul mot sur notre… association, si j'ose dire. Maintenant, j'étale mon jeu. Tu m'as sauvé la vie. Peu importe que tu ne l'aies fait que pour te protéger — cela ne change rien à la rapidité et à l'efficacité dont tu as fait preuve. Je ne peux te faire aucun mal, gamin. Je te le dis sans regret. J'ai regardé la mort en face. Elle me fait peur, mais moins que je ne l'aurais cru. Il n'y a pas de document. C'est comme tu dis : nous sommes quittes. »

Todd sourit — une étrange torsion des lèvres vers le haut. Une lueur bizarre, sardonique, voleta dans ses yeux.

« Herr Dussander, si seulement je pouvais vous croire. »

Le même soir Todd descendit le talus surplombant l'autoroute jusqu'à l'arbre mort et s'assit sur le tronc. Le crépuscule venait de tomber. Il faisait bon. Les phares trouaient la nuit comme une longue rangée de pâquerettes.

Il n'y a pas de document.

Il ne s'était pas rendu compte à quel point la situation était inextricable jusqu'à la discussion qui avait suivi. Dussander lui proposa de fouiller la maison pour trouver la clef du coffre : s'il ne trouvait rien, cela prouverait qu'il n'y avait pas de coffre et donc pas de document. Mais on peut cacher une clef n'importe où — la mettre dans une boîte vide et l'enterrer, la mettre dans un étui de Sucrettes, la glisser derrière une planche qu'on replace ensuite. Il aurait même pu prendre le bus jusqu'à San Diego et la cacher derrière un des rochers du mur décoratif qui entourait la fosse aux ours. Et même, poursuivit Todd, Dussander avait aussi bien pu jeter la clef. Pourquoi pas ? Il n'en avait eu besoin qu'une fois, pour mettre le document dans le coffre. S'il mourait, quelqu'un d'autre l'en ressortirait.

À regret, le vieil homme approuva, mais après une

pause il lui fit une autre suggestion. Quand il serait
suffisamment rétabli pour rentrer chez lui, le gamin
appellerait toutes les banques de Santo Donato. Il dirait
aux employés qu'il téléphonait de la part de son grand-
père. Le pauvre vieux, dirait-il, était devenu lamenta-
blement sénile depuis deux ans, et maintenant il avait
perdu la clef de son coffre. Pire, il ne se souvenait pas
dans quelle banque était ce coffre. Pouvaient-ils simplement regarder dans leurs dossiers s'il y avait un
Arthur Denker, pas de deuxième prénom ? Et si Todd
faisait chou blanc dans toutes les banques…

Todd secouait déjà la tête. D'abord, parce qu'il était
presque sûr qu'une histoire pareille leur donnerait
des soupçons. Trop cousu main. Ils croiraient à une
entourloupe et préviendraient la police. Et même s'ils
gobaient tous cette histoire, cela ne vaudrait rien. S'il
n'y avait pas de coffre au nom de Denker dans les neuf
douzaines de banques de Santo Donato, cela ne voulait
pas dire que Denker n'en avait pas loué un à San
Diego, à L.A. ou dans n'importe quelle ville entre ces
deux-là.

À la fin, Dussander abandonna.

« Tu as réponse à tout, gamin. À tout, sauf à une
question. Qu'est-ce que je gagnerais à te mentir ? J'ai
inventé cette histoire pour me protéger — c'était
un motif. Maintenant, j'essaie de la désinventer. Que
crois-tu que je puisse y gagner ? »

Laborieusement, Dussander s'appuya sur son coude.

« De plus, au point où j'en suis, pourquoi aurais-je
besoin du moindre document ? Je peux détruire ton
existence depuis mon lit d'hôpital, si j'en ai envie. Je
peux tout déballer au premier docteur qui passe, ce
sont tous des Juifs — ils sauraient qui je suis, ou du
moins qui j'étais. Mais pourquoi le ferais-je ? Tu es un

bon élève. Tu as une belle carrière devant toi... à moins que tu ne deviennes négligent avec tes clochards. »

Le visage de Todd se figea. « Je ne vous ai jamais dit...

— Je sais. Tu n'en as jamais entendu parler, tu n'as jamais même effleuré un cheveu de leurs têtes pouilleuses et pleines de croûtes, très bien, parfait. Je n'en parlerai plus. Seulement dis-moi, gamin : pourquoi mentirais-je là-dessus ? Nous sommes quittes, dis-tu. Moi je te dis que nous ne pouvons l'être que si nous avons confiance l'un en l'autre. »

Maintenant, assis sur l'arbre mort au flanc du talus donnant sur l'autoroute, à regarder disparaître sans fin, comme des balles traçantes au ralenti, la file des phares anonymes, il savait bien ce dont il avait peur.

Dussander parlant de confiance, voilà ce qui lui faisait peur.

L'idée que le vieil homme nourrisse dans son cœur une petite flamme de pure haine envers lui, voilà aussi ce qu'il craignait.

De la haine envers Todd Bowden, qui était jeune, qui avait les traits réguliers, sans rides ; Todd Bowden, un élève doué qui avait devant lui toute une vie resplendissante.

Mais ce qui le terrifiait encore plus, c'était que Dussander refuse de prononcer son nom.

Todd. Qu'est-ce que ça avait de difficile, même pour un vieux boche plein de fausses dents ? *Todd.* Une syllabe. Facile à dire. Appuyer la langue sur le palais, ouvrir un peu les dents, ramener sa langue et ça sortait. Pourtant Dussander l'avait toujours appelé « gamin ».

Uniquement. Méprisant. *Anonyme.* Oui, c'était ça. Anonyme. Aussi anonyme qu'un numéro de camp de concentration.

Peut-être Dussander disait-il la vérité. Non, pas peut-être : probablement. Mais il y avait ces craintes… la pire étant ce refus de prononcer son nom.

Et au fond, il y avait sa propre impuissance à prendre une décision finale, définitive, il y avait cette triste vérité : même après avoir vu régulièrement Dussander pendant quatre ans, il ne savait toujours pas ce que le vieil homme avait dans la tête. Peut-être n'était-il pas un élève si doué que ça.

Des voitures, des voitures, des voitures. Ses doigts le démangeaient. Le 30.30. Combien pourrait-il en descendre ? Trois ? Six ? Une douzaine comme des œufs ? Et combien de miles jusqu'à Babylone ?

Il n'arrêtait pas de s'agiter, mal à l'aise.

En fin de compte, la vérité ne se saurait qu'à la mort de Dussander, pensa-t-il. D'ici cinq ans, peut-être avant. De trois à cinq… on aurait dit des années de prison. *Todd Bowden, la cour vous condamne à trois à cinq ans de prison pour complicité avec un criminel de guerre notoire. Trois à cinq avec cauchemars et sueurs froides.*

Tôt ou tard Dussander tomberait raide mort. Alors ce serait l'attente. L'estomac noué chaque fois que le téléphone sonnerait, ou la porte d'entrée.

Il n'était pas sûr de pouvoir le supporter.

Ses doigts le démangeaient. Todd serra les poings et les écrasa d'un coup entre ses cuisses. La souffrance et la nausée envahirent son ventre. Il resta quelque temps roulé en boule sur le sol, à se tordre de douleur, la bouche ouverte sur un cri muet. La souffrance fut horrible, mais elle fit disparaître l'interminable défilé de ses pensées.

En tout cas pour un temps.

20

Pour Morris Heisel, ce dimanche fut un jour miraculeux.

Les Braves d'Atlanta, son équipe de base-ball favorite, remportèrent un doublé devant les redoutables Rouges de Cincinnati par 7 à 1 et 8 à 0. Lydia, qui se vantait effrontément de toujours prendre soin d'elle-même et qui avait pour dicton préféré : « Mieux vaut prévenir que guérir », glissa sur le sol mouillé dans la cuisine de son amie Janet et se luxa la hanche. Elle était à la maison et devait rester au lit. Ce n'était pas grave, pas du tout, Dieu merci (quel Dieu ?), mais cela signifiait qu'elle ne pourrait pas venir le voir pendant au moins deux jours, peut-être même quatre.

Quatre jours sans Lydia ! Quatre jours où il ne serait pas obligé de l'entendre répéter comment elle l'avait prévenu que l'échelle était branlante et que, par-dessus le marché, il était monté trop haut. Quatre jours où il ne serait pas obligé de l'écouter raconter qu'elle avait toujours dit que le chiot des Rogan allait leur faire du mal, à toujours courir après Lover Boy. Quatre jours sans que Lydia lui demande s'il n'était pas content, maintenant, qu'elle l'ait harcelé pour qu'il envoie le formulaire de l'assurance, parce que sinon ils seraient déjà en route vers l'hospice. Quatre jours sans que Lydia lui dise que beaucoup de gens menaient une vie parfaitement normale — ou presque — en ayant le bas du corps paralysé — tiens, tous les musées et toutes les expos de la ville avaient des rampes en plus des marches, et il existait même des bus spéciaux. Ce sur quoi Lydia souriait courageusement et fondait en larmes.

Morris se laissa glisser dans une agréable sieste de fin d'après-midi.

Quand il se réveilla il était cinq heures et demie. Son voisin de chambre dormait. Il n'avait toujours pas situé Denker, mais il était quand même certain de l'avoir connu à un moment ou à un autre. Il avait commencé à poser des questions au vieillard, une ou deux fois, mais quelque chose le retenait de s'engager dans une conversation autre que banale avec cet homme — le temps, le dernier tremblement de terre, le prochain tremblement de terre, et ouais, le *Guide* annonce que Myron Floren revient cette semaine comme invité spécial de l'émission de Welk.

Morris se disait qu'il se retenait pour en faire un exercice mental. Quand on est plâtré des épaules aux hanches, ce genre de jeu n'est pas à dédaigner. Avec une petite énigme à résoudre dans la tête, on passe un peu moins de temps à se demander comment ça va être de pisser dans une sonde pour le restant de ses jours.

S'il annonçait la couleur et posait la question à Denker, le jeu aurait probablement une conclusion rapide et peu satisfaisante. Ils élimineraient peu à peu le passé jusqu'à une expérience commune — un voyage en train, une croisière, peut-être même le camp. Denker aurait pu se trouver à Patin; il y avait plein de Juifs allemands là-bas.

D'un autre côté, une infirmière lui avait dit que Denker allait probablement rentrer chez lui dans une ou deux semaines. Si Morris n'y était pas arrivé à ce moment-là, il se déclarerait perdant et poserait la question de but en blanc : *Dites-moi, j'ai l'impression de vous connaître...*

Mais il y avait plus que ça, devait-il admettre. Tout au fond de lui, il ressentait quelque chose de sinistre qui le faisait penser à un conte, *La Patte du singe*, où chaque vœu n'est exaucé qu'à la suite d'un affreux coup du sort. La patte échoit à un vieux couple qui souhaite avoir cent dollars et les reçoit en guise de condoléances quand leur fils unique est tué dans un horrible accident au moulin. Alors la mère demande le retour du fils. Peu après ils entendent des pas traînants dans l'allée, puis des coups sur la porte, une vraie fusillade. La mère, folle de joie, se précipite en bas de l'escalier pour ouvrir à son fils. Le père, fou de terreur, cherche la patte desséchée dans le noir, finit par la trouver et souhaite que son fils reste mort. L'instant d'après, la mère ouvre la porte et ne voit rien sur le perron qu'un tourbillon de vent noir.

Morris avait le sentiment qu'il savait peut-être, en fait, où il avait connu Denker, mais que ce savoir ressemblait au fils du vieux couple dans le conte — revenu de parmi les morts, mais pas comme sa mère l'imaginait : horriblement mutilé, déchiqueté par la machinerie où il était tombé. Il savait que son rapport avec Denker pouvait être une créature de l'inconscient, frappant sur la porte séparant cette part de son esprit d'une compréhension rationnelle qui exigeait d'être admise... et qu'une autre partie de lui cherchait frénétiquement la patte de singe — ou son équivalent psychologique —, le talisman qui ferait disparaître à jamais ce savoir.

Il regarda Denker en fronçant les sourcils.

Denker, Denker, où t'ai-je rencontré, Denker ? Était-

ce à Patin ? Est-ce pour cela que je ne veux pas le savoir ? Sûrement, pourtant, deux survivants de l'horreur n'ont pas à se craindre l'un l'autre. À moins, bien sûr...

Il se rembrunit. Il se sentait très proche, soudain, mais un fourmillement dans ses pieds vint l'agacer, déranger sa concentration. Un picotement comme lorsqu'on a dormi sur un muscle et que la circulation revient peu à peu. S'il n'y avait pas ce foutu plâtre, il pourrait se frotter le pied et le faire disparaître. Il pourrait...

Morris ouvrit grand les yeux.

Pendant un long moment il resta parfaitement immobile, oubliant Lydia, oubliant Denker, oubliant Patin, oubliant tout sauf ce picotement dans les pieds. Oui, *les deux* pieds, mais plus fort dans le pied droit. Une sensation qui fait dire : *Mon pied s'est endormi.*

Alors qu'on veut dire, en fait : *Mon pied se réveille.*

Morris tendit la main sur la sonnette. Appuya sans cesse jusqu'à ce qu'une infirmière arrive.

L'infirmière voulut ne pas en tenir compte — elle avait déjà vu des patients pleins d'espoir. Son médecin n'était pas à l'hôpital et elle n'avait pas envie de l'appeler chez lui. Le Dr Kellerman était connu pour son caractère exécrable... surtout quand on le dérangeait. Morris ne se laissa pas faire. Conciliant, d'habitude, cette fois il était prêt à faire du tapage, un scandale s'il le fallait. Les Braves avaient fait un doublé. Lydia s'était luxé la hanche. Et les bonnes surprises arrivent par trois, tout le monde le sait.

Finalement l'infirmière revint avec un interne, un jeune homme appelé Dr Timpnell qui avait l'air de s'être coiffé avec une tondeuse à gazon émoussée. Le

Dr Timpnell sortit un couteau suisse de la poche de son pantalon blanc, déplia la lame tournevis cruciforme et en fit courir la pointe sous le pied droit de Morris, de l'orteil au talon. Le pied ne se replia pas, mais les orteils frémirent — très sensiblement, impossible de s'y tromper. Morris fondit en larmes.

Timpnell, plutôt ahuri, s'assit près de lui sur le lit et lui tapota la main.

« Ce genre de choses arrive de temps en temps, dit-il (puisant peut-être dans sa vaste expérience clinique, qui datait d'au moins six mois). Aucun médecin ne peut le prédire, mais cela arrive. Et apparemment, cela vous est arrivé. »

Morris hocha la tête à travers ses larmes.

« De toute évidence, vous n'êtes pas entièrement paralysé. » Timpnell lui tapotait toujours la main. « Mais je ne me risquerais pas à prévoir si votre rétablissement sera léger, partiel ou complet. Je doute que le Dr Kellerman puisse vous en dire plus. Je pense qu'il vous faudra une très longue rééducation, parfois pénible. Mais beaucoup moins pénible que... vous savez quoi.

— Oui, dit Morris en pleurant. Je sais. Dieu merci ! » Il se souvint d'avoir dit à Lydia que Dieu n'existait pas et sentit une rougeur brûlante envahir son visage.

« Je veillerai à ce que le Dr Kellerman soit prévenu, dit Timpnell, qui lui tapota une dernière fois la main avant de se lever.

— Pourriez-vous prévenir ma femme ? » demanda Morris. Car Lydia avait beau se tordre les mains et pleurer tous les malheurs du monde, Morris ressentait quelque chose pour elle. Peut-être même de l'amour, une émotion conciliable avec l'envie épisodique de tordre le cou à la personne aimée.

«Oui, je vais m'en occuper. Mademoiselle, pour-riez-vous… ?

— Bien sûr, docteur», répondit l'infirmière. Timp-nell réussit à ne pas sourire.

«Merci, dit Morris en s'essuyant les yeux avec un Kleenex pris sur la table de nuit. Merci beaucoup.»

Timpnell s'éclipsa. À un moment de la discussion, M. Denker s'était réveillé. Morris voulut s'excuser du bruit, ou peut-être d'avoir pleuré, puis décida que c'était inutile.

«On doit vous féliciter, me semble-t-il.

— Nous verrons», répondit Morris. Mais, comme Timpnell, il eut du mal à s'empêcher de sourire. «Nous verrons.

— Certaines choses s'arrangent d'elles-mêmes», dit vaguement Denker qui se tourna vers la TV com-mandée à distance. Il était six heures moins le quart, et ils regardèrent la fin de *Hee Haw*. Puis le journal du soir. Le chômage s'aggravait. L'inflation n'allait pas trop mal. Billy Carter pensait se lancer dans la bière. Un nouveau sondage indiquait que si les élections avaient lieu maintenant, il y aurait quatre candidats républicains capables de battre son frère Jimmy. Et il y avait eu des incidents raciaux après le meurtre d'un enfant noir à Miami. «Une nuit de violence», dit le présentateur. Plus près de chez eux, on avait trouvé un cadavre non identifié dans un verger près de l'auto-route 46, tué à coups de matraque et de couteau.

Lydia téléphona juste avant six heures et demie. Le Dr Kellerman l'avait prévenue. Se fondant sur le rap-port du jeune interne, il était d'un optimisme prudent. Lydia était d'un enthousiasme prudent, elle aussi. Elle jura de venir le lendemain, même si elle devait en mou-rir. Morris lui dit qu'il l'aimait. Ce soir-là, il aimait tout le monde — Lydia, le Dr Timpnell et sa tondeuse à gazon, M. Denker, même la jeune fille qui apporta les plateaux repas quand il raccrocha.

Au menu, il y avait des hamburgers-purée, un mélange carottes-petits pois, et une petite coupe de glace comme dessert. La môme qui servait s'appelait Felice. Timide et blonde, elle avait peut-être vingt ans. Elle aussi avait de bonnes nouvelles — son petit ami avait décroché un emploi de programmeur chez IBM et lui avait officiellement demandé de l'épouser.

M. Denker, qui dégageait un certain charme suranné auquel toutes les jeunes filles étaient sensibles, se montra ravi. « Vraiment, c'est merveilleux. Asseyez-vous et racontez-nous tout ça. Les moindres détails. N'oubliez rien ! »

Felice rougit et sourit et dit qu'elle ne pouvait pas. « Nous avons encore à faire le reste de l'aile B et ensuite l'aile C. Regardez, il est déjà six heures et demie !

— Alors demain soir, c'est sûr. Nous insistons… n'est-ce pas, monsieur Heisel ?

— Oui, vraiment », murmura Morris, mais son esprit était à des millions de kilomètres.

(*asseyez-vous et racontez-nous tout ça*)

Des paroles prononcées avec le même ton ironique. Il avait déjà entendu ça, sans aucun doute. Mais était-ce Denker qui les avait prononcées ? Était-ce lui ?

(*les moindres détails*)

La voix d'un homme courtois. D'un homme cultivé. Mais une menace dans cette voix. Une main de fer dans un gant de velours. Oui.

Où ?

(*les moindres détails. N'oubliez rien*)

(*? PATIN ?*)

Morris Heisel regarda son dîner. M. Denker s'y était déjà attaqué de bon cœur. Son badinage avec Felice l'avait mis d'excellente humeur — comme lorsque le jeune garçon blond lui avait rendu visite.

« Une gentille fille, dit Denker, sa voix étouffée par une bouchée de carottes-petits pois.

— Oh oui…

(*asseyez-vous*)

— Felice, vous voulez dire. Elle est…

(*et racontez-nous tout ça*)

— Délicieuse. »

(*les moindres détails. N'oubliez rien*)

Il regardait toujours son dîner, se souvenant du camp, de ce que cela vous faisait au bout d'un certain temps. Au début, on aurait tué pour un bout de viande plein de vers ou complètement pourri. Mais ensuite cette faim démente disparaissait et le ventre devenait une sorte de caillou gris au milieu du corps. Avec l'impression qu'on n'aurait plus jamais faim de sa vie.

Jusqu'à ce qu'on vous montre de la nourriture.

(*racontez-nous tout ça, mon ami, n'oubliez rien, asseyez-vous et dites-nous TOUUUT là-dessus*)

Sur le plateau en plastique, le plat principal du dîner était un hamburger. Pourquoi lui faisait-il penser soudain à de l'agneau ? Pas de mouton, ni des côtelettes — le mouton est souvent plein de nerfs, les côtelettes trop dures, et celui dont les dents pourries ne sont plus que des chicots pourrait ne pas être excessivement tenté par l'un ou l'autre. Non, il pensait à un savoureux ragoût d'agneau avec beaucoup de sauce et de légumes. Des légumes tendres et parfumés. Pourquoi penser à un ragoût d'agneau ? Pourquoi, sinon…

La porte s'ouvrit en claquant. C'était Lydia, les joues roses d'avoir trop souri. Une béquille en aluminium sous l'aisselle, elle marchait comme Chester, le copain du shérif Dillon. « *Morris !* » lança-t-elle en roulant les « r ». À sa remorque, l'air tout aussi heureuse et tremblante, apparut Emma Rogan, la voisine.

M. Denker, surpris, laissa tomber sa fourchette. Il marmonna des injures à mi-voix et la ramassa en grimaçant.

« C'est tellement MERVEILLEUX ! » L'excitation la faisait presque aboyer. « J'ai appelé Emma pour lui demander de venir ce soir au lieu de demain, j'avais déjà la béquille. Em, j'ai dit, si je ne peux pas supporter cette torture pour aller voir Morris, quelle épouse suis-je donc pour lui ? C'est exactement ce que j'ai dit, n'est-ce pas Emma ? »

Emma Rogan, se souvenant peut-être que son petit chien était au moins en partie responsable, approuva énergiquement.

« Alors j'ai appelé l'hôpital — Lydia se débarrassa difficilement de son manteau et s'installa pour une visite de longue durée — et ils m'ont dit que les heures de visite étaient passées mais que dans mon cas, ils feraient une exception, sauf qu'il ne faut pas rester trop longtemps pour ne pas déranger monsieur Denker. Nous sommes déjà en train de vous déranger, n'est-ce pas monsieur Denker ?

— Non, chère madame, répondit Denker, résigné.

— Assieds-toi, Emma, prends la chaise de M. Denker, il ne s'en sert pas. Voyons, Morris, arrête avec cette glace, tu en mets partout sur toi, un vrai bébé. Peu importe, nous allons te remettre sur tes jambes en un clin d'œil. Je vais te faire manger. Ouvre bien grand… Passons les dents, passons les gencives… attention, estomac, nous voilà !… Non, ne dis rien, Maman sait ce qu'il faut faire. Regarde un peu, Emma, il n'a

presque plus de poil sur le caillou et je ne m'en éton-
nais pas, pensant qu'il ne marcherait peut-être plus
jamais. C'est la miséricorde divine. Je lui avais dit que
l'échelle était branlante. Morris, j'ai dit, descends de
là avant… »

Elle lui fit manger sa glace et jacassa pendant une
heure avant de partir, sautillant avec ostentation sur sa
béquille tandis qu'Emma lui prenait le bras, de sorte
que les ragoûts d'agneau et les voix faisant écho à
celles du passé étaient complètement sortis de l'esprit
de Morris Heisel. Il était épuisé. Dire que la journée
avait été dure aurait été un euphémisme. Il tomba
immédiatement dans un profond sommeil.

Morris se réveilla entre trois et quatre heures du
matin, un cri bloqué dans sa gorge.

Maintenant il savait. Il savait exactement où et
quand il avait fait la connaissance de son voisin de lit.
Sauf qu'alors, il ne s'appelait pas Denker. Oh, non, pas
du tout.

Il venait de sortir du cauchemar le plus horrible
qu'il ait fait de sa vie. Quelqu'un leur avait donné, à
Lydia et à lui, une patte de singe, et ils avaient souhaité
recevoir de l'argent. Alors un petit télégraphiste
en uniforme des jeunesses hitlériennes s'était trouvé
dans la pièce. Il avait tendu un télégramme à Morris :
REGRET DE VOUS INFORMER DEUX FILLES MORTES STOP
CAMP DE CONCENTRATION DE PATIN STOP REGRETS
SINCÈRES POUR CETTE SOLUTION FINALE STOP LETTRE
COMMANDANT SUIT STOP VOUS RACONTERA TOUT STOP
N'OUBLIERA AUCUN DÉTAIL STOP VOUS PRIE ACCEPTER
NOTRE CHÈQUE DE 100 REICHMARKS DÉPOSÉ DEMAIN À
VOTRE BANQUE STOP SIGNÉ ADOLF HITLER CHANCELIER.

Lydia poussa un grand cri. Elle qui n'avait jamais

vu les filles de Morris leva bien haut la patte de singe
et souhaita qu'elles reviennent à la vie. La pièce fut
plongée dans le noir et soudain, à l'extérieur, on entendit des pas irréguliers, titubants.

Morris se retrouva à quatre pattes dans une obscurité
qui empestait la fumée, le gaz et la mort, à la recherche
de la patte de singe. Il leur restait un vœu. S'il retrouvait le talisman il pourrait souhaiter la fin de cet horrible rêve pour ne pas voir ses filles maigres comme
des squelettes, les yeux creusés comme des blessures,
leurs numéros consumant la maigre chair de leurs bras.

Des coups sur la porte, une vraie fusillade.

Il chercha frénétiquement la patte de singe, mais
sans résultat. Cela lui sembla durer des années. Soudain, derrière lui, la porte s'ouvrit à grand fracas. Non,
pensa-t-il. *Je ne regarderai pas. Je fermerai les yeux.*
Je me les arracherai de la tête s'il le faut, mais le ne
regarderai pas.

Mais il regarda. Il y fut obligé. Dans le rêve, c'était
comme si des mains énormes lui avaient fait tourner
la tête.

Ce n'étaient pas ses filles, dans l'embrasure de la
porte, c'était Denker. Un Denker beaucoup plus jeune,
en uniforme SS, sa casquette avec l'insigne à tête de
mort inclinée sur le côté d'un air crâne. Ses boutons
brillaient d'un éclat impitoyable, ses bottes luisaient
d'une manière fatale.

Il serrait dans ses bras une énorme marmite de ragoût
d'agneau qui bouillonnait lentement.

Et le Denker de rêve, avec un sourire suave et
sinistre, lui dit : «*Asseyez-vous et racontez-nous ça*
— nous sommes entre amis, hein? *Nous avons appris*
que de l'or a été dissimulé. Qu'on a caché du tabac.
Que pour Schnelbel ce n'était pas du tout une intoxi-

cation alimentaire mais du verre pilé dans son dîner deux jours plus tôt. Ne faites pas injure à notre intelligence en prétendant ne rien savoir. Vous savez TOUT. Alors dites-nous tout. N'oubliez rien. »

Alors, dans le noir, respirant l'odeur affolante du ragoût, il leur raconta tout. Son estomac réduit à un petit caillou se changea en tigre affamé. Les mots coulaient sans retenue de ses lèvres, mêlant dans ce torrent le vrai et le faux comme les divagations d'un fou.

Brodin a collé l'alliance de sa mère sous son scrotum !

(asseyez-vous)

Laslo et Herman Dorksy ont parlé d'attaquer le mirador numéro trois !

(et racontez-nous tout ça !)

Le mari de Rachel Tannenbaum a du tabac, il en a donné au garde qui vient après Zeickert, celui qu'on appelle Mange-Crottes parce qu'il n'arrête pas de se mettre les doigts dans le nez et ensuite à sa bouche, Tannenbaum lui en a donné pour qu'il ne prenne pas les boucles d'oreilles en perles de sa femme !

(oh cela n'a plus aucun sens vous avez mélangé deux histoires à mon avis mais ça va bien ça va très bien nous préférons vous voir mélanger vos histoires que d'en oublier une vous ne devez RIEN oublier !)

Il y a un homme qui répond à l'appel de son fils mort pour recevoir double ration !

(dites-nous son nom)

Je n'en sais rien mais je peux vous le montrer s'il vous plaît oui je peux vous le montrer je peux je peux je peux.

(dites-nous tout ce que vous savez)

je peux je peux je peux je peux je peux je peux je peux je.

Jusqu'à ce qu'il émerge et se réveille avec un cri brûlant dans la gorge.

Pris d'un tremblement incontrôlable, il regarda la forme endormie dans l'autre lit. Fixant surtout la bouche ridée, aux lèvres rentrées. Vieux tigre édenté. Vieil éléphant solitaire et vicieux avec une défense en moins et l'autre pourrie à la racine. Monstre sénile.

« Oh mon *Dieu* », chuchota Morris Heisel dans un murmure aigu, inaudible. Les larmes coulèrent le long de ses joues, vers ses oreilles. « Oh Dieu bon, l'homme qui a assassiné ma femme et mes filles dort dans la même chambre que moi, mon *Dieu*, oh mon cher cher *Dieu*, il est là dans la même pièce que moi. »

Les larmes se mirent à couler abondamment — larmes de rage et d'horreur, chaudes, brûlantes.

Tremblant, il attendit le matin, et le matin ne vint pas avant une éternité.

21

Le lendemain, un lundi, Todd était déjà levé à six heures du matin. Il remuait distraitement des œufs brouillés qu'il s'était préparés lui-même quand son père descendit l'escalier, en pantoufles et peignoir à ses initiales.

« Mumph », dit-il en allant chercher du jus d'orange dans le réfrigérateur.

Todd lui répondit d'un grognement sans lever les yeux de son livre, une des énigmes de l'Équipe 87. Il avait eu la chance de décrocher un travail pour l'été dans une entreprise de paysagistes aux environs de

Pasadena. Normalement, le trajet aurait été trop long, même si un de ses parents avait bien voulu lui prêter une voiture pour l'été (ni l'un ni l'autre ne voulait), mais son père avait un chantier non loin de là, de sorte qu'il déposait Todd à un arrêt de bus et le reprenait le soir au même endroit. Todd n'était pas follement ravi. Il n'aimait pas rentrer du travail avec son père, et il détestait franchement le trajet du matin. C'était le matin qu'il se sentait le plus vulnérable, quand la barrière entre ce qu'il était et ce qu'il pourrait être était la plus mince. C'était pire après une nuit de mauvais rêves, mais même sans un seul rêve, c'était dur. Un matin, il s'était rendu compte, saisi par la terreur, qu'il pensait sérieusement à tendre le bras par-dessus la serviette de son père pour prendre le volant et les précipiter dans les deux voies express, semant la mort et la destruction parmi les banlieusards.

« Tu veux encore un œuf, Todd ?

— Non merci, papa. » Dick Bowden préférait les œufs sur le plat. Comment pouvait-on manger une chose pareille ? Deux minutes dans la poêle, pareil de l'autre côté. Ce qui arrivait sur l'assiette au bout du compte ressemblait à un œil mort, géant, recouvert d'une cataracte, un œil qui saignait du liquide orange quand on le perçait d'un coup de fourchette.

Il repoussa ses œufs brouillés. Il les avait à peine touchés.

Dehors, le journal claqua sur le perron.

Son père trouva les œufs cuits, éteignit la cuisinière et vint à table. « Pas faim ce matin, Todd-O ? »

Appelle-moi comme ça encore une fois et je te plante ma fourchette dans ton putain de nez... Papa-O.

« Pas grand appétit, je crois. »

Dick eut un sourire plein d'affection pour son fils

— il restait une trace de mousse à raser sur l'oreille droite du garçon. «Betty Trask t'a coupé l'appétit, je suppose.

— Ouais, c'est peut-être ça.» Il eut un faible sourire qui s'éteignit aussitôt que son père eut descendu les marches du coin cuisine pour aller chercher le journal. *Est-ce que cela te réveillerait si je te disais que c'est une connasse, Papa-O ? Et si je te disais… Oh, à propos, sais-tu que la fille de ton copain Ray Trask est une des plus grandes putes de Santo Donato ? Elle se lécherait elle-même la chatte si elle avait les genoux à l'envers, Papa-O. C'est ce qu'elle pense elle-même. Ce n'est qu'une petite cramouille puante. Deux lignes de coke et elle passe la nuit avec toi. Et quand on n'a même pas de coke elle passe quand même la nuit. Elle baiserait un chien si elle n'avait pas de mec. Tu crois que cela te réveillerait, Papa-O ? que cela te mettrait en forme pour la journée ?*

Il repoussa ces pensées, plein de méchanceté, sachant qu'elles reviendraient.

Son père rapporta le journal. Todd aperçut la manchette : LA NAVETTE NE VOLERA PAS, DÉCLARE UN EXPERT.

Dick reprit sa place. «Betty est une belle fille, dit-il. Elle me rappelle ta mère quand je l'ai rencontrée.

— Vraiment ?

— Jolie… jeune… fraîche…» Dick avait les yeux dans le vague. Il se reprit et regarda son fils, presque avec angoisse. «Ce n'est pas que ta mère ne soit encore belle. Mais, à cet âge, une fille a une sorte… d'éclat, comme tu dirais. Elle le garde un certain temps, et puis c'est fini.» Il haussa les épaules et ouvrit le journal. «*C'est la vie*, je suppose.»

C'est une chienne en chaleur. C'est peut-être ça son éclat.

«Tu te conduis bien avec elle, n'est-ce pas Todd-O?» Comme d'habitude, son père parcourait le journal en vitesse pour arriver aux sports. «Tu ne fais pas trop le malin?

— Tout va au poil, papa.»

(*S'il n'arrête pas très vite je vais faire quelque chose. Hurler. Lui lancer son café à la gueule, quelque chose.*)

«Ray te trouve très bien», ajouta Dick d'un ton absent. Il avait enfin atteint la page des sports, où il se plongea. Un bienheureux silence régna dans la cuisine.

La première fois qu'ils étaient sortis ensemble, il en avait eu plein les mains, de Betty Trask. Il l'avait emmenée au chemin des amoureux du coin après le cinéma, sachant que c'était cela qu'on attendait de lui — ils mélangeraient leurs salives pendant une demi-heure et auraient tout ce qu'il faut à raconter le lendemain à leurs amis. Elle pourrait rouler des yeux en leur disant comment elle avait repoussé ses avances — les garçons sont lassants, vraiment, et elle ne baisait jamais la première fois, ce n'était pas son genre. Ses amies l'approuveraient et elles iraient en chœur dans les toilettes faire ce qu'on fait là-dedans — se remaquiller, fumer un Tampax, n'importe quoi.

Pour un mec… en tout cas fallait y aller. Fallait faire une tentative et essayer de mettre un but. Parce qu'il y a réputation et réputation. Todd se moquait d'avoir une réputation d'étalon, il voulait seulement qu'on le trouve normal. Et si on n'essayait même pas, ça se savait. Les gens commençaient à se demander si vous étiez normal.

Alors il les emmenait en haut de la colline, les embrassait, leur pelotait les seins, allait un peu plus loin si elles se laissaient faire. Et le tour était joué. La

fille l'empêchait, il faisait semblant d'insister gentiment et il la raccompagnait chez elle. Sans s'inquiéter
de ce qu'on dirait le lendemain dans les toilettes des
filles. Sans craindre qu'on se mette à penser que Todd
Bowden était tout sauf normal. Sauf…

Sauf que Betty Trask était le genre de fille qui baisait au premier rendez-vous. À chaque rendez-vous. Et
entre les rendez-vous.

La première fois, c'était environ un mois avant la
foutue crise du nazi, et Todd trouvait qu'il s'était bien
débrouillé pour un puceau… peut-être pour la même
raison qu'un jeune lanceur se surpassera si, sans le prévenir, on lui fait jouer le match le plus important de
l'année. Il n'avait pas eu le temps de s'inquiéter et
n'était pas trop tendu.

Chaque fois, jusque-là, Todd avait pu sentir le
moment où une fille avait décidé qu'au prochain rendez-vous, elle se laisserait aller. Il savait qu'il était
bien fait, qu'il présentait bien et qu'il avait de l'avenir.
Le genre de garçon que leurs salopes de mères appelaient «une bonne prise». Quand il sentait que la capi-
tulation était imminente, il sortait avec une autre fille.
Et quoi qu'on puisse penser de sa personnalité, Todd
était capable d'admettre que s'il se mettait un jour à
fréquenter une fille vraiment frigide, il serait content
de rester avec elle pendant des années. Peut-être même
de l'épouser.

Mais cette première fois avec Betty s'était bien passée — elle n'était pas vierge, elle au moins. Elle avait
dû l'aider à faire entrer sa bite, mais elle avait paru trouver ça normal. Et au milieu même de l'action, elle avait
roucoulé, sur la couverture où ils s'escrimaient : « Vraiment j'adore baiser ! » Avec le ton de voix qu'une autre

aurait eu pour exprimer son amour pour la glace à la fraise et à la chantilly.

Les rencontres suivantes — il y en avait eu cinq (cinq et demie, se dit-il, en comptant hier soir) — ne s'étaient pas si bien passées. En fait c'était allé de mal en pis, en progression géométrique… mais il ne pensait pas que Betty s'en soit rendu compte (jusqu'à hier soir, en tout cas). Plutôt le contraire, en fait. Betty, apparemment, croyait qu'elle avait trouvé l'étalon de ses rêves.

Todd n'avait rien senti de ce qu'il était censé ressentir à ces moments-là. Embrasser ses lèvres, c'était comme d'embrasser du foie cru et tiède. Sentir sa langue dans sa bouche le faisait se demander de quels microbes elle était infestée, et parfois il croyait sentir l'odeur de ses plombages — une odeur métallique, désagréable, comme celle du chrome. Ses seins n'étaient que des sacs de viande, pas plus.

Todd l'avait encore fait deux fois avec elle avant la crise cardiaque de Dussander. Chaque fois, l'érection avait eu plus de mal à venir. Dans les deux cas, il n'y était parvenu qu'en faisant appel à un fantasme. Elle était déshabillée en face de tous leurs amis. Elle pleurait. Todd l'obligeait à marcher de long en large devant tout le monde et lui criait : *Montre tes seins ! Laisse-les voir ta chatte, pauvre pute ! Écarte tes fesses ! C'est ça, penche-toi et ÉCARTE-les !* L'opinion de Betty n'était pas tellement surprenante. Todd était un bon amant, non pas malgré ses problèmes, mais grâce à eux. Bander n'était que le premier pas. Une fois en érection, il s'agissait d'avoir un orgasme. La quatrième fois qu'ils l'avaient fait — trois jours après la crise cardiaque — il l'avait défoncée pendant plus de dix minutes. Betty Trask avait cru mourir et monter au ciel : elle avait eu trois orgasmes et allait sur son quatrième quand Todd s'était souvenu d'un vieux fantasme… le premier de tous, en fait. La fille sur la table, ligotée, sans défense. L'énorme godemiché. La poire en caoutchouc. Mais cette fois, couvert de sueur, frénétique, rendu presque fou par son désir de jouir pour en finir avec cette horreur, il avait sous les yeux le visage de Betty non celui de la fille. Cela finit par provoquer un spasme caoutchouteux, sans joie. Todd supposa que c'était là, techniquement du moins, un orgasme. L'instant d'après Betty lui murmurait à l'oreille, l'haleine brûlante et chargée de chewing-gum : « Amour, tu peux m'avoir quand tu veux. Tu n'as qu'à m'appeler. »

Todd faillit laisser échapper un gémissement.

Son dilemme se présentait ainsi : Sa réputation souffrirait-elle s'il rompait avec une fille montrant à ce point qu'elle l'avait dans la peau ? Les gens se demanderaient-ils pourquoi ? Une part de lui répondait non. Il se souvenait d'avoir suivi un couloir derrière deux grands au cours de sa première année et d'avoir entendu l'un d'eux dire qu'il avait rompu avec sa petite amie. L'autre avait voulu savoir pourquoi. « Je l'ai baisée à mort », avait dit le premier, et ils avaient tous les deux éclaté d'un rire imbécile.

Si on me demande pourquoi je l'ai laissée tomber, je dirais simplement que je l'ai baisée à mort. Mais si elle dit qu'on ne l'a fait que cinq fois ? Est-ce que ça suffit ? Quoi ?… Combien ?… Combien de fois ?… Qui va en parler ?… Qu'est-ce qu'ils vont dire ?

Et son esprit tournait en rond sans répit, comme un rat affamé dans un labyrinthe. Il était vaguement conscient de grossir outre mesure un problème mineur, et que son incapacité à résoudre ce problème indiquait à quel point il perdait prise. Mais de le savoir ne lui donnait aucun moyen de changer quelque chose à sa conduite, et il sombrait dans la plus noire dépression.

L'université. C'était la réponse. L'université serait le prétexte pour rompre avec Betty, personne ne mettrait ça en doute. Mais septembre lui semblait si loin.

La cinquième fois, il lui avait fallu presque vingt minutes pour bander, mais Betty avait proclamé que le résultat valait largement l'attente. Finalement, la nuit dernière, il avait été incapable de s'exécuter.

« Qu'est-ce que tu es, au juste ? » Betty s'était énervée, les cheveux en désordre, cela faisait vingt minutes qu'elle manipulait son pénis toujours flasque, et elle perdait patience. « Es-tu un de ces types à voile et à vapeur ? »

Il avait vraiment failli l'étrangler sur place. Et s'il avait eu son 30.30…

« Eh bien, je veux bien être pendu ! Félicitations, mon fils !

— Hein ? » Il sortit de sa sombre rêverie et leva les yeux.

« Tu es pris dans l'équipe des lycées de Californie du Sud ! » Son père souriait de plaisir et de fierté.

« Vraiment ? » Pendant un instant il comprit à peine de quoi parlait son père — il lui fallut chercher le sens de chaque mot. « Ah ouais, l'entraîneur Haines m'avait parlé de ça à la fin de l'année. Il disait qu'il proposait Billy DeLyons et moi. Je n'ai jamais cru qu'il se passerait quoi que ce soit.

— Eh bien, mon Dieu ça n'a pas l'air de t'exciter beaucoup !

— J'essaye encore.

(*Qu'est-ce que j'en ai à foutre ?*)

de m'habituer à cette idée. » Au prix d'un effort

immense, il réussit à sourire. « Est-ce que je peux voir
l'article ? »

Son père lui tendit le journal par-dessus la table et se
leva. « Je vais réveiller Monica. Il faut qu'elle voie ça
avant qu'on s'en aille. »

(*Non, pitié — je ne peux pas me les faire tous les
deux ce matin*)

« Oh, ne fais pas ça. Tu sais qu'elle ne va pas pouvoir se rendormir si tu la réveilles. On va lui laisser sur
la table.

— Oui, je pense qu'on peut faire ça. Tu es un fils
très prévenant, Todd. » Il lui donna une claque dans le
dos, et Todd ferma les yeux, crispé. En même temps il
haussa les épaules, genre oh bof, ce qui fit rire son
père. Il rouvrit les yeux et regarda le journal.

QUATRE GARÇONS NOMMÉS ALL-STARS CAL SUD, en
titre. En dessous, leurs photos en uniforme — le buteur
et ailier gauche de Fairview High, l'arrière de Mount-
ford et Todd à l'extrême droite, souriant au monde
sous la visière de sa casquette. En lisant l'article, il
apprit que Billy DeLyons était dans la deuxième
équipe. Enfin une nouvelle qui pouvait lui faire plaisir.
DeLyons pouvait se dire méthodiste jusqu'à ce que la
langue lui tombe, si cela lui chantait, Todd n'était pas
dupe. Il savait parfaitement ce qu'était Billy DeLyons.
Il devrait peut-être le présenter à Betty Trask, elle
aussi était youpine. Il s'était longtemps posé la question, mais depuis hier il en était sûr. Les Trask passaient pour blancs. Un coup d'œil à son nez et à son
teint olivâtre — son père était encore plus typé — et
tout était dit. C'était simple : sa bite avait su la vérité
avant son cerveau. De qui croyaient-ils se moquer, en
se faisant appeler Trask.

« Je te félicite, fiston. »

Il leva les yeux. Vit d'abord la main tendue, puis le sourire imbécile de son père.

Ton copain Trask est un yid! s'entendit-il hurler à son père. *C'est pour ça que j'étais impuissant avec sa traînée de fille hier soir! C'est pour ça!* Puis, sans transition, la voix glacée qui se faisait parfois entendre à de tels moments surgit des profondeurs et endigua le torrent irrationnel (REPRENDS-TOI IMMÉDIATEMENT)

Derrière une écluse en acier.

Il prit la main de son père et la serra. Sourit franchement devant la fierté de son père. Et dit : «Merci papa.»

Ils laissèrent le journal ouvert avec un mot pour Monica. Dick insista pour que Todd l'écrive et signe : *Ton fils All-Stars, Todd.*

22

Ed French, alias Ed Mollasson, alias Pete le Sournois, alias l'Homme aux Keds, et *aussi* Ed le Crispé, était dans l'adorable petite ville balnéaire de San Remo pour un congrès d'orienteurs. Comme perte de temps, on ne fait pas mieux — les orienteurs savent seulement se mettre d'accord sur leur complet désaccord — et articles, séminaires et discussions l'ennuyèrent dès le premier jour. Le second, il découvrit que San Remo l'ennuyait tout autant, et que des adjectifs petite, adorable et balnéaire, le mot clé était probablement *petite*. À part la vue splendide et les séquoias, San Remo n'avait ni cinéma ni bowling, et Ed n'avait pas eu envie d'entrer dans le seul bar du patelin — il y avait un parking crasseux plein de camionnettes, et la plupart avaient des autocollants Reagan sur leurs pare-chocs rouillés. Il n'avait pas peur qu'on s'en prenne à lui, mais il n'avait pas envie de passer une soirée à regarder des mecs en chapeau de cow-boy écouter Loretta Young sur le juke-box.

Alors, il en était au troisième jour d'un congrès incroyablement étiré sur quatre ; il se trouvait dans la chambre 217 du Holiday Inn, sa femme et sa fille à la maison, la TV en panne, une mauvaise odeur traînant dans la salle de bains. Il y avait une piscine, mais il avait tellement d'eczéma cet été-là qu'il aurait préféré crever que de se montrer en maillot de bain. Des pieds aux genoux, il avait l'air d'un lépreux. Il lui restait une heure avant le prochain groupe de travail (Aide aux enfants vocalement handicapés) c'est-à-dire les bègues ou les becs-de-lièvre, mais ciel, on n'allait tout de même pas se mettre à dire des choses pareilles, quelqu'un pourrait nous baisser nos salaires, il avait déjà déjeuné au seul restaurant de la ville, il n'avait pas envie de faire la sieste, et l'unique station de TV repassait *l'Exorciste* une fois de plus.

Alors il prit son carnet d'adresses et le feuilleta distraitement, sachant à peine ce qu'il faisait, se demandant vaguement s'il connaissait quelqu'un d'assez fanatique des villes ou petites ou adorables ou balnéaires pour habiter San Remo. Il se dit que c'était ce que devaient faire tous ceux qui s'ennuyaient dans tous les Holiday Inn du monde — chercher un ami ou un parent oublié qu'ils puissent appeler au téléphone. C'était ça, *l'Exorciste* ou la bible Gideon. Et s'il arrivait à dénicher quelqu'un, que diable pourrait-il bien lui dire ? « Frank, bon Dieu, comment vas-tu ? Et à propos, c'est quoi — petite, adorable ou balnéaire ? »

Bien sûr. Très juste. Donnez un cigare à cet homme et foutez-lui le feu au train.

Pourtant, étendu sur le lit en feuilletant le mince annuaire de la ville à toute vitesse, il lui semblait qu'il *connaissait* effectivement quelqu'un à San Remo. Un représentant en livres? Une des nièces ou neveux de Sondra, dont il y avait des bataillons entiers? Un copain étudiant, partenaire de poker? Un parent d'élève? Cette idée lui fit dresser l'oreille, mais il ne réussit pas à être plus précis.

Il reprit l'annuaire, puis se dit qu'après tout, il avait sommeil. Il dormait presque quand la mémoire lui revint et il se rassit, de nouveau bien éveillé.

Lord Peter!

Ils avaient justement repassé ces aventures de Wimsey dernièrement sur PBS — *Nuages témoins, Meurtres en réclame, les Neuf Marins.* Sondra et lui étaient accro. Un certain Ian Carmichael jouait Wimsey, et Sondra était folle de lui. Au point même que Ed, qui ne trouvait pas que Carmichael ressemblait le moins du monde à Lord Peter, s'était presque mis en colère.

« Sandy, la forme de son visage ne va pas du tout. Et il a un dentier, bon Dieu!

— Pouh! avait lancé Sondra d'un ton désinvolte depuis le divan où elle était pelotonnée. Tu es jaloux, c'est tout. Il est tellement beau.

— Papa est jaloux, papa est jaloux, avait chanté la petite Norma, sautillant tout autour de la pièce dans son pyjama jaune canari.

— Tu devrais être au lit depuis une heure, dit Ed, regardant sa fille d'un œil noir. Et si je continue à te voir ici, je m'apercevrais probablement que tu n'es pas là-bas. »

La petite fut momentanément prise de court. Ed se tourna vers Sondra.

« Je me souviens d'il y a trois ou quatre ans. J'avais un gosse qui s'appelait Todd Bowden, et son grand-père est venu pour un entretien. Ce type-là, lui, ressemblait à Wimsey. Un Wimsey très vieux, mais la forme de son visage était la bonne et…

« Wim-zee, Wim-zee, *Dim*-zee, Jim-zee, chanta la petite fille. Wim-zee, Bim-zee, doodle-oodle-ooo-doo…

— Chut, vous deux, dit Sondra. Je trouve que c'est un très bel homme. » Quelle femme agaçante !

Mais le grand-père de Todd ne s'était-il pas retiré à San Remo ? Bien sûr. C'était sur le formulaire. Todd avait été un des plus brillants, cette année-là. Et puis, tout d'un coup, ses notes s'étaient mises à dégringoler. Le vieux bonhomme était venu, lui avait raconté une éternelle histoire de problèmes conjugaux, et avait persuadé Ed de laisser la situation en l'état pendant quelque temps pour voir si les choses ne s'arrangeraient pas d'elles-mêmes. Selon Ed, le vieux truc du *laisser-faire* ne marchait jamais — dites à un gosse de bosser ou de crever, en général il préférerait crever. Mais le vieux aurait été étrangement persuasif (c'était peut-être sa ressemblance avec Wimsey), et Ed avait accepté d'accorder à Todd un sursis jusqu'au prochain bulletin. Et bon Dieu, Todd s'en était sorti. Le vieux avait dû se farcir toute la famille et remuer une sacrée merde, se dit Ed. Il avait l'air du genre à en être capable, et aussi à y prendre une sorte de plaisir glacé. Justement, deux jours avant, il avait vu la photo de Todd dans le journal — il avait été nommé All-Stars. Ce qui n'est pas rien quand on pense qu'il y a peut-être cinq cents gosses proposés à chaque printemps. Sans

cette photo, Ed n'aurait probablement jamais retrouvé
le nom du grand-père.

Il consulta de nouveau l'annuaire, avec un but cette
fois, fit courir son doigt le long d'une colonne en petits
caractères, et c'était là : BOWDEN VICTOR S. 403 Ridge
Lane. Ed composa le numéro. Au bout de plusieurs
sonneries, il allait raccrocher quand un vieil homme lui
répondit. « Allô ?

— Hello, monsieur Bowden. Ed French. Du lycée
de Santo Donato.

— Oui ? » Poli, sans plus. Ne le reconnaissant sûrement pas. Enfin, le vieux bonhomme avait trois ans de
plus (comme nous tous !) et il avait sûrement des trous
de mémoire de temps en temps.

« Vous vous souvenez de moi, monsieur ?

— Le devrais-je ? » Bowden se montrait prudent, ce
qui le fit sourire. Le vieux devait avoir des passages à
vide, mais il ne voulait pas qu'on s'en aperçoive. Son
père avait fait pareil quand il avait commencé à devenir sourd.

« J'étais le conseiller pédagogique de Todd, votre
petit-fils. Je vous appelle pour vous féliciter. Il avait
vraiment lâché le cocotier en entrant au lycée, non ? Et
maintenant il est nommé All-Stars pour couronner le
tout. Wow ! »

« *Todd !* » Le vieux se fit aussitôt plus aimable.
« Oui, il a fait du bon travail, n'est-ce pas ? Second de
sa classe ! Et la fille arrivée devant lui a choisi une
école de commerce. » Il renifla de manière dédai-
gneuse. « Mon fils m'a téléphoné pour que je vienne à
la remise du diplôme, mais je suis actuellement dans
un fauteuil roulant. Je me suis fracturé la hanche en
janvier. Je ne voulais pas y aller en fauteuil roulant.
Mais j'ai la photo dans l'entrée, pensez bien ! Todd a

rendu ses parents très fiers de lui. Et moi aussi, bien sûr.

— Oui, je crois que nous lui avons fait sauter l'obstacle. » Ed souriait en disant cela, mais d'un sourire perplexe — le grand-père, bizarrement, n'était plus le même. Mais c'était normal, le temps avait passé.

« L'obstacle ? Quel obstacle ?

— Cette petite conversation que nous avons eue. Quand Todd avait des problèmes en classe. En troisième.

— Je ne vous suis pas, dit lentement le vieil homme. Je ne me serais jamais permis de parler pour le fils de Richard. Cela aurait fait trop d'histoires… ho-ho, vous n'imaginez pas les histoires que cela aurait déclenchées. Vous faites erreur, jeune homme.

— Mais…

— Une erreur quelconque. Vous m'avez confondu avec un autre élève et un autre grand-père, semble-t-il. »

Ed fut légèrement sidéré. Ce fut une des rares fois de sa vie où il ne trouva rien à dire. La confusion, en tout cas, ne venait certainement pas de *son* côté.

« Enfin, dit M. Bowden d'un ton dubitatif, très aimable de m'avoir appelé, monsieur… »

Ed retrouva sa langue. « Je suis en ville, monsieur Bowden. Il y a un congrès. De conseillers pédagogiques. J'aurais fini demain vers dix heures du matin, après la lecture du dernier article. Puis-je venir… — il regarda l'annuaire — à Ridge Lane pour vous voir quelques minutes ?

— Pourquoi diable ?

— Uniquement par curiosité, j'imagine. Beaucoup d'eau a passé sous les ponts. Mais il y a trois ans, les notes de Todd ont vraiment dégringolé. C'était si mauvais que j'ai envoyé une lettre avec son bulletin pour demander une entrevue avec un des parents, ou mieux, avec les deux. Or c'est son grand-père qui est venu, un homme très agréable qui s'appelait Victor Bowden.

— Mais je vous ai déjà dit…

— Oui. Je sais… Néanmoins j'ai parlé avec *quelqu'un* qui affirmait être le grand-père de Todd. Cela n'a plus grande importance, je pense, mais voir c'est croire. Je ne vous prendrai que quelques minutes de votre temps. De toute façon, on m'attend chez moi à l'heure du dîner.

— Du temps, c'est tout ce que j'ai, dit Bowden un peu tristement. Je serai là toute la journée. Vous serez le bienvenu. »

Ed le remercia, le salua et raccrocha. Il resta assis sur le lit, regardant pensivement l'appareil. Au bout d'un certain temps il se leva et prit une boîte de petits cigares dans le manteau posé sur la chaise du bureau. Il fallait y aller. Dans un groupe de travail, son absence serait remarquée. Il alluma son cigare avec une allumette Holiday Inn et laissa tomber le bout brûlé dans un cendrier Holiday Inn. S'approcha de la fenêtre Holiday Inn et fixa d'un regard vide la cour Holiday Inn.

Cela n'a plus grande importance, avait il dit à Bowden, mais pour lui cela en avait beaucoup. Il n'avait pas l'habitude de se faire rouler par un gosse, et cette révélation le dérangeait. Cela pourrait peut-être encore s'expliquer par la sénilité d'un vieillard, mais Victor Bowden n'avait pas la voix d'un homme qui commence à sucrer les fraises. Et bon Dieu, on aurait dit que ce n'était pas le même.

Todd l'avait-il mené en bateau ?

Il se dit que c'était possible. En théorie, tout au moins. Surtout avec un gosse aussi malin. Il avait pu

rouler tout le monde, pas seulement Ed. Il avait pu imiter la signature de sa mère ou de son père sur les EPS
reçues à cette époque. Beaucoup de gosses se décou-
vraient un talent de faussaire en recevant une colle. Il
avait pu se servir de Corector sur ses bulletins des
deuxième et troisième trimestres, remontant ses notes
pour ses parents et les redescendant pour que son répé-
titeur ne s'étonne de rien s'il y jetait un coup d'œil. La
double correction n'aurait pas résisté à l'examen, mais
les répétiteurs s'occupaient en moyenne de soixante
élèves. Ils avaient déjà du mal à les faire tous réciter
avant la cloche, sans parler de vérifier les bulletins tra-
fiqués.

Quant à la note finale de Todd, elle n'aurait peut-être
baissé que de trois points en tout — deux mauvaises
moyennes sur douze. Ses autres notes, bien qu'in-
égales, auraient pu compenser l'ensemble. Et quels
sont les parents qui viennent au lycée vérifier le dossier
conservé par l'État ? Surtout les parents d'un élève
aussi brillant que Todd ?

Son front, si lisse d'habitude, se plissa.

Cela n'a plus grande importance. Ce n'était que la
vérité. Todd avait fait des études exemplaires — personne au monde ne pouvait inventer une moyenne de
dix-huit. Le garçon allait s'inscrire à Berkeley, disait le
journal, et Ed supposait que ses parents étaient fiers
de lui — comme ils en avaient le droit. Ed avait de
plus en plus le sentiment que la vie américaine glissait
vers la corruption, l'opportunisme, le moindre risque,
banalisant la drogue et le sexe, la morale se faisant
chaque année plus douteuse. Quand un gosse s'en tirait
avec les honneurs, les parents avaient le droit d'être
fiers.

Cela n'a plus grande importance — mais qui était

ce branleur de grand-père ? La question restait une épine. Qui, en effet ? Todd Bowden était-il allé au bureau local du Syndicat des acteurs pour accrocher une annonce ? JEUNE HOMME AVEC PROBLÈME SCOLAIRE CHERCHE HOMME ÂGÉ, PRÉF. 70-80 ANS, POUR SCÈNE GRAND-PÈRE BIDON, SALAIRE SYNDICAL ? Beuh. Pas question Gaston. Quel adulte, au juste, aurait marché dans une combine aussi dingue, et pourquoi ?

Ed French, alias Mollasson, alias Ed Caoutchouc, n'en savait rien. Et comme cela n'avait plus grande importance, il éteignit son cigare et alla retrouver son groupe de travail. Mais il n'arriva pas à fixer son attention.

Le lendemain, il se rendit à Ridge Lane et eut une longue conversation avec Victor Bowden. Ils parlèrent de la vigne, des chaînes de grands magasins, de la manière dont elles évinçaient les petits épiciers, ils discutèrent du climat politique en Californie du Sud. M. Bowden lui offrit un verre de vin. Ed l'accepta volontiers. Il avait l'impression d'en avoir besoin, même s'il n'était que onze heures moins dix. Victor Bowden ressemblait à Lord Wimsey comme une mitrailleuse ressemble à un gourdin irlandais. Pas la moindre trace d'accent, et il se portait plutôt bien. L'homme qui s'était prétendu le grand-père de Todd était mince comme un fil de fer.

« J'aimerais, lui dit Ed avant de partir, que vous ne disiez rien de tout cela à M. ou Mme Bowden. Il y a peut-être une explication parfaitement raisonnable à tout ça... et même s'il n'y en a pas, cela relève du passé.

— Parfois, dit Bowden en levant son verre au soleil pour admirer le vin d'un rouge profond, le passé ne reste pas si facilement en place. Sinon, pourquoi étudierait-on l'histoire ? »

Ed, mal à l'aise, sourit et ne dit rien.

« Mais ne vous inquiétez pas. Je ne me mêle jamais des affaires de Richard. Et Todd est un bon garçon. Il a été désigné pour faire le discours de fin d'année… ce doit être un bon garçon. C'est juste ?

— Comme la pendule », dit joyeusement Ed French, qui lui demanda un autre verre de vin.

23

Dussander avait un sommeil agité, allongé dans la tranchée de ses cauchemars.

Ils attaquaient l'enceinte. Des milliers, peut-être des millions. Ils sortaient de la jungle en courant, et se jetaient contre les barbelés électrifiés qui commençaient à pencher dangereusement vers l'intérieur. Quelques fils avaient lâché et se tordaient maladroitement sur la terre battue du terrain de manœuvres, crachant des étincelles bleues. Et on n'en voyait toujours pas la fin. C'était sans fin. Le Führer était aussi fou que l'avait dit Rommel s'il pensait encore — s'il avait jamais pensé — qu'il pourrait y avoir une solution finale à ce problème. Il y en avait des milliards ; ils remplissaient l'univers ; et ils étaient tous après lui.

« Vieil homme. Réveillez-vous, vieil homme. Dussander. Réveillez-vous, vieil homme, réveillez-vous. »

Il crut au début que c'était une voix de son rêve.

Parlant allemand, il fallait qu'elle vienne du rêve. C'est pour cela, bien sûr, qu'elle était terrifiante. En se réveillant, il pourrait y échapper, alors il nagea vers le haut…

L'homme était assis à l'envers sur une chaise, près de son lit — il était réel. «Réveillez-vous, vieil homme», disait le visiteur. Jeune — pas plus de trente ans. Des yeux noirs et studieux derrière des lunettes cerclées d'acier. Des cheveux noirs et longs, tombant sur son col — un instant Dussander crut que c'était le gamin déguisé. Mais ce n'était pas lui, et il portait un costume bleu plutôt démodé et beaucoup trop chaud pour la Californie. Il y avait un petit insigne en argent épinglé au revers de la veste. L'argent, le métal qui sert à tuer les vampires et les loups-garous. C'était une étoile juive.

«C'est à moi que vous parlez? demanda Dussander en allemand.

— À qui d'autre alors? Votre voisin est parti.

— Heisel? Oui. Il est rentré chez lui hier.

— Vous êtes réveillé, maintenant?

— Bien sûr. Mais apparemment vous me prenez pour un autre. Je m'appelle Arthur Denker. Vous vous êtes peut-être trompé de chambre.

— Je m'appelle Weiskopf. Et vous Kurt Dussander. »

Le vieil homme voulut se lécher les lèvres, n'osa pas. Tout juste possible que cela fasse encore partie du rêve — un simple changement de décor, pas plus. *Apportez-moi un clochard et un couteau à découper, monsieur Étoile Juive au Revers, et je vous fais partir en fumée.*

«Je ne connais pas de Dussander, dit-il au jeune homme. Je ne vous comprends pas. Dois-je sonner l'infirmière?

— Vous comprenez», dit Weiskopf. Il changea

légèrement de position, écarta une mèche de cheveux de son front. Ce geste prosaïque anéantit le dernier espoir de Dussander.

« Heisel, dit Weiskopf en désignant le lit vide.

— Heisel, Dussander, Weiskopf — aucun de ces noms n'a de sens pour moi.

— Heisel est tombé d'une échelle en clouant une gouttière chez lui, dit le jeune homme. Il s'est cassé le dos. Il ne marchera peut-être plus jamais. Regrettable. Mais ce n'est pas la seule tragédie de son existence. Il était interné à Patin, où il a perdu sa femme et ses filles. Patin, dont vous étiez le commandant.

— Je pense que vous êtes fou, dit Dussander. Je m'appelle Arthur Denker. Je suis venu dans ce pays quand mon épouse est morte. Avant cela, j'étais…

— Épargnez-moi votre baratin, dit Weiskopf en levant la main. Il s'est souvenu de votre visage. Ce visage-là. »

Le jeune homme fit jaillir une photo devant ses yeux comme un prestidigitateur. C'était une de celles que lui avait montrées le gamin plusieurs années avant. Un jeune Dussander, sa casquette inclinée d'un air crâne, assis à son bureau.

Dussander se mit à parler lentement, en anglais, articulant soigneusement.

« Pendant la guerre j'étais mécanicien dans une usine. Je devais superviser la fabrication des colonnes de direction et des trains avant des voitures et des camions blindés. Ensuite j'ai aidé à construire des tanks. Mon unité de réserve a été rappelée pendant la bataille de Berlin et je me suis honorablement battu. Après la guerre, j'ai travaillé aux Menschler Motor Works jusqu'à…

— Jusqu'à ce que vous soyez obligé de vous enfuir

en Amérique du Sud. Avec votre or fondu à partir des dents juives et votre argent fondu à partir des bijoux juifs et votre compte numéroté en Suisse. M. Heisel, quand il est rentré chez lui, était un homme heureux, sachez-le. Oh, il a passé un mauvais moment quand il s'est réveillé dans le noir et qu'il a compris qui était son voisin de lit. Mais maintenant, il se sent mieux. Il estime que Dieu lui a accordé le sublime privilège de se casser le dos pour servir ensuite à la capture d'un des plus grands bouchers que l'humanité ait jamais connus. »

Dussander, lentement, articula soigneusement : « Pendant la guerre j'étais mécanicien dans une usine…

— Oh, laissez tomber, non ? Vos papiers ne tiendront pas à l'examen. Je le sais et vous le savez. Vous êtes démasqué.

— Je devais superviser la fabrication des…

— Des cadavres ! D'une façon ou d'une autre, vous serez à Tel Aviv avant la fin de l'année. Cette fois, les autorités coopèrent avec nous, Dussander. Les Américains tiennent à nous faire plaisir, et vous êtes une des choses qui nous feront plaisir.

— … colonnes de direction et des trains avant des voitures et des camions blindés. Ensuite j'ai aidé à construire des tanks.

— Pourquoi vous fatiguer ? Pourquoi insister ?

— Mon unité de réserve a été rappelée…

— Bon, très bien. Nous nous reverrons. Bientôt. »

Weiskopf se leva. Quitta la pièce. Son ombre oscilla un instant sur le mur, puis disparut elle aussi. Dussander ferma les yeux. Il se demanda si Weiskopf disait vrai en parlant de la coopération des autorités. Trois ans plus tôt, quand le pétrole se faisait rare en Amérique, il ne l'aurait pas cru. Mais les bouleversements actuels en Iran pouvaient renforcer l'aide des États-Unis à Israël. C'était possible. Et puis, quelle importance ? D'une façon ou d'une autre, légale ou illégale, Weiskopf et ses collègues l'auraient. Au sujet des nazis ils étaient intransigeants, et la question des camps les rendait complètement fous.

Il tremblait de tout son corps. Mais il savait ce qu'il avait à faire.

24

Les dossiers scolaires des élèves passés par le lycée de Santo Donato étaient conservés dans un vieil entrepôt plein de coins et de recoins au nord de la ville, pas loin du dépôt abandonné. Une bâtisse obscure, sonore, qui sentait la cire et le détergent industriel — on y entreposait aussi le mobilier scolaire.

Ed French arriva vers quatre heures de l'après-midi, traînant Norma derrière lui. Le concierge les fit entrer, dit à Ed que ce qu'il voulait était au quatrième étage, et les lâcha dans une bâtisse sinistre et grinçante qui réussit à réduire la petite fille au silence.

Arrivée au quatrième, elle redevint elle-même et cabriola le long des allées obscures où s'entassaient cartons et classeurs. Ed finit par trouver les dossiers des bulletins scolaires de 1975. Il tira le deuxième classeur et feuilleta les B. BORK. BOSTWICK. BOSWELL. BOWDEN TODD. Il sortit le bulletin, secoua la tête à cause de la pénombre, et alla jusqu'à une des hautes fenêtres poussiéreuses.

« Ne cours pas ici, chérie, lança-t-il à Norma.

— Pourquoi, papa ?

— Parce que les ogres vont te prendre », dit-il en levant le bulletin à la lumière.

Il s'en aperçut immédiatement. Le bulletin, classé depuis trois ans, avait été soigneusement, presque professionnellement, falsifié.

« Mon Dieu, murmura-t-il.

— Ouh les ogres, les ogres, les ogres ! » chanta Norma allégrement, et, elle continua à danser entre les caisses.

25

Dussander avança prudemment dans le couloir de l'hôpital. Ses jambes ne le portaient pas encore très bien. Il avait enfilé son peignoir bleu sur sa chemise blanche fournie par l'administration. À huit heures passées, il faisait nuit, c'était la relève des infirmières. La confusion durerait une demi-heure — il avait remarqué cette confusion à chaque changement d'équipe. C'était le moment où les infirmières échangeaient des instructions, des potins et buvaient un café dans leur bureau qui se trouvait au coin, juste après le distributeur d'eau potable. Ce qu'il voulait se trouvait en face du distributeur.

Il passa inaperçu dans le grand couloir qui lui faisait penser à un long quai de gare traversé d'échos avant le départ d'un train. Les blessés qui pouvaient se déplacer défilaient lentement dans un sens et dans l'autre, quelques-uns en robe de chambre, comme lui, d'autres en tenant les pans de leur chemise. Des bribes de musique venaient d'une demi-douzaine de transistors dispersés dans les chambres. Des visiteurs allaient et venaient. Dans une pièce, un homme riait, en face, dans le couloir, un autre semblait pleurer. Un médecin passa, le nez plongé dans un livre de poche.

Dussander alla prendre un peu d'eau au robinet, s'essuya la bouche de la main et contempla la porte fermée qui lui faisait face. Cette pièce était toujours fermée à clef — théoriquement du moins. En fait, il avait remarqué qu'elle était parfois ouverte et vide en même temps. Le plus souvent pendant cette chaotique demi-heure du changement d'équipe, quand les infirmières s'agglutinaient dans le bureau. Il avait noté tous ces détails de l'œil avisé et méfiant d'un homme en cavale depuis très très longtemps. Il aurait seulement voulu surveiller la porte une semaine de plus, voir s'il n'y avait pas des exceptions dangereuses — il n'aurait qu'une seule chance. Mais il n'aurait pas une semaine de plus. Il faudrait peut-être deux ou trois jours pour qu'on connaisse son statut de loup-garou hospitalisé, mais cela pouvait arriver demain. Il n'osait pas attendre. Quand cela se saurait, on le surveillerait en permanence.

Il but une autre gorgée, s'essuya la bouche, regarda de chaque côté. Ensuite, normalement, sans chercher à se cacher, il traversa le couloir, tourna le bouton et entra dans la réserve de médicaments. Au cas où la responsable serait déjà installée derrière son bureau, il n'était après tout qu'un vieux bonhomme qui n'y voyait plus très bien. Désolé, chère madame, je croyais que c'étaient les WC. Comme c'est stupide de ma part.

Mais la réserve était vide.

Il parcourut du regard l'étagère en haut à gauche. Rien que des gouttes pour les yeux et les oreilles. En dessous, laxatifs et suppositoires. Sur la troisième, Seconal et Veronal. Il glissa un flacon de Seconal dans la poche de sa robe de chambre. Puis s'en retourna et sortit sans regarder autour de lui avec un sourire perplexe — ce n'étaient certainement pas les WC, n'est-ce pas ? *Les voilà*, juste à côté du distributeur. Comme je suis bête !

Il entra dans les toilettes des hommes et se lava les mains. Puis il reprit le couloir jusqu'à sa chambre semi-privée qui était entièrement à lui depuis le départ de l'illustre M. Heisel. Entre les lits, sur la table, il y avait un verre et une carafe en plastique pleine d'eau. Dommage qu'il n'y ait pas de bourbon. Une honte, même. Mais les cachets l'embarqueraient en douceur quel que soit le liquide employé.

« Morris Heisel, *salut* », dit-il avec un léger sourire en se servant un verre d'eau. Après avoir sursauté devant des ombres pendant de si longues années, en croyant voir des visages familiers sur un banc, dans un restaurant ou à un arrêt de bus, il avait finalement été reconnu et dénoncé par un homme qu'il ne connaissait ni d'Ève ni d'Adam. C'était presque drôle. Il avait à peine daigné un coup d'œil à Heisel, Heisel et son dos cassé par Dieu. En y repensant, ce n'était pas *presque* drôle, c'était *très* drôle !

Il mit trois cachets dans sa bouche, les avala avec un peu d'eau, trois de plus, et encore trois. Dans la chambre d'en face, de l'autre côté du couloir, il voyait deux vieux courbés sur une table de nuit, maussades, qui jouaient à la crapette. Dussander savait que l'un d'eux avait une hernie. Et l'autre ? Un calcul biliaire ? Une néphrite ? Une tumeur ? La prostate ? Les horreurs de la vieillesse. Elles sont légion.

Il remplit son verre mais ne reprit pas de cachets,

pour l'instant du moins. En prendre trop pourrait lui
faire manquer son but. Il pourrait vomir et ensuite on
lui ferait un lavage d'estomac, on le sauverait pour
qu'il puisse subir les indignités que lui réservaient
Américains et Israéliens. Il n'avait aucune intention de
rater sa tentative comme une *Hausfrau* en pleine crise
de larmes. Quand le sommeil viendrait, il en prendrait
quelques autres. Ce serait parfait.

La voix triomphante d'un des joueurs de crapette lui
parvint, aiguë et chevrotante : « Une double séquence
de trois à huit... quinze à douze... et le valet des treize.
Qu'est-ce que tu penses de ce gros lot ?

— Ne t'inquiète pas pour moi, dit l'homme à la hernie, plein d'assurance. J'ai la donne. Je vais gicler. »

Gicler, se dit Dussander, un peu endormi. Une
expression assez juste — ces Américains ont un don
pour l'argot. *Je m'en tape le coquillard, tu prends tes
cliques et tes claques, mets-le-toi à l'ombre, faire sa
pelote et se tirer des pattes.* Merveilleux.

Ils croyaient l'avoir, mais il allait leur gicler sous
le nez.

Il se surprit à regretter de ne pouvoir laisser un mot
au gamin, chose absurde entre toutes. Il aurait aimé lui
dire d'être très prudent. D'écouter un vieil homme qui
avait fini par aller un peu trop loin. Il aurait souhaité
lui dire qu'à la fin, lui, Dussander, il en était venu à le
respecter, même s'il n'avait jamais pu l'aimer, et qu'il
avait préféré parler avec lui que ruminer en silence.
Mais un message quelconque, si innocent fût-il, pourrait faire soupçonner le gamin, et Dussander ne voulait
pas. Oh, il se ferait du mauvais sang un mois ou deux,
attendant qu'un agent du gouvernement vienne lui parler d'un certain document trouvé dans un coffre loué
par Kurt Dussander, alias Arthur Denker... mais après

cela le gamin comprendrait qu'il avait dit la vérité. Il n'y avait pas de raison pour que le gamin soit éclaboussé par tout cela, tant qu'il ne perdait pas la tête.

Dussander tendit un bras qui lui sembla faire un kilomètre de long, prit le verre d'eau, avala encore trois cachets. Il reposa le verre, ferma les yeux et s'enfonça un peu plus dans la douceur de son oreiller. Jamais il n'avait eu sommeil à ce point, et ce serait un long sommeil. Un long repos.

À moins qu'il n'y ait des rêves.

Cette idée lui fit un choc. *Des rêves ? Oh, Dieu non. Pas ces rêves. Pas pour l'éternité, sans plus jamais pouvoir se réveiller. Pas...*

Soudain terrifié, il s'efforça de se réveiller. Il lui semblait que des mains sortaient du lit pour le retenir, des mains avides.

(! NON !)

Ses pensées se défirent en une spirale vertigineuse sur laquelle il glissa dans la nuit comme sur un toboggan, de plus en plus bas, jusqu'aux rêves, s'il y en avait.

On découvrit son overdose à 1 h 35 de la nuit, et il fut déclaré mort un quart d'heure plus tard. L'infirmière de service était jeune, et elle avait été sensible à la galanterie un peu ironique du vieux M. Denker. Elle fondit en larmes. Elle était catholique, et elle ne comprenait pas pourquoi un si gentil vieillard, qui était en train de se rétablir, avait pu vouloir faire une chose pareille et envoyer en enfer son âme éternelle.

26

Le samedi matin, chez les Bowden, personne ne se levait avant au moins neuf heures. Ce matin-là, vers neuf heures et demie, Todd et son père lisaient pendant que Monica, plus lente à émerger, leur servait des œufs brouillés, du jus d'orange et du café, en silence, encore à moitié dans ses rêves.

Todd lisait un livre de science-fiction et Dick était plongé dans *Architectural Digest* quand le journal vint cogner contre la porte.

« Tu veux que j'y aille, papa ?

— J'y vais. »

Dick alla le chercher, se mit à boire son café, et manqua s'étrangler en voyant la première page.

« Dick, qu'est-ce qui ne va pas ? » demanda Monica en courant vers lui.

Dick recracha le café entré par le mauvais trou tandis que Todd le regardait, un peu étonné, et Monica lui donna des tapes dans le dos. Au troisième coup, ses yeux tombèrent sur le titre du journal et son bras s'arrêta à mi-course, comme si elle jouait à la statue. Ses yeux s'ouvrirent si grand qu'ils manquèrent tomber sur la table.

« Dieu du ciel ! s'écria Dick d'une voix étranglée.

— Ce n'est pas… Je ne peux pas croire… » commença Monica sans aller plus loin. Elle regarda Todd. « Oh, chéri… »

Son père aussi le regardait.

Alarmé, Todd fit le tour de la table. « Qu'est-ce qui se passe ?

— M. Denker », dit son père, sans pouvoir continuer.

Todd lut la manchette et comprit aussitôt. En grandes

lettres noires : NAZI EN FUITE SE SUICIDE À L'HÔPITAL DE SANTO DONATO. En dessous deux photos côte à côte. L'une montrait Arthur Denker, plus jeune de six ans. Todd savait qu'elle avait été prise par un photographe de ruc, un hippie, et que le vieil homme l'avait achetée uniquement pour s'assurer qu'elle ne tombe pas par hasard en mauvaises mains. L'autre photo montrait un officier SS nommé Kurt Dussander à son bureau de Patin, la casquette inclinée sur l'œil.

S'ils avaient la photo du hippie, c'est qu'ils étaient allés chez lui.

Todd parcourut l'article à toute vitesse. Ses pensées tournoyaient frénétiquement. Pas un mot sur les clochards. Mais on découvrirait les cadavres, et à ce moment-là, l'histoire ferait le tour du monde. LE COMMANDANT DE PATIN N'AVAIT PAS PERDU LA MAIN. HORREUR DANS LA CAVE DU NAZI. IL N'A JAMAIS CESSÉ DE TUER.

Todd chancela.

Très loin, en écho, il entendit sa mère s'écrier : « Attrape-le, Dick ! Il s'évanouit ! »

Le mot

(*évanouitvanouitvanouit*)

se répéta à l'infini. Todd sentit vaguement les bras de son père le soutenir, puis il ne sentit plus rien, n'en tendit plus rien pendant quelque temps.

27

Ed French mangeait un gâteau danois quand il déplia le journal. Il toussa, émit une sorte de bruit étranglé, et recracha sur la table son gâteau pulvérisé.

«Eddie ! » Sondra s'inquiéta. « Tu vas bien ?

— Papa s'est étouffé papa s'est étouffé », proclama la petite Norma avec une bonne humeur fiévreuse, ravie d'aider sa mère à donner de grandes claques dans le dos de son père. Ed sentait à peine les coups, les yeux exorbités, toujours fixés sur le journal.

« Qu'est-ce qui ne va pas, Eddie ? demanda Sondra.

— Lui ! Lui ! » cria Ed en plantant son doigt sur le journal si fort que son ongle traversa une douzaine de pages. « Cet homme ! Lord Peter !

— Au nom de Dieu qu'est-ce que tu…

— *C'est le grand-père de Todd Bowden !*

— Quoi ? Ce criminel de guerre ? Eddie, c'est *dément* !

— Mais c'est lui ! » Ed gémissait presque. « Dieu Tout-Puissant, c'est *lui !* »

Sondra French fixa longuement la photographie.

« Il ne ressemble pas du tout à Peter Wimsey », dit-elle finalement.

28

Todd, le teint diaphane, était assis sur un divan entre son père et sa mère.

Leur faisait face un inspecteur de police grisonnant et poli, qui s'appelait Richler. Son père lui avait proposé d'appeler la police, mais Todd l'avait fait lui-même, sa voix passant du grave à l'aigu comme lorsqu'il avait quatorze ans.

Il termina son récit. Ce ne fut pas long. Il parlait d'une voix mécanique et sans timbre qui terrifiait

Monica. Il avait dix-sept ans, certes, mais par bien des côtés, c'était encore un petit garçon. Il allait être traumatisé pour la vie.

« Je lui ai lu... oh, je ne sais pas. *Tom Jones. Le Moulin sur la Floss.* Celui-là était rasoir. Je ne crois pas qu'on l'ait fini. Des nouvelles de Hawthorne — je me souviens qu'il a particulièrement aimé *le Grand Visage de Pierre* et le *Jeune Goodman Brown.* Nous avons commencé *les Aventures de M. Pickwick*, mais il n'a pas aimé ça. Il disait que Dickens n'arrivait à être drôle que lorsqu'il était sérieux, et que Pickwick était une minauderie. C'est ce qu'il a dit, une minauderie. Ça s'est mieux passé avec *Tom Jones.* On aimait ça tous les deux.

— Cela, c'était il y a trois ans.

— Oui. J'ai continué à passer le voir quand j'en avais l'occasion, mais pour aller au lycée, on traversait la ville en bus... et des copains ont monté une petite équipe de base-ball... on nous donnait plus de devoirs... vous savez bien... des choses comme ça.

— Vous aviez moins de temps.

— Moins de temps, c'est ça. Au lycée, le travail était beaucoup plus difficile... il fallait gagner des points pour passer à l'université.

— Mais Todd est un élève très doué, dit Monica presque automatiquement. Il a fait le discours de fin d'année. Nous étions tellement fiers.

— Je vous crois, dit Richler avec un sourire de sympathie. J'ai deux fils à Fairview, dans la vallée, et ils sont tout juste capables de se maintenir grâce au sport. » Il se tourna vers Todd. « Vous ne lui avez plus fait la lecture après avoir commencé le lycée ?

— Non. De temps en temps, je lui lisais le journal. Quand je passais, il me demandait quels étaient les

grands titres. À l'époque, il s'est intéressé au Water-
gate. Et il voulait toujours savoir les cours de la Bourse,
et ce qu'il y avait sur cette page le faisait péter de
rage… pardon maman. »

Elle lui tapota la main.

« Je ne sais pas pourquoi il s'intéressait aux actions,
mais il s'y intéressait.

— Il avait quelques actions, dit Richler. C'est
comme ça qu'il s'en sortait. Il y a une coïncidence
complètement folle. L'homme qui a fait ces investisse-
ments pour son compte a été condamné pour meurtre à
la fin des années quarante. Dussander avait cinq séries
de papiers d'identité cachés dans la maison. C'était
vraiment un type rusé.

— J'imagine qu'il gardait ses actions dans un coffre
quelque part, dit Todd.

— Je vous demande pardon ? » Richler haussa les
sourcils.

« Ses actions », répéta Todd. Son père, qui avait eu
lui aussi l'air étonné, hocha la tête.

« Ses actions, le peu qu'il en restait, étaient dans une
cantine sous son lit, dit Richler, avec cette photo en
Arthur Denker. Avait-il loué un coffre, fiston ? En a-t-il
jamais parlé ? »

Todd réfléchit, secoua la tête. « J'ai seulement pensé
que c'est là où on met ses actions. Je ne sais pas. Ce…
tout ce truc a juste… vous savez… ça me fout en l'air. »
Il secoua la tête d'un air sidéré parfaitement sincère. Il
était vraiment sidéré. Pourtant, peu à peu, son instinct
de conservation commençait à refaire surface. Il se sentait de plus en plus vif et reprenait confiance. Si Dussander avait réellement loué un coffre pour y mettre son
fameux document, n'y aurait-il pas mis aussi la photo et
le reste de ses actions ?

« Sur cette affaire, nous travaillons avec les Israéliens, dit Richler. Rien d'officiel. Je vous serais reconnaissant de ne pas en parler si vous décidez de rencontrer des journalistes. Ce sont de vrais professionnels. Il y a un nommé Weiskopf qui aimerait vous parler, Todd. Demain, si cela vous va, à vous et à vos parents.

— Ça me va », répondit Todd, mais il eut un frisson de peur atavique à l'idée de se confronter à la meute qui avait pourchassé Dussander la moitié de sa vie. Le vieil homme les prenait tout à fait au sérieux, et Todd se dit qu'il ferait mieux de ne pas l'oublier.

« Monsieur et madame Bowden, voyez-vous une objection à ce que Todd rencontre M. Weiskopf ?

— Pas si Todd est d'accord, répondit son père. Mais j'aimerais être présent. J'ai entendu parler de ces types du Mossad.

— Weiskopf n'est pas du Mossad. Il est ce que les Israéliens appellent un agent spécial. En fait, il enseigne la littérature yiddish et la grammaire anglaise. Par ailleurs, il a écrit deux romans. » Richler sourit.

Dick leva la main, balayant ses paroles. « Quoi qu'il en soit, je ne vais pas le laisser harceler Todd. D'après ce que j'ai lu, ces types peuvent se montrer un peu trop professionnels. Il est peut-être okay. Mais je veux que vous et ce Weiskopf, vous vous souveniez que Todd a essayé d'aider ce vieil homme. Il naviguait sous un faux pavillon, mais Todd n'en savait rien.

— C'est okay, papa, dit Todd avec un sourire lugubre.

— Je veux seulement vous aider du mieux que je peux, dit Richler. Je comprends votre vigilance, monsieur Bowden. Je crois que vous allez découvrir que Weiskopf est un type agréable, qui n'exerce pas de pression. Je n'ai plus de questions, mais cela vous avancera un peu si je vous dis ce à quoi ils s'intéressent. Todd était avec Dussander quand il a eu la crise cardiaque qui l'a mené à l'hôpital…

— Il m'avait demandé de venir lui lire une lettre, dit Todd.

— Nous le savons.» Richler se pencha, les coudes sur les genoux, la cravate pendant vers le sol comme un fil à plomb. «Les Israéliens veulent tout savoir sur cette lettre. Dussander était un gros poisson, mais il n'était pas le dernier de la mare — c'est ce que dit Sam Weiskopf, et je le crois. Ils pensent que Dussander a pu en connaître un tas d'autres. La plupart de ceux qui vivent encore sont en Amérique latine, mais il peut y en avoir dans une douzaine de pays… y compris les États-Unis. Savez-vous qu'ils ont coincé un type qui était *Unterkommandant* à Buchenwald dans le hall d'un hôtel de Tel Aviv?

— Vraiment! dit Monica, qui ouvrit de grands yeux.

— Vraiment.» Richler hocha la tête. «Il y a deux ans. Le problème, c'est que les Israéliens pensent que la lettre que Dussander voulait faire lire à Todd pouvait venir d'un de ces poissons. Ils peuvent se tromper, ils peuvent avoir raison. De toute façon, ils veulent savoir.»

Todd, qui était revenu brûler la lettre chez Dussander, intervint: «Je vous aiderais lieutenant Richler — vous ou ce Weiskopf — si je pouvais, mais la lettre était en allemand. C'était vraiment difficile à lire. J'avais l'impression d'être idiot. M. Denker… Dussander… s'excitait de plus en plus et me demandait d'épeler les mots pour comprendre à cause de ma, vous savez, ma prononciation. Mais je crois qu'il suivait quand même. Je me souviens qu'une fois il a ri et a dit : "Oui, oui, c'est ce que vous feriez, n'est-ce pas ?" Ensuite, il a dit quelque chose en allemand. C'était environ deux ou trois minutes avant sa crise cardiaque. Quelque chose comme *Dummkopf*. En allemand, je crois, cela signifie stupide. »

Il regardait Richler, apparemment incertain, intérieurement très content de son mensonge.

Richler hochait la tête. « Oui, nous savons que la lettre était en allemand. Le médecin des urgences vous l'a entendu dire et l'a confirmé. Mais la lettre elle-même, Todd… vous souvenez-vous de ce qu'elle est devenue ? »

Nous y voilà, pensa Todd. Le hic.

« Je crois qu'elle était toujours sur la table quand l'ambulance est arrivée. Quand nous sommes partis. Je ne pourrais pas le jurer, mais…

— Je pense qu'il y avait une lettre sur la table, dit son père. J'ai ramassé quelque chose pour y jeter un coup d'œil. Du papier avion, je pense, mais je n'ai pas remarqué que c'était écrit en allemand.

— Alors elle devrait encore y être, dit Richler. C'est cela que nous n'arrivons pas à comprendre.

— Elle n'y est pas ? demanda Dick. N'y était pas, je veux dire ?

— Elle n'y était pas et n'y est pas.

— Quelqu'un a peut-être forcé la porte, suggéra Monica.

— Il n'y avait rien à forcer, dit Richler. Dans la confusion du moment, personne n'a fermé la porte à clef. Dussander lui-même n'a pas pensé à le demander, semble-t-il. Son trousseau était dans la poche de son pantalon quand il est mort. Sa maison est restée ouverte depuis que les infirmiers l'ont emporté jusqu'à

ce qu'on pose les scellés ce matin à deux heures et
demie.

— Eh bien voilà, dit Dick.

— Non, dit Todd. Je vois ce qui tracasse le lieutenant. » Oh oui, il le voyait très bien. Il aurait fallu être
aveugle. « Pourquoi un cambrioleur ne prendrait rien
d'autre qu'une lettre ? Surtout écrite en allemand ? Ça
ne colle pas. M. Denker n'avait pas grand-chose à
voler, mais un type entré là aurait trouvé mieux que ça.

— Vous y êtes, oui, dit Richler. Pas mal.

— Todd voulait devenir détective », dit Monica en
lui ébouriffant les cheveux. Depuis qu'il avait grandi,
il ne se laissait plus faire, mais cette fois il ne réagit
pas. Mon Dieu, comme elle détestait le voir si pâle.
« Je crois que maintenant il s'est tourné vers l'histoire.

— L'histoire est une bonne matière, dit l'inspecteur.
Vous pouvez faire des enquêtes historiques. Avez-vous
lu Josephine Tey ?

— Non, monsieur.

— Peu importe. Je voudrais seulement que mes garçons aient d'autres ambitions que de voir les Angels
remporter le pompon cette année. »

Todd reprit son sourire lugubre et ne dit rien.

Richler redevint sérieux. « De toute façon, je vais
vous dire quelle est notre hypothèse actuellement. À
notre avis, il y avait quelqu'un, probablement à Santo
Donato même, qui savait qui était Dussander.

— Vraiment ? s'étonna Dick.

— Oh oui. Quelqu'un qui savait la vérité. Peut-être
un autre nazi en fuite. Je sais qu'on dirait une histoire
à la Robert Ludlum, mais qui aurait cru qu'il y aurait
ne fût-ce qu'un seul nazi en fuite dans une petite banlieue tranquille comme celle-ci ? Et quand Dussander a
été emmené à l'hôpital, nous croyons que M. X a trotté

jusqu'à la maison et pris cette pièce à conviction. Et qu'il n'en reste plus que des cendres diluées dans les égouts.

— Cela n'a pas grand sens non plus, dit Todd.

— Pourquoi cela, Todd ?

— Eh bien, si M. Denk… si Dussander avait un vieux copain des camps, ou simplement un vieux copain nazi, pourquoi m'aurait-il fait venir pour lire la lettre ? Je veux dire, si vous aviez pu l'entendre en train de me corriger et tout ça… en tout cas, ce vieux copain nazi dont vous parlez aurait su parler allemand.

— Un bon argument. Sauf que ce type est peut-être dans un fauteuil roulant, ou aveugle. Pour ce que nous en savons, cela pourrait être Bormann lui-même, et il n'oserait même pas se montrer en public.

— Un type aveugle ou en fauteuil roulant aurait du mal à trotter pour piquer une lettre », dit Todd.

Richler eut l'air admiratif. « Vrai. Mais un aveugle peut voler une lettre même s'il ne peut pas la lire. Ou embaucher quelqu'un. »

Todd réfléchit, puis approuva de la tête — mais en même temps l'idée lui paraissait complètement tirée par les cheveux, Richler avait largement dépassé Ludlum, il était en plein Sax Rohmer. Mais que cela soit tiré par les cheveux ou pas, cela ne comptait foutrement pas le moins du monde, n'est-ce pas ? Non. Ce qui comptait, c'était que Richler était toujours en train de fouiner… et ce youpin de Weiskopf aussi. La lettre, la bon Dieu de lettre ! Cette bon Dieu d'idée stupide qu'avait eue Dussander ! Et soudain il pensa à son 30.30 dans son étui, tranquille sur son étagère dans le garage obscur et frais. Il détourna très vite son esprit. Ses paumes s'étaient couvertes de sueur.

« Dussander avait-il des amis que vous connaissiez ? demandait Richler.

— Des amis ? Non. Il y avait eu une femme de ménage, mais elle avait déménagé et il n'avait pas pris la peine d'en trouver une autre. L'été, il embauchait un gosse pour tondre le gazon, mais je ne crois pas qu'il l'ait fait cette année. L'herbe est plutôt haute, n'est-ce pas ?

— Oui. Nous avons frappé à beaucoup de portes, et il semble qu'il n'a embauché personne. Recevait-il des coups de fil ?

— Bien sûr », dit Todd, désinvolte… c'était la première lueur, une porte de sortie relativement sûre. Le téléphone du vieux avait dû sonner une demi-douzaine de fois tout le temps qu'il l'avait connu — des représentants, un sondage par téléphone sur son menu du petit déjeuner, ou bien des erreurs de numéro. Il n'avait demandé une ligne qu'au cas où il tomberait malade… ce qui avait fini par arriver, que son âme pourrisse en enfer. « Il en recevait un ou deux par semaine.

— Parlait-il allemand dans ces cas-là ? demanda Richler, très vite, paraissant excité.

— Non », dit Todd, soudain méfiant. L'impatience de Richler lui déplaisait — il y avait là quelque chose qui n'allait pas. Danger. Il en était sûr. Todd dut faire tous ses efforts pour ne pas se mettre à transpirer. « Il ne parlait pas beaucoup. Je me souviens qu'une ou deux fois, il a dit des trucs comme : "Le garçon qui me fait la lecture est chez moi. Je vous rappellerai."

— Je parie que c'est ça ! s'exclama Richler en se tapant sur les cuisses. Je parie quinze jours de salaire que c'était ce type-là ! » Il ferma son carnet d'un coup sec (Todd ne l'avait vu faire que des gribouillis) et se leva. « Je tiens à vous remercier d'avoir pris cette peine. Vous particulièrement, Todd. Je sais que tout cela a été pour vous un sacré choc, mais ce sera bientôt fini. Cet après-midi, nous allons fouiller la maison de fond en comble — de la cave au grenier et vice versa. Avec une équipe de spécialistes. Il y aura peut-être d'autres traces de cet ami téléphonique.

— Je l'espère », dit Todd.

Richler serra les mains à la ronde et s'en alla. Son père lui demanda s'il se sentait d'humeur à jouer au badminton en attendant le déjeuner. Todd répondit qu'il n'était d'humeur ni à jouer, ni à déjeuner. Il monta dans sa chambre la tête basse, les épaules affaissées. Ses parents échangèrent des regards inquiets, attendris. Todd s'allongea sur son lit, regarda le plafond et pensa à son 30.30. Il s'en faisait une image parfaitement claire. Il se vit enfoncer le canon d'acier bleu dans la chatte gluante de cette youpine, Betty — juste ce qu'il lui faut, une bite qui ne débande jamais. *Tu aimes ça, hein Betty ?* Il entendait sa voix dans son esprit. *Tu n'as qu'à me dire quand tu en as assez, okay ?* Il imagina ses hurlements. Finalement, un sourire plat, terrible, tira sur ses lèvres. *Bien sûr, tu n'as qu'à le dire, salope... Okay ? Okay ? Okay ?...*

« Alors, qu'en pensez-vous ? demanda Weiskopf quand Richler le ramassa à la sortie d'un snack à trois blocs de chez les Bowden.

— Oh, je pense que le gosse était plus ou moins dans le coup, répondit Richler. D'une certaine façon, jusqu'à un certain point. Mais il est cool ! Si on lui faisait boire de l'eau chaude, il recracherait des glaçons. Je l'ai fait dérailler une ou deux fois, mais rien qui tienne devant un tribunal. Et si j'étais allé plus loin, un avocat malin aurait pu le faire sortir au bout d'un an ou deux sous prétexte qu'il s'était fait piéger, même si nous trouvons de quoi tenir la route. Je veux dire qu'un tribunal va toujours le considérer comme un mineur — il n'a que dix-sept ans. En un sens, je crois que ce gosse n'est plus vraiment un mineur depuis l'âge de huit ans. Il est vraiment glauque.

— Quelles erreurs a-t-il faites ?

— Les coups de téléphone. C'est la principale. Quand je lui ai refilé cette idée, j'ai vu ses yeux s'allumer comme un flipper. » Richler tourna à gauche. La Chevrolet banalisée descendit la bretelle de l'autoroute. À deux cents mètres se trouvaient le talus et l'arbre mort où Todd avait tiré à vide sur les voitures un samedi matin, il n'y avait pas si longtemps.

« Il s'est dit, ce flic se fourre le doigt dans l'œil s'il croit que Dussander avait un copain nazi en ville, mais s'il le croit vraiment, ça me fait sortir du rouge. Alors il a dit : "Ouais, Dussander recevait un ou deux coups de fil par semaine. Très mystérieux. Je ne peux pas parler maintenant, Z-cinq, rappelez plus tard — ce genre de truc". Or Dussander avait depuis sept ans un tarif spécial, téléphone inactif. Presque aucun coup de fil, et jamais d'interurbain. Sûrement pas un ou deux appels par semaine.

— Quoi d'autre ?

— Il a immédiatement sauté sur l'idée que la lettre avait disparu et rien d'autre. Il savait qu'il ne manquait rien, puisque c'est lui qui est venu prendre la lettre. »

Richler écrasa sa cigarette dans le cendrier.

« Nous *pensons* que la lettre n'était qu'un trompe-l'œil. Nous *pensons* que Dussander a eu sa crise cardiaque en voulant enterrer ce cadavre… le cadavre le plus frais. Il y avait de la terre sur ses chaussures et ses manchettes, donc cette hypothèse tient debout. Il a donc appelé le gosse *après* sa crise, pas avant. Il se traîne au premier et téléphone au gosse. Le gosse flippe — pour autant qu'il en soit capable — et invente sur le moment cette histoire de lettre. Ce n'est pas génial, mais pas si mal non plus… vu les circonstances. Il va là-bas et nettoie le gâchis fait par le vieux. Du coup, ce putain de gosse ne sait plus où donner de la tête. L'ambulance arrive, son père arrive et il a besoin de cette lettre pour sa mise en scène. Il monte à l'étage et fracture cette boîte…

— Vous avez la confirmation de ce point?» demanda Weiskopf qui alluma une de ses cigarettes. Une Player sans filtre. Richler trouvait que cela sentait le crottin. En fumant des cigarettes pareilles, pas étonnant que l'Empire britannique se soit cassé la gueule, pensait-il.

«Oui, on nous l'a confirmé jusqu'à l'os. Il y a les mêmes empreintes sur la boîte que sur le dossier scolaire. Mais il y a ses empreintes partout dans cette foutue baraque !

— Pourtant, si vous lui mettez le nez dans tout ça, il va se démonter, dit Weiskopf.

— Oh, écoutez, vous ne connaissez pas ce gosse. Quand je dis qu'il est cool, c'est vrai. Il dirait que Dussander lui a demandé une ou deux fois d'aller chercher cette boîte pour y mettre ou en enlever quelque chose.

— Ses empreintes sont sur la pelle.

— Il dirait qu'il s'en est servi pour planter un rosier dans l'arrière-cour.» Richler sortit ses cigarettes, mais le paquet était vide. Weiskopf lui offrit une Player. Richler aspira une bouffée et se mit à tousser. «Le goût est aussi dégueulasse que l'odeur, dit-il en s'étranglant.

— Comme ces hamburgers d'hier midi, dit Weiskopf en souriant. Ces Mac Burgers.

— Des Big Macs, dit Richler en riant. Okay. Disons que l'imprégnation interculturelle n'est pas toujours une réussite. Son sourire s'évanouit. Il a l'air tellement bien, vous comprenez?

— Oui.

— Ce n'est pas un blouson noir de Vasco avec les cheveux jusqu'au cul et des chaînes sur ses bottes de moto.

— Non. » Weiskopf regarda la circulation, très content de ne pas conduire. « C'est juste un gosse. Un jeune Blanc de bonne famille. Et je trouve difficile à croire que…

— Je croyais que chez vous ils savaient se servir d'un fusil et d'une grenade à dix-huit ans. En Israël.

— Oui. Mais il avait *quatorze ans* quand ça a commencé. Pourquoi un gosse de quatorze ans va fricoter avec un type comme Dussander? J'ai cherché et cherché à comprendre, je ne peux pas.

— Savoir comment ça a commencé me suffirait », dit Richler en jetant sa cigarette par la portière. Elle lui donnait mal à la tête.

« Peut-être, si c'est vraiment arrivé, n'était-ce qu'un hasard. Une coïncidence. Je crois que le hasard objectif peut marcher dans les deux sens.

— J'ignore de quoi vous parlez, dit sombrement : Richler. Tout ce que je sais, c'est que le gosse est aussi répugnant qu'un scorpion dans son trou.

— Ce que je dis est simple. Un autre gosse aurait été ravi de tout raconter à ses parents ou à la police. De dire : J'ai reconnu un type recherché. Il habite telle adresse. Oui, j'en suis sûr. Et de laisser les autorités s'en occuper. J'ai tort?

— Non, je ne dirais pas ça. Ce gosse tiendrait la vedette pendant quelques jours. La plupart adoreraient

ça. Sa photo dans le journal, une interview à la TV, probablement un prix de civisme décerné par son école. »
Richler éclata de rire. « Bon Dieu, il pourrait même passer à *Real People*.

— Qu'est-ce que c'est ?

— Peu importe », dit Richler. Il dut élever un peu la voix : des semi-remorques passaient de chaque côté de la voiture. Weiskopf les regarda d'un œil inquiet. « Ça ne vous plairait pas. Mais vous avez raison pour ce qui est des gosses. La plupart des gosses.

— Mais pas *celui-là*. Celui-là, probablement par pur hasard, démasque Dussander. Et au lieu d'aller voir ses parents ou les autorités…, il va voir Dussander. Pourquoi ? Vous dites que vous vous en moquez, mais ce n'est pas vrai. Je crois que cela vous tracasse autant que moi.

— Pas pour un chantage, c'est sûr. Ce gosse a déjà tout ce qu'un gosse peut vouloir. Il y a même une voiture de plage dans le garage, sans parler d'un fusil à éléphants accroché au mur. Et même s'il avait voulu le pressurer pour le plaisir, Dussander n'avait rien à cracher. À part les quelques actions qui restaient, il n'avait même pas un pot pour pisser dedans.

— Vous êtes sûr qu'il ne sait pas qu'on a trouvé les cadavres ?

— J'en suis sûr. Je vais peut-être y retourner cet après-midi et lui jeter ça en pleine figure. Pour l'instant, c'est notre meilleure carte. » Richler donna un léger coup sur le volant. « Si tout cela était sorti même un jour plus tôt, je crois que j'aurais demandé une perquisition.

— Les vêtements que le gosse portait ce soir-là ?

— Ouais. Si nous avions trouvé sur ses vêtements des traces de terre correspondant à la cave du vieux, je

me dis qu'on aurait pu le faire craquer. Mais ces vêtements ont déjà dû être lavés une demi-douzaine de
fois.

— Et les autres clochards ? Ceux que la police a
trouvés tout autour de la ville ?

— C'est l'affaire de Dan Bozeman. De toute façon,
je pense pas qu'il y ait un rapport. Dussander n'avait
tout simplement pas la force… et en plus il avait mis
sa petite combine au point. Leur promettre un verre et
un repas, les ramener en bus — ce putain de bus ! —
et les liquider dans sa propre cuisine. »

Weiskopf ajouta d'une voix douce : « Ce n'est pas à
Dussander que je pensais.

— Qu'est-ce que vous voulez dire par… ? » commença Richler, qui referma brusquement la bouche. Il
y eut un long silence incrédule, meublé seulement par
le bourdonnement de la circulation. « Oh ! dit Richler à
voix basse, allons. Foutez-moi un peu la…

— En tant qu'agent de mon gouvernement, je ne
m'intéresse à Bowden que parce qu'il peut connaître
des éventuels contacts de Dussander avec les réseaux
nazis. Mais en tant qu'être humain, je m'intéresse de
plus en plus au gosse. Je veux savoir ce qui le fait
fonctionner. Je veux savoir *pourquoi*. Et à mesure que
j'essaye de répondre, je me demande de plus en plus *ce
qu'il y a d'autre*.

— Mais…

— Ne crois-tu pas, me suis-je demandé, que ce sont
justement les atrocités auxquelles a participé Dussander qui sont à l'origine d'une sorte de lien entre eux ?
C'est une idée terrible, je sais. Ce qui est arrivé dans
ces camps peut encore nous donner la nausée, même à
moi, alors que le seul membre de ma famille qui y soit
allé était mon grand-père, et il est mort quand j'avais

trois ans. Mais, dans ce qu'ont fait les Allemands, il y a peut-être quelque chose qui exerce sur nous tous une fascination mortelle — quelque chose qui ouvre les catacombes de l'imagination. Peut-être notre terreur vient-elle en partie de ce que nous savons obscurément que dans certaines circonstances nous serions nous-mêmes disposés à construire des endroits pareils et à les remplir. Nous savons peut-être que, dans certaines circonstances, les choses qui vivent dans les catacombes ne demandent qu'à sortir de leur trou. Et à quoi pensez-vous qu'elles ressemblent ? À un Führer fou avec mèche et moustache cirée, criant *Heil !* dans tous les coins ? À des diables rouges, des démons, à des dragons malodorants et couverts d'écailles ?

— Je ne sais pas.

— Je crois que la plupart ressembleraient à n'importe quel comptable, dit Weiskopf. Des petits bureaucrates avec des graphiques et des calculatrices électroniques, tous prêts à optimiser la puissance de mort pour qu'ils puissent la fois suivante en tuer vingt ou trente millions au lieu de six. Et certains pourraient ressembler à Todd Bowden.

— Vous êtes presque aussi foutrement glauque que lui », dit Richler.

Weiskopf hocha la tête. « C'est une histoire assez glauque. Trouver ces cadavres d'animaux et d'êtres humains dans la cave de Dussander… c'était glauque, *non ?* Avez-vous jamais pensé que ce gosse a pu simplement commencer par s'intéresser aux camps ? Un intérêt pas très différent de celui des gosses qui collectionnent des monnaies ou des timbres ou qui se passionnent pour les desperados du Far West ? Et qu'il est allé chez Dussander pour obtenir des informations de première bourre ?

— Main, dit automatiquement Richler. Au point où j'en suis, je croirais n'importe quoi.

— Peut-être », marmonna Weiskopf. Sa voix fut couverte par le grondement d'un semi-remorque qui les doubla, avec BUDWEISER écrit en lettres de deux mètres de haut sur la carrosserie. *Quel pays stupéfiant*, pensa l'Israélien en allumant une autre cigarette. *Ils ne comprennent pas que nous puissions vivre encerclés par des Arabes à moitié fous, mais si je restais ici deux ans j'aurais une dépression nerveuse.* « Peut-être. Et peut-être est-il impossible de s'approcher d'un tel entassement de meurtres sans être contaminé. »

29

Le petit homme qui entra au poste dégageait une odeur infecte. Un sillage de bananes pourries, de brillantine et de cafards écrasés mélangés à une benne d'ordures en plein midi. Il portait un vieux pantalon en tweed, une chemise d'hospice grisâtre et déchirée et une veste de jogging d'un bleu délavé dont la fermeture Éclair pendait comme des dents de pygmée. Les semelles de ses chaussures étaient collées avec de la Crazy Glue, et sa tête était coiffée d'un chapeau pestilentiel. On aurait dit la Mort avec une gueule de bois.

« Oh ciel, sors de là ! cria le sergent de service. Tu n'es pas en état d'arrestation, Hap ! Je le jure devant Dieu. Je le jure sur la tête de ma mère ! Sors de là ! Je veux pouvoir respirer.

— Je veux parler au lieutenant Bozeman.

— Il est mort, Hap. C'est arrivé hier. Ça nous a

vraiment foutus en l'air. Alors sors et laisse-nous pleurer en paix.

— Je veux parler au lieutenant Bozeman ! » dit Hap en élevant la voix, dégageant un souffle odorant : un mélange fermenté de pizza, de pastilles menthe-eucalyptus et de vin rouge sucré.

« Il a dû partir au Siam pour une enquête, Hap. Alors, pourquoi ne pas aller voir ailleurs ? Casse-toi et va te faire cuire un œuf.

— *Je veux parler au lieutenant Bozeman et je pars pas tant que je l'ai pas vu !* »

Le sergent de service s'enfuit. Il revint cinq minutes plus tard avec Bozeman, un homme de cinquante ans, mince et un peu voûté. « Emmène-le dans ton bureau, Dan ! supplia le sergent. Ça ira, non ?

— Allez viens, Hap », dit Bozeman, et ils se retrouvèrent dans la loge à trois côtés qui lui servait de bureau. Par prudence, l'inspecteur ouvrit l'unique fenêtre et mit le ventilateur en marche avant de s'asseoir. « Qu'est-ce qu'on peut faire pour toi, Hap ?

— Toujours sur ces meurtres, lieutenant ?

— Les clochards ? Ouais, je pense que c'est toujours à moi.

— Eh bien, je sais qui les a rétamés.

— Vraiment, Hap ? » Bozeman allumait sa pipe. Il fumait rarement, mais ni la fenêtre ni le ventilateur n'avaient pu évacuer l'odeur. Très vite, se dit le lieutenant, la peinture des murs allait faire des cloques et s'écailler. Il soupira.

« Vous vous souvenez que j' vous ai dit que Sonny parlait avec un type juste un jour avant qu'on le trouve saigné dans cette conduite ? Vous vous souvenez qu' j'ai dit ça, lieutenant Bozeman ?

— Je m'en souviens. » Plusieurs des ivrognes qui

traînaient autour de l'Armée du Salut et de la soupe
populaire un peu plus loin avaient raconté la même
histoire à propos de deux des clochards assassinés,
Charles « Sonny » Brackett et Peter « Poley » Smith. Ils
avaient vu quelqu'un dans les parages, un jeune mec
bavarder avec Sonny et Poley. Personne n'avait vraiment vu Sonny partir avec le mec, mais Hap et deux
autres affirmaient avoir vu Poley s'en aller avec lui. Ils
s'étaient dit que le « mec » était mineur et qu'il pourrait filer une bouteille de moscatel si on lui achetait de
la gnôle. D'autres ivrognes prétendaient avoir vu traîner un « mec » de ce genre-là. La description de ce
« mec » était superbe, et un tribunal ne pourrait que
s'incliner devant des témoins pareillement inatta-
quables. Jeune, blond et blanc. Que demander de plus
pour une arrestation ?

« Eh bien, hier soir, j'étais dans le parc, dit Hap, et il
se trouve que j'avais justement un vieux tas de journaux…

— Il y a une loi sur le vagabondage dans cette ville,
Hap.

— Je ne faisais que les ramasser, répondit Hap d'un
ton vertueux. C'est terrible comme les gens salissent.
J'étais un service public, lieutenant. Un putain de service public. Y en avaient qui dataient d'une semaine.

— Oui, Hap. » Bozeman se souvenait vaguement
d'avoir eu faim et de s'être apprêté à déjeuner. Il y avait
si longtemps.

« Eh bien, quand je me suis réveillé, un de ces journaux s'était retrouvé sur mon visage et j'avais le mec
en face des yeux. Ça m'a fait un sacré coup, je peux
vous le dire. Regardez. Voilà le mec. Celui-là. »

Hap sortit une page de journal froissée, jaunie et
tachée de sa veste et la déplia. Bozeman se pencha,

mollement intéressé. Il étala le journal sur son bureau pour lire le titre QUATRE GARÇONS NOMMÉS ALL-STARS EN CAL SUD. Quatre photos suivaient.

«Lequel, Hap?»

Hap posa un doigt crasseux sur la dernière à droite. «Lui. Ça dit qu'il s'appelle Todd Bowden.»

Bozeman leva les yeux et le regarda, se demandant combien de cellules de son cerveau étaient encore à peu près en état de fonctionner après avoir mariné pendant vingt ans dans un bouillon de gros rouge assaisonné de temps en temps au sirop contre la toux.

«Comment peux-tu être sûr, Hap? Il porte une casquette de base-ball sur la photo. Je ne peux pas dire s'il est blond ou brun.

— Son sourire, dit Hap. C'est la façon dont il sourit. Il souriait à Poley comme ça, genre vive-la-vie, quand ils sont partis ensemble. Je reconnaîtrais ce sourire dans un million d'années. C'est lui, c'est le mec.»

Bozeman entendit à peine ses derniers mots : il réfléchissait de toutes ses forces. *Todd Bowden.* Ce nom avait quelque chose de familier, de très proche. Quelque chose qui l'inquiétait plus encore que l'idée qu'un héros local puisse passer son temps à liquider des ivrognes. Il se dit qu'il avait entendu ce nom le jour même, dans une conversation. Fronçant les sourcils, il essaya de se souvenir.

Hap une fois parti, Dan Bozeman réfléchissait encore quand Richler et Weiskopf rentrèrent... et ce fut le son de leurs voix pendant qu'ils buvaient un café qui lui fit faire le rapprochement.

«Dieu du ciel», et il se leva en vitesse.

30

Ses parents lui avaient proposé d'annuler leurs projets et de passer l'après-midi avec lui — Monica devait aller au marché et Dick jouer au golf avec des relations d'affaires mais Todd répondit qu'il préférait rester seul. Il nettoierait son fusil, tâcherait de réfléchir à toute l'histoire. Essaierait de se remettre les idées en place.

« Todd », commença Dick, qui s'aperçut qu'il n'avait pas grand-chose à dire à son fils. Son propre père, pensa-t-il, lui aurait suggéré de prier. Mais les générations passent, et les Bowden n'étaient plus guère là-dedans. « Ce sont des choses qui arrivent, dit-il sur un ton d'excuse parce que Todd le regardait. Essaie de ne pas broyer du noir.

— Ça ira très bien », dit Todd.

Quand ils furent partis, il emporta des chiffons et un flacon d'huile de vaseline sur un banc près des rosiers. Retourna dans le garage pour aller chercher le 30.30 qu'il rapporta dans le jardin. Le parfum poudreux et sucré des roses lui remplissait les narines. Il démonta la carabine, la nettoya entièrement tout en chantonnant, sifflant même de temps en temps. Puis il remonta son arme. Il aurait pu le faire les yeux fermés. Son esprit s'évada. Quand il revint, cinq minutes plus tard, Todd constata qu'il avait chargé la carabine. Tirer à la cible ne lui disait rien, pas aujourd'hui, mais il l'avait tout de même chargée. Il se dit qu'il ignorait pourquoi.

Bien sûr que tu sais, Todd-baby. Le moment, pour ainsi dire, est venu.

Et c'est alors que la petite Saab jaune s'engagea

dans l'allée. L'homme qui en sortit lui rappela vaguement quelque chose, mais c'est quand il eut claqué la portière et commencé à remonter l'allée que Todd vit les baskets — des Keds basses et bleu clair. Le passé refaisait surface : voilà qu'arrivait Ed Caoutchouc, l'Homme aux Keds.

« Salut, Todd. Ça fait longtemps. »

Todd appuya la carabine contre le banc et fit son sourire conquérant. « Salut, monsieur French. Qu'est-ce que vous faites dans ces quartiers sauvages et reculés ?

— Tes parents sont là ?

— Eh non. Vous aviez besoin d'eux ?

— Non, dit Ed French, pensif, après un long silence. Non, je ne pense pas. Je crois qu'il vaudrait peut-être mieux que nous en parlions tous les deux. Pour commencer, en tout cas. Tu auras peut-être une explication parfaitement raisonnable pour tout ça. Pourtant, Dieu sait que j'en doute ! »

Il sortit de sa poche revolver une coupure de journal Todd sut ce que c'était avant même de la voir et, pour la seconde fois de la journée, il eut devant les yeux les deux photos de Dussander. Celle que le photographe des rues avait prise était entourée d'un trait noir. C'était assez clair : French avait reconnu son « grand-père ». Et maintenant il voulait l'annoncer au monde entier. Il voulait accoucher la bonne nouvelle. Ce bon vieux Ed Caoutchouc, avec son argot et ses putains de baskets.

Les flics s'y intéresseraient beaucoup — mais ils s'y intéressaient déjà, bien sûr. Maintenant il le savait. La sensation de s'enfoncer avait commencé une demi-heure après le départ de Richler. C'était comme s'il avait plané très haut sur un ballon plein de gaz euphorisant. Alors, une flèche d'acier glacé avait percé le ballon, et depuis il sombrait régulièrement.

Les coups de fil, c'était ça la vacherie. Ce putain de Richler lui avait glissé ça comme un pet sur une toile cirée. *Bien sûr*, avait-il répondu, plié en quatre pour foncer dans le piège. *Il en recevait un ou deux par semaine.* Qu'ils débloquent dans toute la Californie à la recherche de vieux nazis gâteux. Parfait. Sauf que la Bell leur avait peut-être chanté une autre chanson. Todd ignorait si la compagnie du téléphone pouvait dire combien d'appels on recevait… mais Richler avait eu un de ces regards…

Et puis il y avait la lettre. Devant Richler, il avait laissé échapper que la maison n'avait pas été cambriolée, et le flic en avait sûrement déduit que si Todd le savait, c'était qu'il était revenu, il ne pouvait pas y avoir d'autre explication… Ce qu'il avait effectivement fait, non pas une fois mais trois, d'abord pour récupérer la lettre et deux fois pour chercher des pièces à conviction. Il n'y avait rien ; même l'uniforme SS avait disparu, jeté par Dussander à un moment ou un autre.

Et puis il y avait les cadavres. Richler n'avait rien dit des cadavres.

D'abord Todd avait trouvé que c'était une bonne chose. Qu'ils continuent à chercher le temps qu'il se remette les idées en ordre — sans parler de son histoire… Pas d'inquiétude quant à la terre sur ses vêtements après avoir enterré le corps ; tout avait été nettoyé la nuit même. Il les avait mis lui-même dans la machine, comprenant très bien que Dussander pouvait mourir et que tout s'étalerait au grand jour. On n'est jamais trop prudent, gamin, comme aurait dit le vieux.

Puis, peu à peu, il s'était rendu compte que ce n'était *pas* une bonne chose. Il faisait chaud, et dans ces cas-là, l'odeur devenait de plus en plus forte. La dernière fois qu'il y était allé, cela vous prenait à la gorge. La police se serait intéressée à l'odeur, sûrement, et en aurait recherché la source. Alors, pourquoi Richler n'avait-il rien dit ? Est-ce qu'il le gardait pour la bonne bouche ? Est-ce qu'il lui réservait une sale petite surprise ? Or, si Richler lui réservait de sales petites surprises, cela voulait dire qu'il le soupçonnait.

Todd leva les yeux et vit qu'Ed Caoutchouc s'était tourné sur le côté. Il regardait dans la rue, alors qu'il ne se passait pas grand-chose. Richler le soupçonnait peut-être, mais il ne pourrait pas faire mieux.

À moins qu'il n'y ait une sorte de preuve concrète reliant Todd et le vieil homme.

Exactement le genre de preuve qu'Ed Caoutchouc pouvait lui apporter.

Un type ridicule avec des baskets ridicules. Un type aussi ridicule mérite à peine de vivre. Todd toucha le canon du 30.30.

Oui, Ed Caoutchouc était le maillon qui leur manquait. Ils ne pourraient jamais prouver que Todd avait été complice d'un des meurtres de Dussander. Mais le témoignage de French leur permettrait de plaider l'entente délictueuse. Et est-ce qu'ils s'arrêteraient là ? Oh non. Ensuite ils prendraient sa photo de remise des diplômes et iraient la montrer aux clochards du quartier de la Mission. Peu de chances que ça marche, mais Richler était presque obligé d'essayer. Si on ne peut pas l'épingler pour une bande de clochards, on peut peut-être l'avoir pour autre chose.

Et puis quoi ? Un procès, c'est tout.

Son père lui trouverait un tas d'avocats merveilleux, bien sûr. Et les avocats le tireraient de là, bien sûr. Trop de présomptions. Et il ferait trop bonne impression sur le jury. Mais de toute façon, sa vie serait foutue. Tout s'étalerait dans les journaux, tout serait déterré et mis en pleine lumière comme les cadavres à moitié décomposés de chez Dussander.

« L'homme de cette photo est celui qui est venu me voir quand tu étais en troisième, lui dit brusquement Ed en se tournant vers lui. Il s'est fait passer pour ton grand-père. Il s'avère maintenant que c'était un criminel de guerre en fuite.

— Oui », dit Todd, le visage étrangement vide, comme celui d'un mannequin. Toute la santé, la vivacité, la vie même l'avaient fui. Il ne restait qu'un néant terrifiant.

« Comment est-ce arrivé ? » demanda Ed, et peut-être pensait-il faire de cette question une accusation retentissante, mais il ne sortit qu'une voix plaintive, perdue, déçue. « Comment est-ce arrivé, Todd ?

— Oh, une chose en a suivi une autre, dit Todd en ramassant le 30.30. Ça s'est passé comme ça. Une chose… en a suivi une autre, c'est tout. » Il poussa le cran de sécurité avec son pouce et braqua la carabine sur le conseiller. « Aussi bête que ça paraisse, c'est tout ce qui s'est passé. Il n'y avait rien de plus.

— Todd », dit Ed en ouvrant de grands yeux. Il fit un pas en arrière. « Todd, tu ne veux pas… s'il te plaît, Todd. Nous pouvons en discuter. Nous disc…

— Ce putain de boche et toi, vous en discuterez en enfer », dit Todd en appuyant sur la gâchette.

La détonation résonna dans l'air immobile et brûlant. Ed French fut projeté contre la Saab. D'une main, pour se retenir, il arracha un balai d'essuie-glace. Il le fixa d'un air imbécile pendant que la tache de sang s'élargissait sur le bleu de son pull à col roulé, puis le lâcha et regarda Todd.

« Norma, murmura-t-il.

— Okay, dit Todd. Tout ce que tu veux, champion. »
Il tira une seconde fois. L'homme eut la moitié de la
tête emportée dans un jaillissement d'os et de sang.

Ed se retourna comme un ivrogne et tâtonna vers la
porte du conducteur, répétant sans cesse le nom de sa
fille d'une voix étranglée, de plus en plus faible. Todd
tira encore, visant la base de la colonne vertébrale, et
Ed s'écroula. Ses pieds tambourinèrent un instant sur
le gravier, ne bougèrent plus.

Pas facile à tuer, pour un conseiller pédagogique,
pensa Todd, et un rire bref lui échappa. Au même instant, une douleur acérée comme un pic à glace lui transperça le cerveau et il ferma les yeux.

Quand il les rouvrit, il ne s'était pas senti aussi bien
depuis des mois — peut-être des années. Tout allait
bien. Tout se tenait. Le néant quitta son visage, rem-
placé par une sorte de beauté sauvage.

Il retourna au garage et prit toutes les cartouches
qu'il avait, plus de quatre cents. Il les mit dans son
vieux sac à dos. De retour au soleil il souriait, excité,
les yeux illuminés — comme les garçons sourient à
leur anniversaire, à Noël ou le Quatre Juillet. Un
sourire évocateur de fusées, de cabanes dans les arbres,
de signes et de rendez-vous secrets, ou comme après
le match triomphal quand les supporters enthousiastes emportent les joueurs sur leurs épaules jusque
dans la ville. Le sourire extatique des garçons qui partent à la guerre avec des seaux à charbon en guise de
casques.

« *Je suis roi du monde !* » lança-t-il d'une voix forte
au ciel bleu tout là-haut, levant le fusil à bout de bras
au-dessus de sa tête. Puis il le prit de la main gauche et

cet endroit surplombant l'autoroute où la terre s'abaissait et où l'arbre mort lui ferait un abri.

Il faisait presque nuit, cinq heures plus tard, quand ils le descendirent.

L'automne
de l'innocence

———

Le
corps

Pour George McLeod.

1

Ce qu'il y a de plus important, c'est le plus difficile à dire. Des choses dont on finit par avoir honte, parce que les mots ne leur rendent pas justice — les mots rapetissent des pensées qui semblaient sans limites, et elles ne sont qu'à hauteur d'homme quand on finit par les exprimer. Mais c'est plus encore, n'est-ce pas ? Ce qu'il y a de plus important se trouve trop près du plus secret de notre cœur et indique ce trésor enfoui à nos ennemis, ceux qui n'aimeraient rien tant que de le dérober. On peut en venir à révéler ce qui vous coûte le plus à dire et voir seulement les gens vous regarder d'un drôle d'air, sans comprendre ce que vous avez dit ou pourquoi vous y attachez tant d'importance que vous avez failli pleurer en le disant. C'est ce qu'il y a de pire, je trouve. Quand le secret reste prisonnier en soi non pas faute de pouvoir l'exprimer mais faute d'une oreille qui vous entende.

J'allais sur mes treize ans quand j'ai vu un mort pour la première fois. C'est arrivé en 1960, il y a long-temps... mais parfois il me semble que ce n'est pas si lointain. Surtout les nuits où je me réveille de ce rêve où la grêle tombe dans ses yeux ouverts.

2

Nous avions une cabane dans un grand orme qui dominait un terrain vague, à Castle Rock. Aujourd'hui une entreprise de déménagement occupe le terrain et l'orme a disparu. Le progrès. C'était une sorte de club, bien qu'il n'eût pas de nom. On était cinq habitués, peut-être six, avec quelques bleus qui nous tournaient autour. On les laissait venir quand il y avait une partie de cartes et qu'on voulait un peu de sang nouveau. D'habitude on jouait au blackjack pour des clopinettes, pas plus de cinq cents. Mais un blackjack avec cinq cartes rapportait le double… le *triple* avec six cartes, sauf que Teddy était le seul assez dingue pour essayer.

Les côtés de la cabane étaient en planches récupérées dans les déchets de chez Mackey, le marchand de matériaux de Carbine Road. Elles étaient pleines d'échardes et de trous qu'on bouchait avec du papier cul ou des Kleenex. Le toit était une tôle ondulée qu'on avait piquée à la décharge en nous retournant sans arrêt parce qu'on disait que le chien du gardien était un vrai monstre qui dévorait les enfants. Le même jour on a aussi trouvé une porte en grillage. Imperméable aux mouches mais vraiment rouillée — *extrêmement* rouillée, je dirais même. À n'importe quelle heure du jour, à travers cette porte, on aurait dit le coucher du soleil.

À part jouer aux cartes, le club était un bon endroit pour aller fumer des cigarettes et regarder des bouquins de fesse. Il y avait une demi-douzaine de cendriers cabossés en fer-blanc avec CAMEL inscrit au fond, plein de pin-up épinglées aux planches rugueuses, vingt ou trente paquets de cartes écornées (Teddy les avait par son oncle qui tenait la papeterie de Castle Rock — quand l'oncle lui avait demandé à quels genres de jeux on jouait, Teddy avait répondu qu'on faisait des tournois de cribbage, et l'oncle avait trouvé ça parfait), une boîte de jetons de poker en plastique et un tas de vieilles revues policières, des *Master Detective*, qu'on feuilletait quand on n'avait rien d'autre à branler. On avait construit aussi sous le plancher un compartiment secret de cinquante centimètres sur soixante pour planquer la plupart de ces trucs quand le père d'un môme trouvait que c'était le moment de faire un numéro genre on-est-des-vrais-copains. Quand il pleuvait, dans le club, on se serait cru à l'intérieur d'un *steel drum* jamaïcain… mais cet été-là il n'a pas plu.

C'était l'été le plus sec et le plus chaud depuis 1907 — d'après les journaux, et ce vendredi, veille de la fête du Travail et d'une nouvelle année scolaire, même les tournesols des champs et les fossés le long des routes paraissaient misérables et desséchés. Cette année-là personne n'avait ramassé trois pets dans son potager, et les piles de bocaux à conserves du Red & White étaient encore en vitrine et ramassaient la poussière. Rien n'était sorti de terre, sauf quelques pissenlits.

Au club, ce vendredi matin, il y avait Teddy, Chris et moi, tirant la gueule à cause de la rentrée si proche, jouant aux cartes, nous racontant les mêmes histoires de commis voyageurs ou des histoires françaises. Comment tu sais quand un Français est entré dans ta cour ? Quand la poubelle est vide et la chienne enceinte. Teddy essayait d'avoir l'air choqué, mais il était le premier à répéter une blague dès qu'il l'avait entendue, sauf qu'il disait Polack au lieu de Français.

L'orme nous faisait de l'ombre et nous avions ôté nos chemises pour qu'elles ne soient pas trop trempées

de sueur. On jouait au scat à trois sous, le jeu le plus
chiant qui existe, mais il faisait trop chaud pour penser
à quelque chose de plus compliqué. On avait eu une
équipe de base-ball à la hauteur jusqu'à la mi-août, et
puis la plupart des gosses avaient disparu. Trop chaud.

J'avais jeté le reste et je montais à pique. Parti avec
treize, reçu un huit ça faisait vingt et un, et depuis rien
ne s'était passé. Chris a abattu. J'ai tiré mes dernières
cartes pour rien.

« Vingt-neuf, a dit Chris en étalant du carreau.

— Vingt-deux. Teddy a eu l'air dégoûté.

— Vous pisse à la raie », ai-je dit en jetant mon jeu
sans le montrer.

« Fini pour Gordie, a trompetté Teddy, l'vieux Gordie a plongé, il est dehors. » Ensuite il a poussé son
fameux rire à la Teddy Duchamp — *Eeee-eee-eee*, le
bruit d'un clou rouillé qu'on arrache d'une planche
pourrie. Pour ça, il était bizarre, on le savait. Il n'avait
pas encore treize ans, comme nous tous, mais ses
grosses lunettes et le sonotone qu'il portait lui donnaient
l'air d'un vieux. Les mômes essayaient toujours de lui
mendier des clopes dans la rue, mais dans sa poche de
chemise il n'y avait que la pile de son appareil.

Malgré les lunettes et le bouton couleur chair qu'il
avait vissé à l'oreille, il y voyait mal et comprenait souvent de travers ce qu'on lui disait. Au base-ball il fallait
le mettre sur les ailes, derrière Chris à gauche et Billy
Greer à droite. En espérant que personne ne taperait
aussi loin, parce que Teddy se lancerait dans une poursuite acharnée, qu'il voie la balle ou non. Des fois il se
prenait de sacrés gnons, et un jour il s'est assommé en
rentrant bille en tête dans un mur près du club. Il est
resté sur le dos avec les yeux blancs pendant presque
cinq minutes, et j'ai eu peur. Ensuite il s'est relevé et

s'est baladé le nez en sang, avec une grosse bosse violette au milieu du front, disant que c'était un coup bas.

Il y voyait mal de naissance, mais il était arrivé quelque chose de pas naturel à ses oreilles. À l'époque, alors que le truc était d'avoir les cheveux coupés de sorte que les oreilles dépassaient comme les anses d'une cruche, Teddy avait la première coupe à la Beatles de Castle Rock — quatre ans avant que les Américains entendent parler des Beatles. Il cachait ses oreilles parce qu'on aurait dit deux paquets de cire molle.

Un jour, quand il avait huit ans, son père s'était mis en rogne parce qu'il avait cassé une assiette. À cette heure-là sa mère travaillait à la fabrique de chaussures de South Paris, et quand elle est rentrée c'était trop tard.

Son père l'avait emmené près de la grande cuisinière à bois au fond de la cuisine et lui avait collé la tête contre une des plaques en fonte du foyer. Il l'avait tenu une dizaine de secondes, l'avait attrapé par les cheveux et avait recommencé de l'autre côté. Ensuite il avait appelé le Secours d'Urgence et leur avait dit de venir chercher son fils. Il a raccroché, il est allé chercher son 410 dans le placard, et il s'est installé devant la TV pour regarder le feuilleton avec le fusil sur ses genoux. Quand Mme Burroughs, la voisine, est venue demander si Teddy allait bien — elle avait entendu les cris — Duchamp père l'a menacée de son arme. Mme Burroughs est sortie de la maison à la vitesse de la lumière, elle s'est enfermée chez elle et a appelé la police. Quand l'ambulance est arrivée, M. Duchamp a fait entrer les infirmiers avant d'aller monter la garde sur la véranda, derrière la maison, pendant qu'ils emmenaient Teddy en civière jusqu'à l'ambulance, une vieille Buick avec des hublots sur le côté.

Duchamp père a expliqué aux infirmiers que ces

putains de gradés avaient dit que le coin était dégagé, alors qu'il y avait des Boches embusqués un peu partout. Un des infirmiers lui a demandé s'il pourrait tenir le coup. Le père a eu un sourire crispé et répondu qu'il tiendrait jusqu'à ce qu'on vende des frigidaires en enfer, s'il le fallait. L'infirmier a salué, le père a salué aussi sec. Quelques minutes après le départ de l'ambulance la police est arrivée et a relevé Norman Duchamp de sa faction.

Cela faisait près d'un an qu'il faisait de drôles de trucs comme tuer des chats et foutre le feu à des boîtes aux lettres, et après l'atrocité commise sur son fils ils avaient expédié l'audience et l'avaient envoyé à Togus, un hôpital pour anciens combattants. Un hôpital où on met les dingues. Duchamp père avait pris d'assaut les plages de Normandie, comme disait toujours Teddy. Teddy était fier de son vieux malgré ce qu'il lui avait fait, et il allait le voir toutes les semaines avec sa maman.

De tous nos copains c'était le plus con, je pense, et le plus fou. Il prenait toujours des risques insensés, et il s'en tirait toujours. Son grand truc c'était la corrida des poids lourds, comme il disait. Il se jetait devant, sur la 196, et quelquefois le camion le manquait d'un poil. Dieu sait combien de crises cardiaques il a provoquées : il riait quand le vent du poids lourd giflait ses fringues. On crevait de trouille tellement il y voyait mal, avec ou sans ses lunettes en culs-de-bouteille. Un jour ou l'autre il allait faire une erreur. Et il fallait faire attention avant de le provoquer, parce qu'il aurait relevé n'importe quel défi.

« Gordie est fini, eeeeee-eee-eee !

— Crève », ai-je dit en ramassant un *Master Detective* pour lire pendant qu'ils finissaient la partie. C'était

« La jolie étudiante piétinée à mort dans un ascenseur en panne », et je me suis plongé dedans.

Teddy a ramassé son jeu, lui a donné un coup d'œil et a dit « J'abaisse.

— Tas de merde aux yeux tordus ! s'est écrié Chris.

— Le tas de merde a des yeux par milliers », a gravement répondu Teddy. Chris et moi avons éclaté de rire. Teddy nous a regardés en fronçant légèrement les sourcils, comme s'il se demandait ce qui nous faisait rire. Il y avait ça aussi avec ce mec — il sortait toujours des trucs bizarres comme « Le tas de merde a des yeux par milliers », et on ne savait jamais s'il avait voulu être drôle ou si ça se trouvait comme ça. Il regardait ceux qui riaient, légèrement réprobateur, comme pour dire : *Oh Seigneur qu'est-ce que c'est encore ?*

Teddy avait trente points, servi — valet, reine et roi de trèfle. Chris n'avait que seize, il a dû se défausser.

Teddy battait les cartes aussi maladroitement que d'habitude et j'en arrivais au passage le plus juteux de mon polar, là où le marin fou de La Nouvelle-Orléans dansait la bourrée écossaise sur le corps de cette collégienne de Bryn Mawr parce qu'il ne supportait pas d'être enfermé, quand nous avons entendu quelqu'un grimper à toute allure l'échelle clouée au tronc d'arbre. On a cogné du poing sous la trappe.

« Qui c'est ? a crié Chris.

— Vern ! » il avait l'air excité, et essoufflé.

Je suis allé à la trappe et j'ai tiré le verrou. La trappe s'est ouverte d'un coup et Vern Tessio, un des habitués, a fait irruption dans le club. Il suait comme une vache et ses cheveux, d'habitude soigneusement coiffés comme ceux de son idole du rock, Bobby Rydell, étaient emmêlés et plaqués sur sa tête toute ronde.

« Waouh, mec, a-t-il soufflé, attendez que je vous dise.

— Dise quoi ? ai-je demandé.

— Laisse-moi reprendre mon souffle. J'ai pas arrêté de courir depuis chez moi.

— *Je suis rentré en courant*, a lancé Teddy d'une affreuse voix de fausset à la Little Anthony, *juste pour demander pardo-on…*

— Va te branler, mec, a dit Vern.

— Va chier dans le lac, lui a retourné Teddy aussi sec.

— T'as couru depuis chez toi ? a demandé Chris, incrédule. T'es dingue, mec. » Vern habitait Grand Street, à plus de trois kilomètres. « Il doit faire plus de quarante dehors.

— Ça vaut le coup. Doux Jésus ! C'est incroyable ! Franchement. » Il s'est frappé le front pour nous montrer à quel point il était sincère.

« Bon, c'est quoi ? a répété Chris.

— Vous pouvez venir camper cette nuit ? » Vern était sérieux, le regard surexcité. « Je veux dire, si vous dites à vos vieux qu'on plante la tente dans mon pré ?

— Ouais, je suppose, a dit Chris en ramassant ses cartes. Mais mon vieux est dans une mauvaise passe. Il a le vin méchant, tu sais.

— Il le faut, mec. Franchement. C'est incroyable. Tu peux, Gordie ?

— Probable. »

On me laissait faire plein de trucs de ce genre — en fait cet été-là j'étais le Môme Invisible. En avril Dennis, mon frère aîné, s'était tué en Jeep, un accident à Fort Benning, en Georgie, où il faisait ses classes. Lui et un autre gus allaient au PX quand un camion de l'armée leur était rentré dedans. Dennis a été tué sur le coup et son passager était toujours dans le coma. Dennis aurait eu vingt-deux ans à la fin de la semaine. J'avais déjà choisi sa carte d'anniversaire chez Dahlie, à Castle Green.

J'ai pleuré quand je l'ai su, j'ai pleuré encore plus à l'enterrement, je ne pouvais pas croire qu'il avait disparu, que celui qui me frottait la tête ou me faisait peur avec une araignée en caoutchouc jusqu'à ce que je fonde en larmes ou venait m'embrasser quand je m'étais écorché les genoux en me chuchotant à l'oreille : « Maintenant arrête de pleurer, bébé ! », qu'une personne qui m'avait *touché* pouvait mourir. Qu'il soit mort m'avait fait mal et m'avait fait peur… par contre mes parents en avaient eu le cœur brisé. Dennis, je peux dire que je le connaissais, guère plus. Il avait dix ans de plus que moi, vous pigez, il avait ses propres copains, ses camarades de classe. On a mangé à la même table pendant des années, parfois c'était un ami, parfois un persécuteur, mais surtout c'était un garçon de plus, vous voyez, un autre. Quand il est mort il était déjà parti depuis un an, sauf pour une ou deux permissions. On ne se ressemblait même pas. C'est longtemps après cet été-là que j'ai compris avoir versé toutes ces larmes en grande partie à cause de papa et maman. Pour le bien que ça leur a fait, ou à moi.

« Alors tu la craches ou tu la pisses, Vern-O ? a demandé Teddy.

— J'abats, a dit Chris.

— *Quoi ?* a hurlé Teddy, oubliant Vern instantanément. Fichu menteur ! T'as pas été servi du premier coup. Je ne t'ai pas servi du premier coup. »

Chris a ricané. « Tire tes cartes, tête de con. »

Teddy a pris la première carte du paquet. Chris a

pris les Winston derrière lui sur l'étagère. Je me suis penché pour ramasser mon magazine.

Vern Tessio : « Vous voulez voir un mort, les gars ? »

Tous, on s'est arrêtés net.

3

Naturellement, on en avait tous entendu parler à la radio. Notre radio, une Philco avec une caisse fendue qu'on avait aussi récupérée à la décharge, marchait en permanence. On la réglait sur WLAM, une station de Lewiston qui jouait les super-tubes et les vieux classiques : *What in the World's Come Over You* par Jack Scott, *This Time* par Troy Shondell, *King Creole* par Elvis et *Only the Lonely* par Roy Orbison. Quand c'étaient les infos on mettait mentalement un disque de silence. Les infos n'étaient qu'un tas de conneries béates sur Kennedy et Nixon et Quemoy et Matsu et le retard en missiles et après tout quel salaud était devenu Castro. Mais on avait tous écouté un peu mieux l'histoire de Ray Brower, parce que c'était un gosse de notre âge.

Il vivait à Chamberlain, une ville à une soixantaine de kilomètres de Castle Rock. Trois jours avant que Vern débarque au club après avoir couru trois kilomètres, Ray Brower était sorti ramasser des mûres avec un seau donné par sa mère. Quand la nuit est tombée, il n'était toujours pas rentré, les Brower ont appelé le shérif et les recherches ont commencé — d'abord autour de chez lui, et peu à peu dans les communes voisines, Motton, Durham et Pownal. Tout le monde s'y est mis — les flics, les vigiles, les gardes-chasse, des volontaires. Mais trois jours plus tard le gosse n'avait pas reparu. En écoutant la radio on savait bien qu'on ne retrouverait jamais le pauvre gars vivant — les recherches allaient peu à peu s'éteindre d'elles-mêmes. Il avait pu étouffer dans une carrière ou se noyer dans un torrent, et dans dix ans un chasseur tomberait sur son squelette. On draguait déjà les étangs de Chamberlain et le réservoir de Motton.

Aujourd'hui, dans le sud-ouest du Maine, rien de ce genre ne pourrait arriver ; la banlieue a presque tout recouvert, et les communes-dortoirs autour de Portland et de Lewiston se sont étendues comme les tentacules d'une pieuvre géante. Les forêts sont encore là, de plus en plus épaisses vers l'ouest et les Montagnes Blanches, mais si vous gardez le cap assez longtemps pour faire huit kilomètres dans la même direction, vous tombez immanquablement sur une route goudronnée. En 1960, par contre, rien n'avait été construit entre Chamberlain et Castle Rock, et il y avait même des endroits où on n'exploitait pas la forêt depuis avant la guerre mondiale. À l'époque il était encore possible de s'enfoncer dans les bois, de se perdre et d'y mourir.

4

Vern Tessio, ce matin-là, était en train de creuser sous sa véranda.

On a tous compris au quart de tour, mais il faut peut-être que je prenne une minute pour vous expliquer. Teddy Duchamp n'était pas très malin, mais Vern ne passait pas non plus son temps libre à suivre *College*

Bowl. Pourtant Billy, son frère, était encore plus con, comme vous verrez. Mais faut d'abord que je vous dise pourquoi Vern creusait derrière chez lui.

Quatre ans plus tôt, quand il en avait huit, Vern avait enterré un bocal plein de petite monnaie sous la grande véranda des Tessio. Cet endroit obscur, pour lui, c'était sa « cave ». Il jouait au pirate, plus ou moins, et le bocal était un trésor — sauf que si on jouait aux pirates avec Vern il ne fallait pas dire trésor, mais « butin ». Donc il avait enfoui profondément son bocal, rebouché le trou et recouvert le tout avec les feuilles mortes qui s'accumulaient depuis des années. Il avait dessiné une carte du trésor qu'il avait mise dans sa chambre avec ses affaires. Et il avait tout oublié pendant un mois. Un jour qu'il manquait de fric pour un film ou autre chose, il s'était souvenu de la monnaie et avait cherché sa carte. Mais sa mère avait déjà fait le ménage deux ou trois fois, ramassé les vieux devoirs, les papiers de bonbons, les débris de BD et de recueils comiques. Un matin elle s'en était servie pour allumer le feu dans la cuisinière, et la carte au trésor s'était envolée par la cheminée.

Du moins c'est ce qu'il croyait.

Il a essayé de retrouver l'emplacement de mémoire et s'est mis à creuser. Pas de chance. À droite et à gauche de l'endroit. Toujours rien. Ce jour-là, il avait abandonné, mais depuis, il n'arrêtait pas de chercher. Pendant quatre ans, mec. Quatre *ans*. Il y a pas de quoi en pisser dans son froc ? On ne savait pas s'il fallait en rire ou en pleurer.

C'était devenu une sorte d'obsession. La véranda des Tessio courait tout du long de leur maison, environ treize mètres de long sur deux de large. Il avait retourné le moindre centimètre de terrain deux et même trois fois — pas de bocal. Dans sa tête le nombre des pièces s'est mis à grandir. Au début il nous avait dit qu'il y en avait peut-être pour trois dollars. Un an plus tard il en était à cinq et dernièrement c'était monté à dix, plus ou moins selon qu'il était plus ou moins fauché.

De temps en temps on essayait de lui dire ce qui nous paraissait clair — que Billy l'avait su et avait lui-même déterré le bocal. Vern refusait d'y croire, alors pourtant qu'il détestait Billy autant que les Juifs détestent les Arabes et qu'il aurait volontiers condamné à mort son frère pour vol s'il en avait eu l'occasion. Et il refusait de poser directement la question à Billy. Probablement de crainte que son frère n'éclate de rire et lui dise *Bien sûr que je l'ai pris, pauvre taré, il y avait vingt dollars de pièces dans ce putain de bocal et j'ai tout dépensé.* Au lieu de quoi Vern allait creuser à la recherche de ses piécettes chaque fois que l'inspiration lui en venait (et que Billy n'était pas là). Il sortait en rampant de sous la véranda, son jean crasseux, ses cheveux pleins de feuilles et les mains vides. On se moquait de lui à fond et on l'avait surnommé Penny — Penny Tessio. Je crois qu'il n'est venu si vite nous apporter les nouvelles au club que pour nous montrer qu'il était quand même sorti quelque chose de sa chasse au trésor.

Ce matin-là il s'était levé avant tout le monde, avait avalé ses corn-flakes, était sorti dans l'allée marquer des buts dans le vieux panier de basket accroché au garage — pas grand-chose à faire, ni rien, ni personne pour jouer au fantôme, alors il s'était dit qu'il allait essayer encore un coup. Il était sous la véranda quand au-dessus de lui la porte en grillage avait claqué. Il s'était figé sur place, sans faire un bruit. Si c'était son père, il sortirait. Si c'était Billy, il resterait jusqu'à ce que son frère soit parti avec son copain Charlie Hogan.

Deux paires de pieds ont fait vibrer la véranda, et Charlie Hogan s'est écrié d'une voix tremblante, au bord des larmes : « Jésus-Christ, Billy, qu'est-ce qu'on va faire ? »

Entendre Charlie Hogan parler comme ça, nous a dit Vern — Hogan était un des gosses les plus coriaces de la ville —, avait suffi pour lui faire dresser l'oreille. Charlie, après tout, traînait avec Ace Merrill et Chambers Les Mirettes — et quand on se maque avec des gonzes pareils, on est censé être un dur.

« Rien, a dit Billy. Voilà ce qu'on va faire. Rien.

— Faut qu'on fasse *quêqu'chose* », a répondu Charlie, et ils se sont assis pas loin de là où Vern s'était accroupi. « Tu l'as *vu ?* »

Vern a tenté le coup et s'est glissé plus près, l'eau à la bouche. Il en était à se dire que ces deux-là s'étaient vraiment soûlés et avaient écrasé quelqu'un. Il a fait très gaffe à ne pas faire craquer les feuilles mortes. S'ils s'apercevaient qu'il était là et qu'il les avait entendus, ce qui resterait de lui tiendrait dans une boîte de pâtée pour chien.

« C'est rien pour nous, a dit Billy. Le môme est mort alors c'est rien pour lui non plus. Qui s'en branle qu'ils le trouvent ou pas ? Pas moi.

— C'est ce gosse dont ils ont parlé à la radio, a dit Charlie. C'était lui, merde, c'est sûr. Brocker, Brower, Flowers, quelque chose comme ça. C'te putain de train a dû le toucher.

— Ouais », a dit Billy. On a frotté une allumette. Vern l'a vue tomber sur le gravier et a senti l'odeur du tabac. « L'a pas loupé. Et t'as dégueulé. »

Pas un mot, mais Vern a senti les vagues de honte qui rayonnaient de Charlie Hogan.

« Bon, les filles ne l'ont pas vu, a repris Billy. Une

chance. » D'après le bruit il a donné à Charlie une claque dans le dos pour le regonfler. « Elles en bavasseraient d'ici à Portland. On a giclé de là en vitesse, en tout cas. Tu crois qu'elles ont pigé que ça n'allait pas ?

— Non. Marie n'aime pas prendre la route de Back Harlow et passer devant le cimetière, de toute façon. Elle a peur des fantômes. » Il a repris sa voix pleurnicharde : « Jésus, je voudrais qu'on n'ait pas fauché de bagnole hier soir ? Qu'on soit juste allé au ciné comme on devait ! »

Charlie et Billy sortaient avec deux grognasses, Marie Dougherty et Beverly Thomas. On ne voit des tas pareils que dans des baraques de foire — des boutons, des moustaches, un vrai carnaval. Quelquefois tous les quatre — ou six ou huit si Fuzzy Bracowicz ou Ace Merrill venaient avec leurs mômes — piquaient une voiture dans un parking de Lewiston et allaient se balader à la campagne avec deux ou trois bouteilles de vin et un pack de ginger ale. Ils emmenaient les filles du côté de Castle View, d'Harlow ou de Shiloh, ils buvaient des Purple Jesus et baisaient. Ensuite ils balançaient la caisse près de chez eux. Les babouins s'amusent d'un rien, comme disait Chris. Ils ne s'étaient jamais fait prendre, mais Vern n'attendait que ça. L'idée d'aller voir Billy le dimanche à la maison de correction le mettait en joie.

« Si on le dit aux flics ils voudront savoir comment on est arrivés si loin de Harlow, a dit Billy. On n'a pas de bagnole, aucun de nous. Vaut mieux qu'on la ferme. Ils pourront rien nous faire.

— On pourrait faire un appel anonyme, a dit Charlie.

— Ils les repèrent, ces putains d'appels, a dit Billy, menaçant. Je l'ai lu dans *Highway Patrol*. Et dans *Dragnet*.

— Ouais, c'est vrai, a dit Charlie, misérable. Jésus. Je voudrais qu'Ace ait été là. On aurait dit aux flics qu'on était dans sa bagnole.

— Ben, il y était pas.

— Ouais. Charlie a soupiré. Je suppose que t'as raison. » Un mégot est tombé dans l'allée. « Fallait vraiment qu'on monte pisser sur les voies, hein ? On n'aurait pas pu aller de l'autre côté, non ? Et j'ai dégueulé sur mon froc ncuf. » Sa voix s'est assourdie : « Ce putain de gosse était bien arrangé, tu sais ? T'as vu ce fils de pute, Billy ?

— J'ai vu. » Un second mégot a rejoint le premier. « Allons voir si Ace est levé. J'ai envie de me rincer la dalle.

— On va lui dire ?

— Charlie, on va le dire à *personne. À personne jamais.* Tu piges ?

— Je pige. Doux Jésus, je voudrais qu'on n'ait jamais piqué cette putain de Dodge.

— Bof, ferme ta putain de gueule et amène-toi. »

Deux paires de jambes moulées dans des jeans délavés, deux paires de bottes de moto, noires avec des boucles, ont descendu les marches. Vern, à quatre pattes, s'est figé sur place (« Mes couilles sont remontées si haut que je croyais qu'elles voulaient rentrer à la maison », nous a-t-il dit), certain que son frère allait sentir sa présence, le traîner dehors et le tuer — lui et Charlie Hogan auraient fait jaillir par ses oreilles en feuilles de chou le peu de cervelle que le Seigneur avait jugé bon de lui donner et l'auraient ensuite piétiné avec leurs bottes de moto. Mais ils ont continué, simplement, et quand Vern a été sûr qu'ils étaient partis, il est sorti en rampant et a couru jusqu'ici.

5

« Tu as vraiment de la chance, ai-je dit. Ils t'auraient tué.

— Je connais la route de Back Harlow, a dit Teddy. Elle se termine en cul-de-sac à la rivière. On allait y pêcher des poissons-chats. »

Chris a approuvé de la tête. « Il y avait un pont, mais il y a eu une crue, il y a longtemps. Maintenant il n'y a plus que les rails.

— Est-ce qu'un môme aurait vraiment pu marcher de Chamberlain à Harlow ? lui ai-je demandé. Ça fait entre trente et cinquante kilomètres.

— Je pense que oui. Il est probablement tombé sur la voie et il l'a suivie. Il se disait peut-être qu'elle le ferait sortir de la forêt ou qu'il pourrait faire signe à un train pour qu'il s'arrête. Mais il n'y a plus que des trains de marchandise — le GS & WM jusqu'à Derry et Brownsville — et encore pas beaucoup. Il aurait dû marcher jusqu'à Castle Rock pour s'en sortir. Et la nuit un train a fini par venir… et splatch ! »

Chris a fait claquer son poing dans sa main ouverte avec un bruit mat. Teddy, un vétéran rescapé de nombreuses corridas sur la 196, a eu l'air vaguement satisfait. J'avais un peu mal au cœur en imaginant ce gosse si loin de chez lui, crevant de trouille mais s'obstinant à suivre les rails, marchant probablement sur les traverses à cause des bruits nocturnes venant des buissons et des arbres au-dessus de lui… et peut-être même des fossés longeant la voie. Alors le train est arrivé, et le grand phare à l'avant a pu l'hypnotiser jusqu'à ce qu'il soit trop tard pour sauter. Ou il était peut-être allongé sur la voie, évanoui tellement il avait faim. D'une façon ou d'une autre, de toute façon, Chris avait dit juste : splatch, point final. Le gosse était mort.

« Bon alors, vous voulez voir ça ? » a demandé Vern. Il se tortillait comme s'il avait envie de pisser tellement il était excité.

On l'a tous regardé pendant une longue seconde, sans rien dire. Et puis Chris a jeté ses cartes. « Bien sûr ! Et je te parie n'importe quoi qu'on aura nos photos dans le journal !

— Hein ? a dit Vern.

— Regarde. » Chris s'est penché sur la table crasseuse. « On va trouver le corps et le signaler ! On sera dans les infos !

— J' sais pas. Vern était visiblement refroidi. Billy saura où je l'ai su. Il va me faire la tête au carré.

— Mais non, ai-je dit, parce que c'est *nous* qui aurons découvert le môme, pas Billy et Charlie Hogan dans une voiture piquée. Ils n'auront plus à se faire du mouron. Ils vont probablement t'offrir une médaille, Penny.

— Ouais ? » Vern a souri, découvrant ses dents gâtées. Un sourire un peu ébloui, comme si l'idée que Billy soit content de ce qu'il ait fait lui faisait l'effet d'un direct au menton. « Ouais, tu crois ? »

Teddy souriait, lui aussi. Puis il a froncé les sourcils. « Oh ! oh !

— Quoi ? » Vern s'est remis à gigoter, craignant qu'une objection fondamentale vienne de jaillir dans le cerveau de Teddy... ou dans ce qui en tenait lieu.

« Nos vieux, a dit Teddy. Si on découvre le corps du môme demain au sud d'Harlow. Ils vont savoir qu'on n'a pas campé cette nuit dans le pré de chez Vern.

— Ouais, a ajouté Chris. Ils vont savoir qu'on est allés le chercher.

— Mais non. » J'étais dans un drôle d'état — à la fois excité et effrayé, sachant qu'on pouvait le faire et s'en tirer. Émotions contradictoires qui me donnaient un mélange de migraine et de nausée. J'ai ramassé les cartes pour m'occuper les mains et je me suis mis à les battre. Ça et jouer au cribbage, c'est tout ce que m'avait appris mon grand frère. Les autres enviaient ma façon de battre, et tous ceux que je connaissais m'avaient demandé de le leur montrer… sauf Chris. Je suppose qu'il était le seul à comprendre que c'était comme de distribuer des morceaux de Dennis, et j'en avais si peu que je ne pouvais pas me permettre de les donner.

« On va juste leur dire qu'on a eu marre de camper derrière chez Vern parce qu'on l'a fait trop souvent. Qu'on a décidé de suivre les voies et d'aller camper dans les bois. Je parie qu'on ne recevra même pas de raclée tellement ils seront excités par ce qu'on aura trouvé.

— De toute façon mon vieux va me cogner, a dit Chris. Il est vraiment méchant, ces temps-ci. » Il a secoué la tête, maussade. « Au diable, ça vaut la balade.

— Okay », a dit Teddy en se levant. Il avait toujours son sourire de dingue, prêt à lâcher son rire de crécelle d'une seconde à l'autre. « Allons tous ensemble chez Vern après déjeuner. Qu'est-ce qu'on leur dit pour le dîner ?

— Toi et moi et Gordie on peut dire qu'on mange chez Vern, a dit Chris.

— Et je dirai à maman que je vais dîner chez Chris », a dit Vern.

Ça marcherait sauf en cas d'urgence imprévue ou si les parents se mettaient au courant. Mais il n'y avait pas de téléphone chez Chris, ni chez Vern. À l'époque il y avait plein de familles qui trouvaient que c'était un luxe, surtout des familles de bouseux. Et aucun de nous ne venait de la haute.

Mon père était à la retraite. Celui de Vern avait bossé à la minoterie et avait encore une DeSoto 1952. La mère de Teddy avait une maison sur Danberry Street et prenait un locataire quand elle en trouvait. Cet été-là elle n'en avait pas; la pancarte CHAMBRE MEU-BLÉE était à la fenêtre du salon depuis juin. Et celui de Chris était toujours plus ou moins dans une « mauvaise passe »; c'était un ivrogne qui vivait surtout des alloc et passait le plus clair de son temps à traîner au bar de chez Sukey avec Junior Merrill, le père de Ace, et deux autres sacs à vin du coin.

Chris ne parlait pas beaucoup de son père, mais nous savions qu'il le haïssait comme la peste. Environ tous les quinze jours Chris avait des marques un peu partout, des bleus sur les joues et le cou, un œil enflé et coloré comme un coucher de soleil, et un jour il est arrivé à l'école avec un énorme pansement improvisé à l'arrière du crâne. D'autres fois il ne venait même pas. Sa mère téléphonait qu'il était malade parce qu'il était trop amoché pour venir. Chris était malin, vraiment malin, mais il séchait beaucoup la classe et M. Halli-burton, l'inspecteur scolaire, passait tout le temps chez eux dans sa vieille Chevrolet noire avec un autocollant dans l'angle du pare-brise, PAS DE STOPPEURS. Quand Chris manquait et que Bertie (on l'appelait comme ça derrière son dos, bien sûr) l'attrapait, il le traînait à l'école et le faisait coller pour la semaine. Mais quand Bertie voyait que Chris restait chez lui parce que son père lui avait flanqué une raclée, il s'en allait sans piper mot à qui que ce soit. Il a fallu vingt ans pour que je mette en question son sens des priorités.

L'année d'avant, Chris avait été suspendu pour trois jours. L'argent de la cantine avait disparu un jour où Chris était chef de dortoir et l'avait ramassé. Comme c'était un Chambers, un de ces bons à rien de Chambers, il a dû porter le chapeau bien qu'il ait juré qu'il n'avait pas piqué ce fric. Cette fois-là Chambers père a envoyé Chris à l'hôpital ; quand il a su que son fils était suspendu, il lui a cassé le nez et le poignet droit. Chris sortait d'une drôle de famille, c'est sûr, et tout le monde pensait qu'il tournerait mal... lui compris. Ses frères avaient admirablement répondu aux attentes de la ville. Frank, l'aîné, s'était sauvé de chez lui à dix-sept ans, s'était engagé dans la marine et avait fini par faire un long séjour à Portsmouth pour viol et attentat aux mœurs. Le suivant, Richard (il avait l'œil droit bizarre et baladeur, c'est pour ça que tout le monde l'appelait Les Mirettes), avait abandonné le lycée en seconde, il était pote avec Charlie, Billy Tessio et leurs copains délinquants.

« Je crois que tout ça va marcher, ai-je dit à Chris. Et John et Marty ? » John et Marty DeSpain étaient les deux autres membres réguliers de notre bande.

« Ils ne sont pas rentrés, a dit Chris. Ils ne seront là que lundi.

— Oh ! C'est dommage.

— Alors on est parés ? » a demandé Vern, toujours agité. Il ne voulait pas qu'on change de sujet, même une minute.

« Je pense que oui, a dit Chris. Qui veut encore jouer au scat ? »

Personne. On était trop excités pour ça. On est descendus de notre arbre, on a escaladé le mur du terrain vague et on a joué trois mouches et six bases pendant un bout de temps avec la vieille balle en crin de Vern, mais ça n'était pas drôle non plus. On ne pouvait plus penser qu'à ce gosse écrasé par un train et qu'on allait tous le voir, ou ce qui en restait. Vers dix heures on est rentrés chez nous pour arranger le truc avec nos parents.

6

Je suis rentré à onze heures et quart, après m'être arrêté au drugstore pour regarder les bouquins de poche. Je faisais ça tous les deux jours pour voir s'il y avait un nouveau John D. MacDonald. J'avais un *quarter* et je m'étais dit que s'il y en avait un je le prendrais. Mais il ne restait que des vieux, et je les avais presque tous lus une demi-douzaine de fois.

Quand je suis arrivé la voiture n'était pas là, et je me suis souvenu que maman et ses copines étaient allées écouter un concert à Boston. Une grande habituée des concerts, ma vieille. Et pourquoi pas ? Son fils unique était mort et il fallait qu'elle se change les idées. Je dois avoir l'air plutôt amer. Mais je crois que si vous aviez vu ce qui se passait, vous auriez compris pourquoi.

Papa était derrière en train d'arroser soigneusement son jardin dévasté. Si son air morne ne disait pas assez clairement que c'était une cause perdue, l'aspect du jardin dissipait tous les doutes. La terre était gris clair, pulvérulente. Tout était mort sauf le maïs, qui n'avait pas fait un seul épi mangeable. Papa disait qu'il n'avait jamais su arroser un jardin. Il fallait que ce soit Mère Nature ou personne. Il mettait trop d'eau au même

endroit et noyait les plantes. Celles de la rangée suivante crevaient de soif. Impossible d'atteindre un juste
milieu. Mais il n'en parlait pas souvent. Il avait perdu
un fils en avril et un jardin en août. S'il ne voulait parler ni de l'un, ni de l'autre, je suppose qu'il en avait le
droit. Ce qui me faisait chier c'est que du coup il ne
parlait plus de rien. Je trouvais que c'était pousser
cette putain de démocratie un peu trop loin.

« Salut papa. » Arrivé près de lui je lui ai offert les
Rollos que j'avais achetées au drugstore. « T'en veux
une ?

— Bonjour, Gordon. Non merci. » Il a continué à
faire voltiger son jet d'eau sur la terre grise et condamnée.

« Ça va si je vais camper ce soir dans le pré des Tessio avec les copains ?

— Quels copains ?

— Vern. Teddy Duchamp. Peut-être Chris. »

Je m'attendais à ce qu'il démarre sur Chris — un
mauvais sujet, une pomme pourrie au fond du panier,
un voleur, un apprenti délinquant.

Mais il s'est contenté de soupirer : « Je suppose que
ça va.

— Chouette ! Merci ! »

J'allais entrer dans la maison pour voir ce qu'il y
avait à l'attrape-couillons quand il m'a lancé : « Ce
sont les seuls avec qui tu aies envie d'aller, n'est-ce
pas Gordon ? »

Je l'ai regardé, prêt à discuter, mais ce jour-là il
en paraissait incapable. Le contraire, je pense, aurait
quand même été préférable. Affaissé, voûté, les traits
tirés, il ne me regardait pas, les yeux fixés sur le jardin
sans vie. Il avait une lueur étrange dans les yeux, peut-
être des larmes.

« Oh, papa, ils sont okay…

— Bien sûr que oui. Un voleur et deux débiles. Quelle compagnie pour mon fils !

— Vern Tessio n'est pas débile. » Teddy était plus difficile à défendre.

« Douze ans et toujours en septième. Et la fois où il est resté dormir. Le lendemain, quand le journal du dimanche est arrivé, il a mis une heure et demie à lire les pages de bandes dessinées. »

Je me suis mis en colère, parce que je ne trouvais pas ça juste. Il jugeait Vern comme il jugeait tous mes amis, en les ayant aperçus de temps en temps, surtout quand ils entraient ou sortaient de la maison. Il se trompait. Et quand il traitait Chris de voleur je voyais rouge à tous les coups, parce qu'il ne connaissait *rien* de lui. J'avais envie de le lui dire, mais si je le mettais en rogne il me garderait à la maison. Et de toute façon il n'était pas vraiment en colère, pas comme des fois pendant le dîner, quand il gueulait si fort que personne n'avait plus faim. Il avait juste l'air triste, fatigué, usé. Il avait soixante-trois ans, l'âge d'être mon grand-père.

Ma mère en avait cinquante-cinq — pas non plus une poulette de première jeunesse. Quand ils s'étaient mariés ils avaient tout de suite voulu fonder une famille. Ma mère a été enceinte et a fait une fausse couche. Elle en a fait deux autres et le médecin lui a dit qu'elle ne mènerait jamais une grossesse à terme. J'ai dû apprendre tout ça par cœur à chaque sermon qu'ils me faisaient, comprenez-vous. Ils voulaient que je me considère comme un envoi spécial de la poste divine, or je n'étais pas sensible à la bonne fortune que j'avais eue d'être engendré quand ma mère avait quarante-deux ans et des cheveux gris. Je ne lui étais pas reconnaissant de cette bonne fortune non plus que de son immense souffrance et de ses sacrifices.

Cinq ans après que le médecin eut dit qu'elle n'aurait jamais de bébé, elle a été enceinte de Dennis. Elle l'a porté huit mois et il est quasiment tombé tout seul, pesant ses huit livres — mon père disait que si elle l'avait mené à terme ce gosse en aurait pesé quinze. Le médecin a dit : Bon, parfois la nature se moque de nous, mais c'est le seul que vous aurez. Remerciez Dieu et n'en demandez pas plus. Dix ans plus tard elle a été enceinte de moi. Non seulement je suis né à terme, mais l'accoucheur a dû prendre les forceps pour me tirer de là. Vous avez déjà entendu parler d'une famille aussi mal foutue ?... Pour ne pas en faire tout un plat, disons que je vins au monde avec des parents prêts à sucrer les fraises et que mon seul frère jouait au base-ball avec les grands pendant que j'en étais à porter des couches.

Pour papa et maman, un don de Dieu leur avait suffi. Je ne dirais pas qu'ils m'ont maltraité, et c'est sûr qu'ils ne m'ont jamais battu, mais j'ai été une sacrée surprise, et je crois qu'à quarante ans on aime moins les surprises qu'à vingt ans. Après ma naissance ma mère a eu son opération, celle que ses copines appellent son « élastique ». Elle a dû vouloir être sûre à cent pour cent que Dieu ne lui enverrait plus de paquets. À l'université j'ai découvert que j'aurais eu toutes les chances de naître handicapé... et je pense que papa a eu un doute quand il a vu Vern mettre un quart d'heure à déchiffrer le dialogue de Beetle Baily.

Ce truc d'être ignoré : je ne l'ai pas vraiment pigé avant de faire le compte rendu d'un roman qui s'appelle *L'Homme invisible*. Quand j'ai accepté de lire ce bouquin pour Mlle Hardy, je croyais que c'était l'his-

toire de science-fiction avec le type en bandelettes et
Foster Grants — c'est Claude Rains qui a joué dans le
film. Quand j'ai vu que c'était autre chose j'ai voulu
le rendre mais Mlle Hardy ne m'a pas laissé me défi-
ler. J'ai fini par en être vraiment content. Dans cet
Homme invisible il s'agit d'un Nègre. Personne ne le
remarque jamais sauf quand il fait le con. Les gens
font comme s'ils voyaient au travers. Quand il parle,
personne ne répond. C'est comme un fantôme noir.
Une fois que je suis entré dedans j'ai dévoré ce bouquin comme si c'était un John D. MacDonald, parce
que ce mec, Ralph Ellison, me parlait de *moi*. À dîner
c'était Dennis combien de points as-tu faits et Dennis
qui t'a invité au bal Sadie Hopkins et Dennis je veux te
parler d'homme à homme à propos de cette voiture
que nous avons vue. Je disais : « Passe-moi le beurre »,
et papa disait : Dennis, es-tu sûr de vouloir faire l'armée ? Je disais : « Passez-moi le beurre, quelqu'un,
okay ? » et maman demandait à Dennis s'il voulait
qu'elle lui prenne une de ces chemises Pendleton ven-
dues dans le centre, et je finissais par aller chercher le
beurre moi-même. Un soir, quand j'avais neuf ans,
juste pour voir ce qui allait se passer, j'ai dit : « S'il
vous plaît, passez-moi ces *foutues* patates. » Et ma
mère a dit : Dennis, tante Grace a téléphoné, elle a
demandé après toi et Gordon.

Le jour où Dennis a été diplômé avec mention par le
lycée de Castle Rock, j'ai fait le malade et je suis resté
à la maison. J'ai demandé à Royce, le frère aîné de
Stevie Darabont, de m'acheter une bouteille de vin,
j'en ai bu la moitié et au milieu de la nuit j'ai vomi
dans mon lit.

Avec une pareille situation familiale on est censé
détester son frère aîné ou l'idéaliser complètement

— en tout cas c'est la psychologie qu'on vous apprend à la fac. Des conneries, non ? Mais pour ce que j'en sais je n'ai ressenti ni l'un ni l'autre envers Dennis. On se disputait rarement, on ne s'est jamais battus. Ça aurait été ridicule. Imaginez un gosse de quatorze ans trouvant de quoi se battre avec un frère de quatre ans ? Et il en a toujours suffisamment imposé à mes parents pour qu'ils ne le chargent pas de s'occuper de son petit frère, de sorte qu'il ne m'en a jamais voulu comme certains en veulent à leurs frères et sœurs. Quand Dennis m'emmenait quelque part c'était qu'il en avait envie, et ça a été les moments les plus heureux dont je me souvienne.

« *Hé Lachance, c'est quoi ça ?*

— *Mon petit frère et tu fais gaffe à ta gueule, Davis. Il te foutrait une raclée. Gordon est un dur.* »

Ils se rassemblent un moment autour de moi, immenses, incroyablement grands, bref instant d'intérêt, comme une flaque de soleil. Ils sont tellement grands, tellement vieux.

« *Hé, le môme ! Cette poule mouillée c'est vraiment ton grand frère ?* »

J'approuve, timide.

« *C'est un vrai trou du cul, pas vrai, le môme ?* »

J'approuve encore et tout le monde, Dennis compris, hurle de rire. Puis Dennis frappe sèchement dans ses mains, deux fois, et dit : « *Allons, on va s'entraîner ou on reste ici comme une bande de fendues ?* »

Ils courent à leurs places, lançant déjà des balles dans tous les coins.

« *Va t'asseoir sur le banc là-bas, Gordie. Ne fais pas de bruit. N'ennuie personne.* »

Je vais m'asseoir là-bas sur le banc. Je suis sage. Je me sens incroyablement petit sous les nuages chauds

*de l'été. Je regarde mon frère lancer des balles. Je
n'ennuie personne.*

Mais ces moments étaient rares.

Quelquefois il me lisait avant de dormir des histoires meilleures que celles de maman ; celles-ci parlaient du bonhomme en pain d'épice et des *Trois Petits
Cochons*, c'était okay, mais celles de Dennis étaient
des trucs comme *Barbe-Bleue* ou *Jack l'Éventreur*. Il
connaissait aussi une version du *Bouc Grognon* où
c'est l'ogre du pont qui finissait par gagner. De plus, je
l'ai déjà dit, il m'a appris le cribbage et à battre les
cartes. Pas grand-chose, mais ho ! dans ce monde on
prend ce qu'on peut, je n'ai pas raison ?

À mesure que je grandissais mon amour pour Dennis
se changeait en une sorte de respect presque absolu, le
genre de sentiment que les chrétiens ont envers Dieu,
j'imagine. Et quand il est mort j'ai été un peu secoué,
un peu triste, comme ces mêmes chrétiens ont dû se
sentir quand le *Time* leur a annoncé la mort de Dieu. Je
pourrais le dire comme ça : j'ai été aussi triste de la
mort de Dennis que lorsque j'ai appris celle de Dan
Blocker à la radio. Je les avais peut-être vus autant l'un
que l'autre, et on n'a jamais rediffusé Dennis.

Il a été enterré dans un cercueil scellé avec un drapeau américain dessus (ils ont enlevé le drapeau avant
de mettre la boîte en terre, ils l'ont replié — le drapeau, pas le cercueil — et ils l'ont mis dans un chapeau claque qu'ils ont donné à ma mère). Mes parents
se sont écroulés. Quatre mois n'avaient pas suffi pour
les remettre d'aplomb ; je ne savais pas s'ils s'en
remettraient *jamais*. M. et Mme Dumpty. La chambre
de Dennis était en animation suspendue, la porte à côté
de la mienne, ou peut-être dans une stase temporelle.
Les fanions de l'Ivy League étaient encore au mur, les

photos des filles qu'il avait courtisées encore coincées dans le miroir où il passait ce qui m'avait paru des heures à se peigner en se faisant une banane comme Elvis. La pile de *Trues* et de *Sports Illustrated* était restée sur son bureau, leurs dates de plus en plus antiques avec le temps. C'est le genre de choses qu'on voit dans des films à l'eau de rose. Mais pour moi cela n'avait rien de sentimental, c'était horrible. Je n'allais dans sa chambre que si j'y étais obligé : je m'attendais toujours à ce qu'il soit derrière la porte, sous le lit, dans le placard. C'était surtout le placard qui me hantait, et quand ma mère m'envoyait chercher les cartes postales de Dennis ou sa boîte à chaussures pleine de photos, j'imaginais que la porte s'ouvrait lentement pendant que je restais sur place, figé par la terreur. Je le voyais dans l'ombre, pâle et sanglant, le crâne enfoncé, un caillot rouge veiné de gris fait de sang et de cervelle collé à sa chemise. Je voyais ses bras se lever, ses mains ensanglantées se recourber comme des serres, et j'entendais sa voix rauque, rouillée : *Ça aurait dû être toi, Gordon. Ça aurait dû être toi.*

7

Stud City, par Gordon Lachance. Publié dans *Greenspun Quarterly*, nᵒ 45, automne 1970. Citation autorisée.

Mars.

Chico est debout à la fenêtre, les bras croisés, les coudes sur la barre qui sépare les deux panneaux. Il est nu, regarde dehors, la buée de son haleine couvre la vitre. Un courant d'air contre son ventre ; en bas à droite il manque un carreau. Bouché par un morceau de carton.

« Chico. »

Il ne se retourne pas. Elle ne dit plus rien. Il voit son fantôme dans la vitre. Elle est assise, les couvertures relevées défiant la pesanteur. Son rimmel a coulé et lui fait de grands cernes sous les yeux.

Chico oublie le fantôme, regarde plus loin, dehors. Il pleut. Par endroits la neige a fondu, laissant voir des plaques chauves. Il voit l'herbe morte de l'an dernier, un jouet en plastique à Billy, un râteau mangé par la rouille. La Dodge de son frère Johnny est sur cales, les jantes nues tendues comme des moignons. Il repense aux jours où Johnny et lui travaillaient dessus, écoutant les supertubes et les vieux classiques de la WLAM de Lewiston sortir du vieux transistor de son frère — deux fois Johnny l'avait laissé boire une bière. *Elle va tracer, Chico*, disait Johnny. *Elle avalera tout ce qu'il y a sur la route entre Gate Falls et Castle Rock. Attends qu'on y mette un levier Hearst !*

Mais cela, c'était le passé.

Au-delà de la Dodge il y avait la route. La 14 va vers Portland et le sud du New Hampshire, jusqu'au Canada si on tourne à gauche sur la 1 à Thomaston.

« La ville du cul. » Il s'adresse à la fenêtre. Tire sur sa cigarette.

« Quoi ?

— Rien, baby.

— Chico ? » Elle ne comprend pas. Il faudra qu'il change les draps avant le retour de papa. Elle a saigné.

« Quoi ?

— Je t'aime, Chico.

— Ça va bien. »

Saleté de mois de mars. *Tu n'es qu'une vieille pute*, pense Chico. *Mars, tu es sale, soûle, les seins flasques et la pluie dans la gueule.*

« C'était la chambre de Johnny, dit-il soudain.

— Qui ?

— Mon frère.

— Oh ! Où est-il ?

— À l'armée », dit-il, mais Johnny n'est pas à l'armée. L'an passé il travaillait sur l'autoroute d'Oxford Plains, une voiture avait échappé à tout contrôle et dérapé sur l'aire de stationnement vers l'excavation où Johnny changeait le pneu arrière d'une benne Chevrolet. On lui a crié de se garer, mais Johnny n'a rien entendu. Chico était un de ceux qui avaient crié.

« Tu n'as pas froid ? demande-t-elle.

— Non. Oh bon, aux pieds. Un peu. »

Soudain il lui vient une pensée : *Oh ! mon Dieu. Il n'est rien arrivé à Johnny qui ne doive t'arriver, tôt ou tard, à toi aussi.* Mais il revoit la scène : la Mustang qui dérape, qui glisse, les vertèbres qui font de petits croissants d'ombre sur le tee-shirt blanc de son frère, accroupi pour sortir la roue de la Chevrolet. Il avait eu le temps de voir les pneus lacérés de la Mustang, le pot d'échappement qui faisait jaillir des étincelles du gravier. Johnny avait été touché en essayant de se relever. Et puis le cri jaune des flammes.

Bon, se dit Chico, *ça aurait pu être une mort lente.* Il repense à son grand-père, aux odeurs d'hôpital, aux jolies infirmières portant des bassins. Un dernier souffle imperceptible. Y a-t-il une bonne façon ?

Il frissonne et se pose des questions sur Dieu. Il touche la petite médaille en argent accrochée par une chaîne à son cou, un Saint-Christophe. Il n'est pas catholique, et sûrement pas mexicain : en réalité il s'appelle Edward May, mais tous ses amis l'appellent Chico parce qu'il a les cheveux noirs aplatis à la brillantine et qu'il porte des bottes pointues avec le talon déporté. Pas catholique, mais il porte cette médaille. La Mustang l'aurait épargné. On ne sait jamais.

Il fume en regardant par la fenêtre. Derrière lui la fille sort du lit et s'approche très vite, à petits pas, craignant peut-être qu'il se retourne et la regarde. Elle pose une main tiède sur son dos. Ses seins se pressent contre son flanc. Son ventre s'appuie sur les fesses du garçon.

« Oh. Il fait froid.

— Ici c'est comme ça.

— Tu m'aimes, Chico ?

— Pour sûr ! » répond-il sans y penser. Puis, plus sérieusement : « Tu étais pucelle.

— Qu'est-ce que c'est que ça ?…

— Tu étais vierge. »

La main monte plus haut. Un doigt court sur sa nuque. « Je l'avais dit, n'est-ce pas ?

— C'était dur ? Ça t'a fait mal ? »

Elle rit. « Non. Mais j'avais peur. »

Ils regardent la pluie. Une Oldsmobile neuve passe sur la 14, faisant jaillir l'eau.

« La ville du cul, dit Chico.

— Quoi ?

— Ce type. Il va à la ville du cul. Dans sa bagnole de cul. »

Elle embrasse doucement l'endroit qu'elle vient de caresser et il la chasse comme si c'était une mouche.

« Qu'est-ce qui se passe ? »

Il se tourne vers elle, qui baisse les yeux vers son pénis et les relève aussitôt. Elle lève les bras, comme pour se cacher, puis se souvient qu'on ne fait jamais ça au cinéma et les laisse retomber. Elle a les cheveux noirs et la peau blanche comme l'hiver, crémeuse. Des seins fermes, un ventre peut-être un peu mou. Un défaut pour se souvenir qu'on est pas dans un film, se dit Chico.

« Jane ?

— Quoi ? » Il sent son corps se préparer. Déjà prêt, même.

« Tout va bien, dit-il. Nous sommes amis. » Délibérément, il la regarde, cherchant à l'atteindre de toutes sortes de manières. Quand il remonte à son visage, elle a rougi. « Cela te gêne que je te regarde ?

— Je… non. Non, Chico. »

Elle recule, ferme les yeux, s'assied sur le lit et se laisse aller en arrière, jambes ouvertes. Il la voit tout entière. Les muscles, les petits muscles à l'intérieur des cuisses… tressaillent involontairement, et soudain cela l'excite, plus encore que les seins fermes, coniques, ou la perle rose de son vagin. Il sent la passion frémir en lui, stupide pantin accroché à un fil. L'amour est peut-être divin, comme disent les poètes, pense-t-il, mais le sexe est un pantin qui s'agite sur son fil. Comment une femme peut-elle regarder un pénis en érection sans piquer une crise de fou rire ?

La pluie cogne contre le toit, la fenêtre, le carton détrempé qui remplace une vitre cassée. Il garde un instant sa main contre son torse, l'air d'un Romain prêt à déclamer. La main est froide. Il la laisse retomber.

« Ouvre les yeux. Nous sommes amis, je te le dis. »

Obéissante, elle le regarde. Ses yeux paraissent violets. L'eau qui court sur les vitres fait jouer des ombres diaprées sur son visage, son cou, ses seins. Elle est en travers du lit, le ventre serré. Un moment de perfection.

« Oh, dit-elle. Oh ! Chico, je me sens si *drôle*. » Son

corps est parcouru d'un frisson. Ses orteils se crispent malgré elle. Il voit la paume de ses pieds. Une peau rose. « Chico. Chico. »

Il s'avance, tremblant, les yeux grands ouverts. Elle parle, elle prononce un mot, il ne sait pas quoi. Pas le moment de poser des questions. Il s'agenouille à demi devant elle, une seconde, concentré, regardant le sol et lui effleurant les jambes juste au-dessus des genoux. Il mesure la marée qui monte en lui, sa puissance aveugle, fantastique. Il prolonge cette pause.

On n'entend que le tic-tac aigu du réveil sur la table de nuit, planté sur une pile de BD, des Spiderman. Le souffle de la fille, haletant, se fait plus rapide. Il sent ses muscles jouer quand il se lève et plonge. Ils commencent. Cette fois c'est mieux. Dehors la pluie dissout ce qui reste de neige.

Une demi-heure plus tard Chico la secoue. Elle sommeille. « Il faut qu'on y aille, dit-il. Papa et Virginia vont bientôt rentrer. »

Elle regarde sa montre et s'assied. Cette fois sans chercher à se cacher. Elle a complètement changé de posture — de langage corporel. Elle n'a pas mûri (bien qu'elle pense probablement que si), elle n'a rien appris de plus compliqué que de nouer ses lacets, mais elle a tout de même changé d'allure. Il lui fait un signe de tête et elle lui fait un sourire hésitant. Il attrape les cigarettes sur la table de nuit. Pendant qu'elle met sa culotte il pense aux paroles d'une vieille chanson : *Joue jusqu'à ce que j'aie traversé, Blue... joue aussi le refrain, joue. Tie Me Kangaroo Down*, par Rolf Harris. Il sourit. Johnny la chantait souvent. *Alors on a tanné sa peau quand il est mort, Clyde, elle est accrochée au hangar. C'était la fin.*

Elle agrafe son soutien-gorge et commence à boutonner son corsage. « Qu'est-ce qui te fait sourire, Chico ?

— Rien, dit-il.

— Tu remontes ma fermeture ? »

Il s'approche, toujours nu, remonte la fermeture. « Va te maquiller dans la salle de bains si tu veux, dit-il. Mais ne prends pas trop longtemps, okay ? »

Elle sort dans le couloir, gracieuse, et il la suit des yeux en fumant. C'est une grande fille — plus grande que lui — et il faut qu'elle baisse un peu la tête pour entrer dans la salle de bains. Chico trouve son slip sous le lit. Il le met dans le sac à linge sale accroché à l'intérieur de la penderie et en prend un autre dans la commode. Une fois qu'il l'a mis il revient vers le lit, glisse et manque de tomber dans une flaque d'eau sous la vitre cassée.

« Bon Dieu », murmure-t-il, hargneux.

Il regarde la chambre, celle de Johnny jusqu'à sa mort (*pourquoi lui ai-je dit qu'il était dans l'armée, Seigneur ?* se demande-t-il... pas très à l'aise). Des cloisons en aggloméré, si minces qu'il entend la nuit papa et Virginia en pleine action, et qui ne vont pas tout à fait jusqu'au plafond. Le parquet gauchi penche bizarrement de sorte qu'il faut coincer la porte pour qu'elle reste ouverte — quand on oublie elle se referme sournoisement dès qu'on a le dos tourné. Sur le mur d'en face une affiche d'*Easy Rider* — *Deux hommes sont partis à la recherche de l'Amérique et ne l'ont trouvée nulle part*. La pièce était plus vivante quand Johnny vivait là. Chico ignore comment ou pourquoi ; il sait seulement que c'est vrai. Il sait aussi autre chose : que parfois, la nuit, cette chambre lui parle. Parfois il se dit que la penderie va s'ouvrir et que Johnny sera là, le corps tordu, noirci, carbonisé, les dents jaunes dépassant d'une cire qui a fondu et s'est durcie, lui disant dans un murmure : *Sors de ma chambre, Chico. Et si tu touches seulement à ma Dodge, putain je te tue. Pigé ?*

Pigé, frangin, se dit Chico.

Il reste immobile un moment, regardant les draps froissés et tachés du sang de la fille, puis il rabat les couvertures d'un seul geste. Voilà. Ici même. Ça te plaît, Virginia ? Ça te fait mouiller ? Il enfile son pantalon, ses bottes de moto, trouve un chandail.

Il se peigne devant le miroir quand elle sort des chiottes. Elle a de la classe. Son ventre trop mou disparaît sous le chemisier. Elle regarde le lit, fait deux ou trois gestes. Le lit semble fait, non plus recouvert à la hâte.

« Bien », dit-il.

Elle rit, un peu gênée, replace une mèche de cheveux derrière son oreille. Un geste évocateur, poignant.

« Allons-y », dit-il.

Ils passent le couloir, arrivent dans le salon. Jane s'arrête devant une photo coloriée posée sur la TV. Son père et Virginia, Johnny à l'âge du lycée, Chico à celui du collège et Billy tout petit — sur la photo il est dans les bras de Johnny. Tous ont des sourires figés, pétrifiés… tous sauf Virginia, le visage endormi, perpétuellement indéchiffrable. Cette photo, Chico s'en souvient, a été prise moins d'un mois après le mariage de son père avec cette pute.

« C'est ton père et ta mère ?

— C'est mon père. Elle, c'est ma belle-mère, Virginia. Viens.

— Elle est toujours aussi jolie ? » demande Jane qui ramasse son manteau et tend à Chico son blouson.

« Je suppose que mon vieux trouve que oui. »

Ils sortent dans le garage. Un endroit humide, plein

de courants d'air, le vent hurle dans les fentes des murs mal faits. Il y a un tas de vieux pneus lisses. La vieille bécane de Johnny dont Chico avait hérité à dix ans et qu'il avait rapidement bousillée, un tas de magazines policiers, des bouteilles de Pepsi consignées, un bloc-moteur monolithique et plein d'huile, une caisse orange pleine de livres de poche, un vieux dessin de cheval, colorié d'après les numéros, sur une herbe verte et poussiéreuse.

Chico l'aide à sortir. La pluie tombe avec une constance démoralisante. La vieille voiture de Chico attend au milieu d'une mare, l'air triste. Même sur cales et avec un bout de plastique à la place du pare-brise, la Dodge de Johnny a meilleure allure. Celle de Chico est une Buick. La peinture est ternie, constellée de points de rouille. Le siège avant est recouvert par une vieille couverture kaki. Un grand badge épinglé au pare-soleil du passager dit : J'AI ENVIE TOUS LES JOURS. Un démarreur rouillé est posé sur la banquette arrière ; s'il arrête un jour de pleuvoir je le nettoierai, pense-t-il, et je le monterai peut-être dans la Dodge. Ou non.

La Buick sent le moisi et son démarreur peine long-temps avant de faire tourner le moteur.

« C'est la batterie ? demande-t-elle.

— Seulement cette foutue pluie, je crois. » Il recule sur la route, met les essuie-glaces et s'arrête un instant pour regarder la maison. Elle est d'une couleur aqueuse tout à fait déprimante. Le garage dépasse en biais, de guingois, fait de planches écaillées et de papier gou-dronné.

La radio s'allume, trop fort, il l'éteint aussitôt. Il sent derrière son front le début d'une migraine domini-cale. Ils dépassent la salle des fêtes, les pompiers béné-voles et le magasin de chez Brownie. La T-Bird de

Sally Morrison est garée devant la pompe, Chico la salue d'une main en tournant sur l'ancienne route de Lewiston.

« Qui est-ce ?

— Sally Morrison.

— Une belle dame », dit-elle d'une voix neutre.

Il cherche ses cigarettes. « Elle s'est mariée deux fois et elle a divorcé deux fois. Maintenant ce serait la pute municipale si on croyait la moitié de ce qu'on raconte dans cette petite ville de merde.

— Elle a l'air jeune.

— Elle l'est.

— Tu as déjà… »

Il lui caresse la cuisse en souriant. « Non. Mon frère, peut-être, mais pas moi. Mais j'aime bien Sally. Elle a sa pension et sa grande bagnole blanche et elle se moque de ce que les gens racontent. »

Le trajet commence à paraître long. L'Androscoggin, sur leur droite, est gris et maussade. La glace a complètement fondu. Jane est calme, pensive. Pas d'autre bruit que le claquement régulier des essuie-glaces. En bas des côtes la Buick traverse des poches où le brouillard attend le soir pour envahir la route tout le long du fleuve.

À Auburn, Chico prend le raccourci et débouche sur l'avenue Minot. Les quatre voies sont presque vides et les pavillons de banlieue ont l'air d'être emballés. Ils voient un petit garçon avec un imper en plastique jaune qui longe le trottoir en marchant soigneusement dans toutes les flaques.

« Vas-y, mec, dit doucement Chico.

— Quoi ?

— Rien, baby. Rendors-toi. »

Elle rit, un peu indécise.

Chico prend Keston Street et entre dans l'allée d'une des maisons. Il laisse le moteur en route.

« Entre, je te donnerai des gâteaux », dit-elle.

Il secoue la tête. « Il faut que je rentre.

— Je sais. » Elle l'entoure de ses bras et l'embrasse. « Merci pour le moment le plus merveilleux de mon existence. »

Soudain il sourit. Son visage s'illumine. C'est presque magique. « On se voit lundi, Jani-Janette. On est amis, vrai ?

— Tu le sais bien. » Elle l'embrasse encore, mais s'écarte quand il lui caresse un sein à travers son corsage. « Non. Mon père pourrait nous voir. »

Il la laisse aller, son sourire presque entièrement effacé. Elle descend et court sous la pluie jusqu'à la porte de derrière. En une seconde elle a disparu. Chico prend le temps d'allumer une cigarette avant de faire marche arrière. La voiture cale, le démarreur grince un temps fou avant de relancer le moteur. La route est longue.

À son retour le break de papa est garé dans l'allée. Il se range sur le côté et coupe le contact. Il reste un moment dans la voiture, à écouter la pluie, comme à l'intérieur d'un tambour en métal.

Dans la maison, Billy regarde Carl Stormer et ses Buckaroos à la TV. Quand il voit Chico il lui saute dessus, tout excité. « Eddie, hé, Eddie, tu sais ce qu'a dit oncle Peter ? Il a dit que lui et toute une bande ont coulé un sous-marin boche pendant la guerre ! Tu m'emmènes au spectacle samedi prochain ?

— Je ne sais pas, répond Chico en faisant une grimace. Peut-être, si tu me lèches les bottes tous les soirs de la semaine avant le dîner. » Il lui tire les cheveux.

Billy hurle de rire et lui donne des coups de pied dans les jambes.

« Ça suffit, maintenant, dit Sam May en entrant. Ça suffit, vous deux. Vous savez ce que votre mère pense de ces chahuts. »

Il a défait sa cravate et ouvert le haut de sa chemise. Il apporte trois paires de hot dogs sur une assiette. Des saucisses rouges dans du pain blanc, la moutarde à côté. « Où étais-tu, Eddie ?

— Chez Jane. »

On tire la chasse dans la salle de bains. Virginia. Chico se demande un instant si Jane a laissé des cheveux dans le lavabo, son rouge à lèvres ou une épingle à cheveux.

« Tu aurais dû venir avec nous voir oncle Peter et tante Ann », dit son père, qui avale une saucisse en trois bouchées. « Tu deviens un étranger parmi nous, Eddie. Je n'aime pas ça. Pas tant qu'on te loge et qu'on te nourrit.

— Drôle de logement, dit Chico. Drôle de nourriture. »

Sam se redresse, blessé, aussitôt hostile. Chico voit ses dents jaunies par la moutarde. Cela le dégoûte un peu. « Toujours ta maudite insolence. Tu n'es pas si grand que ça, morveux. »

Chico hausse les épaules, prend une tranche de pain sur le plateau à côté de son père, et la tartine de ketchup. « Dans trois mois, de toute façon, je suis parti.

— De quoi diable parles-tu ?

— Je vais réparer la voiture de Johnny et aller en Californie. Chercher du travail.

— Oh ! ouais. Bien sûr. » Son père est un costaud, du genre qui traîne les pieds, mais Chico se dit qu'il a rapetissé après avoir épousé Virginia, plus encore après la mort de Johnny. Il s'entend dire à Jane : *Mon frère, peut-être, mais pas moi.* Et tout de suite après : *Joue aussi le refrain, joue, blue.* «Jamais tu ne feras aller cette voiture jusqu'à Castle Rock, sans parler de la Californie.

— Tu n'y crois pas? Tu n'auras qu'à voir la putain de poussière derrière moi.»

Son père le regarde, figé, puis lui lance la saucisse qu'il tenait à la main. Une francfort bon marché barbouillée de moutarde. Un peu de soleil sur du rouge. Chico la relance à son père. Sam se lève, le visage rouge brique, les veines de son front gonflées à en éclater. Sa jambe heurte le plateau qui se renverse. Billy, à la porte de la cuisine, les regarde. Il s'est préparé une assiette de saucisse aux haricots; l'assiette penche et la sauce coule par terre. Billy a les yeux écarquillés, ses lèvres tremblent. À la TV Carl Stormer et ses Buckaroos dévorent leur épisode à bride abattue.

«On les élève du mieux qu'on peut et ils vous crachent dessus, dit son père d'une voix pâteuse. Aïe, c'est comme ça.» Tâtonnant à l'aveuglette sur sa chaise il ramasse le reste de saucisse et le brandit comme un phallus coupé en deux. Spectacle stupéfiant, il se met à la manger… en même temps Chico le voit pleurer. «Aïe, ils vous crachent dessus, et puis c'est comme ça.

— Mais bon Dieu, pourquoi a-t-il fallu que tu l'épouses, *elle*?» s'écrie Chico, qui ravale ce qu'il allait dire ensuite : *Si tu ne l'avais pas fait, Johnny serait encore en vie.*

«Ça ne te regarde pas, bon Dieu! hurle son père à travers ses larmes. C'est mes affaires!

— Ah bon? réplique Chico. Tu crois ça? Et moi je n'ai qu'à vivre avec elle! Moi et Billy, on est forcés

de vivre avec elle ! De la voir t'écraser ! Et tu ne vois
même pas…

« — Quoi ? » s'écrie son père, soudain plus grave,
menaçant. Dans son poing fermé le reste de saucisse
ressemble à un os plein de sang. « Qu'est-ce que je ne
vois pas ?

— Tu ne vois pas plus loin que ton cul », dit Chico,
terrifié à l'idée de ce qu'il allait laisser échapper.

« Maintenant tu arrêtes, Chico. Ou je te flanque une
bon Dieu de raclée. » Il faut que son père soit vraiment
furieux pour l'appeler par son surnom.

Chico se retourne et voit Virginia à l'autre bout de la
pièce qui défroisse minutieusement sa jupe, le regardant de ses grands yeux marron, si calmes. Ses yeux
sont très beaux ; le reste de sa personne l'est moins,
mais ses yeux la maintiendront encore des années,
pense Chico, sentant revenir sa haine maladive — *Alors
on a tanné sa peau quand il est mort, Clyde, et elle est
accrochée au hangar.*

« Elle te traîne derrière ses jupes et tu n'as plus rien
dans le ventre ! »

Finalement tous ces cris vont trop loin pour Billy qui
pousse un long gémissement de terreur et laisse tomber
son assiette pour se cacher la figure de ses mains. Saucisse, haricots et sauce éclaboussent ses chaussures du
dimanche et se répandent sur le tapis.

Sam fait un pas en avant, un seul, et s'arrête quand
Chico a un geste bref, comme pour dire : *Ouais, vas-y,
qu'on en finisse, putain, pourquoi tu attends ?* Ils sont
figés comme des statues quand Virginia s'adresse à lui,
la voix grave et aussi calme que ses yeux :

« Es-tu allé dans ta chambre avec une fille, Ed ? Tu
sais ce que ton père et moi nous en pensons. » Et, négligemment : « Elle a laissé un mouchoir. »

Il la regarde d'un air féroce, incapable d'exprimer ce qu'il ressent, la traîtrise de cette femme, la façon dont elle vous frappe chaque fois dans le dos, dont elle s'arrange pour vous enlever tous vos moyens.

Tu pourrais me faire mal si tu voulais, disent les yeux marron, paisibles. *Je sais que tu sais ce qui se passait avant qu'il meure. Mais c'est la seule manière dont tu peux me toucher, n'est-ce pas Chico ? Et seulement si ton père te croit. Et s'il te croit, il en mourra.*

Son père plonge comme un ours sur ce nouvel appât. « Tu es venu baiser chez moi, petit salopard ?

— Surveille ton langage, Sam, je t'en prie, dit Virginia, toujours calme.

— C'est pour ça que tu n'as pas voulu venir avec nous ? Pour pouvoir bai... pour pouvoir...

— *Dis-le !* pleure Chico. Ne la laisse pas te faire ça ! Dis-le ! Dis ce que tu veux dire !

— Sors d'ici, dit le père d'un ton morne. Ne reviens pas avant de demander pardon à ta mère et moi.

— Je te l'interdis ! Je t'interdis de dire que cette garce est ma mère ! Je vais te tuer !

— Arrête, Eddie ! hurle Billy d'une voix étouffée par les mains qui lui cachent toujours le visage. Arrête de crier sur papa ! Arrête, je t'en prie ! »

Virginia est toujours à la porte, son regard calme fixé sur Chico.

Sam recule en trébuchant et se cogne au rebord de son fauteuil. Il y tombe lourdement et abrite son visage derrière un bras velu. « Je ne peux même pas te regarder quand tu parles comme ça, Eddie. Cela me rend malade.

— C'est *elle* qui te rend malade ! Avoue-le ! »

Il ne répond pas. Toujours sans le regarder, il prend à tâtons un autre hot dog dans l'assiette posée sur la

TV. Cherche la moutarde. Billy continue à pleurer. Carl Stormer et ses Buckaroos entonnent une chanson de camionneur. «J'ai un vieux bahut, mais qui ne traîne pas au cul», affirme Carl à tous les spectateurs du Maine.

«Ce garçon ne sait plus ce qu'il dit, Sam, dit doucement Virginia. C'est dur, à son âge. C'est dur de grandir.»

Elle l'a eu, c'est sûr. Tout est fini.

Il se détourne, va vers la porte qui mène au garage et dehors. En l'ouvrant il se retourne vers Virginia. Elle le regarde calmement quand il prononce son nom.

«Qu'est-ce qu'il y a, Ed?

— Il y a du sang sur les draps.» Un silence. «Je l'ai dépucelée.»

Il croit avoir vu quelque chose frémir au fond de ses yeux, mais il a dû l'imaginer. «Sors, Ed, je t'en prie. Tu fais peur à Billy.»

Il s'en va. La Buick refuse de démarrer et il s'est presque résigné à marcher sous la pluie quand le moteur finit par tousser. Il allume une cigarette, recule sur la 14 en enfonçant le levier d'un grand coup et en relançant le moteur qui s'étouffe et menace de caler. Le témoin de dynamo clignote méchamment, deux fois, et enfin le ralenti veut bien tenir, en boitant. Il remonte lentement la route vers Gates Falls, jette un dernier regard à la Dodge de Johnny.

Johnny aurait pu avoir un emploi fixe à la filature, mais seulement dans l'équipe de nuit. Travailler la nuit ne le dérangeait pas, avait-il dit à Chico, et c'était mieux payé qu'à Plains, mais leur père travaillait de jour, et Johnny se serait retrouvé à la maison seul avec elle, seul ou avec Chico dans la chambre voisine… et les cloisons étaient minces. *Je ne peux pas m'arrêter et elle ne me laisse pas faire*, disait Johnny. *Ouais, je sais ce que ça ferait à papa. Mais elle... elle veut pas arrêter, c'est tout, et c'est comme si je ne pouvais pas... elle est toujours après moi, tu sais ce que je veux dire, tu l'as vue, Billy est trop petit pour comprendre, mais tu l'as vue...*

Oui. Il l'avait vue. Et Johnny était allé travailler à Plains, disant au père qu'il y trouverait des pièces bon marché pour sa Dodge. Voilà pourquoi il était en train de changer une roue quand la Mustang avait dérapé et glissé sur le terrain avec le pot faisant jaillir des étincelles ; voilà comment sa belle-mère avait tué son frère, alors continue à jouer jusqu'à ce que je tire, Blue, parce qu'on va à la ville du cul tout droit dans cette bagnole de merde, et il se souvient de l'odeur de caoutchouc, des vertèbres sur le tee-shirt tendu qui faisaient des petits croissants d'ombre sur le tissu blanc, il se souvient d'avoir vu Johnny se lever à moitié quand la Mustang l'avait heurté, écrasé contre le Chevy, du bruit sourd quand le Chevy était tombé du cric et puis de l'éclat jaune des flammes, de la violente odeur d'essence...

Chico écrase le frein des deux pieds. La voiture s'arrête en tressautant sur l'accotement détrempé. Il se jette en travers de la banquette, ouvre d'un coup la porte côté passager et lance un jet de vomi jaunâtre sur la neige boueuse. Cette vision le fait vomir une seconde fois, et cette idée le fait encore vomir à sec. Le moteur va caler, mais il le rattrape à temps. La lampe témoin s'éteint à regret quand il accélère. Il se rassied, laisse à ses tremblements le temps de se calmer. Une voiture passe, très vite, une Ford blanche et neuve qui soulève des gerbes d'eau et de neige fondue.

« La ville du cul, dit Chico. Dans sa voiture de cul. Funky. »

Il a le goût du vomi sur les lèvres, au fond de la gorge et dans les sinus. Il n'a plus envie de fumer. Danny Carter l'hébergera. Demain il sera temps de prendre des décisions. Il revient sur la 14 et continue sa route.

8

Sacré putain de mélodrame, hein ?

Le monde a dû connaître une ou deux meilleures histoires, je sais — cent ou deux cent mille, plutôt. Il y aurait dû y avoir un tampon sur chaque page : CECI PROVIENT D'UN ATELIER DE CRÉATION LITTÉRAIRE POUR ÉTUDIANTS… car c'était vrai, du moins jusqu'à un certain point. Aujourd'hui elle me fait l'effet d'une imitation terriblement scolaire ; le style pris à Hemingway (sauf que tout est au présent, je ne sais pour quel foutu snobisme), le thème à Faulkner. Est-il possible d'être aussi *sérieux ? Littéraire ?*

Mais ses prétentions ne peuvent cacher le fait que c'est une histoire profondément sexuelle écrite par un jeune homme profondément inexpérimenté (à l'époque j'avais couché avec deux filles, éjaculé prématurément sur l'une des deux — pas du tout comme ce Chico, dois-je avouer). Son attitude envers les femmes n'est pas seulement hostile, elle touche à la saloperie — deux des femmes de l'histoire sont des traînées et la troisième un simple réceptacle qui sait dire « Je t'aime, Chico » et « Entre, je te donnerai des gâteaux ». Lui, par contre, est un macho, le héros prolétaire sorti botté

et casqué d'un disque de Bruce Springsteen — mais
Springsteen était encore inconnu quand la revue de la
fac a publié mon histoire (entre un poème intitulé
Images de Moi et un essai sur les pariétaux estudian-
tins composé entièrement en minuscules). C'était
l'œuvre d'un jeune homme aussi dépourvu d'assurance que d'expérience.

C'est pourtant la première que j'ai sentie vraiment
mienne, complète, depuis cinq ans que j'essayais. La
première qui peut encore tenir debout, même en enlevant ses béquilles. Laide, mais vivante. Même aujour-
d'hui, quand je la relis en essayant de ne pas rire de sa
dureté bidon et de sa prétention, je peux voir le vrai
visage de Gordon Lachance derrière les mots imprimés, un auteur plus jeune que celui qui écrit de nos
jours, certainement plus idéaliste que l'auteur de best-
sellers qui verra plutôt critiquer ses contrats de réédi-
tions que ses livres, mais plus mûr que celui qui est
allé ce jour-là voir avec ses amis le cadavre d'un gosse
s'appelant Ray Brower. Un Gordon Lachance à moitié
débarrassé du vernis de l'enfance.

Non, ce n'est pas une très bonne histoire — au lieu
d'écouter attentivement sa voix intérieure, l'auteur
s'attachait à n'importe quoi. Mais c'est la première fois
que j'ai introduit les endroits que je connaissais et les
sentiments que j'éprouvais réellement dans une œuvre
d'imagination, et il m'est venu une sorte d'exaltation et
de terreur à voir s'incarner sous une forme nouvelle des
choses qui me troublaient depuis des années, *une forme
dont j'avais le contrôle.* Il y avait une éternité que ne
m'était pas revenue l'image enfantine de Dennis dans
la penderie de sa chambre ; honnêtement, je croyais
l'avoir oubliée. Pourtant elle est sortie dans cette histoire, à peine transformée… *Sous mon contrôle.*

J'ai résisté à l'envie de la transformer encore plus, de la récrire, de lui donner du nerf — une sacrée envie, pourtant, puisque cette histoire continue à me faire honte. Mais il y reste des choses que j'aime, des choses qui seraient amoindries par ce qu'apporterait un Lachance plus vieux, qui voit venir ses premiers cheveux gris. Comme ces ombres sur le tee-shirt de Johnny ou les reflets de la pluie sur la peau nue de Jane, des détails qui valent mieux que je n'aurais cru.

C'est aussi la première histoire que je n'ai pas montrée à mes parents. Dennis y était trop présent. Castle Rock également. Et surtout l'année 1960. On reconnaît toujours la vérité : quand on se coupe avec, ou qu'on blesse quelqu'un d'autre, le résultat est sanglant.

9

Ma chambre était au premier, il devait faire plus de trente degrés, et ça monterait à plus de quarante l'après-midi, même avec toutes les fenêtres ouvertes. J'étais vraiment content de ne pas y dormir, et de repenser à notre expédition a réveillé mon excitation. J'ai roulé deux couvertures, attaché le tout avec une vieille ceinture. Ramassé l'argent qui me restait, soixante-huit cents. J'étais prêt à partir.

Je suis descendu par-derrière pour ne pas croiser mon père devant la maison, mais j'avais eu tort de m'inquiéter, il était toujours en train d'arroser le jardin, le regard perdu dans les arcs-en-ciel inutiles dessinés par le jet d'eau.

J'ai pris Summer Street, coupé à travers un terrain

vague pour rejoindre Carbine Street — où se trouvent aujourd'hui les bureaux de *L'Appel de Castle Rock*. Je remontais Carbine vers le club quand une voiture s'est arrêtée. Chris en est sorti, son vieux sac de boy-scout dans une main et deux couvertures attachées avec une corde dans l'autre.

«Merci, monsieur», a-t-il dit en courant me rejoindre. La voiture s'est éloignée. Il avait sa gourde de scout accrochée autour du cou et sous un bras, de sorte qu'elle ballottait sur sa hanche. Ses yeux étincelaient.

«Gordie! Tu veux voir quêqu' chose?

— Sûr, pourquoi pas. Quoi?

— Viens d'abord là-bas.» Il m'a indiqué la ruelle séparant le restaurant Blue Point du drugstore.

«Qu'est-ce que c'est, Chris?

— Viens, je te dis!»

Il s'est enfoncé en courant dans l'étroit passage et après avoir hésité un instant (l'instant qu'il m'a fallu pour oublier tout bon sens) je l'ai suivi. Les deux bâtiments étaient construits un peu en biais, et donc la ruelle se rétrécissait à mesure. On a pataugé dans des amas de rebuts et de vieux journaux, enjambé des tas hérissés de bouteilles brisées. Chris a tourné derrière le Blue Point et posé ses couvertures. Huit ou neuf poubelles s'alignaient contre le mur et dégageaient une puanteur incroyable.

«Pfou! Chris! Laisse-moi respirer!

— Attends que je pète, a-t-il dit automatiquement.

— Non, franchement, je vais dégueu...»

Les mots se sont figés sur mes lèvres et j'ai instantanément oublié l'odeur des poubelles. Chris avait défait son sac, plongé la main dedans, retiré un énorme revolver avec une crosse en bois noir.

«Tu veux être le Lone Ranger ou Cisco Kid? m'a-t-il demandé en souriant.

— Jésus, en couleurs et en relief! Où t'as eu ça?

— L'ai piqué dans le tiroir de papa. C'est un .45.

— Ouais, je vois ça», ai-je dit, bien que ça aurait pu être un .38 ou un .357 pour ce que j'en savais — malgré tous les John D. MacDonald et Ed McBain que j'avais lus, le seul revolver que j'avais vu de près était celui de Bannerman, le policier… tous les gosses lui demandaient de le sortir de son étui, mais il ne le faisait jamais. «Mec, ton père va te ratatiner quand il va s'en apercevoir. Tu as bien dit qu'il était méchant, ces jours-ci.»

Ses yeux brillaient toujours. «C'est pour ça, mec. Il va rien trouver du tout. Lui et les autres soûlots sont partis pour Harrison avec sept ou huit bouteilles de vin. Ils ne rentreront pas de la semaine. Putains d'ivrognes.» Il a fait la grimace. C'était le seul de la bande à ne jamais boire un verre, même pour montrer qu'il avait des couilles au cul. Il ne voulait pas devenir un sac à vin comme son vieux, disait-il. Et un jour, entre nous, il m'a dit — après que les jumeaux DeSpain eurent apporté un pack de bière piqué à leur père et que tout le monde s'était foutu de lui parce qu'il n'avait même pas voulu y goûter — qu'il avait *peur* de boire. D'après lui son père ne dessoûlait plus du matin au soir, son frère aîné avait été ivre mort quand il avait violé cette fille, et Les Mirettes n'arrêtait pas de siffler du vin avec Ace Merrill, Charlie Hogan et Billy Tessio. Quelles chances tu crois que j'aurais d'en sortir, m'avait-il demandé, si je commence à picoler? Vous trouvez peut-être drôle qu'un môme de douze ans craigne d'être un alcoolique en herbe, mais pour lui ce n'était pas drôle. Pas du tout.

Il avait passé beaucoup de temps à y penser. Il en avait eu l'occasion.

« Tu as des cartouches ?

— Neuf — tout ce qui restait dans la boîte. Il croira les avoir tirées lui-même quand il était soûl, en tirant sur des boîtes de conserve.

— Il est chargé ?

— *Non !* Bon Dieu, tu me prends pour quoi ? »

J'ai fini par prendre l'arme. J'ai aimé son poids dans ma main. Je me voyais en Steve Carella du 87ᵉ, poursuivant le Dépeceur ou bien couvrant Meyer Meyer et Kling qui pénètrent dans le taudis d'un junkie aux abois. J'ai visé une des poubelles et appuyé sur la détente.

KA-BLAM !

L'arme m'a sauté dans la main. Une flamme a jailli. J'ai cru que j'avais le poignet cassé. Mon cœur s'est précipité dans ma gorge et s'y est caché en tremblant. Il est apparu un grand trou sur le métal rouillé de la poubelle — l'œuvre d'un sorcier maléfique.

« Jésus ! » ai-je crié.

Chris a été pris de fou rire — pris d'une vraie gaieté ou d'une terreur hystérique, je ne savais pas. « Tu l'as fait ! Tu l'as fait ! *Gordie l'a fait !* a-t-il trompetté. *Hé, Gordon Lachance est en train de démolir la ville !*

— La ferme ! Sortons de là ! » ai-je hurlé, et je l'ai attrapé par sa chemise.

La porte de derrière du Blue Point s'est ouverte et Francine Tupper est sortie en blouse blanche de serveuse. « Qui a fait ça ? Qui lance des pétards par ici ? »

On a couru comme des fous en coupant derrière le drugstore, la quincaillerie et l'Emporium Galorium, où on vend de la brocante et des bouquins d'occasion. On a escaladé une palissade en se mettant des échardes plein les mains, et on a fini par déboucher sur Curran Street. J'ai lancé le .45 à Chris tout en courant; il était mort de rire mais il a réussi à l'attraper, à le fourrer dans son sac et à refermer la boucle. Après avoir retrouvé Carbine on s'est remis à marcher normalement pour ne pas éveiller les soupçons en courant par une chaleur pareille. Chris gloussait toujours.

« Mec, tu aurais dû te voir. Oh! mec, c'était génial. C'était vraiment au poil. Putain de merde. » Il secouait la tête et se claquait les cuisses en hurlant de rire.

« Tu savais qu'il était chargé, pas vrai? Dégonflé! C'est moi qui vais avoir des ennuis. Cette fille, la Tupper, m'a vu.

— Merde, elle a cru que c'était un pétard. En plus cette vieille Lolo Tupper ne voit pas plus loin que le bout de son nez, tu le sais bien. Elle croit que des lunettes abîmeraient son *char-mant visage*. » Il s'est mis une main au bas du dos, a tortillé des hanches et s'est remis à rire.

« Je m'en fous. C'était un sale coup, Chris. Vraiment.

— Allons, Gordie. » Il m'a mis la main sur l'épaule. « Je ne savais pas qu'il était chargé, Dieu en est témoin, je le jure sur la tombe de ma mère, je l'ai juste pris dans le bureau de mon père. Il ne le laisse jamais chargé. Il devait être fin soûl la dernière fois qu'il l'a rangé.

— Sûr que ce n'est pas toi qui l'as chargé?

— Oui monsieur.

— Tu le jures sur la tombe de ta mère même si elle va en enfer si tu mens?

— Je le jure. » Il s'est signé et a craché par terre, sincère et contrit, l'air d'un enfant de chœur. Mais quand nous sommes arrivés au terrain vague où était notre arbre, avec Vern et Teddy qui nous attendaient assis sur leurs couvertures, il est reparti à rire. Il leur a raconté toute l'histoire, ils se sont tous pliés en quatre, et après Teddy lui a demandé pourquoi il croyait qu'ils auraient besoin d'un revolver.

« Pour rien, a dit Chris. Sauf qu'on pourrait voir un ours. Quelque chose comme ça. Et puis ça fout les foies de dormir la nuit dans la forêt. »

Tout le monde a été d'accord. Chris étant le plus grand et le plus costaud de la bande, il pouvait se permettre de le dire. Teddy, par contre, se serait fait tanner le cuir s'il avait seulement suggéré qu'on pouvait avoir peur du noir.

« Tu as monté ta tente dans le pré ? a demandé Teddy à Vern.

— Ouais. Et j'ai mis deux lampes torches dedans pour qu'on ait l'air d'y être pendant la nuit.

— Bon Dieu de merde ! » me suis-je écrié en lui donnant une grande claque dans le dos. Pour Vern, c'était un exploit intellectuel. Il a souri et rougi.

« Alors allons-y, a dit Teddy. Partons, il est déjà presque midi ! »

Chris s'est levé et nous l'avons entouré.

« On va traverser le champ des Beeman et passer derrière la boutique de meubles à côté du Texaco, a-t-il dit. Ensuite on montera sur les rails près de la décharge et on les suivra jusque dans la forêt de Harlow.

— Combien de temps tu crois que ça va prendre ? » a demandé Teddy.

Chris a haussé les épaules. « Harlow, c'est grand. On va faire au moins trente kilomètres. Tu ne crois pas, Gordie ?

— Ouais, peut-être même cinquante.

— Même si c'est cinquante on devrait être rentrés demain après-midi si personne ne se dégonfle.

L'automne de l'innocence

— Pas de dégonflés ici », a répliqué Teddy.

On s'est tous regardés une seconde.

« Miaouuu », a fait Vern, et on a ri.

« Allez, les mecs », a dit Chris en mettant sac au dos.

On est sortis ensemble du terrain vague, Chris un peu en tête.

10

Après avoir traversé le champ des Beeman et escaladé le talus en mâchefer de la voie, on a tous ôté notre chemise pour se la nouer autour de la taille. On transpirait comme des cochons. Arrivés en haut du talus nous avons contemplé les rails, l'endroit où nous allions.

Je n'oublierai jamais ce moment, même si je vis cent ans. Moi seul avais une montre — une pauvre Timex que j'avais eue en prime en vendant du baume Cloverine l'année d'avant. Les aiguilles marquaient midi pile et le soleil écrasait le paysage desséché, sans ombre, d'une chaleur brutale. On la sentait s'insinuer sous nos crânes pour nous frire le cerveau.

Derrière on voyait Castle Rock qui couvrait la colline allongée connue sous le nom de Castle View, enclavant les prés communaux verts et ombragés. Plus loin les cheminées de la filature crachaient dans le ciel une fumée couleur bronze et répandaient leurs déchets dans le fleuve. La joyeuse Grange aux Meubles était à gauche. Et juste en face les rails qui lançaient des éclats de soleil et suivaient la rivière que nous avions sur notre gauche. À droite un tas de terrains broussailleux (où on fait maintenant du moto-cross — ils se rassemblent tous les dimanches à deux heures), et un château d'eau abandonné qui se dressait à l'horizon, rouillé et un peu inquiétant.

Nous sommes restés un long moment sous le soleil de midi, et puis Chris s'est impatienté : « Allons-y, en route. »

Nous avons marché dans le mâchefer, à côté des rails, soulevant des nuages de poussière noirâtre à chaque pas. Chaussures et chaussettes ont bientôt été recouvertes. Vern s'est mis à chanter « Fais-moi rouler dans le foin », mais n'a pas insisté, heureusement pour nos oreilles. Teddy et Chris étaient les seuls à avoir pris une gourde, et on buvait beaucoup.

« On peut les remplir au robinet de la décharge, ai-je dit. Mon père m'a dit que l'eau est bonne. Ils ont creusé à soixante mètres pour l'avoir.

— Okay, a dit Chris, genre chef d'escouade endurci. Ce sera le moment de faire la pause, de toute façon.

— Et la bouffe, a soudain demandé Teddy. Je parie que personne n'a rien apporté. Moi pas en tout cas. »

Chris s'est arrêté net. « Merde ! Moi non plus. Gordie ? »

J'ai secoué la tête, me demandant comment j'avais pu être aussi bête.

« Vern ?

— Que dalle ! a dit Vern. Désolé.

— Bon, voyons ce qu'on a comme argent », ai-je dit. J'ai dénoué ma chemise, je l'ai étalée sur le mâchefer, et j'ai jeté dessus mes soixante-huit cents. Les pièces brillaient fiévreusement au soleil. Chris avait un dollar déchiré et deux cents. Teddy deux quarters et dix cents. Vern avait exactement sept cents.

« Deux dollars trente-sept, ai-je dit. Pas mal. Il y a

une boutique au bout de la petite route de la décharge.
Faudra que quelqu'un aille y chercher des hamburgers
et du soda pendant que les autres se reposeront.

— Qui ? a dit Vern.

— On tirera au sort en arrivant à la décharge.
Allons-y. »

J'ai mis tout le fric dans une poche de mon pantalon
et je rattachais ma chemise autour de·ma taille quand
Chris a hurlé : « *Un train !* »

J'ai posé une main sur un rail pour le sentir, alors
que je l'entendais déjà. Le rail vibrait d'une façon
démente ; j'ai cru un instant tenir le train au creux de la
main.

« Parachutistes, sautez ! » a beuglé Vern, et il a sauté
à mi-pente du talus d'un bond insensé, clownesque.
Vern adorait jouer au parachutiste là où le sol était
mou — une carrière de gravier, une meule de foin, un
talus comme celui-ci. Chris a sauté après lui. Le train
s'entendait bien maintenant, venant probablement vers
nous, en direction de Lewiston. Au lieu de sauter,
Teddy s'est tourné vers le train, ses épaisses lunettes
miroitant au soleil, ses cheveux longs lui tombant sur
le front en mèches trempées par la sueur.

« Vas-y, Teddy.

— Non, hu-uh. Je vais l'éviter. » Il m'a regardé, ses
yeux grossis embrasés par la passion. « Une corrida-
train, tu piges ? Les camions, c'est rien à côté d'une
putain de corrida-train !

— T'es dingue, mec. Tu veux te faire tuer ?

— Juste comme sur la plage en Normandie ! » a-t-il
crié en se mettant au beau milieu des rails. Et il s'est
perché en équilibre sur une traverse.

Je suis resté un instant abasourdi, incapable de croire
à une stupidité aussi monumentale. Et puis je l'ai

attrapé, je l'ai traîné sur le talus, protestant et se débattant, et je l'ai poussé en bas. J'ai sauté après lui et Teddy m'a donné un bon coup dans le ventre pendant que j'étais encore en l'air. L'air a jailli de mon corps, mais j'ai encore pu lui donner un coup de genou au sternum qui l'a étendu raide avant qu'il puisse remonter. J'ai atterri à plat ventre et Teddy m'a pris par le cou. Nous avons roulé tout en bas de la pente en nous griffant et nous cognant sous le regard ahuri de Chris et de Vern.

« Sale petit-fils de pute ! » Teddy hurlait : « Enculé ! Essaye pas de m'empêcher quoi que ce soit ! Je te tuerai, tas de merde ! »

Je reprenais mon souffle, et j'ai pu me relever, reculant à mesure qu'il avançait, écartant ses coups de mes mains ouvertes, riant à moitié, un peu effrayé. Il valait mieux ne pas se frotter à Teddy quand il avait sa crise. Il s'attaquait même aux grands, et si l'autre lui cassait les deux bras il se mettait à mordre.

« Teddy, tu feras toutes les corridas que tu veux après qu'on aura vu ce qu'on est venu voir mais

smack sur mon épaule, un de ses moulinets était passé

« jusque-là personne ne doit nous voir, tu

smack sur la joue, et là on aurait pu vraiment se battre si Chris et Vern

« connard de petit merdeux ! »

ne nous avaient pas séparés. Là-haut le train a grondé en passant dans le tonnerre du diesel et le fracas envahissant des wagons. Quelques étincelles ont rebondi sur le talus et la discussion a pris fin… du moins jusqu'à ce qu'on puisse à nouveau s'entendre.

Le train n'était pas très long, et quand le fourgon de

queue est passé Teddy a repris : « Je vais le tuer. En tout cas lui faire une grosse tête. » Il s'est débattu, mais Chris l'a serré plus fort.

« Calme-toi, Teddy », a-t-il dit tranquillement, et il l'a répété jusqu'à ce que Teddy arrête de lutter et se tienne immobile, les lunettes de travers, le fil de son sonotone pendant mollement le long de son corps jusqu'à la pile qu'il avait mise dans la poche de son jean.

Quand il n'a plus bougé Chris s'est tourné vers moi : « Pourquoi diable tu te bats avec lui, Gordon ?

— Il voulait se faire une corrida avec le train. Je me suis dit que le conducteur le verrait et nous signalerait. Ils pourraient envoyer un flic.

— Ah, il se dépêchait de pondre des chocolats dans son slip », a dit Teddy, mais il avait l'air calmé. La tempête était passée.

« Gordie a juste essayé de faire ce qu'il fallait, a dit Vern. Allons, la paix.

— La paix, les gars, a dit Chris.

— Ouais, okay », ai-je dit en tendant la main, la paume vers le haut. « La paix, Teddy ?

— J'aurais pu l'éviter, m'a-t-il dit. Tu le sais, Gordie ?

— Ouais, ai-je répondu, même si cette simple idée me glaçait les intérieurs. Je le sais.

— Okay ! Alors la paix.

— Topez là, les mecs », a ordonné Chris en lâchant Teddy.

Teddy m'a claqué la main assez fort pour que ça brûle, l'a retournée, je l'ai claquée à mon tour.

« Foutu dégonflé de Lachance, a dit encore Teddy.

— *Miaouuu*, ai-je fait.

— Allez, les mecs, a dit Vern. On y va, okay ?

« — Allez où vous voulez, mais pas ici », a dit Chris
d'un ton solennel, et Vern s'est reculé comme pour le
cogner.

11

On est arrivés à la décharge vers une heure et demie,
et Vern nous a fait descendre le talus en criant « Parachutistes, sautez ! » On a fait des grands bonds jusqu'en
bas et on a sauté le filet d'eau croupie sortant d'une
conduite enfouie dans le mâchefer. Après ce minuscule
marais commençait la décharge, un terrain sablonneux
couvert d'ordures.

Un grillage haut de deux mètres l'entourait, avec
tous les six mètres des écriteaux délavés par les intem-
péries.

DÉCHARGE DE CASTLE ROCK
OUVERT DE 4 À 8
FERMÉ LE LUNDI
ENTRÉE STRICTEMENT INTERDITE

On a grimpé, enjambé et sauté. Teddy et Vern nous
ont menés vers la source où on tirait de l'eau avec une
pompe à l'ancienne — de celles qui marchent à l'huile
de coude. Il y avait une boîte pleine d'eau près de la
pompe : le péché impardonnable était de ne pas la laisser remplie pour le prochain qui passerait par là. Le
manche en fer se dressait en biais, comme un oiseau
manchot essayant de s'envoler. Jadis elle avait été
peinte en vert — la couleur avait disparu sous le frot-

tement des milliers de mains qui avaient tiré de l'eau
depuis 1940.

La décharge de Castle Rock, c'est une des choses
dont je me rappelle le mieux. Elle me rappelle toujours
les peintres surréalistes — ces types qui peignaient des
horloges mollement accrochées aux arbres ou des salons
victoriens installés au milieu du Sahara ou des locomo-
tives sortant d'une cheminée. À mes yeux d'enfant, rien
dans cet endroit n'avait l'air d'être à sa place.

On était entrés par-derrière. Par-devant il y avait un
large chemin de terre qui s'élargissait après le portail
et donnait sur un grand demi-cercle aplani au bulldozer
comme un terrain d'atterrissage s'arrêtant net au bord
de la décharge. La pompe (Teddy et Vern se cha-
maillaient pour savoir qui allait tirer de l'eau) était derrière la fosse, profonde d'environ vingt-cinq mètres,
pleine de tout ce qui en Amérique est vide, usé, ou
simplement en panne. Il y avait tellement de trucs que
j'en avais mal aux yeux — ou peut-être au cerveau —
de ne pas pouvoir m'arrêter sur un objet. C'est alors
que l'œil était attiré, ou retenu, par quelque chose
d'aussi déplacé que ces horloges molles ou le salon
dans le désert. Un lit en cuivre titubant au soleil. Une
poupée stupéfaite, regardant son ventre accoucher de
son rembourrage. Une Studebaker retournée sur le dos,
son nez chromé étincelant comme une fusée de Buck
Rogers. Un de ces grands distributeurs d'eau qu'on
voit dans les bureaux, transformé par le soleil en un
saphir brûlant.

Beaucoup d'animaux sauvages y vivaient, aussi,
mais pas ceux qu'on voit dans les documentaires à la
Walt Disney ni dans les zoos où on peut caresser les
bêtes. Des rats bien gras, des marmottes agiles nourries
de hamburgers pourris et de légumes véreux, des mil-

liers de mouettes et, parmi elles, parfois, tel un prêtre
plongé dans sa méditation, un grand corbeau noir.
C'était là aussi que les chiens errants de la ville
venaient manger quand ils ne trouvaient pas de poubelle à renverser ni de chevreuil à courser. Une bande
d'affreux bâtards, méchants, le ventre creux et le sourire hargneux, se battant pour un morceau de pizza
plein de mouches ou des entrailles de poulet fumant
sous le soleil.

Mais ces chiens ne s'attaquaient jamais à Milo
Pressman, le gardien, parce qu'il ne sortait jamais sans
avoir Chopper sur ses talons. Chopper était le chien le
plus redouté de Castle Rock — du moins jusqu'à ce
que Cujo, le chien de Joe Camber, attrape la rage vingt
ans plus tard — et celui qu'on voyait le moins. Il n'y
en avait pas d'aussi féroce dans un rayon de soixante
kilomètres, disait-on, et il était laid à faire peur. Sa
méchanceté légendaire était entretenue par les chucho-
tements des gosses. Certains disaient qu'il était à moitié berger allemand, d'autres que c'était avant tout un
boxer ; un gosse de Castle View affligé du nom de
Harry Horr affirmait que c'était un doberman dont on
avait coupé les cordes vocales pour qu'il ne fasse
aucun bruit en attaquant. D'autres encore prétendaient
que Chopper était un chien-loup irlandais et que Pressman le nourrissait d'un mélange spécial, moitié Cani-
gou moitié sang de poulet. Les mêmes disaient que le
gardien n'osait pas faire sortir Chopper de sa cabane
sans l'encapuchonner comme un faucon.

On racontait souvent que non seulement Pressman
l'exerçait à mordre, mais à mordre telle ou telle partie
de l'anatomie humaine. Ainsi si le malheureux gosse
venant de franchir illégalement la palissade pour empo-
cher des trésors interdits entendait crier : « Chopper !

Mords! La main!» Chopper saisirait la main et ne la lâcherait plus, déchirant la peau et les tendons, broyant les os entre ses mâchoires dégoulinantes de bave, tant que Milo ne l'arrêterait pas. On disait que Chopper pouvait choisir l'oreille, l'œil, le pied ou la jambe… et qu'un récidiviste surpris par le maître et son chien entendrait l'ordre terrible : «Chopper! Mords! Les couilles!» Ce gosse resterait soprano toute sa vie. Quant à Milo lui-même, on le voyait plus souvent et il impressionnait moins. Ce n'était qu'un ouvrier pas très malin qui arrondissait son maigre salaire en réparant pour les vendre des objets trouvés à la décharge.

Ce jour-là on ne voyait ni maître, ni chien.

Chris et moi on a regardé Vern amorcer la pompe pendant que Teddy pompait frénétiquement pour être enfin récompensé par un jet d'eau claire. Ils se sont aussitôt fourré la tête sous l'eau, Teddy continuant à pomper à tout berzingue.

«Teddy est fou, ai-je dit à voix basse.

— Oh ouais, a dit Chris, tranquillement. Il n'atteindra pas le double de l'âge qu'il a maintenant, je parie. Que son père lui ait brûlé les oreilles, c'est ça qui a tout fait. Il est fou de foncer sur les camions comme il fait. Il n'y voit que dalle, avec ou sans lunettes.

— Tu te souviens de l'autre fois, dans l'arbre?

— Ouais. »

L'année d'avant Teddy et Chris avaient grimpé sur le grand pin derrière chez moi. Arrivés presque au sommet Chris a dit qu'ils n'iraient pas plus haut parce que toutes les branches étaient pourries. Teddy a pris son air buté, dingue, il a dit merde, j'ai de la résine plein les mains et je vais aller toucher le sommet. Chris a tout essayé, rien n'y a fait. Alors il est monté et en fait il a réussi — Teddy ne pesait que trente-sept kilos, souvenez-vous. Il est arrivé là-haut, tenant d'une main poisseuse la dernière branche du pin, criant qu'il était le roi du monde ou une idiotie pareille, et puis il y a eu un craquement horrible, effrayant. La branche où il était a cassé et il est tombé comme une pierre. Ce qui est arrivé ensuite est une de ces choses qui vous font croire en Dieu. Chris a tendu la main, uniquement par réflexe, et il a attrapé une poignée de cheveux. Bien qu'il ait eu le poignet gonflé et la main droite presque inutilisable pendant quinze jours, il a réussi à soutenir Teddy, qui hurlait des injures, jusqu'à ce qu'il pose le pied sur une branche assez solide. Sans le geste instinctif de Chris il serait tombé de branche en branche et se serait écrasé quarante mètres plus bas. Quand ils sont redescendus, Chris était blême, la réaction lui donnait envie de vomir. Et Teddy voulait le cogner pour lui avoir tiré les cheveux. Et ils se seraient battus si je n'avais pas été là pour les calmer.

« J'en rêve encore de temps en temps », m'a dit Chris en me lançant un regard étrangement vulnérable. « Sauf que dans le rêve je le rate à chaque fois. J'attrape seulement quelques cheveux, Teddy hurle et il tombe. Bizarre, hein ?

— Bizarre, oui. » Nous nous sommes regardés dans les yeux un instant, y voyant certaines de ces choses qui font les vrais amis. Puis nous avons tourné la tête et regardé Teddy et Vern qui se lançaient de l'eau à grands cris, en riant et en se traitant de dégonflés.

« Ouais, mais tu ne l'as pas raté, ai-je dit. Chris Chambers ne rate jamais, c'est pas vrai ?

Pas même quand les dames laissent le siège rabattu », dit-il en me faisant un clin d'œil. Puis il a mis le pouce et l'index en forme de O et craché à travers une balle de salive blanche.

«Bouffe-moi tout cru, Chambers, ai-je dit.

— Avec une paille en verre.» Nous avons échangé un sourire. «*Venez prendre de la flotte avant qu'elle ne retombe dans les tuyaux !*» a hurlé Vern.

«On fait la course, a dit Vern.

— Avec cette chaleur ? Tu débloques ?

— Allez. Il souriait toujours. Quand je le dis.

— Okay.

— *Go !*»

On a couru, les poings serrés, nos espadrilles mordant la terre cuite par le soleil, nos torses inclinés précédant nos jambes en blue-jean. Match nul, avec Teddy de mon côté et Vern de l'autre levant le doigt au même moment. Nous nous sommes écroulés en riant dans l'odeur stagnante et enfumée de la décharge, et Chris a lancé sa gourde à Vern qui l'a remplie. Ensuite nous sommes allés tous les deux à la pompe, Chris a pompé pour moi et moi pour lui, l'eau glacée lavant d'un coup la crasse et la chaleur, nos scalps soudain gelés et projetés quatre mois plus loin, en janvier. Puis j'ai rempli la boîte et nous sommes tous allés nous asseoir à l'ombre du seul arbre de la décharge, un frêne rabougri poussant à une dizaine de mètres de la cabane en papier goudronné du gardien. L'arbre penchait un peu vers l'ouest, comme s'il voulait ramasser ses racines de même qu'une vieille dame retrousserait ses jupes, pour sortir au plus vite de cet endroit.

«Super !» a dit Chris en riant, écartant une masse de cheveux mouillés de son front.

«Dément», ai-je ajouté, riant moi aussi.

«C'est vraiment un bon moment», a tout simplement dit Vern, et il ne parlait pas seulement d'être entré en fraude dans la décharge, d'avoir embrouillé nos parents ou suivi les rails au plus profond de la forêt ; il parlait de tout ça mais il me semble maintenant qu'il s'agissait d'autre chose, et que nous le savions tous. Tout était là, autour de nous. Nous savions exactement qui nous étions et où nous allions. C'était génial.

On est restés quelque temps sous l'arbre à bavasser comme d'habitude — quelle était la meilleure équipe de base-ball (toujours les Yankees avec Mantle et Maris, bien sûr), quelle était la plus belle bagnole (la Thunderbird 55, mais Teddy s'accrochait à la Corvette 58), qui était, hors de notre bande, le mec le plus dur de Castle Rock (on est tombés d'accord sur Jamie Gallant qui avait fait un bras d'honneur à Mme Ewing et s'était tranquillement barré de la classe pendant qu'elle lui criait après), quelle était la meilleure émission (soit *Les Incorruptibles* soit *Peter Gunn* — Robert Stack en Eliot Ness et Craig Stevens en Gunn étaient cool tous les deux), tout ça, quoi.

Teddy a remarqué que l'ombre du frêne s'allongeait et m'a demandé l'heure. J'ai regardé ma montre et vu avec surprise qu'il était deux heures et quart.

« Hé les mecs, a dit Vern. Quelqu'un doit aller faire les courses. La décharge ouvre à quatre heures. Je veux pas être encore là quand Milo et Chopper vont se ramener. »

Même Teddy était d'accord. Il n'avait pas peur de Milo, qui avait quarante ans et une brioche, mais tous les gosses de Castle Rock planquaient leurs couilles entre leurs jambes quand on parlait de Chopper.

« Okay, ai-je dit, le dernier qui reste y va.

— C'est toi, Gordie, a dit Chris en souriant. Le dernier des cons.

— Et ta mère. » Je leur ai lancé une pièce chacun. « Lancez. »

Quatre pièces ont miroité en l'air. Quatre mains les

ont attrapées au vol et ont claqué sur quatre poignets crasseux. Se sont soulevées. Deux face et deux pile. On a relancé et cette fois on a eu pile tous les quatre.

«Oh Jésus, c'est un guignon», a dit Vern, qui ne nous apprenait rien. Quatre fois face, une lune, était prétendument signe d'une chance extraordinaire. Quatre fois pile c'était un guignon, c'est-à-dire une malchance redoutable.

«Au cul cette merde, a dit Chris. Ça ne veut rien dire. Encore une fois.

— Non, mec, a dit Vern, très sérieux. Un guignon, c'est vraiment mauvais. Tu te souviens quand Clint Bracken et les autres se sont rétamés à Durham, sur le Sirois? Billy m'a dit qu'ils avaient joué pour qui paierait les bières et qu'ils ont tiré un guignon juste avant de prendre la bagnole. Et bang! Putain, tous rectifiés. Je n'aime pas ça. Franchement.

— Personne ne croit à ces conneries de lunes et de guignons, s'est impatienté Teddy. C'est des trucs de bébé, Vern. Tu lances ou pas?»

Vern a lancé, visiblement à contrecœur. Cette fois lui, Chris et Teddy ont eu pile. Moi j'avais Thomas Jefferson sur un nickel. Et soudain j'ai eu peur. Comme si une ombre avait traversé un soleil intérieur. Ils avaient encore eu un guignon, tous les trois, comme si le sort les avait désignés une seconde fois. Brusquement j'ai repensé à ce qu'avait dit Chris : *J'attrape seulement quelques cheveux, Teddy hurle et il tombe. Bizarre, hein?* Trois fois pile, une fois face.

Alors Teddy a poussé son rire de crécelle, son rire de fou en me montrant du doigt, et l'ombre a disparu.

«On m'a dit qu'il n'y a que les pédés qui rient comme ça, ai-je dit en dressant le doigt du milieu.

— Eeee-eee-eeee, Gordie. Va chercher les provisions, foutu morphodite. »

En fait ça ne m'ennuyait pas trop. Je m'étais reposé et je n'avais qu'à suivre la route jusqu'au Florida.

« Pas la peine de me dire les mots favoris de ta mère, ai-je répondu.

— Eeee-eee-eeee, quel foutu merdeux tu fais, Lachance.

— Vas-y, Gordie, a dit Chris. On t'attendra près des rails.

— Vous feriez mieux de ne pas partir sans moi. »

Vern a ri : « Aller sans toi ce serait comme d'avoir de la Slitz au lieu de Budweiser, Gordie.

— Ah ! la ferme. »

Ils se sont mis à chanter : « Je ne la ferme pas, je la pousse. Et quand je te vois je la dégueule.

— Alors ta mère arrive et lèche par terre », ai-je dit en prenant la tangente, et je leur ai fait un bras d'honneur au passage. Jésus, je n'ai plus jamais eu des amis comme à douze ans, et vous ?

12

Chacun voit les choses à sa manière, dit-on maintenant, et c'est cool. De sorte que si je vous dis *été* il vous vient une série d'images personnelles, intimes, différentes des miennes. C'est cool. Mais pour moi *été* ce sera toujours courir sur la route du Florida, avec des pièces tintant dans ma poche, un soleil torride et mes pieds dans des Keds. Ce mot évoque une image de rails se rejoignant à l'infini et brillant d'un tel éclat

blanc sous le soleil qu'en fermant les yeux on les
voyait encore, bleus au lieu de blancs.

Mais cet été représente plus et autre chose que ce
voyage au-delà du fleuve à la recherche de Ray Brower, même si c'est le plus important. Des échos des
Fleetwoods chantant *Come Softly to Me*, de Robin
Luke chantant *Susie Darlin*, et de Little Anthony faisant pétarader les paroles de *I Ran All the Way Home*.
Toutes avaient-elles un énorme succès en été 1960?
Oui et non. Plutôt oui. Pendant les longues soirées
pourpres où le rock and roll de WLAM se fondait dans
le base-ball nocturne de WCOU, le temps basculait.
Pour moi tout s'est passé en 1960 et cet été a duré des
années, gardé intact par la magie d'un réseau de sons :
le bourdonnement ténu des criquets, le bruit de
mitraillette des cartes claquant sur les rayons d'un vélo
monté par un gosse qui rentre chez lui pour un dîner
tardif de viande froide et de thé glacé, la voix texane
et monotone de Buddy Knox qui chante «Viens et
deviens ma poupée de fête, je te ferai l'amour,
l'amour», et la voix du commentateur de base-ball se
mêlant à la chanson et à l'odeur d'herbe fraîchement
coupée : «Le score en est à trois à deux. Whitey Ford
se penche... se débarrasse de l'écriteau... il y est...
Ford fait une pause... il lance... *et ça y est! Williams
a tout pris de celle-là! Dites-lui adieu! RED SOX MÈNE,
TROIS À UN!*» Ted Williams jouait-il encore avec les
Red Sox en 1960? Mon cul, je parie que oui — 316 il
a fait Ted. Je m'en souviens très clairement. Pour moi
cela faisait deux ans que le base-ball s'était mis à
compter, depuis que j'avais été obligé de voir que les
joueurs de base-ball étaient faits de chair et de sang,
comme moi. Cela m'est venu quand la voiture de Roy
Campanella a fait un tonneau et que les journaux ont

crié la fatale nouvelle en première page : sa carrière était finie, il allait passer le reste de sa vie dans un fauteuil roulant. Cela m'est revenu, le même bruit sourd et mortel, quand je me suis assis devant cette machine à écrire un matin, il y a deux ans, que j'ai allumé la radio et appris que Thurman Munson s'était tué en essayant de poser son avion.

Il y avait des films à voir au Gem, depuis longtemps démoli ; des films de science-fiction comme *Gog*, avec Richard Egan, des westerns avec Audie Murphy (Teddy a vu au moins trois fois tous les films de Murphy ; pour lui c'était presque un dieu), et des films de guerre avec John Wayne. Il y avait des jeux, des repas interminables expédiés en vitesse, des endroits où il fallait courir, des murs qu'il fallait viser avec des pièces de monnaie, des gens qui vous donnaient des claques dans le dos. Me voilà essayant de revoir cette époque à travers un clavier d'IBM, de me rappeler le meilleur et le pire de cet été vert et brun, et je peux presque sentir le garçon maigre, couvert d'éraflures, encore enfoui dans ce corps vieillissant, entendre à nouveau les chansons et les bruits. Mais l'apothéose de tous ces souvenirs, c'est Gordon Lachance courant sur la route du Florida avec de la monnaie dans ses poches et la sueur qui lui coule dans le dos.

J'ai demandé trois livres de viande hachée et j'ai pris moi-même des petits pains, quatre bouteilles de Coke et un décapsuleur à deux cents. Le patron, un certain George Dusset, est allé chercher la viande et s'est penché près de sa caisse, un battoir posé sur le comptoir près du grand bocal à œufs durs, un cure-dents dans la bouche, son énorme ventre gonflé de bière tendant son tee-shirt blanc comme la voile d'un navire. Il n'a pas bougé tout le temps que je me suis servi, pour être sûr que je ne piquais rien. Il n'a pas dit un mot avant de peser la viande.

« Je te connais. Tu es le frère de Dennis Lachance. Pas vrai ? » Le cure-dents passait d'un côté à l'autre de sa bouche comme sur un roulement à billes. Il a tendu le bras derrière sa caisse et pris une bouteille de soda à la crème qu'il s'est mis à secouer.

« Oui, monsieur. Mais Dennis, il…

Oui, je sais. C'est bien triste, gamin. La Bible dit : "Au milieu de la vie, nous sommes déjà dans la mort." Tu savais ça ? Huh ! J'ai perdu un frère en Corée. Tu es tout le portrait de Dennis, on te l'a déjà dit ? Huh ! L'image crachée.

— Oui, monsieur, quelquefois, ai-je dit d'une voix morne.

— Je me souviens de l'année où il a été sélectionné pour le tournoi. Demi-arrière, il jouait. Huh ! Et comme il courait ? Dieu le père et le petit Jésus ! Tu es probablement trop jeune pour t'en souvenir. » Il avait le regard fixé au-dessus de moi, à travers la porte en grillage, sur la fournaise extérieure, comme s'il contemplait une vision merveilleuse.

« Je me souviens. Heu ! monsieur Dusset ?

— Quoi, gamin ? » Il avait l'œil embué par le souvenir ; le cure-dents tremblait un peu entre ses lèvres.

« Vous avez le pouce sur la balance.

— *Quoi ?* » Il a baissé les yeux, stupéfait, sur l'émail blanc où le gras de son pouce pesait lourdement. Si je ne m'étais pas un peu écarté quand il s'était mis à parler de Dennis, la viande hachée l'aurait caché. « Tiens, c'est bien vrai. Heu ! Je crois que je pensais trop à ton frère, Dieu ait son âme. » George Dusset s'est signé. Quand il a retiré son pouce de la balance, l'aiguille a reculé de deux cents grammes. Il a remis un peu de viande et a enveloppé le tout dans du papier blanc de boucher.

« Okay, a-t-il dit à travers son cure-dents, voyons ce que nous avons là. Trois livres de hamburg, ça fait un dollar quarante-quatre. Les pains ronds, vingt-sept cents. Quatre sodas, quarante cents. Un ouvre-bouteilles, deux cents. Ça fait… » Il a fait l'addition sur le sac où il allait emballer le tout. « Deux dollars vingt-neuf.

— Treize », ai-je dit.

Il a relevé la tête très lentement, en fronçant les sourcils. « Huh ?

— Deux dollars treize. Vous vous êtes trompé.

— Gamin, es-tu…

— Vous vous êtes trompé, ai-je répété. D'abord vous mettez le pouce sur la balance et ensuite vous augmentez la note, monsieur Dusset. J'allais rajouter quelques Twinkies à l'ensemble, mais maintenant je crois bien que non. » J'ai fait claquer deux dollars et treize cents devant lui sur le comptoir.

Il a regardé l'argent, puis moi. Le front terriblement plissé, cette fois, les rides profondes comme des crevasses. « Pour qui tu te prends, gamin ? » a-t-il dit à voix basse, confidentiel et menaçant. « Tu serais pas un petit malin ?

— Non, monsieur. Mais vous n'allez pas m'arnaquer et vous en tirer comme ça. Qu'est-ce que dirait votre mère en apprenant que vous arnaquez les petits enfants ? »

Il a fourré nos provisions dans le sac en papier d'un geste brusque, faisant tinter les bouteilles de Coke. Ensuite il me l'a jeté si brutalement que j'aurais pu le laisser tomber et casser les bouteilles. Son visage s'était assombri, sa peau basanée engorgée de sang, ses rides figées dans le marbre. « Okay, gamin. Allez, va. Main-

tenant, Seigneur, tu sors de ma boutique. Je te revois ici
et je te jette dehors, moi. Huh. Petit malin, fils de pute.

— Je ne reviendrai pas », ai-je dit en allant jusqu'à
la porte en grillage, que j'ai ouverte. Dehors la chaleur
de l'après-midi continuait à somnoler comme prévu,
verte et brune et pleine d'un éclat muet. « Non plus
qu'aucun de mes amis. Je dois bien en avoir cinquante.

— Ton frère n'était pas comme toi ! a-t-il crié.

— *Va te faire enculer !* » ai-je crié en m'élançant à
toute vitesse sur la route.

J'ai entendu la porte claquer comme un coup de feu
et son rugissement m'a rattrapé : « *Si jamais tu reviens
ici je vais te murer la gueule, petite vermine !* »

J'ai couru jusqu'en haut de la première côte. J'avais
peur, je riais tout seul, et mon cœur battait au triple
galop. Ensuite je me suis contenté de marcher vite,
regardant de temps en temps en arrière pour être sûr
qu'il n'allait pas me poursuivre en bagnole ou autre.

Il n'a rien fait, et je suis bientôt arrivé au portail de
la décharge. J'ai mis le sac dans ma chemise, escaladé
le portail et sauté de l'autre côté. J'avais traversé la
moitié du terrain quand j'ai vu quelque chose de
déplaisant — la Buick 56 à hublots de Milo Pressman
garée derrière sa cabane en papier goudronné. Si Milo
me voyait j'irais visiter la vallée des larmes. Aucune
trace de Milo ni de l'abominable Chopper, mais tout
d'un coup le grillage du fond m'a paru très éloigné.
J'ai regretté de ne pas avoir fait le tour, mais je m'étais
trop avancé pour faire demi-tour et ressortir. Si Milo
me voyait grimper sur la grille je me ferais probablement coincer en rentrant chez moi, mais cela m'ef-
frayait moins que de voir le gardien lancer son chien.

Les violons de la terreur se sont mis à jouer dans ma
tête. Je continuais à mettre un pied devant l'autre,

essayant de garder une allure normale, d'avoir l'air de faire partie de la maison avec mon sac en papier dépassant de ma chemise, et j'allais droit vers la clôture qui me séparait des rails.

J'étais à quinze mètres du grillage et je commençais à me dire que tout irait bien quand j'ai entendu Milo crier : « Hé ! Hé, toi ! Le gosse ! Éloigne-toi de ce grillage ! Sors-toi de là ! »

Le plus malin aurait été simplement d'obéir au type et de revenir, mais j'étais tellement tendu qu'à la place je me suis précipité vers la clôture en poussant un hurlement de sauvage. Vern, Teddy et Chris sont sortis des broussailles, de l'autre côté, et m'ont regardé d'un air anxieux à travers le grillage.

« *Tu vas revenir ici !* a braillé Milo. *Reviens ou je lance mon chien sur toi, bon Dieu !* »

Cette voix n'était pas précisément celle du bon sens et du compromis, m'a-t-il semblé, et j'ai couru encore plus vite, les bras comme des pistons, le sac en papier s'écrasant sur ma peau nue. Teddy s'est mis à rire de son rire d'idiot, *eee-eee-eeee* comme une sorte de roseau dont aurait joué un dément.

« Vas-y, Gordie ! Vas-y ! » a hurlé Vern.

« Mords-le, Chopper ! Va le chercher, mon gars ! »

J'ai lancé le sac par-dessus la clôture et Vern a poussé Teddy pour l'attraper. Derrière moi j'entendais arriver Chopper : il faisait trembler le sol, crachait le feu par une narine géante et la glace par l'autre, du soufre dégouttait de ses mâchoires béantes. Je me suis jeté à mi-hauteur du grillage d'un seul bond, en hurlant. Je suis arrivé au sommet en moins de trois secondes et j'ai tout bonnement sauté — sans y penser, sans même regarder où j'allais atterrir. Ce sur quoi j'ai presque atterri c'est Teddy, plié en deux et en plein fou rire. Il avait perdu ses lunettes et pleurait tout ce qu'il savait. Je l'ai manqué d'un cheveu et je suis tombé sur le gravier du talus, à sa gauche. Au même instant Chopper a heurté le grillage, derrière moi, et poussé un grondement où se mêlaient la déception et la rage. Je me suis retourné en me tenant le genou, éraflé sur le gravier, et j'ai vu pour la première fois le célèbre Chopper — et appris ma première leçon sur la différence entre mythe et réalité.

Au lieu d'une énorme bête sortie tout droit de l'enfer, l'œil féroce et les crocs dépassant comme l'échappement d'un hot-rod, j'ai vu un bâtard de taille moyenne, noir et blanc, parfaitement banal. Il aboyait et sautait en vain, dressé sur ses pattes de derrière pour griffer le grillage.

Teddy s'était mis à parader de long en large derrière la clôture, faisant tournoyer ses lunettes dans une main, et il poussait le chien à s'exciter plus encore.

«Lèche-moi le cul, Choppie!» l'invitait-il en postillonnant. «Lèche-moi le cul! Bouffe ma merde!»

Il faisait rebondir son postérieur contre le grillage et Chopper faisait de son mieux pour répondre à son invitation, mais ses efforts ne lui rapportaient que des grands coups sur le nez. Teddy cognait du cul sur la clôture et Chopper se jetait dessus, le manquait, n'arrivant qu'à mettre son nez au supplice. Il saignait déjà. Teddy l'encourageait sans cesse, l'appelait Choppie, diminutif plutôt affreux, tandis que Chris et Vern s'étaient écroulés sur le talus, riant si fort qu'ils en étaient essoufflés.

Et voici qu'est arrivé Milo Pressman, vêtu d'un vieux treillis taché de sueur et d'une casquette de baseball des Giants de New York, la bouche déformée par une colère folle.

« Holà ! Holà ! hurlait-il. Arrêtez d'énerver cette bête ! Vous m'entendez ? *Arrêtez ça immédiatement !*

— Mords ça, Choppie », criait Teddy qui paradait en sautant sur place comme un Prussien halluciné devant ses troupes. « Viens me prendre ! Mords-moi ! »

Chopper est devenu dingue. Franchement dingue. Il s'est mis à faire de grands cercles en aboyant, en grondant, l'écume à la bouche, ses pattes arrière faisant jaillir des mottes de terre sèche. Il a fait trois tours à toute vitesse, comme pour se donner du courage, et il s'est lancé tout droit contre le grillage. Il devait faire du cinquante à l'heure quand il l'a touché — je ne blague pas — les babines retroussées et les oreilles volant au vent. La clôture a fait entendre une note grave, musicale, et le grillage n'a pas seulement cédé, entre deux poteaux, il s'est en quelque sorte *tendu* comme un arc. Il y a eu comme le son d'une cithare — *yimmmmmmmm*. Une sorte de cri étranglé est sorti de sa gueule, ses yeux sont devenus blancs, et il a fait un stupéfiant saut périlleux arrière, atterrissant sur le dos avec un choc sourd qui a fait voler la poussière. Il est resté là un moment sans bouger, et puis s'est éloigné en rampant, la langue pendant de travers, sur la gauche.

Ce sur quoi Milo lui-même est devenu fou de rage. Il a pris une couleur aubergine, à faire peur — même son crâne est devenu pourpre sous le hérissement de ses cheveux coupés en brosse. Toujours sous le choc, assis par terre, mes jeans déchirés aux genoux, le cœur battant encore la chamade d'être passé aussi près du désastre, j'ai pensé que Milo était presque la version humaine de Chopper.

« Je te connais ! » a crié Milo, furieux. « Tu es Teddy Duchamp ! Je vous connais *tous* ! Fiston, je vais te tanner les fesses, pour avoir énervé mon chien comme ça !

— J'aimerais bien t'y voir! a répliqué Teddy aussi
sec. Monte un peu sur ce grillage et essaye de m'avoir,
gros cul!

— *QUOI? QU'EST-CE QUE TU M'AS DIT?*

— *GROS CUL!* » a hurlé Teddy, nageant dans le bonheur. « *TAS DE LARD! SAC À TRIPES! ALLEZ VIENS! ALLEZ
VIENS!* » Il sautait sur place, les poings serrés, ses cheveux projetant des gouttes de sueur.

« T'APPRENDRAS À LANCER TON CONNARD DE CHIEN
APRÈS LES GENS! ALLEZ VIENS! J'AIMERAIS BIEN T'Y
VOIR!

— Petit rat minable, tête de nœud, fils de cinglé!
Ta mère va recevoir une invitation au tribunal pour
répondre au juge de ce que tu as fait à mon chien!

— Qu'est-ce que tu m'as dit? » a demandé Teddy
d'une voix rauque. Il avait arrêté de sauter. Ses yeux
étaient devenus énormes, vitreux, et sa peau avait pris
la couleur du plomb.

Milo l'avait traité de toutes sortes de noms, mais il a
su revenir en arrière sans problème et trouver celui qui
avait visé juste — plus tard, trop souvent, j'ai remarqué le génie qu'ont les gens pour ça... Il a retrouvé
CINGLÉ, ne s'est pas contenté d'appuyer sur le bouton
mais y est allé à grands coups de marteau sur le pauvre
gosse.

« Ton père est cinglé, a-t-il dit en souriant. Un des
cinglés de Togus, voilà quoi. Plus fou qu'un rat
d'égout. Plus fou qu'un chevreuil plein de tiques. Timbré comme un chat qui se prend la queue dans un fauteuil à bascule. Cinglé. Pas étonnant que tu te conduises
comme ça, avec un père cin...

— *TA MÈRE SE BRANLE AVEC DES RATS MORTS!* a hurlé
Teddy. *ET SI TU TRAITES ENCORE MON PÈRE DE CINGLÉ,
PUTAIN JE TE TUERAI, SALE ENCULÉ!*

— Cinglé», a répété Milo, content de lui. Il avait trouvé le bouton, sûr et certain. «Fils de dingue, fils de dingue, ton père avait une araignée au plafond, gamin, dur pour toi.» Vern et Chris avaient cessé de rire, se rendant peut-être compte de la gravité de la situation, prêts à intervenir, mais quand Teddy a dit à Milo que sa mère se branlait avec des rats morts ils sont retombés en pleine crise d'hystérie et se sont roulés par terre en se tenant le ventre et en battant des pieds. «Arrêtez, a dit Chris d'une voix faible. Arrêtez, je vous en prie, arrêtez, je jure sur Dieu que j' vais *éclater* !»

Derrière Milo, Chopper, hébété, marchait en décrivant un grand huit. On aurait dit un boxeur ayant perdu un match, dix secondes après que l'arbitre eut accordé un KO technique à son adversaire. Pendant ce temps Teddy et Milo continuaient à s'injurier, nez à nez, à travers le grillage que Milo était trop vieux et trop gras pour escalader.

«Ne dis plus rien sur mon père ! Mon père a pris d'assaut les plages de Normandie, pauvre trouduc !

— Ouais, eh bien, où il est maintenant, petit bigleux de merde ? Il est à Togus, pas vrai ? Il est à Togus parce qu'on A DÛ LUI PASSER LA CAMISOLE !

— Bon, ça y est. C'est tout, c'est fini, je vais te tuer.» Il s'est jeté sur la clôture et a commencé à grimper.

«Viens donc t'y frotter, petit bâtard pisseux.» Milo l'attendait en souriant.

«Non !» ai-je crié. Je me suis relevé, j'ai attrapé Teddy par le fond de son jean et je l'ai arraché du grillage. On est tombés tous les deux, moi en dessous. Il m'a bien écrasé les couilles, me tirant un gémissement de douleur. Je ne connais rien qui fasse aussi mal, vous ne trouvez pas ? Mais j'ai gardé les bras serrés autour de lui.

« Laisse-moi me lever ! » Teddy sanglotait en se tordant pour m'échapper. « Laisse-moi me lever, Gordie. Personne peut insulter mon vieux. *LAISSE-MOI BON DIEU LAISSE-MOI !*

— C'est justement ce qu'il veut ! lui ai-je crié à l'oreille. Il veut t'attirer là-bas, te foutre une raclée et t'emmener aux flics !

— Huh ? » Teddy a tordu le cou pour me regarder, l'air ahuri.

« Toi, le môme, occupe-toi de ton cul », a dit Milo en avançant jusqu'au grillage, les poings serrés comme des jambons. « Laisse-le se battre s'il en a envie.

— Bien sûr. Vous faites seulement deux cents kilos de plus que lui.

— Toi aussi, je te connais, a-t-il dit d'un ton menaçant. Tu t'appelles Lachance. » Il a désigné Vern et Chris qui finissaient par se relever, encore essoufflés d'avoir tellement ri. « Ces gars-là sont Chris Chambers et un de ces crétins de Tessio. Vos pères vont tous entendre parler de moi, sauf le cinglé de Togus. Vous irez en maison de correction, tous. Délinquants juvéniles ! »

Il était solidement planté sur ses jambes, tendant ses grandes mains tavelées comme pour jouer à colin-maillard, le souffle lourd et les yeux plissés, guettant pour voir si nous allions pleurer, nous excuser ou peut-être lui livrer Teddy pour qu'il le donne à bouffer à Chopper.

Chris a fait un O avec le pouce et l'index et a craché à travers.

Vern a chantonné en regardant le ciel.

« Viens Gordie, a dit Teddy. Éloignons-nous de ce trouduc avant que je me mette à dégueuler.

— Oh, ça va te tomber dessus, petit maquereau mal embouché. Attends que je te traîne chez le commissaire.

— On a entendu ce que vous avez dit sur son père, lui ai-je dit. On est tous témoins. Et vous avez lancé ce chien sur moi. C'est interdit par la loi. »

Milo a eu l'air un peu gêné. « C'est interdit d'entrer.

— Mon cul, oui. La décharge est propriété de l'État.

— T'es grimpé sur la clôture.

— C'est sûr, après que vous avez lâché ce chien » — espérant que Milo oublierait que j'avais aussi escaladé le portail pour entrer : « Qu'est-ce que vous croyez que j'allais faire ? Rester là et me laisser bouffer sur place ? Allez, les mecs. Allons-y. Ça pue par ici.

— La maison de correction, nous a promis Milo, la voix rauque et tremblante. La correction pour les petits malins.

— J' demande qu'à dire aux flics comment vous avez traité un ancien combattant de foutu cinglé », a dit Chris en s'éloignant. « Qu'est-ce que vous faisiez pendant la guerre, monsieur Pressman ?

— *PAS VOS OIGNONS BON DIEU !* a glapi Milo. *VOUS AVEZ BLESSÉ MON CHIEN !*

— Notez ça sur votre carnet et envoyez-le à l'aumônier », a marmonné Vern, et nous sommes remontés sur le talus.

« Revenez ici ! » a crié Milo, mais il ne criait plus si fort et semblait se désintéresser de nous.

Teddy lui a fait un dernier bras d'honneur. J'ai regardé en arrière quand nous sommes arrivés au sommet. Milo était toujours debout derrière la clôture, un grand et gros type avec une casquette de base-ball et son chien assis à côté de lui. Il s'accrochait au grillage pendant qu'il nous criait après et tout d'un coup je l'ai

pris en pitié — on aurait dit le dernier joueur du
monde, enfermé par erreur sur le terrain, criant pour
qu'on vienne lui ouvrir. Il a continué à crier mais soit
il en a eu assez, soit nous étions trop loin pour l'entendre. Ce jour-là on n'a plus entendu parler de Milo
Pressman ou de Chopper.

13

On s'est mis à se répéter — sur un ton vertueux un
peu forcé, en fait — comment on avait montré à ce taré
qu'on n'était pas une bande de dégonflés. J'ai raconté
que le patron du Florida avait essayé de nous arnaquer,
et puis nous sommes retombés dans le silence, à ressasser des idées noires.

Pour ma part je me disais qu'il y avait peut-être
quelque chose après tout dans cette histoire idiote, le
guignon. Les choses n'auraient pas pu tourner plus mal
— au point, me suis-je dit, qu'il valait peut-être mieux
ne plus rentrer pour épargner à mes parents la douleur
d'avoir un fils au cimetière de Castle View et un autre
à la maison de correction de South Windham. J'étais
sûr que Milo irait voir les flics dès que son cerveau
obtus se serait souvenu de ce que la décharge était fermée, ce qui donnait toute son importance à l'incident.
Il comprendrait que j'étais coupable de violation de
propriété, publique ou pas. Cela lui donnait probablement tous les droits de me faire courser par son imbécile de chien. Chopper n'était peut-être pas le chien
d'enfer de la légende, mais il m'aurait bien arraché la
peau des fesses si je n'étais pas arrivé le premier au

grillage. Et j'avais une autre idée noire qui me trottait dans la tête — tout ça n'était pas une partie de rigolade, après tout, et on avait peut-être mérité notre malchance. Qu'est-ce qu'on allait faire, au juste, sinon regarder un môme qui s'était fait écrabouiller par un train de marchandises ?

Mais on y allait, et pas un de nous ne voulait y renoncer.

On avait presque atteint le ponton qui franchissait la rivière quand Teddy a fondu en larmes. C'était comme si une grande lame de fond avait renversé une série de barrages intérieurs soigneusement édifiés. Pas une blague — ça a été aussi rapide et violent que ça. Les sanglots le pliaient en deux comme des coups et il s'est écroulé sur lui-même, portant ses mains tantôt à son ventre, tantôt aux bouts de chair qui lui restaient de ses oreilles mutilées, secoué par des crises brutales, explosives.

Aucun de nous ne savait quoi foutre. Il ne pleurait pas comme quand on touche une ligne en jouant à *shortstop*, qu'on reçoit un coup sur la tête en jouant au rugby ou qu'on tombe de vélo. Physiquement, il n'avait rien. On s'est mis un peu à l'écart et on l'a regardé, les mains dans les poches.

« Hé, mec… », a dit Vern d'une toute petite voix. Chris et moi l'avons regardé avec espoir. « Hé, mec », c'est toujours un bon début. Mais il n'a pas su continuer.

Teddy, plié en deux sur les traverses, s'est caché les yeux. Maintenant c'était comme s'il nous faisait le coup d'Allah   « Salami, salami, blablabla », comme dit Popeye. Sauf que ce n'était pas drôle.

Finalement, quand il a pleuré un peu moins fort, c'est Chris qui est allé vers lui. C'était le dur de notre bande (peut-être même plus dur que Jamie Gallant, pensais-je à part moi), mais aussi celui qui savait le mieux faire la paix. Il savait y faire. Je l'avais vu s'asseoir sur le trottoir près d'un gosse qui s'était éraflé le genou, un putain de gosse qu'il ne connaissait *même pas*, et le faire parler de n'importe quoi — du cirque qui allait venir en ville ou de Huckleberry Hound à la TV — jusqu'à ce que le gosse oublie qu'il était censé avoir mal. Chris était au poil pour ça. Parce que c'était un vrai dur.

« 'coute, Teddy, qu'est-ce que tu t'occupes de ce qu'un vieux tas de merde comme lui peut dire sur ton père ? Huh ? Je veux dire, franchement ! Ça ne change rien, non ? Ce que dit un gros tas de merde comme lui ? Huh ? Huh ? Pas vrai ? »

Teddy a violemment secoué la tête. Ça ne changerait rien. Mais d'entendre dire en plein jour ce qu'il avait dû ressasser dans sa tête la nuit en regardant la lune dans l'angle d'une fenêtre, se répéter à sa façon lente et heurtée jusqu'à ce que cela devienne quelque chose de sacré, en essayant de comprendre, et d'avoir à entendre que tout le monde considérait simplement son père comme un cinglé... ça l'avait ébranlé. Mais cela ne changerait rien. Rien.

« Il a pris d'assaut la plage en Normandie, vrai ? » Chris lui a pris une main couverte de crasse et de sueur et l'a tapotée.

Teddy hochait violemment la tête tout en pleurant. La morve coulait de son nez.

« Crois-tu que ce tas de merde était en Normandie ? » Teddy a aussitôt secoué la tête. « *Nuh-Nuh-Non !*

— Crois-tu que ce type te connaisse ?

— Nuh-Non ! Non, m-m-mais... »

— Ou ton père ? Qu'il soit un des copains de ton père ?

— *NON !* » Avec horreur, avec rage. Quelle idée. Sa poitrine a été soulevée par les sanglots. Il avait repoussé ses cheveux, découvrant ses oreilles, et je voyais le bouton en plastique marron du sonotone au milieu de son oreille droite. La forme du bouton était plus reconnaissable que celle de l'oreille, si vous voyez ce que je veux dire.

« C'est facile, de parler », a dit Chris, très calme.

Teddy a hoché la tête, toujours sans lever les yeux.

« Et ce qu'il y a entre toi et ton vieux, les mots n'y changeront rien. »

Teddy a vaguement secoué la tête, n'étant pas sûr que ce soit vrai. Quelqu'un avait redéfini sa souffrance, et l'avait fait en termes grossièrement vulgaires. Cela méritait

(*cinglé*)

d'être examiné

(*putain de camisole*)

plus tard. À fond. Tout au long des nuits sans sommeil.

Chris l'a bercé. « Il te faisait marcher, mec », a-t-il dit sur un rythme apaisant, comme une berceuse. « Il essayait de te faire repasser cette putain de clôture, tu le sais ? Te casse pas, mec. Te casse pas, putain. Il ne sait rien sur ton vieux. Il ne sait rien que des trucs comme racontent les vieux soûlots du Mellow Tiger. C'est de la crotte, mec. Pas vrai, Teddy ? Huh ? Vrai ? »

Teddy ne faisait plus que renifler. Il s'est essuyé les yeux, laissant autour deux anneaux de crasse, et s'est rassis.

« Je suis okay », a-t-il dit, et le son de sa propre voix a paru le convaincre. « Ouais, je suis okay. » Il s'est levé et a remis ses lunettes — comme s'il avait rhabillé son visage nu, m'a-t-il semblé. Puis, avec un pauvre rire, il a essuyé sa morve avec son bras nu. «Un foutu pleurnicheur, non?

— Non, mec, a dit Vern, gêné. Si quelqu'un traitait mon père...

— Alors faut les tuer!» a dit Teddy d'un ton vif, presque arrogant. «Tuer ces merdes. Vrai, Chris?

— Vrai.» Chris a souri et lui a donné une claque dans le dos.

«Vrai, Gordie?

— Absolument», ai-je dit, me demandant comment il faisait pour tellement tenir à un père qui l'avait pratiquement assassiné, alors que je me foutais bien du mien qui pourtant, pour ce que j'en savais, n'avait jamais plus porté la main sur moi depuis le jour où, à trois ans, j'avais essayé de boire de l'eau de Javel trouvée sous l'évier.

On a fait deux cents mètres le long des rails et Teddy a repris, plus calme : «Hé, si je vous ai empêchés de vous amuser, je suis désolé. Je crois que c'étaient vraiment des conneries, cette merde à la décharge.

— Je ne suis pas sûr de vouloir qu'on s'amuse», a brusquement dit Vern.

Chris l'a regardé. «Tu dis que tu veux rentrer, mec?

— Non, heu!» Son visage s'est tordu sous l'effort de la réflexion. «Mais aller voir un gosse qui est mort — peut-être que ça ne devrait pas être une fête. Je veux dire, si vous pigez...» Il nous a regardés un peu égaré. «Je veux dire, je pourrais avoir un peu peur. Si vous comprenez.»

Personne n'a rien dit et Vern a foncé.

«Je veux dire, quelquefois j'ai des cauchemars. Comme... oh, les mecs, vous vous souvenez de la fois où Danny Naughton a laissé un tas de vieux illustrés, ceux avec des vampires et des gens coupés en morceaux et toute cette merde ? Jésus-croâ, je me réveille au milieu de la nuit en rêvant d'un type pendu dans une baraque avec le visage tout vert ou quelque chose, vous voyez, comme ça, et on dirait qu'il y a quelque chose sous le lit et si je laissais pendre ma main cette chose pourrait, vous savez, m'attraper… »

Nous avons tous approuvé de la tête. On connaissait l'équipe de nuit. Mais j'aurais bien ri si on m'avait dit qu'un jour pas si lointain j'échangerais ces peurs enfantines et ces sueurs froides contre près d'un million de dollars.

« Et je n'ose rien dire, parce que mon putain de *frère*… enfin, vous connaissez Billy… il le dirait partout. » Il a haussé les épaules, malheureux. « Alors j'ai la trouille de regarder ce gosse parce que s'il est, vous savez, s'il est vraiment salement… »

J'ai avalé ma salive et regardé Chris, très sérieux, qui faisait signe à Vern de continuer.

« S'il est salement amoché j'aurai des cauchemars à cause de lui et je me réveillerai en croyant que c'est *lui* sous mon lit, tout coupé en morceaux dans une mare de sang comme s'il venait de sortir d'un de ces gadgets à salade qu'on voit à la TV, avec plus que les yeux et les cheveux mais *bougeant* quand même, si vous pouvez piger ça, *bougeant* quand même et prêt à attraper…

— Jésus-Christ, a dit Teddy d'une voix pâteuse. Quelle putain d'histoire pour s'endormir.

— Eh bien, je n'y peux rien, a dit Vern, sur la défensive. Mais je sens qu'y faut qu'on l' voie, même s'il y a des cauchemars. Vous voyez ? Comme quoi y *faut*. Mais… peut-être que c'est pas pour s'amuser.

— Ouais, a dit Chris d'une voix douce. Peut-être pas. »

Vern s'est fait suppliant : « Vous ne le direz pas aux autres, n'est-ce pas ? Je ne parle pas des cauchemars, tout le monde en a, je parle de se réveiller en croyant qu'il peut y avoir quelque chose sous le lit. Je suis trop vieux pour ce putain de croque-mitaine. »

On a tous promis qu'on ne dirait rien, et un silence lugubre s'est abattu sur nous. Il n'était que trois heures moins le quart, mais on aurait cru beaucoup plus. Il faisait trop chaud, il s'était passé trop de choses. Nous n'étions pas même entrés dans Harlow. Fallait vraiment qu'on s'agite les abattis si on voulait trotter un peu avant la nuit.

On a dépassé l'aiguillage et son signal en haut d'un grand poteau rouillé et on s'est tous arrêtés pour lancer du mâchefer au drapeau en métal, mais aucun ne l'a touché. Vers trois heures et demie on est arrivés à la rivière Castle et au ponton qui la traversait.

14

À cet endroit, en 1960, la rivière faisait plus de cent mètres de large. Je suis allé la revoir depuis cette époque, et j'ai trouvé qu'elle avait sérieusement rétréci. Ils n'arrêtent pas de toucher à cette rivière pour améliorer le rendement des usines, et ils y ont mis tellement de barrages qu'elle est complètement domestiquée. Mais en ce temps-là il n'y avait que trois barrages sur toute sa longueur. La Castle traversait le New Hampshire et la moitié du Maine presque librement ; tous les trois ans, au printemps, elle débordait et inondait la route 136 à Harlow ou à l'embranchement de Danvers ou aux deux endroits.

Ce jour-là, après l'été le plus sec qu'ait connu le Maine depuis la Crise, elle était encore assez large. D'où nous étions, sur la rive côté Castle Rock, l'épaisse forêt de Harlow avait l'air d'un pays complètement différent. Les pins et les sapins, dans un halo de chaleur, paraissaient bleuâtres. Les rails passaient à quinze mètres au-dessus de l'eau, étayés par des poutres en bois goudronné reliées par des traverses. L'eau était si basse qu'on pouvait voir en se penchant le haut des piles en ciment enfoncées de trois mètres dans le lit de la rivière pour soutenir l'ensemble.

La passerelle elle-même était plutôt maigrelette — la voie courait sur une plate-forme étroite en six-quatre, avec dix centimètres de vide entre chaque poutre, où on pouvait voir jusqu'en bas. Sur le côté il n'y avait pas plus de cinquante centimètres entre le rail et le bord. Peut-être assez de place pour ne pas se faire écharper si un train venait... mais le souffle d'un train de marchandises lancé à toute vitesse vous aurait sûrement condamné à une mort certaine sur les rochers qui affleuraient à la surface de l'eau.

En voyant la passerelle on a tous senti la peur se lover au fond de notre ventre... et, se mêlant à la peur, l'excitation d'un défi, un vrai, quelque chose dont on pourrait se vanter des jours et des jours après notre retour... si on rentrait. Une lueur étrange se voyait à nouveau dans les yeux de Teddy et je me suis dit qu'il ne voyait pas du tout cette passerelle mais une plage immense et dix mille GI en train de charger dans le sable avec leurs bottes de combat. Franchissant d'un bond les rouleaux de barbelés ! Lançant des grenades dans les bunkers! Submergeant les nids de mitrailleuses!

On était près des rails, le mâchefer s'enfonçait vers la rivière, c'était la fin du talus et le début de la passerelle. En baissant les yeux je voyais la pente devenir plus raide. Le mâchefer laissait la place à des broussailles clairsemées, tenaces, séparées par des plaques de roche grise. Plus bas quelques sapins rabougris aux racines apparentes sortaient des crevasses, semblant contempler leur misérable reflet dans l'eau de la rivière.

L'eau de la Castle, à cette hauteur, était encore claire; c'est à Castle Rock qu'elle pénétrait dans la région des filatures. Mais il n'y avait déjà plus un poisson même si on pouvait toujours voir le fond — il fallait remonter quinze kilomètres vers le New Hampshire pour en voir sauter à la surface. Plus de poissons, et tout au long des rives on voyait des colliers de mousse sale autour de certains rochers — une mousse couleur de vieil ivoire. L'odeur, non plus, n'était pas très agréable; on aurait dit celle d'un panier à linge plein de serviettes moisies. Des libellules piquetaient la surface de l'eau et pondaient en toute impunité. Plus de truites pour les dévorer. Bon Dieu, pas même de poissons-chats.

« Mec, a dit Chris à voix basse.

— Allons, s'est écrié Teddy, tout guilleret, voire arrogant. On y va. » Il démarrait déjà, marchant sur les longerons entre les rails étincelants.

« Dites, a dit Vern, mal à l'aise, il y en a un qui sait quand le prochain train doit passer ? »

On a haussé les épaules.

« Il y a le pont de la route 136... » ai-je dit.

« Hé, allons, faites pas chier ! a crié Teddy. Ça veut dire descendre la rivière sur huit kilomètres de ce côté et la remonter sur huit kilomètres de l'autre... ça nous prendra jusqu'à la nuit ! Si on prend la passerelle, on sera au même endroit en *dix minutes !*

— Mais si un train arrive on n'ira nulle part », a dit Vern. Il ne regardait pas Teddy, il regardait la rivière, inlassable et neutre.

« Putain c'est pas vrai ! » Teddy était indigné. Il s'est accroché au bord de la plate-forme en se retenant à un des piliers. Il n'était pas allé très loin — ses pieds touchaient presque le sol — mais l'idée de faire la même chose au milieu de la rivière avec un train rugissant juste au-dessus de ma tête, un train qui m'enverrait sûrement des cendres brûlantes dans les cheveux et dans le cou… cette idée ne me donnait pas précisément l'impression d'être la Reine d'un Jour.

« Voyez comme c'est facile ? » Teddy s'est laissé tomber sur le talus, s'est essuyé les mains et est remonté près de nous.

« Tu veux dire que tu vas rester pendu comme ça si c'est un train de deux cents wagons ? a demandé Chris. Accroché par les mains pendant cinq ou dix minutes ?

— T'as la trouille ? a crié Teddy.

— Non, je te demande juste ce que tu ferais. » Chris a souri : « La paix, mec.

— Faites le tour si vous voulez ! a bramé Teddy. Rien à chier ! Je vous attendrai ! Je ferai la sieste !

— Il y a déjà un train qui est passé, ai-je dit à regret. Et il n'y a probablement qu'un ou deux trains par jour qui traversent Harlow. Regardez. » J'ai donné un coup de pied dans les herbes qui poussaient entre les traverses. Il n'y en avait aucune sur la voie allant de Castle Rock à Lewiston.

« Voilà. Vous voyez ? a dit Teddy, triomphant.

— Mais il y a tout de même un risque, ai-je ajouté.

— Ouais. » Chris ne regardait que moi, les yeux brillants. « T'es pas cap, Lachance.

— T'es pas cap d'être prem.

— Okay. » Chris nous a regardés tous les trois : « Y a des dégonflés ?

— *NON !* » a crié Teddy.

Vern s'est raclé la gorge, a fait un son enroué, s'est raclé la gorge une seconde fois et a dit « non » d'une toute petite voix, avec un pauvre sourire plaintif.

« Okay », a dit Chris... mais nous avons encore hésité un moment, même Teddy, en surveillant les voies des deux côtés. Je me suis agenouillé et j'ai serré un rail d'une main, négligeant le fait qu'il était brûlant au point de me donner des cloques. Le rail était muet.

« Okay. » Au même moment quelqu'un a sauté à la perche dans mon estomac. J'ai cru qu'il enfonçait sa perche jusqu'aux couilles et qu'il se retrouvait assis sur mon cœur.

On est partis en file indienne : d'abord Chris, puis Teddy, Vern, et moi en queue parce que j'avais dit pas cap d'être prem. On marchait sur les longerons entre les rails, et il fallait regarder où on mettait les pieds, qu'on ait le vertige ou non. Un faux pas et la jambe passait à travers, avec probablement un genou cassé en prime.

La rive s'est abaissée sous mes yeux, chaque pas semblait sceller notre choix à jamais... et le faisait paraître encore plus stupide et suicidaire. Je me suis arrêté pour lever les yeux quand les rochers ont laissé place à la rivière, tout en bas. Chris et Teddy étaient loin devant, presque au milieu, et Vern les suivait d'un pas mal assuré, regardant studieusement ses pieds, la tête en avant, le dos voûté, les bras écartés pour garder son équilibre, comme une vieille dame essayant de marcher avec des échasses. J'ai regardé en arrière. Trop tard, mec. Il fallait que je continue, et pas seulement parce qu'un train pouvait venir. Si je faisais demi-tour, je serais un dégonflé à vie.

Je suis devenu extrêmement conscient de tous les bruits venant de moi et de l'extérieur, comme si un orchestre impossible s'accordait avant de jouer. Le battement régulier de mon cœur, le bruit du sang dans mes oreilles, comme un tambour effleuré par des balais, les craquements des sinus imitant les cordes d'un violon tendues au maximum, le sifflement continuel de la rivière, le crissement d'un criquet creusant l'écorce, le cri monotone d'une mésange, et quelque part, au loin, un chien qui aboyait. Peut-être Chopper. L'odeur moisie de la rivière me remplissait le nez. Les muscles de mes cuisses tremblaient. Je me disais sans cesse qu'il serait tellement plus sûr (et probablement plus rapide) de faire le trajet à quatre pattes. Mais je ne le ferai jamais — pas plus que les autres. Si les films en matinée du Gem nous avaient appris quelque chose, c'est que SEULS LES PERDANTS RAMPENT. C'était un des principaux dogmes de l'Évangile selon Hollywood. Les bons avancent debout, bien droits, et si vos tendons grincent comme des violons à cause du flot d'adréna line qui vous inonde le corps, et si les muscles de vos cuisses tremblent pour la même raison, eh bien qu'il en soit ainsi.

J'ai dû m'arrêter au milieu du ponton et regarder le ciel quelques instants. Mon vertige s'accentuait. Je voyais des fantômes de traverses me flotter devant le nez. Quand cela s'est effacé je me suis senti mieux. J'ai regardé devant moi et vu que j'avais presque rattrapé Vern, qui boitillait de plus en plus. Chris et Teddy étaient bientôt arrivés.

Et bien que depuis lors j'aie écrit sept livres à propos de gens ayant des facultés aussi exotiques que lire dans les pensées et prévoir l'avenir, c'est alors que j'ai eu ma première et dernière illumination psychique. Je suis sûr que c'était ça — comment l'expliquer autrement ? Je me suis accroupi et j'ai empoigné le rail de gauche. Il vibrait sous ma paume. Il vibrait si fort que je croyais tenir un nœud de serpents métalliques et mortels.

Vous avez entendu dire « ses entrailles se sont liquéfiées » ? Je sais ce que cette phrase veut dire — *exactement* ce qu'elle veut dire. C'est peut-être le cliché le plus vrai jamais inventé. J'ai eu peur depuis cette époque, très peur, mais jamais autant qu'à cet instant où j'ai touché le rail brûlant, vivant. Il m'a semblé que pour un moment tous les organes de mon corps se sont ramollis, comme évanouis. Un mince filet d'urine a coulé sur l'intérieur de ma cuisse. Ma bouche s'est ouverte. Je ne l'ai pas ouverte, elle l'a fait d'elle-même, la mâchoire est tombée comme une trappe dont on a soudain enlevé les gonds. Ma langue s'est plaquée contre le palais, risquant de m'étouffer. Et tous mes muscles se sont bloqués. C'était le pire. Mes entrailles étaient flasques mais mes membres étaient bloqués dans une étreinte terrible et je ne pouvais plus bouger du tout. Cela n'a duré qu'un instant, mais subjectivement ce fut un instant d'éternité.

Toutes mes perceptions se sont intensifiées, comme si les impulsions électriques de mon cerveau étaient survoltées, avaient sauté du cent dix au deux cent vingt. J'ai entendu un avion qui passait dans le ciel et j'ai eu le temps de souhaiter m'y trouver, tout simplement assis près d'un hublot, un Coke à la main, regardant vaguement la ligne sinueuse et miroitante d'une rivière dont je n'aurais pas su le nom. Je voyais chaque écharde et chaque anfractuosité de la traverse goudronnée où je m'étais accroupi. Et du coin de l'œil je voyais le rail que j'agrippais toujours et qui brillait d'un éclat dément. La vibration pénétrait si profond dans mon corps que ma main vibrait encore quand je l'ai retirée, les terminaisons nerveuses se heurtant sans cesse l'une l'autre, provoquant les mêmes picotements que lorsqu'une main ou un pied engourdi se réveille. Je sentais le goût de ma salive soudain électrifiée, amère, et se coagulant sur les gencives. Pire que tout, plus horrible encore, je n'entendais toujours pas le train, je ne savais pas s'il se précipitait sur moi par-devant ou par-derrière, ni où il était. Il était invisible. Rien ne l'annonçait sinon ce rail pris de tremblote. Rien pour nous prévenir de la catastrophe imminente. Une vision de Ray Brower, horriblement mutilé et projeté dans un fossé comme un sac de linge sale éventré, m'est passée devant les yeux. Nous allions le rejoindre, ou du moins Vern et moi, ou moi en tout cas. On s'était invités à nos propres funérailles.

Cette idée a secoué ma paralysie et je me suis relevé d'un coup. J'avais sûrement l'air d'un diable à ressort, mais en fait j'avais l'impression de nager sous l'eau, d'avoir à remonter non pas un mètre cinquante d'air mais plutôt cent cinquante mètres de liquide. Mes gestes me semblaient ralentis, comme pris d'une terrible langueur, et l'eau s'écartait à regret.

J'ai fini par atteindre la surface.

J'ai hurlé : « *UN TRAIN !* »

Toute trace de paralysie m'a quitté et je me suis mis à courir.

Vern a brusquement tourné la tête. La surprise qui déformait son visage paraissait comique, exagérée, inscrite en lettres géantes. Il m'a vu courir en chancelant, dansant d'une traverse affreusement haute à une autre, et il a compris que je ne plaisantais pas. Lui aussi s'est mis à courir.

Très loin, j'ai pu voir Chris descendre de la voie sur la terre ferme et je l'ai haï soudain d'une haine éclatante, verte et amère comme la sève d'une feuille d'avril. Il était à l'abri. Cet enculé était *à l'abri*. Je l'ai vu tomber à genoux et saisir un rail.

Mon pied gauche a failli glisser dans un des intervalles. J'ai fait des moulinets avec mes bras, les yeux brûlants comme un roulement dans une machine emballée, repris l'équilibre et continué à courir. J'étais juste derrière Vern. Nous avions dépassé la moitié du ponton et j'ai entendu le train. Il arrivait derrière nous, de Castle Rock. C'était un grondement sourd qui peu à peu a grandi, d'un côté le martèlement du diesel et de l'autre le fracas plus redoutable des grandes roues pesant lourdement sur les rails.

« *Aohhhhhhhh-merde !* a crié Vern.

— Cours, dégonflé ! ai-je crié en le frappant dans le dos.

— J' peux pas ! J' vais tomber !

— Cours plus vite !

— *AOHHHHHHHHH-MERDE !* »

Mais il a couru plus vite — un épouvantail titubant, le dos nu brûlé par le soleil, le col de sa chemise ballottant sous ses fesses. Je voyais la sueur sur ses omoplates qui pelaient, des petites gouttes parfaitement rondes, le duvet qui recouvrait sa nuque, ses muscles qui se tendaient, se relâchaient, se tendaient, se relâchaient, encore et encore. Ses vertèbres ressortaient comme une série de bosses, chaque bosse faisant une ombre en forme de croissant — et les bosses se resser-

raient en approchant du cou. Il tenait toujours ses couvertures, et moi les miennes. Ses pieds pilonnaient les
traverses. Il a failli en manquer une, a vacillé, les bras
en avant, et je lui ai redonné un grand coup dans le dos
pour qu'il continue.

« *Gordiee je ne peux pas aohhhhhhhh-meeeeerde.*

— COURS PLUS VITE, TÊTE DE NŒUD ! » ai-je beuglé,
était-ce avec *plaisir* ?

Ouais — d'une façon étrange, suicidaire, que je n'ai
retrouvée qu'en étant complètement ivre, c'était vrai.
Je poussais Vern comme un bouvier mène au marché
une de ses vaches préférées. Et peut-être prenait-il plaisir à sa peur de la même manière, mugissant comme
cette vache, criant et transpirant, son torse se soulevant
et retombant comme le soufflet d'un forgeron qui aurait
pris du speed, courant maladroitement, toujours sur le
point de tomber.

Le bruit du train se rapprochait, le grondement du
moteur se faisait plus grave. Il a donné un coup de sifflet en dépassant l'aiguillage où nous nous étions arrêtés pour lancer du mâchefer sur le drapeau. J'avais
finalement mon chien d'enfer aux trousses, que je le
veuille ou non. Je m'attendais à ce que la passerelle se
mette à trembler sous mes pieds. Quand ça arriverait,
le train serait juste derrière nous.

« *VA PLUS VITE, VERN ! PLUS VIIITE !*

— Oh Dieu Gordie oh Dieu Gordie oh Dieu
AOHHHHHHHHMEEEERDE ! »

La sirène électrique de la motrice a soudain déchiré
l'air en mille morceaux d'un long hurlement balayant
d'un coup tout ce qu'on a jamais vu dans un film ou
une BD ou dans ses propres rêves, vous faisant savoir
ce qu'entendent vraiment les héros comme les lâches
quand la mort les poursuit :

WHHHHHHHHONNNNNNNK ! WHHHHHHHHONNNNNNNK !

Et puis on a vu Chris en dessous de nous, sur la droite, Teddy derrière lui, ses lunettes renvoyant des éclairs de soleil, et ils criaient tous les deux le même mot, *sautez !* mais le train avait aspiré le sang des mots et il n'en restait que la forme sur leurs lèvres. La passerelle s'est mise à vibrer quand le train a foncé dessus. On a sauté.

Vern est tombé à plat ventre dans la terre mêlée de cendres et moi juste à côté, presque sur lui. Je n'ai jamais vu ce train — et n'ai jamais su si le conducteur nous a vus. Quand j'ai évoqué cette possibilité devant Chris, quelques années plus tard, il m'a dit : « Ils ne donnent pas un coup de sirène pareil pour des prunes, Gordie. » Mais peut-être que si. Il a pu donner un coup de sirène pour le plaisir, je suppose. Sur le moment, ce genre de détail ne comptait guère. Je me suis plaqué les mains sur les oreilles et je me suis enfoui le visage dans les cendres chaudes quand le train est passé comme un ouragan de métal dont le souffle nous a giflés. Je n'ai pas eu l'idée de le regarder. Le train était très long, mais je n'ai pas levé les yeux. Avant qu'il ait fini de passer j'ai senti une main chaude sur ma nuque et j'ai su que c'était Chris.

Quand il est parti — quand j'ai été sûr qu'il était parti — j'ai relevé la tête comme un soldat qui sort de son trou après avoir été bombardé toute une journée par l'artillerie. Vern était encore étalé par terre, il tremblait. Chris était assis en tailleur entre nous deux, une main sur la nuque moite de Vern, l'autre sur la mienne.

Vern a fini par s'asseoir, tremblant de tous ses membres et se léchant nerveusement les lèvres. « Qu'est-ce que vous pensez de boire ces Coke, les mecs ? a demandé Chris. Il n'y a que moi qui en aurais l'usage ? »

Nous avons tous pensé que nous en avions l'usage.

15

Du côté de Harlow, au bout de quatre cents mètres, la voie s'enfonçait tout droit dans la forêt. Le terrain boisé s'abaissait et laissait place à une zone marécageuse pleine de moustiques gros comme des chasseurs à réaction, mais où il faisait frais… une fraîcheur merveilleuse.

Nous nous sommes assis à l'ombre pour boire nos Coke. Vern et moi nous sommes mis notre chemise sur les épaules pour écarter les bestioles, mais Chris et Teddy sont restés torse nu, l'air aussi frais et tranquilles que deux Esquimaux dans leur igloo. On n'était pas là depuis cinq minutes que Vern a dû aller dans les buissons pour en lâcher une, ce qui a donné lieu à pas mal de blagues et de coups de coude quand il est revenu :

« T'as tellement peur des trains, Vern ?

— Non. J'allais en lâcher une quand on a traversé, de toute façon, y *fallait* que j'en lâche une, vous savez ?

— *Verrrrrrrn ?* Chris et Teddy, en chœur.

— Voyons, les mecs, y *fallait*. Franchement.

— Alors ça ne t'ennuie pas si on regarde le fond de ton slip pour y chercher du chocolat, pas vrai ? » a demandé Teddy, et Vern a fini par éclater de rire, comprenant qu'on se foutait de lui !

« Allez vous faire foutre. »

Chris s'est tourné vers moi. «Ce train t'a fait peur, Gordie?

— Non.» J'ai bu une gorgée de Coke.

«Pas trop, hein, abruti.» Il m'a donné un coup sur le bras.

«Franchement. Je n'ai pas eu peur du tout.

— Ouais? T'as pas eu peur?» Teddy me regardait fixement.

«Non. Putain, j'étais *pétrifié*.»

Je les ai eus, tous, même Vern, et nous avons beaucoup ri. Ensuite nous sommes restés tranquilles, sans plus déconner, buvant nos Coke en silence. Je me sentais le corps chaud, bien entraîné, en paix avec lui-même. Rien n'y fonctionnait à contre-courant d'autre chose. J'étais vivant et heureux de l'être. Je voyais chaque chose en détail avec une tendresse toute spéciale, et quoique je n'aurais jamais pu le dire à voix haute c'était sans importance — peut-être voulais-je garder cette sensation de tendresse pour moi seul.

Je crois que ce jour-là j'ai commencé à comprendre ce qui pousse les hommes à devenir des risque-tout. J'ai payé vingt dollars pour regarder Evel Kneivel tenter son grand saut par-dessus le canyon de Snake River, il y a deux ans, et ma femme était horrifiée. Elle m'a dit que si j'étais né romain, je serais allé tout droit au Colisée regarder les lions étriper les chrétiens, assis en mangeant des raisins. Elle avait tort, mais j'avais du mal à expliquer pourquoi (et en fait, à mon avis, elle a cru que je me moquais d'elle). Je n'ai pas craché vingt dollars pour regarder ce mec se tuer en direct sur les TV de tout le pays, même si j'étais sûr que ça se passerait exactement comme ça. J'y suis allé à cause des ombres que nous avons toujours derrière les yeux, de ce que Bruce Springsteen appelle «les ténèbres à la lisière des villes » dans une de ses chansons, et à un moment ou à un autre je crois que nous voulons tous défier ces ténèbres malgré ces corps brinquebalants que Dieu nous a donnés, à nous pauvres humains. Non… pas *malgré* ces corps mais *grâce* à eux.

« Hé, raconte l'histoire », a dit soudain Chris en se redressant.

« Quelle histoire ? » ai-je demandé, mais je devais le savoir.

Je n'étais jamais très à l'aise quand on parlait de mes histoires, même s'ils avaient tous l'air de bien les aimer — vouloir raconter des histoires, et en plus avoir envie de les écrire… c'était assez singulier pour être bien vu, d'une certaine manière, comme de vouloir devenir inspecteur des égouts ou mécanicien de Grand Prix. Richie Jenner, un gosse qui a fait partie de notre bande jusqu'à ce que sa famille aille s'installer au Nebraska en 1959, a été le premier à découvrir que je voulais être écrivain quand je serais grand, que je voulais en faire un métier à plein temps. On était montés dans ma chambre, juste pour déconner, et il a trouvé un paquet de pages manuscrites dans un carton du placard, sous les illustrés. C'est quoi ? demande Richie. Rien, je dis, et j'essaye de les reprendre. Richie les lève hors de ma portée… et je dois avouer que je n'ai pas essayé *tant que ça* de les reprendre. J'avais envie qu'il les lise et en même temps je n'avais pas envie… un mélange instable d'orgueil et de timidité que j'ai toujours chaque fois qu'on me demande la même chose. L'acte d'écrire lui-même se fait en secret, comme la masturbation — oh, j'ai un ami qui a fait des trucs comme d'écrire des histoires dans la vitrine d'une librairie ou d'un grand magasin, mais ce type a un courage insensé, c'est le genre de zèbre qu'on aimerait avoir avec soi quand on a une crise cardiaque dans une ville inconnue. Pour moi, c'est toujours une envie de sexe qui ne se réalise pas — toujours l'adolescent qui se branle dans la salle de bains le verrou tiré.

Richie est resté assis au bout de mon lit presque tout l'après-midi à lire les trucs que j'avais écrits, la plupart sous l'influence du genre de bouquins qui avaient donné des cauchemars à Vern. Quand il a eu fini Richie m'a regardé d'une façon étrange et qui m'a fait un drôle d'effet, comme s'il avait été forcé de réévaluer toute ma personnalité. C'est pas mal du tout, a-t-il dit. Pourquoi tu ne les montrerais pas à Chris ? J'ai dit non. Je voulais que ça reste secret, et Richie a dit : Pourquoi ? C'est pas pédé. T'es pas une pédale. J' veux dire, c'est pas *poétique*.

Pourtant je lui ai fait promettre de ne rien dire à personne mais bien sûr il l'a fait et il s'est avéré que la plupart ont eu plaisir à lire les trucs que j'écrivais, où il s'agissait surtout de se faire brûler vif, ou d'un escroc revenu d'entre les morts pour trucider de DOUZE MANIÈRES INTÉRESSANTES le jury qui l'avait condamné, ou d'un maniaque ayant piqué sa crise et transformé plein de monde en côtelettes de veau avant que le héros, Curt Cannon, « taille en morceaux le sous-homme dément et hurlant en l'arrosant des rafales de son .45 fumant ».

Dans mes histoires il n'y avait que des rafales. *Jamais* de balles.

Pour changer de décor, il y avait la série Le Dio. Le Dio était une petite ville française et, en 1942, une escouade américaine, de féroces têtes de lard, essayaient de la reprendre aux nazis (c'était deux ans avant que je m'aperçoive que les Alliés n'avaient pas

débarqué en France avant 1944). Ils n'en finissaient
pas de la reprendre, rue après rue, au cours d'une qua-
rantaine d'histoires écrites entre neuf et quatorze ans.
Teddy était absolument fou de ces histoires, et je crois
bien n'avoir écrit les douze dernières que pour lui — à
l'époque j'avais déjà ma claque de Le Dio et d'écrire
des trucs comme *Mon Dieu, Cherchez le Boche et
Feremez le porte !* À Le Dio les paysans français souf-
flaient constamment aux GI de *Feremez le porte !* Mais
Teddy dévorait les pages, les yeux énormes, le front
emperlé de sueur, le visage tordu par les grimaces. Parfois j'entendais presque dans son crâne les détonations
des brownings refroidies par air et les sifflements des
.88. La façon dont il réclamait d'autres Le Dio à cor et
à cri était à la fois agréable et terrifiante.

Pour moi, aujourd'hui, écrire est un travail, le plaisir
a un peu diminué, et de plus en plus souvent ce plaisir
coupable, masturbatoire, s'associe dans ma tête aux
images cliniques et glacées de l'insémination artifi-
cielle : je jouis selon les clauses et les règles stipulées
dans le contrat de mon éditeur. Pourtant, même s'il n'y
aura personne pour dire que je suis le Thomas Wolfe de
ma génération, je me sens rarement en faute : je gicle
aussi fort que je peux chaque putain de fois. En faire
moins, d'une drôle de manière, ce serait devenir pédé
— ou ce que ce mot signifiait pour nous à l'époque.
Aujourd'hui, ce qui m'inquiète, c'est que ça fait mal de
plus en plus souvent. Jadis, j'étais parfois dégoûté, tellement c'était bon d'écrire. Ces temps-ci je regarde la
machine et je me demande quand je serais à court de
mots intéressants. Je voudrais que cela n'arrive jamais.
Je crois que je peux rester cool tant que je ne suis pas à
court de mots, vous comprenez ?

« C'est quoi cette histoire, a demandé Vern, anxieux.

Ce n'est pas une histoire d'horreur, n'est-ce pas, Gordie? Je crois pas que je puisse écouter une histoire d'horreur. Ce n'est pas le moment, mec.

— Non, ce n'est pas de l'horreur, a dit Chris. C'est vraiment drôle. Grossier mais drôle. Vas-y, Gordie. Envoie la sauce.

— Il s'agit de Le Dio? a demandé Teddy.

— Non, il ne s'agit pas de Le Dio, obsédé. » Chris lui a donné un coup sur la nuque. « Il s'agit du concours de mangeurs de tartes.

— Hé, je ne l'ai pas encore écrite, celle-là.

— Ouais, mais raconte-la.

— Vous voulez l'entendre, les mecs? ai-je dit.

— Bien sûr, chef, a dit Teddy.

— Bon, c'est à propos de cette ville imaginaire. Gretna, je l'appelle. Gretna, dans le Maine.

— *Gretna?* Vern a souri. Qu'est-ce que c'est que ce nom? Il n'y a pas de *Gretna* dans le Maine.

— La ferme, idiot, a dit Chris. Il vient de te dire que c'est imaginaire, non?

— Ouais, mais *Gretna*, c'est vraiment stupide…

— Plein de vraies villes ont un nom stupide, a dit Chris. Pourquoi pas *Alfred*, Maine? Ou *Saco*, Maine? Ou Arpent-de-Jérusalem? Ou Castle-putain-Rock? Il n'y a pas de château dans le coin. La plupart des noms de ville sont stupides. Tu n'y penses pas, uniquement parce que tu es habitué. Pas vrai, Gordie?

— Bien sûr. » Mais à part moi je trouvais que Vern avait raison : Gretna était vraiment un nom stupide pour une ville. Seulement je n'avais pas été capable d'en trouver un autre. « Bon, en tout cas, ils célèbrent chaque année le Jour des Pionniers, comme à Castle Rock…

— Ouais, le Jour des Pionniers, c'est une putain de *bombe*», a dit Vern, très sérieux. « J'ai envoyé toute ma famille dans cette prison sur roues qu'ils ont faite, même cet enculé de Billy. Ça n'a duré qu'une demi-heure et ça m'a coûté tout mon argent de poche mais ça valait le coup juste pour savoir quand ce fils de pute allait…

— Tu vas la fermer et le laisser raconter ? » a hurlé Teddy.

Vern a cligné des yeux. « Sûr. Ouais. Okay.

— Vas-y, Gordie, a dit Chris.

— Ce n'est vraiment pas…

— Ouais, on n'attend pas grand-chose d'un merdeux comme toi, a dit Teddy, mais vas-y quand même. »

Je me suis raclé la gorge. « Bon, en tout cas. C'est le Jour des Pionniers, et le dernier soir il y a les trois grandes attractions. Il y a la course de l'œuf pour les petits mômes, une course en sac pour ceux qui ont huit ou neuf ans, et il y a le concours des mangeurs de tartes. Et le type important de l'histoire c'est un gros, un gosse que personne n'aime et qui s'appelle Davie Hogan.

— Comme le frère de Charlie Hogan s'il en avait un », a dit Vern, qui s'est ratatiné quand Chris lui a donné un second coup sur la nuque.

« Ce gosse, il a notre âge, mais il est gros. Il pèse dans les quatre-vingts kilos et on n'arrête pas de le battre et de se foutre de lui. Tous les gosses, au lieu de l'appeler Davie, l'appellent Gros Lard Hogan et se foutent de sa gueule à la moindre occasion. »

Ils ont tous hoché la tête avec sympathie, pleins de respect dû au pauvre Gros Lard, bien que si un gosse pareil se pointait à Castle Rock on aurait été les premiers à le mettre en boîte jusqu'à plus soif.

« Alors il décide de se venger parce que, disons, il en a marre, vous voyez ? Il ne doit aller qu'au concours de mangeurs de tartes, mais c'est vraiment le bouquet

de la journée et ça plaît à tout le monde. Il y a un prix
de cinq dollars…

— Donc il gagne et les envoie tous se faire foutre ! »
s'est écrié Teddy. « Chapeau !

— Non, c'est mieux que ça, a dit Chris. Ferme-la et
écoute.

— Gros Lard se dit, cinq dollars, qu'est-ce que
c'est ? Quinze jours plus tard, si les gens se souviendront de quelque chose, ce sera juste que ce foutu porc
de Hogan a bouffé plus que tout le monde, alors, évidemment, allons chez lui le rouler dans la merde, et
cette fois on va l'appeler Tarte au Cul au lieu de Gros
Lard. »

Ils ont approuvé de la tête, voyant bien que Davie
Hogan en avait dans le ciboulot. Je me suis mis à entrer
dans mon histoire :

« Mais tout le monde s'attend à ce qu'il participe au
concours, vous voyez. Même son père et sa mère. Hé,
ils ont pratiquement déjà dépensé les cinq dollars à sa
place.

— Ouais, c'est comme ça, a dit Chris.

— Ma cousine est comme ça ! s'est écrié Vern tout
excité. Franchement ! Elle fait presque cent cinquante
kilos ! Paraît que c'est la glande Hyboïde ou quêqu'chose comme ça. J' sais pas pour son Hyboïde,
mais c'est un putain de ballon, les mecs, on dirait une
putain de dinde de Noël, et la fois…

— Tu vas fermer ta putain de gueule, Vern ? Chris a
éclaté. Pour la dernière fois ! Je le jure devant Dieu ! » Il
avait fini son Coke et brandissait la bouteille verte en
forme de sablier au-dessus de la tête de Vern.

« Ouais, c'est vrai, pardon. Vas-y, Gordie. C'est une
chouette histoire. »

J'ai souri. Ses interruptions ne m'ennuyaient pas

vraiment, mais naturellement je ne pouvais pas le dire à Chris qui s'était lui-même nommé Gardien des Arts.

« Alors il retourne tout ça dans sa tête, vous voyez, pendant la semaine précédant le concours. À l'école les gosses viennent le voir : Hé, Gros Lard, combien tu vas manger de tartes ? Tu vas en manger dix ? Vingt ? Quatre-vingts putains de tartes ? Et Gros Lard leur répond : Comment je saurais. Je ne sais même pas quel *genre* de tartes il y aura. En plus, vous voyez, l'intérêt du concours c'est que le champion est un adulte qui s'appelle, euh, Bill Traynor, je crois. Et ce Traynor n'est même pas gros. En fait il est maigre comme un haricot. Mais il bouffe les tartes comme si c'était magique, et l'année d'avant il en avait bouffé six en cinq minutes.

— Des *entières* ? a demandé Teddy, stupéfait.

— Parfaitement. Et Gros Lard est le plus jeune concurrent qu'il y ait jamais eu.

— Vas-y, Gros Lard ! a crié Teddy. Bouffe ces putains de tartes !

— Parle-leur des autres mecs, a dit Chris.

— Okay. En plus de Gros Lard et de Bill Traynor il y a Calvin Spier, le plus gros bonhomme de la ville — il tient la bijouterie...

— Les Bijoux Gretna », a ricané Vern. Chris l'a regardé d'un œil noir.

« Et il y a ce type qui est disc-jockey dans une station de radio à Lewiston, pas vraiment gros, mais du genre enveloppé, vous voyez. Et le dernier c'est Hubert Gretna le Troisième, le directeur de l'école de Gros Lard.

— Il va bouffer en face de son directeur ? » a demandé Teddy.

Chris s'est pris les genoux et s'est balancé d'avant

en arrière, mis en joie. « Si c'est pas génial ? Vas-y, Gordie ! »

Je les tenais. Ils étaient tous penchés vers moi. Une sensation de puissance m'a grisé. J'ai jeté ma bouteille vide dans les arbres et je me suis tortillé pour mieux m'installer. Je me souviens d'avoir à nouveau entendu la mésange, loin dans les bois, qui s'éloignait encore et jetant dans le ciel son appel monotone et sans fin : *dee-dee-dee-dee...*

« Alors il a son idée. La vengeance la plus grandiose dont un enfant peut rêver. Arrive le grand soir — la fin de la fête. Le concours a lieu juste avant le feu d'artifice. On a fermé la grande rue de Gretna pour que les gens puissent y marcher, et on a installé une grande estrade au milieu de la chaussée. Il y a des drapeaux qui pendent et plein de gens devant. Il y a aussi un photographe du journal venu prendre une photo du vainqueur tout barbouillé de mûres, puisque cette année c'étaient des tartes aux mûres. En plus, j'allais oublier de vous le dire, ils devaient manger leurs tartes avec les mains attachées dans le dos. Alors, ça y est, ils arrivent sur l'estrade... »

16

Extrait de *La Revanche de Gros Lard Hogan*, par Gordon Lachance. Publié par le magazine *Cavalier*, mars 1975. Citation autorisée.

Ils montèrent un par un sur l'estrade et se rangèrent derrière une longue table posée sur des tréteaux et couverte d'un drap. La table, où s'entassaient les tartes, était tout au bord de l'estrade. Au-dessus s'enroulaient des guirlandes d'ampoules nues de cent watts entourées d'un halo de phalènes et insectes nocturnes. Dominant l'estrade, illuminée par les projecteurs, une grande pancarte : GRETNA — GRAND CONCOURS DE TARTES 1960 ! De chaque côté pendaient des vieux haut-parleurs fournis par Chuck Day, qui tenait le Magasin d'Accessoires du Grand Jour. Chuck était le cousin de Bill Travis, le champion en titre.

À mesure qu'arrivaient les concurrents, mains liées derrière le dos et chemise ouverte comme Sydney Carton allant à la guillotine, le maire Charbonneau annonçait leurs noms au micro de Chuck et leur mettait une grande bavette blanche autour du cou. Calvin Spier récolta de maigres applaudissements ; malgré son ventre, gros comme une barrique de vingt gallons, on ne le voyait pas rivaliser avec le jeune Hogan (Gros Lard était considéré par la plupart comme un espoir, mais trop jeune et inexpérimenté pour aller bien loin cette année).

Après Spier, on annonça Bob Cormier. C'était un disc-jockey dont l'émission, tous les après-midi sur WLAM, avait du succès. Il fut mieux accueilli, acclamé même par quelques adolescentes. Les filles le trouvaient « mignon ». John Wiggins, directeur de l'école primaire de Gretna, suivit Cormier et reçut les applaudissements chaleureux des adultes — et quelques huées lancées par les plus facétieux de ses écoliers. Wiggins réussit à offrir en même temps au public un large sourire paternel et un sévère froncement de sourcils.

Puis le maire Charbonneau présenta Gros Lard.

« Un nouveau participant du grand concours de tartes de Gretna, dont nous attendons beaucoup à l'avenir…

le jeune maître David Hogan ! » Charbonneau lui mit son bavoir sous le menton sous les applaudissements. Quand ils s'éteignirent on entendit un chœur grec hors de portée des ampoules crier à l'unisson, sardonique : « *Fais-leur-la-peau-Gros-Lard !* »

Il y eut des éclats de rire étouffés, des piétinements, quelques ombres que nul ne put (ou ne voulut) identifier, des rires nerveux, des froncements de sourcils officiels (d'abord celui de l'autorité la plus en vue, Hizzoner Charbonneau). Gros Lard, lui, parut ne rien remarquer. Le léger sourire huilant ses grosses lèvres et plissant ses bajoues ne changea pas quand le maire, toujours renfrogné, lui noua son bavoir en lui disant d'ignorer les imbéciles dissimulés dans l'assistance (comme si le maire avait la moindre idée de quels monstrueux imbéciles Hogan avait dû subir et continuerait à subir en traversant l'existence avec le grondement d'un char nazi). L'haleine du maire était chaude et sentait la bière.

Le dernier candidat à grimper sur l'estrade fleurie de drapeaux reçut les acclamations les plus enthousiastes ; c'était le légendaire Bill Travis, un mètre quatre-vingt-quinze, maigre et vorace. Travis était mécano à la station Amoco près du dépôt des trains, et c'était le meilleur des hommes.

Toute la ville savait qu'il n'y avait pas que cinq dollars en jeu dans ce concours — en tout cas pour Bill Travis. Et pour deux raisons. D'abord les gens passaient toujours à la station féliciter Bill après sa victoire, et la plupart en profitaient pour faire le plein. Et les deux ateliers étaient parfois retenus un mois entier après le concours. Les gens venaient faire changer leur pot d'échappement ou graisser leurs roulements, ils s'installaient dans les fauteuils de cinéma alignés contre le mur (Jerry Maling, le propriétaire, les avait récupérés dans le vieux cinéma Gem quand il avait été démoli en 1957) en buvant des Coke et des Moxies pris au distributeur, et bassinaient Bill avec ce concours pendant qu'il changeait leurs bougies ou se promenait sur un cric hydraulique sous une camionnette pour voir si l'échappement était troué. Bill était toujours disposé à bavarder, ce qui était une des raisons de sa popularité.

On discutait en ville pour savoir si Jerry Maling lui donnait une prime pour les clients supplémentaires que rapportait son exploit annuel (son repas annuel, si vous préférez), ou s'il était carrément augmenté. D'une façon ou d'une autre Travis était sans aucun doute plus à l'aise que la plupart des mécanos de province. Il avait un joli ranch sur la route de Sabbatus, avec un étage, et certaines mauvaises langues disaient qu'il se l'était « construit avec des tartes ». C'était probablement exagéré, mais Bill s'y retrouvait par un autre bout — ce qui nous mène à la seconde raison faisant qu'il n'y avait pas que cinq dollars en jeu.

On pariait dur, à Gretna, sur le Mange-Tartes. La majorité venait probablement pour s'amuser, mais une minorité conséquente venait aussi pour miser du bon argent. Ces parieurs étudiaient les concurrents et discutaient de leurs chances avec autant d'ardeur que si c'étaient des pur sang. Ils interrogeaient leurs amis, leurs parents, voire leurs simples relations, et ils vous leur extorquaient le moindre détail concernant leurs habitudes alimentaires. La tarte officielle de l'année suscitait toujours de grandes discussions — la tarte aux pommes était jugée « lourde », celle aux abricots « légère » (bien qu'un concurrent dût se résigner à deux ou trois jours de courante s'il avait avalé trois ou

quatre de ces dernières). Celle de cette année, la tarte
aux mûres, passait pour une heureuse moyenne. Les
parieurs, naturellement, voulaient surtout savoir si leur
poulain aimait les mûres. Que pensait-il de la sauce
aux mûres ? Préférait-il la confiture de mûres à la gelée
de fraise ? L'avait-on vu saupoudrer les céréales de son
petit déjeuner avec des mûres, ou s'en tenait-il aux
bananes et à la crème ?

Et d'autres questions de quelque importance. Man-
geait-il vite pour ralentir ensuite ou commençait-il lentement pour accélérer quand les choses devenaient
sérieuses ou était-il encore une bonne fourchette bien
régulière ? Combien de hot dogs pouvait-il avaler en
regardant un match de championnat sur le terrain
de Saint-Dom ? Buvait-il beaucoup de bière, et si oui,
combien de bouteilles descendait-il en une soirée ?
Était-il un roteur ? On croyait qu'un bon roteur tenait
mieux la distance.

On triait toutes ces informations, et bien d'autres, on
fixait les cotes et on allongeait les mises. En vérité,
combien d'argent changeait de mains pendant la
semaine suivant le concours, je n'en ai aucune idée,
mais si vous me colliez le canon d'un revolver sous le
nez, je dirais que ce n'était pas loin de mille dollars
— une somme qui peut vous paraître mesquine, mais il
y a quinze ans, dans une petite ville, c'était beaucoup
d'argent.

Or, comme le concours était honnête et que la limite
des dix minutes était strictement respectée, nul ne s'op-
posait à ce qu'un concurrent parie sur lui-même, ce que
Bill Travis faisait tous les ans. Pendant qu'il saluait et
qu'il souriait à son public, en cette nuit de l'été 1960, on
racontait qu'il avait à nouveau misé gros, sur sa tête,
et qu'il n'avait pas trouvé mieux que cinq contre un. Si

vous n'êtes pas de la race des parieurs, laissez-moi vous expliquer : il fallait qu'il risque deux cent cinquante dollars pour pouvoir en gagner cinquante. Pas énorme, mais c'était la rançon du succès — et à voir son sourire tranquille et sa façon d'absorber les applaudissements, il ne s'inquiétait pas trop.

« Et le champion en titre, trompetta le maire, Bill Travis de Gretna même !

— Houh, Bill !

— Combien tu en fais, ce soir, Bill ?

— Tu vas vers les dix, Billy-boy ?

— J'ai un paquet sur toi, Bill ! Ne me laisse pas tomber, mon gars !

— Garde-moi une de ces tartes, Trav ! »

Hochant la tête et souriant avec la modestie requise, Bill Travis laissa le maire lui attacher la bavette autour du cou. Puis il s'assit au bout de la table, près de l'endroit où se tiendrait Charbonneau pendant le concours. Ainsi, de droite à gauche, il y avait Bill Travis, David « Gros Lard » Hogan, Bob Cormier, le directeur John Wiggins, et Calvin Spier sur le tabouret de l'extrême gauche.

Le maire présenta Sylvia Dodge, personnage plus essentiel au concours que Travis lui-même. Elle présidait l'Association féminine de Gretna depuis un temps immémorial (depuis le Premier Manassas, d'après certains mauvais esprits), et c'est elle qui surveillait tous les ans la cuisson des tartes, soumettant chacune d'elles à un strict contrôle comprenant une pesée cérémoniale sur la balance de M. Bancichek, le boucher de Freedom Market — ceci pour garantir qu'il n'y ait pas plus de trente grammes d'écart entre les tartes.

Dominant la foule de son sourire royal, ses cheveux bleus papillotant sous l'éclat brûlant des ampoules,

Sylvia fit un bref discours : elle était si heureuse que tant de gens soient venus célébrer leurs vaillants ancêtres les pionniers, ceux qui avaient fait de ce pays un grand pays, car *c'était* un grand pays, non seulement au niveau du peuple où le maire Charbonneau allait conduire les Républicains locaux aux sièges bénis du conseil municipal en novembre, mais au niveau national où l'équipe de Nixon et de Lodge reprendrait le flambeau de la liberté des mains de notre Glorieux et Bien-aimé Général et le brandirait bien haut pour que...

Le ventre de Calvin Spier gargouilla bruyamment — *goinnngg !* Il y eut quelques applaudissements. Sylvia Dodge, sachant fort bien que Spier était à la fois démocrate et catholique (l'un et l'autre étant pardonnables, mais les deux ensemble, jamais) réussit à la fois à rougir, sourire, et prendre un air furieux. Elle s'éclaircit la gorge et claironna une vibrante exhortation à tous les garçons et filles de l'assistance, leur disant de toujours tenir bien haut le rouge, le blanc et le bleu, à la fois dans leurs mains et dans leurs cœurs, et de se souvenir que fumer était une habitude répugnante, nuisible, qui vous faisait tousser. Les garçons et filles de l'assistance, dont la plupart porteraient des badges pacifistes et fumeraient non des Camel mais de la marijuana huit ans plus tard, remuèrent vaguement les pieds en attendant que ça commence vraiment.

« Parler moins, manger plus ! » cria-t-on des derniers rangs, et il y eut une autre salve d'applaudissements — plus sincères cette fois.

Le maire tendit à Sylvia un chronomètre et un sifflet chromé de policier, où elle devrait souffler à la fin des dix minutes. Sur quoi le maire s'avancerait pour lever le bras du vainqueur.

«Êtes-vous *prêts* ? » La voix triomphante d'Hizzoner résonna dans les haut-parleurs et remplit la grande rue.

Les cinq mangeurs de tartes déclarèrent qu'ils étaient prêts.

« Vous y *êtes* ? » demanda encore Hizzoner.

Les mangeurs grommelèrent qu'en effet ils y étaient. Plus loin dans la rue, un gosse fit éclater un chapelet de pétards.

Le maire leva une main boudinée et la laissa retomber. « *PARTEZ !* »

Cinq têtes plongèrent dans cinq assiettes à tarte. On eût cru entendre de larges pieds lourdement posés dans la boue. Des bruits de mastication montèrent dans l'air tiède de la nuit, bientôt noyés sous les acclamations de la foule et des parieurs qui encourageaient leurs favoris. La première tarte n'avait pas disparu que la plupart des gens comprirent qu'il y avait du remue-ménage dans l'air.

Gros Lard Hogan, un outsider coté à sept contre un à cause de son âge et de son inexpérience, dévorait comme un possédé. Ses mâchoires démolirent d'abord la croûte comme une mitrailleuse (le règlement n'obligeait à manger que la croûte supérieure, pas le fond de la tarte), et une fois la croûte expédiée, un énorme bruit de succion provint de ses lèvres, tel celui d'un aspirateur industriel. Puis sa tête disparut tout entière dans l'assiette. Il la releva quinze secondes plus tard, le front et les joues barbouillés de jus de mûre, pour montrer qu'il avait fini. On aurait dit un extra dans une troupe de chanteurs nègres. Il avait fini — fini avant que le légendaire Bill Travis ait mangé la *moitié* de sa première tarte.

Des applaudissements stupéfaits jaillirent quand le

maire examina l'assiette de Gros Lard et déclara qu'elle était assez propre. Charbonneau glissa une seconde tarte devant l'homme de tête. Gros Lard avait gobé une tarte réglementaire en quarante-deux secondes. C'était un record.

Il s'attaqua à la seconde encore plus furieusement, sa tête tressautant dans la sauce aux mûres, et Bill Travis lui lança un regard inquiet en demandant sa deuxième tarte. Comme il le dit plus tard à ses amis, c'était la première fois qu'il avait vraiment l'impression de faire un concours depuis 1957, quand George Gamache avait englouti quatre tartes en trois minutes avant de tomber raide évanoui. Il s'était demandé s'il avait affaire à un gosse ou à un démon. L'idée de tout l'argent qu'il avait investi le fit redoubler d'énergie.

Mais si Travis avait doublé, Gros Lard avait triplé. Les mûres volaient autour de l'assiette et transformaient la nappe en un tableau de Pollock. Il en avait dans les cheveux, sur son bavoir, collées à son front comme si son effort de concentration le faisait *suer* des mûres.

«Fini!» s'écria-t-il en relevant la tête avant même que Travis ait mangé la croûte de sa tarte.

«Vaut mieux ralentir, mon gars», murmura Hizzoner. Il avait placé dix dollars sur Travis. «Faut de la mesure si tu veux tenir le coup.»

Ce fut comme si Gros Lard n'avait rien entendu. Il s'enfonça dans la troisième à une allure démente, les mâchoires travaillant à une vitesse fulgurante. Et alors...

Mais je dois m'interrompre un moment pour vous dire qu'il y avait chez Gros Lard un flacon vide dans l'armoire à pharmacie. Dans la journée ce flacon avait été aux trois quarts plein d'huile de ricin jaune d'or, peut-être le liquide le plus infect que notre Seigneur, dans son infinie sagesse, ait autorisé à la surface ou dans les entrailles de la terre. Gros Lard avait vidé le flacon, bu l'huile jusqu'à la dernière goutte et léché le goulot, la bouche tordue, l'estomac révulsé, la tête pleine d'un doux rêve de vengeance.

Et pendant qu'il dévorait à toute vitesse sa troisième tarte (Calvin Spier, bon dernier comme prévu, n'avait pas encore fini sa première), Gros Lard se mit délibérément à se torturer avec des images épouvantables. Ce n'étaient pas des tartes qu'il mangeait, mais des bouses de vache. De grandes bouchées graisseuses d'intestins de rats noirs. Des tripes de marmotte hachées à la sauce aux mûres. De la sauce *rance*.

Il termina sa troisième tarte et demanda la suivante, en avance d'une tarte sur la légende vivante, Bill Travis. La foule inconstante, pressentant la naissance inattendue d'un nouveau champion, se mit à l'acclamer vigoureusement.

Mais Gros Lard n'avait ni l'espoir, ni l'intention de gagner. Il n'aurait pas pu continuer à la même allure, même si la vie de sa mère avait été en jeu. De plus, pour lui, gagner serait une défaite : le seul ruban bleu qu'il voulait, c'était celui de la vengeance. Les entrailles convulsées par l'huile de ricin, l'œsophage pris de soubresauts, il liquida sa quatrième tarte et demanda la cinquième, la Tarte Ultime, la Tarte Sied à Électre en quelque sorte. Il plongea son visage bleui dans l'assiette, brisant la croûte, et aspira des mûres par le nez, en en projetant sur sa chemise. Son estomac lui parut tout d'un coup plus lourd. Il mâcha la croûte pâteuse et l'avala. Il inspira encore des mûres.

Soudain l'heure de la vengeance arriva. Son estomac, surchargé au-delà du possible, se révolta, se resserra comme une main puissante gainée d'un gant de caoutchouc. Sa gorge s'ouvrit.

Gros Lard leva la tête.

De ses dents bleues, il sourit à Travis.

Le vomi remonta en grondant comme un Peterbilt de six tonnes lancé dans un tunnel:

Il jaillit de sa bouche un torrent bleu et jaune, chaud et fumant gaiement, qui submergea Bill Travis, lequel n'eut que le temps d'émettre un son absurde « *Goog !* », quelque chose comme ça. Dans le public, les femmes se mirent à hurler. Calvin Spier, qui avait regardé cette attraction imprévue avec un air de surprise ahurie, se pencha tranquillement sur la table comme s'il allait expliquer aux spectateurs hallucinés ce qui venait de se passer, et vomit sur la tête de Marguerite Charbonneau, la femme du maire. Elle recula en hurlant, essaya futilement d'essuyer ses cheveux couverts d'un mélange de mûres écrasées, de haricots bouillis et de saucisses à moitié digérées (provenant du dîner de Spier), se tourna vers Maria Lavin, sa meilleure amie, et vomit sur la veste en peau de Maria.

L'un après l'autre, très vite, comme une série de pétards.

Bill Travis lança un grand jet de vomi (apparemment concentré) sur les deux premiers rangs de spectateurs, son visage stupéfait proclamant *urbi et orbi, Les mecs, je n'arrive pas à croire que c'est moi.*

Chuck Day, ayant reçu une bonne part de ce cadeau surprise, vomit sur ses Hush Puppies et les regarda ensuite d'un air étonné, sachant très bien que les taches sur le daim ne partiraient *jamais.*

John Wiggins, directeur de l'école primaire, ouvrit ses lèvres ourlées de bleu et dit d'un ton désapprobateur : « Vraiment, ceci ne… YURRK ! » Comme il convient à un homme de son éducation et de son rang, il vomit dans son assiette.

Hizzoner Charbonneau, qui se retrouvait présider ce qui ressemblait plutôt à un hôpital envahi par la grippe intestinale qu'à un concours de mangeurs de tartes, ouvrit la bouche pour clore la réunion et dégueula sur le micro.

«*Jésus, sauvez-nous!*» gémit Sylvia Dodge, mais son dîner révolté — friture de moules, salades de choux, maïs au beurre et au sucre (deux épis), et une grosse part de gâteau au chocolat — fila par la sortie de secours et atterrit avec un grand bruit mouillé dans le dos du maire, sur son habit noir.

Gros Lard Hogan, au point culminant de sa jeune existence, avait un large sourire. Les gens chancelaient, tournaient en rond, comme ivres, se tenant la gorge et poussant de faibles coassements. Un pékinois traversa la scène à toute vitesse, aboyant comme un fou, et un homme en jean avec une chemise western vomit en plein dessus, manquant le noyer. Mme Brockway, l'épouse du prêtre méthodiste, poussa dans les graves un rot bruyant et prolongé suivi par un torrent de rosbif décomposé mêlé de purée et de jus de pomme. Jerry Maling, venu voir son mécano préféré remporter toutes les billes, décida vertueusement de sortir de cette putain de maison de fous. Il ne fit pas quinze mètres avant de trébucher sur un jouet d'enfant, une petite voiture rouge, et de s'étaler dans une flaque de vomi chaud et bilieux. Jerry dégobilla sur ses vêtements et raconta plus tard qu'il avait remercié la providence d'être venu en combinaison de travail. Et Mlle Norman, qui enseignait le latin et l'anglais au lycée de Gretna, vomit dans son propre sac, l'image même de la décence.

Gros Lard regardait le spectacle, son large visage

calme et souriant, l'estomac à nouveau tranquille, plein d'une chaleur et d'un bien-être qu'il n'éprouverait peut-être jamais plus — bien-être venant d'un sentiment de satisfaction pleine et entière. Il se leva, prit le micro un peu gluant de la main tremblante du maire Charbonneau, et dit...

17

« "Je prononce un match nul." Ensuite il repose le micro, descend de l'estrade par-derrière et rentre droit chez lui. Sa mère est là, n'ayant pas trouvé de baby-sitter pour la petite sœur de Davie, qui n'a que deux ans. Et quand il rentre, couvert de vomi et de sauce aux mûres, portant encore son bavoir, elle lui demande. "Davie, tu as gagné ?" Mais il ne dit pas un seul putain de mot, vous voyez. Il monte dans sa chambre, ferme la porte à clef et s'allonge sur son lit. »

J'ai fini la dernière gorgée du Coke de Chris et jeté la bouteille dans les buissons.

« Ouais, c'est cool, alors qu'est-ce qui s'est passé ? a demandé Teddy, impatient.

— Je ne sais pas.

— Qu'est-ce que tu veux dire, tu sais pas ?

— Je veux dire que c'est la fin. Quand on ne sait pas ce qui se passe après, c'est la fin.

— *Quoiiii ?* » s'est écrié Vern avec une expression inquiète, soupçonneuse, comme s'il venait de se faire racler au bingo de la foire de Topsham. « Qu'est-ce que c'est que ces conneries ? Comment ils s'en sont sortis ?

— Tu n'as qu'à te servir de ton imagination, a dit Chris, patient.

— Non, pas moi ! » Vern était en colère. « C'est lui qui est censé se servir de son imagination ! Lui qui a inventé cette foutue histoire !

— Ouais, qu'est-ce qui est arrivé au zèbre ? a insisté Teddy. Allons, Gordie, dis-nous.

— Je crois que son père était au mange-tartes et qu'à son retour il a flanqué une raclée à Gros Lard.

— Ouais, c'est juste, a dit Chris. Je parie que ça s'est passé comme ça.

— Ensuite, ai-je ajouté, les gosses ont continué à l'appeler Gros Lard. Sauf ceux, peut-être, qui l'ont appelé Tripes et Boyaux.

— La fin ne vaut rien, a tristement dit Teddy.

— C'est pour ça que je ne voulais pas la raconter.

— Tu aurais pu faire qu'il descende son père, s'enfuie et s'engage dans les Rangers du Texas, a proposé Teddy. Qu'est-ce que t'en penses ? »

Chris et moi avons échangé un coup d'œil. Presque imperceptiblement, Chris a haussé les épaules.

« Pourquoi pas, ai-je répondu.

— Hé, tu en as d'autres sur Le Dio, Gordie ?

— Pas en ce moment. Peut-être que j'y penserai. » Je ne voulais pas ennuyer Teddy, mais je ne m'intéressais plus guère à ce qui se passait à Le Dio. « Désolé que vous n'ayez pas aimé celle-là.

— Non, c'est une bonne, a dit Teddy. Jusqu'à la fin c'est une bonne. Tout ce dégueulis était vraiment cool.

— Ouais, c'était cool, vraiment dégueu, a dit Vern. Mais Teddy a raison pour la fin. C'est une vacherie.

— Ouais. » J'ai soupiré.

Chris s'est levé. « Si on marchait un peu. » Il faisait encore jour, le ciel était bleu acier, brûlant, mais nos

ombres commençaient à traîner loin derrière. En septembre, quand j'étais gosse, je me souviens que les
jours me semblaient finir beaucoup trop tôt, me prenant par surprise — comme si dans mon cœur quelque
chose voulait que juin dure encore, que la lumière
s'attarde dans le ciel jusqu'à neuf heures et demie.
« Quelle heure est-il, Gordie ? »

J'ai regardé ma montre, stupéfait de voir qu'il était
plus de cinq heures.

« Ouais, allons-y, a dit Teddy. Mais campons avant
la nuit pour y voir en allant chercher du bois et des
trucs. Et puis je commence à avoir faim.

— À six heures et demie, a promis Chris. Okay
pour vous ? »

Ça l'était. On s'est remis à marcher sur le mâchefer,
à côté des rails cette fois. Bientôt la rivière a été trop
loin pour qu'on l'entende. Les moustiques bourdon-
naient, j'en ai écrasé un sur ma nuque. Vern et Teddy
marchaient en tête, discutant d'une sorte d'échange de
BD très compliqué. Chris est resté à côté de moi, les
mains dans les poches, sa chemise lui battant les cuisses
et les mollets comme un tablier.

« J'ai quelques Winston, a-t-il dit. Piquées dans la
commode de mon vieux. Une chacun. Pour après dîner.

— Ouais ? C'est super.

— C'est là qu'une cigarette a meilleur goût. Après
dîner.

— Juste. »

On a marché en silence quelque temps.

« C'est vraiment une belle histoire, a-t-il dit soudain.
Ils sont juste un peu trop cons pour comprendre.

— Non, pas si chouette. C'est du rabâché.

— C'est ce que tu dis toujours. Ne me ressers pas

ces conneries auxquelles tu ne crois pas. Est-ce que tu vas l'écrire ? L'histoire ?

— Probablement. Mais pas tout de suite. Je ne peux pas l'écrire juste après la leur avoir racontée. Elle attendra.

— Ce qu'a dit Vern ? Que la fin est une vacherie ?

— Ouais ? »

Chris s'est mis à rire. « La vie est une vacherie, tu sais ? Je veux dire, regarde-nous.

— Nan, on s'amuse bien.

— Bien sûr. À chaque putain de moment, merdeux. »

J'ai ri. Lui aussi.

« Ça sort de toi comme des bulles d'une bouteille de soda », a-t-il dit au bout d'un temps.

« Quoi ça ? » Mais je croyais savoir de quoi il parlait.

« Tes histoires. Ça me dépasse, mec. C'est comme si tu pouvais en raconter un million et qu'il y en ait autant derrière. Un jour tu seras un grand écrivain, Gordie.

— Non, je ne crois pas.

— Ouais, c'est vrai. Même que tu écriras peut-être sur nous, quand tu seras à court de matériaux.

— Faudrait que je sois foutrement à court. » Je lui ai donné un coup de coude.

Il y a eu un autre silence, puis il m'a brusquement demandé : « Tu es prêt pour la rentrée ? »

J'ai haussé les épaules. Est-ce qu'on l'était jamais ? On s'excitait un peu en pensant à retrouver les copains, on était un peu curieux de voir à quoi ressemblaient les nouveaux profs — de jolies petites choses à peine sorties de la fac qu'on pourrait chahuter ou un vieux cure-dent resté en place depuis la bataille d'Alamo. D'une drôle de façon on pouvait même s'exciter en pensant aux cours interminables, parce que parfois, vers la fin des grandes vacances, on s'ennuyait assez pour croire qu'on allait apprendre quelque chose. Mais l'ennui des vacances n'est rien à côté de l'ennui de la classe qui s'installe immanquablement au bout de quinze jours, et au début de la troisième semaine on s'attaque aux questions sérieuses : Pourrais-je toucher Stinky Fiske derrière le crâne avec mon Art-Gum pendant que le prof inscrit au tableau les principales exportations de l'Amérique du Sud ? Combien de bons miaulements je peux tirer du bureau verni avec des mains pleines de sueur ? Qui va péter le plus fort dans les vestiaires pendant qu'on se change pour la gym ? Combien de filles je peux amener à jouer au docteur pendant l'heure du déjeuner ? L'enseignement supérieur, baby.

« Le grand lycée, a dit Chris. Et tu sais quoi, Gordie ? En juin, on sera tous séparés.

— De quoi tu parles ? Pourquoi ça ?

— Ça va pas être comme dans le primaire, voilà pourquoi. Tu seras dans les classes qui préparent au collège. Moi, Teddy et Vern on sera dans les classes de commerce, on jouera au billard avec les autres retardés, on fera des cendriers et des cages à oiseaux. Vern devra peut-être même aller en rattrapage. Tu vas rencontrer plein de nouveaux. Des mecs intelligents. C'est comme ça que ça se passe, Gordie. C'est comme ça que c'est fabriqué.

— Rencontrer plein de pédés, c'est ça que tu veux dire. »

Il m'a serré le bras. « Non, mec. Ne dis pas ça. Ne le pense même pas. Ils pigeront tes histoires. Pas comme Vern et Teddy.

— Au cul les histoires. Je ne vais pas aller avec une bande de pédés. Non monsieur.

— Si tu le fais pas, t'es un trouduc.

— Trouduc parce que je veux rester avec mes copains ? »

Il m'a regardé, pensif, comme s'il se demandait s'il allait ou non me dire quelque chose. On avait ralenti, Vern et Teddy étaient presque un kilomètre devant nous. Le soleil avait baissé, ses rayons brisés, poudreux, traversaient les branches entrelacées, tout était baigné d'une lumière dorée — mais c'était du toc, de l'or de Prisunic, si vous pouvez piger ça. Les rails s'allongeaient devant nous dans l'ombre qui s'amassait, on aurait dit qu'ils scintillaient, parsemés ici et là de points lumineux comme si un riche un peu timbré déguisé en ouvrier avait décidé de sertir un diamant dans l'acier tous les soixante mètres. Il faisait encore chaud. La sueur coulait, on avait la peau glissante.

« C'est trouduc quand tes copains te tirent vers le bas, a-t il fini par dire. Je sais ce qui se passe avec tes vieux. Ils n'ont rien à foutre de toi. C'est à ton grand frère qu'ils tenaient. Comme mon père, quand Frank a été foutu en taule à Portsmouth. C'est là qu'il s'est mis à nous crier dessus et à nous cogner sans arrêt. Ton vieux ne te tape pas dessus, mais c'est peut-être pire. Il t'a endormi. Tu pourrais lui dire que tu t'engages dans l'armée des putains de magasiniers, tu sais ce qu'il ferait ? Il tournerait la page de son journal et dirait : Bon, mais c'est très bien, Gordie, va demander à ta mère ce qu'il y a pour dîner. Et ne me dis pas le contraire. Je le connais. »

Je n'ai pas essayé de lui dire le contraire. Ça fait peur quand on découvre que quelqu'un d'autre, même un ami, sait exactement où vous en êtes.

« Tu n'es qu'un gosse, Gordie…

— Ouh, merci papa.

— Putain, je voudrais bien être ton père ! » Chris

était en colère. « Tu ne parlerais pas un peu partout de t'inscrire à ces conneries de cours de commerce si je l'étais ! C'est comme si Dieu t'avait fait un don, toutes ces histoires que tu peux inventer, et qu'il t'avait dit : Voilà ce qu'on a pour toi, môme. Essaye de ne pas le perdre. Mais les mômes perdent n'importe quoi quand il n'y a pas quelqu'un pour veiller sur eux, et si tes parents sont trop baisés pour le faire alors ça devrait peut-être être moi. »

Il avait l'air de s'attendre à ce que je lui lance un coup de poing, le visage dur et malheureux teinté d'or vert par le soleil de fin d'après-midi. Il avait brisé la règle fondamentale des gosses de cette époque. On pouvait dire n'importe quoi sur un gosse, on pouvait le traîner dans la boue, mais on ne pouvait rien dire contre son père et sa mère. Un automatisme premier, de même que de ne pas inviter des amis catholiques à dîner un vendredi soir sans s'assurer qu'il n'y avait pas de viande au repas est un automatisme premier. Si un gosse se foutait de vos parents, on était obligés de le bosseler un peu.

« Ces histoires que tu racontes, elles ne valent rien pour personne sauf toi, Gordie. Si tu vas avec nous seulement parce que tu ne veux pas que la bande se sépare, tu vas te retrouver dans la troupe de ceux qui font des C pour monter des équipes. Tu vas entrer au lycée, suivre les mêmes putains de cours commerciaux, lancer des gommes et traîner ta flemme avec le reste de la piétaille. T'auras des colles, des *suspensions*. Et au bout d'un temps tout ce que tu voudras c'est avoir une bagnole pour emmener une fendue au pince-fesses ou à cette putain de Taverne-des-Deux-Ponts. Ensuite tu la foutras en cloque et tu passeras le restant de ta vie à la filature, dans un putain de magasin de chaussures à Auburn ou peut-être même à Hillcrest en train de plumer des poulets. Et cette histoire de tartes ne sera jamais écrite. *Rien* ne sera jamais écrit. Parce que tu ne seras qu'un petit malin de plus avec la tête pleine de merde. »

Chris Chambers avait douze ans quand il m'a dit tout ça. Mais pendant qu'il parlait son visage se fripait, prenait les plis d'un homme plus vieux, très vieux, sans âge. Il parlait d'une voix monotone, sans couleur, et pourtant il me mettait la peur au ventre. C'était comme s'il avait déjà vécu cette vie-là, cette vie où on vous dit de monter pour lancer la Roue de la Fortune — c'est si joli quand elle tourne, mais un type appuie sur une pédale et elle s'arrête au double zéro, la banque, tout le monde perd. On vous donne un laissez-passer et on met en route la machine à pluie, très drôle, huh, même Vern Tessio peut trouver que c'est une bonne blague.

Il m'a pris le bras et ses doigts se sont imprimés sur ma peau nue. Ils ont tracé des sillons. Ils ont creusé les os. Il avait les paupières lourdes, les yeux morts — à tel point, mec, qu'on aurait dit qu'il venait de tomber de son cercueil.

« Je sais ce que les gens pensent de ma famille dans cette ville. Je sais ce qu'ils pensent de moi et ce à quoi ils s'attendent. Personne ne m'a même *demandé* si j'avais pris l'argent du lait, cette fois-là. On m'a juste donné trois jours de vacances.

— Est-ce que tu l'as pris ? » ai-je dit. Je ne le lui avais jamais demandé, et si quelqu'un m'avait dit que je le ferais un jour, je l'aurais traité de fou. Les mots sont sortis sèchement, comme une balle.

« Ouais, a-t-il dit. Ouais, je l'ai pris. » Il n'a rien dit quelques instants, les yeux fixés sur Teddy et Vern, au loin. « Tu savais que je l'avais pris, Teddy le savait, *tout le monde* le savait. Même Vern, je pense. »

J'ai failli nier, puis j'ai fermé la bouche. Il avait raison. Peu importe que j'aie dit à mes parents qu'une personne était présumée innocente avant que sa culpabilité soit prouvée, je l'avais su.

« Et puis peut-être que je l'ai regretté, que j'ai essayé de le rendre », a dit Chris.

Je l'ai regardé en ouvrant de grands yeux. « Tu as essayé de le *rendre* ?

— *Peut-être*, j'ai dit. Seulement *peut-être*. Et je l'ai peut-être rapporté à la vieille Mme Simons en le lui avouant, et peut-être qu'il y avait tout l'argent mais que j'ai eu *quand même* trois jours de vacances parce que l'argent n'a jamais reparu. Et peut-être qu'une semaine après la vieille Mme Simons a mis une jupe neuve pour venir à l'école. »

Je l'ai regardé, muet de terreur. Il m'a souri, mais d'un sourire éteint, horrible, qui n'atteignait pas ses yeux.

« Seulement *peut-être*, mais quand j'ai vu cette jupe neuve — en drap marron clair, assez épais — je me souviens d'avoir pensé que cela faisait paraître la vieille Mme Simons plus jeune, presque jolie.

— Chris, c'était combien, l'argent du lait ?

— Presque sept dollars.

— Christ, ai-je murmuré.

— Alors disons simplement que j'ai vraiment volé l'argent du lait mais que la vieille Mme Simons me l'a volé. Imagine que je raconte cette histoire. Moi, Chris Chambers. Petit frère de Frank Chambers et de Les Mirettes. Tu crois qu'il y aurait eu quelqu'un pour y croire ?

— Pas question. Jésus-Christ ! »

Il a refait son affreux sourire glacé. «Et crois-tu que cette garce aurait tenté un coup pareil si c'était un de ces galetteux de Castle View qui avait pris l'argent?

— Non.

— Ouais, si j'avais été un de ceux-là, Simons m'aurait dit: Okay, okay, on passe l'éponge pour cette fois, mais on va sérieusement te tirer l'oreille, et si jamais tu recommences on te tirera les *deux* oreilles. Mais *moi*... bon, peut-être qu'elle lorgnait cette jupe depuis longtemps. En tout cas elle a vu l'occasion et elle a sauté dessus. C'est moi qui étais stupide en essayant de rendre le fric. Mais je n'aurais jamais cru... je n'aurais jamais cru qu'un *professeur*... oh, qui s'en branle, de toute façon. Pourquoi même est-ce que j'en parle?»

Il s'est essuyé rageusement les yeux avec son bras et j'ai vu qu'il pleurait presque.

«Chris, ai-je dit, pourquoi tu ne suivrais pas les cours du collège. Tu es assez intelligent.

— Ils décident tout ça dans leur bureau. Et dans leurs petites réunions distinguées. Les profs, ils sont tous assis en rond et putain tout ce qu'ils disent c'est Ouais, Ouais, Juste, Juste. Ces enculés veulent juste savoir comment tu t'es conduit à l'école et ce que la ville pense de ta famille. Tout ce qu'ils décident c'est si tu vas ou non contaminer tous leurs petits galetteux à la fac. Mais j'essayerai peut-être de me préparer. Je ne sais pas si je pourrai y arriver, mais j'essayerai peut-être. Parce que je veux sortir de Castle Rock, aller à l'université et ne plus jamais voir de ma vie mon vieux ni mes frères. Je veux aller quelque part où personne ne me connaît et où je n'ai pas de mauvaises notes avant même de commencer. Mais je ne sais pas si je pourrai.

— Pourquoi pas?

— À cause des autres. Les autres vous tirent vers le bas.

— Qui ? » ai-je demandé, croyant qu'il parlait des professeurs, des monstres comme Mme Simons qui voulait une jupe neuve, ou peut-être de son frère Les Mirettes qui traînait avec Ace, Billy, Charlie et le reste, ou peut-être son père et sa mère.

Mais il a dit : « Tes amis te tirent vers le bas, Gordie. Tu ne le sais pas ? » Il m'a montré Vern et Teddy qui s'étaient arrêtés pour nous attendre. Quelque chose les faisait rire, Vern était même plié en deux. « Tes amis. Comme des types qui se noient et qui se cramponnent à tes jambes. Tu ne peux pas les sauver. Tu peux seulement te noyer avec eux.

— Allons, putain de traîne-culs ! a crié Vern, qui riait toujours.

— Ouais, on arrive ! » a répondu Chris, et avant que je puisse dire un mot il s'est mis à courir. Moi aussi, mais il les a rattrapés avant moi.

18

On a fait un mille de plus et on a décidé de camper pour la nuit. Il y avait encore un peu de jour, mais personne n'avait vraiment envie de continuer. L'épisode de la décharge et notre terreur sur la passerelle nous avaient lessivés, mais c'était plus que ça. Nous étions maintenant dans Harlow, au milieu de la forêt. Il y avait plus loin le cadavre d'un gosse, probablement mutilé et couvert de mouches. Et de vers, depuis tout ce temps. Aucun de nous ne voulait en être trop près à la tombée de la nuit. J'avais lu quelque part — dans une nouvelle d'Algernon Blackwood, je crois — que le fantôme d'un mort reste autour du cadavre tant qu'on ne lui a pas fait des funérailles chrétiennes, et il n'était pas question que je me réveille au milieu de la nuit devant le spectre désincarné, luminescent de Ray Brower, que je le voie flotter parmi les pins obscurs et bruissants, poussant des gémissements et des sons inarticulés. On s'était dit qu'il nous restait bien quinze kilomètres avant de le trouver, et si bien sûr aucun de nous ne croyait aux fantômes, ces quinze kilomètres nous semblaient une bonne marge au cas où on se serait trompés.

Vern, Chris et Teddy ont ramassé du bois et allumé un petit feu sur le mâchefer. Chris a dénudé le terrain tout autour — la forêt était sèche comme de l'amadou, et il ne voulait pas prendre de risques. Pendant ce temps j'ai aiguisé quelques bouts de bois et j'ai fait ce que mon frère Dennis appelait des « brochettes de pionnier » — des boulettes de viande hachée enfilées sur le bois vert. Tous les trois se disputaient en riant à propos de leurs talents d'homme des bois (qui étaient quasi nuls ; il y avait bien une troupe de boy-scouts à Castle Rock, mais la plupart des gosses qui traînaient autour de notre terrain vague trouvaient que c'était une bande de pédés). Ils discutaient pour savoir s'il valait mieux cuire la viande sur les flammes ou sur les braises (par principe, car nous avions trop faim pour attendre les braises) ; si on pouvait allumer le feu avec de la mousse sèche ; ce qu'ils feraient s'ils n'avaient plus d'allumettes avant que le feu n'ait pris. Teddy prétendait savoir faire un feu en frottant deux bâtons l'un contre l'autre. Chris lui a dit qu'il était si plein de merde qu'elle lui sortait par les yeux. Ils n'ont pas eu

besoin d'essayer ; la seconde allumette de Vern a
fait prendre le petit tas de mousse et de brindilles.
L'air était immobile, aucun coup de vent ne risquait
d'éteindre le feu. Nous avons soufflé l'un après l'autre
sur les flammes minuscules, et elles se sont mises à
dévorer les branches sèches prises à un arbre mort
trente mètres plus loin.

Quand les flammes ont commencé à diminuer, j'ai
planté mes baguettes en biais dans le sol et nous avons
regardé les brochettes de pionnier frémir, suer du sang
et finalement brunir. Nos estomacs faisaient la conversation.

Incapables d'attendre qu'elles soient vraiment cuites,
nous avons chacun pris une brochette, mis la viande
dans un pain rond et retiré la baguette d'un coup sec.
L'extérieur était carbonisé, l'intérieur complètement
cru, le tout était délicieux. On les a engloutis en s'essuyant la bouche de nos bras nus. Chris a ouvert son sac
et en a tiré une boîte à pansements en fer-blanc (le
revolver est resté au fond du sac ; comme il n'en avait
pas parlé aux autres, je me suis dit que c'était notre
secret). Il l'a ouverte et nous a donné à chacun une
Winston un peu aplatie. Nous les avons allumées avec
des brindilles et nous sommes rassis comme des
hommes du monde, contemplant la fumée qui s'élevait
dans la douceur du crépuscule. On n'avalait pas la
fumée : ça nous aurait fait tousser et on se serait fait
charrier au moins deux jours par les autres. Il nous suf-
fisait d'aspirer, de souffler la fumée, de cracher dans le
feu pour l'entendre grésiller (cet été-là j'ai appris à
reconnaître ceux qui commencent à fumer : au début on
crache beaucoup). Tout allait bien. On a fumé les Winston jusqu'au filtre et on les a jetées dans le feu.

« Rien de tel que fumer après le repas, a dit Teddy.

— Putain, oui », a dit Vern.

Dans la pénombre verte les criquets commençaient à chanter. J'ai regardé la trouée de ciel visible au-dessus des voies, vu que le bleu, blessé, virait au pourpre. La vision de cet éclaireur de la nuit m'a fait me sentir à la fois triste et calme, courageux sans l'être, solitaire mais à l'aise.

Nous avons aplati les buissons en les piétinant et nous avons déroulé nos couvertures près du talus. Ensuite, pendant une heure ou deux, on a parlé en jetant du bois dans le feu, le genre de bavardage dont on ne se souvient pas quand on a dépassé quinze ans et découvert les filles. On se demandait qui était le meilleur joueur de Castle Rock, si cette année Boston allait sortir du noir, on parlait de l'été précédent. Teddy nous a raconté qu'il était allé à la Plage blanche de Brunswick un jour où un gosse s'était cogné la tête en plongeant et avait failli se noyer. Nous avons longuement discuté des mérites respectifs de nos professeurs. M. Brooks, nous étions d'accord, était le plus grand pédé de l'école primaire — c'est tout juste s'il ne pleurait pas quand on le chahutait. Par contre Mme Cote (prononcez Cody) était la plus sale garce que Dieu ait jamais mise sur terre. Vern avait entendu dire qu'elle avait giflé un môme, deux ans plus tôt, et que le môme avait failli rester aveugle. J'ai regardé Chris, me demandant s'il allait parler de Mlle Simons, mais il n'a rien dit, et il ne m'a pas vu me tourner vers lui — il regardait Vern, hochant sobrement la tête pour ponctuer son histoire.

La nuit se rapprochait, on ne parlait pas de Ray Brower, mais je n'arrêtais pas d'y penser. La nuit, en forêt, tombe d'une façon à la fois horrible et fascinante, sans être atténuée par les phares, les lampadaires ou les lumières des maisons, sans être annoncée par les voix

des mères criant à leurs enfants de rentrer immédiatement à la maison. Quand on est de la ville, les ténèbres
qui envahissent les bois ressemblent plutôt à une cala-
mité naturelle qu'à un phénomène naturel, comme les
crues de printemps de la rivière Castle.

Ce que j'éprouvais en pensant au corps de ce gosse
n'était ni du dégoût, ni la crainte qu'il apparaisse brusquement devant nous, spectre vert et grimaçant qui
s'efforcerait de nous faire repartir pour qu'on le laisse
en paix, mais c'était une pitié soudaine et imprévue à
me dire qu'il était seul et sans défense dans l'obscurité
qui venait recouvrir notre partie du monde. Qu'une
chose veuille dévorer son corps, personne n'était là
pour l'en empêcher, ni sa mère, ni son père, ni Jésus-
Christ avec tous ses saints. Il était mort et il était seul,
jeté dans un fossé, et je me suis dit que j'allais pleurer
si je n'arrêtais pas d'y penser.

Alors j'ai raconté une histoire sur Le Dio, inventée
sur place, pas très bonne, finissant comme la plupart
avec un dernier troufion américain crachant une ultime
déclaration de patriotisme et d'amour pour la fille restée au pays, sous le regard sage et triste de son sergent,
mais dans ma tête je ne voyais pas le visage blanc et
terrifié d'un soldat venu de Castle Rock ou de River
Junction mais celui d'un garçon beaucoup plus jeune,
déjà mort, les yeux fermés, les traits confus, une traînée de sang coulant du coin de sa bouche le long
de son menton. Et derrière lui, au lieu des boutiques
et des églises en ruine de mon Le Dio de rêve, je ne
voyais qu'une forêt obscure où la voie de chemin de
fer, surélevée, se détachait sur le ciel étoilé comme un
tumulus préhistorique.

19

Je me suis réveillé au milieu de la nuit, désorienté, me demandant pourquoi il faisait si froid dans ma chambre et qui avait laissé les fenêtres ouvertes. Dennis, peut-être. J'avais rêvé de Dennis, une histoire de body-surf au parc d'État de Harrison. Mais il y avait quatre ans que ça s'était passé.

Ce n'était pas ma chambre, c'était ailleurs. Quelqu'un me serrait étroitement de ses bras, quelqu'un d'autre se pressait contre mon dos, et l'ombre d'un troisième était accroupie derrière, la tête inclinée comme pour écouter.

« Bordel, c'est quoi ? » J'étais vraiment étonné.

Un long gémissement étouffé m'a répondu ; on aurait dit Vern.

Ce qui a remis les choses en place, et je me suis souvenu d'où j'étais… mais qu'est-ce qu'ils faisaient tous, éveillés en pleine nuit ? Ou est-ce que je venais seulement de m'endormir ? Non, impossible, un mince croissant de lune était monté en plein milieu d'un ciel d'encre.

« Ne le laissez pas me prendre ! bredouillait Vern. Je jure que je serai sage, que je ne ferai rien de mal, je relèverai le siège avant de pisser, je… je… » Avec une certaine stupéfaction, j'ai compris que j'entendais une sorte de prière — ou du moins ce qui en tenait lieu pour Vern Tessio.

Je me suis assis d'un coup, pris de peur. « Chris ?

— Ferme-la, Vern », a dit Chris. C'était lui qui écoutait, accroupi. « Ce n'est rien.

— Oh si, a dit Teddy d'une voix inquiétante. C'est quelque chose.

— *Qu'est-ce que c'est ?* » ai-je demandé, encore endormi, troublé, déplacé dans l'espace et dans le temps. J'avais peur d'arriver trop tard dans ce qui se passait — trop tard pour me défendre, peut-être.

Alors, comme pour répondre à ma question, un long cri traînant et caverneux s'est élevé de la forêt — comme le cri d'une femme qui mourrait dans une terreur et une souffrance extrêmes.

« Oh doux Jésus ! » Vern pleurnichait d'une voix aiguë, pleine de larmes. Il a resserré l'étreinte qui m'avait réveillé, m'empêchant de respirer et me faisant encore plus peur. Je me suis dégagé de force mais il s'est remis contre moi comme un chiot n'ayant nulle part où aller.

« C'est le môme Brower, a murmuré Teddy, la voix enrouée. Son fantôme se promène dans les bois !

— Oh Dieu ! » a hurlé Vern, que cette idée n'avait pas l'air de rendre fou de joie. « Je promets que je piquerai plus de bouquins cochons chez Dahlie ! Je promets que je ne donnerai plus mes carottes au chien ! Je… Je… Je… » Là il a bafouillé, voulant soudoyer Dieu mais trop effrayé pour trouver quoi que ce soit de valable. « *Je ne fumerai plus de cigarettes sans filtre ! Je ne dirai plus de gros mots ! Je ne mettrai pas mon Bazooka dans le plateau de la quête ! Je ne…*

— Ferme-la, Vern* », mais sous le ton dur et autoritaire que prenait Chris j'entendais résonner une sorte de respect craintif. Je me suis demandé s'il avait les bras, le dos et le ventre hérissés de chair de poule, comme moi, et si les cheveux de sa nuque essayaient de se dresser comme des piquants, comme les miens.

Vern se mit à murmurer pour exposer les réformes

qu'il allait instituer si seulement Dieu lui accordait de survivre à cette nuit.

« C'est un oiseau, non ? ai-je demandé à Chris.

— Non. Du moins je ne pense pas. Je crois que c'est un chat sauvage. Mon vieux dit qu'ils gueulent comme si on les égorgeait quand ils sont en chaleur. On dirait une femme, hein ?

— Ouais. » Ma voix s'est brisée au milieu du mot et deux cubes de glace sont tombés dans l'intervalle.

« Mais aucune femme ne crierait aussi fort, a dit Chris… avant d'ajouter, impuissant : Tu ne crois pas, Gordie ?

— C'est son fantôme », a encore murmuré Teddy. Ses lunettes reflétaient la lune, deux taches claires à peine visibles, rêveuses. « Je vais aller le chercher. »

Je ne pense pas qu'il parlait sérieusement, mais nous n'avons pris aucun risque. Quand il a voulu se lever, Chris et moi l'avons rejeté par terre. Nous y sommes peut-être allés un peu fort, mais la peur nous avait raidi les muscles comme des câbles.

« Laissez-moi me lever, têtes de nœud ! a sifflé Teddy en se débattant. Si je dis que j' veux aller le chercher, alors j' vais aller le chercher ! J' veux le voir ! J' veux voir le fantôme ! J' veux voir si… »

Le cri sauvage, plaintif, s'est élevé à nouveau dans la nuit, fendant l'air comme une lame de cristal. Nous nous sommes figés, les mains sur Teddy — s'il avait été un drapeau, on aurait eu l'air de cette photo des marines prenant possession d'Iwo Jima. Le hurlement a escaladé les octaves avec une facilité dingue, atteint finalement un plateau glacé, vitrifié, où il a plané un moment avant de redescendre en spirale et de disparaître dans un registre impossible, la basse d'une abeille gigantesque.

Puis il y a eu comme une explosion de rire dément… et le silence est revenu.

« Jésus-Christ chauve comme un œuf », a murmuré Teddy, et il n'a plus parlé d'aller voir dans les bois *qui* poussait ces hurlements. Nous nous sommes serrés les uns contre les autres, tous les quatre, et j'ai pensé m'enfuir. Je n'ai pas dû être le seul. Si on avait campé dans le pré de chez Vern — là où nos parents croyaient que nous étions — on se serait probablement sauvés. Mais Castle Rock était trop loin, et l'idée de repasser cette passerelle en courant dans le noir me glaçait le sang. S'enfoncer dans Harlow et se rapprocher du cadavre était également impensable. On était coincés. S'il y avait un horla dans les bois — ce que mon père appelait un Goosalum — et qu'il voulait nous avoir, il avait toutes les chances d'y arriver.

Chris a proposé qu'on monte la garde, et on a tous été d'accord. On a joué les tours de garde à pile ou face, Vern a eu le premier, moi le dernier. Vern s'est assis en tailleur près des braises noircies et nous nous sommes recouchés, serrés comme des moutons.

J'étais sûr de ne pas pouvoir dormir, mais j'ai dormi — d'un sommeil léger, difficile, glissant à travers l'inconscient comme un sous-marin avec son périscope levé. Mes rêves à demi endormis étaient peuplés de cris sauvages, réels ou imaginés. Je voyais, ou croyais voir, quelque chose de blanc et d'informe serpenter entre les arbres comme un drap de lit baladeur et grotesque.

Finalement j'ai glissé dans ce que je savais être un rêve. Chris et moi étions allés nager à la Plage blanche, une carrière transformée en lac miniature quand les ouvriers avaient atteint le niveau de l'eau. C'était là que Teddy avait vu un gosse se cogner la tête et manquer se noyer.

Dans mon rêve on était en pleine forme et on nageait paresseusement avec le soleil de juillet au-dessus de nos têtes. Derrière nous, sur le radeau, on entendait des cris, des rires et des hurlements quand les gosses grimpaient, plongeaient, regrimpaient ou se faisaient pousser à l'eau. J'entendais les vieux bidons d'essence qui soutenaient le radeau se heurter et résonner — un peu comme des cloches d'église, solennelles, au son profond et vide. Sur la plage de sable mêlé de gravier, des corps huilés étaient allongés sur des couvertures, le dos en l'air, les tout-petits avec leurs seaux s'accroupissaient au bord de l'eau ou restaient assis, heureux de s'envoyer de la boue dans les cheveux avec leurs pelles en plastique, tandis que les adolescents s'agglutinaient, souriants, regardant les jeunes filles faire des aller et retour infinis par paires ou par trios, jamais seules, les endroits secrets de leurs corps dissimulés sous des maillots blindés. Des gens remontaient le sable brûlant sur la pointe des pieds, en grimaçant, vers le snack-bar. Ils revenaient avec des chips, des hot dogs, des pommes d'amour.

Mme Cote a flotté près de nous sur un radeau gonflable, allongée sur le dos, vêtue de sa tenue habituelle de septembre à juin à l'école : un tailleur gris, avec un pull-over épais au lieu d'un corsage sous sa veste, une fleur épinglée sur un sein presque inexistant, et sur les jambes des gros bas à varices vert canada. Ses hauts talons noirs de vieille dame traînaient dans l'eau, traçant deux petits V. Elle avait les cheveux passés au bleu, comme ma mère, coiffés en boucles serrées comme des ressorts, dégageant une odeur de médicament. Le soleil se reflétait violemment sur ses lunettes.

« Marchez droit, les garçons, dit-elle. Marchez droit ou je vous cognerai assez fort pour vous rendre aveugles. Je peux le faire : le conseil de l'école m'en a donné le pouvoir. Maintenant, monsieur Chambers, *Mending Wall*, s'il vous plaît. Par cœur.

— J'ai voulu rendre l'argent, a dit Chris. La vieille Mlle Simons a dit okay, mais elle l'a *pris !* Vous m'entendez ? Elle l'a pris ! Alors qu'est-ce que vous allez faire ? Est-ce que vous allez la rendre aveugle ?

— *Mending Wall*, monsieur Chambers, s'il vous plaît. Par cœur. »

Chris m'a lancé un regard impuissant, comme pour dire : *Je ne t'avais pas dit que ce serait comme ça ?* et il s'est mis à nager sur place. Il a récité : « Il y a quelque chose qui n'aime pas un mur, qui fait se gonfler en dessous le sol gelé… » Et puis sa tête s'est enfoncée, sa bouche s'est remplie d'eau alors qu'il récitait.

Il a reparu en criant : « Aide-moi, Gordie ! Aide-moi ! »

Et il s'est enfoncé à nouveau. En baissant les yeux dans l'eau transparente j'ai vu deux cadavres nus et enflés qui lui tenaient les chevilles. L'un était Vern et l'autre Teddy, leurs yeux ouverts lisses et sans pupilles comme ceux des statues grecques. Leurs petits pénis prépubères s'élevaient mollement au-dessus de leurs ventres gonflés comme des algues albinos. La tête de Chris a refait surface. Il m'a tendu une main sans force et poussé un cri de femme qui a monté vers l'aigu, de plus en plus haut, faisant vibrer l'air ensoleillé. J'ai jeté un regard affolé vers la plage, mais personne n'entendait rien. Le maître nageur, son corps athlétique et bronzé vautré dans une pose séduisante sur un siège, en haut de sa tour en poutrelles croisées et peintes en blanc, continuait à sourire à une fille en maillot rouge, en bas. Le hurlement de Chris s'est changé en gargouillement étranglé quand les cadavres l'ont à nouveau tiré vers le bas. Tandis qu'ils l'entraînaient vers les eaux noires je voyais ses yeux déformés par les vagues se tourner vers moi, douloureux et suppliants, je voyais ses mains blanches, étoiles de mer tendues, impuissantes, vers le toit d'eau écrasé de soleil. Mais au lieu de plonger, d'essayer de le sauver, j'ai nagé comme un fou vers la rive, ou au moins vers un endroit où l'eau ne me recouvrirait pas la tête. Avant que j'y arrive — que je puisse même en approcher — j'ai senti une main molle, pourrie, implacable, m'enserrer la cheville et se mettre à tirer. Un cri s'est accumulé dans ma poitrine… mais avant que je puisse le pousser, le rêve s'est dissous dans une image graineuse de la réalité. Teddy avait la main sur ma jambe. Il me secouait pour me réveiller. C'était mon tour.

Encore à moitié dans mon rêve, presque somnambule, je lui ai demandé d'une voix engourdie : « T'es vivant, Teddy ?

— Non. Je suis mort et tu es un Nègre noir comme l'enfer », m'a-t-il répondu sèchement, ce qui a dissipé le reste du rêve. Je me suis assis près du feu et Teddy s'est couché.

20

Les autres ont dormi d'un sommeil de plomb le restant de la nuit. J'ai sommeillé, me suis éveillé, j'ai sommeillé encore, dans un silence tout relatif. J'ai entendu le cri rauque et perçant de la chouette triomphante qui plongeait sur sa proie, le cri minuscule d'un animal qui allait peut-être se faire manger, le bruit d'une bête plus grosse se débattant violemment dans les broussailles, et en fond sonore le crissement incessant des criquets. Puis les cris se sont tus. Je suis allé du sommeil à la veille, de la veille au sommeil, et si on m'avait pris à être aussi négligent pendant mon tour de garde, à Le Dio, je serais passé en conseil de guerre et j'aurais probablement été fusillé.

Un sursaut m'a fait émerger un peu plus clairement et je me suis rendu compte que quelque chose avait changé. Il me fallut quelques instants pour comprendre : la lune s'était couchée, mais je pouvais voir mes mains posées sur mon jean. Ma montre indiquait cinq heures moins le quart. C'était l'aube.

Je me suis levé, j'ai entendu craquer mes vertèbres, je suis allé à quelques mètres des corps englués de sommeil de mes amis et j'ai pissé dans une touffe de vinaigriers. Je commençais à secouer les peurs de la nuit, je les sentais glisser sur moi. Sensation très agréable.

J'ai escaladé le mâchefer jusqu'aux voies et je me suis assis sur un rail, donnant machinalement des coups de pied dans le ballast, peu pressé de réveiller les autres. À ce moment précis le jour tout neuf était trop beau pour être partagé.

Le matin est venu à son pas. Le bruit des criquets a baissé, les ombres sous les arbres et les buissons se sont évaporées comme des flaques après une averse. L'air avait cette absence singulière de saveur qui annonce le dernier d'une série de jours de grande chaleur. Des oiseaux, qui s'étaient peut-être comme nous terrés toute la nuit, se sont mis à gazouiller d'un air important. Un roitelet s'est posé en haut du tas de branches où nous

avions pris le bois pour notre feu, s'est lissé les plumes
et s'est envolé.

Je ne sais pas combien de temps je suis resté assis
sur ce rail, à regarder la pourpre quitter le ciel aussi
silencieusement qu'elle y était venue le soir précédent.
Assez longtemps pour avoir mal aux fesses, en tout
cas. J'allais me lever quand j'ai regardé sur ma droite
et j'ai vu un cerf debout sur la voie à moins de dix
mètres.

Mon cœur a bondi dans ma gorge, si haut que j'aurais pu mettre une main dans ma bouche et le toucher.
Une sorte de chaleur sèche et dure a rempli mon ventre
et mon sexe. Je n'ai pas bougé. Si je l'avais voulu, je
n'aurais pas pu. Le cerf n'avait pas les yeux marron
mais noirs, d'un noir poudreux — le velours qu'on
voit derrière les bijoux dans les vitrines. Ses oreilles
étaient en daim, un peu éraflées. Il me regardait calmement, la tête un peu inclinée avec ce que j'ai pris
pour de la curiosité à voir un garçon avec une tignasse
emmêlée et hérissée de sommeil, portant des jeans
retroussés au bas et une chemise kaki aux coudes repri-
sés et au col relevé suivant la tradition des voyous
de l'époque. Ce que je voyais, moi, c'était un don,
quelque chose qui m'était donné avec une stupéfiante
insouciance.

Nous nous sommes longuement regardés... je *pense*
que ça a duré longtemps. Puis il s'est retourné et il est
passé de l'autre côté des voies, remuant négligemment
sa courte queue blanche. Il a trouvé de l'herbe et s'est
mis à brouter. Je n'en croyais pas mes yeux. Il s'est
mis à *brouter*. Il ne m'a plus regardé, et il avait raison :
j'étais cloué sur place.

Alors le rail s'est mis à vibrer sous mes fesses. Au
bout de quelques secondes, à peine, le cerf a relevé la

tête, droit vers Castle Rock. Il est resté immobile, les narines noires et frémissantes, humant l'air. Puis il est parti en trois bonds dégingandés, disparaissant dans la forêt sans autre bruit que celui d'une branche morte qui se brisa avec le claquement d'un pistolet de starter aux courses.

Je suis resté au même endroit, fixant d'un regard fasciné l'endroit où il avait disparu, jusqu'à ce que le vrai bruit du train brise le silence matinal. Alors j'ai glissé au bas du talus et rejoint le campement.

Le fracas des wagons lourdement chargés a réveillé les autres. Ils ont bâillé, se sont grattés. Un peu nerveux, on a vaguement parlé de l'« affaire du fantôme hurleur », comme a dit Chris, mais pas tant que vous pourriez le croire. En plein jour cela nous apparaissait plus stupide qu'autre chose — presque gênant. Mieux valait l'oublier.

J'avais au bout de la langue ma rencontre avec le cerf, mais finalement je n'ai rien dit. C'est une des choses que j'ai gardées pour moi. Je n'en ai rien dit et rien écrit jusqu'à maintenant, aujourd'hui même. Et je dois dire que, noir sur blanc, cela ne me paraît plus grand-chose, presque insignifiant. Mais pour moi c'est le meilleur moment de cette équipée, le plus pur, un moment où je me suis vu revenir, presque sans le vouloir, chaque fois qu'il y a eu un malheur — mon premier jour dans la brousse, au Viêtnam, quand ce type est entré dans la clairière où nous étions, une main sur le nez, et quand il a enlevé sa main il n'y avait plus de nez, il avait été emporté par une balle ; la fois où le médecin nous a dit que notre plus jeune fils était peut-être hydrocéphale (il n'a que la tête un peu grosse, Dieu merci) ; les longues semaines de folie précédant la mort de ma mère. Et je repensais à ce petit matin, au

daim éraflé de ses oreilles, à l'éclair blanc de sa queue.
Mais huit cents millions de Chinois rouges n'en ont
rien à foutre, pas vrai ? Les choses les plus importantes
sont les plus difficiles à dire, les mots les amoindris-
sent. Il est difficile de faire en sorte que des inconnus
s'intéressent aux bons moments de votre vie.

21

La voie obliquait vers le sud-ouest, traversant des
enchevêtrements de ronces plantés de jeunes sapins.
Nous avons déjeuné de mûres cueillies sur les buissons, mais les mûres ne tiennent pas au corps ; l'estomac leur accorde une demi-heure de grâce et se remet
à gronder. On est revenus sur les rails et on a fait une
pause, les lèvres violettes et nos torses griffés par les
ronces. Vern, lugubre, rêva tout haut d'œufs sur le plat
avec du bacon.

C'était le dernier jour des grandes chaleurs, et je
crois que c'était le pire. Les derniers nuages du matin se
sont évaporés et dès neuf heures le ciel pâle était d'un
bleu acier qui vous donnait chaud rien qu'à le regarder.
La sueur nous coulait sur la poitrine, le long du dos,
creusant des traînées plus claires dans la couche de
crasse. Des nuages de moustiques et de mouches noires
tournoyaient autour de nos têtes, et savoir qu'il nous
restait un long trajet ne nous aidait en rien. Pourtant la
fascination nous poussait à continuer et à marcher plus
vite que nous ne l'aurions fait par une chaleur pareille.
Voir le corps de ce gosse nous rendait tous fous — je ne
peux pas l'exprimer plus simplement ou plus honnête-

ment. Que cela s'avère inoffensif ou que cela ait pour
effet d'assassiner notre sommeil par des rêves de mas-
sacres innombrables, nous voulions le voir. Je crois que
nous en étions venus à penser que nous le *méritions*.

Il était environ neuf heures et demie quand Teddy et
Chris ont repéré de l'eau — ils nous ont crié la nou-
velle et nous sommes allés les rejoindre en courant.
Chris riait, ravi :

« Regardez là-bas ! C'est des castors qui ont fait
ça ! » Il a tendu la main.

C'était bien l'œuvre des castors. Un peu plus loin
une grosse conduite passait sous les voies, et les castors en avaient proprement barré une extrémité avec un
de leurs ingénieux petits barrages — des branches et
des brindilles cimentées par des feuilles, des aiguilles
de pin et de la boue séchée. Ces putains de castors sont
vraiment des petites bêtes industrieuses. Derrière le
barrage s'étendait une grande mare claire et brillante
qui reflétait le soleil, trouée par endroits par les habita-
tions des castors — on aurait dit des igloos en bois. Un
petit ruisseau se déversait dans la mare, à l'autre bout,
et les arbres qui la bordaient étaient blancs comme
des os sur un mètre de haut, leur écorce entièrement
rongée.

« Les chemins de fer vont bientôt nettoyer cette
merde, a dit Chris.

— Pourquoi ? a demandé Vern.

— Ils ne supporteront pas une mare à cet endroit.
Ça va miner leur voie chérie. D'abord c'est pour ça
qu'ils ont mis cette conduite. Ils vont abattre quelques
castors, faire fuir le reste et virer leur barrage. Ensuite
ce coin redeviendra une fondrière, comme ça l'était
probablement jadis.

— Ça me rend malade », a dit Teddy.

Chris a haussé les épaules. «Qui s'intéresse aux castors? Pas la Grande Compagnie du Sud-Ouest du Maine, c'est sûr.

— Tu crois que c'est assez profond pour y nager?» Vern regardait la mare d'un air affamé.

«Un seul moyen de savoir, a dit Teddy.

— Qui est prem? ai-je demandé.

— Moi!» Chris a couru en bas du talus, se débarrassant de ses baskets et de sa chemise. Il a ôté jean et slip d'un seul geste, avec ses pouces, et s'est balancé d'une jambe sur l'autre pour enlever ses chaussettes. Enfin il a plongé, presque à plat. Il est remonté en secouant la tête pour écarter les cheveux de ses yeux. «Putain, c'est génial!

— Profond comment?» lui a crié Teddy. Il n'avait jamais appris à nager.

Chris s'est mis debout et ses épaules sont sorties de l'eau. Il y avait quelque chose sur l'une d'elles — quelque chose d'un gris noirâtre. Je me suis dit que c'était de la boue et n'y ai plus pensé. Si j'avais regardé de plus près je me serais épargné bon nombre de cauchemars. «Venez, bande de dégonflés!»

Il s'est retourné, a traversé la mare d'une brasse maladroite, puis est revenu à grand renfort d'éclaboussures. Nous étions tous en train de nous déshabiller. Vern a plongé, je l'ai suivi.

L'eau était fantastique — claire et fraîche. J'ai nagé jusqu'à Chris en savourant la sensation de l'eau sur mon corps nu. Je me suis remis debout et nous nous sommes retrouvés face à face, souriants.

«Chef!» On l'a dit exactement au même moment.

«Putain de branleur.» Il m'a aspergé le visage avant de partir à la nage.

Nous avons chahuté dans l'eau pendant près d'une

demi-heure avant de voir que la mare était pleine de sangsues. On plongeait, on nageait sous l'eau, on se faisait boire la tasse, sans se rendre compte de rien. Et puis Vern est allé à l'endroit le moins profond, a plongé et s'est mis debout sur les mains. Quand ses jambes ont émergé à la surface, formant un V chancelant mais triomphant, j'ai vu qu'elles étaient couvertes de bosses grisâtres comme celles que j'avais vues sur l'épaule de Chris. Des sangsues   des grosses.

Chris est resté bouche bée, et j'ai senti tout le sang de mes veines geler d'un seul coup. Teddy a hurlé, soudain blême. Nous nous sommes précipités vers la rive en pataugeant le plus vite possible. J'en sais plus aujourd'hui qu'à l'époque sur les sangsues d'eau douce, mais le fait qu'elles sont quasiment inoffensives ne diminue en rien l'horreur presque démente qu'elles provoquent en moi depuis ce bain dans la mare aux castors. Leur salive contient un anesthésique local et un anticoagulant, de sorte que l'hôte ne sent rien quand elles se collent à sa peau. Quand on ne les voit pas elles continuent à vous sucer le sang jusqu'à ce qu'elles tombent, gonflées de façon répugnante, ou jusqu'à ce qu'elles éclatent.

Nous avons grimpé sur la berge et Teddy a fait une crise de haute hystérie en voyant son corps. C'est en hurlant qu'il a arraché les sangsues de sa peau nue.

Vern a refait surface et nous a regardés, intrigué. «Putain qu'est-ce qui va pas avec...

— Des *sangsues !* » a hurlé Teddy en arrachant deux bestioles de ses cuisses tremblantes et en les lançant aussi loin que possible. « Saloperies d'enculés de *vampires !* » Sa voix a dérapé dans l'aigu au dernier mot.

« *OhDieuOhDieuOhDieu !* » a crié Vern. Il a traversé la mare en barbotant et nous a rejoints.

J'étais toujours gelé ; la chaleur du jour était comme en suspens. Je me disais qu'il fallait tenir le coup. Pas se mettre à hurler. Pas être un pédé. J'en ai retiré une demi-douzaine de mes bras et d'autres de mon torse.

Chris m'a tourné le dos. « Gordie ? est-ce qu'il y en a encore ? Enlève-les s'il y en a, Gordie, je t'en prie ! » Il y en avait encore, cinq ou six, courant le long de son dos comme une rangée de boutons grotesques. J'ai arraché les corps informes et mous de sa peau.

J'en ai encore trouvé sur mes jambes, et Chris s'est occupé de mon dos.

Je commençais à me détendre un peu — quand j'ai baissé les yeux et j'ai vu la grand-mère de toutes les sangsues accrochée à mes couilles, gonflée à quatre fois sa taille normale. La peau noirâtre de la bête avait viré au pourpre violacé. Et j'ai commencé à perdre tout contrôle. Pas extérieurement, du moins pas de façon spectaculaire, mais intérieurement, là où ça compte.

J'ai balayé la chose gluante du dos de la main. Elle a tenu. J'ai voulu recommencer mais je me suis trouvé incapable de la toucher. Je me suis tourné vers Chris, j'ai voulu parler, n'ai pas pu. Je lui ai montré du doigt. Ses joues, déjà couleur de cendres, ont encore pâli.

« Je peux pas l'enlever, ai-je réussi à dire, les lèvres paralysées. Tu… tu peux… »

Mais il a reculé en secouant la tête, la bouche tordue. « Je ne peux pas, Gordie, a-t-il dit, sans pouvoir détourner son regard. Je regrette mais je ne peux pas. Non. Oh ! Non. » Il s'est retourné, plié en deux, une main sur l'estomac comme le maître d'hôtel d'une comédie musicale, et il a vomi dans un buisson de genévriers.

Il faut que tu te ressaisisses, me suis-je dit en regardant la sangsue accrochée à moi comme une barbe insensée. Son corps enflait encore à vue d'œil. *Il faut*

que tu te ressaisisses et que tu l'enlèves. Sois fort.
C'est la dernière. C'est. La. Dernière.

J'ai tendu la main, retiré la sangsue et elle m'a
éclaté entre les doigts. Mon propre sang, tout chaud,
a inondé ma paume et l'intérieur de mon poignet. Je
me suis mis à pleurer.

Tout en pleurant je suis retourné vers mes habits et
je les ai remis. Je voulais m'arrêter, mais j'étais incapable de tourner le robinet. Et puis je me suis mis à
trembler, ce qui était pire. Vern a couru vers moi, nu
comme un ver.

« Elles y sont plus, Gordie ? Elles sont plus sur moi ?
Elles sont plus sur moi ? »

Il virevoltait devant moi comme un danseur affolé
sur une scène de foire.

« Elles y sont plus ? Huh ? Huh ? Elles sont plus sur
moi, Gordie ? »

Ses yeux n'arrivaient pas à se fixer sur moi,
de grands yeux blancs comme ceux d'un cheval de
manège en plâtre.

J'ai fait signe que oui et continué à pleurer. Il semblait que j'allais faire carrière dans les larmes. J'ai
rentré ma chemise dans mon jean, je l'ai boutonnée
jusqu'au cou, j'ai mis mes chaussettes et mes baskets.
Peu à peu les larmes se sont taries. Encore quelques
soubresauts, quelques gémissements, et puis ça s'est
arrêté.

Chris est venu vers moi, s'est essuyé la bouche avec
une poignée de feuilles. Il ouvrait de grands yeux muets
et pleins d'excuses.

Une fois rhabillés nous nous sommes regardés
quelques instants et nous avons remonté le talus. Je me
suis retourné pour regarder la sangsue éclatée que
j'avais jetée sur les buissons aplatis que nous avions

piétinés en hurlant pour arracher les sales bêtes. Elle avait l'air dégonflée... mais toujours inquiétante.

Quatorze ans plus tard j'ai vendu mon premier roman et fait mon premier voyage à New York. « C'est une fête qui va durer trois jours », m'a dit mon nouvel éditeur au téléphone. « Les gens qui balanceront des conneries seront fusillés sur place. » Ce furent bien sûr trois jours de conneries sans mélange.

Pendant que j'y étais j'ai voulu faire la tournée du provincial ordinaire — voir une émission en public au Radio City Music-Hall, monter en haut de l'Empire State Building (que le World Trade Center aille se faire foutre ; pour moi le gratte-ciel où est grimpé King Kong en 1933 sera toujours le plus grand du monde), visiter Times Square la nuit. Keith, mon éditeur, a paru ravi de me montrer sa ville. Notre dernière sortie touristique a été de prendre le ferry de Staten Island, or en m'appuyant à la rambarde j'ai baissé les yeux et j'ai vu des grappes de préservatifs flotter sur la houle. J'ai été alors littéralement plongé dans un souvenir   à moins que ce n'ait été un cas de voyage dans le temps. En tout cas, pendant une seconde je me suis trouvé réellement dans le passé, arrêté à mi-hauteur du talus pour regarder la sangsue : morte, dégonflée... mais toujours inquiétante.

Keith a dû voir quelque chose passer sur mon visage. « Pas très joli, n'est-ce pas ? » a-t-il dit.

Je n'ai pu que secouer la tête, voulant lui dire de ne pas s'excuser, qu'il n'était pas nécessaire de venir à New York et de prendre le ferry pour voir des vieilles capotes anglaises, voulant lui dire : *On écrit des histoires pour une seule raison, pour comprendre son passé et se préparer à une mortalité future ; voilà pourquoi dans ces histoires tous les verbes sont au*

passé, mon cher Keith, même dans celles qui se ven-
dent par millions en livres de poche. Les seules formes
d'art utiles sont la religion et les histoires.

J'étais plutôt ivre cette nuit-là, comme vous pouvez
vous en douter.

Je lui ai seulement dit : « Je pensais à quelqu'un
d'autre, c'est tout. » Les choses les plus importantes
sont les plus difficiles à dire.

22

Nous avons marché en suivant les rails — je ne sais
pas combien de temps — et je me suis mis à penser :
Bon, okay, je vais pouvoir m'en tirer, de toute façon
c'est fini, rien qu'un tas de sangsues, qu'elles aillent
se faire foutre. C'est ce que je me disais quand soudain
des vagues de blancheur ont traversé mon champ de
vision et je suis tombé.

J'ai dû tomber lourdement, mais les traverses m'ont
paru un édredon moelleux et chaud. Quelqu'un m'a
retourné sur le dos. Le contact de ces mains était lointain, sans importance. Les visages n'étaient que des
ballons sans corps me regardant de très haut, à des kilomètres, comme le visage de l'arbitre doit apparaître au
boxeur abruti de coups qui se repose dix secondes sur la
toile du ring. Les mots oscillaient doucement, se fondaient dans le silence.

« … lui ?

— … sera tout…

— … si tu crois que le soleil…

— Gordie, as-tu… »

Là, j'ai dû dire quelque chose d'à peu près absurde, car ils ont eu l'air vraiment inquiets.

«Vaudrait mieux qu'on le ramène, mec», a dit Teddy, et de nouveau la blancheur a tout recouvert.

Quand ça s'est éclairci, tout semblait aller bien. Chris était accroupi près de moi, me disant : «Peux-tu m'entendre, Gordie ? Tu es là, mec ?

— Oui», ai-je dit en m'asseyant. Un essaim de taches noires a explosé devant mes yeux, puis elles se sont effacées. J'ai attendu qu'elles reviennent, et finalement je me suis levé.

«Tu m'as foutu une sacrée vieille merde au cul, Gordie, a dit Chris. Tu veux boire de l'eau ?

— Ouais.»

Il m'a passé sa gourde à moitié pleine, et trois grandes gorgées chaudes m'ont coulé dans la gorge.

«Pourquoi t'es tombé dans les pommes, Gordie ?» Vern avait son air anxieux.

«Fait une grave erreur, j'ai regardé ta gueule.

— Eeee-eee-eeee ! a ricané Teddy. Putain de Gordie ! Quel merdeux !

— T'es vraiment okay ? Vern insistait.

— Ouais. Sûr. Ça allait… mal pendant une minute. De penser à ces vampires.»

Ils ont hoché la tête, très sérieux. On a pissé à l'ombre et on a continué, moi et Vern d'un côté des voies, comme avant, Chris et Teddy de l'autre. On se disait qu'on ne devait pas être loin.

23

Nous étions plus loin que nous le pensions, et si nous avions eu la jugeote de consulter la carte deux minutes, nous aurions compris pourquoi. Nous savions que le corps de Ray Brower devait être près de la route de Back Harlow, qui sc termine en impasse au bord du Royal. Le train franchit cctte rivière sur un deuxième ponton. Voilà donc ce que nous avions pensé : en nous rapprochant du Royal, on se rapprochait de la route de Back Harlow, là où Billy et Charlie s'étaient garés quand ils avaient vu le gosse. Et comme le Royal n'était qu'à quinze kilomètres de la Castle, on s'était dit qu'on arriverait avant la grande chaleur.

Mais c'était quinze kilomètres à vol d'oiseau, or les voies n'allaient pas en ligne droite, bien au contraire, elles faisaient une large boucle pour éviter un massif morcelé en petites collines qu'on appelait The Bluffs. Donc on l'aurait très bien vu en regardant la carte, et compris qu'on n'avait pas quinze kilomètres à faire, mais presque vingt-cinq.

Chris a commencé à s'en douter à midi passé, le Royal n'étant toujours pas en vue. On s'est arrêtés pendant qu'il a grimpé sur des plus hauts pins pour jeter un coup d'œil. Il est redescendu et nous a fait un rapport très simple : on n'arriverait pas au bord du Royal avant quatre heures, et encore à condition de ne pas traîner.

« Ah, *merde !* s'est écrié Teddy. Alors qu'est-ce qu'on fait ? »

Nous avons regardé nos visages fatigués, en sueur. Nous avions faim, notre bonne humeur s'était envolée.

La grande aventure s'était changée en corvée interminable, crasseuse, parfois effrayante. De plus, chez
nous, on devait déjà être portés manquants, et si Milo
Pressman n'avait pas appelé les flics, le conducteur du
train avait pu le faire. On avait pensé rentrer en stop à
Castle Rock, mais à quatre heures il ne restait que trois
heures de jour, et personne ne prend quatre gosses
sur une petite route de campagne après la tombée de la
nuit.

J'ai voulu évoquer l'image fraîche et pure du cerf
venu paître l'herbe du matin, mais même cela m'a paru
poussiéreux, sans valeur, ne valant pas mieux qu'un
trophée empaillé pendu au-dessus de la cheminée dans
le pavillon de chasse d'un gus quelconque, les yeux
vernis pour lui donner un faux air de vie.

Finalement Chris s'est décidé : « Le plus court c'est
encore de continuer. Allons-y. »

Il s'est retourné et s'est mis à marcher le long des
voies, tête baissée, ses baskets pleines de boue, son
ombre n'étant qu'une flaque à ses pieds. Au bout
d'une minute nous avons suivi à la file indienne.

24

Dans les années qui ont précédé la rédaction de ces
souvenirs, j'ai étonnamment peu pensé à ces journées,
consciemment tout du moins. Les images que ces souvenirs font remonter à la surface sont aussi déplaisantes
que les noyés d'une semaine qu'on fait remonter à la
surface en tirant le canon. De sorte que je ne me suis
jamais vraiment posé de questions sur le fait que nous

avons continué. Ou, autrement dit, je me suis quelquefois demandé *pourquoi* nous l'avions décidé mais
jamais *comment*.

Aujourd'hui un scénario bien plus simple me vient à
l'esprit. Je suis sûr que si cette idée avait été exprimée,
elle aurait été descendue en flammes — continuer
nous paraissait plus net, plus *chef*, comme on disait à
l'époque. Mais si l'idée avait été dite et n'avait *pas* été
descendue en flammes, rien de ce qui s'est passé plus
tard ne serait arrivé. Chris, Teddy et Vern seraient
même peut-être encore vivants aujourd'hui. Non, ils ne
sont pas morts dans les bois ni sur les voies ; personne
ne meurt dans cette histoire, sauf quelques sangsues et
Ray Brower, et pour être honnête il était mort avant
qu'elle commence. Mais une chose est vraie : des
quatre qui ont joué à pile ou face pour dire lequel irait
faire des courses au Florida, celui qui y est allé est le
seul encore en vie. Le Vieux Marin a trente-quatre ans,
et vous, Gentil Lecteur, dans le rôle de l'Invité à la
Noce (arrivé là ne devriez-vous pas regarder la photo
de la jaquette pour voir si mon œil vous tient en son
pouvoir ?). Si vous me trouvez un peu léger — vous
avez raison — mais j'ai peut-être mes raisons. À un
âge où nous serions tous les quatre considérés trop
jeunes et pas assez mûrs pour être président, trois
d'entre nous sont morts. Et si des événements insignifiants renvoient avec le temps des échos de plus en
plus grands, oui, peut-être que si nous avions agi plus
simplement et fait du stop jusqu'à Harlow, ils seraient
encore vivants.

Sur la route 7 on aurait pu se faire emmener jusqu'à
l'église de Shiloh, qui se trouvait au croisement de la 7
et de la route de Back Harlow (du moins jusqu'en
1967, où elle a été rasée par un incendie attribué au

mégot d'un clochard). Avec un peu de chance on serait arrivés aux environs du corps la veille au soir.

Mais cette idée n'avait aucune chance. Oh ! il n'y aurait eu ni fleurs de rhétorique, ni argumentations impeccables, seulement quelques grognements, des grimaces, des pets et des bras d'honneur. Pour ce qui est du côté verbal, des reparties étincelantes et définitives telles que « Putain, non », « Ça craint », et ce vieil argument des familles « Est-ce que ta mère a fait autre chose que des fausses couches ? »

Implicitement — c'était peut-être trop fondamental pour être dit à voix haute — il y avait l'idée que c'était une *grosse* affaire. Il ne s'agissait plus de déconner avec des pétards ou d'aller regarder par le trou à l'arrière des chiottes des filles au jardin de Harrison. Ça allait de pair avec baiser pour la première fois, faire son service ou acheter légalement, pour la première fois, une bouteille de gnôle — imaginez que vous faites un saut dans le magasin d'État, que vous choisissez une bonne vieille bouteille de scotch, que vous montrez au caissier votre feuille de route et votre permis de conduire, et que vous ressortez avec un sac en papier brun, membre d'un club ayant quelques droits et privilèges de plus que notre vieille cabane avec son toit en tôle.

Chaque événement fondateur comporte un rituel, des rites de passage, le couloir magique où s'opère le changement. Acheter des préservatifs. Se tenir devant le prêtre. Lever le bras et prêter serment. Ou, si vous voulez, marcher sur les rails pour rencontrer à mi-chemin un gosse de votre âge, de même que je remontais la moitié de Pine Street pour accueillir Chris quand il venait chez moi, ou que Teddy descendait la moitié de Gates Street si j'allais chez lui. Il semble juste d'agir ainsi, car le rite de passage est un couloir magique, et nous devons toujours ménager un passage — celui où on marche quand on se marie, où on vous porte quand on vous enterre. Notre couloir, c'étaient ces rails jumeaux entre lesquels nous avancions tant bien que mal pour découvrir ce que cela pouvait signifier. Peut-être qu'on ne fait pas du stop pour un truc comme ça. Et peut-être nous semblait-il juste que ce soit plus dur que nous l'avions pensé. Tout ce qui accompagnait notre équipée en avait fait ce dont on se doutait depuis le début : une affaire sérieuse.

Ce qu'on *ne savait pas* en contournant the Bluffs, c'est que Billy Tessio, Charlie Hogan, Jack Mudgett, Norman « Fuzzy » Bracowicz, Vince Desjardins, Les Mirettes — le frère aîné de Chris — et Ace Merrill lui-même étaient en route pour aller jeter un coup d'œil au cadavre — Ray Brower avait atteint une sorte de célébrité bizarre, et notre secret était devenu une attraction foraine. Alors qu'on entamait notre dernière étape, ils s'entassaient dans la Ford 52 de Merrill, allégée et trafiquée, et dans la Studebaker 54 rose de Vince.

Billy et Charlie avaient réussi à garder leur énorme secret pendant presque trente-six heures. Puis Charlie avait craché le morceau à Ace Merrill pendant une partie de billard, et Billy avait tout déballé à Jack Mudgett pendant qu'ils pêchaient des poissons-chats au pont de Boom Road. Ace et Jack avaient solennellement juré le secret, sur la tombe de leur mère, et c'est ainsi que toute la bande l'avait appris avant midi. Vous imaginez l'opinion que ces trouducs avaient de leur mère.

Ils s'étaient rassemblés dans la salle de billard, et Fuzzy Bracowicz avait émis l'hypothèse (que vous connaissez déjà, Gentil Lecteur) qu'ils pourraient tous devenir des héros — et des vedettes de la radio et de la

TV, cela allait sans dire — en « découvrant » le cadavre. Tout ce qu'ils avaient à faire, selon Fuzzy, c'était de remplir les coffres des voitures avec des cannes à pêche. Quand ils auraient trouvé le corps, leur histoire serait cent pour cent garantie. On voulait juste prendre quelques brochetons dans le Royal, inspecteur. Hé-hé-hé. Regardez ce qu'on a trouvé.

Ils roulaient à tombeau ouvert vers Harlow au moment où nous approchions finalement du but.

25

Vers deux heures les nuages ont commencé à s'amonceler, mais au début nous ne les avons pas pris au sérieux. Il n'avait pas plu depuis début juillet, alors pourquoi pleuvrait-il maintenant ? Mais ils ont continué à s'entasser dans notre dos, de plus en plus haut, de grandes colonnes orageuses et violacées comme des blessures, et à s'avancer lentement vers nous. Je les ai regardés attentivement, guettant le voile signifiant qu'il pleut déjà trente ou cinquante kilomètres plus loin, mais il n'y avait rien. Des nuages qui arrivaient, c'était tout.

Vern avait une ampoule au talon. Nous avons fait une pause pendant qu'il rembourrait sa chaussure avec de la mousse prise au tronc d'un vieux chêne.

« Est-ce qu'il va pleuvoir, Gordie ? a demandé Teddy.

— Je crois.

— Chierie ! a-t-il soupiré. La chierie pour commencer et la chierie pour finir la journée. »

J'ai ri et il m'a fait un clin d'œil.

On s'est remis en marche, un peu moins vite pour ménager le pied de Vern. Alors, entre deux et trois heures de l'après-midi, la qualité de la lumière s'est mise à changer et nous avons été sûrs qu'il allait pleuvoir. Il faisait toujours aussi chaud, et encore plus humide, mais on en était sûrs. Et les oiseaux aussi. Ils jaillissaient de nulle part et envahissaient le ciel en jacassant de leurs voix aiguës. Et la lumière, d'abord lourde, écrasante, semblait de plus en plus laiteuse, comme filtrée. Nos ombres, qui rallongeaient à nouveau, devenaient floues et indistinctes. Le soleil entrait et sortait des nuages empilés, de plus en plus épais, et au sud le ciel prenait une teinte cuivrée. Nous avons regardé les masses noires qui s'avançaient lourdement, fascinés par leur taille, leur menace muette. De temps en temps il semblait qu'un flash géant se déclenchait à l'intérieur d'un nuage qui passait momentanément du pourpre au gris clair. J'ai vu la langue fourchue d'un éclair dentelé s'élancer sous le nuage le plus proche, si brillant qu'il m'a imprimé un tatouage bleu sur la rétine, suivi d'un retentissant roulement de tonnerre.

On a commencé par râler parce qu'on allait se faire surprendre par la pluie, mais ce n'était que pour la forme — en fait nous l'attendions avec impatience. De l'eau pure, rafraîchissante… et pas de sangsues.

Un peu après trois heures et demie, nous avons aperçu de l'eau courante à travers les arbres.

« Le voilà ! s'est écrié Chris, tout joyeux. C'est le Royal ! »

On a trouvé notre second souffle et on s'est mis à marcher plus vite. L'orage se rapprochait. L'air s'est mis en mouvement et la température a paru tomber de

dix degrés en quelques secondes. En baissant les yeux
j'ai vu que mon ombre avait entièrement disparu.

On marchait à nouveau deux par deux, surveillant
les deux côtés de la voie. J'avais la bouche sèche,
tenaillée par une sorte de nausée. Le soleil a plongé
derrière un étagement de nuages, et cette fois il n'a pas
reparu. Un instant la masse nuageuse s'est ourlée d'or,
comme l'enluminure d'une Bible ancienne, et puis le
ventre pourpre et gonflé d'orage est venu effacer toute
trace de soleil. Le ciel est devenu lugubre — les
nuages dévoraient ce qui restait de bleu. L'odeur de la
rivière nous remplissait les narines comme si nous
étions des chevaux — à moins que ce ne fût celle de
l'eau en suspension dans l'air. Il y avait un océan au-
dessus de nos têtes, retenu par une membrane si mince
qu'elle pouvait se rompre à chaque instant et inonder
la terre.

Je fouillais les buissons du regard, mais mes yeux ne
cessaient de se porter sur le ciel affolé, dont les couleurs s'assombrissaient, promettant au choix toutes les
calamités : l'eau, le feu, le vent ou la grêle. Un vent
froid se mit à souffler, à siffler dans les branches. Un
éclair incroyable a soudain éclaté juste au-dessus de
nous, semblait-il, m'arrachant un cri tandis que je me
plaquais les mains sur les yeux. Dieu avait pris ma
photo : un petit garçon, sa chemise nouée autour de la
taille, le torse nu et écorché, les joues tachées de
cendres. J'ai entendu la chute d'un grand arbre fendu
en deux à moins de soixante mètres. Le coup de tonnerre qui a suivi m'a fait me recroqueviller. J'aurais
voulu être chez moi, en train de lire un bon livre, à
l'abri... comme dans la cave où on mettait les patates.

« Jézis ! » a crié Vern d'une voix aiguë, défaillante.
« Oh mon Jézis-Chriz, regardez *ça !* »

J'ai regardé ce qu'il montrait du doigt et vu une boule de feu d'un blanc bleuté qui roulait sur le rail de gauche, crépitant et crachant comme un chat échaudé. Elle est passée tout près et nous nous sommes retournés pour la suivre des yeux, stupéfaits, découvrant à l'instant que des choses pareilles pouvaient exister. Six mètres plus loin, soudain, elle a fait *plop* et disparu, ne laissant qu'une odeur d'ozone.

«Qu'est-ce que je fais là, de toute façon?» a marmonné Teddy.

«Génial!» s'est exclamé Chris, heureux, le visage vers le haut. «Ça va être génial à ne pas y croire!» Mais j'étais comme Teddy. Voir le ciel me donnait une désagréable sensation de vertige. C'était comme de regarder au fond d'une gorge aux parois marbrées, profonde et mystérieuse. Un deuxième éclair a frappé le sol, nous faisant baisser la tête. Cette fois l'odeur d'ozone était plus forte, envahissante. Le coup de tonnerre a suivi sans aucun intervalle.

J'en avais encore plein les oreilles quand Vern s'est mis à glapir, triomphant: «*Là! IL EST LÀ! JUSTE LÀ! JE LE VOIS.*»

Je revois Vern à cet instant précis chaque fois que j'en ai envie — il me suffit de m'asseoir une minute et de fermer les yeux. Il se tient debout sur le rail de gauche comme un explorateur à la proue d'un navire, une main abritant ses yeux de l'éclair argenté qui vient de s'abattre, l'autre pointant droit devant lui.

On a couru pour le rejoindre et on a regardé. Je me disais: *Vern s'est laissé emporter par son imagination, c'est tout. Les sangsues, la chaleur, la tempête en plus... ses yeux lui jouent des tours, c'est tout.* Mais ce n'était pas tout, bien qu'un instant j'aie souhaité qu'il en fût ainsi. Pendant cette fraction de seconde j'ai compris que je ne voulais jamais voir de cadavre, pas même celui d'une marmotte écrasée par une voiture.

À l'endroit où nous étions, les premières pluies de printemps avaient emporté une partie du talus, laissant une paroi rugueuse, instable, vaguement verticale, d'environ un mètre vingt. Au bas se trouvait une sorte de marais boueux, broussailleux, qui sentait mauvais. Et là une main pâle et blanche dépassait d'un enchevêtrement de ronces.

Avons-nous respiré ? Pas moi.

Le vent avait forci — il était devenu cinglant, capricieux, nous assaillant de tous côtés, il sautait, tourbillonnait, giflait nos poitrines couvertes de sueur. C'est à peine si je m'en rendais compte. Je crois qu'une part de mon esprit attendait que Teddy crie, *Parachutistes, sautez !* et je me disais qu'à ce moment-là je deviendrais fou, tout simplement. Il aurait mieux valu voir le corps d'un coup, en entier, mais il n'y avait que cette main tendue, flasque, horriblement blanche, les doigts mollement écartés, comme la main d'un noyé. Cette main nous disait la vérité sur toute cette affaire. Elle expliquait tous les cimetières du monde. Cette image m'est revenue chaque fois que j'ai entendu parler d'une atrocité quelconque. Quelque part, attachés à cette main, se trouvaient les restes de Ray Brower.

Les éclairs bondissaient, crépitaient, suivis par le déchirement du tonnerre, comme si une course de stock-cars avait démarré au-dessus de nos têtes.

« Meeeee… », a dit Chris, pas vraiment comme un juron, pas vraiment la version paysanne de *merde* qu'on prononce avec un brin d'herbe entre les dents quand la moissonneuse tombe en panne — c'était plutôt un son prolongé, détimbré, dépourvu de sens, un soupir passé par hasard près des cordes vocales.

Vern se léchait les lèvres de façon compulsive, comme s'il venait de goûter à un mets inconnu, un hot dog tibétain, un escargot interstellaire, d'un goût tellement bizarre qu'il en était à la fois excité et révolté.

Teddy, debout, regardait. Le vent fouettait ses cheveux gras et emmêlés, les écartait par moments de ses oreilles. Il avait le visage parfaitement vide. Je pourrais vous dire que j'y ai vu quelque chose, et peut-être l'ai-je fait, après coup… mais pas sur le moment.

Une procession de fourmis noires allait et venait sur la main.

Un grand bruissement s'est levé des deux côtés de la voie, comme si la forêt venait de remarquer notre présence et faisait des commentaires. La pluie s'était mise à tomber.

Des gouttes grosses comme des pièces de dix cents me sont tombées sur la tête et les bras. Les cendres du talus sont devenues noires — puis ont changé de couleur au bout d'un moment, quand le sol desséché a absorbé l'eau avec avidité.

Ces grosses gouttes sont tombées pendant quelques secondes et se sont arrêtées. J'ai regardé Chris, il m'a fait un clin d'œil.

Alors la tempête s'est abattue d'un coup, comme si on avait ouvert dans le ciel un robinet géant. Les bruissements se sont changés en bruyante dispute, comme si notre trouvaille nous était reprochée. C'était effrayant. Personne, avant l'université, ne vous apprend à ne pas croire au visage effrayant de la nature… et encore j'ai remarqué que personne, sauf les crétins finis, ne croit vraiment que ce n'est qu'une illusion.

Chris a sauté au bord du marécage ; ses cheveux déjà trempés lui collaient au crâne. Je l'ai suivi. Vern et Teddy n'étaient pas loin, mais Chris et moi avons été les premiers à atteindre le corps. Il était allongé sur le ventre. Chris m'a regardé dans les yeux, le visage grave, sérieux — un visage d'adulte. J'ai légèrement hoché la tête, comme s'il avait parlé tout haut.

Je pense qu'il était en bas, relativement intact, au lieu d'être là-haut, sur les rails et complètement déchiqueté, parce qu'il essayait de se sauver quand le train l'a heurté et l'a envoyé bouler. Il avait atterri la tête vers la voie, les bras au-dessus de la tête comme un plongeur qui va se lancer, au milieu de ce bout de terrain boueux qui se transformait en marécage. Ses cheveux étaient d'un brun rougeâtre, l'humidité de l'air en avait fait légèrement boucler les extrémités. Il avait du sang dans les cheveux, mais pas tant que ça, pas une énorme quantité. Le pire, c'étaient les fourmis. Il portait un tee-shirt uni, vert foncé, et un jean. Il avait les pieds nus mais un peu plus loin, prise dans les ronces, j'ai vu une paire de baskets sales. Un instant, cela m'a intrigué — pourquoi était-il ici et ses chaussures là-bas ? Et puis j'ai compris, et ça m'a fait comme un coup de poing dans le ventre. Ma femme, mes gosses, mes amis — ils croient tous qu'une imagination comme la mienne est un grand plaisir ; non seulement je fais plein de fric, mais j'ai un petit cinéma dans la tête chaque fois que je risque de m'ennuyer. En gros, ils n'ont pas tort. Mais parfois ça fait un tête-à-queue et ça vous mord jusqu'au sang avec ses longues dents, des dents pointues, aiguisées comme celles d'un cannibale. On voit des choses qu'on préférerait ne pas voir, de celles qui vous empêchent de dormir jusqu'au matin. C'est une de ces choses que j'avais sous les yeux, que je voyais avec une clarté et une certitude absolues. Le choc l'avait fait jaillir de ses chaussures.

Le train l'avait fait sauter hors de ses baskets comme il avait fait sauter la vie hors de son corps.

Pour moi, ça a finalement enfoncé le clou jusqu'au bout. Le gosse était mort. Le gosse n'était pas malade, il n'était pas endormi. Le gosse n'allait plus jamais se lever le matin ou attraper la chiasse en mangeant trop de pommes ou cueillir de la vigne vierge ou user sa gomme sur le bout de sa Ticonderoga n° 2 pendant un exercice de maths particulièrement difficile. Le gosse était mort, raide mort. Le gosse n'irait plus jamais à la chasse aux bouteilles avec ses copains, au printemps, un sac en jute sur l'épaule pour ramasser les bouteilles consignées découvertes par la neige fondante. Le gosse ne se lèverait pas à deux heures du matin le 1er novembre pour courir à la salle de bains et vomir une ventrée des sucreries bon marché qu'on bouffe à la Toussaint. Le gosse n'allait plus tirer les nattes d'une seule fille à l'étude. Le gosse ne donnerait plus de coups de poing dans le nez, et n'en recevrait plus. Le gosse c'était *peut pas, fait pas, jamais, ne pourra, ne voudra, ne saura*. Il était ce côté de la batterie où la borne est marquée NEG. Le fusible où il faut mettre une pièce de monnaie. La corbeille à papier près du bureau du prof, qui a toujours la même odeur de copeaux venus du taille-crayon et de peaux d'oranges séchées. La maison hantée hors de la ville dont les fenêtres sont enfoncées, les pancartes ENTRÉE INTER-DITE jetées très loin dans l'herbe, les greniers pleins de chauves-souris, les caves pleines de rats. Le gosse était mort, monsieur, madame, jeune maître, petite demoi-selle. Je pourrais continuer toute la journée sans jamais définir la distance entre ses pieds nus sur le soi et ses baskets sales accrochées dans les ronces. C'était un mètre et plus, c'était une tripotée d'années-lumière. Le gosse était déconnecté de ses baskets sans aucun espoir de réconciliation. Il était mort.

On l'a retourné sur le dos, sous l'averse, les éclairs, le fracas incessant du tonnerre.

Son visage et son cou étaient couverts de fourmis et d'insectes, qui entraient et sortaient avec entrain par l'encolure de son tee-shirt. Il avait les yeux ouverts, mais désaccordés d'une façon terrifiante — l'un relevé au point qu'on ne voyait plus qu'un mince croissant d'iris, l'autre dirigé droit vers l'orage. Une écume sanglante s'était coagulée sur son menton et sa lèvre supérieure — me suis dit qu'il avait saigné du nez — et le côté droit de son visage était noirci et déchiré. Pourtant il n'était pas vraiment défiguré. Une fois j'étais rentré dans une porte que Dennis ouvrait au même instant et j'en avais eu des bleus pires que ceux du gosse, *plus* un nez en sang, et après j'avais quand même repris de chaque plat au dîner.

Teddy et Vern étaient derrière nous, et s'il était resté un peu de vie dans cet œil unique braqué vers le haut, je crois que Ray Brower nous aurait vus comme les fossoyeurs d'un film d'épouvante.

Un scarabée est sorti de sa bouche, a traversé ses joues imberbes, est passé sur une ortie et a disparu.

« Z'avez vu ça ? » a demandé Teddy d'une voix faible, étrange, haut perchée. « J' parie qu'il est plein de ces putains de bestioles ! J' parie qu'il a la cervelle…

— La ferme, Teddy », a dit Chris. Teddy a paru soulagé.

Un éclair fourchu a bleui le ciel, éclairant l'œil unique du cadavre. On croyait presque qu'il était content d'avoir été retrouvé, et retrouvé par des garçons de son âge. Son torse avait gonflé et il dégageait une légère odeur de gaz, comme un pet refroidi.

Je me suis détourné, certain que j'allais vomir, mais j'avais l'estomac sec, dur et vide. Je me suis brutalement enfoncé deux doigts dans la gorge, voulant me *forcer* à vomir, comme si j'en avais besoin et que je pouvais m'en débarrasser de cette façon. Mais mon estomac s'est à peine contracté, puis n'a plus bougé.

La pluie battante et le tonnerre ont complètement couvert le bruit des voitures arrivant par la route de Back Harlow, qui passait à quelques mètres de la fondrière, de même que les craquements des broussailles écrasées sous leurs pas quand ils sont venus de l'impasse où ils s'étaient garés.

Nous nous sommes rendu compte de leur présence quand la voix de Ace Merrill s'est élevée au-dessus de la tempête : « Et alors, putain, qu'est-ce que vous savez de tout ça ? »

26

On a sauté en l'air comme si on nous avait piqués et Vern a poussé un cri — il a reconnu plus tard qu'il avait cru, juste une seconde, que la voix venait du mort.

De l'autre côté du marécage, en bordure des arbres qui nous dissimulaient le bout de la route, Ace Merrill et Les Mirettes se tenaient côte à côte, à moitié masqués par le rideau gris de la pluie. Ils portaient tous les deux des vestes d'étudiants en nylon rouge, de celles qu'on peut acheter au secrétariat quand on est normalement inscrit et qu'on distribue gratuitement aux sportifs de la fac. La pluie leur avait plaqué les cheveux sur le crâne et un mélange de brillantine et d'eau leur coulait le long des joues comme un ersatz de larmes.

« Fi' d' garce ! a dit Les Mirettes. C'est mon petit frère ! »

Chris le regardait, bouche ouverte. Il avait encore sa chemise autour de la taille, trempée, dégoulinante. Son sac, d'un vert noirci par la pluie, pendant contre ses omoplates.

« Tu te barres, Rich, a-t-il dit d'une voix tremblante. On l'a trouvé. On est prem.

— Au cul les prem. On va le signaler.

— Non, ça non », ai-je dit. Soudain j'étais furieux qu'ils soient là, qu'ils soient arrivés comme ça au dernier moment. Si on y avait réfléchi on aurait compris qu'un truc de ce genre était probable... mais ce moment, d'une façon ou d'une autre, ces gosses plus grands et plus forts n'allaient pas nous le voler — prendre ce qu'ils voulaient comme par droit divin, comme si leur solution de facilité était la meilleure, la seule façon de faire. Ils étaient venus en *voiture* — je crois que c'est ce qui m'a mis en rage. Ils étaient venus en *voiture*. « On est quatre, Les Mirettes. Essaye toujours.

— Oh, on va essayer, ne t'en fais pas », a-t-il dit, et derrière lui les arbres ont frémi. Charlie Hogan et Billy, le frère de Vern, ont avancé en jurant et en s'essuyant le visage. J'ai senti une boule de plomb dans mon ventre, une boule encore plus lourde quand Jack Mudgett, Fuzzy Bracowicz et Vince Desjardins les ont suivis.

« Et nous voilà, a dit Ace en souriant. Alors vous allez juste...

— *VERN !* » s'est écrié Billy Tessio d'une voix terrible, accusatrice, genre le-jugement-est-proche. Il a brandi ses deux poings sous la pluie. « Petit fils de pute ! T'étais sous la véranda ! *Casse-bite !* »

Vern s'est tassé sur lui-même.

Charlie Hogan est devenu positivement lyrique. « Espèce de petit con de voyeur, *lèche-cramouille* merdeuse ! Je devrais te faire sortir la merde par les yeux !

— Ouais ? Eh bien, essaye ! » a soudain bramé Teddy, les yeux brillant d'un éclat dément derrière ses lunettes pleines d'eau. « Viens-y donc, viens t' battre ! Allez ! Allez, les gros mecs ! »

Billy et Charlie n'ont pas eu besoin qu'on leur dise deux fois. Ils ont fait un pas en avant et Vern a encore frémi. Il a frémi... mais il a tenu bon. Il était avec ses amis, on en avait tous vu de dures, on n'était pas venus ici en *bagnole*.

Mais Ace les a retenus d'un geste, en leur touchant l'épaule. « Maintenant, écoutez-moi, les gars », a-t-il dit d'un ton patient, comme si nous n'étions pas en plein sous l'orage. « Nous sommes plus nombreux que vous. Nous sommes plus forts. On va vous donner une chance de vous barrer. Je me fous de savoir où vous allez. Prenez-vous pour des crayons et taillez-vous. »

Le frère de Chris a gloussé et Fuzzy a donné une claque dans le dos de l'orateur pour le féliciter de son humour. Le Sid Caesar des jeunes délinquants.

« Parce qu'on va le *prendre*. » Ace a souri, et on l'imaginait sourire tout aussi gentiment en brisant sa canne sur le crâne d'un pauvre minable sans éducation qui aurait fait la grave erreur d'ouvrir sa gueule alors que Ace préparait un carambolage. « Si vous partez, on le prend. Si vous restez on vous flanque une raclée et on le prend quand même. En plus — a-t-il ajouté pour parer son banditisme d'un peu de vertu —, Charlie et Billy l'ont trouvé, alors ils sont prem de toute façon.

— Ils se sont dégonflés ! lui a renvoyé Teddy. Vern nous en a parlé ! Ils avaient une putain de trouille à en chier dans leur putain de froc ! » Il a grimacé pour imiter le visage pleurnichard et terrifié de Charlie Hogan. « J' voudrais qu'on ait jamais chauffé cette bagnole ! Je voudrais qu'on soit jamais allés tirer un coup sur la route de Back Harlow ! Oh, Billiiie, qu'est-ce qu'on va faire ? Oh Biliiiie, je crois que je viens de remplir mon slip de crème au chocolat ! Oh, Billiiie…

— Ça va comme ça », a dit Charlie, qui s'est avancé de nouveau, son visage buté tordu par la rage et la honte : « Môme, quel que soit ton nom, quand tu voudras te mettre les doigts dans le nez faudra aller le chercher du côté des amygdales ! »

J'ai lancé un regard affolé vers Ray Brower. Il regardait calmement la pluie de son œil unique, allongé par terre mais au-dessus de tout ça. Le tonnerre était tout aussi fréquent, mais la pluie commençait à diminuer.

« Qu'est-ce que t'en dis, Gordie ? » a dit Ace, retenant à peine Charlie par le bras, comme un dresseur accompli aurait tenu un chien méchant. « Tu dois quand même avoir un peu du bon sens de ton frère. Dis à ces gars de reculer. Je laisserai Charlie se faire un peu la main sur ce punko de quat' zieux et puis on ira chacun de notre côté. Qu'est-ce que t'en dis ? »

Il avait eu tort de parler de Dennis. J'avais voulu raisonner avec lui, souligner ce qu'il savait très bien, qu'on avait tous les droits de prendre les billes de Billy et Charlie puisque Vern les avait entendus les refuser. J'avais voulu lui dire que Vern et moi avions failli nous faire écraser par un train de marchandises sur le ponton de la Castle. Lui parler de Milo Pressman et de son intrépide — et stupide — copain Chopper, le superchien. Et des sangsues, aussi. Je crois que je voulais seulement lui dire : Allons, Ace, faut être honnête, tu le sais. Mais il avait fallu qu'il parle de Dennis, et au lieu de ces paroles de bon sens j'ai entendu sortir de ma bouche mon propre arrêt de mort : « Viens sucer ma grosse queue, petit truand de Monoprix. »

Ace, de surprise, a fait un O parfait avec sa bouche — une expression si étonnamment chochotte qu'en d'autres circonstances on aurait pleuré de rire. Les autres — des deux côtés du marécage — me regardaient d'un air stupéfait.

Teddy a hurlé de joie : « Tu lui as pas envoyé dire, Gordie ! Oh, mec ! C'est trop beau ! »

Je suis resté figé, sans pouvoir y croire. C'était comme si une doublure en pleine crise de folie avait sauté en scène au moment critique et déclamé des vers ne faisant même pas partie de la pièce. Dire à un mec de vous sucer, c'était ce qu'on pouvait faire de pire, sauf parler de sa mère. Du coin de l'œil j'ai vu que Chris avait posé son sac et fouillait dedans avec frénésie, mais je n'ai rien compris — sur le moment, du moins.

« Okay, a dit Ace tout doucement. On se les fait. Ne touchez à personne, sauf au môme Lachance. Je vais lui casser ses deux putains de bras. »

Du coup, j'étais glacé. Je ne me suis pas pissé dessus comme sur la passerelle, mais c'était probablement parce que je n'avais plus rien à pisser. Il allait vraiment le faire, voyez-vous ; les années m'ont fait changer d'avis sur beaucoup de choses, mais pas là-dessus. Quand Ace a dit qu'il allait me casser les deux bras, il en avait la ferme intention.

Ils se sont avancés vers nous sous la pluie qui diminuait. Jackie Mudgett a sorti un cran d'arrêt de sa poche et a poussé le bouton. Quinze centimètres d'acier ont jailli, gris tourterelle dans le faux jour où nous étions. Vern et Teddy se sont mis aussitôt en position de combat de chaque côté de moi. Teddy avec impatience, Vern l'air acculé, avec une grimace de désespoir.

Les grands s'avançaient sur un rang, pataugeant dans la fondrière changée par l'averse en une grande mare boueuse. Le corps de Ray Brower était couché à nos pieds comme un tonneau plein d'eau. J'étais prêt à me battre… quand Chris a tiré une balle du revolver pris dans la commode de son vieux.

KA-BLAM !

Dieu, quel bruit merveilleux ! Charlie Hogan a sauté en l'air. Ace Merrill, qui me fixait dans les yeux, s'est brusquement retourné vers Chris. Sa bouche a refait son O. Les Mirettes a eu l'air complètement ahuri.

« Hé, Chris, c'est à Papa, a-t-il dit. Tu vas prendre une sacrée tannée…

— Rien à côté de ce que tu vas recevoir », a dit Chris. Il était d'une pâleur terrible, toute la vie de son visage semblait avoir été aspirée vers le haut, dans ses yeux. Ils flamboyaient.

« Gordie avait raison, vous n'êtes rien qu'une bande de pauvres minables. Charlie et Billy ne voulaient pas de leurs putains de billes et vous le savez tous. On n'aurait pas fait cette putain de trotte à pied s'ils en avaient voulu. Ils sont juste allés dégueuler leur salade dans un coin pour que Ace Merrill pense à leur place. » Sa voix est montée jusqu'au cri : « *Mais vous allez pas l'avoir, vous m'entendez ?*

— Maintenant écoute, a dit Ace. Tu ferais mieux de poser ça avant de te tirer dans le pied. Tu n'aurais pas les couilles de descendre une marmotte. » Il s'est remis à avancer, avec le même sourire aimable. «Tu n'es qu'un petit cul merdeux raccourci de rien du tout et je vais te faire *bouffer* ce revolver.

— Ace, si tu ne t'arrêtes pas je te tire dessus. Je le jure sur Dieu.

— Tu irais en tauauaule», a roucoulé le grand, sans même hésiter. Il souriait toujours. Les autres le regardaient, fascinés et horrifiés... exactement comme Teddy, Vern et moi regardions Chris. Ace Merrill était le plus sale mec de la région et je ne pensais pas que Chris pourrait l'avoir au bluff. Et qu'est-ce qui restait? Ace ne croyait pas qu'un petit merdeux de douze ans arriverait à lui tirer dessus. Je pensais qu'il avait tort; je me suis dit que Chris allait tirer pour que l'autre ne lui prenne pas le revolver de son père. Pendant quelques secondes j'ai été sûr qu'il allait y avoir de graves ennuis, les pires que j'aie jamais connus. Des ennuis mortels, peut-être. Et tout ça pour savoir qui était prem au sujet d'un cadavre.

Chris, doucement, sur un ton de regret : «Où tu la veux, Ace? Le bras ou la jambe? J' peux pas choisir. Choisis pour moi.»

Et Ace s'est arrêté.

27

Son visage s'est défait, et soudain j'y ai vu la terreur. À mon avis c'était plutôt le ton qu'avait employé Chris, plutôt que ce qu'il avait dit, son regret sincère que tout aille de mal en pis. Si c'était un bluff, c'est le meilleur que j'aie jamais vu. Les autres ont été totalement convaincus ; ils avaient le visage ratatiné, comme si quelqu'un venait d'allumer la mèche d'une bombe, une mèche courte.

Ace, lentement, a repris contrôle de lui-même. Les muscles de son visage se sont tendus, les lèvres pressées l'une contre l'autre, et il a regardé Chris comme on regarde un homme d'affaires qui vient de vous faire une proposition sérieuse — fusionner vos deux sociétés, ou gérer votre ligne de crédit, ou vous envoyer une balle dans les couilles. Une expression d'attente, presque de la curiosité, un air vous faisant savoir que la peur avait disparu ou était soigneusement enfouie. Ace avait recalculé les risques de se faire descendre et décidé qu'après tout il y en avait plus qu'il n'avait cru. Mais il était encore dangereux — peut-être plus qu'avant. Plus tard je me suis dit que je n'avais jamais vu une telle acrobatie sur le fil du rasoir. Ni l'un, ni l'autre ne bluffait, ils étaient sérieux comme la mort.

« Très bien. » Ace s'adressait à Chris, la voix aussi douce. « Mais je sais dans quel état tu vas t'en sortir, enculé.

— Non, t'en sais rien.

— Petit merdeux ! a crié Les Mirettes. Tu vas te retrouver dans le plâtre pour ça !

— Lèche-moi les couilles », lui a dit Chris.

Avec un grognement de rage Les Mirettes s'est avancé et Chris a tiré dans l'eau trois mètres devant lui. Une gerbe a jailli. Les Mirettes a sauté en arrière, l'injure à la bouche.

« Okay, a dit Ace. Et maintenant ?

— Maintenant vous montez dans vos caisses et vous bombez vers Castle Rock. Après ça m'est égal. Mais vous ne l'aurez pas. » Du bout trempé de son espadrille, il a touché Brower très légèrement, presque avec respect. « Vous pigez ?

— Mais on t'aura, *toi*. » Ace s'est remis à sourire : « Tu ne le sais pas ?

— Peut-être. Peut-être pas.

— On t'aura salement. Il souriait toujours. On va te faire mal. Tu le *sais*, je ne peux pas croire le contraire. On va tous vous envoyer à ce putain d'hôpital avec des putains dc fractures. Franchement.

— Oh, pourquoi tu vas pas chez toi baiser ta mère une fois de plus ? J'ai entendu dire qu'elle adore comment tu lui fais ça. »

Le sourire s'est figé. « Je te tuerai pour ça. Personne ne touche à ma mère.

— On m'a dit que ta mère baise pour de l'oseille », a continué Chris. Ace s'est mis à blêmir, et quand son teint a rejoint la pâleur terrifiante de celui de son vis-à-vis, Chris a ajouté : « En fait, on m'a dit qu'elle vous fait un pompier pour dix cents à foutre dans le juke-box. On m'a dit… »

D'un seul coup, féroce, l'orage est revenu. Mais de la grêle, cette fois, au lieu de la pluie. Ce n'était plus un murmure ni une dispute qui agitait la forêt, mais les tambours de guerre sortis d'un film en pleine jungle — le bruit des gros grêlons qui mitraillaient les troncs d'arbres. J'ai reçu des cailloux sur les épaules, comme s'ils étaient lancés par une force consciente, malveillante. Pire, ils ont commencé à s'attaquer au visage de Ray Brower avec un affreux clapotement qui m'a rappelé sa présence, sa terrible et infinie patience.

Vern a cédé le premier, avec un hurlement plaintif. Il s'est enfui en haut du talus à grandes enjambées, comme sur des échasses. Teddy a tenu encore une minute et l'a suivi en courant, les mains au-dessus de sa tête. De leur côté, Vince Desjardins a pataugé vers l'abri d'un arbre et Fuzzy Bracowicz l'a rejoint. Mais les autres n'ont pas bougé d'un poil, et Ace s'est remis à sourire.

« Me lâche pas, Gordie, a dit Chris d'une voix basse et tremblante. Me lâche pas, mec.

— Je suis là.

— Allez-y, maintenant », leur a lancé Chris, et il a pu, par magie, empêcher sa voix de trembler. On aurait dit qu'il donnait des instructions à un gosse imbécile.

« On t'aura, a dit Ace. On ne va pas l'oublier, si c'est ce que tu crois. C'est pour de vrai, baby.

— Parfait. Maintenant partez, vous ferez ça un autre jour.

— On va te tendre une putain d'embuscade, Chambers. On va…

— *Tirez-vous !* » a hurlé Chris en relevant son arme. Ace a reculé.

Il a regardé Chris encore un moment, a hoché la tête, et s'est retourné. « Venez », a-t-il dit aux autres. Il a regardé Chris une dernière fois par-dessus son épaule. « On se reverra. »

Ils sont retournés dans le rideau d'arbres séparant la fondrière de la route. Chris et moi sommes restés parfaitement immobiles malgré la grêle qui nous mitraillait, nous laissait des marques rouges et s'entassait tout autour comme de la neige en plein été. Nous avons écouté sans bouger, et par-dessus le calypso dément des grêlons frappant les arbres, nous avons entendu deux voitures démarrer.

« Reste là », m'a dit Chris en traversant la boue.

« Chris ! » J'ai paniqué.

« Il le faut. Reste là. »

Il m'a semblé mettre un temps fou. J'étais sûr que

Ace ou Les Mirettes étaient restés cachés et qu'ils lui avaient sauté dessus. J'ai tenu bon, avec Ray Brower pour seule compagnie, et j'ai attendu que quelqu'un — qui que ce soit — revienne. Au bout d'une éternité, ç'a été Chris.

« On les a eus, a-t-il dit. Ils sont partis.

— Tu es sûr ?

— Ouais. Les deux voitures. » Il a levé les bras au-dessus de la tête, le revolver entre ses mains serrées, et secoué les poings comme une parodie de champion. Et puis il a baissé les bras et m'a souri. Je crois que c'est le sourire le plus triste et terrifié que j'aie jamais vu. « Suce ma grosse queue — qui t'a dit que t'en avais une grosse, Lachance ?

— La plus grosse des quatre comtés. » Je tremblais de tout mon corps.

On s'est regardés avec affection, pendant une seconde, et aussitôt, gênés peut-être par ce que nous avions vu, nous avons baissé les yeux. Un affreux frisson de peur m'a traversé, et le brusque *floc, floc* des pieds de Chris m'a dit que lui aussi l'avait vu. Les yeux de Ray Brower étaient très grands, très blancs, fixes et sans pupilles, comme ceux des statues grecques. Il n'a fallu qu'une seconde pour comprendre ce qui s'était passé, mais l'horreur n'en était pas diminuée. Ses yeux s'étaient remplis de grêlons, blancs et arrondis. Les grêlons s'étaient mis à fondre et l'eau coulait sur ses joues comme si sa pose grotesque le faisait pleurer d'être cet enjeu ridicule pour quoi se battaient deux bandes de petits campagnards stupides. On aurait dit qu'il gisait déjà dans son linceul.

« Oh, Gordie, hé, a dit Chris, tremblant. Dis donc, mec. Quel film d'horreur, pour lui.

— Je ne crois pas qu'il sache...

— C'est peut-être son fantôme qu'on a entendu. Peut-être qu'il savait ce qui allait se passer. Quel putain de film d'horreur, franchement. »

Derrière nous des branches ont craqué. J'ai pivoté sur place, sûr qu'ils nous avaient encerclés, mais Chris s'est remis à contempler le corps après avoir jeté un bref coup d'œil, presque négligemment. C'étaient Vern et Teddy, leurs jeans trempés, noirs, leur collant aux jambes, souriant tous les deux comme des chiens ayant gobé un œuf.

« Qu'est-ce qu'on va faire, mec ? » a dit Chris, et un frisson bizarre m'a traversé. Peut-être qu'il me parlait, peut-être… mais il continuait à regarder le cadavre.

« On va le ramener, pas vrai ? » a demandé Teddy, déconcerté. « On va être des héros. C'est pas vrai ? » Ses yeux allaient de Chris à moi, revenaient sur Chris.

Chris a levé la tête comme s'il sortait brusquement d'un rêve. Il a fait la grimace, fait trois grands pas vers Teddy, lui a mis ses mains sur la poitrine et l'a brutalement poussé en arrière. Teddy a trébuché, battu des bras pour garder l'équilibre, puis est tombé le cul par terre avec un grand floc. Il a regardé Chris en clignant des yeux comme un rat musqué surpris dans son trou. Vern, lui, l'a surveillé d'un œil méfiant, comme s'il redoutait une crise de folie. Il n'était peut-être pas loin du compte.

« Tu fermes ta gueule, a dit Chris. Parachutistes sautez mon cul. Pauvre dégonflé en mie de pain.

— C'était la *grêle* ! a crié Teddy, plein de honte et de colère. Ce n'étaient pas ces mecs, Chris ! J'ai peur des *orages* ! Je n'y peux rien ! Je les aurais pris tous ensemble, je le jure sur la tombe de ma mère ! Mais j'ai peur des *orages* ! Merde ! Je n'y peux rien ! » Il s'est remis à pleurer, toujours assis dans l'eau.

«Et toi?» Chris s'est tourné vers Vern: «Tu as peur des orages, toi aussi?»

Vern a secoué la tête d'un air abruti, encore sidéré par la colère de Chris. «Hé, mec, je croyais qu'on se sauvait tous les quatre.

— Alors t'as dû lire dans les esprits, parce que tu t'es sauvé le premier.»

Vern a dégluti, deux fois, n'a rien dit.

Chris l'a regardé, les yeux fous. Et il s'est tourné vers moi. «On va lui faire une litière, Gordie.

— Comme tu veux, Chris.

— Sûr! Comme chez les scouts.» Il a pris une voix aiguë, étrange, nasillarde: «Exactement comme chez ces putains de scouts. Une litière — des branches et nos chemises. Comme dans le manuel. Pas vrai, Gordie?

— Ouais. Si tu veux. Mais si ces types…

— *Qu'ils se fassent enculer!* a-t-il hurlé. *Vous êtes tous une bande de pédés! Allez vous faire foutre, tarés!*

— Chris, ils peuvent appeler le commissaire. Pour se venger.

— *Il est à nous et on va l'emmener!*

— Ces types feraient n'importe quoi pour nous couler», lui ai-je dit d'une voix qui m'a paru faible, stupide, grippée. «Diraient n'importe quoi et mentiraient en rond. Tu sais comme on peut foutre les gens dans la merde avec des mensonges, mec. Comme avec l'argent du…

— *JE M'EN FOUS!*» Il s'est jeté sur moi, les poings en avant. Mais un de ses pieds a heurté le torse de Brower avec un bruit mou, faisant osciller le cadavre. Chris est tombé de tout son long, et j'ai attendu qu'il vienne me casser la gueule, mais il est resté à plat ventre, la tête vers le talus, les bras levés comme un plongeur qui va sauter, exactement comme nous avions trouvé Ray

Brower. Affolé, j'ai regardé ses pieds pour être sûr qu'il avait toujours ses espadrilles. Alors il s'est mis à pleurer, à crier, se tordant dans l'eau boueuse qui rejaillissait, tambourinant des poings dans la boue et secouant la tête dans tous les sens. Teddy, Vern et moi l'avons regardé bouche bée ; personne n'avait jamais vu pleurer Chris Chambers. Au bout d'un moment je suis remonté en haut du talus et je me suis assis sur un rail. Teddy et Vern m'ont suivi. Nous sommes restés sous la pluie, sans parler, comme les trois singes qu'on vend dans les Monoprix et les bazars pouilleux qui ont toujours l'air au bord de la faillite.

28

C'est vingt minutes plus tard que Chris a grimpé sur le talus pour nous rejoindre. Les nuages commençaient à s'effilocher. Le soleil envoyait des flèches par leurs déchirures. En trois quarts d'heure les buissons avaient viré du vert clair au vert foncé. Chris était couvert de boue de la tête aux pieds, les cheveux hérissés de pointes boueuses. Il n'avait de propre que le tour des yeux, lavé par les larmes.

« Tu as raison, Gordie, a-t-il dit. Personne n'est prem. Un guignon jusqu'au bout, hein ? »

J'ai hoché la tête. Cinq minutes se sont écoulées. On n'a rien dit. Et il m'est venu une idée — juste au cas où ils appelleraient vraiment Bannerman. Je suis redescendu jusqu'où Chris leur avait tenu tête. Je me suis mis à genoux et j'ai tamisé soigneusement l'eau et les herbes entre mes doigts.

« Qu'est-ce que tu fais ? » Teddy m'avait rejoint.

« C'est sur ta gauche, je crois », a dit Chris en tendant le bras.

J'ai regardé par là et une minute après j'ai trouvé les deux cartouches qui me clignaient de l'œil sous le soleil retrouvé. Je les ai données à Chris. Il a approuvé de la tête et les a fourrées dans une poche de son jean.

« Maintenant on y va, a-t-il dit.

— Hé, allons-y ! » a crié Teddy, soudain angoissé. « Je veux *l'emporter* !

— Écoute, crétin, lui a dit Chris, si on le ramène on peut tous atterrir en maison de correction. C'est comme dit Gordie. Ces types peuvent inventer n'importe quelle histoire. Et s'ils disaient que c'est *nous* qui l'avons tué, hein ? Ça te plairait ?

— J'en ai rien à foutre. » Teddy s'est renfrogné, puis a relevé les yeux avec un espoir absurde. « En plus, on n'aurait peut-être que deux mois à faire. Pour complicité, je veux dire, on n'a que douze ans, putain, ils vont pas nous envoyer à Shawshank.

— Tu peux pas entrer dans l'armée si t'as un casier, Teddy », a dit Chris d'une voix douce.

J'étais presque sûr que c'était un mensonge éhonté — mais ce n'était peut-être pas le moment de le dire. Teddy a longuement regardé Chris, la bouche tremblante. Finalement il a réussi à couiner : « T' fous d' moi ?

— Demande à Gordie. »

Il m'a regardé, plein d'espoir.

« Il a raison. » J'avais l'impression d'être une vraie merde. « Il a raison, Teddy. Premier truc qu'ils font quand tu t'engages c'est de vérifier ton casier.

— Dieu tout-puissant !

— On va se traîner le cul jusqu'au ponton, a dit

Chris. Ensuite on va quitter la voie et rentrer à Castle Rock par un autre côté. Si on nous demande où on était, on dira qu'on est allés camper sur Brickyard Hill et qu'on s'est perdus.

— Milo Pressman ne marchera pas, ai-je dit. Ce taré du Florida non plus.

— Bon, on dira que Milo nous a fait peur et que c'est là qu'on a décidé de monter sur le Brickyard.»

J'ai approuvé. Ça pourrait marcher. Si Vern et Teddy arrivaient à s'en souvenir.

« Et si nos vieux veulent se parler ? a demandé Vern.

— Fais-toi peur avec ça si tu veux, lui a dit Chris. Le mien sera encore imbibé.

— Alors allons-y», a dit Vern en surveillant le rideau d'arbres qui nous séparait de la route. Il avait l'air de croire que Bannerman et une meute de chiens féroces allaient déboucher par là d'un instant à l'autre. « Allons-y pendant que ça va. »

On était tous les quatre debout, prêts à partir. Les oiseaux chantaient comme des fous, ravis à cause de la pluie, du soleil, des vers et de toute la création, j'imagine. On s'est retournés comme des pantins et on a regardé Ray Brower.

Il était toujours là, de nouveau seul. Ses bras étaient retombés quand on l'avait retourné et il avait bras et jambes en croix, comme pour profiter du soleil. À première vue tout allait bien, c'était une scène mortuaire plus naturelle que toutes celles jamais inventées par les morticoles des pompes funèbres. Ensuite on voyait les contusions, le sang séché au-dessus de la bouche et sous le menton, et la façon dont le corps commençait à enfler. On voyait que les mouches à merde étaient ressorties avec le soleil et qu'elles tournaient autour du corps avec un bourdonnement insolent. On se souvenait de cette odeur de gaz, à la fois sèche et malade, comme des pets dans une chambre close. C'était un garçon de notre âge, il était mort, et je refusais l'idée qu'il y ait là quoi que ce soit de naturel, je la repoussais avec horreur.

« Okay », a dit Chris d'un ton qu'il voulait plein d'entrain, mais sa voix est sortie de sa gorge comme une poignée de brins de paille arrachée à un vieux balai tout sec. « Pas accéléré. »

Presque au trot, nous sommes repartis par où nous étions venus. Sans parler. Pour les autres, je ne sais pas, mais je pensais trop pour pouvoir parler. Certains détails du corps de Ray Brower me tracassaient — et me tracassent encore aujourd'hui.

Un coup sur le côté du visage, une déchirure du cuir chevelu, un saignement de nez. Rien d'autre — en tout cas rien de visible. Des gens, après une bagarre dans un bar, sont dans un plus sale état, et ils continuent à boire. Pourtant le train *devait* l'avoir heurté ; autrement, qu'est-ce qui aurait pu le déchausser ? Et pourquoi le conducteur ne l'avait-il pas vu ? Se pouvait-il que le train l'ait heurté assez fort pour le renverser mais pas assez pour le tuer ? Je me suis dit que c'était possible, en tenant compte de toutes les circonstances. La locomotive lui aurait donné un bon coup à lui déchausser les dents alors qu'il allait sauter ? L'aurait envoyé faire un saut périlleux en arrière là où le talus s'était effondré ? Il serait resté conscient, frissonnant dans le noir pendant des heures, n'ayant plus seulement perdu son chemin mais son orientation, coupé du monde ? Peut-être était-il mort de peur. Un jour un oiseau dont on avait écrasé la queue était mort de cette façon entre mes mains. Son corps tremblait, vibrait légèrement, son bec s'ouvrait, se refermait, ses yeux noirs et brillants me regardaient. Et puis la vibration s'est tue, le bec est resté à demi ouvert et les yeux noirs sont devenus ternes et indifférents. Il en avait peut-être été de même avec Ray Brower. Il avait pu mourir tout simplement parce qu'il avait trop peur pour continuer à vivre.

Mais il y avait autre chose, et qui me tracassait plus que tout. Il était parti cueillir des mûres. Je me souvenais vaguement des informations disant qu'il avait emporté une cruche pour y mettre les mûres. Quand nous sommes rentrés je suis allé à la bibliothèque et j'ai vérifié dans les journaux. Il allait cueillir des mûres et il avait un seau, ou un pot — quelque chose comme ça. Mais nous ne l'avions pas trouvé. On l'avait trouvé, lui, et on avait trouvé ses baskets. Il avait dû jeter son seau entre Chamberlain et la mare de boue où on l'avait trouvé. Peut-être au début s'était-il cramponné à ce seau comme s'il était lié à sa maison, à la sécurité. Mais à mesure que sa peur montait, et l'impression d'être complètement seul, sans que rien puisse le sauver que ce qu'il pourrait accomplir lui-même, quand une terreur glacée l'a pris, peut-être a-t-il jeté son seau d'un côté ou d'un autre des voies, sans presque s'apercevoir de sa disparition.

Depuis j'ai pensé à revenir pour chercher le seau — cela vous paraît-il assez morbide ? J'ai pensé suivre la route de Back Harlow dans mon break Ford presque neuf, tout seul, laissant ma femme et mes enfants très loin dans un autre monde, un monde où quand il fait noir on appuie sur un bouton et la lumière s'allume. J'y ai pensé. Sortir mon sac de l'arrière du break et le poser sur le pare-chocs spécial pour ôter ma chemise et la nouer autour de ma taille. Me frotter la poitrine et les épaules avec du Muskol antimoustiques et me frayer un chemin dans la forêt jusqu'où était cette fondrière, là où nous l'avions trouvé. À cet endroit, suivant les contours de son corps, l'herbe serait-elle encore jaune ? Sûrement pas, il n'y aurait aucune trace, mais on se pose quand même la question et on se rend compte de la mince barrière qui sépare le costume de l'homme rationnel — la veste en velours de l'écrivain, avec des pièces en cuir aux deux coudes — et les gorgones mythiques et bondissantes de l'enfance. Ensuite grimper sur le talus, aujourd'hui couvert de mauvaises herbes, et suivre lentement les traverses pourries et les rails mangés de rouille dans la direction de Chamberlain.

Un rêve idiot. Partir à la recherche d'un seau à mûres oublié depuis vingt ans, probablement lancé très loin dans la forêt, enterré par un bulldozer défrichant le terrain pour une maison préfabriquée ou si bien recouvert par les ronces et les herbes qu'il est à jamais invisible. Mais je suis sûr qu'il est toujours là, quelque part le long de la voie abandonnée, et parfois l'envie d'y aller voir est presque irrésistible. D'habitude elle me vient le matin, quand ma femme prend sa douche, que les gosses regardent *Batman* et *Scooby-Doo* sur le canal 38 de Boston, et que je me sens au plus près du Gordon Lachance préadolescent qui a jadis parcouru la surface de la terre, marché, parlé, et parfois rampé sur le ventre comme un reptile. Ce garçon, c'était *moi*, je crois. Et la pensée qui suit, glaçante comme une giclée d'eau froide, est celle-ci : *De quel garçon parles-tu ?*

En buvant une tasse de thé, en regardant le soleil s'infiltrer par les fenêtres de la cuisine, en entendant la douche à un bout de la maison et la TV à un autre, en sentant derrière mes yeux la palpitation qui signifie que j'ai bu une bière de trop la nuit d'avant, je suis sûr que je pourrais le retrouver. Je verrais le métal me cli-

gner de l'œil à travers la rouille, me renvoyer droit
dans les yeux le clair soleil d'été. Je descendrais au bas
du talus, j'écarterais les herbes qui auront poussé et se
seront enroulées autour de l'anse, et ensuite je… quoi ?
Voyons, je l'arracherais au temps, tout simplement, je
le prendrais, le tournerais, m'étonnerais à son contact,
m'émerveillerais de savoir que la dernière personne
qui l'avait touché était enterrée depuis longtemps.
Imaginons qu'il y ait un mot à l'intérieur ? *Au secours,
je suis perdu.* Il n'y aurait rien, bien sûr — les gosses
ne vont pas cueillir des mûres avec un crayon et du
papier — mais imaginons tout de même. Il me semble
que je serais saisi d'une terreur aussi noire qu'une
éclipse. Pourtant, je crois qu'il s'agit surtout d'avoir ce
seau entre les mains — symbole de ma vie tout autant
que de sa mort, preuve que je sais vraiment quel garçon c'était — lequel des cinq. L'avoir entre les mains.
Lire chaque année écoulée dans la croûte de rouille et
l'éclat terni de l'émail. Le toucher, essayer de sentir les
soleils qui l'ont réchauffé, les pluies qui l'ont lavé, les
neiges qui l'ont recouvert. Et me demander où j'étais
quand tout cela lui est arrivé au fond de sa solitude, où
j'étais, qu'est-ce que je faisais, qui j'aimais, comment
je vivais, où j'étais. Je l'aurais entre les mains, je le
toucherais, je le lirais… et je regarderais mon visage
dans le pauvre reflet qu'il renverrait. Vous pigez ?

29

Nous sommes arrivés à Castle Rock dimanche matin,
un peu après cinq heures, le lendemain de la fête du

Travail. Nous avions marché toute la nuit sans nous plaindre, malgré nos ampoules aux pieds et une faim de loup. Une migraine épouvantable me tenaillait la tête, la fatigue me crispait et me brûlait les jambes. Deux fois nous avions dû dégringoler au bas du talus pour éviter des trains de marchandises. L'un d'eux allait dans le bon sens, mais trop vite pour sauter dessus. Le jour pointait lorsque nous avons rejoint la passerelle au-dessus de la Castle. Chris l'a regardée, a regardé la rivière, nous a regardés.

« Au cul. Je passe. Si je me fais écraser par un train je n'aurais plus à m'inquiéter de ce connard d'Ace Merrill. »

Nous sommes tous passés. En traînant la jambe, je dois dire. Aucun train n'est venu. En arrivant à la décharge nous avons escaladé le grillage (ni Milo ni Chopper, pas si tôt, et pas le dimanche matin) et nous sommes allés directement à la pompe. Vern a pompé et chacun à notre tour nous nous sommes mis la tête sous le jet glacé, nous nous sommes passé de l'eau sur le corps et nous avons bu jusqu'à en éclater. Ensuite nous avons dû remettre nos chemises à cause du froid. Nous avons marché — boitillé — jusqu'à la ville et nous sommes restés un moment sur le trottoir en face du terrain vague, les yeux fixés sur notre arbre pour ne pas avoir à nous regarder.

« Bon, a fini par dire Teddy, on s' voit mercredi à l'école. Je crois que je vais dormir deux jours.

— Moi aussi, a dit Vern. Je suis trop crevé pour baver. »

Chris sifflotait sans bruit entre ses dents. Il n'a rien dit.

« Hé, mec, a dit Teddy, embarrassé, sans rancune, okay ?

— Non. » Soudain le visage sombre et fatigué de Chris s'est éclairé d'un grand sourire : « On l'a eu, non ? On l'a eu, ce salaud.

— Ouais, a dit Vern. T'as foutrement raison. Maintenant c'est Billy qui va m'avoir, moi.

— Et alors ? a dit Chris. Richie va me tomber dessus et Ace va probablement tomber sur Gordie et un autre va tomber sur Teddy. Mais on les a eus.

— C'est vrai. » Mais Vern gardait son air malheureux.

Chris m'a regardé. « On l'a fait, n'est-ce pas ? a-t-il dit à voix basse. Ça valait le coup, pas vrai ?

— Bien sûr, ai-je dit.

— Allez vous faire foutre », a dit Teddy sèchement, genre ça-ne-m'intéresse-plus. « À vous entendre on se croirait à l'Heure de Vérité. Lâchez-moi les baskets, les mecs. Je vais aller sonner chez moi pour voir si ma mère ne m'a pas fait rechercher comme Ennemi Public N° 1. »

On a ri, Teddy nous a fait son regard surpris, Oh-Seigneur-qu'est-ce-que-j'ai-fait ? et on lui a serré la pince. Ensuite Vern et lui sont partis de leur côté et j'aurais dû partir du mien... mais j'ai hésité un instant.

« Te raccompagne, a dit Chris.

— Sûr, okay. »

On a marché un bloc ou deux sans rien dire. Castle Rock était d'un calme impressionnant au petit matin, et j'ai éprouvé un sentiment quasi mystique, la fatigue s'évanouissant de mon corps. On était réveillés, le monde entier dormait et je m'attendais presque, au coin de la rue, à voir mon cerf au bout de Carbine Street, là où la voie de chemin de fer passe devant les quais de la filature.

« Ils vont parler, a dit Chris, finalement.

— Ça oui, tu peux parier. Mais pas aujourd'hui ni demain, si c'est ça qui t'inquiète. Ils mettront longtemps avant de parler. Peut-être des années. »

Il m'a regardé, surpris.

« Ils ont peur, Chris. D'abord Teddy, que l'armée le refuse. Mais Vern a peur, lui aussi. Ils vont passer quelques mauvaises nuits, et à l'automne il y aura des moments où ils l'auront sur le bout de la langue, mais je ne crois pas qu'ils en parleront. Et puis… tu sais quoi ? Putain, c'est dingue, mais… je crois qu'ils vont presque oublier que c'est arrivé. »

Il hochait lentement la tête. « Je n'y avais pas pensé de cette façon. Tu vois à travers les gens, Gordie.

— Mec, j'aimerais bien.

— Mais c'est vrai ! »

On a continué en silence.

« J' pourrai jamais sortir de ce bled, a dit Chris en soupirant. Quand tu rentreras de la fac pour les grandes vacances, tu pourras me voir chez Sukey, avec Vern et Teddy, à la sortie de l'équipe de sept à trois. Si t'as envie. Sauf que t'auras probablement jamais envie. » Il a eu un rire inquiétant.

« Arrête de te branler », ai-je répondu en voulant me faire passer pour plus dur que je n'étais — je repensais à notre équipée en pleine forêt ; à Chris disant : *Et je l'ai peut-être rapporté à la vieille Mme Simons en le lui avouant, et peut-être qu'il y avait tout l'argent mais que j'ai eu quand même trois jours de vacances parce que l'argent n'a jamais reparu. Et peut-être qu'une semaine après la vieille Mme Simons a mis une jupe neuve pour venir à l'école…* Son expression. Ses yeux.

« Pas de la branlette, petit mec. »

J'ai frotté mon petit doigt contre mon pouce : « Voilà

le plus petit violon du monde en train de jouer *Mon Cœur Pleure pour Toi de la Pisse Bien Rouge*.

— Il était *à nous*», a dit Chris. La lumière du matin lui faisait des yeux noirs.

On était arrivés au coin de ma rue et on s'est arrêtés. Il était six heures moins le quart. Derrière nous, au centre de la ville, on a vu le camion du *Telegram* stopper devant la papeterie de l'oncle de Teddy. Un homme en jean et tee-shirt a lancé un paquet de journaux qui a rebondi à l'envers sur le trottoir, laissant voir les BD en couleurs (toujours Dick Tracy et Blondie en première page). Le camion s'est remis en marche, voulant absolument distribuer le monde extérieur à toutes les haltes de sa tournée — Otisfield, Norway-South Paris, Waterford, Stoneham. Je voulais encore dire quelque chose à Chris mais je ne savais pas comment.

«Serre-moi la pince, mec.» Il semblait fatigué.

«Chris...

— La pince.»

Je la lui ai serrée. «On se voit bientôt.»

Il a souri — son sourire joyeux, ensoleillé. «Pas si je te vois le premier, tête de nœud.»

Il est parti en riant, d'un pas souple et gracieux, comme s'il n'avait pas mal, autant que moi, comme s'il n'avait pas des ampoules, autant que moi, comme s'il n'avait pas été piqué et taraudé par les moustiques, les chiques et les mouches noires, autant que moi. Comme s'il n'avait aucun souci au monde, comme s'il allait retrouver un appart superbe au lieu d'une maison de trois pièces (une baraque, plutôt) sans eau courante, avec des carreaux cassés recouverts de plastique et un frère qui l'attendait probablement à l'entrée. Même si j'avais su ce qu'il fallait dire, je n'aurais peut-être rien dit. La parole détruit les fonctions de l'amour, me semble-t-il — qu'un écrivain dise ça peut paraître énorme, mais je crois que c'est vrai. Ouvrez la bouche pour dire à un cerf que vous ne lui voulez aucun mal et vous le voyez filer avec un bref coup de queue. Le mot fait mal. L'amour n'est pas ce que des trouducs de poètes comme McKuen veulent vous faire croire. L'amour a des dents et ses morsures ne guérissent jamais. Aucun mot, aucune combinaison de mots, ne peut refermer ces morsures d'amour. C'est l'inverse qui est vrai, ironiquement. Quand ces blessures cicatrisent, ce sont les mots qui meurent. Croyez-moi. J'ai fait ma vie avec des mots, et je sais que c'est vrai.

30

La porte de derrière était fermée, alors j'ai pris la clef sous le paillasson et je suis entré. La cuisine était vide, silencieuse, d'une propreté suicidaire. J'ai allumé et j'ai entendu le bourdonnement des néons posés au-dessus de l'évier. Cela faisait réellement des années que je n'avais pas été debout avant ma mère ; je ne me souvenais même pas de quand c'était arrivé.

J'ai ôté ma chemise et je l'ai mise dans le panier à linge sale derrière la machine à laver. J'ai pris un chiffon propre sous l'évier et je me suis lavé — le visage, le cou, les aisselles, le ventre. Ensuite j'ai ouvert mon pantalon et je me suis frotté l'entrejambe — surtout les testicules — jusqu'à ce que ça fasse mal. Comme si cet endroit ne serait jamais assez propre, bien que la marque rouge de la sangsue s'effaçait rapidement. J'ai toujours une minuscule cicatrice en forme de croissant.

Un jour ma femme m'a demandé pourquoi et je lui ai raconté un mensonge sans même le vouloir.

Quand j'ai eu fini, j'ai jeté le chiffon. Il était trop sale.

J'ai sorti une douzaine d'œufs et je me suis fait six œufs brouillés. Quand ils ont commencé à se figer dans la poêle, j'ai ajouté de la purée d'ananas et un quart de litre de lait. Je me mettais à table quand ma mère est entrée, ses cheveux gris noués en chignon. Elle portait un vieux peignoir rose et fumait une Camel.

« Gordon, où étais-tu passé ?

— Je campais. » Je me suis mis à manger. « On est partis du pré de chez Vern et on est montés sur Brickyard Hill. La mère de Vern a dit qu'elle vous appellerait. Elle l'a fait ?

— Elle a dû parler avec ton père », a-t-elle dit avant de glisser vers l'évier comme un fantôme vêtu de rose. Les tubes au néon ne ménageaient pas son visage et lui donnaient un teint presque jaune. Elle a soupiré... presque sangloté : « C'est surtout le matin que Dennis me manque. Chaque fois je regarde dans sa chambre et chaque fois elle est vide, Gordon. Chaque fois.

— Ouais, c'est une vacherie.

— Il dormait toujours la fenêtre ouverte et les couvertures... Gordon ? Tu as dit quelque chose ?

— Rien d'important, Maman.

— ... et les couvertures relevées jusqu'au menton. » Ensuite elle a regardé par la fenêtre en me tournant le dos. J'ai continué à manger. Je tremblais de partout.

31

L'histoire ne s'est jamais sue.

Oh, je ne veux pas dire qu'on n'a jamais retrouvé le corps de Ray Brower, non. Mais ça n'a pas été porté au crédit de notre bande ni de la leur. En fin de compte Ace a dû penser que le plus sûr était un coup de fil anonyme, puisque c'est comme ça que ça s'est passé. Ce que je veux dire c'est que nos parents n'ont jamais appris ce qu'on avait fabriqué pendant le week-end de la fête du Travail.

Le père de Chris était toujours en train de boire, comme il l'avait prévu. Sa mère était allée chez sa sœur à Lewiston, comme elle faisait chaque fois que M. Chambers partait en bordée. Elle était partie en laissant les petits à Les Mirettes, lequel avait honoré ses responsabilités en partant à son tour avec Ace et ses copains, abandonnant Sheldon, neuf ans, Emery, cinq ans, et Deborah, deux ans, à la grâce de Dieu.

La mère de Teddy s'était inquiétée au soir du second jour et avait appelé celle de Vern. Celle-ci, qui n'aurait jamais gagné deux sous même dans un jeu TV, lui a dit qu'ils étaient toujours sous la tente. Elle le savait parce qu'elle avait vu la tente éclairée la nuit précédente. La mère de Teddy a dit qu'elle espérait bien que personne ne fumait là-dedans, et celle de Vern a répondu qu'elle avait plutôt vu une lampe torche, et qu'en plus elle était sûre qu'aucun des amis de Vern ou de Billy ne fumaient.

Mon père m'a vaguement posé quelques questions, s'est légèrement troublé devant mes réponses évasives, a dit que nous irions ensemble à la pêche un de ces jours, et rien de plus. Si les parents s'étaient rencontrés pendant la semaine, ou plus tard, tout se serait écroulé... mais ils ne l'ont jamais fait.

Milo Pressman n'a jamais rien dit, lui non plus. À mon avis il a dû y réfléchir à deux fois : ce serait notre parole contre la sienne et on dirait qu'il avait lancé son chien sur moi.

Donc l'histoire ne s'est jamais sue... mais elle n'était pas finie pour autant.

32

Un jour, vers la fin du mois, alors que je rentrais chez moi en sortant de l'école, une Ford 52 noire s'est rabattue vers le trottoir devant moi. Il n'y avait pas à s'y tromper. Des enjoliveurs et des flancs blancs de gangsters, des pare-chocs chromés géants et une tête de mort en bakélite enchâssant une rose au milieu du volant. Sur la plage arrière on avait peint un valet borgne et un deux. En dessous, en lettres gothiques, les Mots ATOUT FOU.

Les portières ont volé. Ace Merrill et Fuzzy Bracowicz sont sortis.

«Un truand de Monoprix, pas vrai ? » m'a dit Ace avec son sourire aimable. «Ma mère adore ce que je lui fais, pas vrai ?

— On va te massacrer, baby », a dit Fuzzy.

J'ai laissé tomber mes livres sur le trottoir et j'ai couru. Je me suis magné les miches mais ils m'ont rattrapé avant le coin de la rue. Ace m'a lancé un coup de nunchaku et je me suis étalé sur le pavé, menton en avant. Je n'ai pas seulement vu trente-six chandelles, mais des constellations entières, des galaxies. Je pleurais déjà quand ils m'ont relevé, pas tant à cause de mes coudes et de mes genoux qui saignaient, ni même parce que j'avais peur — c'était une rage immense et impuissante qui me faisait pleurer. Chris avait raison. Le corps, il était à nous, pas à eux.

Je me suis débattu, tordu dans tous les sens, et j'ai failli me libérer. Alors Fuzzy m'a envoyé son genou dans l'entrejambe. Une douleur stupéfiante, incroyable, incomparable ; elle a élargi l'horizon de la souffrance du bon vieil écran large à la Vistavision. Je me suis mis à hurler. Ce qui me restait de mieux à faire.

Ace m'a frappé deux fois au visage, deux bons coups balancés de très loin. Le premier m'a fermé l'œil gauche ; il a fallu quatre jours pour que je recommence à y voir de cet œil. Le second m'a brisé le nez avec un craquement comme ceux qui vous résonnent dans la tête quand on mâche des céréales. À ce moment-là la vieille Mme Chalmers est sortie sur son perron, serrant sa canne dans une main déformée par l'arthrite, avec un cigare planté au coin des lèvres. Elle s'est mise à vociférer :

«Hé ! Hé là-bas, les garçons ! Arrêtez ça ! Police ! Poliiice !

— Que je ne te voie plus dans le coin, fouille merde», m'a dit Ace en souriant. Ils m'ont lâché et je me suis assis, pour aussitôt me plier en deux, les mains sur mon bas-ventre douloureux, tristement certain de vomir et de mourir ensuite. Je pleurais toujours. Mais quand Fuzzy m'a contourné, la vision de son jean retourné au-dessus de ses bottes de moto m'a rendu enragé. Je l'ai attrapé et je lui ai mordu le mollet à travers son pantalon. Mordu de toutes mes forces. Fuzzy, à son tour, s'est mis à crier. Il s'est mis aussi à sauter à cloche-pied tout en m'accusant, chose incroyable, d'employer des coups bas. Pendant que je le regardais sautiller en rond, Ace m'a écrasé la main gauche de sa botte, me cassant deux doigts. Je les ai entendus se briser. Ce n'était plus un bruit de céréales craquantes, mais un bruit de bretzels qu'on casse en deux. Et puis ils sont retournés à leur voiture, Fuzzy sautant sur un pied sans cesse de m'injurier. Je me suis roulé en boule sur le trottoir, en pleurant. Tante Evvie Chalmers est descendue de son perron en donnant de grands coups de canne sur le sol. Elle m'a demandé si j'avais besoin d'un médecin. Je me suis rassis et j'ai presque réussi à m'empêcher de pleurer. Je lui ai dit que non.

«Quelle connerie», a-t-elle beuglé. Tante Evvie était sourde et beuglait tout le temps. «J'ai vu où cette brute t'avait touché. Mon garçon, tes bijoux de famille vont devenir aussi gros que des pamplemousses.»

Elle m'a fait entrer chez elle, m'a mis un chiffon mouillé sur le nez — qui commençait à ressembler à une courge — et m'a donné une grande tasse d'un café au goût pharmaceutique qui a paru me calmer. Elle insistait en beuglant pour appeler un médecin et je lui répétais que non. Elle a fini par abandonner et je suis rentré chez moi. Je suis rentré, mais très lentement. Mes couilles n'étaient pas encore aussi grosses que des pamplemousses, mais ça venait.

Dès qu'ils m'ont vu mes parents m'ont sauté dessus — j'étais à moitié surpris qu'ils se soient rendu compte de quoi que ce soit, à vrai dire. Qui étaient ces garçons? Est-ce que je pourrais les reconnaître au cours d'une identification? Ça c'était mon père, qui ne manquait jamais *Naked City* ni *Les Incorruptibles*. Non, je ne croyais pas pouvoir les reconnaître au cours d'une identification. J'étais fatigué. En fait je pense que j'étais en état de choc — et plus qu'à moitié ivre grâce au café de tante Evvie qui devait contenir soixante pour cent de cognac. J'ai dit qu'ils venaient d'une ville voisine ou de « la grande ville » — expression consacrée pour désigner Lewiston-Auburn.

Ils ont pris le break pour m'emmener chez le Dr Clarkson — Clarkson, qui est encore en vie, était à l'époque assez vieux pour parler avec Dieu d'un fauteuil roulant à l'autre. Il m'a bandé le nez et les doigts et a donné à ma mère une ordonnance pour un analgésique. Ensuite il les a fait sortir de son cabinet sous un prétexte quelconque et s'est approché de moi en traînant les pieds, comme Boris Karloff en face de Igor.

« Qui a fait ça, Gordon ?

— Je ne sais pas, docteur Cla...

— Tu mens.

— Non monsieur. Huh-uh. »

Ses joues jaunâtres se sont empourprées. « Pourquoi faut-il que tu protèges les crétins qui t'ont fait ça ? Crois-tu qu'ils vont te respecter pour autant ? Ils vont en rire et te traiter d'imbécile ! Oh, ils vont dire, voilà le petit con qu'on a dérouillé pour se marrer l'autre jour. Ha-ha ! Ho-ho ! Hi-hi-ho-ha !

— Je ne les connais pas. C'est vrai. »

Je voyais que ça lui démangeait de me secouer les prunes, mais naturellement il ne pouvait pas faire ça. Alors il m'a renvoyé à mes parents, secouant ses cheveux blancs et marmonnant quelque chose sur les délinquants juvéniles. Il allait sûrement en parler le soir même à Dieu, son vieil ami, entre un cigare et un verre de cognac.

Que Ace, Fuzzy et les autres trouducs me respectent ou non, me trouvent stupide ou non, ou m'oublient complètement, je m'en foutais. Mais je pensais à Chris. Son frère lui avait cassé le bras en deux endroits et transformé le visage en lever de soleil au Canada. Il avait fallu qu'on lui mette une broche en acier dans le coude. Mme McGinn, leur voisine, avait vu Chris tituber le long du fossé, le sang lui coulant des oreilles, en train de lire une BD. Elle l'avait emmené aux urgences et Chris avait dit au médecin qu'il était tombé dans l'escalier de la cave.

« Bien sûr », avait répondu le médecin, aussi dégoûté que le Dr Clarkson l'avait été par moi, et il avait téléphoné au commissaire Bannerman.

Pendant qu'il appelait de son bureau, Chris avait marché lentement jusqu'au bout du couloir, tenant son bras provisoirement en écharpe contre sa poitrine pour qu'il ne bouge pas en faisant frotter les os brisés, et il avait mis cinq cents dans le taxiphone pour appeler Mme McGinn — il m'a dit plus tard que c'était le premier appel en PCV qu'il ait jamais fait, et il crevait de trouille qu'elle le refuse — mais elle l'avait accepté.

« Chris, est-ce que tu vas bien ?

— Oui, merci.

— Je suis désolée de n'avoir pu rester, Chris, mais j'avais des tartes dans le…

— Ça va très bien, ma'ame McGinn, avait dit Chris. Est-ce que vous voyez la Buick dans notre cour ? » La Buick était la voiture de sa mère. Elle avait dix ans et quand le moteur chauffait on aurait dit qu'on faisait frire des Hush Puppies.

« Elle y est », avait-elle dit prudemment. Valait mieux ne pas trop se mêler des affaires des Chambers. De la racaille blanche, des Irlandais de bidonville.

« Voudriez-vous aller dire à ma mère de descendre à la cave et d'enlever l'ampoule électrique ?

— Chris, vraiment, mes tartes…

— Dites-lui, avait continué Chris, implacable, de le faire tout de suite. À moins qu'elle ne veuille que mon frère aille en prison. »

Il y avait eu un long, long silence, et elle avait accepté sans poser de questions, et sans que Chris ait à lui mentir. Bannerman était bien venu chez les Chambers, mais Richie Chambers n'était pas allé en prison.

Vern et Teddy avaient souffert, eux aussi, mais moins durement que Chris ou moi. Quand Vern était rentré, Billy l'attendait. Il l'a attaqué à coups de tisonnier, assez fort pour l'assommer au bout de quatre ou cinq coups. Vern est tombé dans les pommes, mais Billy a eu peur de l'avoir tué et s'est arrêté. Teddy s'est fait prendre par trois d'entre eux en rentrant de notre terrain vague. Ils l'ont cogné et lui ont brisé ses lunettes. Il s'est défendu, mais les autres n'ont plus voulu se battre quand ils l'ont vu les chercher à tâtons comme un aveugle.

À l'école on restait ensemble, comme un commando rescapé de la guerre de Corée. Personne ne savait exactement ce qui s'était passé, mais tout le monde comprenait qu'on avait eu une sérieuse bagarre avec des grands et qu'on s'était comportés comme des hommes. Quelques histoires ont circulé. Toutes complètement à côté de la plaque.

Une fois les plâtres ôtés et les blessures guéries, Vern et Teddy nous ont perdus de vue. Ils avaient découvert un nouveau groupe de contemporains qu'ils pouvaient dominer. Des petits merdeux, pour la plupart — des trouducs de cinquième, crasseux et pleins de croûtes — mais Vern et Teddy les faisaient venir dans notre club, leur donnaient des ordres, se pavanaient comme des généraux nazis.

Chris et moi sommes venus de moins en moins, et au bout de quelque temps, par défaut, l'endroit leur est resté. Je me souviens y être monté une fois au printemps 1961 et avoir remarqué que ça sentait comme dans une marmite. Je ne me rappelle pas y être jamais retourné. Lentement, Teddy et Vern sont devenus deux visages de plus dans les couloirs ou dans la salle des colles. On se faisait un signe, un salut. C'était tout. Ça arrive. Les amis entrent et sortent de votre vie comme des serveurs de restaurant, vous avez remarqué? Mais quand je pense à ce rêve, aux noyés impitoyables qui me tiraient les jambes pour m'entraîner sous l'eau, cela me paraît normal. Certains se noient, voilà tout. Ce n'est pas juste, mais ça arrive. Certains se noient.

33

Vern Tessio est mort dans un incendie qui a ravagé un immeuble de Lewiston en 1966 — à Brooklyn et dans le Bronx on appelle ce genre d'immeubles collectifs un taudis. Les pompiers ont dit que le feu avait pris vers deux heures du matin, et à l'aube il était réduit en cendres de la cave au grenier. Dedans il y avait une grande beuverie en cours. Vern en faisait partie. Quelqu'un s'est endormi dans une chambre avec une cigarette allumée. Peut-être Vern d'ailleurs, rêvant à son bocal de pièces. On l'a identifié, grâce à ses dents, ainsi que quatre autres cadavres.

Teddy est mort dans un accident sordide. C'était en 1971, je crois, ou peut-être début 1972. Quand j'étais petit il y avait un dicton : «Meurs seul, tu seras un héros. Entraînes-en d'autres avec toi, tu seras de la crotte. » Teddy, qui n'avait pensé qu'à être soldat depuis qu'il avait l'âge de vouloir quelque chose, a été refusé par l'aviation et réformé définitivement par l'armée. Tous ceux qui voyaient ses lunettes et son sonotone savaient que c'était prévu — tout le monde sauf Teddy. Au lycée il a été suspendu trois jours pour avoir traité le conseiller pédagogique de menteur plein de merde. Le CP avait remarqué qu'il venait souvent — voire tous les jours — à son bureau pour chercher de la documentation militaire. Il avait dit à Teddy qu'il aurait peut-être intérêt à choisir une autre carrière, et c'est là que Teddy avait explosé.

Il a dû redoubler un an à cause de ses retards, de ses absences à répétition, des cours qu'il avait séchés... mais il a obtenu son diplôme. Il s'était acheté une vieille Chevrolet Bel Air, et il traînait dans les endroits que fréquentaient jadis Ace, Fuzzy et les autres : la salle de billard, le dancing, le bar de chez Sukey, fermé de nos jours, et le Mellow Tiger, qui ne l'est pas. Il a fini par trouver un boulot à la voirie de Castle Rock, boucher les trous des routes avec du goudron.

L'accident a eu lieu à Harlow. La Bel Air était pleine (deux de ses amis venaient de ce groupe que lui et Vern s'étaient mis à driver en 1960), des joints et deux bouteilles de vodka passaient de main en main. La voiture s'est payé un poteau télégraphique, qu'elle a sectionné, et fait une demi-douzaine de tonneaux. Une fille en est sortie vivante, techniquement. Elle est restée six mois dans ce que les infirmières de l'hôpital central du Maine appellent le service PPT — Poireaux Pommes de Terre. Ensuite une ombre miséricordieuse a retiré le bouchon de son respirateur. Teddy Duchamp a reçu à titre posthume la médaille de la Crotte.

Chris s'est inscrit aux cours de préparation universitaire en deuxième année de grand lycée — on savait tous les deux qu'il serait trop tard s'il attendait plus longtemps : il ne pourrait jamais rattraper son retard. Tout le monde s'est foutu de lui : ses parents, qui trouvaient qu'il prenait de grands airs, ses copains, qui le traitaient presque tous de pédé, le conseiller pédagogique, sûr qu'il n'y arriverait pas, et avant tout les professeurs, désapprouvant cette apparition avec banane, blouson de cuir et bottes de moto qui s'était matérialisée sans prévenir dans leurs salles de classe. On sentait que ces bottes et toutes ces fermetures Éclair leur paraissaient en contradiction avec des matières aussi nobles que le latin, l'algèbre et les sciences naturelles ; un tel accoutrement ne convenait qu'aux classes commerciales. Au milieu des garçons et des filles élégants et à l'esprit vif des familles bourgeoises de Castle View et de Brickyard Hill, Chris avait l'air d'un dragon sombre et muet pouvant d'un moment à l'autre se retourner contre eux avec un affreux rugissement comme un double échappement libre et les dévorer d'un seul coup avec leurs débardeurs, leurs cols Peter Pan et leurs chemises en lin à pattes boutonnées.

Il a failli tout lâcher dix fois dans l'année. Son vieux était le premier à le harceler, l'accusant de croire qu'il valait mieux que son père, l'accusant de vouloir «monter à l'université pour le pousser dans le ruisseau». Une fois il lui a même cassé une bouteille de vin du Rhin sur le crâne et Chris s'est retrouvé à nouveau aux urgences où on a dû lui faire quatre points de suture. Ses anciens amis, dont la plupart passaient leur diplôme de fumeurs d'herbe, le sifflaient quand il passait dans la rue. Le conseiller pédagogique l'a magouillé pour qu'il suive *au moins* quelques cours de commerce, pour ne pas tout perdre. Le plus grave, bien sûr, c'est qu'il avait entièrement gâché les sept premières années de sa scolarité, et que l'addition lui tombait dessus avec les intérêts.

On a travaillé ensemble presque tous les soirs, quelquefois pendant six heures de suite. Ces séances me laissaient chaque fois épuisé, et parfois même effrayé — effrayé de sa rage incrédule à voir tout ce qu'il ignorait. Avant même de pouvoir comprendre l'algèbre élémentaire, il fallait qu'il réapprenne les fractions, puisque Teddy, Vern et lui avaient joué au snooker pendant toute la classe de sixième. Avant de pouvoir comprendre *Pater noster qui est in caelis* il fallait lui dire ce qu'était un nom, une préposition et un complément. En deuxième page de sa grammaire anglaise il avait calligraphié : AU CUL LES GÉRONDIFS. Pour les rédactions il avait de bonnes idées, et ses plans n'étaient pas mauvais, mais sa grammaire ne valait rien et il traitait le problème de la ponctuation à coups de fusil. Il a réduit son Warriner en lambeaux et a dû en acheter un autre à Portland — c'est le premier vrai livre qu'il a eu de sa vie, et c'est devenu pour lui une sorte de Bible.

Pourtant, la première année, on l'avait accepté. On n'a eu le tableau d'honneur ni l'un ni l'autre, mais j'ai terminé septième et lui dix-neuvième. L'université du Maine a bien voulu nous inscrire, mais je suis allé à Orono et Chris s'est retrouvé à Portland. Préparation aux études juridiques, vous vous rendez compte ? Encore du latin.

On avait des histoires avec des filles, mais aucune ne s'est mise entre nous. Cela veut-il dire qu'on était des pédés ? C'est ce qu'auraient pensé la plupart de nos anciens amis, Vern et Teddy compris. Mais il s'agissait avant tout de survivre. On était dans le grand bain et on s'accrochait l'un à l'autre. J'ai expliqué ses raisons, je crois. Les miennes étaient moins claires. Son désir de fuir Castle Rock et l'ombre de la filature me semblait refléter le meilleur de moi-même, et je ne pouvais pas tout simplement l'abandonner à lui-même. S'il s'était noyé, cette part de moi se serait noyée avec lui, me semble-t-il.

Vers la fin 71, Chris est entré au Palais du Poulet de Portland pour s'acheter un complet-frites. Devant lui deux types ont commencé à se disputer sur leur place dans la queue. L'un d'eux a sorti un couteau. Chris, qui avait toujours si bien su ramener la paix entre nous, s'est interposé et a pris le couteau dans la gorge. L'homme au couteau était déjà passé dans quatre prisons différentes ; il n'y avait qu'une semaine qu'il était sorti de la prison d'État de Shawshank. Chris est mort presque sur le coup.

Je l'ai lu dans le journal — Chris terminait sa deuxième année d'université. Moi, j'étais marié depuis un an et demi et j'enseignais l'anglais au lycée. Ma femme était enceinte et j'essayais d'écrire un livre. Quand j'ai lu cet article — ÉTUDIANT MORTELLEMENT FRAPPÉ DANS UN RESTAURANT DE PORTLAND — j'ai dit à ma femme que j'allais boire un milk-shake. Je suis sorti de la ville en voiture, je me suis garé et j'ai pleuré. J'ai bien dû pleurer une bonne foutue demi-heure, j'imagine. Je n'aurais pas pu le faire devant ma femme, quel que soit mon amour pour elle. Pas pu me conduire comme un pédé.

34

Moi?

Je suis écrivain maintenant, comme je vous l'ai dit. Un tas de critiques trouvent que ce que j'écris est de la merde. Très souvent je trouve qu'ils ont raison... mais ça me fait toujours planer d'écrire *Écrivain Indépendant* sur les formulaires qu'il faut remplir aux banques ou chez le médecin. Et mon histoire a tellement l'air d'un putain de conte de fées que ça paraît absurde.

J'ai vendu mon livre, on en a fait un film qui a été bien accueilli par les critiques et en plus a été un succès à tout casser. Tout cela m'est arrivé à l'âge de vingt-six ans. On a aussi tiré un film du deuxième livre, et du troisième. Je vous l'ai dit — c'est absurde. En tout cas, de me voir rester à la maison n'a pas l'air de gêner ma femme et nous avons trois gosses. Pour moi ils sont tous parfaits, et la plupart du temps je suis heureux.

Mais comme je l'ai dit, écrire devient moins facile et moins agréable qu'avant. Le téléphone sonne trop souvent. Quelquefois j'ai mal au crâne, très mal, il faut que j'aille dans une pièce obscure et que je m'allonge jusqu'à ce que ça passe. Les médecins disent que ce ne sont pas des vraies migraines; ils parlent de « stress » et me disent d'en faire moins. Parfois je m'inquiète moi-même. Quelle habitude stupide... et pourtant on dirait que je ne peux pas m'arrêter. Et je me demande si ce que je fais a vraiment un sens, ou bien ce que je dois penser d'un monde où on peut devenir riche en jouant à « faire semblant ».

Mais c'est drôle, la façon dont j'ai revu Ace Merrill.

Mes copains sont morts mais Ace est toujours vivant. Je l'ai vu sortir du parking de la filature juste après la sirène de trois heures la dernière fois que j'ai emmené les gosses voir mon père.

La Ford 52 s'était changée en break Ford 77. Un autocollant pâli sur le pare-chocs, REAGAN/BUSH 1980. Des cheveux coupés en brosse. Il a engraissé. Le beau visage aux traits aigus dont je me souvenais est enfoui sous une avalanche de chair. J'avais laissé les gosses chez mon père le temps d'aller acheter le journal au centre ville. J'étais au coin de Main et de Carbine, en attendant de traverser, et il m'a jeté un coup d'œil. Aucun signe qu'il m'ait reconnu sur le visage de cet homme de trente-deux ans qui m'avait cassé le nez dans une autre dimension temporelle.

Je l'ai regardé manœuvrer son break dans un parking délabré près du Mellow Tiger, descendre de voiture, remonter son pantalon et entrer dans le bar. J'ai imaginé la brève bouffée de country-western quand il a ouvert la porte, le relent aigre de bière à la pression, les cris de bienvenue des habitués quand il a refermé la porte et posé son gros cul sur le même tabouret qui doit le porter pendant trois heures chaque jour de sa vie — sauf le dimanche — depuis qu'il a eu vingt et un ans.

Alors voilà ce qu'est devenu Ace, ai-je pensé.

J'ai regardé sur la gauche, et au-delà de la filature j'ai pu voir la Castle, un peu moins large mais un peu plus propre que jadis, qui coule toujours sous le pont reliant Castle Rock à Harlow. La passerelle a disparu, mais la rivière est toujours là. Moi aussi.

Un conte
d'hiver

———————

La méthode
respiratoire

Pour Peter et Susan Straub.

1

Le Club

Ce soir-là, avec la neige et le vent aigre, je me suis habillé un peu plus vite que d'habitude, je le reconnais. C'était le 23 décembre 197-, et je suppose que d'autres membres du club ont fait de même. Il est bien connu que les taxis sont difficiles à trouver à New York un soir de mauvais temps, et j'ai donc appelé un radio-taxi. J'ai appelé à cinq heures et demie pour le faire venir à huit heures — ma femme a haussé un sourcil mais n'a rien dit. À huit heures moins le quart j'étais sous la marquise de l'immeuble de la Cinquante-huitième Rue Est où Ellen et moi vivons depuis 1946, et quand le taxi a eu cinq minutes de retard je me suis mis à marcher de long en large avec impatience.

La voiture est arrivée à huit heures dix et je suis monté, trop heureux de m'abriter du vent pour en vouloir au chauffeur, autant qu'il le méritait. Le vent, issu d'un courant froid descendu la veille du Canada, ne plaisantait pas. Il sifflait et gémissait contre la vitre, couvrant parfois la salsa de la radio et balançant le gros taxi jaune sur ses ressorts. Beaucoup de boutiques étaient ouvertes mais il n'y avait presque pas de clients sur les trottoirs. Ceux qui s'étaient aventurés avaient l'air de peiner ou même de souffrir.

Il avait neigeoté toute la journée, et la neige est revenue en force, d'abord des grands voiles minces puis des sortes de trombes qui tournoyaient au milieu de la rue. Le soir même, en rentrant chez moi, la neige, un taxi et New York la nuit feraient une combinaison beaucoup plus inquiétante... mais naturellement je l'ignorais encore.

Au coin de la Seconde et de la Quarantième, une grosse boule de Noël étincelante a traversé le carrefour comme un fantôme.

«Mauvaise nuit, a dit le chauffeur. Demain, à la morgue, il y en aura deux douzaines de plus. Des ivrognes gelés. Plus quelques vieilles gelées.

— Je suppose.»

Le chauffeur a ruminé. «Enfin, bon débarras, a-t-il fini par dire. Moins d'alloc, pas vrai?

— Votre attitude envers Noël, ai-je dit, est stupéfiante de largeur et de hauteur d'esprit.»

Le chauffeur a ruminé. «Vous êtes un de ces libéraux au cœur sur la main?» a-t-il fini par demander.

«Je refuse de répondre, de crainte que mes paroles ne puissent être utilisées contre moi.» Le chauffeur a reniflé, genre pourquoi-c'est-toujours-moi-qui-écope-des-petits-malins-jobards... mais il l'a fermé.

Il m'a laissé au coin de la Seconde et de la Trente-Cinquième, et j'ai dû marcher jusqu'au club, sur un demi-pâté de maisons, plié en deux contre le vent qui sifflait, retenant mon chapeau sur ma tête de ma main gantée. En un rien de temps toute mon énergie vitale a semblé se réfugier tout au fond de moi, comme une flamme bleue et vacillante pas plus grande que la veilleuse de la cuisinière. À soixante-treize ans on ressent le froid plus vite et plus durement. Un homme de cet âge devrait rester chez lui, devant sa cheminée... ou du moins devant un radiateur. À soixante-treize ans le sang chaud n'est plus vraiment un souvenir, c'est plutôt une notion académique.

Les bourrasques se calmaient, mais de la neige sèche comme du sable me cinglait encore les joues. J'ai été content de voir qu'on avait sablé les marches du 249B — naturellement c'était grâce à Stevens. Stevens avait une idée claire de l'alchimie fondamentale de la vieillesse : non pas le plomb en or mais les os en verre. Quand je pense à des choses pareilles, je me dis que Dieu doit avoir l'esprit aussi mal tourné que Groucho Marx.

Et Stevens est apparu, tenant la porte, et un instant plus tard j'étais entré, passé par le couloir lambrissé d'acajou, par les doubles portes aux trois quarts ouvertes sur leurs rails encastrés, et arrivé dans la bibliothèque-salle de lecture et bar. Une lumière plus riche, plus étudiée, se reflétait sur le parquet en chêne, et j'entendais pétiller les bûches de bouleau dans la grande cheminée. La chaleur rayonnait dans toute la pièce — rien ne vaut pour quiconque, j'en suis sûr, l'accueil d'un feu allumé dans l'âtre. On a froissé un journal, sèchement, avec un peu d'impatience. Ce devait être Johanssen et son *Wall Street Journal*. Au bout de dix ans je pouvais reconnaître sa présence à la façon dont il lisait les cours de la bourse. Amusant... voire un peu étonnant.

Stevens m'a aidé à ôter mon manteau, murmurant que c'était un sale temps ; WCBS prévoyait pour la nuit de fortes chutes de neige.

J'ai dit que c'était effectivement un sale temps et j'ai regardé encore une fois la grande pièce haute de plafond. Un sale temps, un feu ronflant... et une histoire de revenants. Ai-je dit qu'à soixante-treize ans le sang chaud appartient au passé ? Peut-être. Mais quelque chose est venu me réchauffer le cœur... et cela n'avait rien à voir avec le feu ni l'accueil aimable et digne de Stevens.

Cela venait, je crois, de ce que c'était le tour de McCarron de raconter une histoire.

Cela faisait dix ans que je venais dans cette maison en pierres brunes du 249B Trente-Cinquième Rue Est — presque régulièrement, mais pas tout à fait. À part moi j'y pensais comme à un «club de gentlemen», cette drôle d'antiquité d'avant Gloria Steinem. Mais aujourd'hui même je ne sais pas vraiment ce que c'est, ni quelle en est l'origine.

Le soir où Emlyn McCarron a raconté son histoire — celle de La Méthode Respiratoire — il y avait peut-être treize membres en tout et pour tout, bien que nous n'ayons été que six à braver le vent glacial et hurlant. Je me souviens d'années où ce nombre descendait à huit, d'autres où il montait jusqu'à vingt, et parfois plus encore.

Je suppose que Stevens saurait comment tout a commencé — ce dont je suis sûr c'est qu'il était là depuis le début, quelle qu'en soit la date... et je pense que Stevens est plus âgé qu'il ne le paraît. Beaucoup, *beaucoup* plus âgé. Il a un léger accent de Brooklyn, mais néanmoins il est aussi sèchement correct et soucieux de protocole qu'un maître d'hôtel anglais de la troisième génération. Sa réserve est un élément de son charme — souvent exaspérant — son léger sourire ressemble à une porte fermée et verrouillée. Je n'ai jamais vu les archives du club — si elles existent. Je n'ai jamais eu de reçu de cotisation — il n'y a pas de cotisation. La secrétaire du club ne m'a jamais téléphoné — il n'y a pas de secrétaire, et il n'y a aucun téléphone au 249B Trente-Cinquième Rue Est. Il n'y a pas de boîte avec des billes blanches et des boules noires. Et le club — si c'est un club — n'a jamais eu de nom.

Je suis entré au club (comme je dois continuer à l'appeler) sur l'invitation de George Waterhouse. Waterhouse dirigeait le cabinet juridique pour lequel j'ai travaillé jusqu'en 1951. Mon avancement dans cette firme — une des trois plus importantes de New York — a été régulier mais extrêmement lent. J'étais un bûcheur, un vrai cheval de labour, parfois je tapais dans le mille... mais je n'avais vraiment ni flair ni génie. J'en avais vu d'autres, entrés en même temps que moi, grimper à pas de géants tandis que je restais à la traîne — et cela ne m'avait pas trop étonné.

Waterhouse et moi avions plaisanté de loin en loin, assisté au dîner obligatoire organisé en octobre par la boîte, et n'avions guère eu d'autre commerce jusqu'à l'automne 196-. Un jour, début novembre, il est passé à mon bureau.

La chose était en soi inhabituelle, elle m'a inspiré des idées noires (renvoi), contrebalancées par d'autres plus guillerettes (avancement inattendu). Une visite étrange. Waterhouse est resté dans l'embrasure de la porte, son insigne Phi Bêta Kappa luisant discrètement sur son veston, et nous avons échangé d'aimables banalités — rien de ce que nous avons dit n'avait le moindre intérêt ni la moindre importance. J'avais attendu qu'il expédie les amabilités pour en venir au vif du sujet : « Bon, quant à ce rapport Casey » ou « On nous a demandé d'étudier la nomination de Salkowitz par le maire pour... ». Mais apparemment il n'y avait pas de sujet. Il a regardé sa montre, a dit qu'il avait pris plaisir à notre conversation et qu'il devait partir.

Je clignais encore des yeux, ahuri, quand il s'est retourné pour me dire, comme par hasard : « Il y a un endroit où je vais presque tous les jeudis soir — une sorte de club. Des vieilles croûtes, pour la plupart, mais certains sont de très bonne compagnie. Et la cave est excellente. De plus il arrive qu'on y raconte une histoire intéressante. Pourquoi ne viendriez-vous pas un de ces soirs ? Je vous y invite. »

J'ai balbutié une réponse quelconque — même aujourd'hui je ne sais pas vraiment ce que j'ai dit. J'étais confondu par son invitation — dite comme sur un coup de tête alors que son regard démentait toute impulsivité ; des yeux anglo-saxons, bleus et glacés sous les volutes blanches de ses épais sourcils. Et si je ne me souviens pas exactement de ma réponse, c'est que je m'étais soudain rendu compte que son invitation — si vague et si étrange qu'elle fût — était précisément le sujet où j'attendais qu'il en vienne.

Ellen, ce soir-là, a réagi par un sourire exaspéré. Il y avait bientôt quinze ans que j'étais chez Waterhouse, Carden, Lawton, Frasier & Effingham, et il était clair que je ne pouvais guère espérer m'élever au-dessus de la position moyenne que j'occupais alors. Selon Ellen, j'étais pour la firme l'équivalent bon marché d'une montre en or.

« Des vieillards qui se racontent des histoires de guerre et jouent au poker, a-t-elle dit. Une soirée de ce genre et tu dois être content de rester dans la salle de lecture jusqu'à la retraite, je suppose... oh, je vais aller te mettre deux bières au frais. » Et elle m'a embrassé affectueusement. J'imagine qu'elle avait vu quelque chose sur mon visage — Dieu sait qu'elle s'y entend à me deviner depuis toutes ces années que nous vivons ensemble.

Rien ne s'est passé pendant plusieurs semaines. Quand je repensais à cette invitation bizarre — d'autant qu'elle venait d'un homme que je voyais à peine douze fois par an, et que je croisais dans des réunions mondaines trois fois de plus, y compris la fête donnée par la compagnie en octobre — je pensais que j'avais dû me méprendre sur son regard, qu'il m'avait réellement invité sur un coup de tête et qu'il l'avait oublié. Ou regretté — aïe ! Or un jour, en fin d'après-midi, il m'a abordé alors que j'essayais d'enfiler mon pardessus, ma serviette entre les jambes. Waterhouse était un homme approchant les soixante-dix ans, avec encore des épaules larges et une allure d'athlète. «Si vous avez toujours envie de venir prendre un verre au club, pourquoi pas ce soir ?

— Eh bien... Je...

— Bien.» Il m'a mis un bout de papier dans la main. «Voici l'adresse.»

Ce soir-là il m'attendait au bas des marches, et Stevens est venu nous ouvrir. Le vin était délicieux, comme il l'avait promis. Waterhouse n'a pas fait le moindre effort pour me présenter — j'ai pris cela pour du snobisme mais plus tard j'ai changé d'avis — mais deux ou trois hommes sont venus se présenter eux-mêmes. Un de ceux-là était Emlyn McCarron, qui allait déjà vers ses soixante-dix ans. Il m'a tendu une main que j'ai serrée brièvement. Il avait la peau sèche, parcheminée, rigide ; un peu comme une tortue. Il m'a demandé si je jouais au bridge. J'ai répondu que non.

«Foutue bonne chose, a-t-il dit. Ce bon Dieu de passe-temps a plus contribué à éliminer toute conversation intelligente d'après dîner que n'importe quoi d'autre. » Après cette proclamation il s'est enfoncé dans les ténèbres de la bibliothèque, où les rayonnages semblaient se prolonger à l'infini.

J'ai cherché des yeux Waterhouse, mais il avait disparu. Pas très à l'aise, me sentant plutôt déplacé, je suis allé vers la cheminée. Elle était immense, comme je crois l'avoir déjà dit — surtout pour New York, où ceux qui comme moi vivent en appartement conçoivent difficilement une merveille dans quoi on puisse faire autre chose que griller du pop-corn ou des tartines de pain. La cheminée du 249B était assez grande pour y faire cuire un bœuf. Pas de linteau, mais à sa place s'arrondissait un arc en pierre, solide, brisé en son milieu par une clef de voûte qui dépassait légèrement. Elle était à la hauteur de mes yeux, et malgré la pénombre je n'ai eu aucun mal à lire la devise gravée dans la pierre : C'EST L'HISTOIRE, PAS CELUI QUI LA RACONTE.

« Vous voilà, David », m'a dit Waterhouse, si près que j'ai sursauté. Il ne m'avait pas abandonné, après tout, il avait pris la peine d'aller nous chercher à boire dans quelque endroit inexploré. « Vous marchez au whisky-soda, n'est-ce pas ?

— Oui. Merci, monsieur Waterhouse…

— George, a-t-il dit. Ici c'est George, tout simplement.

— George, donc », ai-je dit bien qu'il me parût presque fou de l'appeler par son prénom. « Qu'est-ce que tous…

— À la vôtre », a-t-il dit.

Nous avons bu.

« Stevens s'occupe des boissons. C'est un excellent barman. Il aime à dire que c'est un talent modeste, mais vital. »

Le scotch a atténué ma gêne et mon embarras (atténué, mais l'impression m'est restée — j'avais passé près d'une demi-heure à contempler ma penderie en me demandant quoi mettre ; je m'étais finalement décidé pour un pantalon marron foncé et une veste en gros tweed presque de la même couleur, espérant que je ne me retrouverais pas au milieu de smokings ou au contraire de types en jeans avec des chemises à carreaux… en tout cas, il semblait que là-dessus je n'étais pas trop mal tombé). Une situation nouvelle dans un endroit inconnu nous rend particulièrement sensible au moindre de nos actes en public, et à ce moment-là, un verre à la main, ayant bu à la santé de mon hôte, je ne voulais surtout pas, en aucune façon, manquer de courtoisie.

« Y a-t-il un registre que je doive signer ? ai-je demandé. Quelque chose comme ça ? »

Il a eu l'air un peu surpris. « Nous n'avons rien de ce genre. Du moins je ne pense pas. » Il a laissé errer son regard dans la calme pénombre. Johanssen faisait craquer le *Wall Street Journal* et j'ai vu passer Stevens par une porte à l'autre bout de la pièce, comme une ombre en veste blanche. George a posé son verre sur une table basse et a rajouté une bûche dans le feu. Des étincelles ont tourbillonné dans le conduit obscur de la cheminée.

« Qu'est-ce que cela signifie ? » J'ai montré l'inscription sur la clef de voûte. « Vous avez une idée ? »

Waterhouse l'a lue soigneusement, comme si c'était la première fois. C'EST L'HISTOIRE, PAS CELUI QUI LA RACONTE.

« Je crois avoir une idée. Vous aussi, peut-être, si vous revenez ici. Oui, je dirais qu'il vous viendra bien une idée ou deux. Avec le temps. Passez une bonne soirée, David. »

Il s'est éloigné. Et bizarrement, bien que laissé à l'abandon en territoire inconnu, j'ai passé une bonne soirée. D'abord j'ai toujours aimé les livres, et cette bibliothèque était un vrai trésor. J'ai lentement suivi les rayonnages, m'efforçant de lire les titres malgré le manque de lumière, sortant un ou deux volumes pour les examiner, m'arrêtant un moment pour regarder le croisement de la Seconde Avenue par une étroite fenêtre. Debout à cet endroit, à contempler à travers une vitre bordée de givre les feux passer du rouge au vert, puis à l'orange avant de revenir au rouge, j'ai ressenti subitement une surprenante — mais bienvenue — sensation de paix. Une impression non pas massive, envahissante, mais insidieuse. *Oh oui, direz-vous, c'est parfaitement évident ; regarder un feu rouge donnerait à* n'importe qui *une sensation de paix.*

Très bien, c'était absurde, je vous l'accorde. Mais la sensation était pourtant là. Pour la première fois depuis des années j'ai repensé aux nuits d'hiver dans la ferme du Wisconsin où j'ai grandi : au lit dans une chambre du haut, pleine de courants d'air, appréciant le contraste entre le vent qui sifflait dehors et accumulait à perte de vue la neige fine et sèche contre les clôtures, et la chaleur accumulée par mon corps entre les deux couettes.

Il y avait quelques ouvrages de droit, mais diablement bizarres : *Vingt Cas d'écartèlement et leurs suites selon la loi anglaise*, voilà un titre dont je me souviens. *Affaires de bêtes* en est un autre. Je l'ai ouvert, et c'était effectivement un recueil juridique consacré à des affaires (selon la loi américaine, cette fois) où des animaux domestiques jouaient un rôle important — depuis des chats ayant hérité d'une grosse somme d'argent à un ocelot ayant brisé sa chaîne et gravement blessé un facteur.

Il y avait les œuvres de Dickens, celles de Defoe, une quantité presque inépuisable de Trollope, et aussi une série de romans — onze volumes — d'un certain Edward Gray Seville. Le nom des éditeurs, Stedham & Fils, était inscrit en lettres d'or sur une reliure élégante en cuir vert. Je n'avais jamais entendu parler de Seville ni de la maison d'édition. Le premier roman — *C'étaient nos frères* — avait été publié en 1911. Le dernier, *Brisants*, en 1935.

Deux étagères plus bas se trouvait un grand volume plein de plans détaillés pour fabriquer un érecteur. À côté un autre volume avec des images tirées de films célèbres. Chaque photo était reproduite en pleine page, et en face se trouvaient des poèmes en vers libres ins pirés par les scènes en question. L'idée n'avait rien de très original, mais les poètes étaient tous remarquables — Robert Frost, Marianne Moore, William Carlos Williams, Wallace Stevens, Louis Zukofsky et Erica Jong, pour n'en citer que quelques-uns. Au milieu du livre j'ai trouvé un poème d'Algernon Williams en face de la célèbre photo de Marilyn Monroe debout sur une grille de métro, essayant de rabaisser sa jupe. Le poème, intitulé *Le Glas*, débutait par ces vers :

> *La forme de la jupe*
> *— dirons-nous —*
> *dessine une cloche*
> *Les jambes sont le battant...*

Et ainsi de suite. Ce n'est pas terrible, ce n'est pas ce que Williams a fait de mieux et c'est même loin du compte. Je me sentais fondé à soutenir cette opinion parce que j'avais lu une bonne partie de ses œuvres au fil des ans. Mais je ne me souvenais d'aucun poème sur Marilyn Monroe (il s'agissait bien d'elle, même sans la photo, l'auteur l'annonçait au dernier vers : *Mes jambes sonnent mon nom : Marilyn*, ma belle). Plus tard j'ai recherché ce poème sans jamais le retrouver... ce qui ne veut rien dire, naturellement. Les poèmes ne sont pas comme des romans ou des livres de droit, plutôt comme des feuilles au vent, et un livre qui se prétend les œuvres complètes de tel ou tel poète est toujours un mensonge. Les poèmes ont tendance à se perdre sous les divans — c'est un de leurs charmes, et une des raisons qui les font survivre. Mais...

À un moment Stevens est venu m'apporter un deuxième scotch (je m'étais installé dans un fauteuil avec un livre d'Ezra Pound), aussi bon que le premier. En le buvant à petites gorgées j'ai vu deux personnes, George Gregson et Harry Stein (Harry était mort depuis six ans le soir où Emlyn McCarron nous a raconté La Méthode Respiratoire) sortir de la pièce par une porte insolite qui ne devait pas faire plus d'un mètre de haut. La porte d'Alice dans le Terrier du Lapin, sortie tout droit d'un conte. Ils l'ont laissée ouverte, et peu après leur étrange disparition j'ai entendu un cliquetis assourdi de boules de billard.

Stevens est passé me demander si je voulais un autre verre. À grand regret, j'ai refusé. Il a hoché la tête. «Très bien, monsieur.» Son expression n'avait pas changé, mais, obscurément, j'ai eu l'impression que cela lui plaisait.

Un peu plus tard des rires m'ont fait sursauter et lever la tête. Quelqu'un avait jeté un sachet d'une poudre quelconque dans le feu, faisant jaillir des flammes multicolores. À nouveau j'ai repensé à mon enfance… mais sans romantisme, sans me vautrer dans la nostalgie. Je tiens beaucoup à le souligner, Dieu sait pourquoi. J'ai repensé aux moments où j'avais fait la même chose, quand j'étais petit, et c'était un souvenir vivace, agréable, sans le moindre regret.

J'ai vu que la plupart des gens avaient disposé leurs chaises en demi-cercle autour de la cheminée. Stevens avait apporté un grand plat de saucisses fumantes qui paraissaient délicieuses. Harry Stein a repassé la porte du Lapin, s'est présenté à moi de façon précipitée mais sympathique. Gregson est resté dans la salle de billard — pour s'exercer, d'après le bruit.

Après avoir hésité un instant, je me suis joint aux autres. On racontait une histoire — et qui n'avait rien de drôle. C'était Norman Stett qui parlait, et bien que je n'aie pas l'intention de vous la rapporter, vous comprendrez peut-être sa tonalité générale si je vous dis qu'il s'agissait d'un homme en train de se noyer dans une cabine téléphonique.

Quand Stett eut terminé — lui aussi est mort depuis — quelqu'un lui a dit — «Vous auriez dû la garder pour Noël, Norman.» Les autres ont ri, et naturellement je n'ai rien compris. Du moins sur le moment.

C'est alors Waterhouse qui a pris la parole, et en mille ans je n'aurais pas imaginé mon directeur sous cet aspect. Un diplômé de Yale, sorti parmi les premiers, aux cheveux blancs, en costume trois-pièces, à la tête d'un cabinet juridique si développé que c'était une véritable compagnie — ce Waterhouse nous a raconté l'histoire d'une institutrice restée bloquée dans des latrines. Ces latrines étaient derrière la classe où elle enseignait, et le jour où elle s'est coincé le postérieur dans un des deux trous des latrines était justement le jour prévu pour que cet édicule soit embarqué par les soins du comté d'Anniston pour contribuer à une exposition du musée régional de Boston : « La Vie quotidienne en Nouvelle-Angleterre. » L'institutrice n'a pas émis le moindre son tout le temps qu'il a fallu pour charger les latrines sur un camion et les fixer au plateau, rendue muette par la honte et l'horreur, d'après Waterhouse. Et lorsque la porte des latrines s'est envolée sur la route 128, à Somerville, en plein embouteillage...

Mais je préfère tirer le rideau, ainsi que sur toutes les histoires qui ont suivi ; elles sont hors de propos. À un moment Stevens a sorti une bouteille de cognac non seulement excellent, mais réellement exquis. Tout le monde s'est servi et Johanssen a porté un toast — le toast de rigueur, peut-on dire : L'histoire, pas celui qui la raconte.

Nous avons vidé nos verres.

Peu de temps après les gens ont commencé à s'éclipser. Il n'était pas tard, pas encore minuit, mais j'ai remarqué qu'à partir de la soixantaine, il se fait tard de plus en plus tôt. J'ai vu Waterhouse enfiler un manteau tenu par Stevens, et j'ai décidé de prendre exemple sur lui. Je trouvais curieux qu'il s'en aille sans même me dire un mot (cela en avait tout l'air : si j'avais rangé le livre de Pound une minute plus tard, je ne l'aurais pas vu partir), mais pas plus curieux que la plupart des événements de cette soirée.

J'ai descendu les marches derrière lui et il s'est retourné, paraissant surpris de me voir — presque comme s'il émergeait en sursaut d'un léger sommeil. « On partage un taxi ? » a-t-il demandé comme si nous venions de nous rencontrer par hasard dans une rue déserte et balayée par le vent.

« Merci. » Je le remerciais de bien autre chose que

son offre de partager un taxi, et cela n'a dû faire aucun doute au son de ma voix, mais il a hoché la tête comme si de rien n'était. Un taxi en maraude descendait lentement la rue, son ampoule allumée — des gens comme ce Waterhouse ont le don de trouver des taxis en pleine nuit, qu'il pleuve ou qu'il neige, alors qu'on jurerait qu'il n'y en a pas un seul sur toute l'île de Manhattan — et George lui a fait signe.

Dedans, à l'abri et au chaud, les cliquetis du compteur ponctuant notre trajet, je lui ai dit le grand plaisir que j'avais pris à cette soirée. Je ne me souvenais pas d'avoir ri aussi fort et d'aussi bon cœur depuis mes dix-huit ans, lui ai-je dit, ce qui n'était pas une flatterie mais la simple vérité.

« Oh ? Comme c'est aimable à vous. » Il était d'une politesse glaciale. Je n'ai plus rien dit, me sentant rougir. On n'a pas toujours besoin d'entendre une porte claquer pour savoir qu'elle s'est refermée.

Quand le taxi s'est arrêté en face de mon immeuble, je l'ai remercié une dernière fois, et cette fois il s'est montré un peu plus chaleureux. « C'est bien que vous ayez pu venir ainsi au dernier moment, m'a-t-il dit. Revenez quand vous voulez. N'attendez pas une invitation ; nous ne sommes pas très portés sur les cérémonies, au 249B. Pour les histoires, c'est surtout le jeudi, mais le club est ouvert tous les soirs. »

Dois-je en conclure que j'en suis membre ?

J'avais la question sur les lèvres, j'allais la poser, il me paraissait *nécessaire* de la poser, je la répétais mentalement pour en soupeser la formulation (vieille habitude d'avocat) — la phrase était peut-être un peu brutale — quand Waterhouse a dit au chauffeur de repartir. Une seconde plus tard la voiture roulait vers Central Park. Je suis resté un moment sur le trottoir, les pans de mon manteau me fouettant les mollets : *Il savait que j'allais lui poser cette question — il le savait, et il a délibérément fait démarrer le chauffeur avant que je le fasse.* Ensuite je me suis dit que c'était parfaitement absurde — voire paranoïaque. Effectivement. Mais pourtant c'était vrai. J'avais beau la tourner en dérision, rien n'entamait cette certitude.

Je suis allé lentement jusqu'au portail et je suis rentré chez moi.

Ellen était aux trois quarts endormie quand je me suis assis sur le lit pour ôter mes chaussures. Elle a roulé sur elle-même en faisant un vague bruit de gorge interrogatif. Je lui ai dit de se rendormir.

Elle a poussé un deuxième grognement indistinct, presque articulé cette fois. « Hoancétait ? »

J'ai hésité un instant, ma chemise à moitié défaite. Et j'ai eu une seconde de clarté absolue : *Si je lui dis, je ne passerai plus jamais cette porte.*

« C'était très bien. Des vieux qui se racontent des histoires de guerre.

— Je te l'avais dit.

— Mais ce n'était pas si mal. J'y retournerai peut-être. Cela ne fera peut-être pas de mal à mon avancement.

— Ton avancement. » Un peu moqueuse : « Quel vieux vautour tu fais, mon amour.

— Tu peux parler, toi-même. » Mais elle s'était déjà rendormie. Je me suis déshabillé, j'ai pris une douche, me suis séché, mis en pyjama… et ensuite, au lieu de me mettre au lit comme j'aurais dû (il était plus d'une heure du matin), j'ai mis ma robe de chambre et ouvert une bière. Je me suis assis à la table de la cuisine, j'ai bu à petites gorgées, regardant par la fenêtre le canyon glacé creusé par Madison Avenue, et j'ai

réfléchi. Tout l'alcool bu dans la soirée m'avait laissé
la tête un peu cotonneuse — je n'en avais pas l'habitude. Mais cela n'avait rien de désagréable, et je
n'avais pas l'impression d'être guetté par une gueule
de bois.

   L'idée qui m'était venue quand Ellen m'avait interrogé sur cette soirée était aussi ridicule que ce que
j'avais pensé de Waterhouse quand le taxi s'était éloigné — quel mal y aurait-il, au nom du ciel, à raconter
à ma femme une soirée parfaitement innocente dans le
club vieillot de mon directeur... et même s'il y avait
quelque chose de *mal*, qui le saurait jamais ? Non,
c'était tout aussi ridicule et paranoïaque que cette autre
idée... et tout aussi vrai, comme je la savais au fond du
cœur.

   Le lendemain j'ai rencontré George Waterhouse
dans le couloir, entre la comptabilité et la salle des dossiers. Rencontré ? Croisé serait plus juste. Il a hoché la
tête et continué sans un mot... comme il faisait depuis
des années.

   J'ai eu mal à l'estomac toute la journée. C'est la
seule chose qui a réussi à me persuader que cette soirée avait vraiment eu lieu.

   Trois semaines ont passé. Quatre... cinq. Aucune
invitation n'est venue de Waterhouse. D'une façon ou
d'une autre ça n'avait pas collé ; je ne convenais pas.
C'est ce que je me disais. Je me sentais déçu, déprimé.
Un sentiment qui passerait avec le temps, comme
toutes les déceptions, pensais-je. Mais le souvenir de
cette soirée me revenait à mes moments perdus — les
flaques de lumières parsemant la bibliothèque, si calme,
si tranquille, civilisée ; l'histoire grotesque et tellement

drôle de cette institutrice coincée dans les cabinets ;
l'odeur chaude du cuir entre les rayonnages. Et surtout
le moment que j'avais passé près de la fenêtre étroite à
regarder les cristaux de givre passer du vert au rouge et
à l'orange. Je repensais à la paix que j'avais ressentie.

Au cours de ces cinq semaines je suis allé à la bibliothèque consulter quatre volumes des œuvres d'Algernon Williams (j'en avais déjà trois, et j'avais déjà
vérifié leur contenu) ; un des volumes prétendait contenir l'ensemble des poèmes. J'ai retrouvé quelques-uns
de mes poèmes préférés, mais je n'en ai trouvé aucun
qui s'appelle *Le Glas*.

Du même coup j'ai cherché dans le fichier les œuvres
de fiction du dénommé Edward Gray Seville. Je n'ai
trouvé qu'un roman policier signé Ruth Seville.

*Revenez quand vous voudrez. N'attendez pas d'invi-
tation…*

Mais j'attendais cette invitation, bien sûr ; ma mère
m'avait seriné pendant des années de ne pas croire les
gens qui vous disent trop facilement « passez n'importe quand » ou « ma porte est toujours ouverte ». Je
n'avais pas l'impression d'exiger un carton gravé sur
un plateau d'argent présenté à domicile par un valet en
livrée, loin de là, mais je voulais *quelque chose*, même
si ce n'était qu'un mot en passant : « Vous passez un
de ces soirs, David ? J'espère qu'on ne vous a pas
ennuyé. » Ce genre de choses.

Mais quand rien n'est venu, pas même ce genre de
choses, j'ai pensé plus sérieusement à y retourner
— après tout il y a *parfois* des gens qui ont envie de
vous voir passer n'importe quand, et je me disais qu'il
devait y en avoir dont la porte était vraiment ouverte ;
et que les mères n'ont pas toujours raison.

… N'attendez pas d'invitation…

En tout cas, il se trouva donc que le 10 décembre de la même année j'ai ressorti ma veste en gros tweed, mon pantalon marron, et j'ai cherché ma cravate rouge foncé. Ce soir-là, je m'en souviens, je sentais battre mon cœur plus clairement qu'à l'accoutumée.

«George Waterhouse a fini par craquer? m'a demandé Ellen. Il t'a dit de revenir à la porcherie avec le reste des chauvinistes mâles?

— C'est ça», ai-je répondu, en me disant que c'était la première fois que je lui mentais depuis au moins douze ans… et je me suis souvenu qu'en rentrant de l'autre soirée je lui avais aussi répondu par un mensonge. Des vieux racontant des histoires de guerre.

«Bon, il y aura *peut-être* de l'avancement à la clef», a-t-elle dit sans grand espoir. Sans guère d'amertume non plus, dois-je dire pour lui rendre justice.

«On a vu arriver des choses plus bizarres.» Je l'ai embrassée pour lui dire au revoir.

«Oink-oink», a-t-elle fait quand j'ai passé la porte.

Le trajet en taxi m'a paru très long ce soir-là. L'air était froid, le vent inexistant, le ciel plein d'étoiles. C'était encore un grand taxi jaune et je me sentais tout petit sur la banquette, comme un enfant qui voit la ville pour la première fois. Quand le taxi s'est garé devant le 249B je me suis senti plein d'excitation — aussi simple que ça. Mais cette simplicité semble être une des qualités de la vie qui disparaît sans faire de bruit, et sa redécouverte lorsqu'on est plus vieux est toujours une surprise, comme de trouver un ou deux cheveux noirs dans son peigne alors qu'on n'en a pas vu depuis des années.

J'ai payé le chauffeur et je me suis dirigé vers les quatre marches de l'entrée. En les abordant mon excitation s'est figée, changée en angoisse (sentiment beaucoup plus familier aux vieillards). Qu'est-ce que je faisais là au juste ?

La porte était en chêne, épaisse, et me paraissait aussi lourde que celle d'un donjon. Je ne voyais ni sonnette, ni heurtoir, ni caméra vidéo discrètement placée à l'ombre d'un chéneau, ni, bien sûr de Waterhouse prêt à m'introduire. Je me suis arrêté en bas des marches et j'ai regardé autour de moi. La Trente-Cinquième Rue Est me semblait soudain plus sombre, plus froide, plus menaçante. Les petits immeubles avaient tous quelque chose de secret, comme s'ils recelaient des mystères qu'il valait mieux ne pas élucider. Leurs fenêtres faisaient comme des yeux.

Quelque part, derrière une de ces fenêtres, peut se trouver un homme ou une femme méditant un meurtre, me suis-je dit. Un frisson m'a traversé le dos. *Méditant un crime... ou le commettant.*

Puis, d'un coup, la porte s'est ouverte et Stevens était là.

Je me suis senti submergé par le soulagement. Je ne crois pas être doué d'une imagination exceptionnelle — du moins pas dans des circonstances habituelles — mais cette idée avait eu la clarté surnaturelle d'une prophétie. J'aurais pu bredouiller à haute voix si je n'avais vu les yeux de Stevens. Ses yeux m'ignoraient. Ses yeux ne me connaissaient pas.

Alors il y eut un deuxième moment de clarté prophétique : j'ai vu dans les moindres détails la soirée qui m'attendait. Trois heures dans le silence du bar. Trois scotches (peut-être quatre) pour amortir la honte d'être assez stupide pour venir là où on ne voulait pas de moi. L'humiliation que les conseils de ma mère avaient voulu m'éviter — celle qui vous vient quand on est conscient d'avoir dépassé les bornes.

Je me suis vu rentrer chez moi un peu ivre, mais pas de façon agréable. Je me suis vu rester simplement assis dans le taxi au lieu de revivre ce trajet avec l'excitation et l'impatience d'un enfant. Je me suis entendu dire à Ellen, *ça devient rasoir au bout d'un temps... Waterhouse a raconté la même histoire, celle où il gagne au poker une cargaison de côtes de bœuf destinée au Troisième Bataillon... et ils jouent au whist à un dollar le point, tu te rends compte?... Y retourner?... Cela m'arrivera peut-être, mais j'en doute.* Et ce serait la fin. Sauf, j'imagine, celle de mon humiliation.

J'ai vu tout cela dans les yeux de Stevens. Et puis son regard s'est radouci. Il a eu un léger sourire : « Monsieur Adley ! Entrez. Je vais prendre votre manteau. »

J'ai monté les marches et Stevens a fermement repoussé la porte derrière moi. Comme une porte vous fait un autre effet quand on est du bon côté ! Il a pris mon manteau et l'a emporté. Je suis resté un instant dans le couloir, à regarder mon reflet dans le trumeau, celui d'un homme de soixante-trois ans dont le visage serait bientôt trop creusé pour donner l'illusion de la cinquantaine. Pourtant ce reflet ne m'a pas déplu.

Je me suis glissé dans la bibliothèque.

Johanssen était là, et lisait son *Wall Street Journal*. Dans une autre flaque lumineuse, Emlyn McCarron jouait aux échecs avec Peter Andrews. McCarron avait (et a toujours) un aspect cadavérique, avec un nez en lame de couteau ; Andrews était énorme, avec des épaules tombantes, et irascible. Une grande barbe rousse s'étalait sur son veston. De chaque côté de l'échiquier en marqueterie et des pièces sculptées en ébène et en ivoire, ils ressemblaient à des totems indiens : l'aigle et l'ours.

Waterhouse fronçait les sourcils en lisant le *Times* du jour. Il a levé les yeux, m'a salué sans surprise d'un signe de tête et s'est replongé dans son journal.

De lui-même, Stevens m'a apporté un scotch.

Je l'ai emporté entre les rayonnages et j'ai retrouvé la série énigmatique et alléchante de livres verts. C'est ce soir-là que j'ai commencé à lire les œuvres d'Edward Gray Seville. J'ai pris d'abord le premier, *C'étaient nos frères*. Depuis je les ai tous lus, et j'estime qu'ils figurent parmi les meilleurs romans du siècle.

Vers la fin de la soirée il y a eu une histoire, une seule, et Stevens nous a servi du cognac. L'histoire finie, les gens se sont levés, prêts à partir. Alors Stevens, depuis la double porte donnant sur le couloir, a parlé d'une voix grave, agréable, mais qui portait :

«Qui donc va nous donner une histoire à Noël?»

Les autres ont interrompu ce qu'ils faisaient et se sont regardés. Il y a eu quelques échanges à voix basse, de bonne humeur, et un éclat de rire général.

Stevens, souriant mais néanmoins sérieux, a frappé deux fois dans ses mains, comme un instituteur qui ramène l'ordre dans sa classe. «Allons, messieurs, qui nous donnera cette histoire?»

Peter Andrews, l'homme aux épaules tombantes et à la barbe rousse, s'est raclé la gorge. «Il y a quelque chose à quoi je pensais. Je ne sais pas si cela conviendrait, c'est-à-dire, si...

— Ce sera très bien», a coupé Stevens, et les rires ont repris. Andrews a reçu des claques dans le dos pour l'encourager. Des filets d'air froid ont tourbillonné dans le couloir à mesure que les gens sortaient.

Et Stevens a surgi près de moi, comme par magie, me

tendant mon pardessus. « Bonsoir, monsieur Adley. C'était un plaisir.

— Vous vous réunissez vraiment le soir de Noël ? » ai-je demandé en boutonnant mon manteau. J'étais un peu déçu de manquer l'histoire d'Andrews, mais nous avions prévu d'aller à Shenectady et de passer les vacances avec la sœur d'Ellen.

Stevens a réussi à paraître à la fois amusé et choqué : « En aucun cas. La nuit de Noël est faite pour la passer en famille. Même si c'est la seule. N'êtes-vous pas d'accord, monsieur ?

— Certainement.

— Nous nous réunissons le jeudi précédant Noël. En fait, de toute l'année, c'est la soirée où nous avons presque toujours une assistance fournie. »

Il n'utilisait pas le mot *membre*, ai-je noté — coïncidence, ou échappatoire ?

« La grande salle a entendu bien des histoires, monsieur Adley, toutes sortes d'histoires, comiques ou tragiques, ironiques ou sentimentales. Mais ce jeudi d'avant Noël, il s'agit chaque fois d'une histoire surnaturelle. Il en a toujours été ainsi, du moins depuis aussi longtemps qu'il m'en souvienne. »

Voilà qui expliquait en tout cas le commentaire entendu lors de ma première visite, comme quoi Norman Stett aurait dû réserver son histoire pour Noël. D'autres questions se pressaient sur mes lèvres, mais j'ai vu passer un avertissement dans les yeux du maître d'hôtel. Non pour me faire comprendre qu'il ne répondrait pas à mes questions, mais plutôt qu'il valait mieux ne pas les poser.

« Y a-t-il autre chose, monsieur Adley ? »

Nous étions restés seuls dans le couloir. Tous les autres étaient partis. Et brusquement le couloir m'a paru plus sombre, la longue figure de Stevens plus pâle, ses lèvres plus rouges. Un nœud a éclaté dans la cheminée et une lueur rouge est passée sur le parquet ciré. J'ai cru entendre, venant de ces pièces encore inexplorées, une sorte de choc visqueux. Un son qui ne m'a pas plu. Pas du tout.

« Non, ai-je dit d'une voix pas vraiment ferme. Je pense que non.

— Bonne nuit, alors », a dit Stevens, et j'ai franchi le seuil. J'ai entendu la lourde porte se refermer derrière moi. J'ai entendu tourner la serrure. Ensuite je me suis dirigé vers les lumières de la Troisième Avenue, sans regarder en arrière, comme si j'avais peur, comme si j'aurais pu voir quelque épouvantable démon me suivre pas à pas, ou apercevoir un secret qui aurait dû rester enfoui. Je suis arrivé au coin, j'ai vu un taxi libre et je l'ai pris.

« Encore des histoires de guerre ? » m'a demandé Ellen. Elle était au lit avec Philip Marlowe, le seul amant qu'elle ait jamais eu.

« Il y en a eu une ou deux, ai-je dit en accrochant mon pardessus. Je suis surtout resté à lire dans un fauteuil.

— Quand tu ne grognais pas comme un pourceau.

— C'est vrai. Quand je ne grognais pas.

— Écoute ça : *La première fois que j'ai posé les yeux sur Terry Lennox il était ivre, dans une Rolls Royce Silver Wraith garée devant la terrasse des Dancers*, a lu Ellen. *Il avait un visage de jeune homme et des cheveux entièrement blancs. On voyait à ses yeux qu'il était soûl comme une grive, mais autrement il avait l'air de n'importe quel jeune homme convenable, en smoking, ayant dépensé trop d'argent dans une*

boîte qui n'a pas d'autre raison d'être. Pas mal, hein ?
C'est…

— *Sur un air de navaja*, ai-je dit en ôtant mes
chaussures. Tu me lis le même passage environ tous
les trois ans. Cela fait partie de ton cycle vital. »

Elle a tordu le nez. « Pourceau.

— Merci. »

Elle s'est replongée dans son livre. Je suis allé à la
cuisine prendre une bouteille de Beck's. Quand je suis
revenu elle a posé son livre ouvert sur le couvre-lit et
m'a examiné. « David, vas-tu faire partie de ce club ?

— Je pense que c'est possible… si on me le
demande. » Je n'étais pas très à l'aise. Je venais peut-
être de lui mentir une fois de plus. Si on pouvait parler
d'appartenance au 249B, alors j'étais déjà membre du
club.

« J'en suis contente. Il y a longtemps que tu avais
besoin de quelque chose. Je ne crois même pas que tu
t'en sois rendu compte, mais c'est vrai. J'ai l'Association de bienfaisance, le Comité des droits de la femme
et la Société théâtrale. Mais tu avais besoin de quelque
chose. Des gens avec qui vieillir, j'imagine. »

Je suis allé m'asseoir à côté d'elle et j'ai pris *Sur un
air de navaja*. Un livre de poche tout neuf, venant
d'être réédité. Je me souvenais d'avoir acheté la première édition, reliée, comme cadeau d'anniversaire
pour Ellen. En 1953. « Sommes-nous vieux ? lui ai-je
demandé.

— Je soupçonne que oui », m'a-t-elle dit avec un
beau sourire.

J'ai posé le livre et caressé un de ses seins. « Trop
vieux pour ça ? »

Elle a replié les couvertures avec des gestes de

grande dame, puis les a poussées par terre à coups de pied. « Attrape-moi, papa. Accroche-toi au lustre.

— Oink, oink. » Nous avons ri tous les deux.

Le jeudi d'avant Noël est arrivé. La soirée a beaucoup ressemblé aux autres, à deux exceptions près. Les assistants étaient plus nombreux, il y en avait probablement dix-huit. Et l'air était chargé d'une excitation indéfinissable mais très sensible. Johanssen n'a jeté qu'un coup d'œil à *son journal* avant de rejoindre McCarron, Hugh Beagleman et moi-même. Nous sommes restés assis près des fenêtres, à discuter de choses et d'autres puis nous nous sommes lancés dans une discussion passionnée — et souvent drôle — au sujet des automobiles d'avant-guerre.

Maintenant que j'y pense, il y avait encore une autre différence — Stevens nous avait préparé un délicieux lait de poule, à la fois moelleux et brûlant grâce aux épices et au rhum. Il l'a servi dans une coupe Waterford invraisemblable, qui semblait sculptée dans la glace, et le niveau sonore des conversations a monté à mesure que baissait le niveau du punch.

J'ai regardé le coin où se trouvait la petite porte de la salle de billard, et j'ai eu la surprise d'y voir Waterhouse et Norman Stett secouer des cartes de base-ball dans ce qui avait l'air d'un véritable haut-de-forme en castor, avec de grands éclats de rire.

Les groupes se formaient, se défaisaient. L'heure avançait… et puis, à l'heure où d'habitude l'assistance commençait à se raréfier, j'ai vu Peter Andrews assis devant la cheminée, un paquet de la taille d'une enveloppe à la main. Il l'a jeté dans le feu sans l'ouvrir et les flammes se sont mises à danser, prenant toutes les couleurs de l'arc-en-ciel — et d'autres qui n'y sont pas, je l'aurais juré — avant de retrouver leur aspect normal. On a entendu traîner des chaises. Au-dessus d'Andrews je voyais la pierre et sa devise gravée : C'EST L'HISTOIRE, PAS CELUI QUI LA RACONTE.

Stevens est passé discrètement parmi nous, enlevant les coupes de punch pour les remplacer par des petits verres de cognac. Il y a eu des murmures, « Joyeux Noël », ou « le sommet de la saison, Stevens », et pour la première fois j'ai vu de l'argent changer de main — un billet de dix dollars discrètement tendu d'un côté, un autre de cinquante, semblait-il, un autre dont j'ai vu nettement qu'il était de cent dollars.

« Merci, monsieur McCarron... monsieur Johanssen... monsieur Beagleman... » Un murmure tranquille, bien élevé.

Je vis depuis assez longtemps à New York pour savoir que Noël est un carnaval de pourboires ; quelque chose pour le boucher, le boulanger, le fabricant de chandeliers — sans parler du portier, du gardien et de la femme de ménage qui vient le mardi et le vendredi. Dans ma classe sociale je ne connais personne qui voie cela autrement que comme un mal nécessaire... mais ce soir-là je n'ai senti aucune réticence. Les gens donnaient de bonne grâce, voire avec empressement... et soudain, sans raison (c'est souvent ainsi que les idées vous venaient au 249B), j'ai repensé au gosse de Dickens sonnant chez Scrooge, dans le froid d'un matin de Noël à Londres : « Goi ? L'oie qui est aussi grosse que moi ? » Et Scrooge, fou de joie, qui glousse : « Un *bon* garçon ! Un *excellent* garçon ! »

J'ai sorti mon portefeuille. Dans le fond, derrière la photo d'Ellen que je garde sur moi, il y a depuis toujours un billet de cinquante dollars en cas d'urgence.

Quand Stevens m'a servi un cognac, je l'ai glissé dans sa main sans un regret… bien que je ne sois pas riche.

« Joyeux Noël, Stevens.

— Merci, monsieur. Vous de même. »

Quand il eut fini de servir le cognac et de collecter ses honoraires, il s'est retiré. Une fois, au milieu de l'histoire d'Andrews, j'ai regardé autour de moi et je l'ai vu debout près de la double porte, une ombre indistincte, raide et silencieuse.

« Je suis maintenant avocat, comme vous le savez presque tous », a dit Andrews après avoir bu une gorgée d'alcool, s'être raclé la gorge, bu une autre gorgée. « J'ai un cabinet sur Park Avenue depuis vingt-trois ans. Mais jadis j'ai travaillé pour un cabinet juridique de Washington. Un jour, en juillet, on m'a demandé de rester plus tard pour finir de classer les références de jurisprudence pour un dossier qui n'a rien à voir avec cette histoire. Or un homme s'est présenté — un homme qui était à l'époque un des sénateurs les plus connus de la capitale et qui plus tard a failli devenir président. Il avait du sang plein sa chemise et les yeux qui lui sortaient de la tête.

« Il faut que je parle à Joe, a-t-il dit. Joe, bien sûr, c'était Joseph Woods, notre directeur, un des avocats les plus influents de Washington, et l'ami personnel de ce sénateur.

« Il y a des heures qu'il est rentré chez lui, ai-je répondu. J'avais très peur, je peux vous l'avouer — il avait l'air de sortir d'un horrible accident de voiture, ou même d'une bagarre au couteau. Et de voir ce visage que j'avais vu dans les journaux et à la TV — de le voir barbouillé de sang, une joue secouée par un tic et l'œil hagard… j'avais encore plus peur. "Je peux l'appeler si vous…" J'avais déjà le téléphone en main, follement impatient de me décharger de cette responsabilité sur quelqu'un d'autre. Derrière lui je voyais les empreintes boueuses et sanglantes qu'il avait laissées sur la moquette.

« Il faut que je parle à Joe immédiatement, a-t-il répété comme s'il n'avait rien entendu. "Il y a quelque chose dans le coffre de ma voiture… quelque chose que j'ai trouvé dans ma maison de Virginie. J'ai tiré dessus, je l'ai poignardée et je n'arrive pas à la tuer. Ce n'est pas humain, et je ne peux pas la tuer."

« Il est parti d'un rire nerveux… puis d'un grand rire… et a fini par se mettre à hurler. Il hurlait encore quand j'ai pu joindre Joseph Woods et lui dire de venir, pour l'amour du ciel, de venir aussi vite que possible… »

Je n'ai pas non plus l'intention de vous raconter l'histoire de Peter Andrews. En fait je ne suis pas sûr que j'en aurais le courage. Qu'il me suffise de dire qu'elle était horrible au point que j'en ai rêvé pendant des semaines. Un matin, au petit déjeuner, Ellen m'a demandé pourquoi, au milieu de la nuit, j'avais crié : « Sa tête ! Sa tête enterrée parle encore ! »

« Je pense que c'était un rêve, ai-je répondu. Un de ceux dont on ne se souvient pas. »

Mais j'ai aussitôt plongé les yeux dans ma tasse, et je crois que cette fois Ellen s'est rendu compte de mon mensonge.

Au mois d'août, l'année suivante, on m'a appelé alors que j'étais dans la salle des dossiers. C'était George Waterhouse. Il m'a demandé de monter à son bureau. Quand je suis entré j'ai vu qu'il y avait aussi Robert Carden et Henry Effingham. Un instant j'ai cru

qu'on allait m'accuser de m'être montré particulièrement inepte ou stupide.

Carden est venu vers moi. « George pense que le
moment est venu de vous prendre comme associé en
second, David. Et nous sommes d'accord.

— Vous aurez un peu l'impression d'être le plus
vieux débutant du monde, a dit Effingham en souriant,
mais il faut en passer par là, David. Avec un peu de
chance, nous pourrons vous nommer associé à part
entière vers Noël. »

Il n'y a pas eu de mauvais rêves cette nuit-là. Ellen et
moi sommes allés dîner dehors, nous avons trop bu,
nous avons retrouvé une boîte de jazz où nous n'avions
pas mis les pieds depuis six ans, et nous avons écouté
l'étonnant Dexter Gordon, un noir aux yeux bleus,
souffler dans son saxo jusqu'à deux heures du matin.
Nous nous sommes réveillés le lendemain l'estomac
vaseux et la tête en compote, incapables de vraiment
croire à ce qui s'était passé. Entre autres mon salaire
venait de grimper de huit mille dollars par an bien après
que nous eûmes perdu tout espoir d'une augmentation
aussi faramineuse.

Cet automne, la compagnie m'a envoyé six mois à
Copenhague, et en rentrant j'ai appris que John Hanrahan, un des habitués du 249B, était mort d'un cancer.
Nous avons fait une collecte pour sa veuve, qui avait
des difficultés, et on m'a chargé de faire les comptes
— tout était en liquide — et d'établir un chèque au
porteur. Cela faisait plus de dix mille dollars. J'ai
donné le chèque à Stevens et je suppose qu'il l'a mis à
la poste.

Il se trouvait qu'Arlette Hanrahan appartenait à la
même association théâtrale que ma femme, et un jour
Ellen m'a raconté qu'Arlette avait reçu un chèque ano-

nyme de dix mille quatre cents dollars. Sur le talon du
chèque se trouvait un message concis et lumineux : *De
la part d'amis de votre mari.*

« Ce n'est pas la chose la plus étonnante dont tu aies
jamais entendu parler ? m'a demandé Ellen.

— Non, mais presque, ai-je répondu. Reste-t-il des
fraises, Ellen ? »

Les années ont passé. À l'étage du 249B j'ai découvert tout un dédale de pièces — un bureau pour écrire,
une chambre où les invités pouvaient rester dormir
(bien qu'après avoir entendu ce bruit mou — ou l'avoir
imaginé — j'aurais personnellement préféré prendre
une chambre dans un bon hôtel), un gymnase, petit
mais bien équipé, et un sauna. Il y avait aussi une pièce
étroite et longue qui faisait toute la longueur de l'immeuble et où se trouvaient deux pistes de bowling.

À la même époque j'ai relu les romans de Seville et
découvert un poète absolument stupéfiant — l'égal
peut-être d'Ezra Pound et de Wallace Stevens — qui
s'appelle Norbert Rosen. D'après la jaquette d'un des
trois volumes de ses œuvres trouvés dans les rayons, il
était né en 1924 et mort à Anzio. Les trois livres
avaient été publiés par Stedham & Fils, éditeurs à New
York et Boston.

Je me souviens d'être retourné à la bibliothèque
municipale de New York un après-midi de printemps
— je ne sais plus de quelle année — et d'avoir demandé
vingt recueils annuels du *Literary Market Place*. Le
LMP est gros comme l'annuaire d'une grande ville, et
je crains d'avoir exaspéré le préposé aux périodiques.
Mais j'ai insisté, et j'ai vérifié soigneusement chaque
volume. Bien que le LMP comporte en principe la liste
de tous les éditeurs, grands et petits, des États-Unis

(sans parler des agents, des directeurs de collection et des clubs du livre), je n'y ai pas trouvé Stedham & Fils. Un an plus tard — ou deux ans plus tard — j'ai engagé la conversation avec un vendeur de livres anciens et je lui ai posé la question. Il n'avait jamais entendu parler de cet éditeur.

J'ai failli demander à Stevens — j'ai revu cette lueur dans ses yeux — et je n'ai pas posé ma question.

Au fil des ans, les histoires ont continué.

Des contes, pour employer le mot de Stevens. Des contes drolatiques, des histoires d'amour perdu et retrouvé, des récits inquiétants. Oui, même quelques histoires de guerre, mais pas de celles à quoi pensait Ellen quand elle en avait parlé.

Je me souviens surtout de celle racontée par Gérard Tozeman — l'histoire d'une base américaine avancée touchée de plein fouet par l'artillerie allemande quatre mois avant la fin de la Deuxième Guerre mondiale, où tout le monde a été tué sauf Tozeman lui-même.

Lathrop Carruthers, un général américain complètement cinglé, de l'avis général (il était déjà responsable d'au moins dix-huit *mille* morts et blessés — des vies et des corps humains dépensés aussi facilement que vous et moi glissons une pièce dans un juke-box) était debout devant une carte des opérations quand l'obus est tombé, en train d'expliquer une de ses folles attaques de flanc — une manœuvre qui aurait eu un résultat aussi merveilleux que toutes celles qu'il avait pondues : une nouvelle promotion de veuves de guerre.

Gérard Tozeman, une fois la poussière dissipée, hagard, rendu sourd par l'explosion, saignant du nez, des oreilles et des yeux, les testicules enflant déjà sous le choc, était tombé sur le corps de Carruthers en cherchant à sortir de l'abattoir qu'était devenu le QG. Il avait regardé le cadavre... et s'était mis à hurler de rire. Lui-même, momentanément sourd, ne s'entendit pas crier, mais les sauveteurs ont pu savoir qu'il y avait un survivant dans la baraque réduite en miettes.

Carruthers n'avait pas été mutilé par l'explosion... du moins, a dit Tozeman, pas au sens où l'entendaient les soldats de cette guerre — des hommes qui avaient eu des bras arrachés., des pieds coupés, des yeux crevés, des poumons racornis par les gaz. Non, a-t-il dit, ce n'était rien de tel. Sa mère l'aurait reconnu sans hésiter. Mais la carte... la carte devant laquelle se tenait Carruthers, sa règle de boucher à la main, quand l'obus était tombé...

La carte s'était en quelque sorte *enfoncée* dans son visage. Tozeman s'était retrouvé face à face avec un masque macabre et hideusement tatoué. La côte rocheuse de la Bretagne suivait l'arête osseuse du front de Carruthers. Le Rhin coulait comme une cicatrice bleu pâle sur sa joue gauche. Les plus beaux vignobles du monde s'entassaient sur son menton. La Sarre s'étirait sur sa gorge comme la corde d'un bourreau... et, imprimé sur un œil exorbité, il y avait le mot VERSAILLES.

Voilà notre conte de Noël de l'année 197-.

Je me souviens de nombreux contes, mais ils n'ont pas leur place ici. À vrai dire, Tozeman non plus, d'ailleurs... mais ce fut mon premier conte de Noël au 249B, et je n'ai pas résisté à l'envie de le raconter. Ainsi donc, le jeudi qui a suivi Thanksgiving de cette année, quand Stevens a frappé dans ses mains pour attirer l'attention et demandé qui nous ferait la faveur d'une histoire à Noël, Emlyn McCarron a grommelé : « Je suppose que j'en ai une de racontable. Ce sera maintenant ou jamais ; Dieu va me faire taire une bonne fois d'ici peu de temps. »

Pendant toutes ces années je n'avais jamais entendu McCarron raconter une histoire. C'est peut-être pourquoi j'avais si vite appelé un taxi, et je m'étais senti à ce point excité quand Stevens avait servi du punch aux six d'entre nous qui avaient bravé la nuit hurlante et glacée. Et je n'étais pas le seul ; j'avais vu la même émotion dans de nombreux regards.

McCarron, vieux, desséché et tanné, était dans un grand fauteuil près de la cheminée, un sachet de poudre entre ses doigts noueux. Il l'a jeté dans le feu, et nous avons regardé les flammes affolées passer d'une couleur à l'autre. Stevens est venu servir le cognac et nous lui avons glissé ses honoraires. Une fois, pendant cette cérémonie annuelle, j'avais entendu tinter de la monnaie qui changeait de main ; une autre fois j'avais entr'aperçu un billet de mille dollars à la lueur des flammes. À chaque occasion Stevens avait remercié exactement sur le même ton : un murmure poli et respectueux. Dix ans, plus ou moins, s'étaient écoulés depuis que j'étais venu pour la première fois avec George Waterhouse, et si le monde extérieur avait beaucoup changé, ici rien n'avait bougé, et Stevens semblait n'avoir pas vieilli du tout, pas même d'un jour.

Il est rentré dans l'ombre, et un instant le silence a été si parfait qu'on a entendu le sifflement ténu de la sève en ébullition s'échappant des bûches qui brûlaient dans l'âtre. Emlyn McCarron contemplait le feu, nous avons tous fait de même. Les flammes semblaient particulièrement agitées, ce soir-là. J'étais presque hypnotisé par cette vision — comme j'imagine que l'étaient nos ancêtres, les hommes des cavernes, lorsque le vent rôdait et menaçait à l'extérieur de leurs grottes glacées, dans les pays nordiques.

Finalement, sans quitter les flammes des yeux, légèrement penché de sorte que ses bras reposaient sur ses cuisses, ses mains jointes pendant entre ses jambes, McCarron s'est mis à parler :

2

La Méthode Respiratoire

J'ai maintenant près de quatre-vingts ans, ce qui veut dire que je suis né avec le siècle. Depuis toujours ma vie a été liée à un bâtiment qui est presque en face du Madison Square Garden. Ce bâtiment, qui ressemble à une grande prison grise — sortie de *Histoire de Deux Villes* — est en réalité un hôpital, comme vous le savez presque tous ici. C'est l'hôpital de la Fondation Harriet White. Cette Harriet White qui lui a donné son nom était la première femme de mon père, et elle s'est occupée de ses premiers patients alors qu'il y avait encore des moutons broutant l'herbe de Sheep Meadow au milieu de Central Park. Une statue de cette dame se trouve dans la cour, devant l'hôpital, et en la voyant vous vous êtes peut-être demandé comment une femme au visage aussi dur et inflexible s'est choisi un si aimable métier. La devise gravée sur le piédestal, une fois traduit son blabla latin, est encore moins réconfortante : *Il n'est pas de soins sans douleur ; disons donc que la guérison passe par la souffrance.* Caton, s'il vous plaît... ou si ça ne vous plaît pas !

Je suis né dans ce bâtiment gris le 20 mars 1900. J'y suis retourné comme interne en 1926. Vingt-six ans, c'est un peu vieux pour se lancer dans la médecine, mais j'avais effectué un internat plus réaliste en France, à la fin de la guerre, en essayant de remettre des intestins perforés dans des ventres ouverts et en achetant au marché noir de la morphine souvent trouble et parfois dangereuse.

De même que la génération de médecins qui a suivi la Deuxième Guerre mondiale, nous étions une bande de carabins pragmatiques jusqu'à la moelle, et les annales des écoles de médecine montrent extrêmement peu de recalés entre 1919 et 1928. Nous étions plus vieux, plus expérimentés, plus réguliers. Étions-nous plus sages ? Je ne sais pas... mais plus cyniques, sûrement. Il n'y avait rien de ces absurdités qu'on lit dans les romans populaires, comme de vomir ou s'évanouir à sa première autopsie. Pas après Bois-Belleau, où on a vu des rats élever des nichées entières dans les entrailles déchiquetées par les gaz de nos soldats qui pourrissaient dans le no man's land. Nous avions laissé vomissements ou évanouissements loin derrière nous.

L'hôpital Harriet White a joué aussi un grand rôle dans quelque chose qui m'est arrivé neuf ans après mon internat — et c'est l'histoire, Messieurs, que je vais vous raconter ce soir. Ce n'est pas une histoire pour Noël, pourriez-vous dire (bien que la scène finale ait eu lieu la veille de Noël), et pourtant, malgré son horreur, elle me semble exprimer la vitalité incroyable de notre espèce maudite et condamnée. J'y vois le miracle de notre volonté... et aussi son pouvoir horrible et ténébreux.

La naissance est en soi, Messieurs, une chose horrible pour beaucoup. Que les pères assistent à la naissance de leurs enfants est actuellement à la mode, et bien que cette mode ait contribué à faire éprouver à de nombreux hommes une culpabilité peut-être imméritée (un sentiment dont certaines femmes se servent en toute connaissance de cause et avec une cruauté presque divinatoire), il me semble que c'est dans l'ensemble une pratique salubre et salutaire. Pourtant j'ai vu des pères quitter la salle d'accouchement blêmes et chancelants, j'en ai vu s'évanouir comme des jeunes filles, succombant aux cris et au sang. Je me souviens d'un homme qui a parfaitement résisté... mais s'est mis à pousser des cris hystériques quand son fils, en parfaite santé, a fait irruption dans le monde. Les yeux du bébé étaient ouverts, donnant l'impression qu'il regardait autour de lui... et ils se sont fixés sur le père.

La naissance est une merveille, Messieurs, mais je n'ai jamais trouvé cela beau — pas même par un effort d'imagination. Je trouve cela trop brutal pour être beau. Le ventre d'une femme est comme un moteur. À la conception, ce moteur démarre. Au début il tourne au ralenti... mais quand le cycle de vie approche de son point culminant, la naissance, le moteur accélère, accélère, accélère. Son murmure se change en ronronnement régulier, puis en grondement, et enfin en rugissement formidable, terrifiant. Une fois le moteur mis en marche, chaque future mère comprend que sa vie est en jeu. Soit elle mettra le bébé au monde et le moteur s'arrêtera, soit il tournera de plus en plus vite et plus fort et finira par exploser, par la tuer dans le sang et la souffrance.

Voilà, Messieurs, l'histoire d'une naissance, à la veille de celle que nous célébrons depuis bientôt deux mille ans.

*
* *

J'ai commencé à pratiquer la médecine en 1929
— mauvaise année pour commencer quoi que ce soit.
Mon grand-père a pu me prêter une petite somme d'argent, ce qui m'a privilégié par rapport à la plupart de
mes confrères, mais j'ai quand même dû vivre d'expédients pendant quatre ans.

En 1935, les choses allaient un peu mieux. J'avais
acquis un fonds de clientèle stable, et l'hôpital m'envoyait un certain nombre de malades. En avril une
nouvelle patiente est venue consulter, une jeune
femme que j'appellerai Sandra Stansfield — ce qui est
assez proche de son véritable nom. Une jeune femme
de race blanche, qui a prétendu avoir vingt-huit ans.
Après l'avoir examinée j'ai pensé qu'elle avait plutôt
entre trois et cinq ans de moins. Elle était blonde,
mince, et grande pour l'époque — environ un mètre
soixante-dix. Elle était fort belle, mais d'une beauté
austère au point d'être rebutante. Elle avait des traits
réguliers, bien dessinés, un regard intelligent… et une
bouche tout aussi volontaire que la bouche en pierre de
Harriet White devant le Madison Square Garden. Sur
le formulaire elle a donné le nom de Jane Smith, non
celui de Sandra Stansfield. D'après mon examen elle
était enceinte de deux mois. Elle ne portait pas d'alliance.

Après l'examen préliminaire — mais avant que les
résultats du test de grossesse ne soient revenus — mon
infirmière, Ella Davidson, m'a demandé : « La fille
d'hier ? Jane Smith ? Si ce n'est pas un faux nom, ça y
ressemble. »

Je suis tombé d'accord. Pourtant, je l'admirais plutôt. Elle ne s'était pas mise à tourner autour du pot, à me faire lanterner, à rougir ou à pleurnicher. Elle avait été franche et directe. Son pseudonyme lui-même n'était un signe de gêne, mais de sens pratique. Aucun souci de vraisemblance comme d'inventer une « Betty Rucklehouse » ou se parer d'une « Ternina DeVille ». *Vous avez besoin d'un nom pour votre formulaire,* semblait-elle dire, *parce que la loi l'exige. Alors voici un nom ; mais plutôt que de me fier à l'éthique professionnelle d'un homme que je ne connais pas, je me fie à moi-même. Si cela ne vous gêne pas.*

Ella a reniflé, glissé quelques remarques — « filles modernes », « effrontées » — mais c'était une excellente femme, et je crois qu'elle ne le disait que pour le principe. Elle savait aussi bien que moi que, quelle que fût cette nouvelle patiente, ce n'était pas une petite traînée aux yeux durs et aux talons usés. Non, « Jane Smith » était seulement une jeune femme extrêmement sérieuse, parfaitement déterminée. Dans une situation désagréable (on appelait ça « se mettre dans de beaux draps », vous vous en souvenez peut-être ; de nos jours plus d'une jeune femme va justement se mettre dans des draps pour en sortir), elle avait l'intention de s'en tirer avec la meilleure grâce et la plus grande dignité possible.

Une semaine après son premier rendez-vous, elle est revenue. C'était une journée merveilleuse — un des premiers vrais jours de printemps. L'air était doux, le ciel d'un bleu laiteux, et la brise parfumée d'une odeur tiède, indéfinissable, comme si la nature signalait qu'elle aussi entrait à nouveau dans son cycle de naissance. Le genre de jour où on souhaite être à mille lieues de toute responsabilité, assis en face d'une jolie femme de sa connaissance — à Coney Island, par exemple, ou sur les Palissades, devant l'Hudson, un panier de pique-nique posé sur une nappe à carreaux, la dame en question portant une grande capeline et une robe sans manches aussi belle que le jour.

La robe de « Jane Smith » avait des manches, mais elle était tout de même presque aussi belle que le jour, en lin blanc avec des bordures marron. Elle avait aussi des escarpins marron, des gants blancs, et un chapeau cloche un peu démodé — à ce signe j'ai compris qu'elle était loin d'être riche.

« Vous êtes enceinte, lui ai-je dit. Je ne pense pas que cela vous étonne beaucoup, non ? »

S'il doit y avoir des larmes, ai-je pensé, c'est le moment.

« Non », a-t-elle répondu avec le plus grand calme. Pas plus de larmes à l'horizon de ses yeux que de nuages dans le ciel. « En général je suis très régulière. »

Il y eut un silence.

« Quand dois-je m'attendre à accoucher ? » a-t-elle demandé en poussant un soupir presque inaudible, celui qu'aurait un homme ou une femme avant de se baisser pour soulever une lourde charge.

« Ce sera un bébé de Noël. Je vous donne une date, le 10 décembre, mais cela pourra être quinze jours plus tôt ou plus tard.

— Très bien. » Elle a hésité un instant avant de se lancer. « Voulez-vous suivre ma grossesse ? Bien que je ne sois pas mariée ?

— Oui, ai-je dit. À une condition. »

Elle a froncé les sourcils, et à cet instant elle a plus que jamais ressemblé à Harriet White. On ne croirait pas que le froncement de sourcils d'une femme de vingt-trois ans puisse être particulièrement redoutable, mais le sien oui. Elle était prête à partir, et le fait qu'elle dût revivre l'embarras de ces démarches avec un autre médecin n'allait pas l'en empêcher.

« Et que cela peut-il être ? » a-t-elle demandé d'une voix neutre, avec une courtoisie parfaite.

Maintenant c'était moi qui avais du mal à soutenir le regard assuré de ses yeux noisette, mais j'ai tenu bon. « J'insiste pour connaître votre vrai nom. Vos règlements pourront toujours se faire en liquide, si vous le préférez, et je peux dire à Mme Davidson de vous faire des reçus au nom de Jane Smith. Mais si nous devons voyager de concert pendant sept mois, environ, j'aimerais pouvoir m'adresser à vous sous le nom qui est le vôtre dans la vie. »

Une fois expédié ce petit discours absurde et guindé, je l'ai regardée réfléchir. J'étais tout à fait sûr qu'elle allait se lever, me remercier du temps que je lui avais consacré, et disparaître à jamais. Je l'aimais bien. J'aimais surtout l'honnêteté avec laquelle elle traitait un problème qui aurait fait verser à quatre-vingt-dix femmes sur cent des larmes ineptes et sans dignité, terrifiées qu'elles seraient par le cycle vital de leur corps, si honteuses de leur situation que cela leur rendrait impossible de s'y préparer avec quelque raison.

Je suppose qu'aujourd'hui beaucoup de jeunes gens trouveraient un tel état d'esprit ridicule, affreux, difficile à croire. Les gens sont désormais si impatients de prouver leur largeur d'esprit qu'une femme enceinte dépourvue d'alliance peut se voir traiter avec deux fois plus de sollicitude qu'une autre. Vous, Messieurs, vous souvenez d'une époque où la situation était bien différente — vous vous souvenez d'une époque où la droiture et l'hypocrisie se mêlaient pour rendre la vie intenable à une femme qui « s'était mise dans de beaux draps ». En ce temps-là une femme enceinte et mariée était radieuse, certaine de sa position et fière de remplir la fonction, croyait-elle, que Dieu lui avait confiée sur cette terre. Une femme enceinte non mariée était une traînée aux yeux du monde et bien souvent à ses propres yeux. Comme disait Ella Davidson, c'était une femme « facile », et dans ce monde-là, en ce temps-là, cette « facilité » était presque impardonnable. Ces femmes s'enfuyaient en rampant pour aller accoucher dans une autre ville. Certaines prenaient des somnifères ou sautaient par la fenêtre. D'autres allaient voir des avorteurs, des bouchers aux mains sales, ou essayaient de faire le travail elles-mêmes ; à mon époque j'ai vu quatre femmes mourir d'hémorragie sous mes yeux après une perforation de la matrice — dans un de ces cas la perforation avait été faite par le goulot cassé d'un flacon de fortifiant attaché à un manche à balai. Il est difficile à croire aujourd'hui qu'il se passait des choses pareilles, mais c'est pourtant vrai, Messieurs. C'est vrai. C'était tout simplement ce qu'il pouvait arriver de pire à une jeune femme en bonne santé.

« Très bien, a-t-elle fini par dire. C'est assez juste. Je m'appelle Sandra Stansfield. » Et elle m'a tendu la main. Plutôt ébahi, je l'ai prise et je l'ai serrée. Je préfère qu'Ella Davidson ne m'ait pas vu faire ça. Elle n'aurait pas fait de commentaires, mais j'aurais trouvé mon café amer pendant une bonne semaine.

Elle a souri — de mon air stupéfait, j'imagine — et m'a regardé en face. « J'espère que nous serons amis, docteur McCarron. En ce moment j'ai besoin d'un ami. J'ai vraiment très peur.

— Je comprends cela, et j'essayerai d'être votre

ami si j'en suis capable, mademoiselle Stansfield. Puis-je faire quelque chose pour vous, actuellement?»

Elle a ouvert son sac, en a sorti un calepin de Monoprix et un stylo. Elle a ouvert le calepin, prête à écrire, et m'a regardé. Un instant j'ai été horrifié, croyant qu'elle allait me demander le nom et l'adresse d'un avorteur. «J'aimerais savoir ce qu'il vaut mieux que je mange. Pour le bébé, veux-je dire.»

J'ai ri. Elle m'a regardé, étonnée.

«Pardonnez-moi, c'est seulement que vous avez l'air sérieux.

— C'est possible. Le bébé fait partie de ma vie, maintenant. N'est-ce pas, docteur?

— Oui. Bien sûr que oui. Et il y a un dépliant que je donne à toutes mes patientes enceintes. Il s'agit de régime, de prise de poids, de l'alcool, du tabac et de bien d'autres choses. Ne riez pas en le lisant, je vous en prie. Cela me vexerait, car c'est moi qui l'ai écrit.»

En effet — bien que ce soit plutôt une brochure qu'un dépliant, et qu'ensuite c'est devenu un livre, *Le Guide Pratique pour la Grossesse et l'Accouchement*. À l'époque je m'intéressais beaucoup à l'obstétrique et à la gynécologie — c'est toujours le cas — mais il n'était pas recommandé de se spécialiser là-dedans sans avoir de bonnes relations. Et même alors, il pouvait falloir dix ou quinze ans pour se faire une bonne clientèle. Comme la guerre m'avait fait mettre ma plaque à la porte à un âge trop avancé, je me disais que je n'avais pas de temps à perdre. Je me consolais à l'idée qu'en tant que généraliste je verrais beaucoup de femmes enceintes et que je mettrais au monde bon nombre de bébés. Ce que j'ai fait; j'ai compté que j'ai mis au monde plus de deux mille bébés — de quoi remplir une cinquantaine de salles de classe.

Je me tenais au courant des progrès de cette spé-
cialité mieux que je ne le faisais pour le reste de la
médecine. Et comme j'avais mes opinions, et mes
enthousiasmes, j'ai préféré écrire ma brochure plutôt
que de repasser les vieux clichés rancis dont devaient
se contenter les jeunes mères de l'époque. Je ne vous
ferai pas le catalogue de ces clichés — on y passerait
la nuit — mais je vais vous en citer un ou deux.

On conseillait fortement aux futures mères de garder
le lit, et surtout de ne pas marcher sur une quelconque
distance de peur d'avorter ou de «compromettre la
naissance». Or un accouchement est un travail acharné,
et ce conseil revenait à dire à un joueur de football de se
préparer à un championnat en restant le plus possible
assis pour ne pas se fatiguer! Autre conseil précieux,
donné par un grand nombre de médecins à celles qui
grossissaient un peu trop: mettez-vous à fumer...
à fumer! Raisonnement parfaitement représenté par
une publicité de l'époque. «Prenez une Lucky à la
place d'un bonbon.» Ceux qui croient qu'en abordant
le vingtième siècle nous sommes arrivés à l'âge d'une
médecine éclairée et rationnelle, n'ont pas idée des
sommets que peut atteindre la folie des médecins. C'est
peut-être mieux ainsi: ils se feraient des cheveux
blancs.

J'ai donné ma brochure à Mlle Stansfield, qui l'a
étudiée avec attention pendant cinq bonnes minutes. Je
lui ai demandé la permission de fumer ma pipe, permission qu'elle m'a donnée d'un air absent, sans lever
les yeux. Quand elle a fini par relever la tête, elle avait
un léger sourire sur les lèvres. «Êtes-vous un extrémiste, docteur McCarron?

— Pourquoi dites-vous ça? Parce que je conseille à

une future mère de faire ses courses à pied au lieu de se faire secouer et enfumer dans un wagon de métro ?

— Vitamines prénatales, quoi que ce puisse être... natation recommandée... et des exercices de respiration ! Quels exercices de respiration ?

— C'est pour plus tard, et non... je ne suis pas un extrémiste. Loin de là. Mais je suis en retard de cinq minutes pour le prochain patient.

— Oh ! Je suis désolée. » Elle s'est aussitôt levée, mettant la brochure dans son sac.

« Ne vous pressez pas. »

Elle a enfilé son manteau léger, tout en me fixant de ses yeux noisette. « Non. Pas un extrémiste, après tout. Je suppose que vous êtes en fait plutôt... réconfortant ? Est-ce que c'est le mot juste ?

— J'espère que oui. C'est un mot que j'aime bien. Si vous vous adressez à Mme Davidson, elle vous donnera une liste de rendez-vous. J'aimerais vous voir au début du mois prochain.

— Votre Mme Davidson me désapprouve.

— Oh, je suis sûr que vous vous trompez. » Mais je n'ai jamais été très habile à mentir, et il n'y eut soudain plus rien de chaleureux entre nous. Je ne l'ai pas raccompagnée à la porte de mon cabinet. « Mademoiselle Stansfield ? »

Elle s'est tournée vers moi, le regard froid.

« Avez-vous l'intention de garder le bébé ? »

Elle m'a regardé un instant et elle a souri — un sourire dont seules, j'en suis certain, les femmes enceintes ont le secret. « Oh oui », et elle est partie.

À la fin de la journée j'avais soigné des jumeaux pareillement empoisonnés par du sumac, percé un abcès, extrait un copeau de métal de l'œil d'un soudeur et adressé un de mes plus vieux patients à l'hôpital

White pour ce qui était certainement un cancer. J'avais complètement oublié Sandra Stansfield. Ella Davidson me l'a rappelée en disant : « Peut-être qu'après tout ce n'est pas une chipie. »

J'ai levé les yeux du dossier de mon dernier malade. Je l'avais regardé avec le dégoût et le sentiment d'inutilité qu'ont la plupart des médecins quand ils se savent complètement impuissants, en pensant que je devrais me faire faire un tampon pour ce genre de dossier   au lieu de COMPTE À RECEVOIR, ou PAYÉ, ou PATIENT DÉPLACÉ, il y aurait simplement ARRÊT DE MORT. Peut-être avec une tête de mort et des tibias entrecroisés, comme sur les flacons de poison.

« Je vous demande pardon ?

— Votre Jane Smith. Elle a fait quelque chose de très bizarre, ce matin, après vous avoir vu. » Sa posture et ses lèvres indiquaient clairement que c'était une des bizarreries qu'elle approuvait.

« Et qu'est-ce que c'était ?

— Quand je lui ai donné sa fiche de rendez-vous, elle m'a demandé de faire le total de ce qu'elle devrait. De tout ce qu'elle devrait. Y compris l'accouchement et le séjour à l'hôpital. »

C'était effectivement bizarre. On était en 1935, rappelez-vous, et Mlle Stansfield donnait tout à fait l'impression de ne recevoir l'aide de personne. Était-elle riche, ou même à l'aise ? Je ne pensais pas. Robe, chaussures, gants, tout était très chic, mais elle ne portait aucun bijou — pas même une broche. Et il y avait ce chapeau cloche, décidément démodé.

« Vous l'avez fait ? »

Mme Davidson m'a regardé comme si j'avais perdu l'esprit.

« Si je l'ai fait ? Bien sûr ! Et elle a tout payé. En liquide. »

Ce qui, apparemment, l'avait le plus surprise (agréablement, bien sûr), et ne me surprenait pas du tout. Il y a une chose impossible à toutes les Jane Smith du monde, c'est de faire un chèque.

« Elle a sorti un portefeuille de son sac, l'a ouvert, et a compté l'argent sur mon bureau. Ensuite elle a mis le reçu là où étaient les billets, a remis le portefeuille dans son sac et m'a donné le bonjour. Pas si mal, quand on pense à la façon dont il faut poursuivre certaines personnes soi-disant "respectables" pour leur faire payer leur note ! »

J'ai eu de la peine, sans trop savoir pourquoi. Rien de tout cela ne me plaisait, ni la Stansfield d'avoir fait une chose pareille, ni Mme Davidson d'être si contente et si fière, ni moi-même, pour une raison qui m'échappait et qui m'échappe encore. Dans tout cela je me sentais mesquin.

« Mais elle n'a pas pu vraiment régler son séjour à l'hôpital, n'est-ce pas ? » Ridicule de ma part de me raccrocher à cette brindille, mais sur le moment c'est tout ce que j'ai trouvé pour exprimer ma rancune et ma frustration. « Après tout nous ne savons pas le temps qu'elle devra y rester. À moins que vous ne l'ayez vu dans une boule de cristal, Ella ?

— C'est exactement ce que je lui ai dit, et elle m'a demandé quel était le séjour habituel après une naissance sans problèmes. Six jours, je lui ai dit. C'est bien cela, docteur ? »

J'ai dû reconnaître que oui.

« Elle a dit qu'elle paierait six jours, donc, et que si cela durait plus longtemps elle paierait la différence, et que…

— ... si c'était moins long, on la rembourserait »,
ai-je achevé d'un ton las. *Au diable cette femme !* ai-je
pensé — et je me suis mis à rire. Elle avait des tripes.
On ne pouvait pas lui refuser ça. Toutes sortes de
tripes.

Mme Davidson s'est permis un sourire... et si j'ai
jamais la tentation, maintenant que je deviens gâteux,
de croire tout savoir d'un de mes semblables, je tâche-
rai de me souvenir de ce sourire. Avant cette date, j'en
aurais donné ma tête à couper, jamais je n'aurais pensé
voir Mme Davidson, la femme la plus « convenable »
que j'aie jamais vue, avoir un sourire attendri en pensant à une fille tombée enceinte hors des liens du
mariage.

« Des tripes ? Je ne sais pas, docteur. Mais elle sait
ce qu'elle veut, celle-là. Elle le sait vraiment. »

Un mois a passé, et Mlle Stansfield a été ponctuelle
à son rendez-vous. Elle est tout simplement sortie de
ce fleuve d'humanité immense et stupéfiant qu'était
New York alors comme aujourd'hui. Elle portait une
robe apparemment neuve, bleue, à laquelle elle réussissait à donner un air original, unique, bien qu'elle
l'eût de toute évidence prise dans un rayon où il y en
avait des douzaines, toutes identiques. Les chaussures
juraient avec la robe ; c'étaient les mêmes escarpins
que la dernière fois.

Je l'ai examinée soigneusement. Tout était normal,
ce que je lui ai dit. Elle était contente. « J'ai trouvé les
vitamines prénatales, docteur.

— Vraiment ? Très bien. »

Ses yeux ont pétillé d'espièglerie. « Le pharmacien
m'a conseillé de ne pas les prendre.

— Que Dieu nous sauve des apothicaires », ai-je

dit, et elle a ri en mettant sa main devant sa bouche
— un geste enfantin, irrésistible et spontané. « Je n'ai
jamais connu de pharmacien qui ne soit un médecin
manqué. Et un Républicain. Les vitamines prénatales
sont des nouveautés, donc elles sont suspectes. Avez-
vous suivi son conseil ?

— Non, le vôtre. C'est vous qui êtes mon médecin.

— Merci.

— De rien. » Elle m'a regardé bien en face, ne riant
plus. « Docteur, quand cela va-t-il se voir ?

— Pas avant le mois d'août, je pense. En septembre, si vous mettez de préférence des vêtements…
euh, volumineux.

— Merci. » Elle a ramassé son sac mais ne s'est pas
encore levée pour partir. Je me suis dit qu'elle avait
quelque chose à me dire et qu'elle ne savait pas par où
commencer.

« Vous travaillez, me semble-t-il ? »

Elle a hoché la tête. « Oui. Je travaille.

— Puis-je vous demander où ? À moins que vous
ne… »

Elle a ri, d'un rire cassant et sans humour, aussi différent de son rire précédent que le jour l'est de la nuit.
« Dans un grand magasin. Où peut travailler une céli-
bataire, dans cette ville ? Je vends des parfums à des
grosses dames qui se font laver les cheveux et se font
faire des bouclettes.

— Combien de temps allez-vous continuer ?

— Jusqu'à ce qu'on remarque ma situation intéressante. Ensuite je suppose qu'on me demandera de partir, pour ne pas déranger les grosses dames. Le choc de
se voir servir par une femme enceinte sans alliance
pourrait leur défriser les cheveux. »

Tout d'un coup des larmes ont fait briller ses yeux.

Ses lèvres se sont mises à trembler, et j'ai tendu la main vers un mouchoir. Mais les larmes n'ont pas jailli... pas une. Elles ont failli déborder, et elle les a ravalées d'un battement de paupières. Ses lèvres se sont serrées... puis se sont détendues. Elle a tout simplement décidé qu'elle n'allait pas se laisser aller... et cela ne s'est pas produit. Ce fut un spectacle remarquable.

« Je suis désolée, a-t-elle dit. Vous êtes très bon. Je ne répondrai pas à votre gentillesse par ce qui doit être une histoire très banale. »

Elle s'est levée, et je l'ai imitée.

« Je ne sais pas trop mal écouter, ai-je dit, et j'ai un peu de temps. Mon prochain rendez-vous a été annulé.

— Non. Merci, mais non.

— Très bien. Mais il y a autre chose.

— Oui ?

— Il n'est pas dans mes habitudes de faire payer à mes patients — quels qu'ils soient — payer des soins avant que ces soins n'aient été administrés. J'espère que vous... c'est-à-dire, si vous pensez avoir plutôt... ou devoir... » J'ai pataugé et me suis tu.

« Je vis à New York depuis quatre ans, docteur McCarron, et je suis de nature économe. À partir du mois d'août — ou de septembre — je devrai vivre de mes économies jusqu'à ce que je puisse retravailler. Ce n'est pas une grosse somme, et quelquefois, surtout pendant la nuit, cela me fait peur. »

Ses merveilleux yeux noisette ne me quittaient pas.

« Il m'a semblé préférable — plus sûr — de payer d'abord pour le bébé. Avant toute chose. Parce que c'est ainsi que je pense au bébé, et aussi parce que, plus tard, la tentation de dépenser cet argent pourrait devenir trop forte.

— Très bien. Mais rappelez-vous, je vous prie, que j'estime avoir été payé avant que ce soit dû. Si vous avez besoin de cet argent, dites-le.

— Pour revoir le dragon dans les yeux de Mme Davidson ? » Son regard était redevenu espiègle. « Je ne crois pas. Et maintenant, docteur…

— Vous avez l'intention de travailler aussi longtemps que possible ? Absolument ?

— Oui. Il le faut. Pourquoi ?

— Je pense que je vais tâcher de vous faire un peu peur avant votre départ. »

Ses yeux se sont un peu agrandis. « Ne faites pas ça. J'ai déjà suffisamment peur.

— C'est exactement pourquoi je vais le faire. Rasseyez-vous, mademoiselle Stansfield. » Et comme elle restait sans bouger, j'ai ajouté : « Je vous en prie. »

Elle s'est assise. À contrecœur.

« Vous êtes dans une position unique et enviable, lui ai-je dit en m'asseyant sur l'angle de mon bureau. Vous affrontez cette situation avec une grâce exceptionnelle. »

Elle a voulu parler, et j'ai levé une main pour la faire taire.

« C'est fort bien. Je vous tire mon chapeau. Mais j'aurais horreur de vous voir faire du mal à votre bébé, d'une façon ou d'une autre, par crainte pour votre sécurité financière. Une de mes patientes, malgré mes nombreux avertissements, a continué à se serrer dans une gaine, mois après mois, se serrant de plus en plus à mesure que la grossesse avançait. C'était une femme frivole, stupide, exaspérante, et de toute façon je ne pense pas qu'elle ait vraiment voulu ce bébé. Je ne souscris pas à toutes les théories sur l'inconscient dont n'importe qui discute aujourd'hui devant un jeu de

Mah Jong, mais si j'y croyais, je dirais que cette femme — ou une partie d'elle-même — essayait de tuer son enfant.

— Et elle l'a tué ? dit-elle, le visage figé.

— Non, pas du tout. Mais l'enfant est né handicapé. Il est très possible qu'il l'aurait été de toute façon, ce n'est pas moi qui dirais le contraire — nous ne savons presque rien sur l'origine de ces choses. Mais *il se peut* qu'elle en ait été responsable.

— Je vois, a-t-elle dit à voix basse. Vous ne voulez pas que je... que je me serre de façon à travailler un ou deux mois de plus. J'avoue que cette idée m'avait traversé l'esprit. Donc... merci de m'avoir fait peur. »

Cette fois je l'ai reconduite à la porte. J'aurais aimé lui demander ce qui lui restait de ses économies, à quelle distance elle était du précipice. C'est une question à quoi elle n'aurait pas répondu, je le savais très bien. Alors je lui ai simplement dit au revoir en plaisantant sur ses vitamines. Elle est partie. Le mois suivant je me suis surpris à penser à elle à mes moments perdus, et...

À ce moment-là Johanssen a interrompu McCarron. C'étaient de vieux amis, et je suppose que cela lui donnait le droit de poser la question qui nous était venue à tous :

« Est-ce que tu étais amoureux d'elle, Emlyn ? Est-ce que c'est cela dont il s'agit quand tu parles de ses yeux, de son sourire, quand tu pensais à elle "à tes moments perdus". »

J'ai cru que McCarron serait agacé par cette interruption, mais non. « Tu as le droit de poser cette question », a-t-il dit, puis il a regardé les flammes, sans rien ajouter. On aurait presque pu croire qu'il s'était endormi. Alors un nœud a éclaté, envoyé un tourbillon d'étincelles dans la cheminée, et McCarron nous a regardés. D'abord Johanssen, et puis tous les autres.

«Non, je n'étais pas amoureux d'elle. Ce que j'ai décrit ressemble à ce que remarque un homme qui tombe amoureux — ses yeux, ses robes, son rire.» Il a allumé sa pipe avec un curieux briquet en forme de boulon, insistant jusqu'à ce que tout le tabac devienne incandescent. Il a refermé son briquet, l'a glissé dans une poche de son veston, et a soufflé un nuage de fumée qui lui a entouré la tête comme un voile parfumé.

«Je l'admirais. En un mot comme en mille. Et mon admiration grandissait à chacune de ses visites. J'imagine que certains d'entre vous croient qu'il s'agit de l'histoire d'un amour contrarié par le destin. Rien ne serait plus loin de la vérité. Sa vie m'a été dévoilée par bribes au cours des six mois qui ont suivi, et quand je vous l'aurais racontée, je pense que vous admettrez qu'elle était aussi banale qu'elle-même l'avait dit. Elle s'était sentie attirée par la grande ville, comme des milliers de filles sortant comme elle d'une petite ville...

... de l'Iowa ou du Nebraska. Ou peut-être du Minnesota — je ne m'en souviens vraiment plus. Elle avait fait beaucoup de théâtre au lycée et dans les associations de sa ville — eu de bons articles dans l'hebdomadaire local, écrits par un critique littéraire spécialisé dans les vaches et les moutons — et elle était venue à New York pour devenir actrice.

Même alors elle a fait preuve d'esprit pratique — du moins autant que vous le permet une ambition irréalisable. Elle était venue à New York, m'a-t-elle dit, parce qu'elle ne croyait pas à la thèse implicite des magazines de cinéma — comme quoi n'importe quelle fille venant à Hollywood pouvait devenir une star, être un jour au drugstore de chez Schwab en train de boire un soda et le lendemain en train de donner la réplique à Gable ou MacMurray. Elle était venue à New York parce qu'elle pensait qu'il lui serait plus facile de mettre un pied dans la place... et aussi, je crois, parce qu'elle s'intéressait plus au vrai théâtre qu'aux films parlants.

Elle a trouvé un emploi de vendeuse dans un grand magasin et s'est inscrite dans un cours dramatique. C'était une fille intelligente et terriblement volontaire — une volonté d'acier — mais aussi humaine que n'importe qui. Et seule, en plus. Une solitude que les filles venant d'arriver d'une petite ville du Middle West sont peut-être les seules à connaître. Le mal du pays n'est pas toujours une émotion vague, nostalgique, presque enviable, bien qu'on ait toujours tendance à se le représenter ainsi. Cela peut devenir une lame terriblement coupante, un mal non plus métaphorique mais bien réel. Cela peut changer votre vision du monde, les visages croisés dans la rue peuvent vous paraître non plus indifférents mais laids... voire malveillants. Le mal du pays est une vraie maladie — celle d'une plante déracinée.

Mlle Stansfield, si admirable qu'elle fût, si volontaire qu'elle ait pu être, n'était pas immunisée contre ce mal. Et le reste a suivi si naturellement que cela va sans dire. Il y avait un jeune homme à son cours de théâtre. Ils sont sortis ensemble plusieurs fois. Elle ne l'aimait pas, mais ressentait le besoin d'un ami. Quand elle a découvert qu'il n'en était pas un et ne le serait jamais, il y avait eu deux incidents. Des incidents sexuels. Elle s'est aperçue qu'elle était enceinte. Elle l'a dit au jeune homme, qui lui a répondu qu'il l'aiderait et qu'il « ferait son devoir ». Une semaine plus tard il avait quitté son logement sans laisser d'adresse. C'est alors qu'elle était venue me voir.

À son quatrième mois je lui ai appris la Méthode Respiratoire — ce qu'on appelle aujourd'hui la méthode Lamaze. En ce temps-là, comprenez-le, personne n'avait entendu parler de *monsieur* Lamaze.

En ce temps-là — une phrase qui revient sans cesse, je m'en rends compte et je m'en excuse, mais je n'y peux rien — une grande partie de cette histoire n'a eu ce caractère que parce qu'elle s'est passée « en ce temps-là ».

Donc... « en ce temps-là », il y a quarante-cinq ans, une visite dans les salles de travail de n'importe quel hôpital américain vous aurait fait l'effet d'un passage dans un asile de fous. Des femmes en train de sangloter, d'autres hurlant qu'elles voulaient mourir, des femmes criant que la douleur était insupportable, des femmes hurlant des injures et des obscénités que leurs pères et maris ne leur avaient jamais entendu dire. Tout cela paraissait normal, bien que dans le monde entier la plupart des femmes accouchent dans le silence, sauf pour les grognements d'effort associés à n'importe quel effort physique.

Ces scènes d'hystérie étaient en partie dues aux médecins, je regrette d'avoir à le dire. Ce que racontaient aux femmes enceintes les amies et connaissances ayant déjà accouché y contribuait aussi. Croyez-moi : quand on vous dit que quelque chose va faire mal, ça fait mal. La douleur est en grande partie psychique, et quand une femme a assimilé l'idée qu'un accouchement est horriblement douloureux — ce que lui disent sa mère, ses sœurs, ses amies mariées *et* son médecin —, cette femme est déjà prête à souffrir.

Même en n'ayant pratiqué que six ans, je m'étais habitué à voir des femmes placées devant un double problème : non seulement elles étaient enceintes et devaient préparer l'arrivée d'un bébé, mais de plus — la plupart le voyaient ainsi — *elles traversaient cette vallée à l'ombre de la mort.* Bon nombre d'entre elles mettaient leurs affaires en ordre pour que leurs maris, si elles venaient à mourir, puissent se passer d'elles.

Ce n'est ni le lieu ni le moment de vous faire un cours d'obstétrique, mais il vous faut savoir que depuis longtemps il était très dangereux de donner la vie dans les pays occidentaux. Une révolution des pratiques médicales, commencée vers 1900, avait grandement diminué les risques, mais, de façon absurde, fort peu de médecins prenaient la peine d'en informer leurs patientes. Dieu sait pourquoi. Alors vous étonnerez-vous encore de ce que la plupart des salles d'accouchement ressemblaient au pavillon des agités à Bellevue ? Voilà de pauvres femmes dont l'heure est enfin venue de subir un processus qu'on leur a décrit dans les termes les plus vagues, à cause du décorum quasi victorien de l'époque, des femmes dont le moteur vital se met à tourner à plein régime. Stupéfaites devant ce prodige, elles l'interprètent aussitôt comme une douleur insupportable, et la majorité croit devoir bientôt mourir d'une mort affreuse.

Au cours de lectures sur ce sujet, j'ai découvert le principe de la naissance silencieuse et l'idée de la Méthode Respiratoire. Les cris dépensent une énergie qui pourrait servir à expulser l'enfant, ils provoquent une hyperventilation qui met l'organisme en état d'urgence — haut niveau d'adrénaline, accélération du pouls et de la respiration — ce qui est en fait inutile. La Méthode Respiratoire était censée aider la mère à se concentrer sur son travail et à surmonter la douleur par ses propres moyens.

À l'époque elle était largement répandue en Inde et en Afrique ; en Amérique chez les Indiens Shoshone, Kiowa et Micmac ; et les Esquimaux la connaissaient depuis toujours. Mais, vous vous en doutez, les médecins modernes ne s'y intéressaient guère. Un de mes collègues — un type intelligent — m'a renvoyé le manuscrit de ma brochure à l'automne 1931 après avoir rayé à l'encre rouge tout le passage concernant la Méthode Respiratoire. En marge il avait griffonné que s'il voulait connaître les « superstitions des Nègres » il irait acheter *Weird Tales* dans un kiosque à journaux !

Eh bien, je n'ai pas coupé ce passage, comme il me l'avait suggéré, mais la méthode a donné des résultats ambigus — on ne peut pas dire mieux. Certaines femmes l'employaient avec un succès complet. D'autres semblaient en comprendre admirablement le principe mais perdaient toute discipline dès que les contractions prenaient de l'ampleur. La plupart du temps j'ai appris que la méthode avait été détournée et sapée à la base par des amis et parents pleins de bonnes intentions, mais qui n'avaient jamais entendu parler d'une chose pareille et ne croyaient pas qu'elle pourrait avoir une efficacité réelle.

Cette méthode partait d'une constatation : si deux accouchements ne sont jamais identiques, l'ensemble du travail est toujours le même, divisé en quatre stades : les contractions, la dilatation, la naissance et l'expulsion du délivre. Les contractions durcissent l'ensemble des muscles abdominaux et pelviens, et commencent souvent vers le sixième mois. Beaucoup de femmes enceintes pour la première fois s'attendent à quelque chose d'assez désagréable, comme des crampes intesti-

nales, mais on m'a dit que c'est nettement moins gênant
— une sensation forte, corporelle, pouvant provoquer
une douleur passagère. Une femme utilisant la Méthode
Respiratoire, lorsqu'elle sent venir une contraction,
prend une respiration brève, espacée, expirant l'air
d'un coup, comme si elle jouait de la trompette à la
façon de Dizzy Gillespie.

Pendant la dilatation, quand des contractions plus
douloureuses ont lieu environ tous les quarts d'heure,
la femme prend de longues inspirations suivies de
longues expirations — comme un coureur de marathon
lorsqu'il prend son second souffle. Plus dure la contraction, plus longue est la respiration. Dans ma brochure
j'appelais ce stade « chevaucher la vague ».

Le stade final, celui qui nous intéresse, je l'ai baptisé
« locomotive », et de nos jours les instructeurs de la
méthode Lamaze l'appellent souvent le stade « tchou-
tchou ». Le travail terminal s'accompagne de douleurs
souvent décrites comme profondes, intenses, et du
besoin irrésistible de pousser… d'expulser le bébé. C'est
à ce moment, Messieurs, que ce moteur merveilleux et
terrifiant atteint son crescendo final. Le col est entièrement dilaté, le bébé a commencé sa brève traversée du
canal de la naissance, et si vous regardez entre les
jambes de la mère vous pouvez voir sa fontanelle palpiter, presque à l'air libre. La mère qui suit la Méthode
Respiratoire se met à inspirer et expirer rapidement
entre ses lèvres, sans se remplir les poumons, évitant
l'hyperventilation, haletant presque d'une façon maîtri-
sée. Ce qui donne vraiment le bruit que font les enfants
quand ils imitent une locomotive à vapeur.

Tout cela a un effet salutaire sur le corps — la mère
garde un haut niveau d'oxygène sans mettre l'organisme en alerte et elle reste consciente et vigilante,

capable de répondre aux questions et d'en poser. Mais les effets *psychiques* de la méthode sont évidemment plus importants. La mère sent qu'elle participe activement à la naissance de son enfant — qu'elle dirige, en quelque sorte, le processus. Elle se tient au-dessus de l'épreuve... et au-dessus de la douleur.

Vous comprenez que tout dépend exclusivement de l'état d'esprit de la patiente. La Méthode Respiratoire avait donc, à l'époque, une vulnérabilité, une fragilité particulières, et comme je rencontrais de nombreux échecs, j'en avais l'explication — ce qu'un médecin réussit à faire croire à sa patiente peut être annulé par des parents qui lèvent les bras au ciel d'horreur quand on leur parle de ces pratiques païennes.

De ce point de vue, du moins, Mlle Stansfield était la patiente idéale. Elle n'avait ni amis ni parents pour la faire changer d'avis sur cette méthode (bien que, à vrai dire, je doute que personne ait jamais pu la faire changer d'avis sur *quoi que ce soit* une fois qu'elle avait décidé quelque chose) après qu'elle en fut venue à y croire. Et on peut dire qu'elle y a cru.

« C'est un peu comme l'autohypnose, n'est-ce pas ? » m'a-t-elle demandé la première fois que nous en avons discuté.

J'ai approuvé, ravi : « Exactement ! Mais que cela ne vous fasse pas croire que c'est un truc, et qu'il vous laissera tomber quand ce sera vraiment dur.

— Je n'y pensais pas du tout. Je vous suis très reconnaissante. Je vais m'exercer assidûment, docteur. » C'était le genre de femme pour qui la méthode avait été inventée, et quand elle me disait qu'elle allait s'exercer, c'était la pure vérité. Je n'ai jamais vu quelqu'un épouser une idée avec un tel enthousiasme... mais cette méthode convenait parfaitement à son tempérament. Il y a des millions d'hommes et de femmes dociles de par le monde, et parmi eux des gens très bien. Mais il y en a d'autres qui n'ont de cesse que de prendre leur vie en main, et Mlle Stansfield était de ceux-là.

Quand je dis qu'elle a adhéré complètement à la Méthode Respiratoire, c'est vrai... et je pense que sa dernière journée au grand magasin où elle était vendeuse en est la preuve.

C'est à la fin du mois d'août qu'elle a fini par perdre son gagne-pain. Cette demoiselle était mince, en bonne condition physique, et c'était bien sûr son premier enfant. N'importe quel docteur vous dira qu'une telle femme peut ne rien montrer de son « état » pendant cinq ou six mois... et qu'un jour, tout d'un coup, ça se verra.

Elle est arrivée le premier septembre pour son examen mensuel et m'a dit, avec un rire amer, qu'elle avait découvert une autre utilité à la Méthode Respiratoire.

« Quoi donc ?

— Qu'elle marche encore mieux que de compter jusqu'à dix quand on est furieux contre quelqu'un. » Ses yeux noisette ne tenaient pas en place. « Bien que les gens vous regardent comme une folle quand vous vous mettez à souffler comme un phoque. »

Elle m'a volontiers raconté son histoire. Le lundi précédent elle était allée travailler comme d'habitude, je me suis dit que ce passage étrange et abrupt de la jeune fille mince à la femme visiblement enceinte — transition qui peut réellement être aussi brutale que celle du jour à la nuit sous les tropiques — avait eu lieu pendant le week-end. À moins que la contremaîtresse n'ait finalement décidé que ses soupçons s'étaient changés en certitude.

« Je veux vous voir dans mon bureau à la pause », lui avait dit froidement cette femme, une certaine Mme Kelly, qui s'était jusque-là montrée parfaitement amicale. Elle lui avait montré les photos de ses enfants, tous deux ayant l'âge d'être au lycée, elles avaient échangé des recettes de cuisine, elle lui demandait toujours si elle n'avait pas encore rencontré un « gentil » garçon. Mais soudain toute sa bienveillance avait disparu. Et à la pause, quand elle est entrée dans le bureau de Mme Kelly, m'a dit Mlle Stansfield, elle savait à quoi s'attendre.

« Vous avez des ennuis, lui a dit sèchement cette femme, autrefois si aimable.

— Oui, a répondu Sandra. Il y a des gens qui appellent ça comme ça. »

Mme Kelly est devenue rouge brique. « Ne faites pas la maligne avec moi, ma petite. À voir votre ventre vous ne l'avez déjà été que trop. »

J'imaginais les deux femmes pendant qu'elle me parlait — Mlle Stansfield, son regard direct fixé sur Mme Kelly, parfaitement calme, refusant de baisser les yeux, de pleurer ou de montrer la moindre honte. Je crois qu'elle avait une vue bien plus réaliste de ses « ennuis » que la contremaîtresse avec ses deux enfants presque adultes et son respectable mari, lequel était barbier, propriétaire de son échoppe, et votait républicain.

« Je dois dire que vous montrez une remarquable absence de remords après la façon dont vous m'avez trompée ! a lâché Mme Kelly d'un ton amer.

— Je ne vous ai jamais trompée. Il n'a pas été question de ma grossesse jusqu'à ce jour. » Elle l'a regar-

dée d'un air interrogateur. «Comment pouvez-vous
dire que je vous ai trompée?

— Je vous ai introduite chez moi! s'est écriée
Mme Kelly. Je vous ai invitée à dîner... avec mes *fils*.»
Elle lui a lancé un regard de haine absolue.

C'est là que Mlle Stansfield s'est mise en colère.
Plus qu'elle ne l'avait jamais été de sa vie, m'a-t-elle
dit. Elle avait bien su à quelles réactions s'attendre
quand son secret serait dévoilé, mais comme vous pouvez tous en témoigner, Messieurs, il peut y avoir une
énorme différence entre un savoir académique et son
application pratique.

Serrant nerveusement les mains sur les genoux, ma
patiente a attaqué: «Si vous suggérez que j'ai fait ou
que j'aurais pu faire la moindre tentative pour séduire
vos fils, c'est ce que j'ai jamais entendu de plus sale et
de plus répugnant.»

Mme Kelly a renversé la tête comme si elle avait
reçu une gifle. Le sang s'est retiré de ses joues, ne laissant que deux taches d'un rouge fiévreux. Les deux
femmes s'affrontaient du regard au-dessus d'un bureau
encombré d'échantillons de parfums et une vague
odeur de fleurs flottait dans la pièce. Ce moment, m'a
dit ma patiente, lui avait semblé beaucoup plus long
qu'il n'avait pu l'être en réalité.

Alors Mme Kelly a brutalement ouvert un tiroir et en
a sorti un chèque marron clair accompagné d'une fiche
de licenciement rose vif. En montrant les dents, semblant presque mordre les mots, elle lui a dit: «Quand
des centaines de filles honnêtes cherchent du travail
dans cette ville, j'aurais du mal à croire que nous puissions employer une catin dans votre genre, ma chère.»

C'est ce dernier mot, m'a-t-elle dit, ce «ma chère»
méprisant, qui l'a mise en rage. Un instant plus tard

Mme Kelly a écarquillé les yeux, bouche bée devant Mlle Stansfield, laquelle, les mains serrées comme les maillons d'une chaîne en acier, si fort qu'elle en a gardé des marques (pâlies mais toujours visibles le jour de son rendez-vous), s'est mise à faire la « locomotive » entre ses dents serrées.

Ce n'était peut-être pas une histoire drôle, mais j'ai éclaté de rire, et la jeune femme a fait de même. Mme Davidson est venue voir — peut-être pour s'assurer que nous n'avions pas ouvert le peroxyde d'azote — et est ressortie.

« C'est tout ce que j'ai eu l'idée de *faire* », m'a dit Mlle Stansfield qui riait encore, s'essuyant les yeux avec son mouchoir. « Parce qu'à ce moment-là je me suis vue tendre les bras et balayer tous ces échantillons de parfums de son bureau, jusqu'au dernier, pour les jeter sur le sol en béton. Je ne l'ai pas seulement *pensé*, je me suis *vue* ! Je les ai vus s'écraser par terre et remplir la pièce d'une telle puanteur qu'il aurait fallu faire venir la désinfection.

« J'allais le faire, rien ne pouvait m'en empêcher. Alors je me suis mise à faire la "locomotive" et tout allait bien. J'ai pu prendre le chèque, et la fiche rose, me lever et sortir. Je n'ai pas pu la remercier, bien sûr — j'étais encore une locomotive ! »

Nous avons ri encore une fois et elle s'est calmée.

« C'est du passé, maintenant, et je suis même capable d'avoir un peu de pitié pour elle — mais c'est peut-être terriblement orgueilleux de dire une chose pareille ?

— Pas du tout. Je trouve que c'est un sentiment admirable.

— Puis-je vous montrer quelque chose que j'ai acheté avec ma dernière paye, docteur ?

— Oui, si vous voulez. »

Elle a ouvert son sac et sorti une petite boîte carrée. « Je l'ai achetée chez un prêteur sur gages. Deux dollars. Et c'est la seule fois de tout ce cauchemar que je me suis sentie salie, honteuse. Curieux, n'est-ce pas ? »

Elle a ouvert la boîte et l'a posée sur mon bureau pour que je puisse la voir. Ce qu'il y avait dedans ne m'a pas surpris. C'était une alliance en or, très simple.

« Je dois faire le nécessaire, a-t-elle continué. J'habite ce que Mme Kelly appellerait sûrement une respectable pension de famille. Ma logeuse s'est montrée aimable et amicale... mais Mme Kelly aussi était aimable et amicale. Je crois qu'elle peut me demander de partir à n'importe quel moment, et à mon avis si je parle des jours qui me sont dus ou de la caution versée à mon arrivée, elle me rira au nez.

— Ma chère demoiselle, ce serait parfaitement illégal. Il y a des tribunaux et des avocats pour vous aider à répondre à de tels...

— Les tribunaux sont une société d'hommes, a-t-elle interjeté, peu enclins à se faire violence pour aider une femme dans ma situation. Peut-être pourrais-je récupérer mon argent, peut-être non. Dans les deux cas la dépense, le dérangement et les... les désagréments... enfin, les quarante-sept dollars ne valent pas ça. Je n'aurais même pas dû vous en parler. Rien ne s'est encore passé, et rien ne se passera peut-être. Mais de toute façon, à partir d'aujourd'hui, j'ai l'intention d'être réaliste. »

Elle a levé la tête, et ses yeux ont étincelé.

« J'ai repéré un logement au Village, au cas où. C'est au deuxième étage, c'est propre, et c'est cinq dollars par mois de moins que ce que je paye actuellement. » Elle a sorti l'alliance de sa boîte. « Je l'avais au doigt quand la propriétaire m'a fait visiter. »

Elle l'a mise au troisième doigt de sa main gauche avec une petite moue de dégoût dont je ne pense pas qu'elle se soit rendu compte. « Voilà. Maintenant je suis Mme Stansfield. Mon mari était camionneur et s'est tué entre Pittsburgh et New York. Très triste. Mais je ne suis plus une petite catin faisant le trottoir, et mon enfant n'est plus un bâtard. »

Elle m'a regardé, au bord des larmes une seconde fois. Une larme, devant moi, a roulé sur sa joue.

« Je vous en prie. » De la voir ainsi me désolait. Je lui ai pris la main. Elle était glacée. « Allons, ma chère. »

Sans retirer sa main — la gauche — elle l'a retournée pour regarder l'alliance. Elle a souri, d'un sourire aussi amer, Messieurs, que le fiel et le vinaigre. Une deuxième larme est tombée — une seule.

« Quand j'entendrai les cyniques dire que l'ère de la magie et des miracles est derrière nous, docteur, je saurai qu'ils se trompent, n'est-ce pas ? Si une bague achetée deux dollars chez un prêteur sur gages peut effacer instantanément le sceau de la bâtardise et du libertinage, comment appeler cela autrement que de la magie ? De la magie à bon marché.

— Mademoiselle Stansfield... Sandra, si je puis... si vous avez besoin d'aide, s'il y a quoi que ce soit que je puisse faire... »

Elle a retiré sa main de la mienne. Si j'avais pris la main droite et non la gauche, elle ne l'aurait peut-être pas fait. Je n'étais pas amoureux d'elle, je vous l'ai dit, mais à ce moment-là j'aurais pu l'aimer ; j'étais sur le point de tomber amoureux. Alors peut-être, si j'avais pris sa main droite au lieu de celle où était l'alliance, si elle m'avait laissé la lui tenir un peu plus longtemps, jusqu'à ce que ma main réchauffe la sienne, cela aurait pu arriver.

« C'est très aimable à vous, et vous avez fait beaucoup pour moi et mon bébé… et votre Méthode Respiratoire est une magie bien préférable à cette affreuse bague. Après tout, elle m'a empêchée d'être arrêtée pour vandalisme, n'est-ce pas ? »

Puis elle est partie, et je suis allé à la fenêtre pour la regarder descendre la rue jusqu'à la Cinquième Avenue. Dieu, comme je l'ai admirée ! Elle avait l'air si légère, si jeune, et si visiblement enceinte — mais nullement timide ou hésitante. Elle ne se pressait pas, elle marchait sur le trottoir comme s'il lui appartenait.

Elle a disparu et je suis retourné à mon bureau. À ce moment la photo accrochée au mur près de mon diplôme m'a sauté aux yeux, et un grand frisson m'a saisi tout le corps. La chair de poule a hérissé toute la surface de ma peau, même sur le front et le dessus des mains. Une terreur étouffante, jamais encore ressentie, est tombée sur moi comme un suaire, et je me suis mis à suffoquer. C'était là, Messieurs, un épisode prémonitoire. Je ne discute pas de savoir si de telles choses sont ou non possibles : je sais que oui, puisque cela m'est arrivé. Une seule fois, en ce bel après-midi de septembre. Je prie le ciel de ne jamais en avoir un autre.

La photo avait été prise par ma mère le jour où j'avais terminé mes études de médecine. J'étais devant l'hôpital White, les mains derrière le dos, souriant comme un gosse à qui on vient de donner un laissez-passer pour tous les manèges de la foire. Sur la gauche on voit la statue d'Harriet White, et bien que le photographe l'ait coupée à mi-jambes, le piédestal est clairement visible, ainsi que son inscription d'une étrange cruauté — *il n'est pas de soins sans douleur ; disons donc que la guérison passe par la souffrance.* C'est au pied de la statue de la première femme de mon père, juste en dessous de cette inscription, que Sandra Stansfield est morte à peine quatre mois plus tard dans un accident absurde, au moment où elle venait accoucher à l'hôpital.

À l'automne elle a semblé craindre que je ne puisse l'assister lors de son accouchement — que je sois parti en voyage pendant les vacances de Noël, ou absent de l'hôpital. Elle avait peur d'être suivie par un médecin ignorant la Méthode Respiratoire, et qui lui ferait une anesthésie ou une péridurale.

Je l'ai rassurée du mieux que j'ai pu. Je n'avais aucune raison de quitter la ville, pas de famille à qui rendre visite pendant les vacances. Ma mère était morte deux ans plus tôt, et je n'avais plus personne sinon une tante restée vieille fille, en Californie — or le train ne me vaut rien, lui ai-je dit.

« Vous ne vous sentez jamais seul ? a-t-elle demandé.

— Quelquefois. D'habitude je suis trop occupé. Maintenant, prenez ça. » J'ai noté mon numéro de téléphone sur une carte que je lui ai donnée. « Si vous tombez sur les abonnés absents quand les contractions commencent, appelez-moi ici.

— Oh non, je ne pourrais…

— Voulez-vous employer la Méthode Respiratoire, ou tomber sur un assistant qui vous croira folle et vous donnera une bonne dose d'éther dès que vous commencerez à faire la locomotive ? »

Elle a souri, à peine. « Très bien. Je suis convaincue. »

Mais à mesure que l'automne avançait et que les bouchers de la Troisième Avenue affichaient les prix de leurs succulentes « dindes jeunes et tendres », il était clair qu'elle n'était pas tranquille. On lui avait effectivement demandé de quitter l'endroit où elle vivait quand je l'avais rencontrée, et elle était allée vivre dans le Village. Cela, du moins, s'était avéré bénéfique. Elle avait même trouvé une sorte d'emploi. Une dame aveugle assez riche l'avait engagée pour faire un peu de ménage et lui faire la lecture des œuvres de Gene Stratton Porter et de Pearl Buck. Cette femme habitait dans le même immeuble, au rez-de-chaussée. Mlle Stansfield avait maintenant le teint rose et l'air épanoui qu'ont la plupart des femmes en bonne santé aux trois derniers mois de leur grossesse. Mais il y avait une ombre sur son visage. Quand je lui parlais, elle tardait à répondre... et une fois, quand elle n'a pas répondu du tout, j'ai levé les yeux des notes que je prenais et je l'ai vue qui regardait la photo encadrée près de mon diplôme avec une expression rêveuse, étrange. J'ai senti alors un rappel de ce frisson... et sa réponse, qui n'avait rien à voir avec ma question, ne m'a pas vraiment rassuré.

« J'ai le sentiment, docteur, parfois très fortement, d'être condamnée. »

Un mot idiot, mélodramatique ! Pourtant, Messieurs, la réponse qui m'est venue aux lèvres est celle-ci : *Oui, c'est aussi mon impression.* Je me suis retenu, naturellement. Un médecin qui parlerait ainsi pourrait aussitôt mettre en vente ses livres et ses instruments et se préparer un avenir de plombier ou de charpentier.

Je lui ai dit qu'elle n'était pas la première femme enceinte à avoir une telle impression, ni la dernière. Je lui ai dit que ce sentiment était en fait si courant que les médecins l'avaient surnommé le Syndrome de la

Vallée des Ombres. J'en ai déjà parlé ce soir, me semble-t-il.

Elle a hoché la tête avec un parfait sérieux — je me souviens de son air d'extrême jeunesse, ce jour-là, et de son ventre qui paraissait si gros. « Je connais cela, a-t-elle dit. Je l'ai ressenti. Mais c'est tout à fait distinct de cette impression dont je vous parle. Celle-ci, c'est comme quelque chose qui se dresse devant moi. C'est bête, mais je ne peux pas m'en débarrasser.

— Il faut essayer. Ce n'est pas bon pour le... »

Mais elle était déjà ailleurs, le regard à nouveau fixé sur la photo.

« Qui est-ce ?

— Emlyn McCarron », ai-je dit en guise de plaisanterie — laquelle m'a paru extraordinairement débile. « Avant la guerre de Sécession, quand il était encore jeune.

— Non, je vous reconnais, bien sûr. La femme. On ne peut voir que c'est une femme qu'à l'ourlet de sa jupe et à ses chaussures. Qui est-ce ?

— Elle s'appelait Harriet White », ai-je dit en pensant à part moi : *Son visage sera le premier que vous verrez en venant donner naissance à votre enfant.* Le frisson est revenu — cet horrible courant glacé, informe, dans mon corps. *Son visage de pierre.*

« Et qu'est-ce qui est écrit en bas de la statue ? » Elle avait toujours son regard perdu, comme en transes.

« Je ne sais pas, ai-je menti. Je ne parle vraiment pas assez bien le latin. »

Cette nuit-là j'ai fait le cauchemar le plus horrible de ma vie entière — je me suis réveillé terrifié, et si j'avais été marié je suppose que ma pauvre épouse en serait morte de peur.

Dans ce rêve j'ouvrais la porte de mon cabinet et je trouvais Sandra Stansfield à l'intérieur. Elle portait ses escarpins marron, sa jolie robe en lin blanc à lisérés marron et son chapeau cloche un peu démodé. Mais le chapeau était entre ses seins, parce qu'elle portait sa tête à deux mains. Le tissu blanc était ensanglanté, du sang jaillissait de son cou et allait éclabousser le plafond.

Alors elle a ouvert les yeux — ses yeux merveilleux, couleur noisette — et les a fixés sur moi.

« Condamnée, a dit la tête. Condamnée. Je suis condamnée. Il n'est pas de salut sans souffrance. C'est une magie bon marché, mais c'est tout ce que nous avons. »

C'est là que je me suis réveillé en hurlant.

Elle a dépassé la date prévue, le 10 décembre. Je l'ai examinée le 17 et lui ai dit que son bébé naîtrait certainement dans l'année, en 1935, mais que je ne pensais plus qu'il viendrait avant Noël. Ce qu'elle a accepté de bonne grâce. Elle semblait s'être débarrassée de l'ombre qui avait plané sur elle pendant l'automne. Mme Gibbs, l'aveugle qui l'avait engagée pour lui faire du ménage et la lecture, était impressionnée par elle — suffisamment pour parler à ses amies de la courageuse jeune veuve qui, malgré son deuil récent et sa situation fragile, affrontait l'avenir avec un tel parti pris d'optimisme. Plusieurs de ces femmes avaient exprimé l'intention de lui donner du travail après la naissance du bébé.

« Je les prendrai au mot, m'a-t-elle dit. À cause du bébé. Mais seulement jusqu'à ce que je sois rétablie, et capable de prendre un emploi stable. Parfois je me dis que le pire, dans tout ce qui s'est passé, c'est que ma vision des gens en a été changée. Il m'arrive de me dire : "Comment peux-tu dormir la nuit en sachant que tu trompes cette chère vieille dame ?" et puis je me dis : "Si elle savait, elle te montrerait la porte, exactement comme les autres". D'un côté comme de l'autre, c'est un mensonge, et parfois cela me pèse. »

Ce jour-là, avant de partir, elle a sorti de son sac un petit paquet enveloppé de papier multicolore et l'a glissé timidement sur mon bureau. « Joyeux Noël, docteur McCarron.

— Vous n'auriez pas dû », ai-je dit en ouvrant un tiroir pour à mon tour en sortir un paquet. « Mais puisque moi aussi… »

Elle m'a regardé un instant, surprise… et nous avons ri ensemble. Elle m'avait offert une épingle à cravate en argent ornée d'un caducée. Je lui avais donné un album où mettre les photos de son bébé. J'ai toujours l'épingle à cravate : comme vous voyez, Messieurs, je la porte ce soir. Quant à ce qu'est devenu l'album, je ne saurais dire.

Je l'ai raccompagnée, et en arrivant à la porte elle s'est tournée vers moi, a posé les mains sur mes épaules, s'est mise sur la pointe des pieds et m'a embrassé sur la bouche. Ses lèvres étaient fraîches et fermes. Ce ne fut pas un baiser passionné, Messieurs, mais pas non plus celui qu'on attendrait d'une sœur ou d'une tante.

« Merci encore, docteur McCarron », a-t-elle dit, un peu essoufflée. Elle avait les joues rouges et les yeux brillants. « Merci pour tout. »

J'ai ri, un peu mal à l'aise. « Vous parlez comme si nous ne devions jamais nous revoir, Sandra. » Ce fut, je crois, la deuxième et dernière fois que je l'ai appelée par son prénom.

« Oh, nous nous reverrons. Je n'en doute pas un instant. »

Et elle avait raison — bien que ni elle ni moi n'aurions pu prévoir les circonstances épouvantables de cette rencontre.

Sandra Stansfield a commencé son travail la veille de Noël, à six heures du soir. La neige qui était tombée tout le jour s'était changée en pluie à la fin de l'après-midi. Et quand elle est passée au stade de la dilatation, moins de deux heures plus tard, les rues de la ville étaient dangereusement verglacées.

Mme Gibbs, l'aveugle, avait un appartement spacieux au rez-de-chaussée, et à six heures et demie Mlle Stansfield a descendu prudemment l'escalier, frappé à sa porte, est entrée et a demandé à se servir du téléphone pour appeler un taxi.

« C'est le bébé, ma chère ? » a demandé Mme Gibbs, déjà tout excitée.

« Oui. Le travail ne fait que commencer, mais je me méfie du temps qu'il fait. Un taxi va mettre longtemps à venir. »

Elle a appelé un taxi, puis elle m'a téléphoné. À ce moment-là, il était six heures quarante, les douleurs étaient espacées d'environ vingt-cinq minutes. Elle m'a répété qu'elle s'y prenait un peu en avance à cause du mauvais temps. « Je préfère ne pas accoucher à l'arrière d'un taxi », m'a-t-elle dit. Elle semblait d'un calme extraordinaire.

Le taxi est arrivé en retard et le travail progressait plus vite que je n'aurais cru — mais, comme je vous l'ai dit, il n'y a pas deux accouchements identiques. Le chauffeur, voyant que sa cliente allait avoir un bébé, l'a aidée à descendre les marches, lui répétant sans cesse : « Faites attention, madame. » Mlle Stansfield hochait la tête, s'efforçant de respirer profondément à l'arrivée de la contraction suivante. La neige fondante rebondissait sur les lampadaires et le toit des voitures, faisait des gouttes grandes comme des loupes sur la lanterne jaune du taxi. Mme Gibbs m'a dit plus tard que le jeune chauffeur était plus nerveux que cette « pauvre chère Sandra », ce qui avait probablement été une des causes de l'accident.

Ainsi que, presque à coup sûr, la Méthode Respiratoire elle-même.

Le chauffeur s'est frayé un chemin dans les rues glissantes, évitant les pare-chocs, se faufilant à travers les carrefours encombrés, se rapprochant lentement de l'hôpital. Il n'a pas été gravement blessé dans l'accident, et je suis allé lui parler à l'hôpital. Il m'a dit que la respiration profonde et régulière venant du siège arrière l'avait rendu nerveux ; il n'arrêtait pas de regarder dans le rétroviseur pour voir si elle était « mourante ou quoi ». Il a dit qu'il aurait été moins inquiet si elle avait gueulé un bon coup, comme sont censées le faire les femmes en couches. Il lui a demandé une ou deux fois si elle se sentait bien et elle s'était contentée de hocher la tête, continuant à « chevaucher les vagues » en respirant profondément.

À deux ou trois pâtés de maisons de l'hôpital elle a dû sentir venir le dernier stade du travail. Une heure s'était écoulée depuis qu'elle était montée dans le taxi — tellement les rues étaient embouteillées — mais c'était tout de même extraordinairement rapide pour une femme ayant son premier enfant. Le chauffeur a remarqué un changement dans sa façon de respirer. Elle s'était mise à faire la « locomotive ».

Presque au même moment il a repéré une brèche

entre les voitures et s'est précipité. La route de l'hôpital White lui était maintenant ouverte. C'était à moins de trois pâtés de maisons. « Je voyais la statue de cette bonne femme », m'a-t-il dit. Impatient de se débarrasser de sa passagère enceinte et haletante, il a appuyé sur l'accélérateur et le taxi a bondi, les pneus patinant aux trois quarts sur le verglas.

J'étais venu à l'hôpital à pied, et mon arrivée a coïncidé avec celle du taxi uniquement parce que j'avais sous-estimé les difficultés de la circulation. Je croyais la trouver à l'étage, officiellement inscrite, tous les papiers remplis, préparée par les infirmières et approchant tranquillement le second stade de son travail. Je montais les marches quand j'ai vu soudain deux paires de phares, reflétées dans une plaque de glace que les employés n'avaient pas encore recouverte de sable, converger brusquement l'une vers l'autre. Je me suis retourné juste à temps pour voir l'accident.

Une ambulance émergeait de la rampe des urgences au moment où le taxi est arrivé devant l'hôpital. Et le taxi allait trop vite pour pouvoir s'arrêter. Le chauffeur s'est affolé, a enfoncé la pédale au lieu de freiner par petits coups. La voiture a dérapé, puis s'est mise en travers. Le clignotant de l'ambulance jetait des traînées et des taches rouges sur la scène, bizarrement, a illuminé le visage de Sandra Stansfield. Un instant j'ai revu le visage de mon rêve, le visage sanglant aux yeux grands ouverts que j'avais vu sur sa tête coupée.

J'ai crié son nom, descendu deux marches, j'ai glissé et je suis tombé à plat ventre. Je me suis cogné le coude, qui est resté paralysé, mais j'ai quand même pu me cramponner à ma sacoche. C'est dans cette position que j'ai vu ce qui s'est passé, complètement secoué, le coude endolori.

L'ambulance a freiné, et elle aussi s'est mise à déraper. L'arrière a heurté le piédestal de la statue et le hayon arrière s'est ouvert. Une civière, heureusement inoccupée, a jailli comme une langue et s'est retournée sur la chaussée, les roues tournant dans le vide. Sur le trottoir une jeune femme a hurlé et voulu s'enfuir quand les deux voitures sont venues vers elle. Ses jambes l'ont abandonnée au bout de trois enjambées et elle s'est écroulée par terre. Son sac lui a échappé et est parti en glissant sur le verglas comme un palet de hockey.

Le taxi a fait un tête-à-queue complet et j'ai pu voir clairement le chauffeur qui tournait frénétiquement le volant, comme un gosse dans une autotamponneuse. L'ambulance a rebondi sur le piédestal d'Harriet White, en biais... et a été projetée contre le taxi qu'elle a touché sur le côté. Le taxi a pivoté sur place et s'est écrasé contre le piédestal avec une violence terrible. Sa lanterne jaune toujours allumée, RADIO-TAXI, a explosé comme une bombe. Le côté gauche de la voiture s'est froissé comme une serviette en papier. Un instant après j'ai vu que ce n'était pas seulement le côté gauche : Le taxi avait heurté si fort l'angle du socle qu'il s'était ouvert en deux. Du verre s'est éparpillé sur la glace comme des diamants. Et ma patiente a été projetée comme une poupée en chiffon par la vitre arrière droite.

Je me suis relevé sans savoir comment. J'ai couru au bas des marches verglacées, j'ai glissé, me suis rattrapé à la rampe et j'ai continué. Je ne voyais que la jeune femme allongée dans l'ombre vague de cette horrible statue, à six mètres de là où l'ambulance s'était couchée sur le flanc, sa lampe faisant palpiter la nuit d'une lueur rouge. Sa silhouette avait quelque chose de terrible, mais honnêtement je ne crois pas avoir vu ce que c'était jusqu'à ce que je me cogne le pied dans quelque chose d'assez lourd pour m'envoyer par terre une seconde fois. La chose que j'avais heurtée a ricoché plus loin — glissant au lieu de rouler, comme le sac de ma patiente. Elle a ricoché et c'est seulement la chevelure — ensanglantée mais dont on voyait encore la blondeur — qui m'a fait reconnaître ce que c'était. Elle avait été décapitée dans l'accident. Ce que j'avais envoyé dans le caniveau d'un coup de pied, c'était sa tête.

Complètement engourdi par le choc, je suis arrivé près du corps et je l'ai retourné sur le dos. Je crois que j'ai essayé de hurler dès que je l'ai fait, dès que j'ai vu. Voyez-vous, Messieurs, la femme respirait encore. Sa poitrine se soulevait et s'abaissait à petits coups rapides. La neige fondue crépitait sur son manteau ouvert et sur sa robe imbibée de sang. Et j'entendais un sifflement ténu, aigu, qui montait et descendait comme une bouilloire qui n'arrive pas à bouillir. C'était l'air aspiré dans sa trachée, puis expiré par la blessure, des petits cris d'air dans l'anche rudimentaire des cordes vocales qui n'avaient plus de bouche pour leur donner forme.

J'ai voulu courir, mais j'étais sans force ; je suis tombé à genoux près d'elle sur la glace, une main devant la bouche. Un instant plus tard j'ai vu du sang frais transpercer le bas de sa robe... et un mouvement. Soudain je suis devenu frénétique, convaincu qu'il y avait encore une chance de sauver le bébé.

Je crois qu'en relevant sa robe jusqu'à la taille je me suis mis à rire. Je crois que j'étais fou. Son corps était encore chaud. Je m'en souviens. Je me souviens de la façon dont il se soulevait en respirant. Un des ambulanciers s'est approché, chancelant comme un ivrogne, une main collée à son crâne. Du sang filtrait entre ses doigts.

Je riais toujours, je la touchais. Mes mains avaient vu que la dilatation était complète.

L'ambulancier a fixé avec de grands yeux le corps sans tête de Sandra Stansfield. J'ignore s'il s'est rendu compte que la femme respirait encore. Peut-être a-t-il pensé que c'était un truc nerveux — une sorte de réflexe terminal. Si c'est le cas, il ne devait pas faire ce job depuis bien longtemps. Les poulets courent peut-être un certain temps quand on leur a coupé la tête, mais les humains ont un ou deux sursauts… ou rien.

« Arrêtez de la regarder et trouvez-moi une couverture », lui ai-je lancé.

Il s'est éloigné, mais pas en direction de l'ambulance. Il s'est dirigé plus ou moins vers Times Square et a tout simplement disparu dans la nuit mouillée. Je n'ai aucune idée de ce qu'il est devenu. Je me suis retourné vers cette morte qui en un sens ne l'était pas, j'ai hésité un instant, et j'ai ôté mon pardessus. Ensuite je l'ai soulevée par les hanches pour le glisser sous elle. J'entendais toujours l'air siffler tandis que le corps sans tête faisait la locomotive. Quelquefois, Messieurs, je l'entends encore. Dans mes rêves.

Comprenez, je vous prie, que tout ceci s'est passé dans un temps extrêmement bref — cela m'a paru plus long uniquement parce que mes perceptions s'étaient soudain accrues de façon aiguë. Les gens commençaient seulement à sortir de l'hôpital en courant pour voir ce qui s'était passé, et derrière moi une femme a hurlé en voyant la tête coupée au bord du trottoir.

J'ai ouvert ma sacoche d'un coup sec, remerciant Dieu de ne pas l'avoir perdue lors de ma chute, et j'en ai sorti un petit scalpel. Une fois ouvert j'ai coupé ses sous-vêtements et je les ai retirés. Le conducteur de l'ambulance s'est approché — il est arrivé jusqu'à cinq mètres et s'est arrêté net. Je lui ai jeté un coup d'œil en pensant à la couverture. Ce n'était pas lui qui allait me la donner, c'était visible : il a regardé le corps qui respirait, les yeux exorbités au point de lui sortir de la tête, manquant de tomber au bout du nerf optique comme des yoyos grotesques. Puis il est tombé à genoux en levant au ciel les mains jointes. Il avait l'intention de prier, c'était évident. L'ambulancier n'avait peut-être pas compris que ce qu'il avait vu était impossible, mais celui-là, oui. L'instant d'après il s'est évanoui.

J'avais mis des forceps dans ma sacoche ce soir-là, je ne sais pourquoi. Je ne m'étais pas servi de ces instruments depuis trois ans, quand j'avais vu un médecin que je ne nommerai pas perforer la tempe et le cerveau d'un nouveau-né avec un de ces gadgets infernaux. L'enfant était mort sur le coup. Le cadavre avait été « perdu » et sur le certificat de décès on avait inscrit *mort-né*.

En tout cas, pour quelque raison que ce soit, j'avais les miens.

Le corps de Mlle Stansfield s'est tendu, son ventre s'est crispé, dur comme de la pierre. On a vu le crâne du bébé. J'ai aperçu un instant la fontanelle couverte d'une membrane sanglante et qui palpitait. Qui *palpitait*. Il était donc vivant. Parfaitement vivant.

La pierre est redevenue chair. Le crâne a reculé hors de vue. Et j'ai entendu une voix derrière moi : « Que puis-je faire, docteur ? »

C'était une infirmière d'un certain âge, de ces femmes qui sont si souvent l'épine dorsale de notre profession. Elle était pâle comme du lait, et son visage s'était empreint de terreur et d'une sorte de crainte superstitieuse en regardant le spectacle surnaturel de ce corps qui respirait, mais elle n'avait l'air ni hébété ni choqué, ce qui aurait rendu difficile et dangereux de travailler avec elle.

« Vous pouvez m'apporter une couverture, miss, lui ai-je dit d'un ton bref. Nous avons encore une chance, à mon avis. » Derrière elle j'ai vu peut-être deux douzaines de gens sortis de l'hôpital et restés sur les marches, refusant d'approcher. Que voyaient-ils et que ne voyaient-ils pas ? Je n'avais aucun moyen de le savoir. Tout ce que je sais c'est qu'on m'a évité pendant plusieurs jours (certains pour toujours) et que personne, y compris cette infirmière, ne m'en a jamais reparlé.

Elle a fait demi-tour pour rentrer à l'hôpital.

« Infirmière ! Pas le temps. Prenez-en une dans l'ambulance. Le bébé arrive… »

Elle a changé de direction, ses semelles de crêpe glissant sur la neige fondue. Je me suis retourné vers Mlle Stansfield.

Au lieu de ralentir, la respiration locomotive s'est mise à s'accélérer… et son corps s'est à nouveau tendu, crispé sous l'effort. Le crâne a reparu. J'attendais qu'il reparte en arrière, mais non, il a continué. Il n'y a pas eu besoin des forceps, après tout. Le bébé m'a quasiment giclé dans les mains. J'ai vu la neige piqueter son corps nu et sanglant — c'était un garçon, impossible de s'y tromper. De la vapeur s'élevait du bébé tandis que la nuit noire et glacée emportait le peu de chaleur restant à sa mère. Il a remué faiblement ses poings fermés, tachés de sang, il a poussé un léger cri plaintif.

« *Infirmière !* ai-je beuglé. *Remuez-vous le cul,*

connasse ! » C'était peut-être un langage inexcusable, mais un instant je m'étais cru de retour en France, attendant d'entendre siffler les obus au-dessus de ma tête avec un bruit impitoyable comme celui de la neige fondue qui me cinglait ; les mitrailleuses allaient commencer leur bégaiement infernal ; les Allemands allaient jaillir de l'ombre, courir et glisser et maudire et mourir dans la boue et la fumée. *Une magie bon marché*, me suis-je dit en voyant les corps se tordre et s'écrouler. *Mais vous avez raison, Sandra, c'est tout ce que nous avons.* Je n'ai jamais été si près de perdre l'esprit, Messieurs.

« *INFIRMIÈRE, POUR L'AMOUR DE DIEU !* »

Le bébé a crié encore une fois — quelle voix minuscule, éperdue ! — et il s'est tu. La vapeur montant de son corps s'effilochait. J'ai collé ma bouche à la sienne, sentant l'odeur du sang et celle, humide et fade, du placenta. J'ai soufflé dans sa bouche et j'ai entendu reprendre le murmure heurté de son souffle. L'infirmière est arrivée, la couverture dans les bras. J'ai tendu la main vers elle.

Elle a voulu me la donner, et puis elle l'a retenue.

« Docteur, et si... et si c'est un monstre ? Une sorte de monstre ?

— Donnez-moi cette couverture. Donnez-la-moi avant que je vous mette le cul entre les omoplates !

— Oui, docteur », a-t-elle répondu, parfaitement calme (nous devons bénir les femmes, Messieurs, qui si souvent nous comprennent sans même essayer), et elle m'a donné la couverture. J'ai enveloppé l'enfant et le lui ai tendu.

« Si vous le laissez tomber, miss, je vous ferai bouffer vos galons.

— Oui, docteur.

— C'est une putain de magie bon marché, miss, mais c'est tout ce que Dieu nous a laissé.

— Oui, docteur. »

Je l'ai regardée retourner à l'hôpital, moitié courant, moitié marchant. Sur les marches la foule s'est écartée pour la laisser passer. Ensuite je me suis relevé et je me suis éloigné du corps. Sa respiration, comme celle du bébé, avait des hoquets, repartait... s'arrêtait... repartait...

J'ai reculé. Mon pied a heurté quelque chose. Je me suis retourné. C'était sa tête. Comme si j'avais reçu un ordre d'ailleurs, j'ai mis un genou en terre et j'ai tourné la tête vers moi. Les yeux étaient ouverts — ses yeux noisette au regard direct, qui avaient toujours été si volontaires, si pleins de vie. Ils étaient toujours aussi volontaires. *Elle me regardait*, Messieurs.

Elle avait les dents serrées, les lèvres un peu écartées. J'ai entendu son souffle haleter faiblement entre ses lèvres et ses dents, au rythme de la « locomotive ». Elle a remué les yeux ; ils ont légèrement roulé dans leurs orbites pour mieux me voir. Ses lèvres se sont écartées. Elles ont articulé trois mots : *Merci, docteur McCarron*. Et je les ai *entendus*, Messieurs, mais non venant de sa bouche. Ils sont venus de six mètres plus loin. De ses cordes vocales. Et comme sa langue, ses lèvres et ses dents, tout ce avec quoi nous prononçons les mots, étaient devant moi, elle n'a émis que des sons informes, inarticulés. Mais il y en a eu sept, sept sons distincts, de même qu'il y a sept syllabes dans cette phrase : *Merci, docteur McCarron*.

« À votre service, mademoiselle Stansfield, ai-je dit. C'est un garçon. »

Ses lèvres ont remué encore une fois, et derrière moi j'ai entendu un son léger, fantomatique, *garçoooon*...

Ses yeux sont devenus flous, atones. Ils ont semblé regarder quelque chose au-dessus de moi, peut-être dans ce ciel noir et mouillé. Puis ils se sont fermés. Elle a recommencé à faire la locomotive... et s'est arrêtée. Quoi qu'il se fût passé, c'était terminé. L'infirmière en avait vu une partie, le conducteur de l'ambulance avait peut-être vu quelque chose avant de s'évanouir, et certains spectateurs avaient pu avoir des soupçons. Mais maintenant c'était fini, vraiment fini. Il n'y avait dehors que les restes d'un accident affreux... et un bébé de plus à l'intérieur.

J'ai regardé la statue d'Harriet White. Elle était toujours là, son regard de pierre fixé sur le jardin d'en face, comme s'il ne s'était rien passé de particulier, comme si une telle détermination dans un monde aussi dur et insensé que le nôtre ne signifiait rien... ou pire, comme si c'était la seule chose qui ait un sens, la seule qui fasse une quelconque différence.

D'après mon souvenir, je suis resté à genoux dans la neige devant la tête coupée et je me suis mis à pleurer. D'après mon souvenir, je pleurais encore quand un interne et deux infirmières m'ont aidé à me lever et à rentrer.

La pipe de McCarron s'était éteinte.

Il l'a rallumée avec son briquet-boulon ; nous sommes restés muets, presque sans respirer. Dehors, le vent hurlait ses plaintes. Il a refermé son briquet d'un coup sec et a levé les yeux, paraissant un peu surpris de nous voir encore là.

« C'est tout. C'est la fin ! Qu'est-ce que vous attendez. Des chariots de feu ? » a-t-il dit en ricanant. Il a semblé réfléchir un instant. « J'ai payé son enterrement de ma poche. Elle n'avait personne, voyez-vous. » Il a eu un léger sourire. «Enfin... il y a eu Ella Davidson, mon assistante. Elle a insisté pour mettre vingt-cinq dollars, alors qu'elle ne pouvait guère se le permettre. Mais quand elle insiste pour quelque chose...» Il a haussé les épaules et a eu un petit rire.

«Vous êtes certain que ce n'était pas un réflexe?» me suis-je entendu demander. «Êtes-vous *vraiment* sûr?

— Tout à fait sûr, a-t-il dit, imperturbable. La première contraction, peut-être. Or le travail n'a pas été une question de secondes, mais de minutes. Et je pense parfois qu'elle aurait même pu tenir plus longtemps, si nécessaire. Dieu merci, cela ne l'a pas été.

— Et le bébé?» a demandé Johanssen.

McCarron a tiré sur sa pipe. «Adopté. Et vous comprenez que l'adoption, même à cette époque, était tenue secrète autant que possible.

— Oui, mais qu'est devenu le bébé?» a redemandé Johanssen, et McCarron a eu un rire contrarié!

«Tu ne lâches jamais le morceau, non?»

Johanssen a secoué la tête: «Certains s'en sont rendu compte à leurs dépens. Alors, le bébé?

— Eh bien, si vous m'avez suivi jusque-là, vous comprendrez peut-être que j'avais un certain intérêt à savoir ce qui allait se passer pour ce bébé. Ou j'en avais l'impression, ce qui revient au même. Je me suis tenu au courant, et je le fais encore. Il y avait un jeune homme et sa femme... ils ne s'appelaient pas Harrison, mais c'est assez ressemblant. Ils vivaient dans le Maine. Ils ne pouvaient pas avoir d'enfants. Ils ont adopté le bébé et l'ont appelé... bon, disons John, ça ira? John vous convient, n'est-ce pas?»

Il a tiré sur sa pipe mais elle s'était éteinte à nouveau. Je me rendais vaguement compte que Stevens était der-

rière moi, et je savais qu'il devait avoir préparé nos
manteaux. Bientôt il nous faudrait les enfiler… et nos
vies par la même occasion. Comme l'avait dit McCarron, les histoires étaient finies pour cette année.

« L'enfant que j'ai mis au monde est maintenant
chef du département d'anglais dans une des deux ou
trois universités privées les plus cotées de ce pays. Il a
quarante-cinq ans. Un jeune homme. Il est encore tôt,
mais le jour peut très bien venir où il sera directeur de
l'université, je n'en doute pas un instant. Il est beau,
intelligent, charmant.

« Un jour, sous un prétexte quelconque, j'ai réussi à
dîner avec lui au club de l'université. Nous étions
quatre à table. Je n'ai pas dit grand-chose et j'ai pu
l'observer. Il a la volonté de sa mère, Messieurs…

« … et, les mêmes yeux noisette. »

3
Le Club

Stevens nous a reconduits comme chaque fois, nous
souhaitant le plus joyeux des joyeux Noël, nous remerciant de notre générosité. Je me suis arrangé pour être
le dernier, et Stevens n'a pas eu l'air surpris quand je
lui ai dit :

« J'ai une question que j'aimerais poser, si cela ne
vous gêne pas. »

Il a souri. « Je suppose que non. Noël est une bonne
saison pour les questions. »

À gauche, dans le couloir — un couloir où je n'étais

jamais entré — une vieille horloge battait bruyamment les secondes, bruit d'une époque révolue. Je sentais une odeur de cuir et de vieux bois, et en dessous le parfum d'after-shave de Stevens.

« Mais je dois vous prévenir, a ajouté Stevens en même temps qu'une bourrasque s'est fait entendre dehors, qu'il vaut mieux ne pas trop demander. Pas si vous voulez continuer à venir ici.

— Des gens se sont vu refuser l'entrée parce qu'ils en avaient demandé trop ? » *Refuser l'entrée* n'était pas vraiment l'expression que j'aurais choisie, mais je n'ai pas su être plus précis.

« Non, a dit Stevens aussi calme et poli que toujours. Ils ont simplement préféré ne pas venir. »

Je l'ai regardé en face, et j'ai senti un frisson me monter le long du dos — comme si une grande main froide et invisible s'était posée sur ma colonne vertébrale. J'ai repensé à cet étrange choc visqueux que j'avais entendu un soir au premier étage et je me suis demandé (comme cela m'était souvent arrivé) combien de pièces il y avait *réellement*.

« Si vous avez toujours une question, monsieur Adley, peut-être faudrait-il la poser. Il se fait tard, et…

— Et vous avez un long trajet à faire en train ? » ai-je dit, mais Stevens s'est contenté de me regarder, impassible.

« Très bien. Il y a dans cette bibliothèque des livres que je ne peux trouver nulle part ailleurs — ni à la bibliothèque municipale de New York, ni dans les catalogues des vendeurs de livres anciens que j'ai consultés, encore moins dans le catalogue des éditeurs. La table de billard de la petite salle est une Nord. Je n'ai jamais entendu parler de cette marque, et j'ai appelé l'Institut international des marques déposées.

Ils connaissaient deux Nord — une firme qui fabrique des skis de fond et une autre qui vend des ustensiles de cuisine en bois. Il y a un juke-box Seafront dans la salle longue. L'IMD a sur ses listes un Seeburg, mais aucun Seafront.

— Quelle est votre question, monsieur Adley ? »

Sa voix était toujours aussi douce, mais je voyais soudain quelque chose de terrible dans ses yeux... non, à dire vrai ce n'était pas seulement dans ses yeux ; la terreur que je ressentais avait envahi l'atmosphère tout autour de moi. Le tic-tac régulier qui venait du couloir n'était plus le balancier d'une horloge ancienne, c'était le tapotement du pied du bourreau surveillant le condamné qui monte à l'échafaud. Les odeurs de cire et de cuir tournaient à l'aigre, menaçantes, et une autre bourrasque a poussé un cri sauvage. J'ai cru un instant que la porte d'entrée allait s'ouvrir d'un coup, n'offrant plus le spectacle de la Trente-Cinquième Rue mais celui d'un paysage dément à la Clark Ashton Smith, des arbres aux silhouettes tourmentées se tordant devant un horizon désert que deux soleils couchants embrasent d'un éclat macabre.

Oh, il savait ce que j'avais voulu demander, je le lisais dans ses yeux gris.

D'où viennent toutes ces choses ? Oh, je sais trop bien d'où vous venez, Stevens, votre accent n'est pas celui de la Dimension X, c'est du pur Brooklyn. Mais où allez-vous ? Qu'est-ce qui a mis dans vos yeux cette lueur intemporelle, en a marqué votre visage ? Et, Stevens... où sommes-nous À CET INSTANT PRÉCIS ?

Mais il attendait ma question.

J'ai ouvert la bouche. Et voici ce qui en est sorti : « Y a-t-il beaucoup d'autres pièces en haut ? »

— Oh oui ! monsieur, a-t-il dit sans me quitter des yeux. Un grand nombre. On pourrait s'y perdre. En fait des gens s'y sont effectivement perdus. Parfois il me semble que cela s'étend sur des kilomètres. Les pièces et les couloirs.

— Avec des entrées et des sorties ? »

Il a haussé légèrement les sourcils. « Oh oui ! Des entrées et des sorties. »

Il attendait encore, mais j'en avais demandé assez, me suis-je dit — j'étais arrivé à l'extrême bord de quelque chose qui pourrait peut-être me rendre fou.

« Merci, Stevens.

— Ce n'est rien, monsieur. » Il m'a tendu mon manteau, que j'ai enfilé.

« Il y aura encore des histoires ?

— Ici, monsieur, il y a *toujours* des histoires. »

Cette soirée date de quelque temps, et ma mémoire n'est pas meilleure qu'à cette époque (à mon âge, le contraire est beaucoup plus vraisemblable), mais je me souviens parfaitement de l'éclair de terreur qui m'a traversé quand Stevens a ouvert en grand la porte de chêne — la certitude glacée que je verrai ce paysage d'un autre monde, terre infernale et craquelée sous les rayons sanglants des deux soleils qui en se couchant allaient amener des ténèbres innommables pendant une heure, ou dix, ou pendant dix mille ans. Une seconde d'éternité où j'ai cru qu'en ouvrant la porte, Stevens allait me pousser dans ce monde et que j'entendrais derrière moi la porte claquer… pour toujours.

Au lieu de quoi j'ai vu la Trente-Cinquième Rue et un radio-taxi garé contre le trottoir, le moteur en marche. Je me suis senti soulagé au point de défaillir.

« Oui, toujours des histoires, a répété Stevens. Bonne nuit, monsieur. »

Toujours des histoires.

Effectivement il y en a eu. Et un jour, bientôt peut-être, je vous en raconterai une autre.

Postface

Où trouvez-vous vos idées ? » est certainement la question qu'on me pose le plus souvent (à bout portant, pourrait-on dire), mais celle qui la suit de près est sans doute celle-ci : « Est-ce que vous n'écrivez *que* de l'horreur ? » Quand je réponds que non, difficile de dire si mon interrogateur est soulagé ou déçu.

Juste avant la publication de *Carrie*, mon premier roman, j'ai reçu une lettre de Bill Thompson, mon éditeur, me suggérant qu'il était temps de penser à ce que nous allions faire ensuite (il peut vous paraître un peu étrange de penser au prochain livre avant même que le premier ne soit paru, mais c'est que le travail de pré-publication d'un livre dure aussi longtemps que la post-production d'un film, et que nous vivions déjà depuis longtemps avec *Carrie* — près d'un an). J'ai aussitôt envoyé à Bill les manuscrits de deux romans, l'un intitulé *Blaze* et l'autre *Second Coming*. Le premier avait été écrit immédiatement après *Carrie*, pendant les six mois où le premier jet de *Carrie* était resté dans un tiroir, pour y mûrir ; le deuxième avait été écrit pendant l'année où *Carrie* avait lentement progressé, comme une tortue, vers sa publication.

Blaze était un mélodrame à propos d'un criminel, un géant presque débile, qui kidnappe un bébé pour demander une rançon à ses parents, des gens riches...

et au lieu de quoi tombe amoureux du gosse. *Second Coming* était un mélodrame à propos de vampires occupant une petite ville du Maine. Tous les deux étaient des imitations littéraires, *Second Coming* d'après *Dracula*, *Blaze* d'après *Des souris et des hommes* de Steinbeck.

Je pense que Bill a dû être estomaqué en recevant ces deux manuscrits dans un gros paquet (certaines pages de *Blaze* avaient été tapées au verso des factures du laitier, et le manuscrit de *Second Coming* puait la bière parce qu'un invité avait renversé un verre trois mois plus tôt pendant le réveillon du jour de l'an) — comme une femme qui s'attend à un bouquet de fleurs et découvre que son mari lui a acheté une serre. À eux deux, les romans faisaient cinq cent cinquante pages tapées à simple interligne.

Il les a lus en quinze jours — grattez un éditeur, vous trouverez un saint — et je suis allé du Maine à New York pour fêter la parution de *Carrie* (en avril 1974, amis et voisins : Lennon était encore vivant, Nixon s'accrochait à sa présidence et votre serviteur n'avait pas encore un seul poil gris dans sa barbe) et voir quel roman serait publié ensuite, l'un ou l'autre ou ni l'un ni l'autre.

Je suis resté deux jours en ville, et nous en avons discuté trois ou quatre fois. La décision finale s'est faite à un coin de rue — Park Avenue et Quarante-Sixième Rue, en fait. Bill et moi attendions le feu rouge en regardant les taxis rouler dans ce drôle de tunnel où je ne sais quoi — celui qui a l'air de s'enfoncer dans le gratte-ciel de la Pan Am. Bill a dit : « Je crois que ce devrait être *Second Coming*. »

Bon, c'était aussi celui que je préférais — mais il l'avait dit avec une hésitation si étrange que je l'ai regardé en lui demandant nettement ce qui n'allait pas. « C'est juste que si vous écrivez un livre sur les vampires à la suite d'un livre sur une fille qui peut faire bouger les choses par la force de son esprit, vous allez être classé.

— Classé ? » Honnêtement, j'étais abasourdi. Je ne voyais pas le moindre rapport entre les vampires et la télékinésie. « Comme *quoi* ?

— Comme auteur d'histoires d'horreur, a-t-il répondu à contrecœur.

— Oh ! ai-je dit, grandement soulagé. C'est tout !

— Attendez quelques années, et on verra si vous pensez la même chose.

— Bill, ai-je dit, amusé, personne ne peut gagner sa vie aux États-Unis en n'écrivant que des histoires d'horreur. Lovecraft a crevé de faim à Providence. Bloch a abandonné pour écrire des romans à suspense et des canulars du genre *Unknown*. *L'Exorciste* n'a marché qu'une fois. Vous verrez. »

Le feu a changé. Bill m'a donné une claque sur l'épaule. « Je crois que vous allez avoir beaucoup de succès, a-t-il dit, mais vous n'y voyez pas plus loin que le bout de votre nez. »

Il était plus près de la vérité que moi. Il s'est avéré qu'il est *possible* de gagner sa vie en Amérique en écrivant des histoires d'horreur. *Second Coming*, finalement intitulé *Salem's Lot*, a très bien marché. Quand il est paru je vivais dans le Colorado avec ma famille et j'écrivais un roman sur un hôtel hanté. Lors d'un voyage à New York, j'ai passé la moitié de la nuit avec Bill dans un bar, chez Jasper (où un énorme matou gris brouillard s'était approprié le Rock-Ola ; il fallait le soulever pour voir les titres) et je lui en ai raconté l'intrigue. À la fin il avait les coudes de chaque côté de son bourbon et la tête entre les mains, comme s'il avait une migraine monstre.

« Vous n'aimez pas ça, ai-je dit.

— Je l'aime beaucoup, a-t-il dit d'une voix creuse.

— Alors qu'est-ce qui ne va pas ?

— *D'abord* la fille téléporteuse, *ensuite* les vampires, et *enfin* un hôtel hanté et un gosse télépathe. Vous allez vous faire classer. »

Cette fois j'y ai réfléchi un peu plus sérieusement — et j'ai repensé à tous ceux qu'on a classés comme écrivains d'horreur et qui m'avaient procuré tant de plaisir pendant si longtemps — Lovecraft, Clark Ashton Smith, Frank Belknap Long, Fritz Leiber, Robert Bloch, Richard Matheson et Shirley Jackson (oui, on l'a classée auteur fantastique). Et ce soir-là chez Jasper, avec le chat endormi sur le juke-box et mon éditeur à côté de moi, la tête entre les mains, je me suis dit que je pourrais être en plus mauvaise compagnie. Je pourrais, par exemple, être un écrivain « important » comme Joseph Heller et sortir un livre environ tous les sept ans, ou un écrivain « brillant » comme John Gardner, écrire des livres obscurs pour les universitaires éclairés qui mangent macrobiotique et conduisent des vieilles Saab avec de vieux autocollants encore lisibles sur le pare-chocs arrière, GENE MCCARTHY PRÉSIDENT.

« C'est okay, Bill. Je serai un écrivain d'horreur si c'est ce que veulent les gens. C'est parfait comme ça. »

Nous n'avons jamais repris cette discussion. Bill est toujours éditeur et j'écris toujours des histoires d'horreur, et ni l'un ni l'autre n'est en analyse. C'est une affaire qui marche.

Alors on m'a classé et cela ne m'ennuie pas trop… après tout c'est ce que j'écris… la plupart du temps. Mais est-ce que je n'écris rien d'autre ? Si vous avez lu les nouvelles qui précèdent, vous savez que oui... bien qu'on puisse trouver des éléments horribles dans tous ces récits, pas seulement dans *La Méthode respiratoire* — cette histoire de sangsue, dans *Le Corps*, est assez horrible, comme beaucoup des rêves d'*Un élève doué*. Tôt ou tard mon esprit semble toujours se tourner de ce côté, Dieu sait pourquoi.

Chacune de ces longues nouvelles a été écrite immédiatement après l'achèvement d'un roman — c'est comme si je finissais toujours mon travail avec assez d'essence dans le réservoir pour aller jusqu'au bout d'une nouvelle. *Le Corps*, la plus ancienne, a été écrite aussitôt après *Salem's Lot* ; *Un élève doué* a été écrit en quinze jours, juste après *The Shining* (et ensuite je n'ai rien écrit pendant trois mois — j'étais vidé) ; *Rita Hayworth et la Rédemption de Shawshank* est venu après *Dead Zone* ; et *La Méthode respiratoire*, la plus récente, juste à la suite de *Firestarter* [1].

Aucune n'a été publiée avant d'être incluse dans ce livre ; aucune n'a même été proposée à un éditeur. Pourquoi ? Parce qu'elles font toutes entre 25 000 et 35 000 mots — peut-être pas exactement, mais ça passe quand même dans le panier. Et il faut que je vous le dise : 25 000 à 35 000 mots, ce sont des nombres à faire trembler dans ses bottes le plus endurci des écrivains d'imagination. Il n'y a pas de démarcation absolue entre la nouvelle et le roman — en tout cas pas en termes de longueur — et il ne doit pas y en avoir. Mais quand un écrivain approche de la limite des 20 000 mots, il sait qu'il sort du territoire de la nou-

---

1. Elles ont un autre point commun, je viens de m'en rendre compte : chacune a été écrite dans une maison différente — trois dans le Maine et une à Boulder, dans le Colorado.

velle. Pareillement, quand il dépasse les 40 000 mots, il pénètre sur le terrain du roman. Les frontières du pays qui sépare ces deux régions civilisées sont mal connues, mais à un certain point l'écrivain se réveille en sursaut inquiet, et réalise qu'il entre dans un pays vraiment terrifiant, une république bananière de la littérature, en pleine anarchie, qu'on appelle en anglais *novella* (ou *novelette*, ce qui est un peu trop mignon pour mon goût).

Certes, artistiquement parlant, la *novella* ne pose aucun problème. De même que les phénomènes de foire, peut-on dire, sauf qu'on les voit rarement hors des cirques. De fait il peut y avoir d'excellentes *novellas*, mais elles n'ont traditionnellement accès qu'à un marché « spécialisé » (c'est le mot poli ; le mot moins poli, mais plus juste, c'est « ghetto »). Vous pouvez vendre une bonne *novella* policière à *Ellery Queen's Mystery Magazine* ou à *Mike Shayne's Mystery Magazine*, une bonne *novella* de science-fiction à *Amazing* ou *Analog*, peut-être même à *Omni* ou au *Magazine of Fantasy and Science Fiction*. Ironiquement, il existe aussi un marché pour les bonnes *novellas* d'horreur : *F & SF* déjà cité est un exemple ; *Twilight Zone* en est un autre et il y a diverses anthologies d'histoires d'épouvante, comme la série des *Shadows* publiée par Doubleday et dirigée par Charles L. Grant.

Mais les *novellas* qui ne peuvent être décrites que par le mot « romanesque » (un mot presque aussi déprimant que « genre »)... mon garçon, pour ce qui est de les vendre, vous n'aurez que des ennuis. Vous regardez votre manuscrit de 25 000 à 35 000 mots d'un air lugubre, vous ouvrez une bière, et il vous semble entendre une voix un peu huileuse, avec un accent à couper au couteau : « *Buenos dias, señor !* Est-ce que

vous avez fait bon voyage avec Revolución Airways ?
Vous avez tout-plein-aimé je crois, *sí ?* Bienvenue
à Novella, *señor !* Vous allez ici aimer-tout-plein, je
crois ! Prenez un mauvais cigare ! Prenez des photos
porno ! Mettez les pieds sur votre bureau, *señor*, je
crois que votre histoire va rester ici très, *très* longtemps… *qué pasa ?* Ah-ah-ah-ah-ah ! »

Déprimant.

Il était une fois (pleurait-il) un véritable marché
pour ces histoires — il existait des magazines magiques
comme le *Saturday Evening Post, Collier's* et *The Ame-
ricain Mercury*. Les nouvelles, courtes ou longues,
étaient un des principaux attraits de ces publications,
entre autres. Quand l'histoire était trop longue, on la
passait en trois numéros, ou cinq, ou neuf. L'idée véni-
meuse de « condenser » les romans ou d'en donner des
« extraits » était encore inconnue (*Playboy* et *Cosmo-
politan* ont fait de cette pratique obscène une science
pernicieuse : aujourd'hui on peut lire un roman entier
en vingt minutes !), l'histoire se voyait accorder l'espace dont elle avait besoin, et je doute que je sois le
seul à me souvenir d'avoir attendu le facteur toute la
journée pour le dernier numéro du *Post* avec la promesse d'une nouvelle de Ray Bradbury, ou encore
pour l'épisode final du dernier feuilleton de Clarence
Buddington Kelland.

(Mon angoisse faisait de moi une cible facile.
Quand le facteur finissait par arriver d'un pas vif, son
sac en cuir en bandoulière, portant le short de la tenue
d'été et le casque colonial de ladite tenue, j'allais à sa
rencontre au bout de l'allée, dansant d'un pied sur
l'autre comme si je mourais d'envie d'aller aux toilettes, la gorge serrée. Avec un sourire cruel, il me tendait la facture d'électricité. Rien d'autre. Mon cœur

dégringolait dans mes talons. Finalement il se laissait
attendrir et me donnait quand même le *Post* : le sourire
d'Eisenhower en couverture, peint par Norman Rock-
well ; un article sur Sophia Loren par Pete Martin ;
«Moi je dis que c'est un type formidable», par Pat
Nixon, au sujet de — ouais, vous avez deviné — son
mari Richard ; et bien sûr des histoires. Des longues,
des courtes, et le dernier chapitre du feuilleton de Kelland. Dieu soit loué !)

Et cela n'arrivait pas tous les trente-six du mois,
mais *chaque putain de semaine !* Le jour de parution
du *Post*, je crois que j'étais le gosse le plus heureux de
toute la côte Est.

Il y a encore des magazines qui publient des histoires
longues — *Atlantic Monthly* et le *New Yorker* ont
montré beaucoup de bienveillance pour les problèmes
d'écrivains ayant commis des *novellas* de 30 000 mots.
Mais aucun de ces magazines n'a été particulièrement
réceptif envers ma production, laquelle est simple,
guère littéraire, et quelquefois carrément maladroite (ce
que j'ai horriblement de mal à reconnaître).

Je suppose que ce sont justement ces caractéris-
tiques — si peu admirables qu'elles soient — qui ont
fait plus ou moins le succès de mes romans. La plupart
racontent des histoires simples à des gens simples,
l'équivalent littéraire d'un Big Mac et d'une grande
frite chez MacDonald. Je suis capable de reconnaître
une prose élégante et de l'apprécier, mais il m'est personnellement difficile ou impossible d'écrire ainsi (la
plupart de mes idoles d'écrivain débutant étaient des
romanciers musclés au style horrible ou inexistant :
des types comme Theodore Dreiser et Frank Norris).
Enlevez l'élégance au romancier et il lui reste une
seule jambe pour tenir debout, c'est-à-dire faire bon

poids. J'ai toujours essayé, autant que j'ai pu, de faire bon poids. Autrement dit, quand on s'aperçoit qu'on ne peut pas courir comme un pur-sang, on peut toujours se casser la tête (une voix descend du balcon : « Quelle tête, King ? » Ha ! ha ! très drôle, les gars, maintenant vous pouvez disposer).

Il résulte de tout ceci, quant aux *novellas* que vous venez de lire, que je me suis trouvé dans une position étrange. Avec mes romans j'en étais arrivé au point que les gens disaient que j'aurais pu publier la liste de mon linge sale si je l'avais voulu (et il y a des critiques qui prétendent que je ne fais rien d'autre depuis bientôt huit ans), mais je ne pouvais pas publier ces histoires, trop longues pour être courtes et trop courtes pour être vraiment longues. Si vous voyez ce que je veux dire.

« Si, *señor*, je vois ! Enlevez vos chaussures ! Buvez un peu de mauvais rhum ! Bientôt le Medicore Revolución Steel Band va venir jouer des mauvais calypsos ! Vous allez aimer-tout-plein, je crois ! Et vous avez le temps, *señor* ! Vous avez le temps parce que je crois que votre histoire va… »

… rester ici longtemps, ouais, ouais, génial, pourquoi n'iriez-vous pas au diable renverser une de ces démocraties fantoches au service de l'impérialisme ?

Donc, j'ai fini par décider de voir si Viking, mon éditeur pour les livres cartonnés, et New American Library, mon éditeur pour les livres de poche, ne voudraient pas faire un livre avec des histoires au sujet d'une évasion bizarre, d'un vieillard et d'un gosse enfermés dans un rapport macabre fondé sur un parasitisme réciproque, d'un quatuor de petits campagnards partis en exploration, et l'histoire d'horreur abracadabrante d'une jeune femme décidée à donner naissance à son enfant quoi qu'il arrive (à moins que ce ne soit en réalité au sujet de ce club étrange qui n'en est pas un). Les éditeurs ont dit okay. Et voilà comment j'ai réussi à faire évader ces quatre longs récits de la république bananière de Novella.

J'espère que vous avez aimé-tout-plein, *muchachos* et *muchachas*.

Oh ! encore un mot à propos d'imprimerie avant que je termine ma journée.

En bavardant avec mon éditeur — pas Bill Thompson, mon *nouvel* éditeur, un type vraiment chouette qui s'appelle Alan Williams, intelligent, drôle, compétent, mais siégeant le plus souvent dans un jury au fond du New Jersey — il y a environ un an.

« Adoré *Cujo* », dit Alan (le travail de pré-publication de ce roman, qui avait été une véritable histoire de fous, venait de se terminer). « Avez-vous réfléchi à ce que vous allez faire ensuite ? »

Le *déjà-vu* s'installe. J'ai déjà eu cette conversation.

« Eh bien, ouais. J'y ai un peu pensé…

— Racontez-moi ça.

— Que diriez-vous d'un livre fait de quatre *novellas* ? Dont la plupart sont juste des nouvelles ordinaires ? Que penseriez-vous de ça ?

— Des *novellas* », dit Alan. Il joue le jeu, mais sa voix indique que la journée a déjà perdu de son éclat ; sa voix lui murmure qu'il vient de gagner deux tickets sur Revolución Airways pour une petite république bananière plutôt louche. « Des histoires longues, voulez-vous dire ?

— Ouais, c'est ça. Et on appellera le livre quelque chose comme *Different Seasons*, juste pour que les gens comprennent qu'il ne s'agit pas de vampires ou d'hôtels hantés ou de rien de ce genre.

— Et le suivant, parlera-t-il de vampires ? demande-t-il, plein d'espoir.

— Non, je ne pense pas. Qu'en pensez-vous, Alan ?

— Un hôtel hanté, peut-être ?

— Non, j'ai déjà fait ça. *Different Seasons*, Alan. Ça sonne bien, vous ne pensez pas ?

— Ça sonne très bien, Steve », répond Alan en soupirant. Le soupir du beau joueur qui vient de s'asseoir en troisième classe du dernier avion de Revolución Airways — un Lockheed Tristar — et a vu son premier cancrelat trotter d'un air affairé sur le dossier du siège voisin.

« J'espérais que vous aimeriez ça, dis-je.

— Je ne pense pas qu'on pourrait y mettre une histoire d'horreur ? Une seule ? une sorte de… saison *similaire ?* »

Je souris un peu — à peine — en pensant à Sandra Stansfield et à la méthode respiratoire du docteur McCarron. « Je peux probablement vous trouver ça.

— Magnifique ! Et au sujet de ce nouveau roman…

— Que diriez-vous d'une voiture hantée ? dis-je.

— Génial ! » s'écrie Alan. J'ai l'impression que c'est un homme heureux qui va retrouver sa réunion éditoriale — ou peut-être son jury à East Rahway. Je suis heureux, moi aussi — *j'adore* ma voiture hantée, et je crois qu'à cause d'elle beaucoup de gens vont avoir peur de traverser des rues pleines de voitures la nuit.

De même, j'ai été amoureux de chacune de ces histoires et je crois qu'une part de moi sera toujours amoureux d'elles. J'espère que vous les avez aimées, lecteur, qu'elles ont eu sur vous l'effet que doit avoir n'importe quelle bonne histoire — vous faire oublier quelque temps les vrais soucis qui pèsent sur votre esprit en vous emmenant là où vous n'êtes jamais allé. C'est la plus aimable des magies que je connaisse.

Okay. Faut qu' je me taille. Jusqu'à ce qu'on se revoie, gardez les pieds sur terre, lisez de bons livres, soyez utiles, soyez heureux.

Amitiés et meilleurs souhaits,

STEPHEN KING,
4 janvier 1982,
Bangor, Maine.

Table

Du même auteur :

CHRISTINE, Albin Michel, 1984.

L'ANNÉE DU LOUP-GAROU, Albin Michel, 1986.

DIFFÉRENTES SAISONS, Albin Michel, 1986.

BRUME, Albin Michel, 1987.

ÇA, vol. 1, Albin Michel, 1988.

ÇA, vol. 2, Albin Michel, 1988.

MISERY, Albin Michel, 1989.

LES TOMMYKNOCKERS, Albin Michel, 1989.

LA PART DES TÉNÈBRES, Albin Michel, 1990.

MINUIT 2, Albin Michel, 1991.

SHINING, Lattès, 1992.

DEAD ZONE : L'ACCIDENT, Lattès, 1993.

LE FLÉAU, Lattès, 1993.

JESSIE, Albin Michel, 1993.

DANSE MACABRE, Lattès, 1993.

DOLORÈS CLAIBORNE, Albin Michel, 1993.

RÊVES ET CAUCHEMARS Albin Michel, 1994.

CARRIE, Albin Michel, 1994.

INSOMNIE, Albin Michel, 1995.

ANATOMIE DE L'HORREUR, vol. 1, Rocher, 1995.

LES YEUX DU DRAGON, Albin Michel, 1995.

ANATOMIE DE L'HORREUR, vol. 2, Rocher, 1996.

DÉSOLATION, Albin Michel, 1996.

BAZAAR, Albin Michel, 1997.

ROSE MADDER, Albin Michel, 1997.

SAC D'OS, Albin Michel, 1999.

LA PETITE FILLE QUI AIMAIT TOM GORDON, Albin Michel, 2000.

CŒURS PERDUS EN ATLANTIDE, Albin Michel, 2001.

ÉCRITURE : MÉMOIRES D'UN MÉTIER, Albin Michel, 2001.

DREAMCATCHER, Albin Michel, 2002.

LE TALISMAN DES TERRITOIRES, vol. 1, Robert Laffont, 2002.

LE TALISMAN DES TERRITOIRES, vol. 2, Robert Laffont, 2002.

TOUT EST FATAL, Albin Michel, 2003.

ROADMASTER, Albin Michel, 2004.

FENÊTRE SECRÈTE : MINUIT 2, Albin Michel, 2004.

LE JOURNAL D'ELEANOR DRUSE : MON ENQUÊTE SUR L'INCI-
     DENT DU KINGDOM HOSPITAL, Albin Michel, 2005

CELLULAIRE, Albin Michel, 2006.

HISTOIRE DE LISEY, Albin Michel, 2007.

BLAZE, Albin Michel, 2008.

DUMA KEY, Albin Michel, 2009.

JUSTE AVANT LE CRÉPUSCULE, Albin Michel, 2010.

DÔME, 2 vol., Albin Michel, 2011.

NUIT NOIRE, ÉTOILES MORTES, Albin Michel, 2012.

Composition réalisée par INTERLIGNE

───────────

Achevé d'imprimer en avril 2012, en France sur Presse Offset par
Maury-Imprimeur - 45330 Malesherbes
N° d'imprimeur : 171963
Dépôt légal 1re publication : novembre 2004
Édition 05 - avril 2012
LIBRAIRIE GÉNÉRALE FRANÇAISE - 31, rue de Fleurus - 75278 Paris Cedex 06

31/5149/5